鉴谎

钱来来 / 著

上

天地出版社 | TIANDI PRESS

图书在版编目（CIP）数据

鉴谎 / 钱来来著 . —2 版 . —成都：天地出版社，2021.11
ISBN 978-7-5455-6619-2

Ⅰ . ①鉴… Ⅱ . ①钱… Ⅲ . ①长篇小说—中国—现代
Ⅳ . ① I247.5

中国版本图书馆 CIP 数据核字（2021）第 213358 号

鉴谎
JIAN HUANG

出 品 人	杨　政
出版授权	爱奇艺文学
著　者	钱来来
责任编辑	袁静梅
特邀编辑	方　茜
封面设计	陈绮清
内文排版	思想工社
责任印制	王学锋

出版发行	天地出版社
	（成都市槐树街2号　邮政编码：610014）
网　址	http://www.tiandiph.com
	http://www.天地出版社.com
电子邮箱	tiandicbs@vip.163.com
经　销	新华文轩出版传媒股份有限公司

印　刷	天津文林印务有限公司
版　次	2021年11月第2版
印　次	2021年11月第1次印刷
成品尺寸	880mm×1230mm　1/32
印　张	22.5
字　数	501千
定　价	68.00元（全二册）
书　号	ISBN 978-7-5455-6619-2

上

谎言能伤人，也能保护人。

目录
CONTENTS

楔子

　　2006年夏天，洛州市有史以来气温最高的一个夏天，才五月底，室外最高气温就达到了33℃，这样的高温竟在晚上十点半的时候还没回落。

　　福山小区52号楼，二单元顶层601室家里的音响开着功放，男声嘶唱的曲目是年度爆红歌曲《狼爱上羊》，分贝早已远超扰民范围。

　　对面602室家中无人，楼下的501和502室的住户就遭殃了，大晚上的被吵得无法入睡，气愤却又不敢上楼去找业主理论。

　　601室这位业主名叫赵刚，是福山小区出了名的酒晕子滚刀肉，要是被他黏上，一两个月都别想脱身。

　　"狼爱上羊啊，爱得疯狂……"单曲循环。

　　忍无可忍，501室的男人下了很大的决心，终于决定报警，但刚拿起手机，楼上的音乐就停止了。没了音乐，室外昆虫的叫声瞬间入侵室内。虽是两种不同的"旋律"，却都令人烦躁得无法入眠。

　　601室中空调冷气开得很大，墙上挂着的温度计显示室内气温只有16℃。

将音响电源拔掉的高瘦男人显然不是这家的主人，他身穿一件黑色夹克，手上戴了一副白色橡胶手套，经过音响旁的那面镜子时，早已有裂纹的镜中映出他白皙的脸庞。虽然他的模样被坏掉的镜面扭曲，但还是能从俊秀的五官上看出来，他的颜值不低，特别是那一双瑞凤眼，眼尾优雅地微微上翘，目光流动，迷人而富有魅力。

　　他朝大门走去，脚步轻盈，被橡胶手套包裹的修长手指在柜子的边缘轻敲，不急不躁，悠闲自得，似乎心情大好，竟还在门口处，微笑着弯身捡起一支被自己黑色皮鞋踢到的铅笔。铅笔笔杆上印着五颜六色的卡通图案，细看，上面还有几处细碎的牙印，显然，它的主人是一个才上学不久的孩子。

　　将铅笔放进自己的夹克口袋，他从猫眼里向外看了一眼，确定没有人后，开门离开。

　　晚上十点五十五分，才入眠的52号楼居民就被尖锐的警笛声吵了起来。

　　报案的是赵刚的对门儿，602室那对夫妇的儿子，韩轩，今年十五岁，初三学生。

　　见到赵刚尸体的刑警们脸色都很不好，愤怒、紧张。虽然不知道凶手的名字和模样，但他们知道，就是"他"……

　　在过去的八年里，洛州市一共发生了九起杀人碎尸案，经法医鉴定，其中有七起是同一个凶手犯下的。该连环凶手制造的犯罪现场富有仪式感，在对被害人实施扼喉使其窒息而亡后，他会将死者的双手双脚砍下，捆成一束绑在死者背后，然后再将死者靠墙放置，摆出下跪的姿势。

"头儿，这孙子犯案的间隔时间太没规律了，都他妈快三年没动静了，今天怎么突然又出来了！"眉头深锁的警察跟自己的组长周铮发着牢骚。

周铮的目光却停留在被其他下属问话的孩子身上。他的脸色煞白，连嘴唇都没有了血色，垂在腿边的双手紧捏着自己的校服裤子。

"弟弟，回我两句啊。你一声不吭，搞得我跟在这儿说单口似的。"天热又遇上这种大案，警察也是人，心里难免烦躁，语气上有一丝不耐烦。

周铮吩咐年轻警察再进现场勘查后，微笑着朝韩轩走去。"孩子，"他伸手递给韩轩一瓶矿泉水，"先喝点水。"

男孩捏着校服裤子的手松了几分，犹豫了几秒，他伸手接过了矿泉水，但并没有拧开来喝。双手抓着一瓶有重量的水，比捏着裤子所带来的安全感更足一些。

察觉他的状态比先前稳定后，周铮聊家常似的开口："你今年初三是吧，跟我姑娘一样大。这么晚你才放学？我姑娘一般七八点就到家了。"

韩轩抬眼看向给自己水的这位警察："我放学后去了我奶奶家，在奶奶家待到十点。"

"这样啊。我还以为你们学校晚上有补课。你父母呢，还在你奶奶家？"

"没，他们工作比较忙，经常出差。"

"做哪方面工作的？"

"研究生物工程的。"

周铮露出一个崇拜的笑容："都是知识分子啊，那你应该遗传了他们的优点，学习也不错吧。"

韩轩没回答，但脸上的谦虚表情已经给出了答案。本市重点初中洛州五中初三级部第一正是他。

"看样子是被我说中了。不过，马上就中考了，今天发生的这件事不会对你有什么影响吧？"

面对一双充满关心神情的眼睛，韩轩没有逞强，坦诚地点了一下头："但我会克服的。"

"是个爷们儿。"赞赏地拍了拍韩轩瘦削的肩，周铮终于进入正题，"能给我讲一讲，你是怎么发现赵刚被害的吗？"

晚上十点三十五分，韩轩从奶奶家骑车回到自己家，将车子放进车棚。今天实在太热，他匆匆上楼，急着回家开空调。当他爬到五楼和六楼中间的楼梯转折平台时，他感觉到异常的凉爽，就像楼道里面开了空调一样。韩轩抬头，发现是601室的防盗门没有关好，冷气是从他们家流出的。赵刚是个酒晕子滚刀肉没错，但不喝酒的时候，赶上他心情好，他也会做点人事儿，比如，他曾经就在韩轩父母都没在家的情况下，帮来看韩轩的奶奶拎东西上六楼。知道尊老，还不算无药可救，所以韩家人并没有像别的居民那样厌恶他。

韩轩没有装作没看见，他好心地伸手要帮赵刚关门，却在那一拃宽的门缝中看到了一摊鲜血。他站在门口朝屋里喊了几声"赵叔"，没人答应。屋里的冷气从里往外涌着，韩轩被恐惧和低温激得汗毛竖起。他努力平复慌乱的心跳，硬着头皮迈脚进屋，他心中最坏的猜想就是赵刚和张兰又打架了，赵刚失手伤了张兰……可当他走到血迹旁，朝卧室望过去时，恐怖血腥的画面就像一记重拳，狠狠地打在他的脸上，令他头晕眼花。

"很好。"给予能够清晰叙述出自己发现赵刚被害过程的韩轩一句鼓舞，周铮再次提问，"那你回来的时候，有没有看到什么可疑的人？"

一听这话，韩轩怔住了。

他确实看到了一个人……在小区院子里，灯光昏暗，他骑车与那个面生的男人擦肩而过。

这么热的天，他却穿了一件黑色的夹克衫。

如果是别人，一定不可能记住那男人的脸，但，韩轩可以。

根据韩轩对男人相貌的描述，警方做出了男人的画像，根据这幅画像，警方真的在本市居民信息库中找到了一个男人。

吴军，男，三十四岁，单身，洛州市某知名牙科诊所医生。

当警方去他家中找他时，他却已经凭空消失，没有人知道他去了哪里。

通缉令铺天盖地，警方却始终没能抓到这个狡猾又变态的连环杀手……

2016年。

肯尼迪国际机场。

没有人来给韩轩送机，更没有人知道他为什么突然决定回国。

距离登机还有一段时间，机场贵宾休息室内的乘客正在悠闲地享受着"脚踏实地"的休息时间。

靠窗的位子上，一个身穿蓝色衬衫，几乎要融进窗外夜色中的年轻男人正靠在椅背上，双手环抱胸前，目光直直盯着桌上的笔记本电脑。

有两个三岁左右的孩子终于耐不住寂寞，趁她们母亲转头找手机充电器的时候，一路追逐打闹跑到了年轻男人的桌边，其中那个戴了小熊帽子的孩子一个踉跄，连人带蛋糕都扑到了男人的腿上。

追随而来的外国母亲一脸愧疚地向他道歉，拿出自己的纸巾要帮他擦掉裤子上的奶油。

"没关系，我自己来就可以。"接过那名母亲递来的纸巾，他用一口流利的英语婉拒，随后起身，朝着不远的洗手间走去。

外国母亲严厉地教育完自己那两个淘气的孩子后，无意瞥了一眼年轻男子放在桌上的笔记本，屏幕显示的是一封电子邮件，字体方方正正。

发件人：老朋友

时间：2016年4月9日（星期六） 22：35

收件人：韩轩

邮件内容：还记得我吗，老朋友？

附件是一张男人的照片，令人印象深刻的瑞凤眼。他是十年前的吴军。

▎第一章　戏疯子▎

1

洛州市政大教职工宿舍。

二十二平方米的单间被一扇推拉门隔成了一室一厅，外面的客厅只有八九个平方，但麻雀虽小五脏俱全，该有的家用电器都有，不该有的奇怪电子产品也有。

嘀的一声，正在吹着暖风的空调关机了。

推拉门被人从里面拉开，一身休闲装的林嘉月走到试衣镜前：黑色夹克，泛白的牛仔铅笔裤，时下流行的半丸子头，减龄满分。但她却一脸不满，又重新折回卧室。

一个小时后，她就要给长平区杀妻案犯罪嫌疑人王辉做第三次测谎审讯了，前面两次她败得一塌糊涂，今天这第三次，她一定要击破王辉的谎言，将他绳之以法！

为添气势，林嘉月最后选了一套自从买了就一次都没穿过的深色系干练西装。

拆掉半丸子的发型，她重新站到镜子前，满意自信的微笑浮现唇边。

她回卧室拿出手机，在屏幕上点了两下，正在播放流行音乐的音响自动熄灯并安静下来。

打车App显示，她预约的出租车马上就到了。

来不及收拾被自己试了个遍的衣服，林嘉月将推拉门一关，拎起包便出了门。

市公安局大厅，林嘉月今天这身打扮吸引了不少熟人的目光。

"嘉月是刚从电视台录完新闻回来吗？"

"这么正式，要在局里办讲座啊？"

下楼来接林嘉月的刑警王子兵轰走正在和林嘉月开玩笑的同事，对林嘉月说："都准备好了，王辉已经被带到审讯室了。"

"好，我们快上去吧。"

两人上楼的时候，王子兵也没忍住："嘉月，你穿成这样，刚才我差点儿没认出来，虽然有点显老，但很有气场。"

林嘉月得意道："这就是战袍的力量！"

审讯室里，王辉安静地等待着警方对他的第三次测谎审讯。他的位置正对审讯室里那面硕大的镜子，镜中的他气色不太好。他想，如果是在这样的状态下试镜，他肯定会无戏可接。

镜子后的观察室，林嘉月已经就座，围在她身边的几个刑警向她投以询问的目光。

"嗯，可以了。"她点头，然后将制定的第三版审讯问题拿到手中。

对王辉的第三次测谎正式开始。

李队伸手按下林嘉月面前的麦克风的开关，随即，审讯室内的音响里传出了林嘉月没有感情色彩的干练声音。

"你的名字叫什么？"

王辉两眼直勾勾地盯着镜子，仿佛能看到镜子后的林嘉月。"王辉。"

测谎仪屏幕上，王辉的生理参数平稳，波动在正常范围内。

"你是女人吗？"

"不是。"正常。

"地球是方的吗？"

"不是。"正常。

"太阳东升西落，对吗？"

"对。"正常。

"你今年多少岁？"

"三十四岁。"

"你从事什么职业？"

"临时演员。"

问题开始涉及死者李萍，林嘉月的语速稍稍变快，给人以些许的压迫感。"李萍是你的妻子吗？"

"是。"王辉回答这个问题的时候，生理参数波动变得相对剧烈，但仍在正常范围之内。

"李萍是个什么样的人？"

"她和我同岁，我们曾经是高中同学，她上学时成绩很好，是老师最喜欢的学生。上班后，她表现出色，从组长一步步升为总监，受上司器重，是父母的骄傲。"

“那你是什么样的人？”

“我上学的时候成绩不好，但遵守纪律，不给老师同学添麻烦，他们不关注我，甚至不知道班里有我这个人。大学毕业后，我一直没有找到适合自己的工作，四处打工。”

“你和李萍的夫妻关系怎样？”

“很好。”王辉脸上露出显而易见的感激表情，眼眶泛红，“我们的收入差距很大，但她从没有嫌我赚钱少，她说她赚的钱足够养家，让我不要有压力。她是世间少有的好女人。”王辉的生理参数波动变得更大，有要突破正常范围的趋势。

目光紧盯屏幕上的生理参数波动，林嘉月整个人的神经都紧绷起来，可遗憾的是，两秒后，生理参数波动又回到了平稳状态。

“如你所说，你们夫妻关系很好，那为什么在双方都健康且不是丁克的情况下，三十四岁了却还没有孩子？”

“我不想要。”

“是因为你的外遇对象陈芳吗？”

王辉的生理参数再次波动。“我没有外遇，我和陈芳只是朋友。”

“那你怎么解释李萍曾到陈芳的工作单位指责陈芳是第三者的事？”

“是她误会了。”

“她为什么会误会？你和陈芳做了什么令她误会？”

王辉沉默，片刻后开口：“之前有一次我和李萍吵架，我看她很生气，就躲了出去，约了陈芳一起吃饭，那天晚上下了很大的雨，我就到陈芳家里借住了一晚。”

"你和陈芳有没有发生性关系？"

"没有。"

"你和李萍为什么吵架？"

"她想要孩子，我不同意。"

"不是因为陈芳的话，你为什么不同意和李萍要孩子？"

"我不喜欢孩子。"

"你在说谎，据你之前打过工的幼儿园同事所说，你是一个对小孩子很有热情和耐心的男人。一个不喜欢孩子的人，根本做不到'有耐心'这一点。"

王辉沉默，他的生理参数却没有发生波动，平稳得诡异。

"陈芳是一个什么样的人？"

"她是南方人，温柔但很坚强，离婚后一个人从南方来到这里，承包了一家工厂的食堂。一年前我去那家厂做临时工，和她认识了。因为比较聊得来，所以我离开那家厂后，还和她保持联系。"

"你和陈芳平时都聊什么？"

"什么都聊。"

"那你和李萍平时都聊什么？"

"她很忙。"

"所以你发现陈芳更适合你是吗？于是你向李萍提出离婚，李萍不同意，你们双方起了争执，你一怒之下杀害了李萍。"

"我没有。李萍死前我们没有争吵，当天我并不在家，我在邻市拍戏。"王辉一副无辜的模样。

"一个临时演员的戏份不多，你完全可以利用晚上休息的时间返回本市，回到家中杀死李萍。"

"我没有。"

"非激情杀人？那就是预谋杀人！"林嘉月的语速变得更快，每一个字都掷地有声。

而王辉的脸上仍挂着无辜的神态。"我没有杀人，真的没有。"

"李萍死在家中，现场整洁，没有挣扎痕迹，门窗更没有被撬过的痕迹，分明就是熟人作案。你和李萍搬家三个月，你们从未带人来过家里，家中只有你和她的DNA，凶案发生后，房间里也没有出现第三个人的DNA，你给我们一个可以相信你的理由。"

"……总之，我没有杀人。"

面对王辉的平静，林嘉月胸口闷得像压了一块大石头，她承认自己的心理素质没有王辉好。如果不是有警察在跟前，她真的很想冲进审讯室里把他胖揍一顿。

洛州市机场外，一辆打眼一看就知道车主低调的黑色旧轿车刚刚接到了要接的人，年久失修的后备箱盖子弹开，露出一条缝隙，一只24寸TUMI银灰色旅行箱安静地躺在里面。

车子启动，后备箱盖子便欢快地颤动起来。

比后备箱盖子还欢快的是年近六十岁的车主刘伟，此刻的他，脸上到处可见积极情绪的信号：额头皱纹的舒展、嘴角肌肉的松弛、嘴唇的完全呈现……甚至还将头倾向一边，对外展示出人们最脆弱的部位——脖子。

人们很难在自己不喜欢的人面前做出这样的动作。

对于政大校长刘伟对自己的青睐，韩轩心存感激，不过车子已经启动，他还是不得不先戴上眼罩。

刘伟好奇地打量他，问道："听说小韩你晕车，看来这传闻是真的啊。我太太也晕车，戴眼罩管用吗？管用的话，回头我也叫她试试。"

韩轩并不是因为晕车才戴眼罩的，所以戴眼罩到底能不能防晕车，他也不知道。不想过多解释，他只好应付道："可以试试。"

车子驶离机场，开上高架桥。从上桥到下桥，刘校长一直在重复一个话题，那就是他真不敢相信，在自己退休之前，竟能够请到韩轩这位闻名海外的行为学、心理学专家来校任教！

"嗡嗡……"有电话打来，打断了情绪高涨的刘校长。

长平区杀妻案的犯罪嫌疑人第三次测谎审讯又失败了，刑警队队长是刘校长的姑爷，知道老爷子今天要去机场接一个大人物，现在打电话来求援了。

刘校长将女婿的请求转告韩轩，意料之中，韩轩答应得很快。于是掉转车头，车子直奔市公安局所在地。

2

听说局里马上就要来一位号称鉴谎专家的大人物，三次战败心情低落的林嘉月打消去健身中心运动发泄的念头，决定留下来长长见识，开开眼。

"那人什么来头？他的测谎仪很先进吗？"她拉住正要跟队长一起下楼迎接来客的王子兵问。

"他不用测谎仪，用眼睛。"王子兵不可思议地看着她，

"不是吧，你没听说过韩轩这个人？很有名的行为学和心理学专家啊，曾协助FBI侦破近百起大案。"说着，他露出一脸的崇拜，"我表弟专门出国去听了一场他的讲座，回来后跟我说，这辈子死而无憾了。"

林嘉月狐疑，这也太夸张了！

跟着王子兵一起下楼迎接，她要好好瞧瞧这位韩大专家有何过人之处，竟可以不需要测谎仪的辅助来测谎。

市公安局院内，老旧的黑色轿车停下，副驾驶的车门打开，一位高高瘦瘦，深蓝色衬衫内搭海军风蓝白条纹T恤，发型有一点凌乱的年轻男子走了出来。

韩轩抬手整理了下摘眼罩时弄乱的头发，然后对着其中夹杂了一个异类的友好警察们礼貌性地微笑问好。

林嘉月就是那个异类，在众多热烈欢迎的目光中，她微眯的眼睛，带有轻视的眼神更易引起别人的关注。

她还以为是什么专家呢，原来就是一个二十多岁的男青年。现在很多学生高中毕业后就去国外留学"镀金"，回国后，工作能力也没看出来比国内毕业的大学生强。没准儿这位就是一个镀满金箔的"专家"呢！

韩轩被众人簇拥着上楼，经过林嘉月身旁的时候，他侧头轻瞄了她一眼。此时的林嘉月已经垂下头，唯一能够看清的就是她抿唇后下拉的唇角。

抿唇将嘴唇藏起，嘴角同时下拉，说明这个人的情绪和自信已跌至低谷。她的真实年纪大概和自己差不多，却穿了一身稍显成熟的干练西装，想必是想为自己加油打气，至此，韩轩已经可以确定，她就是那位给王辉测谎三次都以失败告终的测谎技术员林嘉月。

　　毕竟韩轩才下飞机，而且对案件也不熟悉，所以李队先叫内勤同事预备了会议室，一边让韩轩稍作休息，一边重开案件分析会来帮助韩轩了解案情。

　　"小王，你先给韩老师介绍一下这个案子目前的进度。"

　　王子兵点头，介绍前先对韩轩露出了一个"迷妹"式的崇拜笑容。"四月三号，接到群众报警，长平区幸福小区一名女业主在家中遇害。死者名叫李萍，三十四岁，是本市一家外贸公司的行政总监。"

　　同事配合王子兵，在投影幕布上放出李萍被害现场的照片。照片中，李萍匍匐在地，床上和地上有大量血迹，从李萍的姿势来看，她是想要爬出卧室求救。

　　"如照片所示，犯罪现场整洁，没有搏斗痕迹，门窗也没有被撬过的痕迹，财物无丢失。死者和丈夫王辉是三个月前搬入新家的，据两人的邻居提供的线索，两人搬来后未曾邀请过任何人来家中做客。后经鉴定科同事勘查，屋内确实只有死者和丈夫王辉的DNA。"

　　投影幕布上的照片更换，换成了李萍尸检结果的照片。

　　"法医给出的尸检结果，死者李萍的死亡时间是四月二日凌晨两点到四点之间，胸腹部有四处锐器造成的刺创，其中有两处伤及心脏导致死者死亡。现场未发现凶器，根据创口的形状判断，我们初步怀疑是类似铁钉的锐器。"

　　投影幕布上的照片再次更换，这次换成了王辉的照片。

　　"因没有财物丢失，所以我们排除了入室抢劫杀人的可能性，怀疑是情杀。照片上的人就是死者的丈夫王辉，今年三十四岁，大专毕业后一直打零工，现在是一名影视剧临演。王辉和李萍是高中同学，因两人就读的大学在一个城市，两人互相照顾继而产生感情，于大学毕业后登记结婚，两人结婚十二年，未生育儿女。"

王辉的照片旁又多了一个女人的照片。

王子兵介绍道："这个女人叫陈芳，与王辉的关系暧昧，李萍曾因王辉和陈芳一起过夜，到陈芳的工作单位闹事。"

林嘉月坐在会议室的角落，视野宽阔，屋内的每个人都能看得一清二楚，尤其是那位年轻的鉴谎专家，他现在正专注地了解案情。

感觉会议室角落有一双眼睛正看着自己，韩轩转头，看向那双毫不避讳的眼睛。

被抓包的那一瞬，林嘉月是慌的，但想想自己又不是偷窥他洗澡，慌什么慌！稳住气神，她大胆地继续盯着人家。

韩轩也没移开目光。你看我，我看你，中国人讲究的就是礼尚往来。

分明就是她先看的别人，但此刻的林嘉月有点不爽，心里直犯嘀咕：他看什么？有什么好看的？

如果不是李队点了林嘉月的名，这场旷日持久的对看还真不知道要进行到什么时候。

"小林，你也给韩老师汇报一下，对王辉进行三次测谎审讯后的结论吧。"

林嘉月起立，将自己随身携带的工作手册翻开："王辉的心理素质过硬，在涉及死者李萍的少量问题上，生理参数会发生波动，但波动范围不会超出正常范围。三次测谎下来，我发现王辉的生理参数波动有一个规律，每次测谎开始的三到五分钟后，他的生理参数波动就会降到最低，异常的平稳，有些离奇。"

目光仍未离开过林嘉月的韩轩终于垂下头，他在借来的记录本上快速记录下林嘉月的这句话。

为了能让韩轩更全面地了解嫌疑人王辉，李队还让王子兵调出了王辉的所有审讯录像。

待该介绍的介绍完，该看的看完，终于轮到林嘉月期待的"专家"发言了，可万万没想到，韩轩开口，第一句话竟然是："我们先去吃饭吧，我有点饿了。"

"……"林嘉月无语。这哪儿是鉴谎专家，分明就是饭桶专家！

天色已黑，确实到了晚餐的时间。

李队叫林嘉月跟着他们一起去食堂吃饭，但林嘉月婉拒了，今天她真的一点儿胃口都没有。

市公安局对面的公交车站，林嘉月一脸沮丧地坐在椅子上发呆。自从大学毕业留校成为政大司法学院测谎中心的技术员后，她和她亲密的战友——测谎仪识谎无数，百战百胜，没想到现在竟在王辉这儿连栽三个跟头……

在她百思不得其解时，那辆送韩轩来市公安局的老旧轿车停在了她的面前。

车窗摇下，刘校长探头出来："小林，回宿舍是吧？我捎你。"

公交车App显示距离汽车到站还有二十分钟，林嘉月放弃等待，不客气地钻进刘校长的车里。

"您怎么没留下和他们一起吃食堂啊？"她将安全带系好，问。

"食堂的饭哪有我太太做得好吃！"刘校长一把年纪了还秀恩爱。

林嘉月被这把"狗粮"虐得直想下车。

"小林啊，我有个事儿麻烦你。"不再开玩笑，刘校长说起正事儿，"韩轩要来我们学校任教，但刚才市公安局局长和我商量，也想请他来做局里的案件顾问，韩轩答应了。所以我想啊，你们两个都给市公安局做顾问，不如就把韩轩的办公室安排到你们中心，这样市公安局找你们的时候，你们就一起过去。韩轩晕车比较严重，自己没办法开车。"

林嘉月原本就对韩轩有一种莫名的抗拒，现在一听刘校长让她给韩轩做司机，那种抗拒就更加强烈了："我认生，不适合跟不认识的人接触。"

"你这孩子，接触接触不就熟悉了吗？而且，这是一个多好的学习机会啊。他是行为学和心理学专家，你跟在他身边多学点知识，也可以提高你自己的业务能力啊。还有，韩轩作为案件顾问，是可以出现场的，我记得你之前找过我，想让我帮你给我女婿说出现场的时候也带你，对吧？"

确实，林嘉月是这么拜托过刘校长。她考政大其实是想做一名警察的，但最后因为综合评分未达标，她没能实现自己的愿望。

见她不再拒绝，刘校长趁热打铁："只要你给韩轩做助理，你就能跟着他一起出现场。"

刘校长是只老狐狸，林嘉月是只小狐狸，她一声不吭，脑筋飞速旋转，寻思眼前这个圈套到底要不要钻。

假设王辉杀妻的案子，她当时能去现场看一下，会不会就能找到一个特别的切入点，制定出一套直击要害的测谎审讯题？

片刻后，林嘉月确定了，新时代女性能屈能伸，做助理就做助理！

得逞，刘校长在十字路口拐了个弯儿。

林嘉月拧眉："校长，走错路了吧？"

"没有。既然你答应给小韩做助理了，那现在就去帮他收拾收拾新家吧。"他抱歉一笑，"你看，我都这么大年纪了，打扫这种事情真的不适合我。"

老狐狸就是老狐狸啊。林嘉月服了。

饱餐之后，韩轩提出要拷贝王辉所有影视剧视频的要求。

李队不解："韩老师能给我们讲下您的思路吗？"

"好。刚才我在审讯录像里看到，当你们把'第三者'陈芳的照片展示给王辉看时，他的瞳孔并没有扩大。如果王辉真是为了与陈芳在一起才杀妻，那他看到自己喜欢的女人时，瞳孔不可能不扩大。所以我们可以排除情杀的可能性了。虽然看陈芳的照片没有出现瞳孔扩大的情况，但当聊起他的职业时，王辉的瞳孔却放大了。他很爱临时演员这份工作。如果你们没有留意到，可以慢放观察一下。"

王子兵一脸的敬佩，插话道："韩老师真的是好眼力啊！"

淡笑，韩轩没再说话。

拷贝了王辉所有影视剧视频后，他搭王子兵的顺风车回到自己在洛州市的新家。进门看着干净整齐的房间，韩轩欲给刘校长打电话道谢，但手机才拿起来，他又放了回去。因为他在沙发上发现了一根女人的头发。

目测发色和长度，正好与今天有过一面之缘的林嘉月相符。去市公安局的路上，刘校长说过要帮他找一位私人助理，看来这人就是林嘉月了。

既然还会见面，那下次再道谢也不迟。

将U盘插在笔记本电脑上，韩轩认真地欣赏起王辉的演技。感情到位，流畅不做作，比国内很多当红偶像演员的演技要精湛得多。非科班出身，能做到这种程度，可见下了不少功夫。

韩轩指节分明的修长手指在键盘空格键上敲了一下，屏幕上的画面定格，此时画面中的王辉一脸无辜的表情。在这部年代剧中，王辉饰演了一个被老爷误会与其姨太太偷情的家丁，这位老爷让人严刑逼供，王辉被打得头破血流，脸上从始至终都是无辜的神情。这个神情与他在审讯录像中的神情如出一辙。

韩轩再次轻敲空格键，将所有王辉出演的影视剧片段来回看了三遍。

3

林嘉月心情不好会失眠，但托收拾韩轩新家的辛苦之福，她昨晚早早就睡着了，今天早上醒来还想再睡一个回笼觉，可手机不给她机会。

早上八点整，一串陌生的号码显示在电话上。

窝在被子中头发凌乱的林嘉月以为是卖保险卖商铺的人打来的，直接挂断。

三秒后，这串号码又打了进来。

这次她接了，语气透着一丝丝的不耐烦："谁啊？"

"你好，我是韩轩。"清清淡淡的声音从手机里传出。

林嘉月有点蒙："有事儿？"

"我今天要去市公安局。"

"你去你的啊，跟我有什么关系？"一觉睡醒，她似乎忘记昨天答应给韩轩做助理的事了。

"助理。"电话那头传来冷淡的提示，简单得好像不愿和她多说一个字。

"呃……"失忆少女终于找回了昨天的记忆。从床上坐起，林嘉月透过推拉门的缝隙，看到了客厅茶几上的那串车钥匙。昨天刘校长大方地把自己那超级复古的坐骑先借给了他们。

"半个小时后，我家楼下见。"

"半……"——半个小时哪够？洛州市早上常堵车的！

林嘉月还没来得及说明情况，韩轩已经挂断了电话。

这位海归大神还真是叫人喜欢不起来啊！

然而，不喜欢又能怎样？为了出现场，林嘉月只能把心里的火先压下来。快速洗漱后，她穿好衣服拿着车钥匙直奔楼下。

三十五分钟后，待她火急火燎到达目的地时，韩轩已经等在楼下。

停稳车子，林嘉月伸手将副驾驶的车门从里面打开，招呼说："上来吧。"

韩轩没有应声，将目光从手上的腕表移开。他走向车子，伸手将副驾驶的车门推上，然后拉开了后座的车门。

什么情况？林嘉月从内后视镜里看向坐进车里的韩轩，直言不讳："我不过就晚了五分钟，你不用这么明显地黑脸给我看吧？"

韩轩并不是因为她的迟到才坐到车后座，他只知道林嘉月对自己没有好感，不然第一次见面也不会眯起眼睛。眯起眼睛是视觉阻断行为的一种，这种行为通常发生在人们感到自己受到威胁，或者碰到自己不喜欢的人或事物时，所以韩轩希望主动疏远她，令她能在驾驶时有个好心情。至于他刚才看表，只不过是想知道从她家到他家到底需要多少时间，这样下次约定的时候能够精准报时。

"林小姐误会了，我只是单纯想坐在后面。"

骗谁呢？！林嘉月不信他的话，心说，坐在后座一般都是领导或老板，他这海归大神怎么可能不知道！

本来给他做助理她就不情不愿的，现在见他毫不客气地享受起领导待遇，她的心气就更不顺了。抬眼再从内后视镜里看他，他竟然已经戴上了眼罩！这哪像晕车的人，明明就是一个很会享受车内时光的人嘛！

于是……

一脚油门，一脚刹车，车子猛然前冲又骤然停止。后座的韩轩因惯性前倾后狠狠撞到车椅背上。

掀起眼罩，他看向内后视镜里的林嘉月，质疑道："林小姐，能出示一下你的驾照吗？"

"为什么？你又不是交警。"

"但我要对自己的生命安全负责。"

"我也要对自己的生命安全负责啊。我的命又不是不值钱。"

韩轩还想说些什么，但车子已经驶动，他只好先拉下眼罩，安静乘车。

快到市公安局的时候，韩轩突然想起林嘉月昨天帮他收拾屋子的事，一路的毫无交流到此结束，他开口道谢："谢谢你帮我收拾房间。"

以为他已经睡着的林嘉月被他这一句冷不丁的道谢吓得一哆嗦，嘴上条件反射地礼貌回应"不客气"，但她已经在后视镜里狠狠白了他一眼。

韩轩一早就来到市公安局，王子兵他们还以为他已经有了对付王辉的办法，可按照韩轩的要求，将王辉带到审讯室后，这位大神的套路他们就看不懂了。

韩轩没让王子兵将王辉铐在椅子里，而是让他站在房间的中央。观察室里的韩轩坐在昨天林嘉月坐的那个位置，他将麦克风打开，透过硕大的玻璃观察着王辉。

王辉对于这样的审讯也是一头雾水，站在审讯室中央有些不知所措。

终于，音响里传出一个不急不慢的男声。

"王辉，听说你是一名临演，而且演技不错，下面，请你证明给我看。"

王辉微怔，下意识抬起被铐在一起的双手，轻碰了一下脸部，好像那个部位有点儿痒似的。

当感到紧张或恐惧的时候，人们会触碰自己的面部，这种行为是一种自我安抚的行为。观察室里的韩轩将这一行为看在眼里，然后对着麦克风说："第一个角色，你在一家商店购完物，要离开的时候，有店员提醒你钱包掉了。"

王辉思索片刻，按韩轩说的做，惟妙惟肖。

"第二个角色，你在一家商店购完物，要离开的时候，有漂亮女店员向你要电话号码，你很乐意给她。"

王辉照做，观察室里的刑警似懂非懂地看着。

"第三个角色，你在一家商店购物时，突然有歹徒冲进来，歹徒开枪击中了你的大腿，然后一名学过救护的客人帮你给伤口止血，你很感激。"

这一次，林嘉月似乎明白了韩轩的用意。

王子兵还是不明白，靠近林嘉月小声询问："你看懂了吗？"

她点点头："他应该是想通过王辉收放自如的演技来证明王辉在测谎时利用演技做障眼法吧。可是……"她顿了顿，疑惑地呢喃，"演技都是表面的东西，测谎仪检测的是王辉的生理参数，演技再好，也无法改变自己的心跳、脉搏或神经反应啊……"

林嘉月的声音不大，韩轩却听得清楚，他用余光朝她这边瞥了一眼，然后继续考验王辉的演技。

十分钟后，韩轩终于更换了谈话内容："你很热爱表演，是吗？"

说起演戏，王辉的眼睛里就有光在闪烁，话也变得多了起来："对，我热爱表演，表演对于我来说是不可或缺的，就像植物没有了阳光，它们就不能进行光合作用。"

"我无法体会到你的这种强烈的感情，能细致地描述一下吗？"

"可以。我以前做过很多职业，尽管所有的工作我都能做得顺手，待遇也不错，但在那些工作环境中，我却时刻感觉到紧绷、不自在，我知道自己不属于那里。但，在片场就不一样了，尽管风吹日晒，可我甘之如饴，整个人从内而外感觉到舒适畅快。"

"能理解为片场让你有归属感和安全感吗？"

"对！就是这样！"王辉被人理解的那种欣然、欢喜溢于言表。

"好，谢谢你的配合。"

终于结束了一上午的演技考验，韩轩将所有负责此案的警察叫到了昨天的会议室，对王辉的行为和心理进行详细的剖析。

"人的表情是可以通过精湛演技表现出来的，根据一上午的观察，王辉的演技不错，情绪也比较到位，但表情重复率高，模式化严重。他今天的表演和以前影视剧片段里的表演几乎一致，审讯录像里也是如此，你们可以对比着来看一下。"

王子兵看了林嘉月一眼，语气中带着惊喜："他还真的把审讯当成演戏了啊！"

韩轩也看向坐在距离自己最远位置的林嘉月，说道："至于林小姐疑惑的生理参数变化问题……"

林嘉月突然被他点名，脸上闪过一丝惊慌。

韩轩继续道："王辉在每一次测谎开始三到五分钟后，生理参数都会变得异常平稳，这并不是因为他心理素质过硬，而是他懂得自我催眠。"

"自我催眠"四个字掷地有声，引起在场所有刑警的低声议论。

"催眠暗示在人类的生活中具有很大作用。当人在清醒状态下暗示虽也有作用，但远不及在催眠状态下的暗示。当暗示的内容进入到人的潜意识中，它将具有更强大而持久的威力。而且在催眠状态下的暗示，不仅能够改变身体的感觉、意识和行为，而且还可以影响内脏器官的功能。这就是为什么每一次审讯三到五分钟后，王辉的生理参数都会变得异常平稳的原因。"

林嘉月将信将疑地看向韩轩。

韩轩则只是平静地回看着她，并没有因为她的那一丝质疑而心情不佳。

"这么说的话，王辉是给自己设定了一个无罪的角色，然后全身心地投入进去？"王子兵问。

"没错，他在每一次我们要审讯他的时候，都会用三到五分钟的时间来做自我催眠。"

"是不断地告诉自己，妻子李萍在他出差拍戏的时候被人杀害，他不在场，没有嫌疑，不是凶手？"

韩轩不倾向于这种揣测。"我个人认为，他在心里给自己写了一个剧本。这样的方式比较符合一个戏疯子的心理活动。"

"他擅长自我催眠的话，那我们岂不是再测多少次谎都会毫无收获？"

"所以不用再测，把凶器找出来就可以了。"韩轩看向王子兵，"你现在能帮我找几样东西吗？"

王子兵特乐意效劳地点头："想要什么？您说话。"

"刀子，锤子，锯子，还有一根削尖的筷子。"

十分钟，王子兵把韩轩要的四样东西一样不少地交到他的手里，再次提审王辉，韩轩没有去观察室，而是选择了和王辉面对面。

"你好。"韩轩神情淡淡地跟王辉打招呼。

王辉听出了他的声音，脸上竟露出了笑容："你是刚才考验我演技的那个人。"

"没错，不过现在我过来不是跟你讨论表演艺术的。"说罢，韩轩将那四件物品中的刀子从桌下拿到了桌面，然后不疾不徐地问道："王辉，如果你要杀害李萍，你会使用刀子吗？"

王辉盯着面前的韩轩说："我不会杀我妻子。"

无视王辉的否认，韩轩收回刀子，继续拿出锤子。"如果你要杀害李萍，你会使用锤子吗？"

王辉重复刚才的话："我不会杀我妻子。"

韩轩继续无视他，拿出锯子。"如果你要杀害李萍，你会使用锯子吗？"

王辉依旧直视韩轩："我不会杀我妻子。"

最后一样，韩轩紧握筷子没有削尖的一头，使它看起来并不像筷子，然后放慢语速问道："如果你要杀害李萍，你会使用……"

在观察室中，所有人都屏气凝神，期待着王辉精神崩溃的痛快场面。

可令人失望的是，王辉依然冷静。

而韩轩比他还冷静，终于，他说出了最后一种物品的名字。"……筷子吗？"

王辉的回答还是那样："我不会杀我妻子。"

"问话结束，感谢你的配合。"收起东西，韩轩起身走出审讯室。

在所有人都以为这场短暂谈话以失败告终的时候，韩轩语气坚定地告诉李队："凶器应该是形似这根筷子的东西，能让王辉感到归属感和安全感的地方是片场，所以凶器应该来自片场，最后又归还片场。听说那个影视城最近在拍的都是古装剧，我想你们可以去找一下发簪发钗之类的东西。"

王子兵又露出了那"迷妹"式的笑容，林嘉月站在他身边不禁打了个寒战。"韩老师，您怎么确定的？"

"在我拿出这根筷子的时候，他的眼皮明显耷拉下来，一直到我说出'筷子'这两个字时，他的眼皮才重新抬起。"韩轩的解释点到为止。明白其中意思的李队立刻亲自带人去了邻市的影视基地。

从办公楼出来，天空飘起了小雨，空气中弥漫着土壤和青草的香气，这是洛州市立春后的第一场春雨，润物无声。

淋着细如发丝的小雨，林嘉月侧身微扬脑袋问并排走在自己身边的韩轩："送你回家？"

韩轩也侧身，微微低头回道："嗯。"

两人上车，韩轩又将自己的黑色眼罩戴了起来。

林嘉月通过后视镜睨他一眼，原本想问的话又咽了回去。

雨越下越大，雨滴砸在车窗上发出叭叭的响声，黑暗之中的韩轩听着这样的声音，思绪飘到了十年前的那个雨夜。

十年前。

六月的天，孩子的脸，说变就变。天气预报明明说没雨，但到了傍晚，洛州市的上空便阴云密布，仿佛世界末日到来一般，接着没多久，天空就下起了瓢泼大雨。

距离中考只有不到一周的时间了，所有中学都已停课，学生们进入自由复习阶段，绝大多数学生选择在家复习，但韩轩却不得不来学校。赵刚被害案，他向警方描述了嫌犯的模样，警方据此制作出了画像，韩父韩母实在担心他一个人留在家中，相比之下，到学校来更安全。

大雨从六点半下到八点，雨势终于变小，韩轩将复习用的试卷和课本收拾好，关灯锁门，离开学校。

因为阴天下雨，今天的天色比以往八点时要黑得多，走到没有路灯的地方，四周黑得令人恐惧。

口袋中的手机响了，是韩轩母亲打来的电话，远在外地，因工作无法回来照顾儿子的她一直担心惦念着儿子。"回家了吗？"

韩轩听出母亲的担忧，宽慰她："正在路上，放心吧，没事的。"

听到淅淅沥沥的雨声，母亲让他别乘公交，直接打车去奶奶家。

韩轩答应。知道母亲的研究工作进展到了最后的重要阶段，他不想浪费母亲的时间，希望她和父亲能快些完成，早点回来，于是他借口打着伞又拿着电话，还要伸手拦出租车，实在不太方便，安慰母亲几句后结束了通话。

十年前的洛州五中被挤在一片老旧的平房之中，一到刮风下雨的天气，这一片保准停电。

狭窄幽长的小胡同中塞满了黑暗。胡同两侧的住家户全都因为这里条件简陋，将房子租给附近市场的商户做仓库了。若是平时这个时间，胡同里或许有几个整理货物的人，但今天这种鬼天气，附近的市场早早就关了门。

因为黑暗，人的视力下降，听力变得敏锐。在淅沥的雨声中，韩轩还听到了一个很小的动静，似是踩水的声音。

他身后有人？

放慢自己的脚步，韩轩竖起耳朵细听，但那声音像在和他做游戏，立刻藏了起来。

是自己多疑了？

恢复正常步速的瞬间，韩轩的身后又传来与刚才一模一样的动静。而且，那声音似乎近了。

此后，他快，它也快。它越来越近，潮湿空气中的恐惧越来越重。

谁会跟踪他？韩轩的手将伞柄越握越紧，骨节处露出苍白的颜色。

是吴军？那个被他看清相貌的连环杀手？

脑海中，他与吴军的那次擦肩而过的画面浮现，紧接着就是赵刚被害的血腥恐怖画面。

如果是他……那自己的下场也会是那样？

十五岁，人生还没正式开始就要面对残酷的死亡，韩轩不甘心，他加快步调。可他才起跑，便一个趔趄跪在黑浑的水洼中，狼狈不已。

他拥有异于常人的动态视力，所以才能在一周前看清快速逃离的吴军，然而这种超强的动态视力并不值得羡慕，因为拥有超强动态视力的人无法快速奔跑移动，那样会造成眼睛与脑部的不适，导致不同程度的昏厥。

如果他昏了，那他就成了任人宰割的羔羊。

身后的动静已经近得可以准确判断是人的脚步声……

"不回头看看我吗？"脚步声停止，戏谑的男声响起。

他真的来了……

韩轩却不知该如何自救。

十五岁，他第一次感受到了绝望。

4

经过昨天一场春雨的洗涤，今天洛州市的天空湛蓝湛蓝的，几抹软绵的云飘浮空中，像妙龄少女淡扫的蛾眉。

韩轩今天要去学校报到，林嘉月以为他还会一早给自己打电话，所以进入角色快的她一早就起来准备好随时出发了。不过，一直等到快九点，韩轩的电话也没有打过来。

韩轩的住所距离学校不远，走路需要半个小时，今天天气好，他觉得没必要叫人载自己过去。

T恤衫双肩包，政大悠长的林荫大道上，韩轩混在学生群中，一点儿违和感都没有，还引起了几位美少女的注意。

林荫大道的一头，熟悉的老式黑轿车缓慢地行驶着。在家等到八点五十，林嘉月终于放弃了，可谁知一来学校，就看到人家悠哉地走在大道上，还享受着美少女们关注的目光。

"嘀嘀——"林嘉月开到韩轩的身后，故意按了两声喇叭，想要吓他一跳。

但韩轩并没如她所愿。似乎早就知道身后有车一样，他靠边，然后驻足。

林嘉月也停车，放下车窗玻璃，从里面探头出来，一口毫不友善的语气："早啊，韩、老、师。"最后三个字，她提高分贝一字一顿，做到足够令那些美少女听得清楚的地步。

效果不错，在得知韩轩是老师后，关注的目光消失殆尽。

"早。"韩轩淡淡地回应。

人一旦对另一个人产生了负面的抵触情绪，不管那个人对他热情还是冷淡，都会令他觉得反感。正如现在的林嘉月，她就一脸不满："韩老师，我们应该算是同事吧，毕竟以后要在同一间办公室里工作，所以，你对同事就是这种冷漠的态度吗？"

她对自己的厌恶，还真是毫不遮掩啊。韩轩觉得有趣，唇角微扬，这样短暂的笑容只维持了四分之一秒，属于瞬间性的微表情。

可林嘉月捕捉到了，只不过她不清楚，这个笑的含义。

"作为行为学专家，你能解释一下，你刚才露出的笑容是什么意思吗？嘲讽讥笑？"

对于林嘉月竟然能捕捉到自己的微表情，韩轩还是有些惊讶的。看来刘校长选择她给自己做助理，并不是随手点将。

因为有趣，所以韩轩不打算解释。

"嘀嘀——"林嘉月的车后传来了电瓶车的鸣笛。

她扭头朝后看，刘校长正笑得一脸灿烂给他们挥手打着招呼。

"你们俩现在熟悉了？看来很有共同语言嘛，不过有话去办公室说吧，别堵在路上啊。"

刘校长发话，林嘉月不得不就此罢休，先去把车停好。

司法学院测谎中心的办公楼不小，但人员并不多，加上新来"借住"的韩轩也才十二个人，所以他们给韩轩准备了一个独立的办公室——宽敞明亮，窗子直面人造湖，景色优美。

向欢迎自己的测谎中心技术员们道谢后，韩轩回到自己的办公室里，正从书包里往外拿笔记本电脑时，办公室的门被人敲响，随即林嘉月推门而入。

说起正事的她，脸上满是认真专注的神色，还有一丝她自己察觉不到的欣喜。"刚才王子兵给我打电话说，李队从影视城带回的发钗发簪，经过鲁米诺试剂检测后，确实有一支显示存有大量血迹，现在法医正在提取上面的DNA，要和李萍的DNA做对比。"

"嗯。"韩轩应声，并没有兴奋或得意的表情，仿佛案情就是他轨道上的火车，顺着轨迹运行是再正常不过的事。

"那个……"她昨天就想问却没有问出口的话再次抵达嘴边。

"有什么事？说吧。"他一边摆放电脑，一边问。

林嘉月犹豫几秒，"好奇心"战胜了"要面子"。"你拿出那根筷子的时候，王辉的眼皮明显耷拉下来，一直到你说出'筷子'这两个字时，他的眼皮才重新抬起。能解释一下，这是为什么吗？"

韩轩抬头直视林嘉月的眼睛，耐心地解释道："因为削尖的筷子和他使用的凶器相似，所以他误以为我们拿的就是凶器，从而在他身上发生了视觉阻断行为。人常会在受到威胁或者碰到自己不喜欢的事物时发生这种行为。比如，你第一次见到我时。"

还在吸收前一句中的知识的林嘉月听到后一句，整个人都怔住了，嘴巴张张合合像只鱼缸里的金鱼，最后愣是什么反驳的话都没说出来，尴尬地退出了韩轩的办公室。

可退到门外后，林嘉月越想越憋气。让别人难堪，他感觉很爽吗？既然他都不给自己面子，那就别怪她也不客气了。

重新推门而入，她的贸然入侵令韩轩怔了一下。

不待他询问她返回的原因，林嘉月理直气壮地开口了："确实，我第一次见你时，对你没有什么好感，但现在——更加没好感！"

话音才落，关门声便响起。

办公室又只剩韩轩一人。静默几秒，他的嘴角微微扬起，露出一丝笑意。

相比那些口是心非的人，林嘉月这种直来直去的，还算可爱。

"这人真是……"林嘉月躲在器材室里给自己的"战友们"做定期体检，边检查边跟自己的发小卢楠视频聊天，将自己和韩轩的"恩怨"娓娓道出。

视频那头，身为健身中心私教的卢楠今天上早班，没有学员来访正闲得无聊，于是津津有味地听她絮叨，时不时还唱反调地对韩轩表示敬仰和崇拜。"这么酷！会读心啊！能不能介绍我认识？我想学几招，怎么才能看出姑娘对我有没有爱慕之情！"

"你是不是亲朋友啊！站队站到别人那边去了！"林嘉月瞪眼，怒斥卢楠。

卢楠在视频那头穷嘚瑟，反正林嘉月也打不着他。"人间精品韩老师！韩老师万岁！韩老师无敌！有了韩老师，你的那些'战友'直接可以全部退役了！"

前几句耍贫的话，林嘉月可以不放心上，但最后一句可真戳到她心口上了。

"就凭他善于观察人类行为，就能取代我的'战友'？开什么玩笑！鉴谎还是要靠仪器的，因为仪器永远都不会说谎，人却可以！就算他是专家，能看透所有人的心思，但你能保证他自己不会说谎吗？如果犯人跟他有利益关系，你能确定他不会包庇犯人？"

卢楠恶作剧的笑容僵住了，他看得出，林嘉月现在很认真，她生气了。他知道，在林嘉月父亲的那件事后，她除了亲人，几乎不敢相信任何人。于是，卢楠连忙道歉哄她开心："嘉月啊，我逗你玩儿呢，别生气哈，哥以后绝对不再胡说八道了！我这礼拜发工资了，你看你哪天有空，赏脸出来吃个饭，帮我花点儿钱啊！唉，作为一个高富帅，钱多得我都心烦了！快来呀，快来花光我的钱呀！"

看他那一副贱贱的样子，林嘉月狠狠白他一眼，放话说："周五，你给我等着，澳洲龙虾、神户牛肉、法国鹅肝，吃到你破产为止！"

经法医江雪怡的进一步鉴定，DNA对比结果出来了，发钗上存有的大量血迹正是死者李萍的，除此之外，发钗钗头的金属雕花沟槽内还发现了王辉的DNA。

江雪怡将热气腾腾的鉴定书交到韩轩手里，侧目打量他一番后，转眼看向另一边的林嘉月。"嘉月，"她小声将林嘉月叫到一旁，"他就是韩轩？"

市公安局第一高冷的美女法医江雪怡竟然也对韩轩产生了兴趣？林嘉月不可思议地望向她那张漂亮的脸庞："想要他的号码？"

超大的一个白眼，江雪怡冷哼："怎么可能……只不过总听王子兵他们念叨，比较好奇罢了。"又打量韩轩一遍，她问林嘉月："真如他们说所，神通广大？比测谎仪还厉害？"

"怎么可能？"林嘉月一口否决，全然没有意识到自己的音量并不小，"测谎还是测谎仪更靠谱啊，只不过这次情况有点特殊……就靠一个表情找出凶器，只能说他运气好而已。"说最后这话时，她不自觉地用左手摸了几下右手。

摸手这种安慰行为通常发生在人极不自信，不能确定自己所说的话时。

捕捉到她的这个小动作，韩轩并没有拆穿。至于好运一说，他不否认，因为他也没想到发钗上会有王辉的DNA，这为警方省了不少麻烦。

王子兵问韩轩："下午再审王辉，韩老师参与吗？"

韩轩摇头："我有事。"

什么事？林嘉月疑惑地望向他，还没开口，就被他的话给堵了回去。

"不需要林小姐送我。"

林嘉月皮笑肉不笑，正好，姑奶奶还想留下看王辉认罪呢！谁稀罕跟着你四处乱跑！

再审王辉，得知凶器被找到后，他整个人的状态都变了，不再装作无辜，静如湖面的眼神泛起了波浪，看来他一直把胜算都赌在了凶器上。

确实，有几个人能想到刺死李萍的凶器是一支古装戏里常见的发钗呢？

"发钗不是古代男女用来定情的信物吗？真是没想到，这么浪漫的物件儿竟然被王辉用来杀害妻子……"王子兵透过观察室的玻璃看向王辉和他面前的那支发钗，不禁唏嘘。

"你懂得还挺多。"瞄他一眼，林嘉月便将全部注意力都放到了王辉身上。

王子兵笑她："这么使劲儿瞧，也对行为学产生兴趣了？"

"才没有！"嘴上不承认，但潜意识里，林嘉月确实对此产生了几分兴趣。或许，除了用它来破案，她还想反将韩轩一军吧。

"王辉，现在证据确凿，你自己坦白交代吧，为什么杀死李萍？"作为主审的李队拎起他面前的发钗，向王辉发问。

目光一直在躲避发钗的王辉别过头，始终不想让自己的目光碰触到那只曾经沾满李萍鲜血的凶器。

面对王辉的不配合，李队仍表现得很有耐心："需要我再重复一遍刚才的问题吗？"

几秒的沉默后，王辉终于开口，但依旧别着头。"能不能把那个拿走。"

李队知道他指的是什么，于是用文件夹将发钗盖住。

王辉把头转回来，望向李队，提出一个要求："我想见那个考验我演技的男人。"

"他不在。"

观察室中，王子兵靠近林嘉月，用胳膊捅了捅她："韩老师到底干什么去了？"

"我哪知道。"

"你不是他的助理吗？"

"助理就得对他的事情都了如指掌？"林嘉月表面上对韩轩的行踪毫无兴趣，其实好奇心重的她也跟王子兵他们一样，想知道韩轩到底去了哪儿。

5

距离市公安局不远的一个小区内，韩轩从一家超市中走出，双手拎满了各式各样的礼品，俨然一副要走亲访友的架势。

"您好，请问五号楼在哪儿？"他拦下一位步速缓慢的大爷礼貌询问。

大爷是出来遛弯儿的，反正都是遛，到哪儿都一样，于是热心肠主动要给韩轩带路，边走边聊："五号楼找谁啊？"

"周警官。"韩轩如实回答。

大爷却停下步子，脸上露出一丝惊色："周铮？"

大爷的反应让韩轩生出一种不太好的预感，他点下头，听他继续说下去。

"唉……看来你很久没和他联络过了吧。"大爷一脸的惋惜，安慰地拍拍他的胳膊，"周铮已经没了，三年前的事了。执行任务时，被歹徒开车撞了，没救过来。真是太可惜了。"

阳光正好，春风和煦。僵住的身影看起来落寞无比，给生机勃勃的春日平添一丝伤感。

韩轩取消了这趟拜访，一个人返回市公安局的路上，他的思绪回到十年前，最后一次与周铮的见面。那个此生难忘的恐怖雨夜，他即将在吴军的双手中窒息的时候，周铮的出现给了他继续活下来的机会。

当时奄奄一息的韩轩被送到医院抢救，尽管医生诊断确认他的情况并无大碍，但因受惊过度，他还是昏迷了两天。周铮从韩轩父母口中得知了他眼睛的异常，明白了那一晚他为什么会那样绝望。如周铮所料，韩轩醒来后，他开始嫌弃自己的眼睛，他的创伤后应激障碍全部反映在对眼睛的态度上，他滥用眼药水，好像它们中总会有一种能够将他的超强动态视力给消除。心理医生的干预无效，最后还是周铮的一晚促膝长谈，将韩轩的心结解开。

他告诉韩轩什么是微表情，什么是行为学，他说自己很羡慕他天赋异禀，他的眼睛不是累赘而是宝藏，只要经过完全开发，它们可以轻松地将恶意谎言拆穿，还清白给被冤枉的好人。

周铮本想收韩轩为徒，但因韩父韩母担心儿子的生命安全，决定离开洛州移民国外，这份师徒缘分没能结成。不过周铮的话，韩轩记在了心里，虽没有拜师仪式，但他已把周铮当作了自己的老师。

曾经有外媒采访过韩轩，他们想知道他的启蒙老师是谁，但他们查遍中国所有专家，都始终没能找到韩轩所说的那位姓周的先生。

市公安局。

王辉执意要见韩轩，见不到韩轩就什么都不说。李队用了很多办法都没撬开他的嘴，审讯陷入了僵局。

王子兵给韩轩打电话却一直没人接听，审讯室里，王辉和李队还在僵持。

"我来试试。"一直默不作声的林嘉月突然开口。

观察室中的所有刑警都不解地看向她。

"你怎么试？"王子兵问。

林嘉月落座，将观察室桌上的话筒打开。

审讯室里的音响发出嘶啦的电流声，王辉以为是韩轩来了，迅速扭头朝镜子的方向看去，嘴角带着一抹期待的笑意。

"王辉，你找他，是想问他对你的演技打几分吗？"

音响内传出的竟是女人的声音，王辉瞬间冷脸，但他脸上一闪而过的惊讶神情还是被林嘉月捕捉到了。

她猜对了。

忐忑的心情渐稳下来，林嘉月用自己对韩轩的一知半解，揣摩韩轩面对王辉要提出的问题会如何作答。

"如果你指的是你杀害李萍后的这段戏，"她微顿，不疾不徐地点评，"一般，没有什么出彩之处。相对来说，更让人感兴趣的是你给自己编撰的剧本。不如谈谈这个剧本？"

王辉仍旧一声不吭，时间仿佛静止了一般。

镜子后的林嘉月岿然不动，全神贯注，眼睛都盯酸了，却再也没能在王辉脸上发现一丁点的蛛丝马迹。

这时，观察室的门被人推开，韩轩回来了。

林嘉月太过专注，并没发觉。

王子兵等人露出谢天谢地的表情，正要称赞韩轩回来得正是时候，他却做出勿扰的手势。

此时的王辉，脸上接连闪过三种微表情——轻蔑、悲伤、愤怒。错过一种，便会无法揣测其杀人动机。

有人收获丰厚，有人一无所获。

什么都没看出来，林嘉月正烦恼接下来该如何引诱王辉招供时，镜子的反光中出现了一个修长而有些熟悉的身影。

韩轩弯身靠近话筒，阻挡在前的林嘉月受他压低的身子逼迫，整个人都要趴到了桌上。

"你已经不爱李萍了，对吗？因为她不看好你，她认为你永远都只能做一名出不了头的临时演员，甚至她还不止一次地阻挠你追求你的梦想。"

王辉听出了韩轩的声音，眉峰上扬。

"但你没有勇气离婚，因为你知道，离婚后，以你的收入，你一定会生活得很窘迫。你贪图现在的衣食无忧，又紧攥着自己的梦想不肯放手。"

"不，我提出离婚了！"王辉底气十足地反驳，"而且我不止一次向李萍提出离婚，是她不愿意。"

"为什么不愿意？"他成功撬开了王辉的嘴。

"她自私。"王辉皱了下鼻子，轻蔑不屑的表情稍纵即逝。

待王辉开始主动招供，林嘉月终于有机会将自己头顶的人推开，起身离开座位，顺便眼光不善地偷瞄韩轩一眼。

神出鬼没的，是想吓死谁啊？！

其实在做测谎审讯时，有些问题，王辉没有撒谎。李萍受老师喜爱，是父母的骄傲，上高中是级部第一，上大学是系第一，她是金字塔的顶端，渐渐地，她成了一个强势自我的大女人。她对自己另一半的要求只有一个，在她之下，能受制于她，各个方面都不如她，又是知根知底的高中同学，王辉成了最佳人选。被一个各方面都很优秀的女人示好，王辉受宠若惊，一直都像个透明人的他似乎找到了自信。虽然这场婚姻并不是建立在单纯的爱情之上，但日久生情，两个人也过着如胶似漆的生活。李萍很宠王辉，当她知道王辉的梦想是当一名演员的时候，她非常支持，她放任他去追求他的梦想，不要求他赚钱养家，但这样的放任是有期限的，大概持续了八年，王辉始终是一个临时演员，每一次镜头都少得可怜。

两个人都三十一岁了，同年龄的人大多数都已为人父母，李萍也想要个孩子，但王辉经过这些年的追梦，心思已经完全不在家庭上了，因为要孩子的事，两个人如胶似漆的婚姻生活画上了休止符。接下来的是十天半月一次的争执，王辉觉得李萍变了，她不再宠着自己依着自己，她开始阻碍他追求梦想，有很多次王辉接到试镜电话后，李萍的身体就出现各种情况，不是发烧就是胃疼，为了陪她看病，他错过了很多次试镜，其中原本要他去试镜的角色，在电视剧播出后意外走红，取代他出演的那个临时演员也一炮而红。这件事就好像一根刺，深深地扎进了王辉的心里。

变味的婚姻又维持了两年，王辉在这个家中越发觉得压抑。终于，在深思熟虑后，他提出了离婚，但遭到了双方父母的阻拦，李萍更是不愿意，她认为离婚对她来说是人生败笔，她写满辉煌的人生不允许有这样的败笔出现。后来经过协商，李萍答应再给王辉一年的时间去追逐他的明星梦，如果他还是没有成功，那就放弃，跟她要个孩子，踏踏实实地过日子。女人过了三十五岁怀孕就是高龄产妇了，李萍只能等到三十五岁。

为了让王辉早些放弃，李萍在这一年里切断了给他的经济支持，为了有足够的钱来往于各个影视拍摄基地，王辉不得不打起临工。在一家工厂打工时，他结识了陈芳，陈芳也是个有梦想的人，两个人很聊得来，因为不想再和李萍谈心，王辉就总找陈芳。有次王辉和李萍又因为做演员的事发生口角，他被李萍从家里赶了出去，王辉去找陈芳，陈芳收留他在自己家住了一宿。当天陈芳有个老乡也在她家，茶余饭后，那个老乡逗闷子说自己会算命，于是王辉和陈芳都算了一把。他说王辉的命不错，是那种可以出人头地大红大紫的，不过就是找的媳妇不太好，强势，把他给压住了。说者无心，听者有意。王辉当晚失眠了，他回想以前的种种，越想越觉得这人算得准。

王辉彻夜不归，还住到了一个女人的家里，李萍被激怒，找表哥和嫂子去陈芳承包的食堂闹了一场。陈芳因为这事差点儿丢了食堂未来几年的承包权，为自保，陈芳决定疏远王辉。王辉可以交心的朋友就陈芳一个，现在却因为李萍的胡闹失去了她。对李萍的不满终于升级成了憎恨，王辉再度提出离婚，李萍仍不同意，两人大吵，把家里能摔的东西都摔了，邻居纷纷前来劝架，碍于面子，李萍假意妥协，之后又用工作忙、新房交房事情太多来拖延时间，不去办理离婚。期间，王辉的父母也多次劝阻王辉，让两人离婚的事情缓了下来。

三个月前，两人从出租房搬进了属于他们的新家，李萍一改往昔的强势，变得温柔起来。王辉知道她想借新房子改善一下他们的婚姻状态，而且一年的期限马上就要到了，她觉得他会放弃自己的明星梦。王辉曾经也以为自己会放弃，会做一个遵守约定的人，但现在，他做不到，因为他觉得李萍不是值得他放弃梦想的人，于是王辉跟李萍摊牌了，他说自己早已经不爱她了。面对第三次离婚提议，李萍没和王辉争吵，她沉默了很久，用王辉这辈子都忘不掉的恶毒言语抨击了王辉的明星梦，她诅咒他永远都不会实现梦想。王辉不想再让她对自己恶语相向，离开家，找了一间网吧上网。

上网的时候，有个剧组的副导演给他打来电话，说有个戏份比较重的配角角色挺适合他，问他现在能不能来邻市的影视城，要不要试试。王辉这些年来在等的就是这种机会，他希望可以弥补以前的那个遗憾。于是他马上买了去邻市的车票，直奔影视城，可因为太兴奋太紧张，他发挥失常，失去了这个机会，最终只能出演这部古装大戏中的一个路人甲。希望越大失望越大。备受打击的王辉开始胡思乱想，他想起了李萍对他的诅咒，想起了陈芳老乡给他算的命，想起了曾经因为李萍失去了多少个机会。李萍一下子变成了不可原谅的人，一种"有她没我"的念头像一颗种子似的在王辉心里发芽，并迅速疯长。当他在片场看到一出后宫妃子用发钗刺死劲敌的戏时，他脑中灵光一现，几乎只用了一个小时的时间，他就在心中拟定了他的杀妻计划。他从片场偷出了一支较锋利的发钗，然后在同屋临演都睡熟的时候离开了短租房，搭了一辆货车返回洛州市，实施了他的杀妻计划。得逞后，他整理了犯罪现场，乘坐最早班的黑巴士返回了影视城，在他看来，一切是那样天衣无缝。

每一次真相大白，审讯室外都会听到叹息的声音。

人生如戏，结局悲喜，自己演绎。

于婚姻，如果王辉懂得珍惜，或李萍懂得放手，那结局一定不会像现在一样破碎不堪。

于梦想，轻言放弃的是懦夫，懂得取舍的却是智者。要成事，不是仅靠个人努力就可以的，有时候，真的很需要天时与地利。

长平区杀妻案终于告破。离开市公安局时正是傍晚时分，红霞满天，映得人脸都红了。

老旧的黑色轿车行驶在路上，车厢的狭小空间中，林嘉月感觉到后座的人有点儿不对劲儿。在他神秘出行返回后，他的心情似乎就不怎么好。从内后视镜里瞄他，她犹豫再三，最后还是抑制住询问他的冲动。

他去了哪里，发生了什么，关自己什么事！

6

"青春的脚步，青春的速度，青春的活力，青春的激情，将会在你们的身上尽情体现。迎接自我，挑战自我，战胜自我！我们相信你们一定能行，加油吧，运动员！终点就在眼前！"测谎中心同事小张声情并茂地朗读着林嘉月交上来的教职工运动会加油稿，结尾刻意升高了音调，"三年级四班王小明来稿。"

林嘉月这才意识到，自己打印网上搜来的加油稿时，忘记把最后的署名给删除了。在同事们的哄笑声中，她抢回自己的稿子，用黑色马克笔把最后一句涂掉，然后在下面用圆珠笔重新写上自己的名字。"张哥，谢谢你帮我检查啦！"

测谎中心的方主任拿到她"修改"后的加油稿，严厉地批评了她的抄袭行为，然后，让她也帮自己从网上拷贝了一篇。

"对啦，"小张说，"咱们中心到底让谁来参加八百米赛跑？"

这话就是随便问问而已，体现中心是个讲民主的地方，事实上，从大家都朝林嘉月看的眼神儿就知道，他们早已内定了人选。这群老奸巨猾的人，从林嘉月第一次参加教职工运动会时，就编出了一条传说中的老规矩：每年运动会八百米赛跑都由年纪最小的技术员来参加。林嘉月也倒霉，进入测谎中心三年，因为"村儿里"没新人，一直都是她来跑。

不过今年，这不是来新人儿了吗？

伸手指向空空无人的办公室，林嘉月积极爆料道："韩轩跟我同岁！今年应该让他来！"

念在林嘉月对自己有拷贝之恩，方主任跟她站一队："我看行，小林都跑了三年了，今年就换韩老师来吧。"

主任都发话了，大家自然没有异议。于是，韩轩参加八百米赛跑这事儿，除他本人外，全票通过。林嘉月代表大家替他填好报名表，交到方主任那里。

今天上完课，韩轩一个人步行去了市公安局，因为是私事，所以他没有劳烦林嘉月。

十年时间让曾经骇人听闻的连环凶杀案在人们的视野中淡去，周铮离世让至今未破的悬案失去了最了解案情的警官。

韩轩敲开李队办公室房门时，李队正在翻阅当年连环凶杀案的有关卷宗，见他进屋，李队起身迎接。"韩老师，你要的东西已经准备好了。"

在去拜访周铮时，韩轩遇到的那位大爷跟他聊了些关于周铮的事，比如现在站在他面前的这位李队就是周铮的师弟。

韩轩这种习惯与人保持距离的人，是不会主动与人攀亲带故的，所以就算按照辈分算，他应该叫李队师叔，他也是开不了口的，最多，他不会再让师叔一口一个韩老师地叫自己。

"您直呼我名字就可以。"

李队有点儿不好意思："您是我们队的专家，直呼姓名显得不够尊重。"

"但周铮警官是我的启蒙导师。"韩轩直言，"今天来，除了来取连环凶杀案的卷宗，我还想拜托您把这个交给周铮警官的女儿，以您的名义就好。"

还在惊讶韩轩与周师兄的关系，李队压根儿就没把他后面的话听仔细。他师兄眼光高，虽带出很多警察后辈却始终没收过一个徒弟，不过，十年前他倒是跟自己提起过一个特别的孩子。

"难道……你就是十年前给我们提供吴军画像的那个学生？"

韩轩将手中的信封放在桌上，淡然点头。

李队突然深感安慰："很好，我周师兄的期望算是实现了。十年前，他曾经和我说过，希望自己看中的那个孩子能成为一位匡扶正义的栋梁之材。他还说，如果自己没能亲手抓到连环凶杀案的嫌犯吴军，希望那个将他绳之以法的人，是你。"

接过李队递来的卷宗，韩轩并没有对那份期望做出回应，但眼神的坚定足以说明一切。

亲自送韩轩离开后，李队返回办公室，坐回位子上，他这才看到韩轩留在桌上的那个信封。想了好一会儿，他才记起这是韩轩拜托自己交给周师兄女儿的东西。

今天周五，下班前小张建议大家聚餐唱K，测谎中心除了他和林嘉月，其他都是已婚有娃的人，没法参加这种突然发起的活动，而且林嘉月也约了人，再加上韩轩又不在，这个建议被自动否决了。尽管如此，还是引起了非单身派们的羡慕嫉妒恨。

"如果时光可以倒流，我一定会在跟我老婆去民政局的路上逃走！"

"真后悔这么早就要娃了，跟绑了根镙金绳似的，一下班就得赶紧回家！"

单身派林嘉月边收拾东西边吐槽："说是这么说呗。李哥，没嫂子照顾的话，你得脏成什么样儿啊！刘姐，这会儿不是你炫耀小宝多可爱的时候了啊！"

"嘉月，你这话，是羡慕我们有家有娃的？那还不快点儿找个男朋友！"

"就是，别总抱着我们中心的测谎仪，难道要跟仪器过一辈子呀！"

"说，想找个什么样的，我帮你寻摸着。"

一言不合就催找男友，林嘉月为自保坑队友，将烫手山芋丢给小张："我还小，不如你们先关心一下空虚寂寞冷的张哥吧！"

小张也不傻，直接把话题扯到了韩轩的身上："你们说，韩老师是不是单身啊？"

大众的注意力成功被转移。

"应该不是吧，年轻有为，很招女孩子喜欢的咧！"

"对啊，何况他的颜还棒！"

孤陋寡闻的方主任插话："什么盐？韩轩家是卖盐的？"

"噗，哈哈哈哈！"所有人都被这句话给逗乐了。

林嘉月给方主任解释："不是吃的那个盐，是容颜的那个颜！说他长得帅。"

终于明白，方主任表示赞同："确实，小韩长得很不错。"

可那有什么用？林嘉月腹诽：颜值高，有才能，性格却很糟！反正，这样的男人，我是不会喜欢的！

学校门口。

卢楠和他那辆炫酷拉风的哈雷摩托已经等了有一会儿了，见林嘉月终于从学校里出来，肉麻兮兮地冲她飞了个飞吻过去。

林嘉月走近，一脸的嫌弃："抽什么风啊！"

卢楠挤眉弄眼，示意她朝校门右边瞧："你母校的女学生，盯着我看了好久了，八成是被我超高的颜值、完美的身材给吸引了！你知道的，我可不喜欢这种呆萌小妹妹，不想被她们纠缠，你帮我挡挡！"

"呵呵！"冷笑，林嘉月看了眼那几个女孩，然后冲自我感觉良好的卢楠翻了个白眼儿，"那不是我们学校的学生，是隔壁街洗车店的员工！人家衣服上印着那么大一个Logo，你没看到？"

"啊？"卢楠又仔细瞧了下，果然，她们的衣服上都印着一个"洗刷刷"的Logo，不禁失落，"原来是想赚我的钱啊！哼，这辈子都不去她们那里洗车！"

哭笑不得，林嘉月从他手上接过头盔戴好。有男同事经过，跟林嘉月挥了下手。

卢楠立刻八卦道："他就是人间精品韩老师吗？"

"不是！问他干吗，走你的吧！"她不耐烦地在他胳膊上拧了一下，这一下就跟拍在马屁股上似的，骏马立刻就奔驰了。

不过，卢楠和韩轩还真有缘分，吃个饭，两人竟选到了同一家餐厅。

这家餐厅林嘉月和卢楠常来，卢楠的健身会员又是这里的股东，所以让他们挑了个专座，只要他们要来吃饭，那专座就能一天都不招待别的客人。

"那个，今天换个座位吧。"林嘉月一进门就发现了专座邻桌上有位熟人。

卢楠没见过韩轩，不明白林嘉月要求换位置的原因："专座又没人，咱俩不坐就一直空着，这不是给餐厅添麻烦么。"

林嘉月觉得，告诉卢楠韩轩就在隔壁反而会更麻烦，于是不再坚持，反正韩轩在背对她那桌，只要不大声说话，应该不会引起他的注意。于是，硬着头皮，她跟卢楠坐到了位子上。

韩轩背对林嘉月没错，但他面对的方向有一面不大不小的镜子，正好能照到林嘉月这桌，他们点了什么菜，卢楠今天穿了什么衣服，韩轩看得一清二楚。

对别人的隐私，韩轩没有想知道的欲望，但镜子就在眼前，多多少少还是会看到的，比如卢楠用自己的餐具给林嘉月喂食，林嘉月抢卢楠的冷饮品尝，从口型上看出卢楠喜欢用"咱妈"这两个字。

韩轩还挺惊讶，他本以为林嘉月是单身的。无论从心态还是行为举止，林嘉月给他的感觉都像是一个空窗多年的人。

两人才吃到一半，卢楠的手机响了。

在看了眼来电显示的备注后，他借故去了个远一点的地方接听。接完回来，他一口抱歉的语气，边说边搔脖子，好像脖子很痒。"嘉月啊，我对不起你，我没法接着陪你吃了……我的一个VIP会员非叫我回俱乐部给他上私教课……"

被扫兴的林嘉月一脸不快："什么人啊，早不预约！"

卢楠附和："就是。"

"这算加班吗？能多收钱吗？"

"教练哪能私自收钱！"搔痒的手拿下来，卢楠又摸了两下另一只手上戴的菩提手串。

"还不能加钱啊！"林嘉月愤愤。

卢楠做出可怜状："可不是！电话里还说，我不去就要投诉我！"

无奈，工作更重要，林嘉月只好放人："去吧，我吃完自己回家。"

因为刚才卢楠一直在和自己说话，所以林嘉月把韩轩就在邻桌的事给忘了，现在他一离开，她也成了孤孤单单的一个人了，注意力自然就朝韩轩那边转移过去。这一转移让她的尴尬癌都要犯了！

韩轩竟然一直都知道自己的存在，他面对的镜子把他们照得清清楚楚的！

打招呼还是继续装作没看见？林嘉月正纠结的时候，韩轩竟然已经转身，朝她走了过来。

"虽然，你很可能会不相信我说的话，但作为同事，我觉得应该提醒你。"

林嘉月的眼神有疑惑有防备："提醒什么？"

"你男朋友刚才说了谎。"他的声音清冽如深秋的湖水，完全不像在关心同事，更像是在分析案例。

忽略其他，林嘉月单对他这种冷冷淡淡的语气就有所排斥。这次，她和卢楠都成他的研究对象了？那她要好好听他说说这分析的结果："你看到了什么？"

韩轩娓娓道来："这里的环境不吵，接电话却要躲到一旁，说明他不想让你听到对话内容。接电话时，他嘴角上扬，眼部皮肤褶皱增多，是发自内心的真正笑容，可见他心情很好，但在跟你解释时，他却表现出苦恼的样子，对话时目光转向地面，他感觉到惭愧，而且搔脖子和摸首饰的小动作都是说谎的迹象。"

回想卢楠刚才的表现，他确实可疑！林嘉月讨厌被人欺骗，所以她不会轻易相信家人之外的人。卢楠虽然不是她的家人，但他们从小一起长大，感情比亲兄妹还好，她早就把他当成了自己的家人，所以，他说的话，她不会去怀疑。可谁知道，他竟挑了今天这么个日子来骗她！这不是故意让她在韩轩面前出糗吗？

卢楠固然可恶，但相比之下，韩轩更甚！

"韩大专家，你来洛州也好些天了，一直没见有人打电话来关心你，难不成你是没朋友？"林嘉月已经正大光明地跟他说过自己对他没好感了，所以现在说话语气冲，她也不觉得有什么不合适。

韩轩揭穿卢楠之前已经料想到她会不开心，但没想到她竟以此话题回应。虽不想承认，但确实被她戳中了软肋。

林嘉月的气还没出完，又补一刀："是因为总把别人当分析对象，让所有人都对你敬而远之了吗？"

她只说中了一半。

韩轩没朋友，原因有二：一是别人，他们心虚，不愿去接触一个能看懂他们内心的人；二是韩轩，厌倦了人们的刻意恭维和表里不一，与其和不愿以诚相待的人交往，不如独来独往眼不见为净。

已经没了心情继续吃饭，林嘉月拿起包准备离开，临走前，她还有一句话要说给韩轩听："我和刚才的那个人，并不是情侣关系！看来韩大专家也有看走眼的时候！"

话罢，林嘉月从他身边绕过，潇洒地离开餐厅，只留韩轩一个人杵在原地。只不过，他脸上并没有一丝尴尬之色，倒是有几分后悔的神情。

他应该继续独来独往眼不见为净的。

淡月笼沙，娉娉婷婷。

风拂过少女的面颊，扬起了白色的衣裙。

洛州市艺术大学废弃实验楼前，顶层飘下的白色梨花，坠地，幻化成一片血色海洋。

▎第二章　致命介绍费 ▎

1

　　林嘉月的周日计划是睡到中午十二点，醒了直接起来吃午餐，可手机偏偏在早上九点响了。

　　九点四十分，林嘉月和韩轩到达市公安局。

　　四月十五日，星期五晚上，洛州艺校内发生了一起坠楼身亡案件。坠亡地点为一处偏僻的六层实验楼，因为楼体年久失修已被校方弃用。死者名叫刘晶晶，非艺校学生，家住学校附近的益华小区，是本市舞尚娱乐公司旗下的练习生。据她的三位合租室友描述，死者生前因感情问题心情不好，在四月十五日下午六点半左右，约她们去艺校实验楼顶楼喝酒，三人酒量不如死者，每人喝了三罐啤酒便开始头晕，于是建议一起回出租屋休息，死者拒绝，说还想再待会儿，就让她们先离开。三人离开的时间在七点一刻左右。因为死者经常不回出租屋就寝，所以当晚她没回来，合租室友并没在意。四月十六日，星期六上午九点十分，死者尸体被艺校学生发现。

经法医和痕检师勘查鉴定，死者死亡时间在四月十五日晚八点到十点之间，骨折断端出血明显，脏器破裂出血量多，是生前高坠的表现，致死原因为高坠导致的颅骨骨折，颅脑损伤。在尸体被发现后，有部分好奇心重的学生上过顶楼，现场被破坏，未提取到有价值的痕迹线索。根据死者室友提供的信息，警方初步怀疑是自杀或意外坠落。

将尸体带回公安局后，法医江雪怡对尸体进行了进一步的检验，提取了死者的心血、胃组织和部分肝脏进行毒物化验，结果检出三种化验物中都存有安眠药成分。这起坠亡案可能是他杀案件。

在王子兵的陪同下，韩轩和林嘉月来到刘晶晶的坠亡现场。在警用胶带封锁的场地内，一摊干涸的血迹像暗红色印章印在那灰白的水泥地面上，如死神与人类签下的契约。

"这个实验楼都废弃了，所以校方没在这附近安装监控，要查都有谁当天来过这里，难度很大。"

三人一同登上顶楼，王子兵指向一点钟的方向，继续说道："那里就是死者坠楼的地方。护栏高约一米二，上面的灰尘被人擦过，死者的室友说是她们四个人自己擦的，因为喝酒时身体会靠在上面。"

林嘉月已经想象出四人当时在这里喝酒的画面了：青春疼痛电影的即视感，不过，这种风格应该更适合男生吧。"她们不是艺校学生，为什么偏要选在这里喝酒？周五晚上还挺凉的，在家里喝不会更舒服一点吗？"

"说是有情调。"王子兵回话，顺便调侃了一句，"嘉月，女孩儿的情调，你不懂！"

林嘉月斜他一眼："确实没你懂！"

"过奖过奖。"王子兵扭头看向自己的男神韩轩的时候，还真要变成迷妹了，语气温柔，"韩老师，您还有什么需要了解的吗？"

韩轩摇头："去见见死者的三位室友吧。"

"那个……"林嘉月也不想先跟他讲话，但工作需要没有办法，只能先将两人的恩怨放到一边。"第一次正式合作，我们怎么分工？"

出外勤，林嘉月的测谎仪没法携带，属于巧妇难为无米之炊，只给韩轩打下手，她又心不甘情不愿，所以，需要在开工前合理分工。

她虽然把分配权交给自己，但想必心里已经有了自己的方案，韩轩不想在工作的时候节外生枝，所以揣摩她的心思，按照她的方案来："你来问话，我负责观察。"

艺校隔壁的益华小区，二号楼502室，敲门后，来开门的是一位留着齐刘海的漂亮姑娘，圆圆的鹿眼很有灵气，似乎是受刘晶晶被害的影响，整个人看起来有些憔悴，令人心生怜悯。屋内其他两位女生也被悲伤和恐惧的情绪笼罩着。

合租室友突然离世，这样的气氛自然在情理之中。

出租屋的建筑面积在四十平方米左右，两室一厅，四个女生两人一间，上下铺。因为都是娱乐公司的练习生，她们的服装比一般女生要多，衣橱放不下，很多都被挂到墙壁上，特别是刘晶晶的床位，几乎被衣服和包包淹没了。

林嘉月对名牌没什么概念，但韩轩有。一进屋，他已经认出了七种知名品牌。在拥有数量上来看，死者刘晶晶摘得桂冠，第二名是与刘晶晶同屋的长卷发美女冯馨园，她眼角有颗美人痣，相当妩媚，第三名是给他们开门的鹿眼美女王柠，排名最后的是脸色苍白扎着丸子头的可爱姑娘路莹。王柠和路莹有个共同点，两人的名牌衣服都是前两年流行的款式，而且路莹的那件连衣裙很突兀，与她其余的衣服风格相异，比较下，它更像是刘晶晶的。

　　"问题不是很多，你们不用紧张。"对三个女生露出一丝微笑，林嘉月拿出随身携带的小本子，准备记录。

　　站在刘晶晶床前的韩轩朝林嘉月瞄了一眼，没有插话。

　　刘晶晶的床头贴了很多自拍照，书桌上放着几张不同美容院和美甲店的会员充值卡，可见她是一个爱美的女孩。但据王子兵介绍，刘晶晶是外省人，家境一般，父母都是普通工人，做练习生每月的补贴很少，入不敷出，更别说支撑她的高消费生活了。

　　客厅南墙上有合影照片，不规则排列的二十多张，有两处空隙特别大，上面还有双面胶留下的痕迹。

　　"这里少了两张照片？"韩轩打断林嘉月和三个女生的谈话，招来某人不爽的怒视。

　　王柠看向韩轩指的地方，回答："我摘掉了，那两张照片里有我前男友。"

　　"刚分手？"残留的胶印没有沾染很多灰尘。

　　王柠点头："对。"

　　"为什么？"

　　"……不喜欢了。"说这话时，她难过之情溢于言表。她确实被抛弃了。

"这几张照片是你们在商演？"韩轩指了指几张她们浓妆艳抹的照片。

王柠："对。"

"商演的收入，公司会分给你们吗？"

"会，但是很少。"

"每人每月大概多少？"

王柠："我一个月两千左右。"

冯馨园："我参加得比较少，一千到两千。"

路莹："我也是两千左右。"

韩轩了解地点头："那刘晶晶呢？"

三人微怔，然后在冯馨园和路莹的注视下，王柠开口："刘晶晶也是两千左右。"

注意到王柠眨眼的频率变快，韩轩以关心的口吻问道："你的眼睛不舒服吗？"

"没有。"

"那你对我们隐瞒了什么？"

王柠紧张，吞咽口水，在韩轩目不转睛的凝视下更正了刚才的答案："她已经有半年没参加过商演了。"

"那她这半年的主要经济来源是……"韩轩问。

"她……交了一个有钱的男朋友。"

这个说法很含蓄，大家心里都懂。

短暂的沉默，韩轩看到冯馨园抬手摸了下自己的眼眶。

表示羞愧……看来她的那些名牌也是这么来的。

钱是好东西，每个人都喜欢，至于得到它的途径，选择不同，付出的代价也不同。

"你们说刘晶晶生前因感情问题心情不好，是与这位男朋友吵架了？"

"不是这个男朋友，是另外一个……"王柠回答。

刘晶晶有两个男朋友，一个叫李阳，二十六岁，在NIKE专卖店做导购，一个叫张卫鸿，四十七岁，个体经营户。前者薪水不高，但对刘晶晶死心塌地，交往初期就把工资卡交给了刘晶晶。后者经济条件很好，有家室，对刘晶晶也是宠爱有加，要什么就给什么。

"他们吵架的原因，你们知道吗？"

王柠："好像是李阳知道了刘晶晶和张总的事。"

"看来，刘晶晶应该真的是因为感情问题想不开才自杀的。"韩轩像是自言自语，音量却是自言自语的两倍，足以让屋里的所有人都听到。

对此结论，刘晶晶的三位室友反应不一。

王柠假惊讶，冯馨园极力隐藏情绪，路莹则紧张得发颤。

从出租房离开，韩轩拜托王子兵把刚才的三个女孩都调查一下，特别是王柠。

"为什么要特别注意她？"王子兵以为韩轩有了重大发现，凑上去打探。

韩轩回答："吃惊表情在脸上的维持时间小于一秒才是真正的吃惊，刚才王柠的表演超时了。"

"那……"他还想再问，却来不及多说就被林嘉月挤到了一边。

"韩轩，你是贵人多忘事，还是说话不算数？我们之前的分工，不是我问话，你观察吗？”她兴师问罪。

韩轩淡然回应："我负责观察，并不代表不可以问话。"

"既然你可以一心二用，两面兼顾，那没必要两个人一起工作了。"

"我确实更习惯一个人工作。"他实话实说。

王子兵感觉到这两人间那股剑拔弩张的杀气，于是赶紧出来劝和："大家都有自己的工作习惯嘛，乍一合作难免不适应，互相迁就一下，多多磨合，很快就能配合默契了呀……哟，都中午十二点啦，咱们找地方解决午餐问题吧！"

王子兵执意要请客，带着两个人去了洛州艺大后门的美食街。王子兵不知道韩轩在洛州市生活过十五年，他这个仅在洛州住了六年的外乡人，以本地老饕的身份向韩轩介绍起洛州的美食，评价标准当然是按他自己的口味。

"韩老师，你尝尝，这家店的红烧肉肥而不腻，全市第一！"

韩轩在他期待的目光下尝了一口，味道确实不错，但他知道有一家店做得更好。"你知道五中附近有一家叫'好好学习'的餐馆吗？"

王子兵茫然，林嘉月却眼睛一亮，疑惑起来。韩轩怎么会知道这家店？他才刚到洛州没多久，而且那家店在三年前就关门不做了啊。难道，他以前来过洛州？

干咳，她实在尴尬，原本不想再跟他多说一句话，但耐不住强烈的好奇心："那个，你怎么知道五中那边……"

王子兵的手机铃声响起，打断了林嘉月的话。

警队同事来电话说，有个女人声称自己知道是谁谋杀了刘晶晶。

2

三人回局里，心怀期待，却没想到隔着门看见的竟是一出两口子吵架的大戏。

报警的女人名叫孙梅，四十一岁，身材丰腴，风韵犹存，齐耳短发，烈焰红唇。在与她打嘴仗的男人正是刘晶晶的男友之一——张卫鸿。

对于包养小三的富商，林嘉月脑中绘制出的形象都是脑满肠肥，满面油光，总之就是又老又丑又胖又猥琐，但面前这个身材挺拔、相貌堂堂的张卫鸿，还真是超出她想象太多。

不过有了家室还在外包养女人，皮囊再好也不过是一个衣冠禽兽。她打心眼儿里瞧不起这种人。

"哼，上下五千年，再也找不出你这样卑鄙无耻的男人！搞外遇不承认，被发现还敢杀人灭口！真是无法无天了！"

"孙梅，你再胡说，我真要告你诽谤了！"

"你告啊！谁怕谁？"

"行了！没完没了是吧！"头都被他们吵大了，看着两人的刑警见韩轩三人进屋，赶紧过来求救。

孙梅和张卫鸿也跟着凑热闹，一拥而上。

"我是报警人，我怀疑刘晶晶的死和他有关系！"

"我是无辜的，你们要相信我！"

"请安静。"韩轩板着张脸，不怒自威，"稍后，我们会对你们进行测谎。"

"测谎？"两人异口同声。他们还以为只要向警察出示自己手里的证据，就大功告成了。

"需要多久？我还有约。"一对反目夫妻也是有默契的。

"看你们的配合程度。"说罢，韩轩退出房间。

要测谎，局里有仪器，又是两个当事人，林嘉月想起她和韩轩那堪称车祸现场的无默契合作，建议道："我测一人，你测一人。"

王子兵多嘴："你们这是要搞测谎比赛？"

林嘉月口是心非："只是为了节省时间而已。"

"比赛也没关系。"韩轩接受了她的建议。

在以微表情、肢体动作鉴别谎言和以专业仪器鉴别谎言的问题上，韩轩没有林嘉月这样极端，他并不排斥后者，只是认为后者在精确度上会有一些偏差。

"那好，既然没关系，我们就顺便比一下。"摩拳擦掌，她看向走廊尽头的电子时钟，跟自己的腕表核对时间，"十二点四十五分，两边的测谎一起开始。"

尽快准备好测谎仪，当秒针划过五十九秒时，不愿占一秒钟便宜的林嘉月终于开始提问。

"你叫什么名字？"

孙梅第一次见测谎仪，觉得新鲜刺激又有点紧张："我，叫孙梅。"

她的生理参数线波动在正常范围内，却稍显荡漾。

林嘉月安抚一句："不用紧张，正常回答就可以。"然后继续问，"张卫鸿和你是什么关系？"

　　"即将成为前夫前妻的关系，我们在打离婚官司。"

　　孙梅生理参数线的荡漾程度越来越小。

　　林嘉月："为什么离婚？"

　　孙梅："他出轨。"

　　林嘉月："是指他和刘晶晶吗？"

　　孙梅："对。他们两个已经好了半年了！据我所知，他在那小妖精身上已经花了二三十万了！"

　　林嘉月："你恨张卫鸿吗？"

　　孙梅："爱都没了，何必再恨。我现在就想赶紧和他离婚，争取到孩子的抚养权。"

　　林嘉月："那你恨刘晶晶吗？"

　　孙梅："恨算不上，瞧不起。我像她这么大的时候，手里也没有什么钱，但我从没想过要走这种捷径不劳而获。"

　　林嘉月："媒体未报导刘晶晶坠楼的新闻，你是从哪里知道这个消息的？"

　　孙梅："我有个姐妹在舞尚娱乐做高管，当初也是她发现张卫鸿和刘晶晶勾搭在一起的。"

　　林嘉月："你怀疑她的死和张卫鸿有关，有什么证据？"

　　孙梅："四月十五号，我安排在分店的眼线拍到他们两个人在店里吵架的照片了呀，我刚才都给那几个警察看过了。"

　　林嘉月："他们吵架的原因是什么？"

　　孙梅："这个我就不知道了。安装窃听器违法，我不敢。"

　　又是眼线又是窃听器的……林嘉月突然觉得，这两口子把日子过成了谍战片。

"如果凶手真的是张卫鸿，你认为他杀人的动机是什么？"

一直回答流畅的孙梅停顿两秒："那个，我和他不是在打离婚官司吗……肯定是他怕自己和刘晶晶的事会影响法官判决，所以杀人灭口，这样就死无对证了。"

保持平稳的生理参数线再次荡漾，还一发不可控制地荡出了正常范围。孙梅在说谎。

正色，林嘉月揭穿孙梅："为什么诬蔑张卫鸿？你并不确定或者根本就不认为他和刘晶晶的死有关。而且警方还未对外公布，刘晶晶坠亡属他杀案件。"

"我……"此时的孙梅，生理参数线已经呈群魔乱舞状。

林嘉月提醒她："如果你不解释清楚，不但张卫鸿可以起诉你诽谤，警方也会认为你意图陷害他人，制造伪证。"

孙梅面色慌张，她害怕了："其实……这是我的姐妹们给出的主意，想用这事制造负面新闻，给张卫鸿添堵，让他被麻烦缠身，这样法官在判定孩子抚养权的时候，可能会更倾向于我这边……"

另一间谈话室，韩轩与张卫鸿斜对着就座，之所以斜着，是因为两人中间有张桌子，韩轩不想被桌子挡住视线而忽略张卫鸿的脚。人们认为眼睛是心灵的窗户，所以它们不会说谎，非也，其实脚才是真正诚实的身体部位。

"你认识刘晶晶吗？"韩轩也遵守约定，在十二点四十五分才开始进行谈话。

"认识。"

"怎么认识的？"

"我之前参加朋友公司的周年庆，认识了她，她是去演出的女演员。"

"认识后，一直保持联系？"

"对，有联系，我这人喜欢交朋友。"

"仅仅是朋友，还是像孙梅所说，你和刘晶晶之间存在不正当的男女关系？"

"只是朋友！我和她之间真的不存在不正当的男女关系！"生硬的重复是典型的说谎现象。

韩轩睨一眼他的双脚，果然互锁起来了。

"但孙梅向警方提供了一些你和刘晶晶一起吃饭逛街的亲密照片，你怎么解释？"

"朋友一起吃个饭逛个街，不需要解释啊。"

"那刘晶晶死亡当天你和她发生争执的照片呢？"

"那个……她是娱乐公司的练习生，想演出多赚点钱，所以想让我帮她联系一些商家嘛，我最近太忙，没时间帮她找，她就生气了，所以大声说了几句话……"

"她一直在演出？"

"嗯……是啊。"回答这些问题时，张卫鸿的脚踝一直互锁着。

韩轩将视线定格在他的双脚上，将他现在的姿势分析给他听："脚踝互锁是大脑的边缘系统遇到威胁时的一种反应，保持长时间不动，说明说谎者正在故意限制自己的腿部动作，想通过这种方法来缓解自己的不安。"分析完，他又说了一句，"据刘晶晶的室友说，她已经半年不参加商演了，而且她们还说，刘晶晶的男友之一，正巧跟你重名。"

"我……"谎言被戳穿，张卫鸿不再死撑，从实招来道，"我说自己和刘晶晶不是那种关系，是因为我和孙梅在打离婚官司，我不想被判为婚姻过错方，我也想争夺孩子的抚养权，所以我才说了谎。但我发誓，我真的没有杀人！四月十五号，刘晶晶是跟我耍小姐脾气了，但很快我们两个就和好了，我还陪她逛街、吃饭、做美甲了！"

"那你们什么时候分开的？"

张卫鸿眼球往左转，他回忆道："下午两点多，具体时间我也记不清楚了，但你们可以去那家美甲店查监控！在陪刘晶晶做指甲的时候，我接了个工作电话，然后就先离开了。"

"工作电话？"韩轩质疑。

张卫鸿面露惧意，更正："女……性朋友的电话。"

"好，我们会调取监控录像的。"

韩轩从椅子上起身正欲离开，却见张卫鸿一副犹犹豫豫的样子。"你还有什么话要说？"

"那个，你们找没找李阳？就是刘晶晶另外的那个男朋友……没找的话，快点找他吧，我怀疑刘晶晶的死和他有关……万一真的是他杀了刘晶晶，那，接下来会不会是我啊？"

韩轩淡淡地说了句："害怕就躲在家里别出门。"

两个谈话室外的走廊上，王子兵跟同事打赌，看哪间房间的门会先打开。六个人，两人押林嘉月那扇，四人押韩轩。

听到两间房里都有椅子挪动的声音，六人屏气凝神，紧盯那两扇房门，眼都不眨一下，等待着胜利者的出现。

"咔嚓。"

林嘉月那间谈话室的门率先被人从里面打开，三秒后，韩轩那间的门也开了。

四人悲催，两人欢喜。

韩轩对有人拿自己和林嘉月来打赌的事并不在乎，自己慢她一拍也无所谓，现在吸引他注意的是走廊另一头的那个男人。

林嘉月也随韩轩朝那边看去，那是张陌生的面孔，不是局里的人。

"陈……律师。"孙梅也看到了他，微笑着打招呼。他以笑容回应，走到她的身边。

原来男人是孙梅的律师。林嘉月扭回头，条件反射地朝韩轩身后的张卫鸿看了一眼，心想，他的律师怎么没有来？

因为这场乌龙事件并没有给警方造成多大麻烦，而且两人皆态度良好地向警方认了错，警方决定不予追究，让他们离开。

没外人后，王子兵这才不服输地说："测谎不能以速度来论输赢，质量才是关键！"

三个队友声援，两个站在林嘉月那队的反驳："你怎么知道我们小林的测谎质量就不行？"

"没说不行，就是觉得以速度论输赢太草率。"

闻言，林嘉月看眼韩轩，开口说："那就都公布下测谎的详情呗。"

韩轩没意见，率先公布："张卫鸿承认自己认识刘晶晶，但不承认自己和她之间存在不正当的男女关系，被揭穿后，承认自己因不想被判为婚姻过错方，失去孩子抚养权而撒谎。他承认自己在刘晶晶死亡当天曾与她发生争执，但不承认自己和她的死有关，称美甲店监控录像可以证明自己的清白。在陪刘晶晶到美甲店后，下午两点多，他接了一通工作电话便离开。除工作电话为假，其余情况属实。"

"韩老师最棒！韩老师最强！"王子兵等四人鼓掌助威。

轮到林嘉月，她毫不示弱："孙梅举报张卫鸿的出发点不是恨意，为真；她从舞尚娱乐高管口中得知刘晶晶的死讯，为真；她在张卫鸿身边安排眼线，为真；她所提供的各种照片，为真；她认为张卫鸿有杀人动机，为假；她在女性朋友煽动下，想给张卫鸿制造负面新闻，以此为自己争夺孩子抚养权制造有利条件，为真。"

不待林嘉月的两个拥护者开口，韩轩先一步向她提问："你确定，是女性朋友煽动？"

"当时孙梅的生理参数线没有异常。"林嘉月抬头，迎向他清澈深邃的目光，"我确定。"

"但事实并不是。给她出主意的人，应该是一个最希望她能尽快离婚，擅于利用舆论口诛笔伐，并对审判规律十分熟悉的男人。"

"韩老师说的……不会是孙梅的律师吧？""吃瓜群众"惊讶不已，"难道他们两个……"

一溜烟儿，王子兵他们全都跑向了楼道的窗户边，接着，几人一起惊讶地感叹："真的有猫腻！"

林嘉月也从窗子里往下瞧，孙梅和那个律师正朝市公安局大门走去，一副亲密伴侣的模样，律师的手放在孙梅的腰间。

"你怎么知道的？"她回头，眼里有一丝不甘，但并没因输掉比赛而郁闷。

"瞳孔。"他回答。

先前在判断王辉与陈芳的关系时，他说过人看到喜欢的事物，瞳孔就会扩大，林嘉月记得。只是，当时他看的是录像，可以放大、放慢、调整清晰度，但刚才一切是在现实世界瞬间发生的……

难不成他有超能力？

3

阿佛洛狄忒。从店名到装修都很有古希腊风格的美甲店。

"欢迎光临。"美甲店的女店长笑容满面，滴溜乱转的眼睛在林嘉月身上一扫，又瞄向了她身后的韩轩，见两个人不太像情侣，她没敢贸然奉承。

"你好，我们是市公安局的案件顾问，现在有宗案子需要调取你们店的监控录像，希望你能够配合一下。"

果然不是情侣，更不是来做美甲的顾客。瞬间，店长那张笑意满满的脸就冷了下来。"这可不行，别说我不配合啊，关键这监控录像也算个人隐私，不能随便给人看的！再说，现在社会这么乱，有些不法分子连警察都敢冒充，更别说什么顾问啦……"

这种小聪明的市侩人，林嘉月见多了，根本不用观察什么表情动作就能看透她的心思。一副好商量的语气，她跟店长说，"那我们先做个美甲，然后慢慢聊，行吗？"

见林嘉月懂自己的意思，店长那油腻的笑容又重新回到脸上："行啊，客人要做美甲，我们怎么能拦着不让呢？"话罢，她从柜台上拿过一本厚厚的图册递向林嘉月，"选个喜欢的图案吧。"

"别给我。"林嘉月突然侧身闪躲，摆手对店长说，"我对指甲油过敏。"

"那就这位先生做？"店长惊讶。

韩轩脸上的表情和她同款，被这突如其来的重担压得措手不及。

在他狐疑目光的注视下，林嘉月伸出自己的纤细手指，满眼真诚道："我真的过敏，小时候我妈给我涂过一次，结果指甲周围起了很多白色小泡，还痒得不行。"

她确实没说谎。韩轩把视线转移到那本花花绿绿的图册上，跟店长讨价还价："只做指甲护理。"

"护理用时这么短，可不够聊天的。"店长酸溜溜地回应。

各有所长，韩轩砍价的本事不如店长，林嘉月又看戏似的不出来帮忙，最后，他只能做一只任人宰割的羔羊。早知如此，就带王子兵一起出来了。

硬着头皮挑了个相对含蓄的美甲图案，韩轩生无可恋地跟着浓妆艳抹、香水呛人的美甲师离开了。

查看录像的重任落到林嘉月身上，她对这一次的合作分工甚是满意。

店长在刷了韩轩的卡后，配合地带着林嘉月去了办公室，将四月十五日下午两点后的监控录像调取出来。

林嘉月快进，直到屏幕上出现了一对情侣，男的是张卫鸿，女的是死者刘晶晶。两人举止亲密，有说有笑，在张卫鸿掏钱包刷卡的时候，刘晶晶还在他的脸颊上亲了一下，然后，在刘晶晶选好图案跟着美甲师去洗手的时候，张卫鸿接了一个电话，他的四周没人，但他还是走到了更远的地方接电话，而且时不时朝刘晶晶那边看一眼。美甲店监控录像的像素不错，林嘉月能看出张卫鸿讲电话时的表情，眉开眼笑，心情大好，可挂断电话后，他却愁眉苦脸地向刘晶晶请辞。

韩轩说张卫鸿跟刘晶晶撒谎，说自己有工作上的事要处理，原来是去见别的女朋友。

林嘉月望着屏幕上的张卫鸿，回放他跟刘晶晶撒谎的那一段录像。

眼熟！搔脖子、摸手的动作，太眼熟！简直跟卢楠那天对自己撒谎时的小动作一模一样！

见林嘉月皱眉，店长忍不住插嘴："这两个人犯什么事儿啦？难不成，这个女的被男人的老婆给杀了？"

林嘉月扭头看向八卦的店长："你认识这个男人的老婆？"

"不认识啊。"她摇头。

"那你怎么知道他有老婆？"

"这个女的自己说的啊。"店长伸手指向屏幕上的刘晶晶，"她来我这里做过好几次指甲了，我记得有一次，她跟别人讲电话说什么'有老婆没关系，大方就行'，一听就是个小三儿啊。"

林嘉月侧目打量她："你也挺喜欢打探别人隐私啊。"

继续看监控录像，屏幕上的张卫鸿已经离开，只剩下刘晶晶一个人。她一手做着指甲，一手拿着手机划来划去，看起来有些空虚无聊，有两次她的手部动作冻结，每一次都维持了四五秒钟，好像在犹豫着要不要给人打电话。在她做完指甲要离开时，有人给她打电话，她接听的时候正好背对监控，林嘉月看不到她脸上的表情。

办公室外。

浓妆艳抹的美甲师见韩轩长得帅气，服务格外周到，涂个手霜，她都快把他的手搓出火星子来了。又见他带着一股乖巧的学生气，不禁大胆调戏："哟，小哥，你的手怎么这么嫩这么滑啊？比我们女孩子的手都好看呢！"

"是吗？"冷漠。

"你女朋友没跟你说过吗？"惊讶状，心怀鬼胎的美甲师将光洁的小腿在韩轩的裤脚上蹭了几下，"还是你没有女朋友呀？"

他没应声，将自己的腿挪开。

美甲师当他是害羞，调戏的兴致更加高涨。"小哥这个年纪，没有女朋友还挺寂寞的吧？"说着，她用右手食指的指肚摩挲起韩轩的掌心，"咦，手掌里面有茧子呢，难不成是……"

不再忍耐，韩轩目光凌厉地看向这位行为出格的美甲师，用只有他们两个人能听到的声音说："我进门时，你在往包里放一套小学数学学具，你的裙角有巧克力的污渍，但你同事刚给你巧克力，你说自己不喜欢吃甜食，而且你帮我拿毛巾时，胳膊上露出半个卡通印章的印记。所以……你上小学一年级的孩子知不知道自己的母亲，喜欢跟才认识不到十五分钟的男人说一些奇怪的话？"

美甲师大惊失色，眼中充满愧疚与恐惧，她立刻收回自己不规矩的手，借故身体不适，仓皇而逃。

当林嘉月从办公室出来时，韩轩的美甲师已经换了一位，再看他的指甲，已经被涂成了玫红色，而他的脸色却没有她想象中那么差，似乎已经接受了这个残酷的现实。背靠沙发，他仰头看着爬满天花板的橄榄叶枝条，若有所思。

林嘉月陪江雪怡做过美甲，知道它除了耗费财力还耗费时间，不想陪某人一起望天，她出门去了隔壁的奶茶店。

喝着草莓味奶茶，她给王子兵打去电话："你帮我看一下刘晶晶的通话记录，四月十五号下午三点，谁给她打过电话。"

王子兵翻开桌上的一个文件夹，找到林嘉月说的那个时间，"是个座机号码，登记单位是阳光中学附近的一家房屋中介。"

她一周能接到四个房屋中介的电话，想必刘晶晶当时接到的也是骚扰电话，林嘉月解开了心中的疑惑，喝完奶茶便返回美甲店。

美甲店门口，两人相遇。韩轩正好出来，他双手插在裤兜里，不想被人看到自己那双妖艳骚包的手。

林嘉月的视线从他的裤兜转移到他面无表情的脸，克制着想笑的欲望，一本正经地讲述起自己在监控录像中看到的画面。说起张卫鸿撒谎的事，她脸上露出些许尴尬，她想提卢楠撒谎的那件事，但犹豫再三还是没提。

接下来，两个人要去李阳工作的地方。

韩轩上车后，他从口袋里掏出手机，为打电话，不得不亮出自己花里胡哨的指甲。

在内后视镜里偷窥，林嘉月没忍住偷笑出声。

无视不厚道的笑声，韩轩拨通消防投诉电话，报出美甲店的地址："这家店存在电器线路敷设隐患，希望消防部门能尽快过来进行火灾隐患排查。"

太腹黑了！打击报复！林嘉月终于明白他为什么在美甲店时

一直仰着头看天花板了。

最近洛州市消防部门一直在严查存有火灾隐患的店家，看来，爱与美之神阿佛洛狄忒很快就会被责令停业整顿了……

李阳被林嘉月和韩轩找到的时候，正在帮店内的顾客寻找合适的运动鞋。他知道两人的身份后，没有表现得太过惊慌。

李阳的颜值高于张卫鸿，五官立体，皮肤也白，运动风格的工作服穿在身上清清爽爽，给人非常阳光的感觉，就是黑眼圈有点重。

因为手头有事不便离开，他请林嘉月和韩轩先去隔壁的快餐店等一下。

下午四点的快餐店没有什么客人，店员也在张罗着晚餐，环境还算安静，适合谈话。

在李阳来之前，林嘉月觉得她和韩轩应该先谈一下。

"那个，鉴于我们两个的默契程度有限，一会儿谈话开始后，你要是有问题要问或者有意见要发表，能不能先给我一个暗示？"

韩轩认真听着，赞成地点头，刚想要问她，怎么暗示比较好时，李阳已经如约而至，出现在快餐店门口。

他在两人对面坐下，语气较在店内时冷淡了几分。"关于刘晶晶，你们有什么要问的？问吧。"

据王柠描述，李阳很爱刘晶晶，可他现在的冷漠，让林嘉月起疑。

"你和刘晶晶什么时候认识的？怎么认识的？"

李阳回答："两年前，我和我朋友在酒吧做服务生，她和朋友来玩，就这么认识了。"

"谁追的谁？"

"我们两个算是一见钟情。"

"听刘晶晶室友说，你对她很好，才交往的时候就把工资卡交给了她。"

李阳嗯了一声。

林嘉月铺垫这么多，就是想问接下来的这个问题："那为什么你现在看起来一点都不难过？"

韩轩朝身边的人瞟了一眼，没有要插话的意思，只是单纯地看她。不知道她自己有没有注意，她正在以人的表情揣摩人心，而不是依靠冰冷仪器提供的数据。

李阳冷笑一声："我应该看起来很难过吗？我已经和她分手了。"

"什么时候？"

"四月十四号。"

林嘉月问："分手的原因？"

李阳自嘲："我被戴了半年绿帽子，再不分手，难道我要绿一辈子？"

其实两个月前，李阳就知道了刘晶晶和张卫鸿的事，当时他很伤心，想分手，可自己真的是太爱她，所以狠不下心。于是他想用真心感动她，劝她和张卫鸿分手，但刘晶晶嘴上答应着，私下却还是常与张卫鸿见面，甚至还被他的朋友看到两人去酒店开房。终于，心碎的李阳在朋友的劝说下提出分手，但刘晶晶却不同意，她说自己跟张卫鸿就是为了钱，自己爱的只有李阳。面对她的甜言蜜语，李阳没再相信，又拖了一段时间，刘晶晶终于答应分手，将他的工资卡还给他，只不过账户余额只剩下了一块两毛六。

被刘晶晶欺骗了感情和金钱，李阳确实可怜，但也是最有杀人动机的嫌疑人。于是，林嘉月问："那四月十五号晚上七点到九点这段时间，你在哪里？"

闻言，李阳勃然大怒拍桌而起，同时质问对面的两人："你们怀疑我杀了她？"

拍桌表示愤怒时，动作与声音同步，韩轩可以肯定他是真的因为被怀疑，感到冤枉而愤怒。

突然冒出这么大的动静，快餐店员工的视线全被吸引到这边。

"我们也只……"林嘉月要做解释，脚却被人从桌子下面轻踢了一下。

她朝韩轩看，韩轩也一副"没错是我"的表情回望她，然后转头对情绪激动的李阳说："我们没有怀疑你，只是单纯地想了解情况，如果你不想说，那可以不说。"

可以不说？林嘉月疑惑，不知道他对李阳的信任从何而来。

感受到韩轩的信任，李阳的情绪得以缓和。良久，他有些难堪地开口："那天晚上我在超市做兼职理货员，下季度的房租我还没凑够……"

"明白了。"韩轩应声，然后又在桌下踢了林嘉月的脚一下。

林嘉月这才意识到，这竟然就是韩轩给她的暗示……比眼神暗示低好几个等级的肢体接触，他们的默契度还真的是惨不忍睹啊。

谈话权重新回到自己手里，林嘉月继续问："刘晶晶对金钱非常看重，据你所知，她有没有因为钱而与别人结仇？"

“没有，她从不跟别人借钱，也不借钱给别人。而且……”李阳顿了一下，脸上一闪而过鄙夷的神情，“花的不是自己的钱，她对朋友出手挺大方的，经常请客。”

“你认识她的时候，她就这样？”

“对，去酒吧，基本都是她买单。”

“哪家酒吧？”

“荼蘼。”

荼蘼是前两年很火的一家酒吧，韩轩没听说过，林嘉月却有耳闻。卢楠去过一次，回来跟她说，里面美女很多，但有最低消费，每人五百，不是一般工薪阶层能常去的地方。刘晶晶家境不好，个人收入不高，请客去酒吧一趟，按四个人算也要两千，几乎要花掉一个月的收入。她傻吗？还是说……那请客的钱另有来源？

脚又被人踢了一下，林嘉月会意，默默叹口气，这么低级的暗示要持续到什么时候？

“两年前你认识她的时候，她就喜欢穿名牌吗？”韩轩问。

“嗯。”

“那你知道她当时的经济来源都有哪些？”

“就演出吧……”这句话很短，但李阳音量的变化却很明显。

当人们对自己说的话没有信心时，他们的音量就会下降。韩轩凝视他的双眼：“你在隐瞒什么？”

李阳一脸尴尬，放在桌面上的两只手手指交叉攥在一起：“除了演出，可能也有家里给的钱吧。”

“是吗？”敷衍地应声，韩轩将视线落到李阳的双手上，手指交织做祈祷状，这是一种常见的在压力或焦虑状态下做出的动作。"我们调查过，刘晶晶的家境不是很好。"

再次被揭穿，李阳低头沉默不语。

"难道她跟你交往前，已经有了一个财力与张卫鸿相当的男朋友？"

"没有，我才不是第三者！"李阳果断否认，语气中带着显而易见的鄙夷。片刻后，他终于将自己想要隐瞒的事说了出来。

4

德国作家赫尔曼·黑塞说过，真正厌恶的不是金钱本身，而是人们对金钱的欲望。

为了钱，有的人可以出卖朋友，出卖家人，甚至出卖自己。

刘晶晶是可塑性高的那种美女，浓妆能妖艳，淡妆能倾心，但她仍旧自卑，特别是进入娱乐公司后，公司里很多美女前辈不光长得漂亮身材好，全身上下还全都是名牌。身为低级练习生，刘晶晶羡慕她们的耀眼夺目，她也希望有一天自己能穿得起名牌用得起名牌。

和杀妻案的王辉不同，刘晶晶进入演艺圈不是为了实现梦想，而是为了追逐名利。

后来因为一次演出，刘晶晶认识了一位出手阔气的老板，他经常送她衣服和化妆品。这个男人的心思，刘晶晶很清楚，但她抗拒不了那些名牌的诱惑，终于，她为自己的虚荣和贪念付出了代价。那一晚，她想从私人俱乐部逃走，但当时已经被灌醉，爬都爬不出包厢了。

事后，男人给了她一张银行卡，卡里是她用处女之身换来的高额佣金。

她也曾觉得自己不齿，但对金钱的欲望实在太强，足以让她忘记道德的底线，周围人羡慕的目光太亮，足以让她看淡肮脏的交易。

她贪婪地享受着金钱带给她的快乐，直到在荼蘼遇到了李阳，他们一见钟情。

刘晶晶还算坦诚，她没有对他隐瞒在自己身上发生过的事，李阳也表示不在乎她的过去。交往后，爱情对刘晶晶的影响暂时战胜了金钱对她的诱惑，她和那些曾经有过交集的有钱男人彻底划清了界限，花着李阳每月到账的几千块薪水和她自己演出赚到的报酬，竟让她感觉到前所未有的安逸和充实。可是一年后，告别名牌的生活让刘晶晶开始觉得平淡、不甘，她开始跟李阳念叨公司同事们谁买了CHANEL谁买了GUCCI，李阳想让她开心，于是开始一笔一笔地为她花掉自己存的钱。只不过，李阳那点薪水怎么能填得满刘晶晶的欲望……

去年十月份，刘晶晶在演出的时候认识了张卫鸿，一开始她对张卫鸿的示好左躲右闪，可奈何张卫鸿舍得砸钱，没几回合，刘晶晶的贪婪天性复活，她彻底沦陷在名牌的沼泽中。

在讲述刘晶晶的过去时，李阳的脸上出现了一丝恨意。

林嘉月相信，他在和刘晶晶交往时是真的爱她，真的不计较那些过去，如今的恨意是最好的证明。

从快餐店里出来，韩轩在前，林嘉月在后，她盯着前面那个手抄口袋假装很酷的背影，多事地喊了一声："等会儿，我去买点东西。"她在来的时候就注意到隔壁有家化妆品专卖店。

闻言回头，韩轩视野中的林嘉月已经转身离开，朝着前面的一排商品房跑去，那轻巧背影被金色夕阳镀上了金边儿，像童话书中才会出现的画面。

待林嘉月返回，韩轩已经踱到他们那辆黑旧轿车的旁边。

"给你。"她从粉色塑料袋里拿出一瓶洗甲水，面带傲骄之色道，"本来就给人冷漠的感觉，还总抄着裤兜，做人不要太嚣张啊。"

"……我吗？"韩轩略无辜。

林嘉月没应声，只是在内后视镜里看了他一眼。

洗干净指甲的韩轩回到局里，一进办公室就引起了王子兵的注意。

环顾四周，用鼻子猛嗅两下，王子兵质问办公室里的所有人："谁这么娘啊？抹什么了，这么香？"

同事也跟着一起嗅，发现自己周围没有异常后，纷纷将目光投向才进门的林嘉月和韩轩。

"是小林吧？"

"肯定是她，全屋就她一个姑娘。"

王子兵斩钉截铁："不可能！嘉月怎么可能是姑娘？她可是条铁骨铮铮的汉子！"

"我承认，我是比你这个害怕蟑螂的胆小鬼硬气！"林嘉月戏言反击。

同事们起哄围攻王子兵，王子兵不在乎，还执着于寻找散发香气的源头。一路嗅来，他停在韩轩的面前，一脸的惊讶与尴尬。

林嘉月站在两人身边看好戏，提醒王子兵说："你刚才说，香的人怎么样来着？"

王子兵将视线从韩轩的双手上移开，立刻更正道："我刚才说的是讲究！懂得护肤！"

香气确实是从韩轩手上散发出来的，没办法，谁叫那个色胆包天的美甲师给他涂了太多的手霜。

跟自己偶像之间的气氛实在尴尬，王子兵赶紧转移话题，拿起旁边桌上的那份文件汇报："韩老师，刘晶晶那三个室友我都调查过了！"

冯馨园非本地人，家境比较优渥，父亲是一家金融投资公司的老板，母亲在五年前因病去世，母亲去世一年后，父亲再婚，继母是当地的中学老师，两人结婚一年后育有一子，今年三岁。冯馨园家经济条件虽然很好，但因为父女关系非常紧张，她到洛州属于负气离家，所以其父对她不闻不问，一分钱也不救济。

路莹是本地人，非城镇户口，家境贫困，有个亲弟弟，今年十九岁，游手好闲，惹是生非，两年前和同村村民打架，致人重伤，赔了十万块钱。

王柠非本地人，普通家庭，父母双职工，重点大学毕业生；进公司时是重点培养的练习生，但总和人吵架，还动了手，被公司认为性格不讨喜，放弃培养。前男友是艺大摄影专业的学生，两个人感情不错，只不过前段时间男方突然提出分手，恋情告终。

王子兵将基本情况介绍完，然后发表自己的看法："冯馨园家里有钱，但她爸不在她身上花，可她却有那么多名牌衣服，难不成她也被人包养了？"

这一点，韩轩早就确定了。

"路莹也挺可以，家里那么穷，竟然一下能拿出十万块给那不省心的弟弟擦屁股！"

韩轩余光中，林嘉月抬头朝自己看来，转头，他也望向她。

她的眼里有怀疑，而她怀疑的，跟他也在怀疑的，是同一件事——冯馨园和路莹可能跟刘晶晶一样，曾经也做过援交。

"这么看，她们这屋里就王柠一个老实姑娘啊，虽然脾气差了点儿。"

王子兵这么认为，韩轩却另有看法。

"人不会无缘无故吵架打人，她打了谁？为什么打？"

"也是一个公司的重点培养对象，现在已经正式出道了，所以经纪人不肯告诉我到底是谁。韩老师，需要深入调查吗？"

韩轩摇头："王柠和谁打架不重要，重要的是打架的原因和这件事给她带来的影响，以及她和男朋友分手的原因。"

林嘉月拧眉，有些不可置信地揣测："你怀疑王柠也做过援交？打架和被放弃培养是她做援交的诱因？"

点头，韩轩面无表情地褒奖："暗示训练后，默契程度确实有提升。"

暗示……不要再提那种低等暗示了，可以吗？

林嘉月扶额，替他害臊。

王子兵夹在两人中间有点蒙，心说，这两人中午还剑拔弩张的，怎么现在就有了一种说不出的默契？难道是韩老师手上的香气起到了安神镇定的功效？

082

多云的夜晚，月亮藏在深蓝色云朵的身后，只有风把云吹跑时，皎洁的月光才能向着下面抛洒。

昏暗的房间里，简单的双层床上缩着三个睡意全无的女孩儿。

天黑之前，她们接到了王子兵的电话，他通知她们明天上午到警队去一趟。

上铺的路莹声音轻轻颤着，打破了房间里的寂静："你们睡了吗？"

"没有。"下铺的王柠和冯馨园同时回应。

"明天……怎么办？我有点儿害怕……"

王柠柔声安抚道："莹莹别怕，不会有事的。"

冯馨园隐隐担忧，问身边的王柠："你说，他们明天会问什么？"

"不管问什么，都像之前一样，我来回答。如果我们被分开了，那遇到不想回答的问题，你们就说不知道或者什么都不说。"

今天的约谈如王柠所料，三个人被分别带到了不同的讯问室。

在有条件使用测谎仪的情况下，林嘉月坚持让自己的"战友"上阵，韩轩并不反对，毕竟双重保险没什么不好。

根据先前拟定的顺序，冯馨园是第一个接受谈话的女生。

韩轩和林嘉月进入房间，冯馨园的身上已被安装好测谎装置，她显得非常紧张，身体僵直。

"没关系，不用在意它们的存在。"林嘉月友好地安抚，"今天约你们来这里谈话，也并没有特别的意思，只是觉得总去找你们，可能会让周围的人对你们形成误解，对你们产生更大的压力。"

冯馨园将信将疑地点了下头。

林嘉月在她的对面坐下，韩轩则在她斜前方坐下。

谈话正式开始，林嘉月对冯馨园说："经过法医鉴定，刘晶晶坠亡并非自杀，而是他杀……"

冯馨园沉默，像在极力控制自己的情绪，但生理参数却将她出卖，波动异常。

收回屏幕上的目光，林嘉月说："听到室友是被人杀害的，你表现得是不是太淡定了？"

冯馨园嘴角颤动，回答说："已经接受了她离开的事实，所以才会这样吧。"

嘴角颤动，紧张和压力的信号。韩轩静静地看着，一声没吭。

"这么看来，你的适应力和承受力比一般人都要强不少。"这不是林嘉月随口一说，因为她刚才在解释的时候，冯馨园的生理参数已经恢复正常。用仪器来检测，最麻烦的就是遇到天生情绪爱波动或心理素质强这两种人。

换个话题，林嘉月问："你和你继母的关系怎么样？"

眉毛上扬，两眼瞪大，惊讶的微表情是更容易捕捉和辨认的。"今天不是要谈刘晶晶的事吗，为什么要问关于我的问题？难道你们怀疑是我谋杀了刘晶晶？我和路莹、王柠离开顶楼后，就没再返回过，她们两个可以给我作证！"

林嘉月："你不要激动，询问关于你的问题，并非因为你是嫌疑人。"

冯馨园："那为什么？"

"为了了解除了都有一个富有男朋友外，你和刘晶晶是否还有其他的相同点。"韩轩开口。

"没有。"冯馨园伸手摸下眼眶。

"伸手摸眼眶，我记得在你宿舍时，提起刘晶晶和张卫鸿的关系，你也做过这个动作。这个动作表示羞愧，说明你认为做第三者的这种行为是错的，你感到羞愧，但你为什么还要做？因为你需要钱。"不疾不徐，韩轩剖析冯馨园的内心，"你的家境殷实，过惯了富裕的生活，但父亲再婚后，你和继母的关系并不好，父亲认为你们关系紧张的原因在你，你认为父亲偏向继母，于是你和父亲的关系也恶化，他以切断经济支持逼你低头，但你固执不肯认错，负气离家。没钱，却无法忍受节衣缩食的生活，于是你……"

冯馨园的生理参数波动越来越大，脸色更是越来越难看，终于，她再也忍不住："别说了！"

这三个字，她几乎是用喊的，可见她的内心有多压抑。

"没错，刘晶晶做过的，我也做过……"她的泪水夺眶而出，"当我知道刘晶晶的钱是靠援交赚来的时候，我看不起刘晶晶，我觉得她恶心下贱没有底线，但……最后我变得和她一样……这样的我比她更恶心，我讨厌自己，可我真的适应不了没钱的生活！我以前想买什么就能买什么，但离开家后，我整整一年都没买过一件新衣服！如果我妈还在，那个女人就不会出现，我和我爸不会决裂，我就不会沦落到这种地步……"

援交的猜想被证实，林嘉月的心情却更加沉重。冯馨园失去母亲固然可怜，但援交的选择是自己做的，没人逼她，她也怨不得任何人。既然她做了错的选择，那由错误选择带来的所有后果，她就必须全部承担。

同样做出这种错误选择的路莹更令林嘉月感到惋惜。

大一下学期，路莹的弟弟路海将同村村民打成重伤，那个村民家没有咬住路海不放，而是动起了路莹的脑筋。被打村民也不是省油的灯，早前就打过路莹的主意，想娶她给自己当老婆，路莹当时才刚十六岁，那人已经三十岁，路家父母极力反对，最后才不了了之。这次被打，那人逮住机会，知道路家没钱，于是故意刁难，让他们赔偿十万块钱，如果没钱，就把路莹嫁给自己，不给钱也不嫁女儿的话，那他们就只能让路海去蹲大狱。路家父母也恨自己这个不争气的儿子，但也不能眼睁睁看他坐牢，于是他们来找路莹商量办法，路莹宁死也不要嫁给那个泼皮无赖。为了凑齐那笔对他们家来说是巨款的十万块赔偿金，她最后也走上了刘晶晶的那条路。

从路莹的那间讯问室出来，林嘉月实在觉得心口发闷，她建议暂停谈话，休息五分钟。"我离开下，很快就回来。"

韩轩打量她的脸色，点头放她离去。

王子兵望着林嘉月匆匆下楼的背影，像是跟韩轩说话又像自言自语："嘉月肯定又去小卖部了，每次郁闷，她都得吃根雪糕。"

"冬天也吃吗？"韩轩搭话。

王子兵没想到他会接话，怔了下，点头说："吃啊。原本小卖部冬天都不卖雪糕，现在为了她，也卖了。"

这话戳中韩轩的笑点，他眼角微弯："这算VIP待遇吧。"

跟王柠的谈话，由韩轩主导，正式开始前，他先将与冯馨园和路莹谈话的情况透露给她，得知援交的事已被他们知道，王柠下意识将手覆盖在胸骨上。

"很多女性在感到压抑、心神不定、受到威胁、恐惧、不适或者焦虑时都会用手触摸或者覆盖这一部位。"韩轩的目光在她胸骨和颈窝上一扫，最终定格在她的脸上，"你想到了什么？"

王柠垂头，她选择沉默。

林嘉月盯着显示屏上的生理参数，没有太强烈的波动。她朝韩轩看去，韩轩也转头望她一眼，带着安抚的眼神，似乎在告诉她不用着急。

讯问室内，鸦雀无声的状态持续了一分多钟，终于，王柠抬起头，她的眼睛通红，有泪水在眼眶内打转，难过的样子像极了森林中受伤的小鹿，令人心生怜悯。

"我和她们一样。"话音未落，泪水一颗颗溢出眼眶。

王柠有颜值，成绩好，公司签她为练习生的时候，将她列为第一重点培养对象。后来不知道是哪个多嘴的经纪人把这个排行透露出去，被排第二重点培养对象的姑娘吴悦就不高兴了。吴悦的人脉很广，个人背景碾压王柠，自然不肯位居第二，凭关系，耍手段，她把公司原本安排给王柠的所有活动都占为己有。王柠非常委屈，就去找吴悦理论，吴悦并无歉意还出言不逊，将她激怒，两人在公司里就打了起来。这次争执事件，王柠被认定为过错方，被公司放弃培养，吴悦却一点儿事都没有。至此，王柠三观崩塌，她原以为只要自己努力，足够优秀，什么事情都会往好的方向发展，谁知……这个世界似乎并不是这个样子。

降为低级练习生后，曾有一家广告公司觉得王柠形象气质不错，想找她拍平面广告，合同都谈好了，最后还是被吴悦利用自己的关系网"截胡"。终于，王柠接受了有"关系"比有实力更重要的现实。她知道刘晶晶认识很多有钱有势的人，于是她找刘晶晶给自己引荐……当她牺牲自己的身体建立了所谓的"关系网"后，她得到的机会多了，父母以她为傲，她却没脸面对父母。后来吴悦正式出道，两人几乎没有了交集，王柠见不到她，也终于不用再向谁示威，对名利麻木的她想要回到曾经那种平平淡淡的生活，于是她切断了所有的"关系网"。上天还算公平，给不了她事业成功，却给了她甜蜜的爱情。

总和室友一起去隔壁艺大玩，王柠认识了就读摄影专业的男友，她很珍惜平凡却甜蜜的爱情，同时也越来越害怕，怕男友知道自己以前的事。

可要想人不知除非己莫为，世上没有不透风的墙，男友还是知道了王柠那些一直在隐瞒的过去，因为无法接受，男友与她分手。

林嘉月看得出王柠很爱她的男朋友，她觉得王柠和刘晶晶的爱情状况非常相似，唯一的不同就是一个隐瞒了，一个坦白了。大多数人认为隐瞒与欺骗有区别，但林嘉月认为两者之间是可以画等号的，它们的目的都是为了掩盖真相，有区别的是人心。

"你认为分手是刘晶晶造成的？"

"不。"擦掉脸上的泪水，王柠露出自责的神情，"要怪只能怪我自己。"

"我相信你，你没有谋杀刘晶晶的动机。但是……"韩轩拿起林嘉月放在桌上的那支签字笔敲两下桌面，以此强调，"你仍对我们有隐瞒。"

"我把自己最不想提起的事情都说了，还有什么可隐瞒的？"说话时，王柠无意识地微微摇动头部。

"有。"韩轩十分肯定。

林嘉月也认为她有所隐瞒，因为屏幕上，她的生理参数波动十分剧烈。

"你知道凶手是谁，对吗？"凝视一个人时，韩轩的目光犀利得好像可以刺穿人的胸膛，看见他的心脏。

王柠抿唇，嘴角下拉，和冯馨园、路莹被问到这个问题时的反应一样。嘴唇的消失，意味着压力、焦虑、担心。

因为三人的沉默，谈话被迫结束，韩轩以目前所掌握的信息做出推测：凶手是四个人共同认识的女孩，同事或者演出时认识的其他演员，可能也被刘晶晶带进了援交的圈子，但不是出于自愿。

若如他所料，那当凶手被抓时，所有人都不会因真相大白而感到快乐。

5

四月下旬，有"花中之王"美誉的牡丹花开了，虽未怒放但也已是玉笑珠香。沉甸甸的朵儿，羞答答地低着，那微微绽开的花瓣宛如美人的朱唇。

林嘉月站在政大多媒体教学楼前，望着花坛里的多姿牡丹发呆。

身后有人走近，在距离她约一米远的地方停住。

"心情这么好，在这儿赏花？"柔和如春风拂面的男声，语气中带着一丝暖暖的笑意。

林嘉月转身，眼前出现了一位把西装穿得格外好看的年轻男人。四肢修长，眉清目秀，神态从容温和，让人觉得"绅士"简直就是他的专属代名词。

胡向北是政大电影赏析选修课的教师，因为人长得帅，性格温柔，非常受女学生们的欢迎，每一学期，女学生们都为了能选上他的课，用尽自己的洪荒之力。

林嘉月跟他是两年前认识的，当时小张在刘校长的支持下搞了一个单身校职工联谊会，这个以"肥水不流外人田"为目的的联谊会，虽然最后一对儿都没成，但大家玩得还是很开心。联谊会有一个"我比你猜"的游戏环节，抽签分组，林嘉月抽到了胡向北，两个人合作得非常默契，十题十中，以第一名的好成绩拿走了刘校长个人出资赞助的情侣T恤。那次之后，两个人成了大家口中的绯闻情侣，甚至还有女学生给林嘉月写匿名信，问她到底和胡老师在不在一起，不在一起的话就别老去蹭电影赏析课。林嘉月这人吃软不吃硬，她们越不想她去蹭课，她越是一有时间就去蹭。不过这一学期开始，因为工作有些忙，她还一节课都没去蹭过。

瞄一眼他手里的备课本，林嘉月问："你今天有课？"

"对。"胡向北开玩笑说，"这学期你没来蹭课，难道是因为没有课程表？"

"没课程表我可以上网查啊，主要是连上网查的时间都没有。"三月忙测谎中心的事，四月忙局里的案子，哪有时间再去故意碍女学生的眼，何况今时不同往日，她还有一个韩大专家要伺候。

本来她和韩轩要跟王子兵一起去舞尚娱乐公司做排查，但因刘校长有事找韩轩，他先去了校长办公室，所以林嘉月现在才有时间在这里赏花。

"对啦，今天你要给学生放什么片子？"

胡向北翻开备课本，给她看了眼昨天写好的课案——《素媛》，2013年第34届韩国电影青龙奖最佳影片。

林嘉月在观影方面倾向于轻松搞笑的喜剧，深度可以没有，只要能让人哈哈一笑就好，毕竟在现实中她接触了很多令人胸口憋闷的负能量事件。《素媛》这部片子她虽然没有看过，但在微博上，她见别人推荐过，知道片子讲述的是一个未成年少女在遭遇性侵后如何走出心理阴影和家人如何面对生活的故事。

"不是你喜欢的类型，下次我挑部喜剧，邀请你来蹭课。"

林嘉月只顾低头想事，压根儿没听到胡向北的邀请。

未成年少女遭遇性侵……刘晶晶生前接到过阳光中学附近房屋中介的一个电话……

她垂在身侧的双手紧握成拳，难道……那人是个未成年？！

蓦地抬头，林嘉月望向面前的胡向北，她神色匆匆道："我有个急事要去办，先不和你聊了。"

胡向北点头，正要道别，她却已慌忙离开。望着她离去的身影，他一头雾水地耸了耸肩。

校长办公室里。

韩轩礼貌地起身，态度坚决地拒绝了洛州市电视台的副台长："不好意思，我没有参与贵台新节目的时间和兴趣。如果没有别的事，那我先离开了。"

洛州电视台要策划一个生活类心理节目，他们知道政大来了一位行为心理学专家，所以想邀请这位专家去当节目嘉宾。副台长是刘校长的老同学，想走后门来和韩轩谈谈，当刘校长听这位老同学说明来意的时候，他就已经帮韩轩婉拒了，但耐不住老同学三番四次的拜托，于是，为了让这位不见黄河不死心的老同学彻底放弃，刘校长只能让韩轩来亲口拒绝了。

　　待韩轩离开办公室，刘校长用一副"没面子别怪我"的模样看着副台长："早就说了吧，韩老师不会答应的。"

　　副台长垂头丧气，总算死了这条心。

　　离开校长办公室，韩轩下楼却没有在约好的地方见到约好的人。

　　"喂。"已经开车到达目的地，林嘉月接到韩轩打来的电话，"我在阳光中学。在美甲店查看监控录像的时候，刘晶晶曾接过一个这所中学附近的房屋中介的电话，我当时以为是骚扰电话，但现在我怀疑，那个电话就是凶手打的。她……可能是个未成年人。"

　　电话那头，韩轩平静的声音传来，他似乎一点儿都不因她的怀疑感到惊讶。心并没有麻木，只是习惯了现实的残酷。"需要我过去吗？"

　　"你自己打车？"

　　"嗯。"

　　来不及想象出租车司机对这个戴眼罩的奇怪乘客会有什么反应，林嘉月挂断电话下了车，向阳光中学马路对面唯一的一家房屋中介小跑过去。

相比之前那家美甲店店长，这家房屋中介的店长配合度极高，在林嘉月说明来意后，立马就在电脑上调出了四月十五号下午三点的监控录像。

与时间点吻合的来访者是一个身穿阳光中学校服的女生，长发，一米六五左右，身材纤细，长相清秀。洛州市初中女生除艺术生外，大都被要求留短发。这样看来，这个学生的嫌疑非常大。

"店长，你认识这个学生吗？"林嘉月向店长询问。

店长点头："其实也算不上认识，只知道她叫郑玉燕，今年上初三，以前她们家通过我们租过房，算客户吧。不然我们这里的电话，也不会乱叫人打的。"

"那你还记得她当时打电话说了些什么吗？"

"这个，没听到。"店长摇头。

阳光中学距离政大不算远，打车过来，不堵车的情况下只需要十分钟。待林嘉月从房屋中介出来，一辆出租车已经在阳光中学的大门口停下。

透过车窗玻璃，林嘉月看到韩轩并没有戴眼罩。红灯变绿，她小跑跑向马路对面。

"怎么没戴眼罩？不晕车了？"

"闭着眼来的。"韩轩轻描淡写地带过，"查到什么了吗？"

林嘉月点头："打电话的女生叫郑玉燕，上初三，长发，是艺术生，可能是参加演出的时候跟刘晶晶她们认识的。"

果然，找到郑玉燕的班主任后，班主任给他们介绍说，郑玉燕是校舞蹈队的，因为家庭条件不太好，经常去参加一些商业演出，赚钱贴补家里。

"她到底怎么了？不会惹了什么事吧？会不会搞错？她挺乖的。"班主任关切地询问。

"现在还不方便说。"韩轩见林嘉月一脸为难，替她回复。

上午十一点多，学生们正在上上午的最后一节课，林嘉月和韩轩透过初三二班后门的玻璃窗，看到梳着马尾辫的郑玉燕。她长得清秀漂亮，偏大的校服穿在她身上松松垮垮，她低着头在课本上乱画着随性的线条，心事重重。

下课的铃声响起，同学们一拥而出奔向食堂，郑玉燕也拿着饭盒从教室里走了出来。

充满吵闹声的走廊，在她与林嘉月、韩轩对视的那一刹那安静了。她怔在原地。片刻后，她笑了，很浅很浅的微笑。她朝他们走来，在班主任不可置信的目光中一字一顿地说："是我把刘晶晶推下楼的。"

市公安局审讯室里，郑玉燕的一身校服白得令人感觉刺眼。

她已将当晚实施犯罪的经过讲了出来，很不幸，杀人动机，如韩轩所料。

郑玉燕是孤儿，外地非城镇户口，父母在她刚出生不久后便因一氧化碳中毒过世，郑玉燕的大伯原本决定送她去孤儿院，但迫于村中舆论，他和妻子打消了这个念头，将她收养。虽然收养了她，但两人非常迷信，觉得郑玉燕命不好，父母就是被她克死的，所以两人除了给她口饭，其他的什么都不管。倒是大伯的儿子郑龙心善，觉得妹妹可怜，一直对她照顾有加。郑龙比郑玉燕大十三岁，十七岁开始打工，郑玉燕从上小学起学费都是郑龙交的，后来郑龙离开家到洛州市来工作，他放心不下妹妹，也带着她来这里上学。"长兄如父"用在他的身上，再适合不过。

去年五月份，郑玉燕因参加演出认识了王柠，王柠觉得她勤工俭学很懂事，经常利用周末时间帮她补课，地点就在四人的出租房内。一来二去，郑玉燕和其他三人也熟络起来。刘晶晶在认识张卫鸿后，手头的钱又多了起来，衣服也多了，衣橱放不下，她就把那些过了时的名牌转送给路莹和郑玉燕。郑玉燕知道刘晶晶是四人中最有钱的，至于钱的来源，她并不清楚。

一个月前，郑龙因和老板发生口角，一怒之下辞了工作。郑龙的女朋友对他辞职的事非常不满，两人发生争吵，她咒骂郑龙没钱没势还带着个拖油瓶。郑玉燕已经不止一次听别人说自己是她哥的拖油瓶了。艺考马上就要开始，又到用钱的时候，她最近因恶补文化课一直没参加商演，以前存下的钱也早就用光，不想再给哥哥添麻烦，郑玉燕厚着脸皮向刘晶晶开口借钱。

刘晶晶从不借别人的钱，也从不借钱给别人。她婉拒了郑玉燕，但她说自己可以介绍愿意借钱的朋友给她。三天后，刘晶晶给郑玉燕打电话，说有朋友要介绍给郑玉燕认识。周六学校的补课结束后，郑玉燕见到了刘晶晶所说的那个朋友，不是陌生人，她认识——付利，四十岁，一家KTV的老板，之前KTV周年庆，郑玉燕去演出过。

接上郑玉燕后，三人去了付利的KTV，一开始一切都很正常，但在郑玉燕喝了一杯刘晶晶给的饮料后，她开始头晕犯困，然后，她就什么都不知道了。

醒来时，她发现自己被迷奸了。然而对她打击最大的，是从门外笑着走进来的刘晶晶，她手里拿着一个信封，信封里塞了一沓钱。她当时说的话，郑玉燕记忆犹新。

"你别怪我，我这也算是帮你了。"

郑玉燕终于明白，她被自己信任的人算计了。

失望、愤怒，她与刘晶晶大吵，她哭喊着要去报警，可刘晶晶却说："你想让所有人都知道？闹没用，只会让你自己丢人，你想想，这事要是传出去，你同学会怎么看你？我知道你现在在想什么，当年我和你想的一样，可是，难过、气愤有用吗？能解决问题，给我们带来钱吗？听我的，拿着钱回家，洗个热水澡，就什么都不记得了！"

十五岁的女孩，她已经开始在乎世俗的目光。于是，郑玉燕强忍下来，她以为自己不去想，不接触那四个人，自己就真的能忘掉那天的事。但整晚整晚的噩梦都在提醒她，那天的事确确实实发生了！

郑玉燕最近的冷淡让王柠起疑，她去阳光中学找她，当郑玉燕见到王柠时，眼泪无法自控地涌了出来。王柠是四个人中对她最好的，打从心眼儿里的好。在王柠的追问下，郑玉燕把发生在自己和刘晶晶之间的事说了出来，她说她恨刘晶晶恨得想要杀了她。王柠听后也非常气愤，她没有想到刘晶晶还在做这种见不得人的勾当，但毕竟自己也有不愿提及的过去，王柠没有劝郑玉燕报警。回到出租屋后，她把刘晶晶对郑玉燕做的事告诉了冯馨园和路莹，两人听后也是异常气愤，三人开始孤立刘晶晶。

刘晶晶是真心把她们三个当成朋友，被孤立后她心里非常难受，她也气室友竟然为了外面的一个小丫头而孤立自己。但总是一个人出去逛街吃饭，刘晶晶很快就受不了了，她好几次想主动求和，但自尊心令她难以开口，多少次，她想给她们打电话，最后都只是想想便作罢。

四月十五日下午三点，刘晶晶在离开美甲店的时候接到了郑玉燕的电话，郑玉燕在电话里说，她已经想通，不记恨她了，她还说要去出租屋找她们，五个人再到隔壁艺大的实验楼顶楼谈天说地。郑玉燕原谅自己，她和室友的冷战也就能到此结束，刘晶晶很开心，她买了啤酒和零食去实验楼的顶楼，约来三个室友，但郑玉燕却一直没来，后来她给王柠发信息，说自己有事去不了了。其实对刘晶晶来说，郑玉燕来不来是次要的，三个室友到了就好，她有很多话要跟她们说，比如她和李阳分手了。不过，三个室友却不是很想听，就算郑玉燕原谅了她，她们仍然觉得她很过分。

七点一刻，三人不想再陪刘晶晶喝下去，借故头晕回家。刘晶晶看得出三人还是没有原谅自己，心情低落，她没有跟她们一起离开。

三人走后，称自己有事没法来的郑玉燕出现了，她给刘晶晶道歉，把在电话里说的那些又重新说了一遍，还自己罚酒。刘晶晶已然微醺，觉得郑玉燕是真想开了，她毫无防备，没有发现郑玉燕在她的啤酒中放入了安眠药。

八点十分左右，药效发作，刘晶晶昏睡，郑玉燕坐在她身边捂脸大哭，把这些天压抑在心中的委屈、怨恨全部发泄了出来。

"然后你一个人将刘晶晶抬过护栏，从楼上推了下去？"韩轩从见到郑玉燕的第一眼起，就不相信这个瘦弱的女孩可以一个人实施犯罪。

"对，是我一个人把她推下楼的。"

韩轩与林嘉月交换眼神，他们一致认为郑玉燕在说谎。

每个人都有想保护的人，而郑玉燕想保护的那个，实在太容易猜出来。

6

夜未央KTV。

大堂领班对新来的临时工非常不满，他们是做服务行业的，一天到晚黑着张脸，是要给客人添堵还是给老板找不痛快？幸好最近老板没来店里视察，不然不光这个新临时工要被骂，他这个领班也会被连累。

"哎，我说，"领班靠近前台，斜眼打量新来的临时工，"会不会微笑服务？"

不待新临时工回话，领班的手机就先响了。老板的秘书说，老板一会儿就到店里了。

把电话一挂，领班着急地提高嗓门，向大厅里所有的员工招呼："付总马上就来了，不想被扣工资的赶紧把自己没干好的活给我干好了！"他扭头带着恐吓语气对黑脸临时工说："特别是你，别给老子惹麻烦，老子不想给你擦屁股！"

"嗯。"黑脸临时工终于出声了，而且他不再面无表情，因为紧张，他的眉毛向上扬起。

几分钟后，一辆价值不菲的轿车停在了KTV的门口。后座车门打开，一个西装革履的中年男人从车上下来，身材微胖，面泛油光，鼻梁上架着一副和他本身气质不搭调的金丝框眼镜。

付利进门，所有员工都冲他点头哈腰地问好，只有前台的一个生面孔，腰像生锈了似的，弯不动，直挺挺地立在那里。

"郑龙，那就是老板。"身边的老员工伸手在他后背上戳了一下，小声提醒。

郑龙这才不情不愿地低了一下头，算是问好了。

付利今天心情不错，没和他计较，径直朝电梯口走去。

注视着他的郑龙突然从前台跑过来，先他一步到达电梯口，帮他把电梯门给按开。"付总，您请。"

领班见黑脸临时工突然开了窍，不由得松了口气，但接下来发生的，他就表示有点看不懂了，这是……在拍什么警匪片吗？

在电梯门打开的一瞬间，郑龙从工作服里掏出了一把匕首，他像电影里的劫匪一样将付利挟持。

"郑龙，你别乱来！"大厅里的员工全被吓愣了。

挟持付利的郑龙紧紧地勒着他的脖子，腾出一只手迅速按了顶楼的层数。

电梯门缓缓关闭，付利和郑龙在员工的视野中消失。

"兄弟，兄弟，有话好好说。"付利也算见过世面的人，这个时候表现得倒也不尿，他以利益诱惑安抚郑龙，"你是不是生活遇到什么困难了？需要多少钱？跟我说。"

"哼。"郑龙冷笑，却并未回答。

"兄弟，别不说话啊。你这样解决不了问题的，我们冷静下来，好好聊聊。"

还是默不作声，郑龙收紧了勒着付利的胳膊。

付利这下明白了，他今天遇上的不是要钱的，而是要命的！被勒得越来越紧，他呼吸越来越困难，脸涨红扭曲，额前冒出一层细汗。

顶楼到了,这里是付利的办公室和休息室,付利不来的时候,这里也没人能上来。

拖他进入办公室,郑龙用早已准备好的绳子将付利的双手双脚捆住,然后就是一顿拳打脚踢。

付利的金丝眼镜被踢坏,眼镜腿把他的脸划出了一道两厘米长的口子,差点扎进眼里。这下,他是真怂了:"别打了,别打了,我求求你!我们之间到底有什么误会,你说出来行不行?"

"误会?"郑龙愤恨得咬牙切齿,"你自己做了什么,你自己心里清楚!"说罢,又是一脚,正中付利的下腹,要不是他蜷着身子,这一脚就踹在他的命根子上了。

郑龙……

付利想起在楼下时有人喊出的那个名字,惶恐地看向他:"你是郑玉燕的什么人?"

他才问出口,就又挨了一脚。

"你他妈不配提这个名字!"话音刚落,门外传来很多人的脚步声。

警方来得正是时候。王子兵在门外冲里面的郑龙喊话:"郑龙,我们是警察!你妹妹的事情我们已经知道了!你现在马上停手,接下来的事情交给我们警方处理!"

林嘉月和韩轩也一起来了,见办公室里的郑龙没有做出回应,王子兵他们已经将枪举在手中,林嘉月一脸焦急,她不想再看到更为悲惨的一幕。"郑龙,郑玉燕现在在公安局里,她说刘晶晶是她推下楼的!"

"她胡说!"里面的郑龙终于接话了,"她是这件事的最大受害者!"

"你能证明她的清白？"

"我能！"

"那你想帮你妹妹的话，现在就开门给我们说清楚！最好门开的时候，你和付利都是安全的！"

门内又出现了短暂的寂静。大概十五秒后，办公室的门被他从里面打开，郑龙和付利各在一个墙角。郑龙听了林嘉月的话，虽然付利还活着，但他已被打得鼻青脸肿，头破血流。

警方将看不出原本长什么样的付利抬出去，办公室就只剩将匕首架在脖子上的郑龙。"你们放了我妹妹，我妹妹什么都没做！刘晶晶是我推下楼的！"

"你先……"林嘉月想进办公室，手腕却被人一把给拉住，拉她的人是韩轩。

郑龙现在情绪激动，脸部有攻击表情的痕迹，很容易做出伤害自己和别人的事。

"郑玉燕给刘晶晶下了安眠药，这一点她没撒谎。"韩轩迈步进屋，提出疑问，"如果人是你推下去的，那你们是一起去找刘晶晶的？"

"不是一起，我是跟踪燕子去的……"郑龙抗拒韩轩的靠近，他的身子紧贴墙壁，似乎想要退到墙里面，"是我发现燕子最近很奇怪，那天下午她竟然还偷了我的钱……她很懂事很乖，从来没有偷钱的毛病，我想知道她到底拿着钱做什么，所以我就一路跟踪她，看她进了药店。她离开后，我进去问卖药的店员，店员说她买的是安眠药。我就更惊讶了，然后我一路跟她到了艺大，在顶楼，我终于知道了燕子最近反常的原因……没错，燕子原本是想把那个贱人推下楼的，但是她是个善良的孩子，根本狠不下心，所以她放弃了。但我不能饶过那个贱人！她害我妹妹，她就得付出代价，以死赎罪！所以，燕子离开后，我把那个贱人推下楼了！在昏睡中摔死，没受什么折磨，这已经算她上辈子积德了！"

韩轩在他眼中看到一丝遗憾："你认为刘晶晶死得太轻松，所以在报复付利的时候，你计划先折磨他，然后再杀他？"

"是又怎么样……现在已经实现不了了。我都招了，燕子是无辜的！你们放了她！"前半句，他语气中带着绝望，后半句，充满哀求。

郑龙的手腕开始发颤，胸口起伏加大，同时，他的头朝一边倾斜，韩轩锁眉，他似乎明白了郑龙接下来想要做什么。

郑龙想寻死，他扬手，将匕首朝着自己的脖颈刺下……

"郑龙！"

"韩轩！"

闪着寒光的匕首被人徒手握住。

弥漫着消毒水味道的急诊室里，韩轩的右手已经被小护士用纱布包扎好。

"伤口不深，过几天就能好，但要记住最近几天别沾水。"

"好，记住了。谢谢。"林嘉月目送小护士离开，然后拧眉望向韩轩的手，"你的手真是多灾多难。"

韩轩明白她的意思，赞同地点了下头，嘴角浮现一丝无奈的笑意。

"那个，"总跟他拌嘴抬杠习惯了，现在想称赞他几句，她竟然觉得有点不好意思开口了，"你还挺勇猛的……替郑玉燕谢

102

谢你。"

"不客气。"假装没看出她的羞涩,他将谢意全数收下。起身,韩轩这才发现自己的衬衫染上了自己的血迹。

林嘉月也看到了,护士刚才说他的手不能沾水,反正她的衣服也是要洗,多这么一件也累不着。于是,在送韩轩到他家楼下后,林嘉月跟他一起下了车。

"你还有事?"韩轩狐疑地看着她。

林嘉月无害地睁圆眼睛:"对啊,上去帮你把衣服洗了。"

相比用语言表达敬意,她更喜欢用行动,只是韩轩对她的一百八十度转变还不能马上适应。

"不用了,过几天我自己洗就可以了。"

"过几天血就洗不掉了,你不是女人你没经验……"后半句她几乎没经脑子就说了出来,不过幸好韩轩没明白她指的是什么,不然那气氛可就尴尬了。"要是去你家不方便,那你现在脱了,我拿回家洗。不用不好意思,又不是内衣……"

韩轩苦笑,本想拒绝,但看她眼神坚定,似乎这件衬衫她洗定了……最终,他放弃挣扎,按她说的,在门口把衬衫给脱了。幸好这个时间小区里没人,也幸好自己在衬衫里面还穿了一件背心。

刘晶晶坠亡的案子算是结了,未成年少女郑玉燕遭人迷奸的案子却还没有。相较于前者,林嘉月的心更被后者牵动。

"付利承认自己迷奸未成年少女了吗?"她给王子兵打电话询问。

"一开始当然不肯承认啊!狡猾得很,说自己以为郑玉燕穿初中校服是在跟他玩制服诱惑！真不是东西！不过，我们把学校对面那家房介的监控录像调出来后，他就老实了。录像里，他和刘晶晶去接郑玉燕时，从他的角度看，完全能看到郑玉燕从中学校门里走出来。"电话那头的王子兵微顿，语气中带着鄙夷和气愤，"不过，他的律师好像一直在私下联系郑龙的父母，听说是答应赔偿给郑玉燕一大笔钱，还不追究郑龙对他的伤害……我们也是才知道的，郑龙父母因为生了三个女儿，觉得在村里抬不起头，就领养了郑龙。这俩孩子都不是亲生的，又闹出这种事儿，他们衡量了一下，跟付利的律师达成了协议。付利应该会轻判……"

又跟钱有关系……

人们总为自己对金钱的贪婪找借口，他们会说你对贫穷缺乏想象。然而怎样才算贫穷？像刘晶晶那样，还是像连学都上不起的山区儿童那样？

其实我们对贫穷并不缺乏想象，真正缺乏的是对欲望的想象。

7

周末，全都聚集到足球场看台的学生们，对校职工运动会充满期待，当然，他们期待的不是英姿飒爽的老师，而是电脑里即将更新的表情包，去年各个系主任贡献的冷漠脸、兴奋脸，他们都已经用腻了。

虽然很快就要进入阳光渐毒的五月，但遇上阴天，穿短袖还是会觉得有些凉。风起，嫩绿的树叶沙沙作响，在铅球比赛场地上的林嘉月抱着两条赤裸的胳膊，后悔把外套留在观众席上了。就她的小身板，敢报名铅球也是凭着一腔孤勇。

铅球场地旁是跳远场地，参加跳远比赛的小张看着林嘉月挨冻，恶作剧地裹紧自己的外套，故意逗她："我刚说今天冷，不愿脱外套，你说我啥来着？娇气，对吧！"

林嘉月横他一眼，鄙视他不怜香惜玉："别和我说话，认识你，我觉得丢人！"

"别呀，我还有话没说完呢，你恭恭敬敬叫我一声大哥，我就把外套借给你！"

"我不用……"

"我不用！"

一男一女的声音同时响起，只不过男人态度柔和，而且要说的不止这三个字。

胡向北也报名参加了跳远比赛，刚过来参赛的他一眼就看到了隔壁场地正瑟瑟发抖的林嘉月。他绕过挡在前面的小张，微笑着将自己的外套递向她，把刚才那句没说完整的话说完："我不用你叫我哥哥。"

林嘉月没客气，一边向胡向北道谢，一边冲小张吐舌头，"我现在有了，用不着你给！"

"胡老师，你这黑骑士当得……"小张为没法捉弄林嘉月而惋惜。

胡向北笑而不语，看着林嘉月给小张科普什么叫绅士。

三个人正聊得开心，广播里传来刘校长这位身怀主播梦的义务主持人的声音："请男子八百米运动员到检录处点名！"

小张变得忧心忡忡，朝测谎中心同事的看台那边望一眼，问林嘉月："你到底给没给韩老师说今天开运动会啊？"

林嘉月也朝那边看，但并没能看到那个熟悉的身影。"我说了，今天早上想起来的时候，给他发短信了。"

"你最近真是忙糊涂了，什么事都忘。"

确实，林嘉月给韩轩洗的那件衬衫，她也一直忘记拿来给他。正要掏手机给韩轩打电话，那熟悉的身影突然出现在她的视野中，白衬衫加黑西裤，简单的搭配令他显得清爽干净，就是怎么看都不像是来参加运动会的。

其他同事也被他这身装扮搞得一头雾水。方主任低头看着他脚上的那双黑色意大利手工皮鞋，担忧道："穿这鞋跑，会不会不舒服？"

林嘉月的短信里只说了今天开运动会，并没有说他需要参加八百米竞赛，所以韩轩听到这话时，也是一头的雾水："我需要跑？"

"是啊，小林没说？她给你报了八百米。"

还是八百米跑……韩轩已经很多年没听到过这几个字了。环顾四周，他没有找到那个擅作主张的罪魁祸首。

无论生理还是心理，韩轩都是排斥跑步的，所以他不讲情面地拒绝："我不能参赛。"

这下，大家都慌了，身强力壮的都在别处参加比赛，他们这几个老弱胖虚，没一个能顶替韩轩上场的。

广播里，刘校长又催八百米运动员过去点名了。

方主任无奈，只能拿出集体荣誉镇压韩轩："小韩啊，你虽然是学校老师，但办公室在我们中心，所以我们是一个集体，你作为集体的一员，怎么可以不重视我们的集体荣誉……"有点编不下去，他看了一眼旁边的副主任。

副主任得令，继续编："得奖不得奖，不重要，重要的是，我们测谎中心的职工都是有奥林匹克精神的！"

其实教职工运动会就是同乐会，大家聚在一起玩一玩笑一笑，第一名的奖品也不比安慰奖贵多少钱，如果真的不想参加项目，完全可以选择弃权。像主任和副主任这样，拿集体荣誉和奥林匹克精神出来说事儿，有点儿夸张。不过，韩轩碍于两位老人的面子，没有再次拒绝，硬着头皮把这一套吃了下去。

被赶鸭子上架，韩轩不得已走上了八百米竞赛的跑道。

八百米竞赛的枪响时，林嘉月已经拿着铅球比赛的安慰奖返回观众席。她是见过韩轩脱掉衬衫后的模样的，典型的"穿衣显瘦脱衣有肉"，所以她觉得他在运动方面一定不会太差。

可谁知，韩轩是真正的输在了起跑线上！

别人都跟野兔子似的冲出去，就他一个人慢慢吞吞，散步似的龟速运动着。外语系一名教授鞋掉了都跑得比他快！

"看来，小韩是真的不想参加比赛啊。"大跌眼镜的两位主任异口同声。

在其他选手都到达终点后，还差一圈半的韩轩被颁发了一个安慰奖，强行结束赛程。当他从赛场上下来，一眼便看到了正用不解的目光盯着自己的林嘉月。她身上穿了一件灰色男士运动外套，松松垮垮，显得她身材更加纤瘦，衣服的下摆垂在她膝盖上方二十厘米处，像一条宽大的连衣裙。

"林嘉月，"先她开口，他将她叫到一边，清冷语气中夹带着一丝愠怒道，"以后我的事情，请你不要擅作主张。"

"这……"

旁边有同事听到了他的警告，担心地朝两人看过来，林嘉月原本因尴尬涨红的脸变得更烫。抓捕郑龙这件事后，她不再像一开始那样抵触他，不管是因为他救了一条人命，还是在查案中逐渐接受了他的人眼测谎，她似乎已经开始把他当作一个普通的同事来相处了，可他……非要在这么多人看得到的地方教训自己吗？

林嘉月的脸唰地就红了，立刻据理力争："你不想参加可以不上场啊！你刚才那样，是在跟谁抗议啊！我又没拿刀架在你脖子上，逼你上场！"

她的声音更大，在场同事全都听了个清楚，气氛瞬间变得更加尴尬。

小张见状，赶紧站出来当和事佬，缓和气氛道："老规矩，运动会开完，我们去聚餐啊！嘉月，你上次说好吃的那家餐厅是哪家来着？"

"对对，必须聚！吃完还要去唱K，我们这些有家室的，今天可是给'领导'请过假的，随便玩儿！"

气氛终于缓和下来。

不满的目光从林嘉月的脸上移走，背对人群的韩轩转身对他们说："今天我请。"

同事的欢呼声中林嘉月鼓起了腮帮子，跟河豚的相似度高达百分之九十九。

他请？显摆钱多啊！

聚餐的餐厅在韩轩家附近的一个美食广场，吃喝玩乐一应俱全，饭都还没吃完，他们已经开始讨论一会儿唱K要唱的歌曲了。

林嘉月五音不全，自然对唱歌没有兴趣，闷头大吃，她要在

108

韩轩付账的食物上把自己刚才丢掉的面子找回来。

第二笼烧卖上桌，碧绿色的馅儿透出蒸熟后薄如纸的面皮，犹如翡翠一般。轻轻地咬上一口，里面的虾仁、韭菜和鸡蛋爽口清润，吃下去后唇齿留香。

"别吃了，走走走，我们过去玩飞镖！"小张明显是来做和事佬的，左手拉韩轩，右手拉林嘉月。

林嘉月不想去，但手腕被牵制不能痛快地吃，索性先应付他们一下，扎一镖就坐回来。

餐厅西南角有一个娱乐节目中经常见到的旋转镖盘，十等分，上面写着从一到十共十个数字，旁边还有一个提示牌，如果有人三镖得到的总分在二十五分之上，那么今天的用餐费用就可以打七五折。

小张一直号称是中心的神枪手，自告奋勇，第一个来扎。

服务生微笑着将三支飞镖双手奉上，为他加油助威。

小张握拳摆了个热血的姿势，结果第一镖飞出去，只扎到了镖盘框上。有点儿尴尬，他自言自语找理由道："刚喝了点酒，不在状态。"接着第二镖、第三镖，一个六分一个三分，总分九分。

"张哥，不服老不行啊。"林嘉月坏笑着臊他。

"那个，这镖盘转得太快了。不信你试试！"小张上前，将三支飞镖摘下来递给她。

韩轩站在一边，什么也不说，专注地当着吃瓜群众。

林嘉月考政大其实是为了自己的警察梦，当年为了考警察，她没少吃苦，专门找体校生卢楠给自己当教练。卢楠特别乐意助她一臂之力，就是训练起来有点"变态"，也不知是他老师平时就这么训他，还是想借机报多年来被她欺负的"血海深仇"，平时跑圈又举重，到了周末还借射击专业训练房练射击，一刻都不闲着。不过，最后林嘉月还是因为体能有限，没能考上，留校做了司法学院测谎中心的技术员。

不过练过就是练过，三镖飞出去，七分，七分，六分，总共二十分。

眉峰微挑，生出一丝得意，林嘉月请小张对自己的镖法发表一下看法，小张耍赖装听不见，扭头用充满希望的目光望向韩轩。

"韩老师，靠你了！"

因为曾经差点就死在吴军的手中，所以在国外生活的这些年，除了研究人类行为，韩轩还学了一些近身擒拿术自保，当然，在视力上存在超常优势的他也练习了射击。

飞镖和射击，两者存有区别，但聪明的人很轻易就能将这区别消化，加以利用，最后得到令人惊艳的成果。

纤长手指不轻不重地捏住镖身，墨眸紧盯旋转中的镖盘，韩轩表现得十分沉着，但他散发出的自信气息却令周遭所有人都感到紧张。

如此胸有成竹的样子，到底能拿到多少分？

林嘉月双手抱在胸前，一副多少分都不在意的怄气模样。

砰，砰。第一镖飞出去，然后是几乎无接缝的第二镖，两支飞镖在多人的欢呼声中全部击中红心。在扎第三镖的时候，韩轩顿了一下，似乎做了个什么决定。砰，带着众人心跳声的第三镖投了出去。

十分，十分，六分，总分二十六分，正好超出打折线一分。

"运气真好！"其他来用餐的顾客为他鼓掌，满脸的羡慕。

服务生也是一副惊喜模样："先生，您还是今年第一个获得打折机会的幸运顾客呢！"

礼貌地轻笑，韩轩拿出皮夹，直接跟着服务生去了前台结账。

其实林嘉月也被这个二十六分给震住了，只是她总觉得这不是靠运气，十分，十分，六分，这样的得分好像是精心设计的，带着一种刻意低调的感觉。如果打折线是二十八分以上，那他会不会投出二十九分的成绩？

8

同事与朋友这两个词很微妙，合得来可以画等号，合不来就永远都没有交集。

测谎中心这群人，虽然年龄跨度大，但也许是从事的职业的关系，大家的三观都比较一致，所以相处起来舒服自然。跟他们在一起，韩轩也不自觉放松下来，有一瞬间竟然还动摇了，觉得自己或许应该减少一些对人际交往的抗拒。

"切歌，切歌！下一首，我的！"

霓虹灯闪烁的昏暗包厢里，一群已然微醺的人唱嗨了，几乎每一首都是大合唱，小张和李哥已经"花枝乱颤"地跑到大屏幕两边伴舞了。

方主任的一首《老男孩》终于唱完，他在点唱机上找到暂停键，拿着麦克风问："下面这首歌是不是嘉月点的？是的话，我们就一起去趟洗手间吧……"

什么意思！刚才点歌的时候，她说不唱，是他们一起鼓励她要勇敢面对音乐这道难题的，现在他们却又纷纷做出一副大难临头的模样，做人怎么可以这么不厚道！

"谁都不能去！"林嘉月噌地从沙发上跳起，酒精作祟，她差点一个踉跄扑到包厢的茶几上，幸好天生平衡感比较强，扑腾几下胳膊，她又站直了身子。她大跨步冲上前，抢到麦克风，然后用身子把门一堵，放大话说："今天我保证不跑调！"

所有人都持怀疑态度，只有韩轩表情懵懂，毕竟他没见识过林嘉月的五音不全。

不过，林嘉月今天还真没吹牛，因为她选的这首歌，想跑调儿都没调可跑……

"一人，我饮酒醉，醉把佳人成双对；两眼，是独相随，只求他日能双归。娇女，我轻扶琴；燕嬉，她紫竹林。痴情红颜，心甘情愿，千里把君寻！……"

带感洗脑的节奏，像火箭助推器，把今晚的K歌气氛带上了巅峰。

在炒热K歌的气氛上，林嘉月还是第一次当功臣。

一曲罢了，她发现自己刚才的座位已经被别人给霸占了，有空的地方就只有沙发最右边的韩轩那儿。

酒量实在一般，林嘉月的世界已经开始天旋地转，也不管挨着谁了，能坐下就行。一屁股坐到那儿，她有种飞机降落在地的踏实感。后面几首歌都是抒情的，缓慢柔和的节奏像母亲轻抚婴儿，听着听着，她眼皮越来越沉，竟呼呼大睡了。

包房的预定时间已到，今晚的聚会终于拉下帷幕。十几个人走得只剩下三个，方主任哭笑不得地想叫醒林嘉月，可她却像个赖床的孩子一样使性子，在沙发上扭来扭去哼哼唧唧。

"这孩子……"见叫不醒她，方主任一脸无奈，只好拜托韩轩，"韩老师，你看，平时总是嘉月接送你，要不今天你也送她回家一次？"

"……好。"韩轩虽觉有些为难，但还是答应下来。

在方主任的帮助下，林嘉月被放到了他的后背上。人生第一次，跟一个女人贴得这么近……韩轩各种不自在，就像被框在了一个小画框里。

出了KTV，方主任又帮他们拦了一辆出租车，然后便跟自己的代驾司机一起离开了。

当韩轩把林嘉月的小腿抬进车里，他这才想起自己忘记问她的住址了。校职工宿舍，他知道，但是几栋几层？

"林嘉月。"他推了下身边熟睡的人。

她却只是不耐烦地哼唧两声，然后把头一转继续睡。

两人的运气也不怎么好，这种情况下偏偏遇到个没有耐心的司机。司机往后视镜里瞄他们，语气不太友好地问："到底上哪儿？"

韩轩瞄了眼越睡越死的林嘉月，果断放弃，转而报上自己家的地址。

车子驶动，他闭上眼睛，林嘉月的脑袋忽然就靠到了他的肩膀上。

韩轩伸出右手食指，将她沉甸甸的脑袋从自己肩上推了出去。

林嘉月睡觉还算老实，将她丢进卧室后一直没闹出什么动静。

夜已深，窗外深邃的天空中，无月无星，天地一片混沌。

灯火通明的书房里，韩轩毫无睡意，他的书桌上放着之前从李队那里拿回的连环凶杀案卷宗。

吴军，1972年出生，六岁时生父意外死亡，生母左倩带其改嫁，继父叶安是位工程师，一表人才，工作体面，还是头婚。在当时那个年代，二婚带孩子的女人几乎没人愿意娶，所以叶安与左倩结婚时，叶安的朋友都觉得不值，认为以他的条件明明可以找个更好的。更叫人大跌眼镜的是，两人结婚三年后，左倩跟人私奔了，把自己和前夫的孩子留给了叶安。在外人看来，叶安应该把吴军赶出家门，但叶安没有，他把吴军当成自己的孩子，一直未婚，将他抚养到十七岁。吴军十七岁那年，叶安因犯心脏病突然离世。在外人看来，叶安是个老实人大好人，而吴军跟他亲妈一样没良心。叶安出殡那天，吴军一滴眼泪都没掉。

卷宗记录，吴军第一次犯案是在1998年，八年里一共作案七起，受害人均为男性，他们职业不同年龄不同，唯一相同的是，他们都有一个特殊的身份——继父。所以，当时坊间将吴军称为"继父杀手"。他的作案目标较特殊，作案手法残忍，犯罪现场富有仪式感，每一次他在杀死受害人后，都会将其双手双脚砍下，捆成一束绑在受害人的背后，然后将受害人摆出下跪的姿势，取"负荆请罪"之意。

除此之外，每次行凶，吴军都会将房间里的空调打开，调至16℃。而且，他喜欢收集死者继子的物品作为纪念品，不分贵贱。

"叮咚"。

身侧的笔记本电脑突然发出一声提示音，将手中的卷宗放下，韩轩转头看向电脑屏幕，上面跳出了一封新邮件。

发件人：老朋友

时间：2016年4月23日（星期六）00：28

收件人：韩轩

邮件内容：我已经迫不及待了，什么时候才能再见面？

文字最后，是一个恶魔狞笑的表情。

清晨的光从窗帘缝隙中挤入，温柔地吻上林嘉月的双眼，弯弯的睫毛颤动几下，像童话里的睡美人一样。林嘉月睁开眼，眼神呆滞地望着天花板出神了好一阵子，她这才突然想起，自己家的屋顶好像跟现在这个不太一样！

猛然坐起，她环视四周，果然不是在自己家里！不过，这房间她也来过，是韩轩的。又拧眉愣了几秒，她把昨晚聚会的事情回忆了个遍，脸上红一阵白一阵。红是因为惭愧，没能继承自己老妈的好酒量，白是因为尴尬，自己竟然被韩轩捡回家了，他们昨天还在运动会上吵了嘴。

虽然她现在还对韩轩的小题大做有所不满，但对于他的为人，她还是比较信任的。况且证据摆在这儿呢，她身上的衣服一件没少，甚至连鞋都没被脱掉。

竖耳倾听，卧室外鸦雀无声，韩轩似乎还没有醒。林嘉月摸索身上的口袋，没能找到自己的手机。于是，她轻悄悄地下床，像个小贼一样小心翼翼拧动门把手，从门缝里探头出去。客厅没人，书房的门虚掩着，她猜韩轩在里面。

踮脚到书房门口，她一眼睁一眼闭像只猫一样朝里面瞄，竟然猜错了，里面也没人。

"他上哪儿去了？"林嘉月自言自语。她正要转身去找自己的手机时，书桌上被一本杂志遮挡一半的卷宗闯入她的视野。

出于好奇，她把小贼做派贯彻到底了。林嘉月溜进书房，将那本杂志拿开，然后翻开了有一些年头的卷宗。

"'继父杀手'吴军？"林嘉月拧眉，脸上露出纳闷的神色。

第一次听说这个名字的时候，林嘉月才十五岁，正在"头悬梁，锥刺股"地准备着人生中第一次升学考试。当时他的通缉令登遍了所有的报纸杂志，而且持续了很长的时间，但可惜的是警方还是没能抓到他。近些年来，她也在网上看到过几个关于吴军的传闻，有人说他偷渡到了国外被人枪杀，也有人说他隐居到了深山里成了野人，甚至还有人说他出了家每天吃斋念佛想洗脱过往罪孽……后经辟谣，这些全都是假的，吴军的下落至今还是个谜，不知生死。

"咔嚓。"客厅传来开门的声音。

林嘉月被吓出了一身的汗，赶紧将书桌上的东西恢复原位，一溜小跑从书房跑到卧室，假装自己刚刚睡醒。

"韩老师，果然名不虚传啊！"卢楠的脸上满是发自内心的崇拜与敬仰，笑得嘴都合不拢了。

卢楠？林嘉月蓦地推门而出，眉头拧着，冲他喊话："你怎么在这儿？"

一见蓬头垢面的林嘉月，卢楠立刻大步流星地走上前，像个操心的老妈子一样帮她整理道："你看看你，这么大的姑娘了，也不注意下形象！别用这副埋汰样玷污了我们韩老师的眼啊！"

"我……"呸字被她硬生生地给咽了回去，毕竟是在别人家，收敛一点的好。负气地将卢楠推开，林嘉月狠狠白了他一眼。

自知有罪，卢楠立刻卖萌求原谅，讨好的笑容比油炸糕还油腻。"嘉月，别生我气了！我那天是被鬼迷了心窍，才会骗你的……我发誓，我以后再也不这样了！什么仙女女神的，统统一边儿去，我就只认我们家嘉月，她让我干吗我干吗！"

林嘉月鄙夷地开口："她让你现在去楼下裸奔！"

"真的吗？我们嘉月怎么会忍心让我被外面的那些大妈吃豆腐！"

"切，你少看不起大妈，她们的眼光高着呢！"

"别呀，给我点儿面子，你看，韩老师看着我们呢！"

立在门前的韩轩确实一直在看他们，难怪上次他误会了他们的关系，原来两个发小亲密得像情侣一样。

今早韩轩被林嘉月的手机振醒，本不想接听她的电话，但对方一直打来，无奈才接通了电话，然后就被卢楠一顿咆哮问话，终于得到机会自报家门后，卢楠的态度一百八十度大转弯，还说要来接林嘉月，顺便见见自己，于是韩轩就把地址告诉了他。

刚才卢楠到了小区却找不到这栋楼，韩轩便下去接他。一同上楼时，卢楠给他做了一个详细的自我介绍，林嘉月的发小，健身教练，从第一次听说他就很想跟他见一面。

另外，卢楠还问了韩轩一个问题："你知道我现在在想什么吗？"

韩轩当时有些无奈，因为就算是对行为和心理毫无研究的人，也能猜到他在想什么。"我和她，什么也没发生。"

福山小区，洛州市较早开发的大型片区，交通便利，布局合理，几十年下来，已经发展成本市人口最多的社区。

因为繁华热闹，越来越多的人不介意旧房没电梯，愿意搬到这边来居住，所以福山小区出租房的月租金越涨越高，一年就涨了近五百块。

小区七号楼一单元301室的房客是一名单身女子，房东多次来催缴房租，女子都躲在屋里不出声，假装没在家，这种逃避问题的态度终于将房东惹恼了。今天，房东叫着开锁公司的人一起来了。

"小果，你在不在？在的话就开门，咱别耍赖啊！"

"你这样可真没意思，赶紧开门！"

"果玉！你再不开门，别怪我做事不留情面了！我今天可是带了开锁的师傅一块儿来的！"

房东拍门拍得都快把手拍肿了，屋里的房客还是没来开门。

既然她这么绝，房东也就不再客气。"师傅，开锁！"

一个防盗门，师傅只用了几分钟的时间就给撬开了。这一开不要紧，房东和开锁师傅都被屋内的画面给吓呆了，汗毛竖立，险些瘫坐在地。

安静整洁的客厅里开着空调，室内温度异常低，空气中散发着血腥和酒的气味。正对大门的角落里，果玉在一片暗红血泊里面壁而跪，她的双手双脚被人砍断，血肉模糊的四处创口像四张鬼怪的血盆大口，狰狞地张着，发出来自地狱的哭声……被砍掉的手脚被扎成了一捆，绑在了她的身后……

第三章　幽灵婚礼

1

七号楼的院子门口被警车和好奇的群众围得水泄不通，韩轩和林嘉月到达后挤了好一阵子才突破重围。

接到李队的电话时，韩轩正被卢楠盛情款待，一顿早餐竟吃出了年夜饭的感觉，八仙桌上中日韩英美法式的早餐应有尽有，让人眼花缭乱。在李队说出吴军的名字后，他便立刻食欲全无。

福山小区，一样的作案手法，昨晚的示威邮件……

尽管李队怀疑是模仿作案，但他仍旧觉得，一切不会这么巧合。

跟在匆匆的韩轩身后，林嘉月脸上露出一抹狐疑，她只知道这是一起命案，不知道韩轩为什么表现得如此紧张，竟连后背的衬衫上都有了些许被汗浸湿的痕迹。

但到达犯罪现场后，她懂了，一切跟吴军有关。

之前见到的那种尸体都来自图片，像今天这种真实的尸体，离着很远就能闻到血腥味的尸体，林嘉月是头一次接触。不适应的感觉越来越明显，她才吃下去的早饭似乎长出了腿，想刨开她的胃，从里面逃出来。因不想给警方添麻烦，林嘉月连忙退回到门外的楼梯上。

"太血腥，接受不了吧。"姗姗来迟的江雪怡一袭香奈儿新款连衣裙，既高雅又休闲。她前些天休假去了巴厘岛，今天早上刚下飞机就接到局里的电话，连衣服都没来得及换，便赶了过来。刚刚在院子外停车，她就看到了林嘉月和韩轩。

林嘉月惭愧地点头，胃里还是翻腾不已。

"多练练就好了，我也不是生下来就能对着尸体吃淋了蔓越莓果酱的蛋糕啊。"以老前辈之姿拍了拍林嘉月瘦削的肩，江雪怡突然冷下了脸，问道："你是不是又瘦了？多少斤了？你答应过我不能比我瘦的！"

一听这话，林嘉月差点儿厥倒，她还真是个无论什么情况下都最在乎自己美貌的公主殿下！"我错了，我从明天起一天吃八顿！"

江雪怡不满地摇头："要增肥，多餐少量是不对的，你应该少餐多量。哦，对了，刚才在楼下看到你和那个韩轩，他是这里跟正常人不太一样吗？"说着，她指指自己的脑袋。

林嘉月挑眉，不太懂她的意思："怎么了？"

"为什么坐车要戴眼罩？"

"哦，这个啊。他晕车。"

挑眉，江雪怡意味深长地笑了："晕动病是汽车、轮船或飞机运动时所产生的颠簸、摇摆或旋转等任何形式的加速运动，刺激人体的前庭神经而引发的疾病，而前庭神经位在颞骨之内，自延髓延伸至内听道。"

林嘉月听得云里雾里，但江雪怡要表达的点她还是抓到：
"意思就是说，晕车和眼睛无关？"

"对。"

那这么说……韩轩并不晕车，他可能是为了自己的视线才戴眼罩的？

能看清快速移动的事物，不能正常乘车，对跑步也异常抗拒……他身上到底藏着什么样的秘密？

"死者颜面瘀血肿胀呈青紫色，颈部较疏松，皮肤出现散在性瘀点性出血，鼻黏膜和齿龈出血，颈部有扼痕，颈深部组织可见出血，可以确定死因为机械性窒息。初步推断，死亡时间大概在昨晚十一点到今天凌晨一点之间。"换好白袍的江雪怡对尸体进行了初步尸检，"室内没有搏斗迹象，手有挣扎痕迹，指甲内无毛发皮肉血迹等，估计昨晚喝太多，醉得使不上劲儿。"略带嫌弃地挥手扇扇环绕自己的酒气，她随心所欲地感叹了一句，"所以说，女生还是不要喝太多酒的好。"

门口的林嘉月听到这话，自觉膝盖被狠狠击中，不由得朝自始至终都一脸凝重的韩轩看去。

江雪怡推测的死亡时间和昨晚他收到邮件的时间吻合……

"除了被害人，这个案子和吴军制造的系列命案还有什么不同？"他的眉头还微微皱着，似乎这个案子不破，它们就不会再舒展开。

"有没有丢东西我不清楚，但死者的创口粗糙，可见力气不大，也不具备相关专业知识。"江雪怡接到同事电话的时候，也怀疑是十年前的杀人魔重出江湖，但到现场后，她能百分百确定，凶手不是吴军，这只是一起单纯的模仿作案。

"也不存在刻意伪装的可能性？"韩轩还是不能相信。

李队明白他的心情，安抚地拍了拍他的肩膀："先别多想，等现场勘查的详细结果出来再看看。"

江雪怡跟同事将果玉的尸体装进装尸袋搬走后，一直守在门口的林嘉月这才双脚解冻，敢再次向屋里走去。

站到韩轩的身边，因为距离的缩进，她的感受力变强，此时她在他身上获取到的信息远不止紧张焦虑，如果没有搞错的话，其中还有一丝丝的惧意。

林嘉月不禁暗忖，难道韩轩跟吴军之间有什么联系？

好奇心重的人，只要产生了疑问，就会竭尽全力地寻找答案。

下午回到家，先把一身的血腥气洗干净后，林嘉月都没顾上把头发擦干，便裹着浴巾，一路滴着水坐到了电脑前。

她自己组装的高配电脑开机奇快，待桌面一出现，她立刻点开了某知名问答网站的页面，十根手指灵活得像享誉世界的钢琴家，噼里啪啦，在网站上发出了自己的问题。

木头馅儿大月饼："我认识一个人，能很轻松地看清快速移动中的东西，但不能正常乘车，也对跑步非常排斥。是不是眼睛有问题啊？"

提完问题也不是立马就会有人回答，所以她又开了一个新的页面，开始在网上搜索以前那些有关吴军的各种报道，但很多报道的正文都一样，只是标题不一样而已。她有点气馁，但不想放弃，于是换了个思路，开始在各大论坛找八卦帖子。终于，功夫不负有心人，她找到了一个楼主自称认识办案警察的帖子。

帖子里有一段是这么写的："……吴军在2006年5月底杀害第七位受害者逃离的时候，被一个住在福山小区的初中生看到了长相，如果不是这个学生，我们可能到现在还不知道这起系列命案的凶手是谁！我听说啊，那个孩子和吴军就只是擦肩而过，估计连一秒都不到，竟能看清楚他长什么样儿，真是神童……"

2006年，十年之前。林嘉月计算韩轩的年纪，跟自己一样是十五岁，上初中。拧眉，她不可思议地自言自语："帖子说的如果是真的，那这个初中生会不会就是韩轩？"

眼睛好使，年纪相符，韩轩还知道几年前五中附近有一家叫"好好学习"的快餐店……她越想，脑海中的两个影子就越相似，几乎到了能够合二为一的地步。

关掉论坛的页面，刚才她在问答网上发布的问题已经有人在下面跟答了。

一颗包治百病的板蓝根："应该是动态视力异于常人吧。"

大人参："楼上正解。动态视力是指眼睛在观察移动目标时，捕获影像、分解、感知移动目标影像的能力。这种能力伴随着通过动态视力捕捉影像和短时间内大脑信息处理的过程以及机体的相应的反应过程。PS，动态视力是可以练习的。不过，后天练习，程度有限。"

全世界欠我一个大保健："看你朋友这种状态，估计是天生的。我看过一部电影，主角就是动态视力超强，能看清快速移动的事物，但自己却不能快速移动，貌似会对大脑信息处理造成很大负担，影响机体正常反应。"

"动态视力……"

跟回答者挨个道谢后，林嘉月把国内外能查到的有关动态视力的信息全都翻了一个遍，然后她的脸上渐渐显露出惭愧的神情，她确实应该向韩轩道歉。

还不知道有人已决定要向自己负荆请罪的韩轩，此时此刻脑中想的全是发生在福山小区的命案。

吴军的那个邮箱，韩轩在收到第一封邮件时就找人追查他的登录IP，至今反馈的一长溜历史登录IP全部不同，他在洛州没错，但不能确定是在洛州的哪个角落。

鼠标来到第二封邮件的回复按钮，清脆的敲击声，韩轩并不抱任何希望地回给他一封邮件。

"给我发这封邮件时，你做了什么？"

酝酿了两天的春雨终于在凌晨的时候下起，淅淅沥沥，滴落在树叶与窗户上，犹如少女的轻吟浅叹。

早起的林嘉月将尚未归还韩轩的那件衬衫拿出来又熨了一遍，叠好，装进袋子。顺便在楼下的早餐店给他买了一份丰盛的早饭，驱车前往他的公寓。

门铃被按响的时候，韩轩才刚起床，虽对回信不抱希望，但他还是等到了凌晨两点多。

可视对讲门铃的屏幕里，林嘉月的大头左摇右晃，看起来非常扭捏。"你还没吃饭吧，我给你买了早餐，还有，你的衬衫我带来了。"

所以，她今天是想要上楼？韩轩道谢，给她开了门。

进屋，林嘉月见他一身宽松的家居服，还没有换衣服，于是赶紧将带来的衬衫给他："今天穿这件吧，我熨好了。"

他应声接过衣服，转身回房。"你自便。"

在借住过一晚后，林嘉月对这个房子更加熟悉，熟门熟路摸去厨房，她把渐凉的粥热了下，然后在韩轩出来前，把热气腾腾的丰盛早餐端上桌子。

几分钟的时间，空空如也的桌子变得满满当当，一瞬间，韩轩脑中浮现出四个字：田螺姑娘。不过，林嘉月这位"田螺姑娘"明显不是为了报恩。

"那个，"她脸上愧疚的表情明显，微笑也有些尴尬，"我知道你不能跑步的原因了，对不起啊……不过你放心，我不会说出去的！我发誓！"她严肃认真地举起手，像宣誓参加少年先锋队的小学生。

其实韩轩早就想过，总在一起的话，林嘉月早晚都会知道他眼睛的事，只是没想到她会知道得这么快。

"我相信。"轻扫她一眼，韩轩淡定地表态，然后坐到餐桌前，向她道谢，"谢谢你的早餐，一起吃吧。"

"好。"其实还有一个问题，她想确定一下，不过这样会不会显得她太八卦？要不还是以后找个时间再问吧。

今天的会议室十分热闹，在院儿里就能听到窗户内传出的拍手哄笑声。

上楼时，两人遇到李队，韩轩被他叫去了办公室。

李队找他一共有两件事，一件公事一件私事。

"韩轩，早上接到北县云来村派出所打来的电话，他们那边有个案子，情况挺特别，所以想请你过去帮下忙。我刚才和局长商量了，我们同意你和小林一起过去。"

"但我想跟福山小区的这个案子。"韩轩明白自己应该服从分配，但他还是表达了自己的想法，希望李队能明白他的内心。

李队正是因为明白，才不想他来参与这个案子："我们都觉得你个人感情有些强烈，在侦破福山小区这起案子上，可能会被感情制约，影响判断。而且，上面已经调来一位专攻犯罪心理的侧写师协助办案。"这件事到此结束，李队不给韩轩留时间申诉，转移话题，"还有一件私事，你上次不是通过我给希彤的学生们捐了点钱吗，她收到以后很感激，她说这期的支教马上就结束了，想约你见个面。云来村的案子结束后，你定个时间吧。"

这两件事都是韩轩排斥的，他脸上露出了为难的神色。

"李队，您转交捐款的时候没有匿名？"

李队一脸茫然，反问："需要匿名？"

韩轩无语："那等我回来后再说吧。"

看出他有不想见面的意思，李队劝他说："见见吧，希彤人很好，长得也漂亮，还没男朋友……"

这是瞬间转台成婚恋节目的节奏？

韩轩更加无语了。

不过，相比接下来发生的事，这些真的都不算什么。

会议室里，新来的犯罪侧写师正在侃侃而谈。

林嘉月打量着这位身穿时尚西装，口袋里挂着墨镜，头发用啫喱做了造型的面生男人，真怀疑他是隔壁酒店的婚礼司仪，一不小心喝多了酒走错了大门。

"陆老师，再来一个，分析分析这个本子！"有人将韩轩在王辉杀妻案时用过的临时记录本拿出来送到那位"婚礼司仪"的面前，"侧写一下我们韩老师。"说完瞥见林嘉月进屋，他们又像提供了新证物一样，指着她说："这是韩老师的助理，目前俩人还在磨合期。"

"嘘！你话怎么这么多？提供的线索太多了啊！"王子兵不满，他对犯罪心理不是太看好，感觉这种东西太玄妙，主要靠猜测，成功率不高。

"婚礼司仪"陆老师先是转身看了看林嘉月，点下头，似乎对她的颜值还算满意，而后他收回目光翻看手中的笔记本。一分钟左右，他便要宣布自己对韩轩做出的心理画像了。

韩轩来得正巧，他走到门边时，屋里的人正好开讲。

"你们这位韩老师，工作非常专注认真，但是缺乏情趣，表情应该也不怎么丰富，千年冰山一座，智商高情商低，和这样的美女助理合作还需要磨合，可见他对女人的了解特别不够，很可能没谈过女朋友，嗯……"刻意地拖延时间，为了丢出最后的劲爆信息，"八成还是个处男。"

虽然作为全场唯一的女性，应该表现得害羞一点，但林嘉月是真没忍住，跟其他人一起哄笑出声。

"笃笃。"两声低沉却具有穿透力的敲门声。

会议室的哄笑戛然而止。

站在门口的韩轩极力让自己看起来淡定自若，但距离他最近的林嘉月还是发现了他嘴角那快而轻微的抽搐。

他这是被说中了吗？林嘉月忍着笑在心中腹诽。

王子兵是刚才唯一一个没笑的，他可是韩轩的死忠粉，怎么能捧一个让男神出丑之人的场！现在男神来了，他得叫男神扳回一局！

"韩老师，这位是新调来的犯罪侧写员陆俊，大家也都不太了解，为了以后更好地配合，您帮我们从行为学上介绍介绍他吧！"

明摆着是为了回击而提出的建议，林嘉月觉得韩轩不会这么幼稚地答应，但结果出乎她的意料。

墨眸凝视陆俊片刻，韩轩开口介绍："这位陆侧写员，手指张开且指尖按于桌面，这是一种表达自信和权威的动作，看来他自认为自己刚才的侧写是准确的。"微顿，他又瞟了陆俊一眼，继续道，"外表光鲜注重仪表，总在修饰打扮上花大把时间，但四体不勤，家中环境应该跟他的外在大相径庭。"

陆俊一怔，也是明显被说中的样子，嘴上却不怎么服气："你怎么知道我家不干净整洁？"

其他人也好奇，除了林嘉月。

从林嘉月和韩轩的角度，都能看到陆俊的后衣领，那里有一条柔软的记着编号的小布条，像才露尖尖角的小荷竖立在外。

"你衬衫上的洗衣店编号布条忘记取了。"

西装外套怕难洗送洗衣店可以理解，一件衬衫也要送去的话，那可就真是懒癌晚期了。

在大家的一片哄笑声中，韩轩走近林嘉月，伸手轻碰了一下她的肩膀："我们走吧。"

她睁圆双眼："怎么了？一会儿就要开会了。"

"这个案子不需要我们协助，我们去北县云来村。"不待她再多问，韩轩转身走出了会议室。

林嘉月起身要跟上去，却被隔着好几个座位的王子兵叫住，"干什么去？不开会啊？"

"有别的案子，先走了。"她边回边追着随韩轩而去。

正在王子兵要向同事打听他们还有什么新案子的时候，李队姗姗来迟："大家准备开会。"

话音落，整个会议室立刻安静下来。

投影仪屏幕上，福山小区被害人的照片呈现出来，照片里的果玉面容姣好，带着一股南方女子的温婉。

"被害人果玉，今年二十六岁，水城人，来洛州工作已有三年时间，半个月前刚刚失业，因为一直没有合适的工作，待业在家。事发当晚，果玉和前同事们一起去堵了公司老板的家门，把老板拖欠的薪水要回来大半，然后几人一起在福山小区的烧烤街喝酒庆祝，据跟她一起吃饭的前同事说，她当晚因为开心喝了不少，他们本想送她回家，但她说自己住得很近，拒绝了他们。果玉为人和善，没不良嗜好，人际关系简单，最近一直躲着房东是因为失业没钱，据房东说，在这之前两人沟通上没有什么问题，基本可以排除情杀和仇杀。"

切换成血腥的犯罪现场照片，王子兵继续介绍："凶手的作案手法基本与十多年前的'继父杀手'吴军一致，先将被害人扼杀，然后砍断双手双脚，捆成一捆绑在被害人身后，做'负荆请罪'状，无贵重财物丢失，排除谋财害命。凶手撬窗进入被害人家中，因戴了手套，现场未留下指纹线索，但从遗留脚印可以推断，凶手的身高大概在一米七三到一米七五之间，与吴军身高不符，可以排除是吴军再次复出作案，断定为单纯的模仿作案，属无差别杀人。"

望着屏幕上那张脚印照片，鞋底破损严重，百分之七十的鞋底纹路已经被磨平，陆俊皱眉细端详，随后在自己的记录本上草草记了几笔。待王子兵把目前掌握的所有资料都介绍完，他已将凶手的心理画像拟好。

"凶手为男性，二十岁左右，身体轻盈，臂力不错，经常运动；他长相普通，大众脸，不像我的外表这么显眼；性格内向无自信……可以理解，长得没我帅嘛。"

李队有些受不了他的多话，提醒道："陆俊，稍后再发表个人意见吧。"

"行。"陆俊卖队长的面子，痛快地答应，继续说正题，"他最近常出入福山小区，或者就是小区的居民；经济收入一般，勤俭节约；悬疑推理爱好者，具备反侦查能力，资深网虫或图书馆常客。"

北县杨景镇云来村是北县人口最多的村子，每逢初一、十五，十里八村的村民都会来这里赶大集，场面热闹非凡。除了明面上的大集，云来村暗地里还有一个更为闻名的交易市场，那就是阴婚市场。

一开始得知云来村命案与阴婚有关时，林嘉月便备感荒唐，十分无语。人死就什么都不知道了，还配个妻子有什么意义？后又听说了现在配个阴婚的价格，她直接没忍住爆出了粗口："三十万！这他妈比活人结个婚都贵啊！"

来接韩轩和林嘉月进村的是镇派出所的年轻警察小魏，人长得白净，很礼貌很客气，虽然今年初才刚刚任职，还是一个资历尚浅的生瓜蛋子，但身为本地人，他已经对高价阴婚的事习以为常了。

"林老师，您不知道，先前这边儿还有人为了赚钱去镇医院偷女尸呢……"

"太夸张了！"副驾驶座位上的林嘉月又没忍住。

坐在警车后座闭目养神的韩轩，眉毛挑了一下。看来他今天受到了不小的文化冲击……

"难道就没相关部门出来治理这个阴婚市场？"

小魏无奈地叹口气："这个是民间习俗，不违法，所以也没什么治理的办法，只能靠村民自己提高思想水平，废除封建糟粕了。"

小魏往后视镜里瞟一眼后座的韩轩，压低了声音问林嘉月："林老师，韩老师是不是昨晚没睡好？怎么一上车就睡着了啊。"

林嘉月不以为然道："别管他，他这人就这样，睡神一个，沾车就着。"

韩轩的眉毛又挑了一下。这就是她为他的眼睛编出来的保护伞么？

2

云来村命案是由阴婚引发的，被害人是一对中年夫妇，男的叫黄涛，四十九岁，女的叫吕兰，四十六岁。黄涛与吕兰都是二婚，前者丧妻，后者丧夫，经人介绍后都觉得对方的条件不错，便领了结婚证。黄涛有一个女儿叫黄欣欣，今年二十四岁，这桩阴婚的新娘就是她。

黄欣欣十八岁离开云来村去外地打工，二十一岁在那边谈了一个男朋友，两个人的感情非常好。去年秋天，二十三岁的黄欣欣与交往两年的男友夏聪结婚，但蜜月都没过，她就突然得了怪病，肌肉无力，说话、吞咽和呼吸功能减退，去医院检查后，医生说她患上了肌萎缩侧索硬化，也就是前些时间因明星挑战冰桶实验而被大家所熟知的"渐冻人症"。

夏聪也是外来打工人员，收入比黄欣欣高一点点，两人为了结婚，已经把所有的积蓄都花光了，根本就没有钱来支付高昂的医疗费，而且为了照顾黄欣欣，夏聪总是迟到早退，结果被工厂辞退了，当时的生活费全是靠几个关系不错的同事给凑的。黄欣欣明白，再这样下去，丈夫会被自己拖垮，于是她谎称家人在老家给她找了一个非常有名的中医，说要回老家治病。夏聪想陪她一起回去，她不让，以药费很贵为理由，叫夏聪留下再找份新工作赚钱。拧不过黄欣欣，夏聪就听了她的，才结婚没三个月的一对小夫妻就此分隔两地。

四月二十三号，夏聪和往常一样，下班后给黄欣欣打电话，但接电话的却不是口齿越来越不清晰的妻子，而是他的岳父黄涛。黄涛说黄欣欣睡了，不方便接电话。夏聪当时没多想，第二天中午又打了过去，结果接听电话的还是黄涛。夏聪慌了，他有种不好的预感，于是瞒着黄家人，连夜赶到云来村。当看到黄家挂满白色布条的院子时，夏聪瘫软在地，他最不敢想的事终于发生了，黄欣欣死了。夏聪想带妻子的遗体回城火化，却遭到黄涛和吕兰的极力反对。之前坐车进村的时候，他在巴士上听到了一些云来村阴婚市场的传言，这让他对黄涛和吕兰起了疑心，怀疑他们是想留下妻子的遗体，拿她跟别的男人配阴婚。在夏聪的逼问下，吕兰承认她确实又给黄欣欣许了一个人家，不过她说夏聪要是也能跟别人一样，拿出三十万，她就让他把黄欣欣的遗体带走。

当初结婚，吕兰和黄涛开口就跟夏聪要十万的彩礼钱，夏聪是孤儿，没家里帮衬，自己只有三万存款，要不是黄欣欣谎称自己怀了夏聪的孩子，黄涛夫妇绝不会同意他们结婚。如今，三万翻成三十万，他却连当初的三万都没有了。于是，一场岳父岳母和女婿的"争尸大战"在村里爆发。

"村民都以为他们会打持久战，但没想到，第四天下午夏聪就离开了，然后没多久，吕兰的儿子赵春来黄家找她，进门就发现母亲和继父都被害了。"

像形成了条件反射，林嘉月一听到"继父"两个字，立马想起了吴军，微微侧头，她瞄了一眼身边的韩轩。

韩轩察觉身边的人在偷瞄自己，于是转头抓她个正着，视线相交，淡淡地开口问："怎么了？"

"没事儿，没事儿。"她尴尬地笑了两声。

小魏不懂他们两个之间这是在"交流"什么，待他们"交流"完，他继续介绍案情："两名死者都是被锐器刺破动脉跟内脏导致休克死亡，吕兰是被凶手从背后袭击，背部有五处创口，无重叠，黄涛则是被凶手从正面袭击，一共中了四刀，其中有三刀聚集在心脏的位置。凶器是黄家的一把水果刀，凶手作案后没有带走凶器，经鉴定，上面除存有黄涛和吕兰的指纹外，还有夏聪的。其他证据……因为办白事儿，这几天到黄家来的人太多，所以……基本没有。"

终于到了黄家院子外，小魏帮两人拉高黄色的警用胶带，请他们进院。

黄家的院子不小，有北西东三间屋，北屋面积最大，一室一厅，西屋、东屋面积差不多。北屋的房门敞开着，里面的生活用品最为齐全，死者二人的生活起居都在那里；西屋关着门，只能看到窗户上挂着的一串贝壳做成的风铃，样子很普通，就是那种所有海滨城市都能买到的纪念品；相比前两间屋，东屋最为落魄，门上积了一层灰，连原本的颜色都快认不出了。

韩轩和林嘉月先随小魏进了案发现场北屋，因地上、墙上还留有大量血迹，所以屋里血腥气非常重，乍一进去，令人嗅觉负担加重。

被发现时，吕兰的尸体躺在沙发和五斗橱的旁边，木头原色的五斗橱上有她摔向地面时抓上的血手印，长长的几道暗红色，如通向死亡的荆棘曲径。里屋门口，是黄涛遇害的地方，他应该是听到了吕兰惊恐痛苦的呻吟声，从屋里赶出来看她，结果凶手冲上去从正面捅了他四刀。

"两名死者的死亡时间是四月二十七号下午两点到三点。因为村里的年轻人大都进城打工了，留下的都是一些老人和孩子，这个时间段，老人都在午休，孩子都去上学了，屋外面基本没人，所以我们走访周边邻居，没找到一个目击者。"说着，小魏流露出一抹惋惜的神情，"如果村里也像城里似的，到处都有监控摄像头就好了。"

林嘉月用"你太天真啦"的目光望向他："城里也不是每个角落都有监控摄像头的，很多大型开放式小区就没有。"比如福山小区。

韩轩的心思没在身边这两个人的谈话上，他正全神贯注地盯着墙上挂的那些照片。"黄涛和子女的关系怎么样？"

小魏也朝那边瞧，几张相片都是黄涛和吕兰的合影，没有两个人的子女。

"黄涛以前和黄欣欣的父女关系挺好，后来因为黄欣欣执意要嫁给夏聪，父女俩就闹得有点不愉快了。赵春嘛，黄涛特别烦他，两人打了不是一两回了，最严重的那次都闹到我们那里去了。"

"为了什么？"韩轩问。

"赵春来向吕兰要钱，吕兰没给，赵春说是黄涛从中挑唆的，然后就又骂又打起来了。"

"那吕兰和子女的关系呢？"

"典型的亲生与非亲生。别看赵春是个不孝子，可毕竟是吕兰十月怀胎生下来的，所以不管他再怎么混蛋，吕兰还是很疼他，每次他来，都好吃好喝伺候着。对黄欣欣，吕兰自然就不上心了，但好像也不算坏，没听说她们俩红过脸吵过架，但一会儿咱们去东屋，您就能体会到她们是一种什么关系了。"

小魏这话把韩轩和林嘉月的好奇心都勾了起来，转移战场，三人离开北屋，朝东屋走去。

在外面看起来还算整洁的房间，开门的瞬间，一股奇怪难闻的味道立刻铺天盖地而来，遮掩口鼻的同时，三人下意识后退了一步。

林嘉月对这个味道有些熟悉，以前她家一楼住了一位瘫痪在床的老人，子女对他照顾欠缺，每天送完饭就离开，从不给他打扫卫生，一到夏天，他家总有这种奇怪难闻的味道从门缝里溢出。听说老人去世的时候，身上有好几处褥疮，皮肉烂得都能看到骨头了。

"后妈不管，难道亲爹也不照顾？"林嘉月拧眉，又气愤又心疼。

　　站在门口空气流动的地方，韩轩不愿像勇士林嘉月一样深入腹地，他伸手指向从进门开始便吸引了他目光的黄色符咒，问小魏："这是谁贴的？"

　　小魏也不知道，猜测说："可能是吕兰吧，她好像挺迷信的，不戴金不戴银，净戴一些刻着貔貅的玉石手串，而且阴婚这事儿也是她给张罗的。"

　　"这符有什么问题？"林嘉月见韩轩面露疑色，开口询问，"不是保平安健康的？"

　　"不是。"韩轩摇头。

　　一脸讶异，她不自知地面上流露出敬佩之色："你还懂符？"

　　"没有研究，只是看过一些相关资料，记得平安符的符文不是这样的。"

　　"在一个病人床头贴不是保平安的符……太奇怪了吧？"林嘉月拧眉，被逼得不得不往坏处想，"难道是诅咒的？"好奇心涌上来，想搞清楚这符咒到底是什么意思，于是她拿出手机，对着床头的符咒拍了一张特写照片。

　　"唉，林老师……"小魏想阻止，却晚了一步，语气透着一丝担忧。

　　林嘉月挑眉："怎么了？"

　　"这东西一般都是开了光的，你对着它拍照……这是忌讳……"

　　"不怕，我才不信这一套！"林嘉月满不在乎，她将拍下的照片保存到手机中。

136

比她还想尽早确认符文含义的韩轩默不作声，默默地打量着她那副天不怕地不怕的英勇模样。

3

符咒的分析工作还是交给小魏的同事了，毕竟林嘉月的本职工作是协助韩轩帮警方破案。

"目前夏聪的嫌疑最大，他有作案动机，在两个被害者死亡时间段内，有邻居听到了夏聪和黄、吕两人争吵的声音，水果刀上也留有他的指纹。而且，在长途车站找到他时，他得知黄涛和吕兰被害，当时的反应有点奇怪，毫不惊讶，给人感觉他是'畏罪潜逃'。"

观察室内的韩轩一边听小魏讲着，一边观察审讯室内的夏聪。

他个子不高，腰躬着，不正确的坐姿令他显得更矮。表情麻木的国字脸涨得通红，浓眉上的额角闪着汗水，他这种长相在人群中属中等，多看几眼也不会印象深刻。

一个男人在外貌没有优势，钱又不多的情况下，还能找到一个对自己死心塌地的老婆，如果他不是油嘴滑舌能说会道，那就是他的人品真的不错。

"他看起来挺平静的，为什么会出这么多汗？"林嘉月也在观察夏聪。

韩轩怀疑夏聪是患上了急性应激障碍。"魏警官，麻烦你调取下先前的审讯录像。"

小魏按他的吩咐照办，在电脑里调取出之前审讯夏聪的录像。林嘉月抱手站在最后面观看，相比韩轩，她的注意力还是都放在了视频中测谎仪的身上。

视频中的夏聪面红耳赤，呆若木鸡，可以长时间内毫无动作，缄默不语，在被问到来云来村的目的时，他的表情变得紧张、恐怖，动作杂乱无目的。

一切症状都符合急性应激障碍的临床表现，韩轩现在可以肯定了，夏聪就是患上了急性应激障碍。

而林嘉月越看视频，眉头拧得越紧。"他是不是在演戏？表情动作都够浮夸的。"她伸手指向屏幕上的夏聪，"你们看，这里，被问到黄涛和吕兰被害当天他都做了什么的时候，他抱着自己的头，说想不起来了……这不是电视剧里的桥段吗？"

"心因性意识模糊，也是急性应激障碍的症状。"

"什么是急性应激障碍？"

"指在遭受到急剧、严重的精神创伤性事件后数分钟或数小时内所产生的精神障碍。"

"这你也懂啊……"林嘉月终于明白了，为什么当初王子兵和刘校长介绍韩轩时，都把行为学专家和心理学专家分开说，而不是行为心理学专家。这一明白不得了，她都不敢挨他太近了，越近就越会让她觉得自己无知又渺小。

"那今天的审讯取消？"小魏等待着韩轩的下一步，崇拜神情溢于言表，简直就是王子兵的复刻版。

"嗯。一般这种病情的病程短暂，在应激源持续存在或具有不可逆转性的情况下，症状可在两三天后开始减轻，一周左右缓解。不急，我们先见一下赵春。"

得令，小魏去备车。

和韩轩一同下楼，林嘉月还在思忖夏聪的病情，她从韩轩身后绕到他的身侧问："他真的是精神出问题？不是在演戏？"

"不是。"韩轩非常肯定地回答。

"这么自信？你就没有看错过的时候吗？"她随口一问。

没想到他还真细思了片刻，坦然答道："看错过，你和卢楠那次。"

林嘉月偷翻白眼儿："除了那次呢？"

"没了。"

两人都不再出声，楼梯间只剩鞋底与地面碰触的声响。即将到达一层时，韩轩突然停住了脚步，像想起什么重要事情似的。

林嘉月以为他把手机落在上面了，正要开口问，他却先一步说道："你已经不认为测谎仪是最可靠的测谎方法了吗？"

他无意对比人眼和测谎仪，只是单纯地想了解一下她的看法，但这话传到林嘉月的耳朵里还是变了味。

"仪器确实没有那么神通广大，但人更不可靠。人本身就是谎言的制造者，即便是你，当需要鉴别的对象是和你有利益关系的人时，你难道不会为了保护自己的利益而欺骗所有人？"

两人未在同一层阶梯，韩轩在高，林嘉月在低，本来他们身高就相差了十几厘米，现在加上一层阶梯的高度，林嘉月的脑袋与韩轩的胸口在一条水平线上。

俯视那个仰着头、睁圆了眼望向自己的林嘉月，韩轩在她脸上看到了抗拒，像极了一个被骗过很多次后，不愿再去相信大人的孩子。

他懂了，她排斥的不是测谎仪之外的鉴谎方法，而是有说谎可能性的人。

赵春暂住在同村的一个朋友家中，当韩轩和林嘉月找上门时，他正在跟自己的朋友抽着烟聊天，十来个平方的屋子简陋凌乱，没有任何家电，只有一张长沙发和一张木头床，沙发旁有个木凳，被他们拿来当茶几用了，上面放着烟盒、打火机和两部手机。床的尾部则丢着一摞报纸，其中还夹着几张大乐透的彩票。

见一身警服的小魏就站在两个生人身后，赵春的朋友起身，拿着木凳上两部手机中的那部智能机识相地离开。

"这两位是市里派来协助我们办案的专家，想找你了解些情况。"小魏向赵春说明来意。

托韩轩的福，林嘉月这一趟既当了"老师"，又当了"专家"。

"两位好。"赵春点头问好，赶紧将刚被自己和朋友坐乱的沙发草草地收拾了一下，邀请两人就座，还伸手在空中来回挥舞，想要赶走那些呛人的烟雾。

"不用了。"韩轩没坐。

林嘉月也不想在这种环境里多待。她打量着赵春，三十出头，微胖，圆寸发型让他头皮上长的几个疙瘩暴露无遗，脖子上戴着一条不知是什么玉石的项链，链坠是一个雕刻精致的貔貅，手链有三四条，也都带着辟邪招财的吉祥物雕刻。

见林嘉月总盯着自己身上的饰物瞧，赵春露出无奈的淡笑："这些都是我妈给我请的。"

点了点头，林嘉月什么也没说，韩轩的眉峰却挑动了一下。

"吕兰比较迷信？"

"还好吧，就是希望我们都顺顺利利、平平安安。"赵春说起自己刚过世的母亲，不禁长长地哀叹一声，然后转头望向小魏，脸上呈现出愤怒的神情，眼里还带着一丝隐约的迫切，"魏警官，夏聪这个挨千刀的王八蛋承认了吗？人是他杀的吧！"

小魏对着韩轩和林嘉月总是一副温暖如春风的模样，对赵春则铁面无私，一丁点儿信息都不肯透露，冷着脸说："你先配合两位专家做调查。"

从主动说出吕兰迷信到毫不违和地转移话题，赵春这种自以为聪明的举动令韩轩肯定他有问题。

韩轩不动声色地继续问话："你是四月二十七号来村里的？"

"是啊。"赵春答话，舔了下嘴唇。安抚行为。

"来做什么？"

"我很久没回来看我妈，想她了，就回来看看，谁知道……"撇嘴，左边嘴角下拉，幅度大于另外一边。悲伤地又叹一声，赵春伸手揉了一下自己的左眼。

在林嘉月看来，赵春的行为举止没有任何怪异之处，但她觉得因思念母亲而回家探望的这个理由却完全不合情理。黄家办白事，按理吕兰是要告诉赵春的，就算他和黄欣欣没有血缘关系，但名义上也是兄妹。现在他这样说，可能性有二：一是吕兰真没告诉他黄家办白事；二就是他在说谎。

林嘉月更倾向于后者。偷瞄韩轩，在他清亮深邃的眼中，她看到了一抹有趣的神色，看来他也认为赵春在说谎。

"你很久没来看望吕兰，那你们有打电话联系吗？"

"有。"

"次数多吗？"

"挺多的。"

"那你知道黄欣欣过世的事吗？"

"……知道。"面色一僵，赵春心虚地垂下头。

"家里要办白事，你不回来，想母亲了，回来了，说得过去吗？"他没吭声，韩轩继续推理："四月二十七号之前，你已经来到云来村了，但你却没在村里露过面，即便是黄家办白事，你也一直藏身在朋友的家里。"扭头看向床尾的那一叠报纸，"住了应该有一个多月了，大乐透一周开三次奖，那里一共是十四份报纸。"

如果不是他说出来，她还真的没有注意到床上的报纸有十四份……看来韩轩不光博学，动态视力超常，观察能力也是远在大多数人之上啊！林嘉月惭愧，感觉自己变得更加渺小。

"你在躲什么？"

赵春一怔，蓦地抬头，睁圆的两只眼睛红彤彤的，像得了狂犬病的狗。"我哪儿躲什么了？真有意思！"他扯着嗓门，急赤白脸，抵死不认，"你说的那些报纸是我哥们儿的，不是我买的！"

"是吗？"唇角微勾，韩轩继续说，"你知道智能手机是可以上网的吗？上网就能搜到彩票的中奖号码，不需要买报纸。"他垂头看了眼留在板凳上的那部老旧非智能手机，语气中夹杂嘲讽，"看来你是不知道。"

当混蛋的伪装被拆穿，他索性彻头彻尾放飞自我，还原本态。

"呵，现在这是什么意思？我妈被害了，你们不去审该审的人，在这儿找我麻烦？！我妈都死了，你们也想把我逼死是不？行啊，你们就帮着凶手杀人吧！来啊，给我个痛快的！有枪吧？给我一枪！没枪有刀也行！捅我一刀！让我死，让我去找我妈！"吹胡子瞪眼，耷着膀子歪着头，赵春挺胸一个劲儿地往韩轩身上贴，故意挑衅，想逼他推搡自己。

小魏见识过赵春犯浑，一看这架势，为保韩轩和林嘉月的安全，只好先请两人出了屋，自己留下来。他想尝试着给这个浑人做下思想工作，希望他别给他们添乱，问什么答什么，尽快把案子给破了。可没想到，前脚韩轩和林嘉月刚出屋，后脚赵春就不要脸地躺在了地上。

屋里突然传出一声哀号，院里的林嘉月吓得一哆嗦，还以为混蛋赵春竟敢打警察，正要再冲进屋时，里面又传出的哭喊声让她松了口气，脸上的无奈和鄙夷却更加浓重。

"哎呀！警察打人了！警察打被害人家属了！快来人啊！还有没有天理了！"

韩轩冷笑一声。遇上这种无赖，真是让人哭笑不得。

4

薄暮时分，棉絮似的白云已渐化成褐色。

从赵春朋友家出来，三个没顾上吃午饭的人决定在隔壁的一家小店将午饭、晚饭一同解决。

"刚真是委屈你啦！"林嘉月心疼被诬蔑的小魏，说话间将他的一次性碗筷拿了过来，开封，用热水烫了个遍，像亲姐一样照顾周到。

小魏害羞，道过谢后说："习惯啦，才工作那会儿遇到这种人，我气得饭都吃不下，现在，该吃吃该喝喝啦。韩老师，林老师，你们想吃什么？我请客！"

"吃……"林嘉月本想帮韩轩也烫一遍碗筷，被小魏一问，她便先仰头看向贴在墙上的菜单。"豆角焖饼丝吧。"全瞄个遍，痛快地选定了想吃的，再转身要帮韩轩拆封时，人家已经自力更生，把碗筷都烫好了。

"我要一份蛋炒饭。"韩轩看都没看墙上的菜单，随口点了一个几乎所有饭店都会有的炒饭，此时他的注意力已经被正在厨房门口择菜的两位老太太吸引了。

因为两位老太太说的是本县方言，韩轩听不清她们的谈话，但可以确定的是，她们刚才提到了赵春的名字。

"魏警官，能听懂她们在说什么吧？"精通多国语言却在当地方言面前败下阵的韩老师向小魏求助。

小魏点头，一副愿为韩老师效犬马之劳的模样，当起了韩轩的人形窃听器。

方言是种玄妙的东西，即便是在同一个城市，城南人也未必听得懂城北人的话。

林嘉月也竖起耳朵来听，但除了几个人名，其余的一概没听懂。

"徐震、鬼女娃是谁？"她压低了声音问。

受林嘉月影响，小魏也压低了声音，跟做贼似的："徐震是阴婚婚介的负责人，他给阴婚的两家保媒拉纤，也操办婚礼，她

144

们说的那个鬼女娃是徐震的女儿徐康乐。"

那边，择菜的两位老太太干完手里的活，一起进了厨房，这边，他们也恢复了正常的音量。

林嘉月追问："为什么叫徐震的女儿鬼女娃？是因为长得比较奇怪？"

"我看过照片没见过真人，长得不奇怪，就是行为比较古怪，白天不出门，晚上才出来，再加上他爸做的这个行当，所以有人传徐康乐是个鬼女娃，能通灵，帮她爸在阴曹地府那边打理买卖什么的……"

"太扯了……这谁传的啊，想象力这么丰富，不去写小说真是可惜了！"

"是吧，我也这么认为。"

韩轩静待两人讲完，然后带他们回正题："关于赵春，她们刚才说了什么？"

小魏原封不动地翻译说："赵春真是白眼儿狼，他娘没出事前每天都过来看他，现在人没了，都没听他在屋里哭一声。"

每天都来看他？身在同一个村子，还如此担心惦记，看来赵春在外面惹的事情不小。

"魏警官，一会儿吃完饭我们就分开吧，我和林嘉月自己回宾馆，你去调查一下赵春在打工的地方到底惹了什么事。还有，谢谢款待。"

三份热气腾腾的午晚饭终于上桌，乡间小店分量十足，自家种的菜和粮，味道鲜香，吃着还放心。

"夏聪和赵春相比，你似乎对赵春更有兴趣，难道你觉得赵春也有作案嫌疑？"

傍晚放晴，夕阳赶在落下地平线前露了个脸，映红了西边的天。饭后走着回旅馆，林嘉月一边欣赏乡村美景，一边询问韩轩对这个案子的看法。

韩轩没有否认："亲生母亲被害，赵春却一直在我们面前假装悲伤，这不得不让我对他产生好奇。"

"假装悲伤？"

"嗯。他表示悲伤时，嘴角下拉，左边的幅度却远大于右边，而且只揉了左眼。左右脸部表情不对称，说明这个人极有可能是在伪装情绪。"

林嘉月努力回想，但也只能记起赵春揉了左眼，因为嘴角的变化她根本就没有看到。视力的差距，一时半会儿，她是赶不上他的。

"那个，不得不说，你的眼睛……"察言观色，她发现自己提起这个话题，韩轩并没有面露不悦，于是接着往下说，"真的很厉害！"

"是吗？"淡淡一笑，韩轩转头望向她，"那你觉得这样很好？"

林嘉月被他突如其来的对视惊到，愣了一下，睁圆的无辜大眼眨巴眨巴，然后用考究的目光在他清亮深邃的眼睛上临摹，先是漂亮的眼睑，后是墨色的瞳仁："挺好啊，长得好看，功能还强大！不过要我们交换的话，我可不换。"她一向直率，"我还挺喜欢开车和跑步的。"

"其实开车、骑自行车都可以，只要不是太快就行，跑步就一点办法都没有了。"

146

"那要是现在突然冒出来一群野狼，那你岂不是只能等着被狼吃？"

"嗯。"这奇怪的假设，他给满分，"不过，你应该也跑不过狼吧。"

"好像是。"恍然大悟，林嘉月自嘲地笑，"圈画大了，把自己也给圈里面了！"

被夕阳拉长的两个人影继续前行，一高一低，画面和谐，好像两个人从一开始就默契自然，从未发生过不愉快的事情。

翌日。

不负众望，小魏亲自去了一趟赵春先前打工的地方，把这浑人在外惹的事给查清楚了。

"别看赵春穿得人五人六，跟在外面做生意的小老板似的，其实就是一个夜总会保安，每个月赚钱不多，还好赌博，这次回来就是躲债的，欠了二十多万的高利贷。"

"二十多万……"林嘉月拧眉，对这个数字非常敏感。黄欣欣许配阴婚，吕兰和黄涛收了三十万，吕兰溺爱赵春，那这三十万很可能会被她用来偿还赵春的赌债，但黄涛那么讨厌赵春，一定不会同意，毕竟这也算是自己女儿用命换来的钱。

韩轩的想法和林嘉月的一致，上车后，戴好眼罩，他问小魏："在黄涛和吕兰被害前的一段时间内，他们有没有发生过争吵？"

小魏想了想，回答说："好像是吵过，邻居说黄欣欣家办白事的前一晚，听到吕兰在家里哭，当时她还以为吕兰有情有义，在哭黄欣欣，然后就听到黄涛骂骂咧咧的，叫她闭嘴。"

"那肯定就不是为黄欣欣病逝哭了。八成是因为她说想把钱给赵春还债，黄涛强烈反对。"林嘉月发表看法。

韩轩赞成："不去赵春那儿了，让他到所里来。"

登门和传唤是有区别的，从赵春的反应上就可以看出来。先前在家撒泼打滚的浑人，现在正紧张心虚地老实坐着，大气不敢乱喘一口。

见韩轩进屋，赵春立刻朝他看去，眼底满是焦虑和防备："你们又找我来干什么？"

落座，韩轩不疾不徐地说："了解情况。"

"怎么这么多情况要了解？你们不都已经拘了夏聪了吗？你们找他了解情况就行啊！"

像是没有听到他的这些废话，韩轩抬眸注视赵春的脸，开始自己的问话。

赵春被对面的人盯得头皮发麻。他不知道对面这人到底是什么来头，但他知道这人肯定不好惹，他那一双深邃的眼睛，仿佛能看穿人的灵魂一样。

"接下来我要问的，你只需要回答是还是不是，别的话不需要多讲。"

赵春不服气、不耐烦地白韩轩一眼，用冷哼代替回答。

他的不尊重并没影响到韩轩，韩轩依旧淡定自若："你在外面欠了二十多万的高利贷？"

赵春听到这话时怔住了，脸上稍纵即逝的除了惊讶还有恐惧："你们查我了？查我干什么？你们现在不会是怀疑我有作案动机了吧！"

"回答是还是不是。"不容抗拒的威严。

赵春犹豫很久，像在做思想斗争，最后他不情不愿，担惊受

148

怕地说："……是。"

他为什么总流露出害怕的神情？是他被要债的人用暴力威胁过，形成条件反射，还是因为做贼心虚，担心自己的某个秘密会被欠款的事情牵扯出来？

修长干净的手指在桌面上轻叩两下，以示强调，微弱的声音在安静的审讯室内显得格外清脆。

韩轩："黄欣欣的阴婚，吕兰收了三十万，你知道吗？"

"不知道。"赵春后倾靠向椅背，放在桌上的两只手顺势放到了桌下。

韩轩看在眼里，没有拆穿他的谎言，继续问："现在你知道了，对这三十万，你有什么想法？"他放开权限，"对于这个问题，你可以随意发表看法。"

赵春闷不作声。

韩轩微勾唇角，露出微微的笑意："这个问题很难吗？如果我是你，我正好可以用这笔钱来偿还债务。"

赵春喉头一滚，吞咽的动作将他出卖。

"如果有人站出来反对我的话，我也可能会气急败坏。"微顿，韩轩将黄涛的尸检报告背给赵春，"死者黄涛，男，四十九岁，被锐器刺破动脉和内脏导致休克死亡，胸部共中了四刀，其中有三刀聚集在心脏的位置。"

"你这是什么意思？！"赵春恼了，"你们真怀疑人是我杀的？！开什么玩笑！我是和黄涛不对眼，他不让我妈把那个钱拿来替我还债，但我也不至于杀了他啊！就算我真抽风杀他，我怎么可能会杀我妈！！我他妈有那么丧尽天良吗？！"

喧嚣后的寂静，审讯室好像被施了魔法，时间静止了。

赵春一脸晦气，后悔自己刚刚的冲动。

韩轩确定他的那番话没有掺假，那个怕被欠款牵扯出的真相并不是"他是凶手"。眉头微蹙，另一个更大胆的猜测形于心中。

观察室内，小魏的手机铃响。

"唉，好，谢啦……"接完电话，小魏一脸沉重地看向身边的林嘉月，"林老师，黄欣欣房间里的那张符，我同事查到符文的意思了，确实不是保平安的，是诅咒的。"

5

"渐冻人症"的发病率约十万分之一，属于世界罕见病，通常病情的发展迅速而无情，从出现症状开始，寿命一般只能再延续二至五年。

黄欣欣从发病到去世只有几个月的时间，起先这让所有人都以为是因为没得到有效治疗和照顾而导致病情加速恶化，但现在，诅咒的符、赵春的高利贷、高额的阴婚礼金，不得不让人怀疑这个女孩的死并没有那么简单。

审讯室内，韩轩将黄欣欣房间中的那张诅咒符推到赵春的面前。

金灿灿的黄色，是所有色相中最能发光的色，给人轻快、透明、辉煌、希望和活力的印象，此刻却因为符文的意义令它变得暗淡邪恶。

"知道它是用来做什么的吗？"

赵春眼神闪躲，他不安地举起手摸了摸自己的耳朵，底气不足地回答："保平安的吧……"

"吕兰贴在黄欣欣房间的？"

"可……可能是吧，我不是说过吗，我妈喜欢求一些辟邪保平安的东西给我们。你们不去查凶手到底是谁，反过来查我妈做什么？"他一脸的惊讶，假得过分。

赵春知道这不是保平安的符，知道他们已经开始怀疑黄欣欣的"病逝"，所以他假装无辜，想将自己和黄欣欣的事撇得干干净净。赵春不是一个愚笨的泼皮无赖，可以说他是一个自私自利的聪明人，为达到自己的目的，不惜拿才刚离世的亲生母亲来做挡箭牌，将他们的怀疑引到她的身上，反正死无对证。

韩轩暂时结束对赵春的问话。想要验证黄欣欣并非病逝的猜想，就需要先找到黄欣欣的遗体。

观察室的房门被人从外面推开，韩轩进屋，将那张丑陋的符咒还给小魏。

"接下来我们是不是要找法医给黄欣欣验尸？"

"先要征得家属同意。"说罢，韩轩看向小魏，"除夏聪外，黄欣欣还有其他家属吗？"以夏聪现在的状态，在没有确定黄欣欣的死因前，不宜再刺激他。

"有个叔叔住在外省，她爸和这个兄弟关系不好，基本没有联系，但是确实是亲叔叔。"

"那好，你联系一下。"

"没问题，我这就去。"

"等等，"韩轩叫住雷厉风行的小魏，"黄欣欣的遗体下葬了吗？"

"还没，原本订的日子是二十六号中午，因为夏聪来闹，黄家和李家没能办成，准备改期，结果黄涛和吕兰出了事儿，现在黄欣欣的遗体应该还在徐震家。"

"放在家里？"林嘉月吃惊，"这个徐震胆子也太大了吧！"

"我先和林嘉月去徐震家，你联系到黄欣欣的叔叔，征得同意后，就和法医一起过去。"

阳光明媚，暖而不燥。

徐震家住得有些偏，那边的路不太好走，车子开着开着便颠簸起来，颠得林嘉月说话都带个颤动的尾音。

"你说，如果黄欣欣真的不是因病去世，而是被吕兰害死的，那吕兰是用了什么手段，能让黄涛一点儿都没看出来？"

后座的人轻拉了下脸上的眼罩，调整它的平整度："你为什么不怀疑是吕兰和黄涛联手？"

"不会吧。"林嘉月的声音带着一种强烈排斥的情绪，"虎毒不食子，黄涛是黄欣欣的亲生父亲，骨肉亲情怎么会让他对女儿下狠手？"

"久病床前无孝子，久贫家中无贤妻。"

"这话不准，也不是每个人都这样啊。"

"举个例子。"

"呃……"被这么突然要求，她还真蒙了，一时半会儿想不起能举的例子。为了挽回颜面，不让自己在他面前显得更加无知，她干咳一声说："开车呢，别叫我分心。"

怪他？话题可不是他挑起的啊。

无奈地勾下唇角，韩轩配合地闭上了嘴巴。

三米灰色高墙，成片的墙皮脱落，露出残缺的砖头，墙根还有一块一块被野狗尿过的痕迹和一簇一簇生长旺盛的野草，蒙尘的铁皮大门，棕红色油漆因为年代久远爆皮开裂，一道道裂缝处因被氧化生成橙黄与黑纠缠的铁锈，相比隔壁邻居，徐震家的门脸儿格外寒酸。按说阴婚市场这么火热，他应该赚得盆满钵满才是，就算不把家装潢得金碧辉煌，那怎么也要搞得干净体面吧。现在这种程度，完全就是个困难户。

"没人？小魏不是说徐震的女儿白天不出门吗？"林嘉月拨弄了一下门上的铁锁，掏出手机给小魏打电话："联系上黄欣欣的叔叔了吗……我们到徐震家了，但是他不在，家里锁着门呢，你们先别来了。"

韩轩站在林嘉月身后，环视周围的环境，徐家往右十来米有个两米多高的小土丘，站在上面的话应该能看到院子里面的景象。

"你们找徐震？"有村民经过，黝黑干燥的皮肤让这位跛脚大爷看起来有六七十岁，他先用方言问了一遍，然后见韩轩一脸茫然，又用不怎么标准的普通话重复一遍。

终于听懂了，韩轩点头："您知道他什么时候回来吗？"

大爷打量着他和他身后的林嘉月："怎么也得晚上七八点吧，送'新娘子'去隔壁村了。你们是干啥的？找他干啥？"

已经打完电话的林嘉月接话："我们是派出所的，听说黄欣欣的遗体放在这儿，过来看看。"

大爷是听说派出所从市里请来了两位专家，没想到现在的专家都这么年轻。"徐康乐应该是在家睡觉呢，你们要不喊几声，叫醒她，让她从里面把钥匙扔出来？"

向热心的大爷道谢，林嘉月目送他缓慢离开。

"小魏已经联系上黄欣欣的叔叔了，她叔叔同意警方对遗体进行检验。只等徐震回来就行了。"

点头，韩轩转身朝十米处的小土丘走去。林嘉月小碎步跟上："干什么去啊？"

"你不好奇他把遗体放在哪里吗？"

好奇！看徐家的院子不大，应该没有多余房间安置"客户"的遗体。

紧随其后，林嘉月也动作麻利地爬上了小土丘，但是自身高度有限，她的视野比韩轩就窄了不少，只能看到正对自己的那间屋子，和月牙一样纤细的院子。

"你看到什么了？"她需要韩轩给自己做一回眼睛。

"棺材。"

"棺材？！天啦……黄欣欣的遗体不会就这么被放在他家的院子里吧……"

"应该是，他家不具备购买专业设备的条件。"

拮据，被院外和院内的景象表现得淋漓尽致，木制窗棂旧得仿佛被风狠狠一吹就能脱落似的，裂成三块的玻璃被胶带粘得很丑，没更换新的。

"不过，那间屋的窗帘挺精致，这种样式、大小，做一条应该要一千以上。这是他女儿的房间？"

说话间，厚实的深紫色窗帘动了，像被丢进石子的湖面，荡起层层涟漪。

林嘉月拧眉望向身边的韩轩："不是风刮的吧？"

　　"嗯。"人为造成的波纹和风刮的波纹扩散方式不同。

　　"徐康乐没睡觉啊？那我去叫门吧。"转身，因为激动，林嘉月一脚迈空，差点儿从土丘上溜下去，幸好韩轩眼疾手快将她拉住。

　　"哇，吓我一跳！"一手被他拉着一手捂着自己的心口，林嘉月蹲在土丘上长吁一口气。

　　见她已经安全，韩轩松手，但惊魂未定的人却还死死抓着他的手。

　　"多亏你……"道谢起身，林嘉月还没松手，她已经不记得自己抓的是人家温热的手掌了，潜意识里那就是一个可以保证自己安全、让自己停泊的码头。

　　直到韩轩面无表情地垂眸，看向他们拉在一起的手。

　　"哦哦！"林嘉月连忙松开自己的手，掩饰尴尬地开玩笑说，"不好意思啊，占你便宜了！"

　　不知该如何接话，韩轩默不作声，扬了扬下巴，示意她赶紧下去。

　　林嘉月小心翼翼下了土丘，却没奔回徐家大门口，而是像个绅士一样，再次向他伸出了白皙的小手："换我扶下你？团结友爱，互帮互助嘛。"

　　"谢谢，不用了。"韩轩瞄她一眼，长腿一迈，绕过她便朝徐家大门走去。

　　落在后面的林嘉月将自己那只空空的手掌翻来覆去打量："我的手真好看！"

　　前面那人听到，身影一顿。

这掩饰尴尬的技能，他给满分。

徐震院内，那间引起两人注意的屋子，厚实的窗帘再次因人为动作波动不已。

铁门外，林嘉月卖力地拍着门板，喊着徐康乐的名字。

深紫色窗帘被人从里面拉开一条微小的缝隙，一张苍白没有血色的脸在缝隙中一闪而过。

6

"看来这个徐康乐真的很奇怪啊，明明在家为什么不露面不搭腔？会不会是有什么精神疾病？"林嘉月郁闷，拍门的那只手现在还火辣辣的疼。

"没见到人，不好说。"韩轩虽没见到窗外的风景，但也知道林嘉月换了一条回程的路。

这条毫不颠簸的平整路面听说就是黄欣欣的阴婚丈夫家修的，路虽然窄，但也延绵数百米，修起来也得耗费不少财力，看来那个李家在云来村甚至整个北县也是排得上号的富裕家庭。

因为路窄限制了行驶的速度，林嘉月开得慢慢悠悠，一辆破旧的电动车都风驰电掣地超了她的车。

往内后视镜里瞟一眼黑色眼罩，林嘉月突然想起了志村新八："你有没有看过《银魂》？里面有个志村新八，他的标志就是脸上的那副眼镜儿，你的标志……就是你的那个黑色眼罩。"

韩轩的沉默明确地回复了她，他没看过。

好吧，那么没节操的动漫，韩大专家肯定不会感兴趣，她还是别推荐了。

"我现在开得不快，都快被儿童自行车超车了，你要不要摘下眼罩来感受一下乘车的乐趣啊？"

这个建议他可以接受，毕竟他已经很多年没有像正常人一样坐过车了。伸手将头上的眼罩摘掉，窗外的景物像慢放的电影在玻璃上播放，这种别人不屑一顾的感受在他看来是这样的新奇有趣。

五月初的乡间，随处可见零星的野花，娇小低调却也招蜂引蝶。再往远处望，油绿色的庄稼宛如碧海，风一吹此起彼伏。

"风景还不错吧？"她那双带着炫耀笑意的眼睛在镜子里微弯，像两轮皎洁明亮的新月。

"嗯。"韩轩应声，忍不住再次望向车窗之外。

"在城市里待久了，城里人就对乡村的美景特别向往，而在乡村待久了，村民就对城市的热闹繁华特别期……"最后一个字的字音在好奇中熄灭，林嘉月将车停到路边，眉毛一高一低地挑着，伸手指向右边的庄稼地，"韩轩，你看那边，是不是在办阴婚？"

韩轩朝她指的方向看去，地上放着一口深色棺材，一群人正围着几个在挖坑的男人号啕大哭，和办白事不同，他们穿的衣服比较鲜亮，像是参加喜事儿的。

"应该是。"

"我们过去看看吧。"林嘉月提议。

韩轩也想见识一下，于是两人下车朝那边走去。

林嘉月猜得没错，这群穿着鲜亮却在哀号的人确实是在给两位亡者举办阴婚仪式。静放在地上的那口棺材是女方的，棺材上有土附着的是才从地下起灵上来的男方，从墓碑上的信息来看，他在四十三岁时去世，没有子女信息，生前应该是单身。

那几个挖坑的男人额上满是细汗，终于在坟侧挖出一个大小合适的穴，穴内露出男方灵柩的槽帮。

"来，都躲开，要把'新娘'送进洞房了！"主事的人嗓音沙哑，一声令下，围着的家属朋友都向四面疏散。

林嘉月也往后退，可不知道是谁如铜墙铁壁一样站在她的身后，她撞上那人，那人不爽地推搡了她一下，她立足未稳，又被脚下的土疙瘩绊到，一个跟跄朝着女方的棺材扑去。

韩轩被人墙挡着，没能出手相助，眼睁睁看着林嘉月扑在了女方的那口棺材上。

家属的哭泣骤然停止，连主事人都蒙了。

尴尬的气氛让这片庄稼地的空气凝结成冰，还好林嘉月反应快："我的堂姐啊！你一定要幸福啊！"

"那个，家属控制下情绪。"主事人反应过来，赶紧叫人拉走林嘉月。

林嘉月捂脸抽泣着，一步一步退回到围观人群里，这才长松一口气。再从指缝里望向女方的那口棺材，她在心中默默嘀咕，希望人家可以理解，自己刚才是失误，不是对她不敬。

由于手机电量不足，林嘉月中午就把微信关了，晚上回到旅馆，给手机充电时才重新将它打开。

七条未读消息都来自卢楠，他把上次那个女神追到手了，发照片来给她炫耀呢。

林嘉月放大照片，看着流水线一样的网红脸女神，对卢楠的审美不敢恭维。

　　"还行吧，你喜欢就成，批准进门儿了！"她纤细的手指在屏幕上点击，回复了一条消息过去。

　　放回手机，林嘉月将沾染了一天风尘和那位"堂姐"气的夹克脱掉，拎着进了卫生间，旅馆没有洗衣机也没有盆，她只好先抖几下，找个塑料袋包了起来，带回家再洗。

　　外面传来视频请求的提示音，她拧开水龙头，马虎地将手一洗，便赶出去接通电话。

　　卢楠的大脸出现在屏幕上，他正在健身中心的男士更衣室里，身后一个个带着编号的柜子像阅兵式上排列整齐的士兵。

　　"你什么时候回来啊？我们带你去吃好吃的啊！"

　　"你女神不介意我这个瓦数超大的电灯泡夹在你们中间？"

　　"当然不会！"说起自己的女神，陷入爱河的卢楠眉飞色舞，"我们家宝宝不光外在美，心灵也是一等一的美！绝对不会像我那些小心眼儿的前任！"

　　"那行，她都不介意了，那我就去白吃一顿。我想吃地锅鱼，就体校附近那家！"林嘉月不客气地点菜。

　　卢楠却犯难了："那种地方……我们家宝宝不去啊，换个地方吧，吃西餐？"

　　"就想吃地锅鱼……白白嫩嫩的鱼肉……"光是想，林嘉月就已经开始流口水了。

　　"她真的不喜欢。"

　　"为什么？不会用筷子，只会用刀叉？嘿，洋气啊！"

　　还没彻底被女神迷了魂儿，卢楠被林嘉月的讽刺逗乐，求饶说："咱就照顾照顾她呗。"

"好吧，地方你们定，下次咱俩单独去吃地锅鱼！我得抚慰一下我那惶恐的心！"

"怎么了？"

说是不迷信，但今天一下扑到人家的棺材上，林嘉月心里还是有点膈应，一个人闲下来胡思乱想，以前看过的那些恐怖电影的情节就都涌进了脑海。她讲给卢楠听，本想从他那里得到点安慰，可谁想那厮竟火上浇油，跟她说起了别人给他讲的一些恐怖的亲身经历。

"闭嘴闭嘴闭嘴，你太缺德了！"林嘉月恼火，伸手直接点了结束视频的按键，那头的卢楠还没讲完，就消失在了手机屏幕中。

"叮咚"。消息提示音。

是卢楠发来的图片。一张动态图，乍一看是个可爱的美女，眨眼的工夫，美女就变成了青面獠牙的女鬼……

"我去！"林嘉月被吓到，汗毛竖立，愤愤地关掉微信，转身打开旅馆的电视机，想用电视节目转移自己的注意力，可脑中突然跳出了贞子从电视机里爬出的画面……

自己突然变得这么胆小，林嘉月觉得又好笑又好气，把遥控器往床上一丢，钻回卫生间洗漱，索性什么都不想了，早点睡觉，明天还要再去一趟徐震家。

不到九点，林嘉月躺到床上很快就睡着了，但睡眠并不深。大概三个小时后，她隐约听到有女人轻笑的声音，睡意全无，她整个人精神起来。

竖耳倾听，真的有人在说笑！

林嘉月摸来手机，凌晨十二点十分。厚实的窗帘布遮住了整扇窗子，外面的月光透不进来，屋里的灯全关了，除了手机屏幕照亮的小范围，其他的地方都是黑暗。

林嘉月伸手将床头的台灯打开，微弱的橙色灯光将房间的黑暗驱散。

女人说笑的声音还在，很轻很飘，她好像一直在自言自语，没有其他人搭腔附和，也听不清楚她到底在说些什么。而且，隔壁是韩轩的房间，这女人的声音是从哪里传来的？

以韩轩的为人，肯定不会叫什么特殊服务啊！

白天的那个失误像颗种子一样埋在了林嘉月的心里，再加上临睡前卢楠这个损友的浇灌，种子好像发芽了，还茁壮成长起来。

这个女人不会是"堂姐"吧……

林嘉月自己吓唬自己，后背发凉，她用被子将自己包成了一颗粽子。

突然，女人的说笑声消失了，整个房间安静得好像从来没有出现过奇怪的声响。

松了口气，林嘉月整理好被子，想重新入眠，可才一闭眼，那令人心跳剧增的女声再次响起。

现在到底该怎么办？林嘉月心急得直想找妈妈！可她妈远在市区，就近的，就只有韩轩了……

一分钟后，韩轩的房门被她从外面敲响。"韩轩，睡了吗？是我！"

刚躺下的人起身走向门边，隔着门，他回应说："正要睡。

怎么了？"

"那个，你先开门。"

门被打开，散发着一股香皂味的韩轩出现在她面前。"到底有什么事？"

仰面，她一脸难为情地开口："我在你房里睡一晚成吗？"

"为什么？"韩轩一脸拒绝的神情。

"我房里有奇怪的声音，我睡不着……"说着，她就想往韩轩的屋里挤，试了好几次，还是被他挡在门外，于是林嘉月对他进行强有力的说服："反正标准间都有两张床，我们一人一张正好，而且，又不是没住一块儿过，都挺安全的，对吧？快让我进去吧，不然被别人看见，还以为我是什么奇怪的女人呢……"

耐不住她的强烈进攻，韩轩的房间失守了。转身看向已经占据那张空床的林嘉月，他问："什么声音？"

"女人说笑的声音……有点儿恐怖……"

"你房卡呢？"觉得事有蹊跷，韩轩想到她的房间去看一下。

林嘉月翻翻睡衣口袋，懊悔道："出来的时候，光记得带手机了，忘拿房卡了……"

韩轩无语，伸手从衣架上取下外套，想下楼去前台要一张备用房卡。

"我没骗你，不用去看了吧，"她伸出手指勾勾，"回来回来，咱俩聊会儿天啊！"

"你一个人待在房里害怕的话，我们两个一起去前台。"

韩轩无情地拒绝了她的建议，站在门口等待她的选择。

这人，怎么好奇心比她还重！

无奈，林嘉月只好下床穿鞋，选择后者，和他一起去了前台。

　　拿了房卡回来，韩轩进了林嘉月的那间房，她跟在他的身后，竖着耳朵寻找那刚把她吓着的女人说笑声。但房间是安静的，静得连他们两人的呼吸都可以听清楚。

　　回头，韩轩目光平静地望向她。

　　"刚才真的有！"林嘉月解释，"刚才也是中场休息了一小会儿的！"她话音刚落，那个罪魁祸首的声响终于又出现了。

　　"你听你听！"她异常激动，伸手抓住韩轩的胳膊。

　　韩轩听到了，细碎的女人呓语，一个人在黑暗房间中听到的话，确实会被吓到。前一晚没有出现的诡异声音，今天却出现了……

　　韩轩顺着声音传来的方向一步步走去，推开卫生间的门，他确定声音是从这里面传出来的。

　　整洁的卫生间很小，一目了然，似乎没有可以藏东西的地方。

　　正在韩轩想要翻找层叠的白色毛巾时，女人的声音消失了，紧接着房间里的灯骤然熄灭。

　　"我去！"林嘉月再次被吓到，收紧了手上的力气。

　　韩轩遭殃了，胳膊给抓得生疼。"能先撒开手吗？"

　　"呃，对不起啊。"林嘉月觉得现在的自己特丢人，尽管一片黑暗，但她还是怕被他看到自己那红一阵白一阵的脸，于是赶紧将头低下。

　　揉了揉解脱的胳膊，韩轩突然想起初来乍到时那个勇士林嘉月，恶作剧道："你不是不信鬼神那一套吗？"

林嘉月有些结巴，语气却依然逞强，她辩解说："我现在怕的不是鬼神那一套，是我自己那丰富的想象力！"

黑暗中的韩轩忍俊不禁："生硬的重复。"

又被识破，林嘉月懊悔地拍了一下嘴巴，竟然在他面前说谎，这不是自找没趣吗！

7

昨晚的林嘉月，不管是被鬼吓还是被人吓，反正心里有了阴影，死活都要跟韩轩睡在一个房间里。有个人陪在身边，她下半夜睡得像只死猪一样沉，早上九点了，还在梦的世界里喃喃自语。

"……不要相信他！不要信……"

早已醒来的韩轩坐在自己的床上，像观察研究对象一样注视着对面床上林嘉月熟睡的脸。

毛茸茸的两条眉毛别扭地拧着，眼皮覆盖下的眼珠在快速地晃动，嘴唇紧抿唇角下耷。

"咳。"他故意放大声音干咳一声。

林嘉月一惊，惶恐地睁开双眼。

才从梦里醒来的她，一脸懵懂的表情，好像失忆患者一样望着对床正坐的韩轩。

"林嘉月，"他开口，没有催她也没有问早，"你是信任我的吧？"

被这么一问，她更蒙了："啊？"

被她那副呆模样逗乐，韩轩起身，将自己的腕表亮给她看："九点了，起来吧，魏警官一会儿过来接我们。"

"哦。"点头，她不顾形象地打个哈欠，挠着乱蓬蓬的头发返回自己的房间洗漱更衣。

她前脚刚离开，后脚小魏就提着早点敲响了韩轩的房门。

韩轩请他进屋，想到林嘉月一会儿还会过来，就没有关紧房门。

"韩老师昨天睡得还好吧？"

"嗯。"高中之后，他就没跟别人同在一间房里睡过觉了，原以为自己会因为林嘉月一宿无眠，但结果很意外，他并没因为她的存在而感觉不自在。

隔壁房间，林嘉月换完衣服找手机，发现手机找不到了，愣住几秒回想最后一次见到它的时间，自言自语："好像在韩轩那儿。"

见韩轩房门没关，她没把自己当外人地直接推门而入："昨晚我带手机过来的，对吧？"

昨晚……

小魏呆若木鸡，这一大清早就捕捉到这么一条大八卦，有点儿吃不消啊！

站在卫生间门口的韩轩朝房里瞥一眼，顺着他的视线，林嘉月看到了放在电视柜上的手机。

"哦！想起来了，昨晚睡觉前，我把它放在那儿的！"还不知小魏已经到了的她，大步流星朝里面走去，视野中突然出现小魏的脸时，她惊得顿住了身子："这么快就来啦！"

小魏有点尴尬地招招手："嗯，刚来。"

林嘉月根本就没往小魏想的那个方面想，还诧异他这么腼腆是为哪般。

对着试衣镜整理好自己的衬衫，韩轩转头看向两人："走吧。"

昨天来过的院子今天大门虚掩，隔着发锈的铁门，韩轩听到院里有男人咳嗽的声音。

"徐震在吗？"小魏在门外招呼。

院子里的男人嗓音沙哑地回应道："谁？"

门开，有着神秘惊悚职业的徐震出现在韩轩和林嘉月的面前，他一米七八的身高，身材匀称，白头发比较多，可脸面看着并不太沧桑，实际年龄应该不超过四十五岁。

待小魏向他说明他们前来的目的，徐震没有做出任何抗拒的举动，似乎黄欣欣这桩阴婚成与不成对他来说并不重要。

比起徐震，林嘉月对那个在精致窗帘后搞小动作的徐康乐更感兴趣。

和昨天一样，那深紫色的窗帘又动了。

她在好奇外面所发生的事情？林嘉月凝视那扇紧闭的窗子，全然不知此时有人也在盯着自己。

韩轩的目光在徐震和林嘉月之间打个来回，然后淡淡地开口，打断盯着林嘉月的徐震："我的同事怎么了？"

徐震抱歉一笑："哦，没什么，她的衣服很好看。"

他的回答似真非真。

"你对女装感兴趣？"

166

"不是，我就是看看，以后给我女儿买衣服的时候，可以做个参考。"提起女儿，徐震的眼中露出一丝宠溺和甜蜜。这确实是真的。

韩轩点了点头："能到你屋里坐一会儿吗？我有些情况想找你了解一下。"

徐震家盖的房子很像城里的民居，大门只有一个，而不是黄家那种三间独立的房屋，也就是说，进了他的房后，如果徐康乐从自己的房间里出来，那么他们就能见到这个被村民称为"鬼女娃"的女孩儿。

"可以。"徐震爽快地答应，"不过，我要先帮那几位警官开棺，我封得太严了。你们先进屋坐吧。"

徐家正厅的窗户也挂了窗帘，厚实程度不亚于那条深紫色的，就是布料一看便知很廉价。

因为窗帘的遮挡，房子内部阴暗，空气中有一点点犯潮发霉的味道，看来窗帘不是今天忘记拉开，而是几乎每一天都这样阻挡着外界的阳光。

"这是要在家培育蘑菇吗……"林嘉月才进来一会儿，就觉得头顶要往外冒蘑菇了。

韩轩扫她一眼，将视线转移到棕色橱柜的玻璃窗后，六盒隔离霜罗列着，崭新的外观，似乎才买没多久。徐震的肤色偏黑，如果是他使用，那现在就不会是这个肤色。

"吧嗒。"那个房间里传出了物体掉落的声音。

林嘉月一脸警觉，竖耳倾听。

微弱细碎的脚步声。

"我敢打包票……"林嘉月压低了声音，靠向韩轩身边，

"昨天她是故意不给我们开门的。"

话音才落，紧闭的房门竟然被打开了，虽然只有拳头那么宽的缝隙，但他们还是看清了门口的那张脸。

苍白，病态……他们对她的第一印象。

像与世隔绝很久的稀有生物，她躲在门口，眼神中充满惶恐地望着他们。

看样子是真的不太正常……昨天被拒之门外的怨气消退，林嘉月同情地冲她招了下手示好。

似乎是感受到了林嘉月的友善，她眼里的不安少了几分。

院外，徐震已将棺材开封，顾不上摘掉手上的工作手套，他便匆匆赶回屋内。

"乐乐？"他进门先注意到的就是他的女儿，语气里透着惊讶和责备，似乎不想她跟韩轩和林嘉月打照面。

徐震刚才提起女儿时的眼神说明他很爱自己的女儿，即便她举止怪异，所以现在他的责备肯定不是属于"家丑不可外扬"，而是父亲对女儿的强烈保护欲。

"她似乎很好奇外面究竟发生了什么，"韩轩淡笑，瞄了一眼徐震正在摘的新手套，建议道："刚刚你不是在看我同事的衣服吗？现在让她们两个直接交流也不错。"

"还是不妨碍你们工作了吧。"徐震冲门后的徐康乐使了个眼色，徐康乐立刻乖巧地缩回了房间。在她关门后，徐震恢复了一开始的淡定自若："你们有什么情况想了解？"他请韩轩和林嘉月落座。

"因为黄欣欣的事，你最近和黄家的来往比较多吧？"

"对。"

"那黄欣欣病逝的事，你觉得有什么可疑吗？"韩轩的问题才问出，徐震的眉头便立刻皱了起来。

"就是重病不治，有什么可疑？"他回答的不是肯定句，而是一个反问句。

"你进过黄欣欣的房间吗？"

"进过，人就是我抬出来的。"

"黄欣欣的居住条件简陋，房间里有难闻的怪味儿，明显是没有得到很好的照顾，你同意我的看法吗？"

韩轩冷静地注视着徐震，就像实施猎捕前一秒埋伏草丛的豹子一般。

"这个……我也没见到过他们怎么照顾她，不好说。"回答时，徐震的鼻子和眉头同时蹙了一下。

轻蔑，厌恶。韩轩有了收获。

"你讨厌黄欣欣？"

"不啊……"徐震一脸惊讶，不明白韩轩为什么这样问。

"那你就是讨厌黄涛和吕兰。"

徐震一僵，胡楂微露的嘴巴张合两下，似是无奈地娓娓道来，"是，我不喜欢他们，我觉得村里应该有不少人都和我一样，认为他们太欺负人了。夏聪是黄欣欣的男人，有权带自己老婆的遗体离开，他们却为了钱，对夏聪百般刁难，把他骂个狗血淋头……这种欺负搁谁身上，谁都受不了，难怪夏聪最后急眼了，把他们俩给杀了……兔子急了还咬人呢！"

他说这段话时，行为没有异常，像是掏心掏肺，韩轩有些无法确认。

"黄涛和吕兰被害，你认为夏聪的嫌疑最大？"

"村民都这么传的。"巧妙的回答。

"哐!"院外突然传出一声巨响,好像是徐家的大铁门被人给踹了。

正在屋里谈话的三人才起身,就听到外面的小魏厉声大喝,"李和平!你想干什么?!"

8

"钱我花了,现在你们要把人带走,那我儿子和谁结婚?!"手拿一把铁铲,李和平蛮横地堵在徐家门口,不让抬着尸袋的小魏和法医离开半步。

韩轩从屋里出来,见到院外围满村民,眉毛拧了一下。虽然李和平身后的那些人手中没有铁铲之类的危险工具,但从脸上的表情来看,他们都是来支持李和平的,这就有些麻烦了。

"这桩婚事早就定下,拖来拖去拖出这么多问题,今天,我就要把我儿子的婚事给办了!"说着,他转身鼓动村民,"以前我出钱修个路不求回报,现在,我觍着老脸求求乡亲们,帮帮我!就当是回报我修路啦!"一躬鞠下去,引来很多村民的声援。

"就是!人家都花钱了,你们凭什么说带人走就带人走?这一尸检,人就不成人样了!"

"警察了不起啊,警察可以不讲理啊!"

"把人放回去!"

170

一时间，场面有点儿失控，为稳定村民情绪，小魏先将黄欣欣的遗体放回棺材里，而后马上给所里打求助电话。

"李和平，你先把手里的铲子放下！"

李和平执拗地拒绝，反而将手里的铲子握得更紧："放下了，你就抓我啊？！"

"我不抓你！你现在这样，如果发生什么意外，事件性质就变了，懂不懂？"

面对小魏的劝告，李和平依然一脸的抗拒："我不，看着我儿婚事办完，我才放！"话罢，他冲自己带来的几个男人命令道："抬人去！"

得令，男人们上前抢尸，和阻拦他们的小魏纠缠到一起。与此同时，李和平拎着自己的铁铲朝徐震他们这边走来："徐震，你也收了我的钱，不帮我儿把婚事办了的话，那你现在就把钱给我退回来！"

劳务费已经花光，徐震为难地看向身边的韩轩和林嘉月，正要站向李和平那边的时候，里屋的徐康乐因为听到有人喊自己父亲的名字，从房间里出来了。

昏暗中的她身高一米五多一点，穿着宽松的碎花睡衣，清新可爱，乍一看像个才上初中的学生。

林嘉月没想到她这么娇小，她在屋里探头出来的时候，她还以为她是半弯着腰。

"爸……"她的声音微颤，如才出生的小羊第一次发出的哭啼。

徐震连忙回屋，紧张地走到女儿身边："没事，你回屋去，别出来。"

第二次短暂的露面后，徐康乐又被徐震半强制性地轻轻推回房。

这一次，韩轩看出了一些鲜为人知的秘密。徐康乐没有精神上的疾病，而是患有着色性干皮病。这就是为什么徐家的窗帘总是拉着，徐康乐只会在晚上出门的原因。

温和阳光能让万物生长，却会令着色性干皮病患者皮肤干燥、脱屑、起泡、引发肿瘤，据统计，患此病者常在十岁前死亡，有三分之二的患者于二十岁前死亡。为了生存，他们只能生活在"没有阳光的世界"里。

"还有你们！既不是警察又不是我们村的人，没有资格在我们村里指手画脚，从哪儿来回哪儿去！再多事儿，小心我让你们今天连旅馆都回不去！"李和平冲林嘉月和韩轩凶巴巴地嚷着，情绪有些激动的他挥了一下手里的铁铲，正好不偏不倚地打到林嘉月的胳膊上。

吃疼，林嘉月五官扭曲皱成一团，像十八个褶的狗不理包子。

"《治安管理处罚法》第四十二条，写恐吓信或者以其他方式威胁他人人身安全的，处五日以下拘留或者五百元以下罚款，"冰冷的目光如两把锋利的尖刀直插李和平，韩轩将受伤的林嘉月拉到自己的身后，老母鸡护崽似的继续道，"情节较重的，处五日以上十日以下拘留。"

还从没听他语气这样生冷过，好像每一个字都冒着凉气一般，是生气了吗？躲在韩轩身后的林嘉月有些受宠若惊，总像木头人一样没有情绪的他竟然因为自己被误伤发怒了！

目光在他宽厚肩膀上轻轻扫过，暖意在心中荡开，她在韩轩的身上感受到了比卢楠给她的更加强烈的安全感。

"我，我刚才不是故意的，谁知道铲子会碰到她！"强硬的李和平因为林嘉月受伤，气势上弱了下来，他侧身探头，朝韩轩身后的林嘉月瞧，想看看她到底伤得重不重。

林嘉月并不想碰瓷儿，但在这种情况下，她假装受伤严重会不会更好一点？

"哎哟……太疼了，胳膊好像动不了了……"

她演得太像，李和平信以为真，一时间不知所措。

所里的同事赶来了，好几个身穿制服的警察拥入大院，围观的村民噤声了，帮着李和平抢尸的男人们也识相地消停了。

"你，你，你……还有李和平，都跟我们去所里一趟！"小魏已是满头大汗，摆脱了那些野蛮人，他终于能喘口大气了。

"徐震，你也跟我们回所里一趟。"韩轩转身，刚躲在他背后的人现在成了依偎在他胸前，他倒没有在意，依偎的人却羞涩尴尬地干咳起来。

转得太突然了……默默嘀咕，林嘉月退到一边，撸起袖子查看自己的伤处。

此时的徐震一脸惊讶不解："为什么我也要去？"

"因为还有事情要问你。"

"在这里问不行吗？"徐震对去派出所露出抗拒的神情，这让韩轩对他的怀疑更加强烈。

许是一直在门口听着外面的动静，徐康乐第三次开门，眼里写满对徐震的关心，伸手拉住他的衣角："爸，哪儿都别去。"

徐震回头安抚女儿："爸不去，哪里都不去。"

心思在自己伤处的林嘉月听着这对父女的对话，觉得此时画面肯定又是父女情深，对她这种父亲早已去世的女儿来说，多看一眼就是一眼的刺痛，索性头也没抬，目光全在自己那发红破皮的胳膊上。因为室内光线实在太暗，她看不清伤处的严重程度，于是伸手扯开了正厅里的窗帘。

"刺啦——"，像小时候买过的塑料面具被踩碎的声响。

伴随这一声，温和慈父徐震的面具破碎了。

他冲拉开窗帘的林嘉月露出了攻击性表情——眉毛紧皱，上眼睑扬起，下眼皮紧绷，脚跟离地，已经要冲向林嘉月了。

"我怀疑你跟黄涛和吕兰被害一案有关。"韩轩的及时出声，将徐震的怒气引到了自己的身上。

窗帘被拉开，阳光照进昏暗潮湿的屋子，由于角度的关系，并没有照到畏惧阳光的徐康乐。徐震冷静下来，他向后退了几步，确保女儿真的不会被阳光照到。

"怎么可能？"皮笑肉不笑，"那天十二点后，我就一直在家，没出过门。我女儿可以作证！"

"那你和你女儿跟我们一起回所里。"韩轩眉峰微挑，激将道："有你女儿作证，你还害怕什么？"

回派出所的路上。

林嘉月捂着自己隐隐作痛的胳膊，在副驾驶座上拧着身子问后座的韩轩："你怎么会怀疑徐震是杀人凶手？"

"凶器上除了夏聪的指纹没有其他人的，夏聪不是凶手的话，那就说明真正的凶手是戴了手套的。在徐震进屋时，我发现他戴着的是一副新手套，大概才换了没几天，时间上有些巧合。我问他有没有觉得黄欣欣的死有可疑时，他给的是敷衍不是答案，他也许知道些什么，但不想说。后来我问他是不是认为黄欣

174

欣没有得到良好的照料，他在回答我的时候露出了轻蔑厌恶的表情，他不讨厌黄欣欣是真的，但他也没否认厌恶黄涛和吕兰，而且厌恶他们的原因看似合理，所以我当时无法确定他有无杀人动机，不过后来因为你拉窗帘，我确定了。"

"为什么？"这里面竟然还有她的事？林嘉月诧异。

"因为你拉开窗帘可能会伤害到徐康乐，对女儿疼之入骨的徐震对你露出了攻击性表情。"

鹿眼睁圆，她的嘴巴也惊讶地张成了一个O形。

"所以我怀疑是黄涛和吕兰对徐康乐做了什么，从而激怒了徐震。"

"可是他们能对徐康乐做什么？徐康乐白天又不出门，应该和他们打不了照面吧！"

韩轩沉默，眼罩下的他表情严肃，片刻后说道："也许就为了几句话。"

9

审讯室的墙面洁白耀眼，反光效果很好，映得整个房间格外明亮，令徐震的脸异常清晰。

眼睑紧绷，唇角紧抿，此时的他就像一张拉到极限的弓，与韩轩对视时，他下意识伸手拉了下衣服的领口，像是被领口勒得有些喘不过气来。

典型的通气行为，对压力的一种反应方式，也是反映一个人对自己想到的事情或所处的环境感到不愉快的信号。

"四月二十七号，你都去了哪儿？做了些什么？"韩轩站在他的对面，居高临下。

徐震强装镇定："上午我去邻村帮人封棺，干完活后，我就回家了，到家的时候正好中午十二点，我和乐乐吃完饭，一起听了会儿广播，就都睡着了，大概睡了两个小时，醒的时候是下午三点。乐乐白天没法出门，我经常晚上带她出去走走，所以我们家的作息和别人家不一样。"

"时间记得这么清楚？"

"因为房里暗，看不见天色，我有经常看表的习惯。"

"那你也有随身携带手套的习惯吗？"

这话一出，徐震的眼睛立刻频繁地眨起来，他变得焦虑异常。

沉默片刻，他答说："……有。我干的都是粗活，确实有随身带着手套的习惯。"

"所以，你去了黄家，没有留下任何指纹。手套因为沾了血，被你处理掉了，"微顿，他打量徐震身上的破旧衣衫，"二十七号穿过的衣服应该也沾了血，一起被处理掉了，是吧？"

"没有，我没去过黄家。"他极力狡辩，深吸一口气继续道，"我从中午开始就一直待在家里陪乐乐！如果你们不相信我说的话，那可以去问乐乐。"每一次提到自己的女儿，徐震的脸上都有一抹浅淡的得意拂过。

另外一间审讯室中，林嘉月正在对徐康乐进行测谎。

在白天出门，徐康乐被包裹成了一个现代版的木乃伊，帽子、太阳镜、口罩、手套，一样不少，真的做到了全方位防晒，一寸肌肤都没露在外。

窗户已经被遮挡了，窗帘虽然没有徐家的厚实，但小魏为了徐康乐现找来的床单还是很有用的，一缕阳光都没有偷溜进屋。

"可以把你的眼镜和口罩摘掉吗？"林嘉月还是第一次对谈话人这么温柔。

她已经知道了徐康乐所患的病，知道了她的真实年龄，十八岁，距离二十岁不远了。她希望这个世界上可以有奇迹，希望面前这个还没有见识过外面世界的女孩能够多活几年……

许是感受到了她的友善，徐康乐动作缓慢地将对于她的脸型来说算是硕大的太阳镜摘下来，一双略显灰暗的眼睛展现在林嘉月面前。

"还有口罩，最好也摘掉。"

迟疑片刻，最后她还是听话地照办了。只是没有了这两样物品的生理保护和心理保护，徐康乐变得更加恐慌，仿佛她是一只正被狼群包围的小羊。

这就是韩轩为什么让林嘉月用测谎仪来鉴别徐康乐证词的原因，因为不管谁问她，问她什么，她总是这么一副不安的模样。

"因为谈话需要使用测谎仪，我需要帮你安装设备，所以现在请你将自己的衣袖挽起来，好吗？"

一听要挽起衣袖，徐康乐立刻激动地摇起脑袋，像拨浪鼓一样，她强烈地拒绝。

林嘉月耐心开导说："安装设备不会疼的，而且，你父亲现在有麻烦，你想帮助他的话，是需要配合我工作的。挽起衣袖，好吗？"

将信将疑的大眼依然防备着，但为了帮助父亲，徐康乐犹豫之后默默地点了下头。

当她挽起衣袖后，林嘉月明白了她之前强烈抗拒的原因……没有涂抹隔离霜的皮肤上，密集分布着深色的斑和疮，令人看了心生恐惧。

林嘉月强作镇定，抑制着自己的惧怕，不想让徐康乐因为自己的反应而感到自卑不快。麻利地给她安装好设备后，林嘉月返回到桌子对面。

和很多人一样，第一次接触测谎仪的徐康乐非常紧张，生理参数有些紊乱。

"没关系，放轻松。"为了帮她，林嘉月先聊起一些与案情无关的问题，"你觉得我身上的这件卫衣好看吗？"

徐康乐害羞地打量她，弱弱地开口："好看。"

"我觉得你的衣服也挺好看，这件军绿色的夹克外套还挺流行的。是你父亲在村里给你买的？"

徐康乐摇头："我爸找朋友从城里带回来的。"

"他很疼你。"

"嗯……"

见测谎仪屏幕上的生理参数稳定下来，林嘉月开始进入正题。

"你还记得四月二十七号，你和你父亲都做了什么吗？"

徐康乐回忆："我爸那天一早就出门了，邻村有人找他帮忙封棺。我上午在睡觉，中午十二点我爸回来的，然后我们一起吃了饭，听着广播睡着了，睡到下午三点多。因为二十六号晚上，我爸带我出去看了萤火虫，所以我记得很清楚。不会有错

178

的……"

"确定是下午三点？"

"嗯，我醒的时候看过闹钟，我的房间很黑，看不到外面的天色，我想知道时间必须看闹钟。"

生理参数正常，而且她的语气真挚，林嘉月认为她说的是实话。

"那你和你爸爸是谁先醒来的？"

"我爸。他那时候已经在择菜了。"

林嘉月皱眉，徐震会不会在徐康乐睡着的时候去了黄家？可这假设成立的话，他又是怎么做到在三点之前返回自己家的？

徐家和黄家距离比较远，有一段路也不好走，骑自行车大概需要四十分钟，黄涛和吕兰的死亡时间是两点到三点，按照两点半算的话，加上半小时路程，徐震赶不回家里；按照两点整算，余出来的二十分钟勉强可以消灭自己的犯罪证据，然后假装什么都没发生过，坐在家中择菜。可这也是假设，事情不可能这么凑巧，发生在整点。

难道徐震被冤枉了？韩轩又一次看错了？

徐震百分之百在撒谎，但测谎仪显示徐康乐说的确实是实话。

韩轩对这样的测谎结果很不满意，问题到底出在哪儿了？

林嘉月见韩老师不开心，有意哄他开心："吃雪糕吗？"

侧目淡淡地看她一眼，韩轩回道："和你的爱好不太一样。"

咦？他怎么知道自己郁闷的时候喜欢吃雪糕？是她的什么行

为出卖了自己？提到雪糕的时候，瞳孔放大了吗？

想到这里，林嘉月莞尔一笑，小声嘀咕道："真是近朱者赤啊。"

"韩老师，林老师！"小魏手上拿着一盒用过的消炎化瘀药膏朝他们跑来，"法医对黄欣欣的初步尸检有结果了，真的是非正常死亡，黄欣欣被进行了'安乐死'……身上有针孔，面部表情安详，应该是注射的凝血剂。"

目前在中国，"安乐死"尚未合法化，对黄欣欣实施"安乐死"的人，已经构成了故意杀人罪。

"会是谁？吕兰？"林嘉月拧眉，"可一个愚昧无知的村妇是怎么弄到凝血剂的？"

"赵春给的。"韩轩终于明白了赵春一直要隐瞒的真相。

"这混蛋，胆子竟然大得敢杀人！我现在就去带他回来！"小魏义愤填膺，离弦之箭一般朝车子跑去，半路他突然想起什么，又折了回来，将手里一直拿着的那盒药膏递给林嘉月："林老师，你别嫌弃，这药膏我和同事用过，不过我们没直接放身上抹，都是先涂在手上，再往身上抹的，是干净的！"

林嘉月才没那么挑剔，接过药膏道谢。

"不过我没别的意思啊，就是同事之间互相关心！"小魏解释着，他朝韩轩望了一眼，还特意强调地叫了他一声"韩老师"。

韩轩有点蒙，高速运转的脑袋还是第一次有点儿转不过弯来。

10

小魏赶去赵春的住处抓人，进门，院内一片狼藉，就像刚被扫荡了一样。

"找赵春吗？"邻居在门外探头进来招呼小魏，"送村卫生室啦！也不知道是从哪里来的一群凶神恶煞的老爷们儿，见他就是一顿胖揍，揍完就跑了！脸都没看清！"

这人渣挨揍了，小魏虽然心里觉得痛快，但碍于职业关系，脸上还不能露出解恨的表情，他强忍着点点头，向老乡道谢，直奔村卫生室。

尽管卫生室里就一个躺在病床上哎哟哎哟直叫的男人，但小魏还是没能从外貌上认出他就是赵春……他已经被揍得连亲妈都认不出来了！

村卫生室的大夫以为小魏是为了赵春挨打这事儿来的，配合地帮赵春展示伤口，指着他脑袋上染了血的纱布说："这里缝了七针，这儿……""哎哟……"赵春气若游丝地呻吟着，青肿的眼睛紧闭，睁都睁不开的样子，"疼……疼……"

看他是真被揍得不轻，小魏没说明来意，先退出了卫生室，给韩轩打去电话。

"韩老师，赵春好像是被讨债的人给揍了，挺严重，估计现在连白天晚上都分不清了，应该没法审讯。"

"好。"韩轩点头，挂断电话，眉头却骤然蹙起。

白天晚上都分不清……

徐家总是挂着窗帘，尤其是徐康乐的房间，几乎一星光亮都没有，她可以说就是连白天黑夜都分不清，而且她也坦白自己需要靠时钟才能确认时间，所以她确认的四月二十七号下午三点是时钟上显示的四月二十七号下午三点，而不一定是真实的四月二十七号下午三点。

"去徐震家。"

"哎……"正在小卖部里挑雪糕的林嘉月后衣领被他一拉，一支雪糕都没拿到，就倒退着出了小卖部的门。

徐震和徐康乐还在派出所里，空无一人的徐家大门紧锁着。

林嘉月刚才下车的时候踩到了一块牛粪，现在正低着头偷偷蹭鞋底。

"怎么了？"韩轩不解她在后面磨蹭什么，回头催促。

踩屎不是什么光荣的事，林嘉月没说，敷衍了两声赶紧跟上。"他们家没人，咱们也没钥匙，怎么进？"

没有一丝犯难的神情，韩轩轻松地说道："你翻进去。"

"我？你为什么不翻啊？"林嘉月不满。

"难道你要在下面垫脚？如果这样，那我来。"说着，韩轩挽起衣袖，准备行动。

"哎！还是我来吧！虽然你不胖，但你肯定比我重，底盘稳！"抢占先机，林嘉月走到墙根前，朝韩轩使个眼色，"蹲下吧。"

韩轩摇头，否定了她随意选择的位置，向左走了四步，重新选定了位置，然后他将双手撑到满是灰尘的墙上，扎稳马步，上身前倾，确定自己已经成了一个牢固的人梯后，让林嘉月踩着自己的大腿和肩膀爬上去。

"呃……"这个节骨眼儿上，林嘉月却突然不好意思了，抬了好几次脚都没敢踩到韩轩的大腿上，"那个……"

她想，还是得招啊！

"我刚才踩到牛粪了……"

"……"

"要不我把鞋脱了，光着脚吧。"

弯身，韩轩将自己的鞋子脱下来："先穿我的。"

林嘉月更不好意思了："这边背阴，地凉……"

"对，地凉。"他简洁地重复，却带着一种不容抗拒的霸气。

林嘉月明白他的意思，乖乖地接过了他那双大她不知道多少号的皮鞋。探脚进去，鞋子里还有余温，有点暖，跟她此时心中的感觉一样。

看来那个陆俊的侧写并不怎么准，韩轩还是懂得怜香惜玉的！

林嘉月身手还算矫健，在人梯的帮助下，三两下便坐上了徐家的墙头，往院里瞧，难怪韩轩要选这个位置，原来这儿有个架子，可以让她踩着下地，不用像拍武侠片似的凌空一跃。

林嘉月顺着架子往下爬时，不禁又佩服起他的好记性。

安全着陆，她对着院墙外小声喊话："只要是钟，不管闹钟手表挂钟，都拿走是吗？"

"对。"

得令，林嘉月变身怪盗基德，从正厅的窗户钻进屋内。

正厅有一块挂钟，两张A4纸拼起来那么大，她踩着椅子小心翼翼将它取下。"啪嗒"一声，有一根酷似针管的东西从钟的背后掉下来。

定睛瞧，还真是根针管！

"这不会就是用来注射凝血剂的那根吧……"把衣袖拉长，隔着衣服，林嘉月将地上的那根针管捡起。

"我要见我女儿！"跟女儿分开了才两个多小时，徐震已经担忧到癫狂的状态，他害怕徐康乐没有得到良好的照顾，担心她被这些陌生人欺负，他一遍一遍地抗议，要求警方将自己和女儿安排到一起，每一次遭到拒绝，他的不安都会加剧。

观察室里，韩轩一边默不作声地观察着徐震，一边耐心等待痕迹鉴定的结果。

林嘉月有样学样，也全神贯注地盯着徐震看："他才是真正的'女儿控'吧……"

门外有急促的脚步声，小魏推门而入，脸上带着一种所有警察在掌握罪证后时都会有的兴奋表情。"挂钟多处有鲁米诺反应，大多呈手指印的形状！DNA对比的结果还要再等一会儿。"

"针管的化验结果呢？"林嘉月追问。

"针管内壁残留药剂确实是凝血剂，外壁指纹只提取到了吕兰的，没有赵春的……"

"他这种无赖，面对证据都未必会承认，何况现在证据不足，他肯定不会承认自己参与谋害黄欣欣的事实！"潜意识中已经将韩轩捧上神坛，现在遇到难题，林嘉月习惯性地朝他望去，眼里满是期待。

韩轩知道她对自己的希冀，但正如她所说，赵春这样的无赖，在证据不足的情况下是肯定不会主动承认自己所犯罪行的，就算找到他购买凝血剂的证据，他也会说是吕兰让自己买的，他并不知道吕兰要用它来做什么。

如果幸运，藏起针管的徐震知道些什么，他又愿意告诉他们的话，也许赵春教唆杀人的罪名是可以成立的。

"让我见我女儿！"审讯室的徐震再次发狂，猩红的眼睛就像藏在暗夜中的吃人野兽。

开门。

韩轩拿着徐震家挂钟的照片进到房间里。

一见到他，徐震的面部表情更加狰狞，仿佛韩轩是害他们骨肉分离的罪魁祸首："把乐乐带来，我要和她待在同一个屋里！"

"要她听你亲口承认罪行？我想，还是不让她见到这样的你更好。"话音落，韩轩将手里的照片摆到徐震的面前，"现在的挂钟看起来很干净，但四月二十七号下午，它曾有几秒钟或者几分钟的时间，是染了血手印的。"

看到挂钟照片，徐震骤然冷静，整个人像被抽走了七魂六魄。

四月二十七号中午一点半，徐震在徐康乐入睡后，一个人悄然起身。

总在女儿面前逞强露出笑脸的他，已经不知道是第几次躲在屋外偷偷哭泣了。徐康乐已经十八岁了，得这种病的人很少活过二十岁……徐震害怕，他已经失去了双亲，失去了妻子，他不想再这么快就跟女儿分开。

时间越来越紧迫，他为了留住女儿，已经开始"病急乱投医"，他也不知道外面的医院到底能不能治好女儿的病，但他想试一试！前不久，他联系上了一家私立医院，那里的医生说能够减轻徐康乐的发病症状，能帮她再延长几年的寿命，只是医疗费用会很高。所以，徐震开始疯狂地接活，就算是跑几十里地帮人封一口棺材这样的活他也接。

他需要钱，钱就等于徐康乐的命。

只不过他的能力有限，他筹到的钱距离医院说的那个数字，还差了很多。他不想再拖下去，每拖一天，徐康乐就会离死亡近一步。

他知道黄欣欣和李家儿子结阴婚，黄涛和吕兰收了三十万的礼钱，他与两人没有私交，登门借钱确实唐突，他们肯定不会借给他，但好在他有筹码，这样胜算就会高一些。

黄欣欣"病逝"当天，李家就找他代表自己去黄家谈亲事，事情很顺利，在抬黄欣欣的时候，他发现吕兰鬼祟地捡起一支针管。事有蹊跷，他留意了吕兰的举止，在黄家人都没注意的时候，将那支被吕兰丢在垃圾桶里的针管捡了出来。

拉黄欣欣回家之后，他曾私自开棺，并在黄欣欣的身上发现了可疑的针孔。徐震怀疑黄欣欣的死没有那么简单，于是私下打听了黄欣欣的情况，得知黄涛和吕兰对黄欣欣的病情很不上心，甚至每个月拿着女婿夏聪寄回的医药费吃喝玩乐后，他更确定了心中的怀疑。

但他没有报警，因为他想要借钱，借钱来救自己的女儿。

二十七号下午两点二十分，徐震来到黄家。

夏聪刚走没多久，黄涛和吕兰又因为黄欣欣大吵了一架。黄涛心脏不太好，赶走夏聪后就躺到了床上休息。

吕兰在客厅看电视，见徐震上门，还以为是李家有什么话要他来传，于是起身热情招待，可当徐震说明了真正的来意后，吕兰的脸一下就变了。

"借钱啊……我们家没闲钱啊。"

徐震就知道会被马上拒绝，于是说出了自己藏了针管的事。

屋里的黄涛听见，阴阳怪气地讽刺他："你这哪是借钱，分明就是勒索！"

吕兰像看笑话似的看着他，附和自己的男人："真是为了钱什么都敢做啊！"

被当面羞辱，徐震心有怒气："你们觉得我不敢举报你们？"

"举报就举报！你敢，我们也不怕啊！你知道什么是'安乐死'吗？"吕兰眉飞色舞，一副自己十分在理的语气，"我们是不想欣欣痛苦，帮她结束生命，在外国，已经有很多人选择'安乐死'了！这是合法的！你懂什么啊！"

徐震无法分辨她说的是真是假，但她那理直气壮正大光明的样子，看起来好像真如她所说的那样。一时蒙住，他不知该如何是好。

"不过，欣欣再婚这事，你也算下了力了，额外给你包个红包还是应该的！三百怎么样？够你和你闺女下饭店吃一顿好的了吧？"吕兰转身去柜子那儿拿钱，突然想起徐康乐的病，"你闺女现在怎么样了？治得好吗？治不好，干脆你也给她个安乐啊，别再互相拖累了！人走以后，你再给她结一门好阴亲，她是黄花大闺女，更值钱！"

被人骂被人打，徐震都可以忍，但唯独忍不了的就是别人冒犯自己的女儿……而且还是生死这个最敏感的话题！

背对他的吕兰，里屋的黄涛，他们怎么也不会想到，就是因为几句话，赔了自己的命……

11

　　"我没做错，我没做错……"徐震一遍一遍地呢喃，想用这样的重复来让自己心安，"吕兰丧尽天良，谋财害命，黄涛猪狗不如，不配做人父亲，他们死有余辜！"

　　"你是称职的父亲？"韩轩面无表情直视着他，每一个字都如锋利尖刀插入徐震的心窝，"从现在起，你女儿怎么办？没有了你的保护和照顾，她该怎么活？"

　　"乐乐……"念叨女儿的名字时，徐震的眼里有温柔父爱的光芒闪过，之后，水汽氤氲了他的双眼，他的声音颤抖不止，"怎么办？乐乐该怎么办……"再也抑制不住，徐震崩溃大哭。

　　杀人偿命，他的命不值钱，但他不想就这么死掉，如果寿命可以像器官一样移植，他多希望将自己剩余的寿命移植给他的女儿。

　　因为罕见，所以男人的痛哭比女人的痛哭更加震撼，尤其是一位年近五旬的父亲。

　　徐震是夺人性命的凶徒没错，但这不能盖过他是一位好父亲的事实，相比黄涛，他将同样身患不治之症的女儿照顾得那么细致，竭尽全力挽留进入人生倒计时的女儿，只不过最后一时冲动，犯了大错。

　　待徐震情绪逐渐稳定后，韩轩给了他戴罪立功的机会。

　　"当天你在黄家和吕兰谈及'安乐死'的时候，有没有听她说到注射剂是从哪里弄来的？"

　　徐震鼻音浓重："没有。"

“你再想想。”

他沉默，片刻后消沉地说起：“吕兰好像说可以找赵春帮买……但我当时已经被她诅咒乐乐的那些话气疯了，不能确定。”

轻点了下头，韩轩略失望地转身朝那面偌大的单向玻璃看去。

同样失落，林嘉月几不可闻地叹息一声。

返回旅馆的路上，两人像到这儿的第一天时那样，身披晚霞，影子被夕阳拉得很长。

“需要给你买支雪糕吗？”话少的韩轩竟然先开了口。

林嘉月歪头看他，眼睛被昏红的阳光照得微眯：“你请客就买呗。”俏皮的话因为情绪低落而显得有点敷衍。

倒退回刚刚经过的小卖部，韩轩在大太阳伞下的崭新冰柜里拿了一支林嘉月刚才没来得及买的巧克力脆皮雪糕。

林嘉月一瞄那扭曲变形的雪糕，立刻不满地建议：“换一个吧，这个被压得都成巧克力碎皮雪糕了。”

看了眼自己挑得确实不怎么好的雪糕，韩轩重又拿了一个新的出来。

“你不吃吗？”

林嘉月才问，便有一个甜甜糯糯的小女声说道：“我想吃雪糕！”

转身，她看到自己身后站着一个小女孩，稀少的头发被扎成一个歪歪扭扭的马尾辫，上红下绿的衣服搭配，一看就是牵着她手的大爷给捯饬的。

大爷对小女孩很是宠爱，看她的眼神暖如春阳。“行，给你买，但得在外边吃完，要不一回家，就被你妈看见了，她不叫你吃！"

"好！"小女孩笑得特甜。

大爷也是个没留心的，伸手就拿走了韩轩第一次拿的那个巧克力碎皮雪糕，扯开包装时，脸上的笑容尴尬一僵，但小女孩并没有嫌弃，迫不及待地伸出小手去要雪糕。

大爷傲娇，没马上给她，举高了雪糕问："爹好，还是你妈好？"

小女孩眼睛里全是雪糕，哪还记得妈是谁。"爹好！"

大爷幼稚地哈哈大笑，将雪糕塞进小女孩的手里，一把将她从地上捞起，兴高采烈地离去。

"原来是老来得女。"林嘉月一开始还以为大爷是小女孩的爷爷或姥爷。

韩轩看了一眼远去的父女俩，将冰柜的拉门关上，付钱。

接过韩轩请客的雪糕，林嘉月边拆包装纸，边目送那对夕阳中的父女。她突然第一次感觉到，能和至亲的人一起在阳光下说说笑笑，竟是一件这么幸福珍贵的事情。

至亲，黄涛与黄欣欣因为关系的疏远，形同陌路，父亲竟默许别人结束女儿的生命；吕兰与赵春因为没有底线的溺爱，埋下祸根，阴阳两隔；徐震与徐康乐因为无能为力又执着不肯放弃而迷失心智，酿成悲剧。

家家有本难念的经，没错，但经始终还是由人来念，怎么念，人说了算。一个人的思想在封闭环境下，也会变得越来越封闭，所以人需要读书，开阔眼界，提高自我认识和对这个世界的认识。也许当"阴婚"只是一个单纯出现在旧书籍上的词语时，

190

这个世界就会减少一些叹息和哭泣的声音。

旅馆大厅。

林嘉月跟在韩轩身后进来，突然停下的韩轩成了她面前的一堵墙，林嘉月冷不防撞上他温暖的脊背。

"怎么不走了？"她从他身后探出脑袋，望向他的余光还瞄到了另外一个男人。

李和平不是浑人，那天误伤林嘉月后，他心里也挺过意不去，况且他还有一件事做得不太光明磊落。

"那个，我来是……道歉的，那天我真不是故意的，小林姑娘你胳膊没事吧？"他尴尬地笑着，模样有点像哭。

林嘉月先看了一眼韩轩，见他面无表情默不作声，毫无插手之意，她这才礼貌性地回了个笑脸："没事儿，我知道你不是故意的，我没放在心上。"

"真是不好意思……还有一个事儿，"李和平更尴尬了，"这家旅馆是我结拜兄弟开的，我也投钱了，所以我说话有点儿分量……"

这是要给他们免单？

林嘉月还在做白日梦的时候，韩轩早已猜到他要说什么。在徐震家时，李和平说要让他们回不了旅馆，当时他就知道李和平是那个装神弄鬼吓唬林嘉月的人了。

在林嘉月期待的目光中，李和平招供说："听说你们找徐震要带走黄欣欣的遗体，我怕我儿子的婚事就这么黄了，就想吓你们离开，停止办案……"

"你？"又好气又好笑，林嘉月转脸看韩轩，他却一点惊讶的表情都没有。"你怎么弄的那个女人的声音？"

李和平苦笑："找人把手机铃声换成那个后把手机藏到了浴室排气扇的缝隙里。"

行啊！还挺聪明！竟然把她这个科技控都给唬住了！

在拒绝了李和平死活都要塞给他们的补偿土特产后，两人上了楼。

分别回房前，林嘉月问："你刚才一点都不惊讶，是不是早就知道了？怎么不告诉我啊？"

韩轩一边刷房卡一边回答："反正你又不怕鬼，说不说无所谓。"

"嘿，韩轩，我发现你跟我在一起，没学会好的，竟学会找茬了！"

"嗯，好像是。"他一本正经地点头，然后迈步进屋。

林嘉月冲他敞着的房门做个鬼脸，也回了自己的房间，可床边儿还没坐热，她就听到隔壁那个房间传来呼叫她的声音，语气中有一丝极力抑制的慌张。

"怎么啦？"林嘉月跑到韩轩房门口，探头进去，只见他正像避开恶魔一样躲在距离自己行李箱很远的地方。

"有蜘蛛……"他伸手指向自己的行李箱，眼睛却看向别的地方，似乎看一眼蜘蛛就会被蜘蛛给吃掉一样。

没想到韩老师还有害怕的东西，林嘉月一直低落的心情瞬间就像坐了火箭一样，一飞冲天。

"哟，您害怕蜘蛛啊！"她一脸小人得志的模样。

韩轩后悔了，放弃行李箱才是一开始就应该做出的正确选择。

"别怕别怕，你林姐在，看林姐怎么拯救你的宝贝行李！"

韩轩没忍住，翻了个白眼儿。表情日渐丰富。

三下五除二，林嘉月将那只指甲盖大的蜘蛛用杂志托出了他的房间，再返回时，刚才那个胆小的韩轩已经从地球上消失。现在那个镇定自若，好像刚才什么都没发生过的韩轩，继续收拾着自己的衣物。

"不再叫你林姐帮你检查一下，看箱子里有没有蜘蛛的余党？"她眉飞色舞，笑容带一丝顽劣。

见不得她这般得意，韩轩回敬她："好像你什么都不怕似的。"

知道他的言下之意，林嘉月为证明自己真的不怕鬼，立刻掏出手机，团购了两张鬼屋体验券。"回去后，咱们鬼屋不见不散！"

想要潇洒转身离开，她却冒失地撞到墙上，正好撞到受伤的那条胳膊，瘀青的地方隐痛不止。"哎哟！"

"没事吧？"韩轩抬眸，不知自己眼里的关切熠熠夺目，对视的瞬间，林嘉月心里一暖，脸上发烫。

"没事，没事！"垂眸，林嘉月慌张地摆摆手，像要赶在十二点前回家的灰姑娘，匆忙离去。

12

细雨迷蒙的早晨，云来村尽头那圆润的矮山间，抹着一两条淡淡的白雾。细细的雨丝，打着旅馆外的路灯和车辆，这种令人感觉不到的轻微声响，把整个村子衬托得静极了。仿佛这里一直都是一处安静祥和的世外桃源，从未发生过令人心痛的事。

小雨下到早上九点半就停了。林嘉月喜欢下雨，觉得下雨的时候乘坐巴士很文艺，所以见到雨停不禁有些失落。

黄涛、吕兰被害的案子告破，黄欣欣被"安乐死"的案子，小魏他们会继续跟下去，韩轩从王子兵那里听说模仿杀人案尚无进展后，心思已经回到市里，林嘉月也关心那个案子，昨天便买好了返回市里的巴士车票。

小魏上午来接两人去车站，虽然只在一起工作了几天而已，但面对别离，他还是有些不舍。

林嘉月拿他的红眼圈打趣道："男儿有泪不轻弹，你不会要泪洒车站前吧？"

"我这不是要哭，我是昨晚没休息好，想趁热打铁把赵春拿下，一晚上都在村卫生室里审他，可他只承认自己买了凝血剂，不承认意图杀人。他说凝血剂是吕兰叫他买的，他并不知道她要用来做什么。"

和他料定的一模一样，韩轩手扶行李箱拉杆，薄唇紧抿，目光凝重。

"不过我们不会放弃寻找证据的。"小魏信誓旦旦的模样，已经退去了初见时的青涩，变得老练沉稳，令人信服。

"加油！"林嘉月为他打气。

远处，巴士缓缓驶来，两人拎起地上的行李，微笑着挥手告别。

市公安局。

根据陆俊给出的心理画像，王子兵和同事这几天差点儿把洛州市翻个底朝天，却没找到一个有作案时间的嫌疑人。一时间，陆俊这个侧写员的业务能力成了全局上下质疑的焦点。

但，人家一点儿都不在乎别人的眼光，还是该怎么活就怎么活：潇洒，自信，自恋……

走廊里，他正精心挑选着适合自拍的位置，也没留意，就挑到了江雪怡的办公室门口。他对这边的光照十分满意，将手机举高，打量屏幕里的英俊男人，新款蓝色的CK牛仔衬衫，将他的牛奶肌衬托得更加细嫩。

"完美。"满意地按下自拍键。那"咔嚓"的声响引来了一直傲慢毒舌的"背后灵"。

"嫌疑人找不到，还有心情自拍，说你心大好呢，还是没心没肺好呢？"江雪怡双手抱在胸前，一脸高冷地看着他。

陆俊回头，一副好像听不出她在嘲讽自己的模样。"江法医，早啊。"

"哼。"

江雪怡冷笑，不想再搭理他，转身开门要进屋时，却听到他询问自己说："江法医，咱俩这合照，删还是不删？"

合照？刚才他自拍，把她给拍进去了？

狐疑拧眉，江雪怡伸手向他要手机："我看看。"

陆俊并没有要将手机送到她手里的意思，而是自己拿着给她瞧，边展示还边评价说："我的角度显脸瘦，但你的好像显脸大啊……"

果真，江雪怡在他手机屏幕上看到了自己史无前例的大脸，因为当时她在走动，脸就像被人用P图软件拖大了一样，简直就像个怪物。对于一个要做局里最瘦最美，甚至全世界都最瘦最美的公主病患者来说，她怎么可以忍受自己有这种奇丑无比的照片！

"删掉。"语气中透出的冷意，完全超越了保存尸体的冷柜。

她这种跟自己来自同一个星球的人，嗅觉敏感的陆俊怎么可能一直没发现？既然是同根生，那么相煎何太急？

"不想删怎么办？这一张是我自拍照片里最好看的一张呢！"他故意惹她，还准备要将这张"合照"发到自己的微博上。

"你要干什么？"一见微博的界面，江雪怡整个人都炸了，"你敢上传到网上！"

"给你脸打马赛克还不行吗？"

"不行！删掉！"

"不删！"陆俊拒绝得干脆，给她脸打好马赛克，立刻便传到了微博上，"我才和几个同事互粉了，你猜他们能认出那人是你吗？"

他这是要气死她吗？江雪怡强忍心头怒火，冷笑得阴森恐怖："不删是吗？好，那你就给我等着……"

出来混迟早要还的，既然他已经调来市公安局上班，那以后日子还长着呢，别叫她抓拍到他什么奇丑无比的照片，不然……绝对不打马赛克，直接传到所有同事的手机上！

回城的路上，韩轩戴着眼罩靠在椅背上一声不吭，车上的乘客很多，林嘉月觉得和一个戴着眼罩的人交谈会很惹眼，于是也没拉他一起聊天解闷。

为排解寂寞，她掰着手指头玩了一会儿，最终还是把自己闷得睡着了。

肩膀被一颗沉甸甸的脑袋枕上时，黑色眼罩下的眉皱了一下，韩轩想伸手将她拨开，但想到她靠近车窗那边的胳膊受了伤，又把松开的胳膊重新抱回到胸前。反正也不是第一次……

"嗡——嗡——"口袋里的手机突然震动起来。

韩轩在尽量不牵动右边身体的情况下，迅速用左手将口袋里的手机拿出，接通电话。

就算如此，枕在他肩上的林嘉月还是不满地在他肩上蹭了两下。

"韩轩吗？我是周希彤。"甜美有活力的嗓音从电话那头传来，光是听声音就可以想象出那头的人此时有多兴奋。

"你好。"韩轩压低音量。

兴奋的声音也压低几分，语气中带着一丝歉意："现在不方便接电话吗？"

"还好。"

"那就好。"周希彤松口气，有些羞涩地开口："我从李叔那儿听说，你今天就回来了，下午有时间吗？"

见面是必须的，毕竟她是周铮的女儿。

"嗯。"

"那太好了，那我们下午见一面吧！"

"好。约在哪里？"

"你现在在……"

"客车上。"

"那会去市公安局吗？不如我们就在市公安局门口见？"

"好。"

"嗯？"肩上的人突然呓语，和别人的电话恰好衔接上，像是反对人家约会似的。

待客车缓缓驶入车站，"嘶"的一声，所有车门全都打开，爱做梦的人被那声音惊醒，惺忪的睡眼带着惶恐和迷茫，扭头瞥见窗外那一个个脚步匆忙背着行李包的乘客，这才安定下来，打个哈欠慢慢悠悠呢喃道："到市区了啊？"

摘掉眼罩，韩轩看到才睡醒的林嘉月脸上有一片淡淡的红印，不禁想象，如果他的衣服掉色，那她这半边脸现在应该是蓝色的了。

"直接回局里，还是先回家放行李啊？"跟在韩轩的身后下车，她发现车门玻璃上映出的脸上似乎有一块红印，都没细想这印子到底是怎么弄出来的，马虎地一揉，便从韩轩手里接过自己的行李。

"我直接回局里。"他的目光在她胳膊上扫一眼，"你回家吧。"

林嘉月明白他的意思，但胳膊上的这点小伤，还不至于回家休养。"我没那么娇气，还是一块儿去局里吧，我也挺关心那个案子的。正好，刘校长借给我们的那辆专车还停在局里，完事儿我们再一块儿回家。"

曾经和他站在一起都令她郁闷头痛，现在一口一个"一块儿"，好像分开了两个人就都生活不能自理了一样。

市公安局。

王子兵正好出来买东西，见到远处两个熟悉的身影，一高一

198

矮，一人拉着一个小行李箱，画面莫名和谐，而且两人连走路的步伐都出奇的一致。

"难道绯闻是真的？"他自言自语，将信将疑。

市公安局有小魏的同学，小魏误会林嘉月和韩轩是一对儿的当天，就给他的同学发消息来确认了，虽然同学也不知道两个人到底发展成了什么关系，但这个误会可是从北县通过网络传播到了市公安局里。

实在好奇，王子兵不想让自己的男神觉得自己太八卦，所以只能向绯闻的另一个主角求证。

被王子兵拉住，没能跟韩轩一起进李队的办公室，林嘉月眉头上拧出个小疙瘩，满脸不满："拉我干吗啊？我要进去听那案子的进展！"

"我一会儿给你讲，一样！你先回答我……"

"回答你什么？"林嘉月疑惑。

王子兵更疑惑："你和韩老师……"他伸出两手的大拇指紧紧地贴在一起，"交往啦？"

林嘉月一怔，对他露出明星对狗仔的鄙夷目光："胡说什么呢？"

"没在一起吧！"王子兵见她那样反应，轻松地舒了口气，"我就知道，绯闻都是假的！你们两个怎么可能……"

"你这话的意思，我可以理解成，你觉得韩轩配不上聪明伶俐美丽大方的我吗？"

看她摩拳擦掌，王子兵屈于淫威，口是心非地点点头："对啊，你聪明伶俐美丽大方！"

不屑和他计较，林嘉月质问："你是听谁说的，我和韩轩交往了？"

"北县那边的同事啊……"

小魏？林嘉月拧眉冥思，她到底是做了什么，叫他误会了自己和韩轩的关系……难道是因为她在韩轩房间睡了一宿？

"嘉月，你到底在那边对韩老师做了什么？"王子兵求知好问。

林嘉月直翻白眼儿，这要是如实回答，他还不得觉得我真把他男神给玷污了？赶紧转移话题，她问王子兵："模仿杀人案的侦破，真的一个嫌疑人都没找着？"

"是啊，那个陆俊，也不知道到底有没有真本事，我们按照他给的心理画像找人，把洛州市都要翻遍了，一个可疑的对象都没找着。"王子兵一口不满的语气指责陆俊，"案子毫无进展，上面压力那么大，他还整天跟没事儿人似的，一天到晚就知道照镜子和自拍，偶尔翻翻卷宗档案，也不知道是演给谁看的。"

"他应该就是表面看起来吊儿郎当、没心没肺吧，心里肯定也是想尽快破案的。你要相信上面的眼光，他们不会调一个什么都不会的草包来啊。"

林嘉月这话正好被身后路过的陆俊听到，这些天，她可是第一个帮自己说话的人。虽不至于感激涕零，但越看她越觉得顺眼漂亮。

"咳！"陆俊高调插进两人的谈话，挑了挑修得比男星还整齐好看的眉毛，他郑重地向林嘉月发出邀请，"一起吃个午饭行不？"

十一点多，确实到了吃午饭的时间。虽然和他不熟，也确实同大家一样觉得他有点奇葩，但她觉得被孤立的"小王子"有点儿可怜。于是在王子兵强烈反对的目光中，林嘉月点头接受了陆俊的邀请。

"你真那么想的？"一起下楼去食堂时，陆俊看似随意地挑起话题，身体却诚实地表现出紧张的姿态，眼珠转到眼角，他偷偷瞄她作出回答时的表情。

"对啊，这么重要的案子，上面一定会派一个有真本事的人来协助调查。"林嘉月八九岁时听过一段时间的深夜广播，节目里的知心姐姐总是给人安慰和鼓励，像个金光璀璨的女神，她向往能成为知心姐姐一样温暖的人，所以从那时起，她的心里就住下了一位知心姐姐，尽管后来理想更换了，但她身体里的那个知心姐姐还在，在别人难过低落的时候，她还是会及时出现，用真诚去温暖别人。"不过超人也不是每次拯救地球都那么顺利的，失败一次那就再试第二次、第三次，只要最后能将凶手绳之以法就好啦。"

"你……"陆俊对林嘉月有些刮目相看，原以为这个姑娘大大咧咧，没想到熬起鸡汤来，也是心思细腻啊。

"我怎么了？"林嘉月侧头看他，这才发觉他似乎比韩轩还要高一点点。

"通过考核了！"瞬间爆开烟花一样的笑脸，陆俊满意地眯着眼，语气十分郑重，"本王对你的一切都很满意，以后你别跟着那个韩轩了，跟着本王混，本王封你为鸡汤丫头。"

偷翻白眼，林嘉月嫌弃道："鸡汤丫头是什么鬼？"

"不喜欢？那就一品丫头？"他像看不到她那更加鄙夷的神情一样，对自己新取的名号十分满意，"就一品丫头吧，一人之下万人之上的感觉！”

“那还不是个被人使唤的丫头？”

“你现在不就是被韩轩使唤来使唤去的学徒助理吗？”

“韩轩没你这么无聊。”林嘉月后悔跟他一起来吃饭了。这个自恋狂、王子病、幼稚鬼，什么王爷丫头的，在拍古装电视剧么？

“这不是无聊，这是情趣。”陆俊引以为豪，进入食堂大门后，他将自己的饭卡掏出来递给林嘉月，“我要一份套餐。”

“这是不经我同意，强制把我当成使唤丫头了吗？”仰头质问，林嘉月一把抓过他的饭卡。

“我对丫头很好的，卡随便刷！”一张饭卡，愣是叫他说出了银行金卡的感觉。

林嘉月决定暂且当他是个幼儿园小朋友，陪他玩一中午的家家酒。

林嘉月打饭回来，陆俊将刚才一直在看的手机收起，伸手道：“湿巾。”

“陆王爷入戏还挺快啊。”将口袋里的湿巾甩到桌上，她在陆俊的对面就座。

细致地将自己那双不沾阳春水的手擦净，陆俊又给林嘉月挖坑：“你对模仿杀人案也挺关心吧？”

话题恢复正常，她有些掉以轻心：“嗯，你有什么新发现？”

“你想知道最新的进展？”

“想。”

“既然如此，那我就勉为其难地答应你，吃完饭后，带你一起去做调查吧。你开车啊。"他一副不情愿的样子，好像刚才林嘉月哭着求他了似的。

"……"林嘉月觉得，大家算是同事，以后肯定会经常见面，所以，把嘴里的米饭喷他一脸这种激烈行为还是需要再考虑一下的。

"你找王子兵不行吗？我一会儿要送韩轩回家放行李。"

"不是说了吗，以后跟本王混。待会儿见到他，我会跟他说的。"

嘴角一扯，林嘉月露出一抹冷笑。你说？韩轩会理你才怪！你当着那么多人的面说人家是处男！

模仿杀人案的案情谈罢，韩轩从李队办公室出来后的第一反应是觉得身边少了个人。

习惯的力量有多强大？他这种多年独来独往的人，现在竟会在自己一人的时候感觉别扭了。

经过会议室，他看见自己和林嘉月的行李都在，看眼腕表，她现在应该是去食堂吃饭了。韩轩下楼想去食堂，却在办公楼的门口迎面撞见一位扎着马尾辫、一身森系装扮的年轻姑娘。

惊讶与羞涩在姑娘巴掌大的小脸上绽开，她的瞳孔微微扩张，显然是看到了自己感兴趣的人。

门口现在只有他们两个人，韩轩没自作多情，他可以确定这个姑娘对自己有好感。不是一见钟情的那种，似乎她认识自己有一段时间了。是听周铮提起过自己吗？

"你好，周希彤？"他主动开口。

周希彤更加惊讶，两人从未见过面，她因为曾在别人的照片中见过他，所以认得，但他是怎么认出她来的？

乌黑的发色把周希彤的皮肤衬托得更加白皙，她轻盈一笑，大方地伸出礼貌的手："你好，是我。"

蜻蜓点水地一握，韩轩收回手，不知该再往下说什么，只能用浅淡的笑容弥补无声的空白。

"我是不是来早了，你还没吃饭吧？"幸好周希彤健谈不做作，见他点头，她热情地提议，"我请你吃饭！"

原本只计划跟她见一面就算完成任务，现在却要一起去吃饭，韩轩内心是拒绝的，但毕竟她是周铮的女儿，直接拒绝似乎太过无情，何况她一脸期待，非常希望他答应。

"还是我请你吧。"

欢喜溢于言表，笑眼弯弯的人点了点头又摇起头来："我请你！谢谢你资助了那些可爱的孩子。不过，你要是觉得让一个女孩子埋单心里过意不去的话，那下一次，你请我！"

"……好。"韩轩感觉自己也被套路了，不知不觉就欠了别人一顿饭。

林嘉月和陆俊吃完饭从食堂出来时，韩轩跟周希彤已经走到了市公安局的门口，如果不是陆俊百无聊赖地朝门口瞄了一眼，林嘉月还以为他在李队的办公室没出来。

"那是韩轩吧？干吗去？我还找他有事儿呢。"陆俊是真的打算要跟韩轩谈一谈，让他把林嘉月转给自己做助手。

韩轩的背影她已经看腻了，他身边那个女生的背影令她满心好奇。那是谁？和韩轩什么关系？回来的时候没听他说有人约啊？一声不吭地出去，还要不要一块儿开车回家了？

"不过，他出去了也好，你就不用送他回家了，那赶紧的，跟我一起去查案吧！"将衣兜里的车钥匙往林嘉月的手里一塞，他指指自己车钥匙上的宝马车标，"新车，开的时候小心点儿。"

注意力被转移，林嘉月狐疑地打量他："你自己买的？"

"当然！"他骄傲地挺了挺胸，同时一只手搭在自己的脖子上摸了两下。

林嘉月轻而易举识破他的谎话："吹吧！我是干什么的，你忘了？"

"切。"不服又不屑，"我哥的，行了吧？搞测谎的，了不起啊！"

"嗯，了不起！"她故意气他，照着他刚才的样子有样学样，昂首挺胸。

对第一版的心理画像进行更新后，陆俊将凶手锁定为在校男大学生，在学校里参加了悬疑社团，经常出入福山小区的原因可能是在这里做兼职家教。

虽然福山小区有一百多号楼，但家中请家教的应该不多，从这一条线索上入手，排查效率会比去学校挨个儿调查要高，所以林嘉月不能理解陆俊为什么要舍近求远。

"请家教的都是有孩子的家庭，从他们那边开始调查的话，凶手这么变态，保不齐就又多一桩命案。虽然现在的小孩子长得都没我以前机灵可爱，但也是祖国的花朵啊，还是要多加保护的。"

翻个白眼儿，林嘉月问："陆俊，问你个私人问题。"

陆俊斜眼，一脸防备地望着她："干吗问我私人问题？你是不是爱上我了？"

"滚！"

"大胆！小小丫头竟敢对本王无礼！"

"陆王爷，求你，滚回你原来的朝代吧！"

"不行，我还要留在这里，拉高这个时代的颜值，顺便惩恶扬善。"说着，他第N次扭头拿擦得锃亮的车窗玻璃当镜子照，不厌其烦地整理着自己的发型，"你刚想问我什么？"

嘴角一抽，林嘉月冷哼："想问你，阿姨是用什么把你养大的，怎么脸皮这么厚！"

正副驾驶座上的两人距离很近，她的话音未落，便感觉到了旁边的陆俊一僵。

"我妈用盐把我喂大的，所以我的颜值才能这么高啊。"他一本正经地胡说八道，语气却隐约有种散不尽的哀伤。

林嘉月在被不知情的人问到自己的父亲时，她的反应也是如此，所以她没有多问，像什么都没听出来的傻白甜一样，避重就轻，鄙视他的冷笑话："呵呵，夏天坐你旁边，一定不会热。"

"看吧，你就是爱上我了，都已经开始计划，夏天要和我约会的事了。"

"……行，我爱上你了。"哄孩子哄到精疲力尽的感觉，林嘉月举白旗投降，已不想再去纠结他的自恋了。

陆俊设定的导航是去洛州建筑大学，除了这一所大学，其他大学他已经排查完了。这个世界上，除欣赏自己的帅气模样外，对他最有吸引力的事就是查案。

知道内情后，林嘉月对他刮目相看，同时，在他身上看到了一个熟悉的影子："陆俊，你知道江雪怡吧？局里的法医。"

"当然知道。"他们可是合过影的关系啊。想起上午她被自己气得直咬牙，陆俊脸上浮现出一抹恶作剧的得意。

林嘉月没留意，继续说道："你们两个非常像！自恋狂加工作狂。不过雪怡没你嘴碎，不会整天念叨自己有多美。而且在这个人人都会用手机的时代，她却连P照片都不会，这个蠢萌的属性也是格外讨人喜欢。"

"还有人不会P照片？"仿佛获得了什么珍贵的情报，陆俊眼睛一亮，计由心生。

林嘉月捕捉到他眼里那抹狡黠的光，但因为不知道两人已经结下梁子，所以并没多想。

洛州建筑大学的学生社团有一百五十多个，其中和悬疑推理有关的社团有三个，一个叫"悬疑社"，一个叫"完美犯罪研究协会"，还有一个叫"卷福和华生的幸福生活"。

林嘉月忍不住吐槽道："现在中国风这么火，为什么就没有学生创建'包大人和展昭的幸福生活''狄仁杰和元芳的幸福生活'？"

这次换陆俊白她："你去问问这个社团的成员吧。"

就这么随便地被分配去了卷福和华生那边，林嘉月按照资料上的社团地址找过去，果然不出她所料，这个社团的成员全都是女生，不符合陆俊给出的心理画像。

社团团长小A好奇心重，送林嘉月离开的时候，悄悄问她："姐姐，你们要找的这个男生，做了什么？杀人了吗？"

因为当年的继父杀手造成了很大的负面社会影响，并且至今还未落网，所以考虑到模仿杀人案的特殊性，为防止引起社会骚动，媒体未对此案做新闻报道，知情的只是极少数人而已。

"不方便说。"林嘉月露出一个请谅解的微笑。

小A却仍兴趣十足，且热情举报："如果真的是杀了人，我觉得他很可能是悬疑社的某个成员。"

"为什么？"

"因为完美犯罪研究协会都是一群肤浅的富二代，他们成立这个社团根本不是因为喜欢悬疑推理，而是想用它来装酷撩妹！成立以来，社团活动除了和女生联谊没别的，我看他们应该改名叫'完美联谊研究协会'才对！"

13

周希彤对这第一次见面非常用心，特意通过朋友预订了本市好评最高的中餐馆，但餐厅距离市公安局有些远，她知道韩轩眼睛的秘密，所以打车前，她从自己的包里拿出了一副男士炫彩偏光太阳镜。

"送你，比戴眼罩帅很多。"自从听李队说了韩轩有晕车的毛病，每次坐车都会戴眼罩，她便在网上订购了这款男士太阳镜，今天终于能亲手将它送出去了。

她温暖的笑意好像在说，她对他非常了解。目光在那副太阳镜上一扫，并非名牌，韩轩这才道谢接了过来。

心满意足地看着他戴上，周希彤仰头望着他保证道："放心，我不会跟任何人说的！"

前不久，林嘉月也是这样跟自己保证的，不过她更正式一点，举着手，像宣誓参加少年先锋队的小学生。似是等车无聊，韩轩转身瞟了一眼市公安局的大门，像是能看见里面的什么人一样。

古雅居，本市好评最多的中餐馆，古风主题，从装修到店员服装，一水儿的古香古色。

一身店小二古装打扮的店员带周希彤和韩轩去包间，周希彤跟朋友来这里吃过几次饭，凭经验选了几道招牌菜。

在封闭的环境中，两人之间的生疏感渐浓，当然，这种生疏是单方面的。

周希彤理解韩轩的冷淡，但不能接受，于是开玩笑说："我应该不是一个会令别人有负担的人吧？"

韩轩明白她的意思，略带抱歉道："我是。"

"那你跟我学一学解放天性，应该会对你变开朗有帮助。这样吧，我不收你学费，不过，作为交换，你也教我一些行为学的知识，怎么样？这样我在接触小朋友的时候，就更容易跟他们做朋友了。"她虚心好学，眼神真切，并不是为了接近他而撒谎。

何况她在做的事，意义不亚于他在做的。韩轩找不到拒绝的理由，点头答应了。

一餐吃罢，虽然韩轩并没跟她说多少话，但因为身边的人是他，周希彤莫名感觉心里很暖，对这次见面意犹未尽，走出餐馆后舍不得谈及离别，她饶有兴致地给他介绍起马路斜对面的母校——建筑大学。

"我大学就在对面的建筑大学念的，风景园林专业。"

韩轩朝她指着的学校望去，正好在学校门口看到一辆白得耀眼的宝马X5自内而外缓慢行驶出来。

宝马车里，林嘉月一边打方向盘一边听陆俊对其他两个悬疑社团的成员做分析，在调好车头，踩油门前，她朝马路对面瞥了一眼，一个熟悉得不能再熟悉的身影闯入视野。

"凶手经济条件差，肯定不会是完美联谊……不对，完美犯罪研究协会的成员，富二代啊，没钱给自己买新鞋？犯罪现场的鞋印，可是一双鞋底磨平了的很旧很旧的鞋……唉，怎么不开了？"随林嘉月一起也朝马路对面看，陆俊也认出了正跟一位漂亮姑娘约会的韩轩。

林嘉月还没表示要过去打招呼，他先下令："去对面儿，去对面儿。"

"过去干什么？没看人家有事儿么？"虽然她很好奇韩轩和那个女孩儿的关系，但贸然过去很可能会打搅到别人。

"他们有事儿，我也有事儿啊。"一本正经的脸，陆俊的手在空中打了几个拐弯，催促她。

将信将疑，林嘉月在前面的路口拐弯，将车停到了那好比城市风景线的两个人面前。

"嗨。"她也不知道为什么，落下车窗打招呼这么自然的事竟突然令她尴尬起来。

周希彤茫然地看一眼车里的林嘉月，又疑惑地仰头望向身边的韩轩，虽然对行为学了解甚少，但凭女人的第六感，她觉得他整个人放松了。再次看向开门下车的高挑女孩，周希彤默默打量，干净利落，笑眼微弯，很好相处的样子。

"真巧，韩轩，我正有一件非常重要的事情要找你呢！"绕过车子和漂亮姑娘，陆俊径直朝韩轩走去。

韩轩见到他，有些诧异，他不在的这段时间发生了什么？林嘉月为什么会和这个自恋狂坐上同一辆车？心中疑惑，面上却风轻云淡，好像一点儿都不好奇陆俊所说的那件重要事。"嗯。"

像宣布已经不能改变的事实一样，陆俊指指还在纠结自己那小尴尬的林嘉月："她以后是我的助理了啊。"

错愕，林嘉月杏眼圆睁，这就是他口中的非常重要的事？

面无表情，韩轩的视线在他和林嘉月的脸上打个来回："不行。"

"为什么不行？我和林嘉月已经说好了。"

"谁……"她正要开口揭穿这个说谎不脸红的家伙，却出师不利，话没说成反被他伸手挡了一下。她本能地向旁边躲，好死不死又把自己受伤的胳膊撞到了车子上。"嘶——"

韩轩瞄她一眼，眼底有他不自知的责备和关切。

"反正我决定了，就是要她给我做助理，所以你赶紧再找别人吧。"瞄一眼韩轩身边的周希彤，陆俊乱点鸳鸯谱说："你旁边的这位姑娘就不错啊，就她吧，反正缺的就是一个司机。"

"不行。"

无奈，陆俊变换策略，动之以情晓之以理："你看你吧，颜值比我低点，林嘉月的也不高，你们两个颜值困难户还偏往一块儿凑，这不合适！自古以来，互补的结合是最明智的，颜值低的追随颜值高的，颜值高的救济颜值低的。所以，我和林嘉月才是绝配，明白了吧？"

压根儿就没听他的满口歪理，韩轩无视面前这个比自己还高一点的人形木桩，转过头抱歉地对周希彤说道："我同事之前受了伤，我要带她去医院换药，我的这位同事会送你回家，他行为比较奇怪，但精神基本健康，可以搭他的车。"

"好。"周希彤捧场地笑了。

陆俊对他的评价露出不屑的神情："这是他嫉妒我的智慧和美貌，蓄意诬陷。"

林嘉月连对陆俊精神情况发表意见的机会都没有，就被韩轩一个示意的眼神"拉"着离去。

望着走远的两个人，周希彤心里有点儿不是滋味，但见他们一直保持着并不算亲密的间距，她的心情逐渐平静。林嘉月在他心里，应该只是关系比较好的女同事吧。

跟着他一直走，林嘉月突然意识到一个问题，叫住他："你认路吗？知道医院在哪儿吗？"

韩轩当然不知道，这么多年，洛州市的很多地方都发生了翻天覆地的变化。

"一直走，总能找到。"避重就轻，他还是暴露了自己路痴的属性。

无奈，林嘉月在路边伸手拦了一辆出租车："别找医院了，用不着'换药'！我继续擦小魏给的药膏就行了。"

两人上车，韩轩戴不惯太阳镜，还是换上了自己的黑色眼罩。

同坐在后座，林嘉月斜眼瞄了下他手里时髦的太阳镜，酸溜溜地说："人家送你太阳镜，你还说谎骗人家，真不厚道。"

没了眼睛，只凭耳朵，韩轩还真以为林嘉月是在谴责自己，深思熟虑，他决定礼尚往来："下次见面送她一件礼物就可以了。"

下次见面送礼物？我们俩见了这么多次了，怎么你也不给我个礼物？

　　在他看不到的世界里，林嘉月放肆地挤眉弄眼："对啊，送个贵点的，这才符合您韩老师的身份！"

　　"……"这次只凭耳朵，他也听出了一丝丝的不对劲儿。

　　林嘉月还没完，继续挤对他："今天可算开眼界了，竟然见到你说谎了，行家啊，面不改色心不跳的！"

　　这一回，眼罩君没有默不作声任她鄙视："你觉得可耻吗？"

　　"嗯！"她扬着声调哼声。

　　"可我刚才并没有看到鄙夷的表情，相反，你似乎对我说谎的行为很赞同，脸上还有欣喜的表情。"

　　一怔，林嘉月赶紧正襟危坐，一副好少女的口吻道："怎么可能？我才不是那种幸灾乐祸的人！"

　　"哦，是吗……"他的怀疑不能再明显了。

　　"当然！"

　　"林老师也是行家，面不改色心不跳。"

　　林嘉月被怼，狠狠瞪他一眼，真是越学嘴皮子越利落了！

14

　　突如其来的高温，五月初洛州的气温一下子飙到了30℃，幸有微风，人们并没觉得闷热难耐。翻查气象记录，五月的最高温是33℃，就像十年前，韩轩见到吴军的那一天。

明亮的书房飘窗前，白衣白裤的韩轩靠墙坐着，手边的笔记本电脑打开着，因为光照，电脑屏幕上的画面很难看清，窗台上放着的茶杯已空，他起身去倒水，将电脑放回书桌上。光亮改变，屏幕上的画面清晰可见，是上一次收到的那封邮件。

将新添的水一饮而尽，有别以往的平静，今日略显浮躁的他伸手就将笔记本合上。

尽管知道这将会成为一场他所经历的最持久的心理战，但他还是沉不下心，他讨厌现在这种被动，有一种坐以待毙、任人宰割的无可奈何。

书房外传来手机铃声，韩轩不疾不徐地出门。

"喂，你在做什么呢？"林嘉月吃着东西的含糊声从电话里传来。

"没做什么。"

"干愣着吗？看来你挺无聊啊，那晚上出来一起吃饭吧。""咔嚓"又咬了一口黄瓜，她声音变得更含糊，混杂着咀嚼声……

韩轩努力去辨识她的那句话，但能力实在有限，只能要求她重新说一遍。

"我说，"有求必应，林嘉月放慢语速，像给耳背老大爷讲话一样，"卢楠交了个新女友，他们两个请吃饭，你跟我一块儿去吧！卢楠是那种很容易被妖精欺骗的单纯小青年，我怕他认人不清，被女妖精给骗财骗色啊。"

"你的意思是让我去观察分析卢楠的女朋友？"

"对啊。"林嘉月点头，但还有一个原因她没说，那就是孤

214

单一人去捡别人撒的狗粮太悲惨。

"不太想去。"

林嘉月虽有点儿失落，但她还是故作轻松："没事，那我问问陆俊好了。"

"……"韩轩犹豫着，在林嘉月准备挂电话前开口问道："卢楠认识他吗？"

"不认识啊，但是他两个都挺自恋的，应该能聊到一起去吧。陆俊怎么说也是专业人员，看人不行就看看那人的穿着打扮，应该也能帮上点儿什么忙。"

"我……其实也没那么不想去。"韩老师突然改变主意了，"正好我不知道晚上吃什么，还是跟你一起去吧。"

电话那头的林嘉月窃喜，笑得像只偷鱼成功的小猫："你不会是怕我和陆俊走得太近，然后抛弃你，去跟他搭档吧？"

"晚上你几点来接我？"完全没听到她在说什么一样，韩轩自顾自地问话。

林嘉月撇嘴，不跟他计较："六点，我去接你。"

准时到达卢楠约的那家西餐厅，林嘉月一进门，目光就被一楼西南角坐满人的大长桌给吸引了。

三米长的餐桌，左边一排男生，右边一排女生，傻子都能看出他们在联谊。

"现在的学生真会玩儿。"她回想自己上学那会儿，除了锻炼就是学习。他们现在这样，简直是对四年大学生涯的不尊重。

韩轩也向那一桌看去，六男六女，靠近过道的那个男生对这场联谊一点儿兴趣都没有，桌下的脚冲着大门口，分分钟想要离开。

男生很敏感，感觉到有陌生人在注视自己，他马上朝韩轩和林嘉月看来，黑眼圈略重的眼睛里透着对陌生人的防备。

二楼，恋爱中的卢楠眉开眼笑地冲两人招呼："这儿呢！"

从男生身上收回目光，韩轩随林嘉月一起上楼。

卢楠见到韩轩比见到林嘉月更亲，直接上手勾肩搭背，"韩老师，你能来太好了，咱们都是男人，女人作一点，可以接受，但她们同类之间就不太和平了，所以一会儿帮我管着嘉月点儿，让她多吃饭少说话。"

韩轩觉得自己身兼双重重任，这顿饭肯定吃得不轻松。

跟在两人身后，林嘉月翻个大白眼，伸手戳了一下卢楠的脊梁骨："你这意思，你女朋友不是一般的作啊。"

"我觉得还行，恰到好处！"

"你那是色迷心窍，情人眼里出便便！"

"嘿，这话我记住了，等你以后找了男朋友，我一定好好看看，是西施还是便便！"

吃瓜群众韩老师不发表意见，默默偷两个人的斗嘴技巧。

来到桌前，林嘉月见到了网红女友的三次元版本。

"宝宝，这就是我发小嘉月，亲弟弟一样的存在！"卢楠郑重介绍，"这一位呢，是嘉月的好朋友韩老师。"

林嘉月的好朋友……韩轩对这个定位有些不太适应，但听起来似乎还不错。

"你好。"林嘉月还是挺卖卢楠面子的，大大的笑脸别提多真诚了。

不过，网红女友却高冷范儿十足，只扯了一下唇角，露出一个非常微小的笑容，就算跟她打过招呼了。

热脸贴上冷屁股的感觉令林嘉月非常不爽，但出于礼貌，她还是努力维持着自己脸上的笑容："怎么称呼啊？"

"你叫她薇薰就行，这是我宝宝的网络主播昵称。"网红女友只管高冷，卢楠简直就是她的发言人。

"原来是女主播啊，职业很新潮。"因为经常看到一些负面新闻，林嘉月对网络女主播的印象并不好，再加上她总是一副大牌明星屈尊和平民百姓一起吃饭的冷漠相，林嘉月的忍耐力骤降，"那薇薰是做什么类型的直播？唱歌？化妆？"

桌子对面，卢楠开始向对面的林嘉月挤眉弄眼。

林嘉月故意无视，一脸八卦地问薇薰："卢楠为了追你，送了多少'游艇'和'兰博基尼'？"

"哈哈哈哈，我那个差远了，周幽王为博美人一笑'烽火戏诸侯'呢。"见跟林嘉月使眼色不管用，卢楠连忙向韩轩求助。

韩轩略无辜，他能做什么？林嘉月根本就不吃眼色这一套。见对面的卢楠已经偷偷作揖，吃人嘴短，韩轩用桌下的脚轻踢了一下林嘉月的脚。

又来这招？不管用！她狠狠瞪他一眼。

"各位好，本桌点的餐已经上齐了，祝用餐愉快。"

尴尬的气氛被送餐小哥打破，看在热气腾腾的美食的份上，林嘉月收了心直口快的神通。

可对面那女人是手断了吗？连块牛排都切不了，还要卢楠给她切！并且使用的是使唤用人的那种语气……

余光中，林嘉月停下手上的动作，韩轩知道她又要架起小钢炮朝对面开火了，但他没有再次阻止。因为经过观察，那个叫薇薰的女人根本就对卢楠没有一丁点儿的爱意，她看卢楠的眼神，还没看邻桌用餐客人那个名牌手袋的眼神温柔。

"卢楠，你伺候得这么周到，这到底是女朋友啊，还是主子啊？"似是玩笑，林嘉月看那薇薰的眼神却完全没了友善的光。

"女朋友当然要宠着，难道你以前的男朋友都没宠过你？"这一回，少言寡语的高冷宝宝自己开口了，话里的火药味不次于林嘉月。

林嘉月的情史格外简单，除了上高中暗恋过一个同班同学，一个男朋友都没谈过，所以她这话也算是戳到一只资深单身狗的痛处了。

眼看一场女人之间的嘴仗就要拉开帷幕，林嘉月都做好血战到底的准备了，却不想，身边的韩轩突然插进来一杠子。

"给。"他将自己那盘切得整齐好看的牛排与林嘉月那盘已经少了一角的牛排调换，在其他三人惊讶的目光中安静地继续用餐，仿佛自己是身处闹市中专心读书的少年。

好朋友，在单纯的人眼里就是单纯的好朋友，但在心思杂乱的人眼里，好朋友的解释有很多，其中一种就是还没确定关系的男女朋友。

恍然大悟，误会两人关系的薇薰噤了声。

将就着把饭吃完，林嘉月起身去了趟洗手间。

客流量高峰期，所有隔间里都有人，她只好一边照镜子一边等待。

正后方的隔间里有马桶抽水的声音传出，门开，一身衣着打扮有些眼熟的女孩子从里面走出来，手里的手机消息提示音响个不停。

　　林嘉月进隔间，听到外面的那个女孩给朋友发语音消息：
"建筑大学这几个男生的颜值一般，没有特别顺眼的，有点儿失
望。还说他们是搞悬疑社团的呢，除了一个知道阿加莎·克里斯
蒂是谁，其他的那几个都一脸懵。"

　　建筑大学的悬疑社团，还喜欢联谊？林嘉月鹿眼微睁，来了
兴致，这是遇上传说中的完美犯罪研究协会了？

　　好奇地跟在女孩的身后去一楼转了一遭，林嘉月发现刚才的
六位男生已经少了一位，看来提前走的这位也是没遇到自己心仪
的姑娘，伤心失望了吧。

第四章 无后为大

1

洛州市区房价第一高的帝豪华苑，南邻市内最大的购物广场，北邻百亩森林公园，居住在内的人非富即贵，当红女星关梦琪的家就在这里。

有当红明星的地方就会有狗仔。

小区对面的马路上，一辆拉着黑窗帘的面包车停在那儿已经一天一夜了。

小区保安早就记住了这辆车的车牌号，所以当关梦琪家的保姆带着关梦琪的儿子出现在小区门口时，他好心提醒保姆："可看好你们家这个小少爷，一会儿别叫他和外面什么男人走很近，不然，你老板又要上头条了！"

保姆根本不把这话当回事儿："那是炒作！能增加曝光率的！"

"炒作也不拿点好事儿炒，每次都说……"保安瞄一眼才三岁的萌娃，压低了音量，"都说这小少爷是你老板和别人生的，对孩子也不好啊！"

"孩子这么小，懂什么！"还是不在意，保姆嫌弃地瞄一眼多事的保安，"站好你的岗吧，别跟上次似的，把不该放进去的人给放进去！"

不知道他们到底在说什么，萌娃仰着头，眨巴着漂亮的大眼睛安静地等待。

"走，Gavin，咱们去森林公园里喂鸽子！"

"好噢！喂鸽子去啦！"开心的小手在空中挥舞，Gavin已经开始学鸽子振翅高飞的模样了。

因为是周末，公园又是免费开放的，所以今天游客爆满。

两个人抵达白鸽广场的时候，喂鸽子的饲料都快要卖光了。

保姆从钱包里拿出二十块钱递给售卖饲料的工作人员，待工作人员找了五块零钱后，她没将这五块放回原来的钱包，而是塞进了自己的裤兜。

"给。"她将饲料递给Gavin，回头找了一个离这边不远的石凳坐下，看着他在鸽子群里愉快地穿梭。

关梦琪在拍的电影今天就杀青了，一个月没见到自己的小宝贝，她思子心切，将所有的应酬推掉，预订了最早的航班，希望能早些回来和自己的小宝贝相聚。

上飞机前，她给保姆打了个电话："王姐，我下午一点多就能到，你先别带Gavin吃午饭，我预订了他最喜欢的餐厅。如果他饿，就先给他点儿零食垫垫。"

白鸽广场上，保姆堆满笑意地脑袋点点："行，放心吧。"

"这么闹，你带他出去玩了？"

"对啊，Gavin在家老闹，我就带他出来喂鸽子了。"

突然间，也不知道是谁吓到了鸽子，广场上的几百只白鸽全都扑腾扑腾地飞起，满眼都是雪白的羽毛，Gavin在保姆的视野里瞬间消失。

只是几秒的骚动，白鸽便又恢复到起初的平静。

但，讲着电话的保姆却慌了，搜索的目光在广场上仔仔细细地扫了一个遍，却再没见到穿着小熊印花外套的Gavin。

她意识到出大事儿了！

几乎是哭着开口的，她对电话那头的关梦琪说道，"Gavin……Gavin，他不见了！"

政大司法学院的测谎中心里，林嘉月正收拾着自己的东西，刚接了王子兵的电话，她现在要赶去局里一趟。

"您好，找谁？"小张抬头看到门口走进来一个高个儿帅哥，面孔陌生，不像学校里的人。

陆俊找助理都找到测谎中心了，他伸手指了指背对自己的林嘉月："找她。"

不等小张传报，林嘉月已经转身，见陆俊那一脸非奸即盗的笑，不用猜就知道他的来意："今天没空陪你去查案，有新案子需要我过去测谎。"

"测谎？找韩轩不一样吗？"

"他就在局里，可报案人不相信他那一套方法，非要用测谎仪。"

陆俊一副看热闹的模样说："哟，被质疑了啊！"

"是啊，对方不识货。"她这话说得，就好像自己从一开始就识货似的。

上次开了一回陆俊的好车，林嘉月有点儿喜新厌旧地喜欢上了那种车门不会吱嘎作响的奢侈。所以，这回她不打算开他们的那辆老车，想搭陆俊的新车。

借机谈条件，陆俊随她一起下楼的时候，将自己的车钥匙在她眼前晃来晃去，像是要给她催眠一样："给我做助理，车子就归你！"

林嘉月嫌弃地睨他，夺过钥匙开门："幼稚不幼稚啊！"

"哎，林嘉月，你怎么对韩轩这么死心塌地？不是说你们两个人磨合得不太好吗？"

"那真叫您失望了，我和他现在已经磨合得很好了！默契已经培养出来了，下一步，我们就要……"

陆俊嘴快，开玩笑说："就要培养爱情结晶了？"

"呸！"

启动车子，林嘉月直奔市公安局。

见到林嘉月是和陆俊一起来的，韩轩的眼底有暗光闪过。

由于跟男神靠得比较近，王子兵感觉出了男神的异样，不过很快，男神又恢复到了静如止水的状态。

这到底是为什么？

进门只看到韩轩，林嘉月大步流星走来，到了他跟前，这才发现王子兵也在。"进门我还找你呢，原来就在眼皮底下啊！"

不放过任何一个表白偶像的机会，王子兵指了指身边的韩轩："这不是被韩老师的光芒挡住了吗！"

陆俊也移步过来，正好听到这话，他一脸鄙夷："瞧这马屁拍的！"

王子兵不想搭理他，装作没听到，跟林嘉月说："人已经在审讯室了，仪器也准备就绪，就差你了。"

等待测谎的人叫庄莉，女，二十七岁，面容姣好，身材高挑，因为之前做过几年幼教工作，所以给人一种温柔有耐心的感觉。

她被安排前来测谎的原因，是她与关梦琪的通话被录了音，录音中，她亲口承认，关梦琪之子Gavin是被她带走的。

测谎正式开始前，林嘉月将关梦琪提供的录音重新播放给对面的庄莉听。

录音中，两位女当事人情绪都很激动。

被广大媒体称为温婉女神的关梦琪连爆粗口："贱人！是不是你，带走了Gavin？"

"有病吧！关梦琪！你在胡说什么？"

"不承认？我告诉你，我已经叫保姆调取公园的监控了！画面上那个带走Gavin的人分明就是你！你对我们怀恨在心，就计划绑架Gavin！"

"呵，绑架？好啊，就是我绑架的Gavin，我就是恨你和杨锐文，我也要你们尝尝失去孩子的滋味！你们当初那么无情，现在后悔了吗？"

"贱人！你他妈快把Gavin给我送回来！我儿子要是少一根汗毛，信不信我让你全家陪葬！"

"哈哈哈，好啊，我倒要看看，你还有什么手段！"

录音结束，以庄莉挂断电话为句点。

当时韩轩听完这段录音，跟绑架嫌疑人庄莉谈了几句，发现她确实是贪图嘴瘾，信口开河。她没有绑架Gavin，并计划离开洛州，去一个没有人认识她的地方开始新的生活。

但关梦琪不信。

测谎正式开始。

林嘉月将自己设计好的问题拿出来，抬眼看她一眼，开口问道："你在录音里说到的'我就是恨你和杨锐文'，是真的，还是气话？"

庄莉面色凝重，沉默数秒才开口："是真的。"

"原因？"

"半年前，我是Gavin的早教老师，当时的关梦琪在外拍戏几个月都不回家，保姆也有事回了老家，杨锐文不太懂怎么照顾孩子，所以给我加了薪水，让我二十四小时陪着Gavin。搬到他们家住后，我和杨锐文同住一个屋檐下，每晚Gavin睡着后，他都叫我陪他聊天，他说他很寂寞，他觉得我比关梦琪懂他……我当时就信了他的鬼话，以为他是真的喜欢我，会为了我和关梦琪离婚，所以就和他在一起了。"后悔莫及，她红了眼眶，"我实在太蠢了……后来，保姆回来了，她发现我和杨锐文关系异常，把这事告诉了关梦琪。杨锐文的公司现在运作不好，很需要关梦琪的名气，关梦琪就以离婚相逼，让他把我甩了……当时我已经怀孕三个月了……她逼我打胎，还在早教圈散播我勾引雇主的谣言。一瞬间，我的爱情没了，孩子没了，连工作也没有了……我的人生都被他们毁掉了，我怎么会不恨他们！"

"所以你真的绑架了Gavin？"

"没有……电话里，我说的都是气话！真的！今天一整天，我都没有离开过家，你们可以去我租住的小区物业调取监控！"

屏幕上的生理参数线波动很小，庄莉的表情也没有异常。她

225

没说谎，Gavin不是她带走的。

在休息室内等候的关梦琪焦急万分，一见警察进屋，立刻起身迎上："她招了吗？她把我儿子藏到哪里了？"

王子兵被这么一个娇小瘦弱的女星生生掐痛了手腕，五官都扭曲了。

林嘉月开口，转移关梦琪的注意力："庄莉没有说谎，她确实没带走你儿子。她在电话里说的都是气话。"

松开双手，她像遇上暴风雨的船只一样，无力地晃荡，最后被愧疚无比的保姆抱住。

林嘉月虽不是她的粉丝，也不是能感同身受的母亲，但看她那没了灵魂的样子，着实心疼，帮保姆一起扶她坐下，安抚她："相信我们，我们一定会尽全力帮你找到孩子的。"

话音落，休息室的门再次被人推开，进门的男人眉头微蹙。

"杨锐文？"王子兵问他。

他点点头："是我。"转眼看向默默流泪的妻子，他长长地叹了口气，没有责怪她，也没有安慰她。

女人的第六感告诉林嘉月，这对夫妻的关系很特别，不好不坏，换句话说，应该是已经没有了感情。

杨锐文进屋后没有关门，林嘉月扭头，一瞥瞥见两个大熟人。

韩轩和陆俊两个人像围观群众一样，站在外面的走廊上，中间隔着五半米左右的距离。

她朝他们走去，将休息室的门关上："你俩这么闲？"

陆俊先答："很忙，等你一起去忙呢！"

韩轩瞥他一眼，替她拒绝："她没空。"

成为香饽饽的感觉固然好，但总争来争去的，林嘉月觉得有点矫情。思来想去，林嘉月有了一个好主意："这样吧！我吃点儿亏，一个人单独行动，你俩凑一对儿！"

"和他？"

两个人异口同声。

林嘉月满意地点头："这不挺有默契的吗？"

默契个鬼。韩轩冷笑。

陆俊也不甘示弱，冷笑两声，在数量上碾压韩轩。

2

建筑大学悬疑社的学生们一见陆俊又来了，出于对悬疑推理的热爱，纷纷上前将他围住。

韩轩礼让地退后，给陆俊和学生们留出充分的活动空间。

"散开散开，不签名不拍照啊！"

打量着在场的所有学生，韩轩没从任何人身上看出对陆俊的崇拜之情。真的是病入膏肓，无药可医了。

之所以围住陆俊，学生们是想要汇报自己的推理结果，上次他来后，虽没有透露相关案情，但这群不甘寂寞的悬疑爱好者已经幻想出了各种各样的离奇情节，还对自己幻想出的情节进行了推理解疑。

"警察叔叔，如果凶手就在我们中间的话，根据我的推理，我认为王一最有嫌疑！"李二先声夺人。

王一一脸不屑："你经常去福山小区做家教，你才最有嫌疑好吗！"

刘三有不同意见："我觉得你们两个都不是，你们两个闲钱挺多的！"

"对，我同意刘三的看法，所以我觉得刘三嫌疑最大。"顾四眉飞色舞，显然是故意逗乐的。

一圈转下来，这群学生像在娱乐节目里做游戏一样，你怀疑我，我怀疑你，叽叽喳喳吵得陆俊脑仁儿疼。

"行了行了，安静点吧！"

他说话还算管用，活动室一下子安静了。目光在他们脸上一个接一个地扫过，陆俊觉得人数和成员表上的有差别。

"是不是少了三个人？"

"对啊，有两个陪女朋友出去逛街了，一个老家有事，回家了。"

这么巧？陆俊起疑。

"什么时候回家的？"

李二想想："你那天来找我们之后吧，听他室友说，他当天晚上就买了车票回家了。警察叔叔，你不会是怀疑赵可吧？赵可可是挺胖的，不符合你的描述啊。"

有一种胖子叫灵活的胖子，也许这就是他完美侧写的小小不足……

陆俊叫李二马上给赵可打电话，但试了好几次，李二都没能打通赵可的电话。

回家的时间这么巧，电话又打不通，所有巧合都集中在一个人身上，原因只有一个，那就是他是凶手！

陆俊突然兴奋起来，给韩轩分工："哎，你去赵可的宿舍，我去查赵可的档案！"

韩轩没答应也没拒绝，默然出屋。

男生宿舍。

一进门，韩轩立刻条件反射地屏住呼吸，并伸手阻止了要关宿舍门的男生。

几天没洗澡的汗味油味，残留的方便面和螺蛳粉味，对他来说简直就是酷刑。

李二好凑热闹，自告奋勇给韩轩引路，他对这种味道已经习以为常，在赵可的宿舍中穿梭自如："警察叔叔，赵可的床在这儿。"

赵可在靠窗右手边下铺，跟其他几个男生相比，赵可的床铺和写字台整理得干净整齐，但是手机充电器没带，他不是匆忙离开忘记拿，就是行程短，不需要充电器。

"他有移动电源吗？"韩轩开口。

几个室友点头："有一个，他之前吹牛说，那是一个喜欢他的姑娘送的。"

那应该是后者，行程短。

"赵可为什么匆忙回家，你们知道吗？"

"好像是他家有长辈病了，具体的，我们也没细问。"

"在这之前，他有什么异常？"

"没什么，前两天还挺开心，说找到了一份新兼职，答应发钱后请我们去吃麻辣烫。"

"什么兼职？"

"家教啊，赵可成绩挺不错的。"

"在哪儿教？"

室友摇摇头："这就不知道了。"

微微探身，韩轩在赵可床下发现一双他的旧运动鞋，尺码和嫌疑人差不多，但鞋底内部磨损多于外部，与嫌疑人有别，所以基本排除他的嫌疑。

在校门口与陆俊会合，陆俊已经拿到了赵可老家的地址，决定亲自去他们家走一趟。

"不用去，明后天他应该就会回来。"

"哎，真不该带你来，林嘉月好歹会开个车，你不是光坐着，就是光站着，现在我亲自开车带你过去，你还不想去？"

"要去你自己去。"韩轩没上车，将车门关好，一副"祝您一路顺风"的虔诚模样。

陆俊知道赵可嫌疑并不是很大，但这是他来市公安局后的第一个案子，何况是在所有人都不看好自己的情况下，所以他一定要成功，不能放过一点儿蛛丝马迹！

"自己去就自己去！反正带着你也没什么大用！"

目送那白得扎眼的宝马乘风离去，韩轩给林嘉月打了个电话："儿童失踪的案子，有什么新线索了吗？"

林嘉月摇头："李队他们不排除绑架的可能，已经在关梦琪家里安装电话追踪设备了。"

"那你现在在哪儿？"

朝人多的客厅瞄一眼，林嘉月轻手轻脚地溜到没人的阳台，压低声音说："我也在关梦琪家，我觉得她老公杨锐文的反应不太对劲儿。"

"怎么不对劲儿？"

"在休息室的时候，我见他第一面，他看起来好像是挺着急孩子的，但很快就平静了，不太像一个丢了孩子的父亲，更像是一个帮助警察破案的良好市民，而且他从开始到现在，都没有安慰或责备关梦琪这个做母亲的，就算忙着配合警方，也不会将自己的老婆忘得一干二净吧，"机警地环视四周，确认没有引起什么人的注意后，林嘉月继续道，"我刚才搜了搜关梦琪的八卦新闻，发现有几家小报一直在报她儿子的生父另有其人。对了，你和陆俊查得怎么样了？"

"他去做无用功了。"站在马路边的韩轩挥手拦下一辆出租车，"我现在去找你。"

3

虽然距离出师还很远，但她确实进步了很多。

韩轩在见过关梦琪和杨锐文后，着实想要给林嘉月一些奖励，褒扬这个好学生一番。

他们的婚姻已经名存实亡，他不愿给她关心，假装忙碌无暇照料，她不愿对他依靠，哭得两眼昏花也还是自己抱着自己。

突然，大家等了一个下午的电话终于响起。

在场的所有人都紧张起来，王子兵和林嘉月交换眼神，林嘉月以Gavin保姆的身份接起电话："喂。"

"你是谁？"对方是个男人，声音经过了处理，涩涩的。

"我是这家的保姆。你是谁？"

"少废话，叫杨锐文来接电话！"

先前在接受警方询问的时候，极力配合的杨锐文说自己在最近一段时间里没有和什么人起过矛盾，当时他一脸坦然，没有说谎迹象。现在这个可疑电话竟点名要找他，难道是林嘉月之前看错了？

王子兵示意林嘉月将电话给杨锐文，一脸惊讶的杨锐文紧张地接过听筒，林嘉月注意到他的喉头一滚，吞了下口水。他的紧张不安是真的。

"喂？"

"杨锐文？"

"对，我是。你是？"

"你不用管我是谁，我这里有小孩儿的线索！我可以告诉你，但要见面说！"

杨锐文犹豫，目光投向王子兵等人，求助。

王子兵点头，他才回道："可以……"

他犹犹豫豫的样子总带着一种不情愿的感觉，似乎心里在想的是"这事与我何干？为什么要我去冒险？"

"我选好地方，会再给你打电话。"

短暂的通话结束，王子兵他们没有查到可疑人的详细位置，大致范围锁定在距离关梦琪家六千多米远的西南方向。

在警察搜寻那边有什么可以藏孩子却不引人注意的地方时，杨锐文的手机铃声响起。

大家再次紧张起来，但他却尴尬地扫了一眼来电显示后，将电话给挂断了，还撒谎说是推销电话。

韩轩无意地靠近，灵敏地在杨锐文身上嗅到了一股男用古龙水混合女士香水的味道。

关梦琪才杀青从外地赶回，两人又一直没亲密地坐在一起，那这股女士香水的味道是从哪里沾染来的？而且这股味道有些熟悉，他似乎在哪里闻到过。

杨锐文很敏感，他对韩轩的靠近起了防备，侧目看他，正巧手机铃声又响。

韩轩便极为自然地建议道："可以把推销电话拉黑的，需要我帮你吗？"

"不用，谢谢。"杨锐文皮笑肉不笑地敷衍，抬手拒接电话时，屏幕上的来电显示被"热心肠"的韩轩看个正着。

林嘉月不知道他看到了什么，只见他脸色微变，转身朝她走来。于是，她好奇地凑上去问："怎么了？有什么发现？"

略表同情地开口："如果薇薰宝贝真的是那个女主播的话，我想，卢楠现在已经失恋了。"

"啊？"信息量有点儿大，林嘉月一时有点儿蒙。几秒的整理后，她又惊又气，立刻出门给卢楠打去了电话。

确实已经失恋的卢楠，此时正在健身中心一边听着"爱情走得太快就像龙卷风……"，一边无休止地举着杠铃。

"你和那个薇薰分了？"

伤感地叹气，卢楠不好意思地回答："对……我都不敢和你说，你是怎么知道的？"

"你韩老师告诉我的！"

"韩老师怎么知道的？"

"你甭管了！我告诉你啊，这种女人压根儿就不适合做你女朋友，你别为了她又去泡酒吧喝闷酒啊！要是让我抓住你喝酒，我立马带着卢哥堵你家门，给你来场男女混合双打！"

"行，行……我听你的，姑妈！"

卢楠爸爸很喜欢女孩儿，当初卢楠妈妈怀孕的时候，他一直期盼自己能有个女儿，结果上天偏偏让他有了个能闹的儿子，为了弥补没有女儿的遗憾，卢爸爸把自己那对女儿的满腔宠爱都转移给了林嘉月，但林嘉月小时候的梦想是可以有个保护自己的大哥哥，于是，宠得过了头，卢爸爸答应自降辈分，给她做了大哥。林嘉月整天一口一个卢哥，后来把卢楠也带得，管自己爸爸叫卢哥了。

这声姑妈虽然是闹着玩的，但也不能让他白叫！林嘉月打定主意，待找到Gavin后，一定要给卢楠好好出口恶气。

屋内，杨锐文以上厕所为由，脱离大众视线，上二楼的洗手间去了。

一直泪流不止的关梦琪留意到他，脸上露出怀疑与愤怒的表情，用手背将眼泪一抹，也起身上了二楼。

王子兵大步流星地向韩轩走来："韩老师，这两口子有问题吧？"

韩轩点头，云淡风轻道："你准备好上去拉架吧。"

二楼。

关梦琪气冲冲地冲进主卧，伸手扭动洗手间门把手，杨锐文却已上了锁。

"开门。"暴风雨前的宁静，她平时温婉的声音此时变得沙哑低沉。

里面的杨锐文嫌弃地皱眉，捂住才拨通的电话，对门外的人敷衍道："有什么事一会儿说。"

"开门！"她纤细的玉手攥紧拳头，狠狠地砸在门上，声音

234

中戾气突增。

"烦不烦！一会儿再说！"杨锐文的态度也变得恶劣。

不再出声，不再砸门，外面骤然安静，杨锐文以为关梦琪还顾忌在众人前的形象，收敛了。于是松口气对电话那头的薇薰宝贝柔声柔气地哄道："别生气，宝贝，刚才真的是不方便接电话。关梦琪的那个小崽子走丢了，家里来了一群警察！烦死我了……哎，好乖！你能理解我，我就不心烦了！等这件事处理完，我一定给你送一万辆'兰博基尼'！让那些主播羡慕死你！"

"咔嚓。"

洗手间门的锁被人从外面打开。

找到备用钥匙的关梦琪像拍电视剧一样将门踹开，哭过的两眼通红，她手中攥着一只磨砂黑杆的钢笔，情绪几乎崩溃："刚才那个电话找你，现在你又躲起来打电话！你说！Gavin是不是你叫人给藏起来了？"

4

王子兵赶上楼时，杨锐文正死死抓着关梦琪的双手，所幸那只尖头的钢笔没有刺伤任何人。

"关小姐，关小姐，冷静一点，有什么事，你可以跟我们警方说！"

关梦琪被拉开，王子兵夺了她手里的钢笔，给其他同事使个眼色。

杨锐文被控制，满脸的委屈："警察同志，我和Gavin被绑架这事儿一点关系都没有！真的！她胡说八道的！"

关梦琪情绪还无法稳定，卸下明星光环后，只是一个担心孩子安全的母亲，她声音尖锐地冲杨锐文喊："那你解释！刚才那个电话为什么要找你？"

杨锐文无辜："我哪知道！可能是想跟我要钱呢！我都不是他亲爸，摊上这事儿，我还没处说理呢！"

在场所有人都愣住了，包括一直在他们家做工的保姆。

将关梦琪安抚在二楼后，王子兵带杨锐文去了一楼书房。

林嘉月返回屋内，见韩轩去了书房，便也跟着一起过去。

"说说吧，怎么回事儿？"

有丝悔意的杨锐文摘下鼻梁上的金丝框眼镜，揉捏几下眉心，无声地叹了一口气。

"我不是Gavin的亲生父亲。孩子刚生下来的时候，我以为我是，但后来总有小报报道她在外面有男人，我就越来越怀疑。在Gavin一岁的时候，我拿了他的头发去做亲子鉴定，结果，他真不是我的儿子……我以前是真的很爱她，但她竟然这么对我，我的心都伤透了……"

林嘉月偷翻白眼儿想，所以就跟庄莉勾搭在一起吗？夫妻之间出现裂痕，不想修补或无法修补，那就好聚好散离婚啊！

"那为什么不离婚？"王子兵又问。

杨锐文坦承："因为利益。她那时候已经红了，我的公司却在走下坡路，我需要一个明星老婆来帮我和我的公司，而她好不容易熬出来，也不想自己的前途被丑闻葬送，所以我们达成了协议，将名存实亡的婚姻继续下去。"

236

"她怀疑你跟孩子被绑架的事有关系，应该也不是信口雌黄，总是有原因的吧？"

杨锐文的眼珠滴溜儿乱转，犹豫后回道："真的是她胡说的，当明星压力大，有些都得了抑郁症，我哪知道她是不是精神也出了毛病。"

"人在思考时，眼珠会快速转动。"韩轩将自己的手机递到杨锐文的面前，亲自将刚才录的小视频播放给他看。

见到屏幕中那个眼珠乱转的自己，杨锐文一时哑口。

"现在可以说实话了吗？"

尴尬，他缓缓开口："我……前段时间和她吵架，当时人在气头上，就说了句不适当的话，可能她当真了。"

"什么话？"

"我说……逼她离婚，我有的是办法……"话音落，杨锐文连忙解释，"这话真是当时话赶话说出来的，我真没想过要用孩子逼她离婚！"

韩轩肯定他这次没有说谎："为什么又要离婚了？"

"那个……公司在我哥的管理下缓过来了。我觉得两个明明没有感情的人，还要在所有人面前假装恩爱，实在是太累了，所以我提出了离婚，但她不同意。她找人查了我的行踪，知道我最近跟一个网络女主播走得很近，还要挟我说，如果我再和那个女人见面，她就找人让网络女主播在她的圈子里混不下去。"说着说着，杨锐文开始大倒苦水，"其实我前一阵想要和关梦琪离婚后，把薇薰娶进门的，但被她那么一威胁，担心影响薇薰的事业发展，我就忍下来，不再和薇薰见面……"

林嘉月回想卢楠饭吃一半就离开的那次，揣测那时就是杨锐文和薇薰暂时分手的时候，豪门没嫁成，那个薇薰就拉卢楠去做自己的备胎，现在杨锐文又去找她了，所以她就一脚把卢楠给蹬了！

华灯初上。

那个可疑人物终于又给杨锐文打来了电话。

在众人的瞩目下，杨锐文接通电话。

"杨锐文？"

"嗯。"

"现在出门，直奔MC酒吧，一个人去。到了以后，坐在吧台左边第三个位子，看到你后，我会过去找你。记住，一个人去！"

杨锐文在王子兵的示意下答应，挂断电话，他人却尿了。"真让我一个人去？万一很危险，那怎么办？"

"不会真让你一个人去的，我们的同事会假装成酒吧的客人。"王子兵安抚他。

"那管什么用？万一他有枪呢？"已经将非亲爹的身份公开，他是彻底不再伪装了，把自私胆小表现得淋漓尽致。

"打电话的这个人应该是图财，只不过用孩子来勒索，所以危险程度应该不高。"

"应该不高？"杨锐文咬文嚼字，"你们没有把握，我不想去！"

杨锐文以前经常和关梦琪在公众场合秀恩爱，打电话的可疑人物应该是认识他，所以不好找人假装他。

王子兵正头疼的时候，关梦琪站起身，她苍白的脸上倦意浓重："求你。你去了，我什么都答应你……"

"离婚也答应？"他的眼中闪过一丝窃喜。

关梦琪无力地点头："答应。"

星途在儿子的生命安全面前，渺小得连一粒沙都不如。

晚上八点半，大量的寂寞男女已经将酒吧塞满。

以往上座率并没有这么高，今天正巧赶上店家搞活动，所以人头攒动。

不过人再多，王子兵也不怕找不出那个可疑人物，谁叫他们有人间精品韩老师呢。

林嘉月对这次的分组有点儿意见，一根筋的她总觉得三个人一组有点儿奇怪。"你看你看，"她伸手指指跟他们一起进门的顾客，"情侣，一男一女；好朋友，性别统一。咱们三个，两男一女，到底谁是电灯泡？"

韩轩和王子兵同时侧头瞥她，本意是：你毛病真多。

但林嘉月并没感觉到他们的嫌弃："干啥？我吗？我是你俩的电灯泡？"

韩轩的脸上露出一丝无奈的宠溺。

王子兵不敢跟正牌搭档争宠，识相地说："我，我才是！你和韩老师才是真正的一对儿……"

他话还没说完，林嘉月的脸竟红了起来，酒吧前厅的灯光锃亮，那一抹绯红被人逮个正着。

"脸红什么？我话还没说完呢，一对儿好搭档！"

"你这气喘得……"她怎么这么想揍他！

难得见林嘉月脸红，王子兵索性再逗她一下，转脸看向韩轩，他问："韩老师，你有没有女朋友啊？"

韩轩完全没有要配合他的意思，但余光里，另外一个人竟突然紧张起来，眼睛虽没朝自己看，耳朵却竖起等待着他的回答。

"……没有。"

某人那听到回答的耳朵终于软下来，嘴角竟还露出一抹不自知的满意笑容。

"那……"王子兵才张嘴，就被身后的一个小个子男人挤了一下。

韩轩随他一起看向那个看起来有些着急的小个子，他的道歉是慌张的，边扭着头道歉边往里走，衣装打扮也和来酒吧消遣的人风格不同，特别是在和王子兵碰撞后，他抓着包的手紧了又紧，好像包里有什么特别重要的东西。

"道歉就行了？"韩轩突然开口叫住小个子。

咦？林嘉月一怔，然后很快就明白了他蛮横不讲理的原因，于是帮腔说："知不知道我们王少是谁？说出来吓死你！"

小个子并不怕事儿，被这么一激，慢了下来："反正不是王老五！"

这槽吐得，林嘉月差点儿没绷住笑了。

好在韩轩比她笑点高，冷脸，语气中的傲慢升级。"来，今天你郑重地道个歉，这事儿就这么算了，不然的话……"说着，韩轩拿出手机，"我们现在就叫人来。"

王子兵原本那身便装实在不像酒吧常客，为了掩护身份，他借了杨锐文的名牌外套，一身腱子肉，他穿起来有模有样，怎么看都像有权有势的富二代。

小个子重新打量三人，特别是韩轩，冷冷的，有点儿狠的样子，虽说表面看起来文绉绉，但那话说得实在有些"斯文败类"。想到自己还有正经事，不如就先大丈夫能屈能伸了。

"那个，"小个子语气软下来，郑重地重新道歉，"刚才不好意思，碰着您了，您别介意。"

在他停下道歉的时候，三个人已经走到他的面前，待他话音才落，两条小细胳膊便被王子兵和韩轩一人一条抓住。

惊慌，小个子挣扎道："都道歉了！你们还想怎么样？"

林嘉月同情地摇摇头："不怪你笨，怪就怪有人演技太精湛！"

5

从酒吧抓回来的小个子确实就是可疑电话里的那个人，名叫陈晨，二十七岁，是洛州市某无名小报的八卦记者，计划搞个爆炸性的"周一见"八卦新闻，一战成名后跳槽大公司。

"我真没什么恶意……我想把自己拍到的东西提供给关梦琪，好让他们早日找到孩子，但是……我帮了他们，他们不也得帮帮我么，所以我就想从杨锐文那里得到点东西……"

"亲子鉴定书？"韩轩从嚣张狠角色恢复到冷静淡然的本我。

陈晨微惊，抬眼看了看对面的韩轩，点头："嗯……我跟他们很久了，早就知道杨锐文做过亲子鉴定了。"

"除了你相机里拍到的那些照片，你当天还看到了什么？"

"那个……我多提供一些信息的话，能不能将功补过？"他小心翼翼地问。

理论上是可以的，韩轩没有马上否定。

见状，陈晨立刻冥思苦想起来，眉头拧着，嘴巴瘪着，那股认真劲儿像是正在参加科考的秀才。

"行了。"外人看起来再认真再努力的模样，一打韩轩的眼，就知道是真是假，"为了补过，编造假线索，只会罪加一等。"

自己心里的那点小九九竟然这么轻易就被人给看清了，陈晨臊眉耷拉眼，不自觉地感叹出声，"您要是做娱记，那些明星就别想藏事儿了！"

"我对别人的隐私没兴趣。"韩轩起身离开。

"哦，那您还是在破案界发光发热吧……"目送他离开，陈晨脑中突然闪过一个画面，连忙叫住韩轩，"哎，大神，我真想起来了点儿什么！"

韩轩驻足，目光在他脸上扫描一遍，无异常。

"孩子好像很正常，没哭没闹，但不像是被什么迷药给弄迷的！我好像看到孩子还笑了。"

这么说，嫌疑人和孩子很熟？

真的如韩轩所说，陆俊白跑了一趟，他赶去赵可老家的时候，赵可正老老实实地待在自己家中。

他家一个长辈出了车祸，血型稀少，赵可是被拉回去献血的。

一共就这么几个学生，竟然就是揪不出凶手……虽然他的外

242

形是偶像派，但他的目标可是成为实力派啊！

"陆俊，你不能因为自己天资过人，协助破案率高，就骄傲自满，该看书还是要看书，该研究案例还是要研究案例！回头去政大弄张借书证，好好充充电！"他在心里对自己说。

光想着加油充电，回到局里，他停车时没留意，把别人倒车的路给挡住了。

"嘀！"

被身后突然响起的喇叭声吓了一跳，他捂着耳朵转身，正好瞧见被堵在车里黑着一张脸的江雪怡。

做人，最重要的就是开心嘛。于是很会改善心情的陆少爷，以迅雷不及掩耳之势从口袋里掏出手机。

江雪怡在等他这个不招人待见的家伙移车，没想到他会神经病犯了似的掏出手机对着自己狂拍。

"你有病啊！"脸越来越黑，她放下车窗对车外的陆俊低吼。

陆俊一脸无辜："我就是想给你看看，你车里雾霾好大，把你的脸都熏黑了。"说着，他走近她的车，将自己拍的丑照亮给江雪怡。

因为光线不够，照片里的她，脸确实黑得难看。

"你又想怎么样？"

"不想怎么样啊……我这人爱好特别，就喜欢收集班花啊校花啊法医之花啊的'朦胧照'。"

江雪怡冷笑，不正眼看他："研究变态杀手把自己都研究变态了吗？"

一语惊醒梦中人般，他眉峰一挑。

变态……

也许他对模仿杀人案凶手的侧写少了一条，凶手有心理方面的疾病。

此窍一开，陆俊那工作狂人的劲头立马上来了，完全忘了自己接下来最应该做的是什么，丢下车子和被堵的江雪怡便疾跑上楼。

被堵得家都不能回，江雪怡只能重新下车，追他进楼。

不过换了高跟鞋的她没有陆俊跑得快，她到大厅时，连他的人影都没瞧见半个。

Gavin只是一个三岁的孩子，他的人际关系网极为简单，与她相熟的女性成年人，除了家人和保姆，就只有幼儿园的老师们。

根据公园和陈晨拍摄的照片，对幼儿园女老师进行筛选，唯一符合要求的女老师却有充分的不在场证明。

新线索就这么被秒杀，林嘉月有些失落。

"关小姐，你再想想，Gavin还认不认识别的成年女性？"

距离Gavin失踪已经整整十二个小时了，不知道这个三岁孩子会发生些什么，最好的设想，这只是一个恶作剧，他被好吃好喝款待着……最坏的设想……也许这小小的生命已经不复存在。

心急如焚的母亲已经彻底崩溃，几乎丧失了言语的能力。

见她处在半昏厥状态一声不吭，打着哈欠的杨锐文有些不耐烦，催促她道："说话，都等你呢。"

面对她的依然无声，杨锐文开始胡乱猜想，将韩轩和王子兵叫到一边："警官，你说，会不会是她已经知道绑走孩子的人是谁了，比如那个孩子生父的原配……鬼知道她之前带孩子出去旅行的时候，有没有去见孩子的生父。"

杨锐文的声音并不小，坐在关梦琪身边的林嘉月能听到，那关梦琪一定也可以听到。

"面对曾经的爱人，即使没了爱情，那也请保留一份尊重。"韩轩打断了他。

"警官啊，我有点困了，能不能先上楼睡会儿？"杨锐文说。

王子兵显然也对这个没品的男人倒了胃口，怼他说："十一点就困了啊，我还以为您平时活动多，是个夜猫子呢。看来，我看走眼啦。"

杨锐文听出话里的意思，脸上有点过不去，乖乖地坐回了沙发上。

"其实你留下也没什么用，还是去睡吧。"韩轩看似帮忙地怼了杨锐文一句。

偷偷对男神竖大拇指，王子兵附和："也是，去睡吧。"

冷冷地看一眼起身上楼的人，林嘉月关心身边的关梦琪："关小姐，你也回房躺会儿吧。"

垂着头的关梦琪终于有了反应："我没带Gavin和他见过面……他从来都不知道自己还有一个儿子……"她气若游丝道。

"那Gavin除了家人，还认识别的成年女性吗？"

"真的不认识了……"只是一天的时间，这个光鲜亮丽的女明星好像老了十岁之多，憔悴得不成样子。

"好，我们知道了。你还是去休息一下吧，你现在的脸色真的不太好。"林嘉月冲保姆使个眼色，"回屋休息吧，我们一有进展，就会通知你的！"

保姆也帮着劝说关梦琪："是啊，我扶你去Gavin的房间休息一会儿吧，没准儿，睡一觉醒来，警察就把Gavin带回来了。"

关梦琪终于为之所动，在保姆的搀扶下去了儿子的房间。

只剩警方的人在楼下，王子兵召集大家坐下开了个案件分析会。

"目前看来，有作案嫌疑的人，就只有孩子父母的家人了。关梦琪可以算是孤儿，十六岁的时候，父母先后病逝，她父母的兄弟姐妹都在国外，基本和关梦琪不怎么联系，更别说和孩子熟悉了。至于杨锐文，父亲也早早过世，留下了个公司给他母亲吴艳，吴艳年轻的时候是个女强人，自己照顾着两个孩子，还把公司办得有声有色，后来心脏出了问题，就解甲归田了。大儿子杨锐武对经商不太感兴趣，所以她把公司交给了杨锐文。杨锐文一开始靠着吴艳积累下的人脉，也把公司运作得不错，但老本吃完，公司就出状况了，最后还是他哥进了公司，把快倒闭的空壳公司救了回来。杨锐武大杨锐文五岁，兄弟两人感情不错。杨锐武的妻子周青比丈夫大四岁，高学历，目前是全职太太，两人是丁克夫妻，没有孩子。"

"杨锐文在知道孩子并非亲生之后，没有把事实真相告诉家人，所以吴艳、杨锐武和周青都以为孩子是杨家的血脉，对他非常好。"

"那会不会是现在已经知道了，所以被欺骗感情的家人恼羞成怒？"林嘉月揣测。

"吴艳个矮，身材较胖，和嫌疑人身材不符，杨锐武没有男扮女装的可能，昨天就出差去临市了，妻子周青同去的。"

"那现在知道侄子出事了，应该都已经回来了吧。明早，约他们三个人过来一趟吧。"

6

杨锐文的母亲吴艳比杨锐武夫妇到得早,老太太一进门,见到满屋的警察,不由自主便往最坏的情况想,自己把自己给吓坏了,要不是她的私人看护将她搀住,她早已经瘫坐在地。

"我……我孙子到底怎么了?"

"老太太,您不要乱想。"王子兵递上一杯水,直言今天请她来这儿的目的,"我们有些情况想向您了解一下,希望您能配合。"话罢,他让位给韩轩。

从吴艳下车开始,韩轩就在沙发边观察着她的一举一动。她焦躁,恐惧,仿佛世界末日就要到来一样的不安,她是真的担心自己的孙子,可见她也真的不知道Gavin并非杨锐文的亲生儿子。

"你好,我是太太的看护胡欣。"一直跟在吴艳身边的女人开口,她看起来三十出头,样貌中上,身材高挑,介绍自己时,并没有因为自己的身份而感到不安,有着一种职场精英都不及的强烈自信。

林嘉月对她的身材非常敏感,一直盯着人看。

胡欣有些反感地瞟了林嘉月一眼,而后继续说:"太太的心脏不是太好,前些日子刚做了一个小手术,所以我希望接下来的问话能够温婉一些。如果有不可避免的冲击性话题,你们可以单独问我,我可以代替太太回答。"

只是一个看护，却能代替雇主谈话，看来胡欣深得吴艳信任。

韩轩默许，侧身请她去了一楼的书房。

林嘉月诧异，直接跳过吴艳了？韩轩不觉得吴艳这种女强人会让看护代言，很奇怪吗？不敢与警方直接对话，怕露出什么马脚？

正假设性推理吴艳的犯罪动机时，杨锐武和周青也到了。

杨锐武和杨锐文长得挺像，但气质截然不同，前者斯文，后者"斯文败类"。

"妈。"杨锐武上前，手拉着自己的妻子周青，两人仿佛新婚夫妻一样甜蜜。

吴艳的目光在他两人手上一扫，原本阴郁的脸色变得更加阴沉。

林嘉月留意到了她的表情变化，默不作声，细细观察起这三个人。

"妈。"周青也开口。

"嗯。"吴艳略带敷衍地应声，转身拿过沙发角几上摆着的Gavin的照片。照片里的孩子天真可爱，虎头虎脑，笑起来眼睛弯弯的，好看至极。

"Gavin……"吴艳看着照片，一下子红了眼眶。

林嘉月纠结了，心想，看她这难过的样子，不像是知道Gavin非杨锐文亲生儿子的事啊。

书房里。

韩轩与胡欣面对面坐着，中间没有任何可以阻挡他视线的物品。

"不可避免的冲击性话题，你知道Gavin并非杨锐文的亲生儿子？"

胡欣轻勾唇角，笑容自信："对，我知道。"

"怎么知道的？"

"我是学医的，杨锐文的血型是O型，关梦琪的血型为A型，但Gavin的血型是AB型。如果不是我提示杨锐文，他到现在还蒙在鼓里。"

"那你为什么没有告诉吴艳？"

"为什么要告诉太太？她对我很好，我不希望她因为别人的事情而生气难过。"说着，她开始玩弄自己的手指甲。

"看来你和吴艳的关系真的不一般。"

她又笑了，得意中带着一股迷之甜蜜。

因为谁？

提及杨锐文，她的声音冷淡，脸上有鄙夷之色闪过，她这样心高气傲的女人不可能会喜欢一个外强中干的花花公子。

"你帮了杨锐文，那他有没有对你表示感谢？"

"我不需要他的感谢。"

"口头感谢，你当然不屑一顾。"

韩轩话音落，玩弄自己指甲的胡欣顿了一下，接话："物质上，我什么都不缺。"

"感情方面呢？"见她整个人都僵住，他的猜测得以验证，她喜欢杨锐武，并有取代周青的野心。

"吴艳知道你喜欢杨锐武吗？"

或许是问题太过直接，胡欣有些尴尬，但如实回答了："知道。"

"在知道你想破坏杨锐武的家庭，取代周青成为她儿媳的情况下，还将你留在身边，看来她与周青的婆媳关系并不和睦。"

"太太人很好，她没有对外人说过一句周青的不好！"胡欣护主，不想吴艳被韩轩当成是一个极品恶婆婆。

"是，她没有跟别人讲，毕竟是豪门大户，家丑不可外扬。但对周青的不满，她应该全都给你讲了。"韩轩揣测，"不和的原因，周青和杨锐武是丁克？"

"不止。"胡欣果然是一个好的代言人，她把吴艳对周青的所有不满一字不漏地转述出来，"周青不是主动自觉型丁克，她是因为不具备生育能力才被迫成为丁克的。太太很喜欢小孩子，周青却生不了孩子，这不是给太太添堵吗？而且，周青家世非常一般，父母都是乡下务农的农民，本来就跟锐武门不当户不对，当初锐武要娶她，太太一百个不愿意，但耐不住疼儿子，最终还是妥协了。可谁知道，周青不光不能生孩子，心机还很重，她在锐武面前温柔善良，背后却对太太各种不敬，还挑拨他们母子的关系，搞得锐武经常跟太太吵架，还从家里搬了出去！"

吴艳喜欢小孩子，等了多年的孙子孙女，最后等来了大儿媳妇不育的消息，沮丧之时，二儿媳妇给她生了一个孙子，而且二儿媳妇还是知名女星，吴艳自然就更会对这个孙子疼爱有加。

所以Gavin失踪，除孩子父母外，最受打击的就是吴艳。

门外，突然传来一阵骚乱。

"妈！"

"老太太？"

韩轩起身开门。

客厅里的豪华沙发上，吴艳因为伤心过度，哭昏了过去。

在众人紧张的目光下，胡欣从容不迫地给吴艳做了详细检查，她松口气，转身温柔如水地对杨锐武说："不用担心，没有大碍。"

逐渐恢复意识的吴艳睁开眼，许是一时忘记了周遭有多少人，她看到周青的第一反应是厌恶，刚才没有表现出来的强烈的厌恶。

林嘉月捕捉到她的这一表情，看向身后的韩轩。

韩轩知道她想说的，轻点了一下头。

"妈，我和青青送你去医院吧！"杨锐武担忧焦躁地建议，外人看来，他单纯是担心自己母亲的身体。

可他的手却出卖了他的真心，比起母亲，他更加担心的是身边的周青。他说要送母亲去医院，右手却并未伸向母亲，而是一直拉着自己妻子的手，仿佛这里有很多危险的坏人，他一不留神，坏人就会将他的妻子带走。

"杨先生，送母亲去医院的事情可以交给杨锐文吗？我有些情况想向你和你太太了解一下。"韩轩礼貌地微笑。

吴艳同意他的建议："找Gavin重要，你不用送我，你先配合警方。"

失落的神色在他脸上一闪而过，杨锐武抓着妻子的那只手收得更紧，他眼神带着一抹防备，问韩轩："想问什么？"

韩轩侧身，示意他们两人去书房里谈。

可杨锐武的脚却好像长在了地板上，动都不动："在这儿说不行吗？"

在他身后的周青反握了一下他的手，很轻很快，杨锐武立刻冷静下来，但仍旧紧张地点了下头："好。"

两人稳定的关系中，通常有一人扮演领导者的角色，现在看来，韩轩可以确定周青为领导者。

林嘉月刚才只顾观察杨锐武夫妻和吴艳三人间的关系，错过了胡欣的问话，现在她可不能再次错过学习的机会。待杨锐武夫妇进入书房，她像只小忠犬一样跟在韩轩的身后也进了屋。

书房的座位有限，林嘉月自觉地站在门口的角落里，化身一盏落地灯。杨锐武和周青并排坐着，两人的手一直没有松开过。

韩轩坐在两人的对面，目光从两人的手转移到周青的面部，问题却是向杨锐武提出的："杨先生在前天和妻子一起出差去临市了？"

杨锐武点头："对。"

"那你能回忆一下，在到达临市后，你和妻子都做了什么吗？请按先后顺序。"

"我们……到酒店放了行李，去会展中心看了产品展销会，看完展销后在附近的餐厅用了餐，吃完饭我陪我太太去了购物广场购物，还去影院看了一场她喜欢的爱情片，散场后很累了，就回酒店休息了。"杨锐武的话一气呵成，将真实感强烈的夫妻日常展现在韩轩面前。

"是这样吗？"韩轩问周青。

周青怯怯地回答："对，是这样。"

韩轩明白地点头，静默数秒后，在包括林嘉月在内的三个人的等候中，他提出了让杨锐武倒叙当天所做事情的要求。

"这……"杨锐武有些抵触，但还是照做了，"回酒店休息之前，我们看了场电影，看电影前……"他开始结巴，咬嘴唇的动作说明他变得十分焦虑。

“真的做过的话，杨先生应该不会倒叙不出来吧。”

“我记性不好，重新再来。”杨锐武狡辩，并试着第二次倒叙，“回酒店休息，购物，吃饭……不对，我再重新来！”

韩轩任他一个人来来回回说了几遍，也不去打扰，锐利的目光一直投射在周青的身上。

她寡淡的脸上逐渐透出感激与愧疚的神色，握着杨锐武的手也越来越紧，每一个指节都变得苍白。

“周青，”韩轩开口，打断了不断尝试的杨锐武，“你的感激，是因为丈夫那么爱你，出差的时候还要陪你购物看电影，还是他早就知道孩子失踪和你有关，却一直在帮你掩饰，排除嫌疑？”

每一个字掷地有声，当韩轩的话尾音落地后，整间书房静得只有钟表的滴答声。

带走Gavin的人，真的是周青？林嘉月半信半疑地望向那个一声不吭的女人。

“你在说什么？这事儿和青青没有关系！”总像代言人一样的杨锐武恼羞成怒，欲起身却被周青给拉住。

紧抿的薄唇微启，她终于发声：“这件事和我老公无关。”

这话的意思，就是她承认了。

顷刻间，使尽浑身解数为妻掩饰的杨锐武变成了霜打的茄子，望着妻子的他，眼里满是自责与心疼。

“让我老公出去好吗？”周青请求。

韩轩看一眼门口的林嘉月，林嘉月立刻将书房的门打开。

此时的书房外，胡欣搀扶吴艳起身，正要离开去医院做检查，见到书房开门，两人停住向房里张望。

杨锐武不肯一个人出来，他死抓住周青的手不放。

"出去吧，听话。"周青柔声，哄孩子一般的温柔。

凝望妻子泛红的眼眶，杨锐武心中酸楚，不愿她因自己而流泪，终于乖乖朝门外走去，可满心的怒火无处发泄，直到踏出门口的那一瞬，他的视线与母亲吴艳的相交。

结婚七年，母亲从未给过妻子一回好脸色，若她能待妻子有对关梦琪一半那么好，妻子也不会一时糊涂，做出绑架Gavin的傻事！

如火药沾上了火星儿，杨锐武瞬间爆发。

"如果不是你们，青青也不会做出这种傻事！"

吴艳被自己儿子的怒吼吓住，手捂胸口僵在原地，一动不动。

正好从Gavin房间出来，一夜老了好几岁的关梦琪听到这话，也愣了一下，接着整个人直扑杨锐武，用已经哭哑的嗓音声嘶力竭地喊着："Gavin在哪儿？他在哪儿？"

吴艳也回过神来，抓住了大儿子的衣领，先前那个慈祥和煦的老太太瞬间爆发，她厉声怒骂："你这个混蛋，还不清醒！你看看，你到底找了一个什么样的蛇蝎毒妇！不能生孩子，还要害别人的孩子！Gavin可是我们杨家的独苗！唯一的血脉！"

关梦琪痛哭流涕："求求你，求求你！告诉我Gavin在哪儿！"

吴艳恶语相向："周青这个毒妇！我要让她滚出我们家！让她下半生都在监狱里过！"

楼下的嘶号声终于把没心没肺的杨锐文给吵醒了，他带着一股起床气睡眼惺忪地出现在楼梯拐角处，用比所有人音量都大的声音大吼道："吵什么吵！为了一个不是我们杨家人的孩子，至于吗？"

7

"真是可惜了。"市公安局的观察室里，林嘉月透过偌大的镜子，打量着审讯室中心灰意冷的周青。

三十八岁，样貌中上，经济学博士，典型的才貌双全，学霸兼女神。

"可不是。孩子要是找到了，安然无恙，关梦琪又不追究她的责任的话，还好说，万一追究，那可就是拐骗儿童。"王子兵话音才落，手机就响了。

短暂的通话后，他脸色不太好地对韩轩和林嘉月说："根据她行车记录锁定的可疑范围，大力他们把能藏人的地方都搜了，几处居民楼也打听了，居民说没听到有小孩儿在家里哭闹不停……如果孩子还活着的话，不哭不闹，很可能被喂了药……总之很危险。"

"怎么办？"林嘉月急切地望向韩轩。

韩轩垂眸，思量片刻，然后离开了观察室。

片刻后，林嘉月在观察室里看到审讯室的门开了，进入的除了韩轩，还有心急如焚的关梦琪。

完全沉浸在自己悲惨世界中的周青，对韩轩视而不见，第一次审讯最以失败告终。这一次，韩轩换了一种方式，他想让关梦琪来撬开周青的嘴。

林嘉月有些担心："关梦琪能控制好自己的情绪吗？"

王子兵很相信韩轩，点头："有韩老师在，肯定没问题。"

进入审讯室前，韩轩对关梦琪的思想工作做得透彻，关梦琪尽管心急，但还是将自己的情绪控制得不错。

在韩轩给她使了一个眼色后，她开口用沙哑的嗓音唤了一声："嫂子。"

原本仿佛石化了一样的周青，眼球转了一下。

韩轩示意关梦琪继续。

带着哭腔，关梦琪将Gavin曾经跟自己说过的话转述给周青："去年秋天的时候，我和杨锐文都出差不在家，Gavin大病一场，是你替我在医院陪了他两周。后来Gavin给我说，他好喜欢你，说他想再去医院住几天，这样你就可以再陪他玩了。那时候你给他买了一只泰迪熊玩具，从医院回家后的好一阵子，他每晚都要抱着它才肯睡觉，他说小熊好像婶婶一样可爱。嫂子，Gavin真的很喜欢你，我也知道，你也很喜欢他，几乎当他是自己的亲生骨肉……所以，求求你，能不能告诉我……"哭腔越来越重，最终关梦琪还是大声地哭了出来，"能不能告诉我，Gavin他现在到底在哪儿？他那么小，二十四小时了，他一定又饿又怕……我求求你，嫂子，告诉我吧！Gavin在哪儿？"

一个母亲对孩子的担心和思念充斥着整个房间，房间内的所有人都能深刻地感受到，周青也不例外。她的眼眶红了，紧抿的唇微微颤抖。

"我真的不能没有Gavin，真的，我不能没有我的孩子……"关梦琪泪水决堤，泣不成声。

毕竟周青对关梦琪和孩子都没有敌意，她也是真的很喜欢Gavin，即使不能生育，女人的母性却未曾消失殆尽。

终于，一直沉默的她开了口："孩子很安全。"

关梦琪已经哭得讲不清楚话，交流的工作还是落回了韩轩的身上。

"现在安全，不代表接下来的每一分钟都安全。我们希望你能配合地告诉我们，孩子到底在哪里。只要孩子找到了，这件事应该会有一个令所有人都不觉得惋惜的结局。"

周青又回到了一开始的沉默状态，她对自己会被怎样处理，一点儿都不在乎，她已经放弃了自己的未来。

"不为自己考虑的话，那你先生杨锐武呢？"韩轩尝试唤起她的"求生欲望"。

眸子晃动，但她还是没有再次开口。

重新调整好情绪，满脸泪痕的关梦琪为了解救自己的孩子，突然开口："让她给你道歉……让婆婆给你道歉，可以吗，嫂子？"

还是沉默，但只有一秒时长。周青抬起了头，交握的双手松开。

韩轩在她的手上看到了指甲的掐痕，在她的脸上看到了混杂在一起的快意和恨意。

"让她给我道歉。"她接受了这个建议。

关梦琪立刻拿出手机，想当着周青的面给吴艳打过去。

韩轩担心对方的态度，为避免节外生枝，他把关梦琪支去审讯室外打。

关梦琪被带出去，审讯室里就只有韩轩跟周青了。

"孩子二十四小时不哭不闹，你给他吃了什么？"这个问题只能在关梦琪不在场的情况下来问。

周青犹豫，开口："安眠药。"

"剂量？"

"好像是七八片……"

对一个三岁的孩子来说，七八片的量已经很大了。

安眠药多数属于神经抑制类药物。孩子这么小，神经系统尚未发育完全，大量服用安眠药之类的神经抑制类药物，极有可能影响脑神经的正常发育。

学历再高，当双眼被仇恨蒙蔽，人也会变得无知和狭隘。

用手机给林嘉月发了一条信息后，韩轩转头看向单向镜，仿佛能透过镜子看到里面的林嘉月。

"孩子应该就在那几栋居民楼里，再搜一遍。"

林嘉月将收到的短信拿给王子兵看。

"成，我这就叫大力他们再搜一遍！"

走廊里，焦急地踱来踱去的关梦琪一直打不通吴艳的电话，无奈，她只能转打杨锐文的。

杨锐文正在跟自己的新欢薇薰在VIP病房外商量着，怎么趁她妈虚弱的时候，加以关怀，好让吴艳接受这个也跟演艺圈沾边的未来儿媳妇。

鄙夷地瞥一眼手机来电，他毫不犹豫地挂断。

"窗户纸都捅破了，还打电话干什么！"重新抬头看向新欢，他喜笑颜开，"亲爱的，你一会儿见到我妈，千万不要跟她说，你是做主播的。关梦琪惹出来的这档子事，搞得我妈对演艺圈深恶痛绝！"

"好，我都听你的！"高冷的薇薰在杨锐文面前甚是娇柔，说话声比蜜都甜。

"嗡嗡嗡——"

手机又开始振动，还是关梦琪的来电。

杨锐文不爽，冷哼一声直接关了机。

"王哥，这几栋居民楼有二十多户都没人在家的，户主名单里也没有一个和周青有亲戚关系的，总不能每一户都破门吧？"

王子兵接到大力的电话，犯起愁来："难道就只能等周青开口了？"

"周青等吴艳的道歉，关梦琪根本就联系不上她。要不我去医院找她？"林嘉月建议。

王子兵赞同："也只能这样了！我和你一起去吧。"

非高峰时段，两人顺利到达医院。

吴艳身体没有大碍，就是被孙子不是亲生的这个重磅炸弹气着了，但人身子娇贵，还是住上了花费超高的VIP病房。

林嘉月和王子兵敲门进入，杨锐文和薇薰也在。

一进门就跟浓妆艳抹的薇薰打了个照面儿，林嘉月的脸立马黑下来。

薇薰也不待见她，白眼儿一翻，假装不认识，低头继续给吴艳削苹果。

杨锐文鉴于王子兵是警察，口气也不敢太横，拉着长脸上前质问："还有什么事儿啊？我妈住院要好好休养。"

"是吗？我看阿姨气色挺好的，完全可以帮忙打个电话。"

"打什么电话？"

林嘉月掏出手机，一边在通话记录中找韩轩的名字，一边回他说："道歉电话。"

"道歉？给谁？周青？"他一副不可思议的语气，"她把别人的孩子藏起来了，凭什么还要我妈给她道歉？哎，我说，你们警察怎么可以不分是非呢？"

王子兵解释道："周青一直不肯开口把孩子的藏身地告诉我们，为了能早点救出孩子，我们也只能出此下策。只是一个电话，不会耽误你们很多时间，再说了，孩子姓杨啊。"

"姓杨？我都……"杨锐文反驳的话说到一半，回头看了眼病床上的吴艳，兴许是不想再惹他妈生一回气，于是赶紧刹住车，"要道歉，你找关梦琪给她道歉去！"

林嘉月越发看不上杨锐文这无情无义的样儿，一听这话，火就上来了："凭什么啊？人家关梦琪可没对周青做什么不好的事，说什么不好的话！"

"哎，我说，你真是开始站队了吗？你们可是警察，代表正义，你们得公平公正地看待问题好吗？何况我们也是受害者啊，我们凭什么道歉？"

"行，你说你是受害者，对吧，你受什么害了？儿子丢了，被人藏起来了？"

杨锐文跟她置气，想也没想，就点头应了。

正中林嘉月的圈套，她哼一声冷笑："那成，为了救你的儿子，你这个爸爸和那个奶奶，为什么就不能'忍气吞声'给周青道个歉呢？"

杨锐文被噎得不知道该说什么。

后面的薇薰坐不住了，许是觉得这个时候自己适合在未来婆婆面前表现表现，她将削好的苹果放到桌上，拿着手机起身朝林嘉月这边走来。

"这位小姐……"

她话才出口，就被林嘉月"不讲理"地顶了回去："谁小姐啊？叫谁小姐呢！我们在办公事儿，你是他们家的家庭成员吗？不是的话请让让，不要妨碍我们工作！"

"林嘉月，你……"被堵得冒了火，薇薰忘了自己假装不认识她的事儿了，"你胡搅蛮缠！我要投诉你！"

"大主播，你认识我啊？真巧。行，投诉吧，就投诉我……嗯，投诉什么好呢？"林嘉月故意做出一副绞尽脑汁的样子，然后灵光一闪地建议道，"投诉我公报私仇，因为你骗了我好朋友的感情和大量直播打赏道具，所以我现在对你和你的新男朋友胡搅蛮缠，想为我的好朋友出一口恶气，这个投诉文案怎么样？"

余光中，床上的吴艳怔了一下，林嘉月在她看薇薰的目光里捕捉到一丝不满和厌恶。

再看杨锐文，他一脸的不解和疑惑，明显是不知道薇薰在和他冷战的时候，还找了一个备胎。

林嘉月心里憋着的那口气算是出了，终于给那个傻卢楠报了仇了！

浑身舒爽，林嘉月绕过面前的两座大山，靠近吴艳的病床，客客气气地拜托她道："阿姨，为了孩子，就给周青打个电话吧。"

吴艳抬眼看她，目光冷冽，一点儿也不像在关梦琪家中见到的那样安详温和了。"为了孩子？"她顿住，然后嘲讽地冷笑道，"那不是我们杨家的孩子。"

林嘉月递出手机的手僵在了半空中。

该如何形容面前的这个女人？她现实得令人感到恐怖！

杨锐文也被自己母亲的这句话吓到了，愣在原地一口大气都不敢喘。

薇薰更是紧张又畏惧地望着床上的她，开始掂量杨家儿媳这个位子她要不要坐了。

王子兵也算见过世面的人了，什么样冷血的犯人他没打过交道，但他还是被这么一个冷血的女人怔住了。

弥漫着消毒水味和花香的病房，有几秒的时间，静得鸦雀无声。

"阿姨，"林嘉月打破一屋的静谧，一字一顿地问她说："就算孩子不是杨锐文亲生的，那他也是你从小看大的吧？人是感情动物啊！我不相信，就因为没有血缘关系，你就对这个孩子一点儿感情都没有了……如果你还在气头上，那我们理解。只是，把孩子找出来，才是现在最重要最紧急的事儿，我们能不能先把大人之间的恩恩怨怨放下？等孩子安全了，再掰扯大人之间的那些账，可以吗？"

"我不是因为在生气才拒绝的。"吴艳心平气和地回答，"我一个女人能把那么大一个公司做起来，靠的就是果断，绝不拖泥带水。既然孩子和杨家没有血缘关系，那这一笔烂账，也就应该和我们家毫无关系。周青自己生不出孩子，还诱拐别人的孩子，这种人品低下的毒妇，不配和我通话，更别说叫我给她道歉了。"

纵使林嘉月再牙尖嘴利，在一块冰冷的石头面前，她也无能为力了。

"砰！"所有的人都被突然响起的踢门声吓了一跳。

病房门口，双眼通红的杨锐武气得嘴唇发白，他在门外都听到了。

"妈！你看不起周青，觉得周青哪儿哪儿都不好，可你知道不知道！你现在还能住得起这么高档的病房，全都是因为周青！要不是周青，你的公司早就被锐文和我给搞垮了！"

"锐武，你胡说什么呢？"吴艳厉声低吼。

杨锐武哼唧两声，又像哭又像笑："公司走下坡路之后，你让锐文把公司交给我，你以为后来是我把公司又经营起来的？呵，我对运作公司一窍不通！全是青青！全是我老婆！是她在我背后出谋划策，帮我们保住公司，帮我们振作的！她知道你不喜欢她，所以她没让我把这件事告诉你！可你呢，你整天给她冷眼，对她视而不见，她不过就是不能生育，我都不在乎，你在乎什么？你在乎什么？"掉转头，杨锐武指向杨锐文，"还有你，整天在妈身边吹风，说那个胡欣怎么怎么好，说她适合当你的嫂子。搞得妈更看不上青青，让青青活得那么辛苦，我杨锐武的妻子是谁，跟你们有什么关系？用得着你们指手画脚吗？"

走廊越来越多的人往这里汇聚，杨锐文怕丢人，赶紧将病房门关上。

杨锐武阻止他："什么家丑！去他妈的！我就是要所有人都看看，到底是谁做错了！"

"锐武！你疯了啊！"吴艳直接拔掉手上的针头，亲自下床将病房的门摔上，然后转身一个耳光打在杨锐武的脸上。

哇的一声，杨锐武哭了出来，他这么多年的委屈，还有他老婆的委屈，他一并用泪水宣泄而出："我们到底做错了什么？我们就是想像别的夫妻一样，把日子过好！为什么？为什么就这么难？"

尽管闹到今天这种地步，蹲在地上大哭的这个男人也有责任，但林嘉月还是可怜他。

爱情是两个人的事，而婚姻，在现实中确实是好几个家庭间的事。

事已至此，林嘉月和王子兵也不能白来一趟，况且救孩子的事情不能再拖下去。

既然吴艳并不是无坚不摧，怕自己的家丑外扬，那……

暗下决心，林嘉月是真的做好了被投诉的心理准备，冲到三母子的中间，举起手机："今天这个道歉电话，必须打，不打的话，我现在就叫娱乐记者来，他们应该很喜欢这个豪门题材的故事！"

王子兵虽然理解林嘉月，但还是不免在心里替她捏了把汗。这一个个都是不吃气儿的主儿，回头再真给她投诉了？

8

接到林嘉月的电话，听筒模式听了片刻，韩轩将其转为免提。

看着被他放到桌子中间的手机，周青整个人紧张地坐直了身子。

电话那头，林嘉月将手机交到吴艳的手里，点了下头，示意她可以说话了。

吴艳不情不愿地盯着手中的手机，好几次启唇却未出声。

林嘉月有些不耐烦，更怕她变卦，催了一句："阿姨，电话通了，可以说了。"

吴艳深吸一口气，冷淡地开口："周青，以前是我做得不好，我向你道歉。"

只是这么一句简短的话，顷刻间，周青泪流满面，放声大哭。

隔着电话的林嘉月，都深深感受到了这个女人积累如山的委屈。

而吴艳，并未因这哭声而感到愧疚，她毫无悔意不说，还嫌弃地将电话拿远，很不待见那头已经哭得泣不成声的大儿媳妇。

哭声持续不断，她越来越不耐烦："你别哭了，快点告诉警察，孩子到底藏在哪儿了，这件事早了结对我们大家都好，再拖下去，要是被报社知道了，我们谁都别想在外人面前抬起头了！"

这老太太，刚才教她的时候，也没让她说这些。

林嘉月赶紧夺过手机，她不想因为尊老爱幼的传统美德，再去尊敬一个不值得尊敬的长辈，彻底放飞自我地冲她狠狠白了一眼。

"喂，韩轩，这边先挂了啊。"

通话结束，韩轩收起了桌上的手机。

周青的哭声骤然停住，他感觉情况不妙，但出人意料的，她竟然抹掉了脸上的泪，主动配合地建议道："现在，我可以带你们去找Gavin了。"

真的想救孩子，她只要告诉他们，孩子具体在哪一栋楼的几层几室就可以，根本没有必要亲自带他们去。

"孩子交给我们就可以。"韩轩拒绝她的建议。

周青却冷静地威胁说："如果你们不让我去，那我还是不说孩子的下落。"

她一定在密谋什么。

韩轩眉头微蹙，思量片刻，最终还是答应了她的要求。

跟随周青一起去了藏匿孩子的小区，警车一进院子，就引来了各年龄段的围观群众。

大力他们一直留在小区里面没有回去，直接做起了人肉警戒线。

周青下车，她看了看要跟她上楼的几位警察，转身对韩轩说："别让他们跟着我上去，我不会逃的。你一个人跟我上去接孩子就够了。"

大力不同意："韩老师，不能让你一个人跟她上去。这栋楼就只有四户无人在家的空房，大不了我们开锁。"

"我没说就是这栋楼。"周青淡淡地说。

"你……"大力窝火，没想到这个女人这么狡猾。

韩轩一直对她有所防范，一路的观察，他大抵知道她想要做什么了。"快一点救出孩子最重要。"

于是，在只有韩轩一个人的监控下，周青绕过小区的绿化带，走向了这栋楼对面的那一栋。

进入电梯之后，周青按下了七楼的按钮。

短暂的静默后，她突然开口："我真的没有想过要伤害Gavin。不管他是不是杨家的孙子。"

韩轩没有看她，语气冰冷地回复她："但伤害已经造成了。"

"我对不起他……"她是真的难过愧疚，"能不能帮我一个忙?"

"你说。"

"在他醒后，帮我给他说一句对不起。"

韩轩猜得没错，周青想要自我了结。

"我帮不了你，有什么话，自己跟他说。"

"叮。"电梯到达七楼。

在周青掏出钥匙要去开门时，韩轩一把握住了她的手腕。

周青也清楚自己的想法已被看穿，她镇定地轻笑一声，没做任何偏激行为，乖乖地开了门，带警戒的韩轩走向这套房的主卧。

经过客厅时，周青略带甜蜜地介绍道："这套房是我的心理医生借给我的，她觉得我的婚姻生活太过压抑，我需要一个谁都不知道的秘密空间，休息发泄……但没有用，我要的不是自我疏导，我要的是别人对我的尊重。"

韩轩不语，他的精力全部投入到如何控制她。

周青推开主卧房门，偌大的双人床上，三岁的Gavin酣睡得像个乖巧的小天使。

"Gavin，婶婶来了。"很温柔的呼唤，她没有自己的孩子，眼中却充满母爱。周青用另一只没有被控制的手将孩子从床上抱起，转头望向一直警戒着自己的韩轩，脸上露出了一种绝望的微笑："充满希望的孩子，和已经毫无希望的我，你应该懂得选择！"

话罢，周青用尽力气，将怀中熟睡的Gavin扔向韩轩。

韩轩迫不得已松开她的手，去接孩子。

这时的周青，像一只奋不顾身的飞蛾扑向火焰一般冲向了阳台，所有的动作一气呵成，她爬上橱柜，打开窗户，纵身跃下。

她要用自己的死，令吴艳愧疚后悔！

然而，她却命不该绝。

周青坠落在三楼和二楼中间的时候，被几根网线缠住。但她并不安全，头朝下，被缠的双脚不停地踢蹬，一心求死。

纵使只是不到三楼的高度，头朝下着落，还是会有生命危险的。

林嘉月正好赶到，在楼下一见这危险的场面，粗口都爆了出来！

"我去！到底发生了什么？！"

她冲到楼下时，周青脚上的网线正好被踢开。

本能反应，林嘉月伸手去接坠落的周青。

"啊——嘶——我的手，手……"

她的托举力有限，没有完全接住周青，但缓减了周青的下落速度，并帮她将身体朝向改变了，但自己的左手却僵在空中一动都不敢动，疼得眼眶都泛红了。"妈呀，我手不会是断了吧！"

"手腕错位还用包扎啊？这样显得太娇气了吧。"

小护士严肃认真地看她一眼，普及医学知识说："你这是夹板固定，有利于复位关节和韧带拉伤的修复，一般的包扎是指给伤口敷料包扎。懂了吗？"

"懂了，就是我这个其实也不严重。"

"不严重，你来医院的路上为什么喊疼？"韩轩帮她拿了药回来。

林嘉月扭头，一脸嫌弃："上次你受伤，我可没这样笑话你啊！"

看她现在生龙活虎，想必手腕是真的没什么大碍。韩轩不自觉地松口气，看眼腕表，问她："饿了吗？"

林嘉月用没有受伤的右手划开手机屏幕，也看了眼时间："都快一点了啊！饿了。不过，我想先去看看周青。"

韩轩答应，带她去了楼上的病房。

病房外，王子兵正跟同事交代工作，见林嘉月和韩轩过来，先停了谈话，上前慰问。

"嘉月，没事吧？"

"没事儿，错了点位而已。幸好楼层低，不然我的手肯定得骨折。那个，她怎么样啊？"说着，她朝病房努努嘴。

王子兵点头："除了一点擦伤，没有大碍。"

"那我手腕没白错位！好歹是条人命。"她又问，"审了吗？"

"审了……"压低声音，王子兵缩头缩脑，这是要抛开自己的身份跟好友聊八卦了。

韩轩虽然觉得一群成年人用这种方式聊天不太体面，但好奇心驱使下，他还是凑了过来。

林嘉月不禁以他取乐："原来你也这么八卦啊！韩老师！"
韩轩对她的调侃不以为意。

"我跟你说啊，这豪门真是深似海啊，之前还以为他们家有钱就什么都不愁，谁知道一个个的都那么不消停！杨锐文为了让胡欣帮自己隐瞒孩子非亲生的事，答应胡欣，帮她上位，还旁敲侧击地给吴艳说，可以让胡欣给杨锐武做小！吴艳平时在别人面前对周青还算过得去，私下没少对她使用冷暴力，还经常在杨锐武不在场的时候，当着胡欣的面说起周青不孕的事，让她难堪……最叫人不可思议的，也就是将周青彻底激怒的是……吴艳前几天叫杨锐武单独回家，然后把他灌醉了，想让他和胡欣发生关系，借腹生子……"

"我去……"林嘉月又没忍住，再次爆粗口，"什么年代了！还借腹生子！"

"唉，真是开了眼了。"王子兵感叹，然后想起了什么非常重要的事，拧眉瞪眼道，"嘉月，他们一家子这么极品，不会真的投诉你吧？"

韩轩疑惑："投诉？"

"是啊，嘉月是用威胁的手段，才逼吴艳给周青打的道歉电话……"

看了一眼林嘉月，韩轩已经可以想象当时的场面了。

从医院离开，林嘉月走在前，韩轩在后。

她眯着眼转头，问他："吃饭不积极，思想有问题！你想什么事儿呢？一会儿吃完饭再想不行吗？"

他确实在想事情。之前在饭桌上，脾气火暴地跟卢楠女友斗嘴，现在又以威胁手段逼当事人打电话。她虽直率不善掩饰自己，可会不会也太容易冲动？

他想建议，但又觉得自己太过多事。长期不干涉别人的生活，在与人交往时，他总是束手束脚。

"那个，林嘉月……"思前想后，他还是决定说了，"你有时候，太过冲动。"

突然说起这么严肃的话题，林嘉月也变得有些尴尬。

因为父亲离开得早，母亲加倍宠她，几乎把她当成世界上最

270

完美的小孩儿，从没挑过她一个毛病。当然，林嘉月也挺有定力，没有在这种溺爱环境下变得骄纵无礼。卢楠从小跟她一起长大，虽然个头比她高一大截，体重比她沉几十斤，但基本都是给她当小跟班，自然也没有挑过她的毛病。

现在突然出现了一个指出她缺点的人，林嘉月除了有点儿尴尬，并没觉得不爽。反而，有一种特别的暖意在心中滋生。

她知道，他是为了她好。

"那个……我知道了……以后注意呗。"干咳一声，她迅速转移话题，"你说说，周青是不是让人又恨又觉得可怜？"

韩轩看出她是虚心接受自己的建议，便附和她的新话题，点了下头。

"幸好小孩子没事儿！"叹口气，她又说，"周青还是博士呢，接受了那么多的教育，竟然还这么轻看自己！她首先是一个人，其次才是一个女人，她的价值不是通过生孩子来体现的！何必在乎吴艳的恶言恶语？我要是她，在吴艳第一次欺负我的时候，我就离婚走人了！这世界，谁离开谁活不了啊？何必生活在一个令自己不开心的家里！"话罢，她回头向韩轩声明，"我这不算冲动啊。"

韩轩望着她，一副想要得到自己认同的模样，一抹极浅的笑容爬上唇角："嗯，不算。"

阳光明媚，微风轻拂，花开正好。

"嘉月，来一下。"

林嘉月一到测谎中心，就被方主任叫到了办公室。

最近发福了的方主任越长越像灌篮高手里的安西教练，呵呵一笑，脸上的肉轻轻抖了两下："嘉月啊，刚才李队给我打电话了，他说有个叫杨锐文的投诉你……所以咱先避避风头，这几个礼拜就别去市公安局啦。"

这话说得委婉，核心意思就是，她被暂停顾问职务了。

"嘿。"林嘉月不满地撇嘴，"这杨锐文还真投诉我了……是要给他妈出气啊，还是要给他新欢出气啊！那个，主任，"她谄媚地笑，"李队说具体时间了吗？"

方主任摇头，脸上的肉又抖了抖："没说，我估计一个来礼拜，形式主义，意思意思。"

"形式主义用到这事儿上，我挺赞同的。那没别的事儿，我就先出去了。"

"有啊。"方主任叫住要转身离开的林嘉月，将自己的电脑屏幕转给她看，"快到毕业季了，大四的学生们举办了一个师生对抗篮球赛，男女混打的。他们在学校论坛投票，女老师第一名是你。不过，你的手能行吗？"

林嘉月低头看了眼自己的手腕："不怎么严重，还是左手，没事儿。关键是，我不是老师啊，为什么选项有我？"

方主任乐呵呵地回答："你之前不是和胡老师被学生们传成什么'胡林CP'吗？胡老师上榜了，所以你也上榜了呗。"

林嘉月觉得，清者自清，所以一直没把之前自己和胡向北被学生配对的事放在心上，这都过去很久了，没想到这群小朋友们还没把这茬儿给忘掉。

"其实啊，你和胡老师都是单身，如果真的感觉不错，就顺学生的意，交往看看呗。"

"方主任，您可别乱牵红线儿，我和胡老师之间只有纯洁的友谊！"

"行行，我不乱说了。你这手啊，我看还是不参加的好，万一伤上加伤呢？"

"不就是个友谊赛吗？图个开心，别扫孩子们的兴啊！而且大四帅哥那么多，我终于有机会和小鲜肉们近距离接触了！"

被她逗乐，方主任拿她没办法，把篮球赛举办的时间和地点告诉了她。

上高中的时候被卢楠拉着练过一阵子，林嘉月三分球投得还挺准，只不过这么多年没打过，手肯定生得厉害。

从主任办公室里出来，林嘉月给卢楠打了个电话。

"今天什么班儿？下午休息的话，来学校陪我练练篮球吧。"

"练那玩意儿干什么？和你的测谎仪打？"

"学校里有活动，我要参加篮球比赛。"

"行，那我下午去学校找你。"

"好。对啦，你怎么样了？"林嘉月还担心卢楠会因为薇薰的事而伤心难过。

"什么怎么样了啊？"一下子，卢楠被她问蒙了，顿了一秒后才恍然大悟，"没事儿了！运动运动出身汗，什么烦心事儿都没了！"

"没喝酒？"

"没有！我对灯发誓！"

"这还差不多。行了，不说了，下午见吧。"挂断电话，林嘉月一回头，身后站着的人把她吓得魂儿都要飞了。"韩轩，你想吓死谁啊！"

韩轩指了下被她堵住的办公室门："我要进去。"

原来是自己堵门在先……

尴尬一笑，林嘉月解释说："你这边信号好！"秒见他另一只手里拿着一封比喜帖更高大上的帖子，她好奇地跟他进办公事，问："刘校长叫你去他办公室说什么了？"

韩轩如她愿地将手里的邀请函递过去："外省一所大学邀请我去做个讲座。"

林嘉月翻开邀请函，在上面看到盛州大学四个字，羡慕道："屈指可数的名牌大学啊，你答应了？"

"还在考虑。"他爸妈是盛州人，也是盛州大学的毕业生，他想去看一看父母的母校，但他的眼睛好像在说，一个人过去总会有所不便。

林嘉月想要说服他，可才开口，就被韩轩的手机铃声打断了。

瞄一眼他放在桌面上的手机，——周希彤。

周希彤是谁？上回那个在建筑大学对面见到的美女？

见韩轩迟迟不接电话，林嘉月故意多管闲事地催促："接啊，怎么不接？"

抬眼看她，韩轩在她脸上看到了好奇和莫名其妙的担忧，她好像有些矛盾，又想叫他接电话，又不想叫他接电话。

已经响了十秒钟了，韩轩终于接听："你好。"

电话那头，周希彤因为电话接通，眉开眼笑，心里小鹿乱撞："韩老师，你中午有没有时间？我已经迫不及待想上第一节课了。"

似是沉浸在自己世界中的林嘉月摆弄着韩轩的那张邀请函，耳朵却像哈士奇一样竖着，努力偷听电话里的声音，只不过某人用的不是山寨机，她什么都没听到。

韩轩想再次说谎，但又怕对面的林嘉月以此挖苦自己，再加上自己本来就答应了周希彤，要当她一个月的老师……

"好，那中午我们见面吧。"无奈之下，他答应了。

中午见面要干什么？林嘉月在韩轩挂断电话之后，一口轻巧语气，像在闲聊似的问："你在洛州有朋友啊？"

"……算是。"

"约了吃饭？"

"不是，她想叫我教她一些行为学的知识。"

一听这话，林嘉月不淡定了："行啊你，不教自己的徒弟，净教外人！"

"我的徒弟？"韩轩觉得这个词从她口中说出，特别有意思，嘴角不禁露出一丝有趣的笑意，"指的是你吗？"

林嘉月一副舍我其谁的骄傲模样："当然！"

当初也不知道是谁非要跟自己平起平坐，拒绝承认自己是助理学徒。他看眼腕表，起身："那我出去一会儿，回来再教你。"

她就这么轻易地被排成第二了？林嘉月斜着眼儿目送他从办

公室离开，非常不爽地将手中的邀请函摔在桌子上，自言自语地呢喃："爱去不去，哼。"

卢楠路上堵车，林嘉月先去体育馆等他。她查了学校的课程表，今天下午没有学生在这里上课，但走到门口时，里面却有打篮球的声音。

隔着玻璃门，林嘉月看到了球场上的胡向北。

"偷偷练习，想在小女学生面前出风头啊？"开门进去，她开玩笑说。

运球的胡向北停下，笑意盈盈地冲她走来，瞥一眼她左手手腕的夹板："你受伤还要参加比赛吗？"

抬起左手晃晃："小事儿。"

胡向北劝她："还是别参加了。"

"怕我抢你风头吗？"

"总和我捆绑在一起，怕你以后见到我尴尬。"胡向北拧开一瓶矿泉水递给林嘉月。

接过水，林嘉月不满地斜他一眼："我是那么小心眼儿的人吗？"

他故意来回打量，笑道："不都已经不来给我的课捧场了吗？"

"你才小心眼儿，我不都说了吗，那是忙！"喝口水，她抱怨道，"我都已经很久没看过电影了！"

"那正好，明天下午我放喜剧片，来吗？"

"明天……"刚要说未必有时间，林嘉月突然想起自己已经被李队"停职"，于是点头，"没问题！放部好看的啊！"

"好。"

卢楠绕路赶到,抱着头盔在门口"偷窥"了一会儿——他听说过这个胡向北,知道他们学校流传着他和林嘉月的绯闻。所以作为大舅哥,他得替林嘉月好好把把关。

"外表还行,不知道这人性格好不好……"

整了整衣服,他以大舅哥身份隆重登场。"咳。"

林嘉月和胡向北一起转头朝他看去。

"终于来了啊。"林嘉月正欲介绍两人认识。卢楠却打断她的话:"我知道,胡老师嘛。"

胡向北礼貌笑笑:"你好。"

"好。"大舅哥拿乔,一脸高冷,一双眼睛却在胡向北身上横打量竖打量。

胡向北被他看得不舒服,借口还有工作,道别离开。

卢楠眯眼目送,确认他已经走远后,这才摇头晃脑很是不满地说:"不合格!竟然不懂讨好我这个未来大舅哥!"

"呸你个大舅哥!瞎说什么呢?"林嘉月抬脚朝他大长腿踢了一脚。

"怎么,你俩之间没事儿?"

"当然!"

"真的?"

"真的!"又踢他一脚,林嘉月说,"叫你来是干吗的,八卦啊?"

"我这不是关心你么!女孩就怕嫁错人!刚才那人,太有距离感了,感觉不适合你!"

"距离感?人家和你不熟,没说几句话,就叫有距离感啊?

那韩轩对你来说，距离感不是更强？"

"NO！NO！NO！"卢楠头摇成了拨浪鼓，"韩老师是不善言辞，其实他的心已经跟我们贴得很近了！"

"……这话怎么听着这么肉麻？"

"这就肉麻了啊！那你以后还是别谈恋爱了……除非……"他卖关子地顿了顿，"你和不善言辞的韩老师谈！"

林嘉月扔他两颗白眼球，吼道："练球！"

卢楠瞥她左手一眼，一脸"你可别开玩笑"的表情说："可拉倒吧，都残疾了，别上场丢人了！"

"……"这有些人啊，真的是三天不打，上房揭瓦！

眨眼的工夫，卢楠已经被林嘉月追得在篮球场里乱窜了。

近一个小时的授课时间，周希彤的目光几乎没有从韩轩的身上离开过。

他沉稳博学，冷静淡然，性格与真实年龄不符，更与这个浮躁的社会不符。

周希彤觉得自己越来越无法只当他是一个故人，一位老师。自从上次分开后，她几乎每一天都会想起他，急切期盼两个人的第二次见面。她曾经喜欢过别的男生，所以她很明白自己到底是怎么了。

韩轩也明白，他已经不止一次在她的眼睛里看出她喜欢自己。周希彤的存在对他来说，只是启蒙老师周铮的女儿，他可以帮助她，保护她，但不会喜欢她。帮助和保护是因为周铮这层关系，喜欢与否，就只能让自己的心意来决定。

去喜欢一个女孩……这十年来，韩轩从没有试过，更没有想过。

"韩轩，"周希彤确定了自己的心意后，面对他时就显得有些羞涩了，"我们下一次上课是什么时候？"

"其实我今天讲的这些，已经足够你在应对学生时使用了。"

"这才一节课啊？"

韩轩点了一下头。

周希彤明白了他的意思，一脸失落："你是不是觉得我占用你时间，很讨厌？"

"没有，只是经常见面对你来说不算好事。"他算是开门见山了，早断比拖拖拉拉要好。

周希彤垂眸，有些尴尬，沉默两秒，竟鼓起了勇气直接告白："我是喜欢你，我也知道你是因为我爸才肯帮我的，但是我不觉得我们多见几面是坏事啊，你现在对我不了解，对我没有感觉，可接触久了，你也许会发现，我人其实还不错，可以交往看看啊。"

这是十年来，第一次有女孩鼓起勇气给韩轩告白。

处理这种棘手事件，韩轩实在手生，直接说"我不可能喜欢你"实在太过伤人，难道只能用他讨厌的那些谎言来降低拒绝的杀伤力吗？

韩轩三思，最终决定尝试："我有喜欢的人了。"

"能告诉我是谁吗？"

"是你的那位同事，林嘉月？"见他不言语，她只好自己猜测。

韩轩微怔，情绪竟然复杂得连自己都分析不了了。

信以为真，周希彤尴尬地强扯了下唇角，笑笑："这样啊……其实我上次就感觉到了，你对她好像特别关心，当时我还以为那只是单纯的同事之间的关心……"

他有吗？因为看不到自己的身体反应，他很难从专业角度来判断自己对林嘉月有没有特别关心。

"那你们，在一起了吗？"她问得小心翼翼。

果然，一个谎言的后面需要接二连三的谎言来圆。韩轩后悔一开始选择说谎了，现在打住还来得及，就让自己被认为是一个林嘉月的"暗恋者"吧。

"没有。"

"那没在一起，就说明我还有机会……韩轩，希望你不要因为这样觉得我轻浮，我只是觉得，你值得我不轻易放弃……"

没想到她会这么执着，最终还是没有决定放弃。白撒了一个谎，还把林嘉月也拉进了浑水，他觉得自己在处理感情问题这方面，实在是个白痴。

"其实，我今天找你出来，还有一件事。"周希彤不好意思地开口。

"什么？"

"明天是我爸生日，我想问你能不能和我一起去看一下他。这不是出于我的私心，我只是觉得我爸知道你去看他的话，一定会很开心。"

有些请求可以拒绝，但这个，他不能拒绝。

"好。"

因为太久没打球，昨天下午一练就练了两个多小时，所以今天一早起来，林嘉月的两条小腿直发软，走路跟走在棉花上一样。

洗漱完，她叼着一片吐司歪倒在沙发上，像一条疲累的阿拉斯加犬。习惯性地给韩轩发了条消息过去："用不用接？"

一片吐司吃成一颗心形时，手机的消息提示音响了。

"我上午不去学校。"

林嘉月从沙发上坐起，以为韩轩又接到了新案子："你去局里了？"

"没有，去看一个人。"

"谁啊？"她吃光那颗心，又从面包袋子里拿出一片叼在嘴上。

"故人。"

在洛州市他还有故人！

"韩轩，你以前是不是在洛州生活过？"她心里的那个疑问顺水推舟地问出。

但等了好久，韩轩都没有再回复。

林嘉月心想他八成是坐上车了，扫兴地收起手机，瞄一眼时钟，换好鞋子出门上班了。

一到测谎中心，还没进门，她就在外面听到了小张的大嗓门。

"看微博了吗？看微博了吗？关梦琪离婚了！"转头正好见

林嘉月进门，小张赶紧递上手机，问她，"看了吗，关梦琪竟然离婚了，我的女神恢复单身了！"

"是吗……"林嘉月做出一副毫不知情的模样，接过手机，扫了一眼头条报道，提起的一口气终于沉下。

只是简简单单的因"聚少离多，感情疏远"而离婚的消息，没有涉及她儿子非亲生的报道。

她的团队为了她的形象，对外界隐瞒了离婚的真相。这是一个典型的谎话，但保护了一个三岁的孩子。谎言能伤人，也能保护人。

尽管如此，她还是讨厌说谎。

考虑到林嘉月在市公安局做顾问的工作量大，所以测谎中心分配给她的工作很少。乍一闲下来，她有点百无聊赖，终于熬到了下午，方主任看她闲得头上都要长草了，就准了她溜去蹭电影选修课的请求。

陪周希彤给周铮扫墓回来已经是下午两点，韩轩今天有课，还好紧赶慢赶没耽误上课。

韩轩的授课教室和胡向北的授课教室在同一层，每次韩轩去教室都要先经过胡向北的教室，以往上下课经过时，他还真没关注过这个教室，但今天不知怎么，就是在经过人家教室后门的时候，多事儿地朝里瞄了一眼。

他的眼睛，有什么看不清楚的？

从后门经过的他又倒了回去，果然，他看到的那个坐在最后排，正喜笑颜开地欣赏电影结局的人，就是林嘉月。

介意自己教别人，不教她，她却在有条件去听他课的情况下，跑去蹭别人的电影赏析课？

没有发现自己被人盯上了，在电影结束，胡向北宣布下课后，林嘉月满足又感激地从后排走向讲台。

"怎么样，选的片子还合你胃口吗？"胡向北笑着问。

"必须的！看完心情棒棒哒！下次有时间，我再来，你再给放一部喜剧片啊！"

见两人在讲台上有说有笑，台下有几个常混学校贴吧的女生偷偷拍了两个人的照片。在外面的韩轩注意到了她们，正好奇她们拍照片的意图，那几个学生就从教室里走了出来。

"明天才是师生篮球赛，今天胡林CP就先撒狗粮了！好甜好甜！我一定要发学校贴吧！"

"真矛盾，万一胡老师真跟林师姐在一块儿了，我以后还要不要抢报胡老师的选修课？"

"报啊，来养养眼也是好的！"这个女生说完，转脸发现了一旁的韩轩，挎着两个闺蜜的手偷掐了她们一下。

下一秒，三个人一起正大光明地望向他："韩老师，你好！"

韩轩被她们的热情冲了一下，不怎么自然地微微一笑。

三人从他身边走过后，决定下学期不管胡向北和林嘉月到底在不在一块儿，都要去抢韩轩的课！

还不知道自己又多了三个迷妹，韩轩透过后门上的玻璃窗，默默地观察着林嘉月和那位胡老师。

胡林CP？配对游戏吗？

幼稚。

韩轩转身欲离开，却又顿住脚。

在玻璃的反光中，他清晰地看到了自己的微表情。刚刚那一闪而过的，是不爽？

林嘉月回到测谎中心时，韩轩已经坐在自己的办公室中。刻意从他办公室门口来来回回好几趟，门外的她终于引起了门内人的注意。

假装是因为人家看到自己，她才突然想起什么事开门进屋的，林嘉月扯闲篇儿地问："明天有师生篮球赛，你来不来看啊？"

办公桌后韩轩面无表情，一副毫无兴趣的模样："没兴趣。"

"怎么能没兴趣？又不是没有你认识的人参赛！"伸手指指自己，她一脸自豪荣耀，"我，明天会上场，作为搭档，你不应该来给我加加油吗？"

瞄一眼她那张兴奋的脸，又瞄了下她左手上的夹板："看你伤上加伤？"

"哎，我会注意的，我和胡向北已经说好了，只要我一拿到球，就找机会传给他。"

莫名其妙地跟自己怄气，韩轩竟然第一次异常嫌弃自己在运动方面有无法克服的障碍。

"来不？"

"不来，看一米六的打球，能有多精彩？"

一米六？嫌她矮是吗？

林嘉月本来寻思着，他来看球赛，看完球赛，两个人去吃顿饭，吃完饭再把之前团购的鬼屋体验券体验了，多么完美的一次约……

林嘉月一僵，在心里结结巴巴地问自己，刚才自己是在想说……多么完美的一次约会？

呸，自己干吗要跟他约会？他还鄙视自己矮呢！

林嘉月不爽地冷哼，报复道："一米六怎么了？一米六能跑！有些一米八的还没法儿跑呢！"

互戳肋骨后，办公室里出现了长达数秒的寂静。

办公室外敲门声响起，小张推门进来，见两人脸色有些奇怪，怔了一下后，对林嘉月说："嘉月，方主任找你。"

"好，我现在就过去。"

在林嘉月离开办公室后，小张鼠头鼠脑地关上办公室的门，笑得别有深意："韩老师，明天嘉月参加学校里的师生篮球赛，我们一起给她加油去啊？"

显然是误会了两人刚才的奇怪脸色，小张还以为他们俩又因为什么事不对头，闹不愉快了，毕竟两个人不常来测谎中心，所以这里的同事们都还不知道他们的关系已经有了"突飞猛进"的变化。

想早日见到两人和睦共处，小张自告奋勇充当起调解员的角色，想借这次机会，加深双方的友谊。

"韩老师，其实我们嘉月啊，人很善良，直率，大方，不拘小节，可以说，哪哪儿都好！"

所以他想让自己别再对林嘉月冷脸相向了？

韩轩懒得解释，直接就坡下驴："好，我去。"

球赛当天。

韩轩有点儿后悔来了，因为有两个人今天特别的扎眼，看得他心浮气躁。

　　林嘉月也尴尬了。

　　天越来越热，她还没来得及收拾衣柜将夏天的衣服翻出来，加上早上又起晚了，于是匆忙间，她把一直被丢在书柜上的联谊奖品——情侣T恤穿了出来。胡向北的穿衣品味高，她觉得这种路边摊质量的T恤，他肯定早就丢掉了，可万万没想到，今天他也穿了那件作为奖品的情侣T恤！

　　两人这衫撞的，全篮球馆都是学生们起哄的声音。

　　小张也跟着学生们瞎闹，还津津乐道地给身边的韩轩介绍："要说这嘉月和胡老师能认识啊，还都是我的功劳。当时刘校长让我举办了一场单身校职工联谊会，嘉月不太想参加，我硬拉着她去的，到了那儿，她和胡老师被分到一组做游戏，俩人别提多默契了！这情侣T恤就是当时的奖品，今天这是怎么了？竟然一起穿出来了！难道是要公开？"

　　公开？

　　韩轩突然紧张起来，但见林嘉月脸上的确只有尴尬没有害羞，他这才偷松了一口气。

　　小张鼻梁上架着的眼镜片，清晰映出他的恐慌与嫉妒。

　　"其实我上次就感觉到了，你对她好像特别关心……"周希彤的话在他耳边回响。

　　韩轩望着球场上在做准备活动的林嘉月，终于意识到，自己真的是对她产生了好感。

　　从一开始回来，他的目的就只有找出吴军，将其绳之以法，现在所发生的都是意外，林嘉月是意外，喜欢上林嘉月更是意外……

前所未有，他的思绪乱成一团。

比赛没看多少，韩轩便借口有紧急工作离开了体育馆。

学生队的女生体力不支请求下场，胡向北担心林嘉月的手，也叫她下去休息了。场上都是男生了，比赛这才进入高潮。

林嘉月早就留意到了观众席上早退的那个人，一下场便找到小张，擦着汗问："韩轩呢？我刚才看他来了啊。"

小张朝体育馆大门指指："走啦。韩老师说有工作。"

"是么……"本来他来，她还挺兴奋的，所以刚才在场上还试了一个单手投篮，虽然没投进，但好歹胡向北帮她扣进去了，也不知道他看没看见那一段儿……

她语气中透着的遗憾被小张再一次误解，小张又化身和解员说："嘉月啊，其实韩老师除了不太爱笑，其他地方没毛病，咱以后别总和人家较劲儿了成不？"

相当冤枉，林嘉月问："我怎么和他较劲儿了？"

"你不就是想表现给人家看看，你受了伤都要参加集体活动吗？我说啊，运动会那次的事情都过去多久啦，你就别再记仇啦！"

无语地翻个白眼儿，林嘉月在韩轩刚才坐过的位子上坐下，一字一顿道："你想多了！"

不和她一般见识，小张点点头投降，转换话题说："那你和胡老师……我想多了啊？"

知道他说的是情侣T恤的事儿，林嘉月没好气道："想多了！就是巧合！"

"这也太巧合了吧。"小张坏笑。

林嘉月懒得再解释："爱信不信！"

闭门静心，韩轩把自己关在书房里静坐冥想。

可闭上眼，思考的全都是……

他是什么时候喜欢上林嘉月的，去北县的时候？

如果林嘉月知道他喜欢她，会是什么反应？

万一林嘉月也喜欢他，那他们两个要不要在一起？

反过来万一，林嘉月对他没有感觉，那他该怎么办？

恋爱经验几乎为零，人间精品也有困惑的时候！

蓦地睁开双眼，眉宇蹙起，墨眸中满是懊恼。

说好的静心呢？

手边的手机突然响起，屏幕上的来电显示正好是林嘉月的名字。

并没有要接听的意思，响了十来秒，那头的人自己挂了。

在这儿似乎是静不了了……望着因为未接来电而一直闪烁的提示灯，韩轩决定接受盛州大学的邀请去开讲座，离开洛州几天，在那边好好调整自己的心态。

翌日。

林嘉月早上给韩轩打电话，韩轩又没接，这是玩失联？有点儿上火，她来到学校后，将比她还早的韩轩堵在办公室里。

现在才八点四十分，别的同事都还没到。

"从昨天到现在，给你打了俩电话，都没接，你手机丢了？"

韩轩瞄她一眼，强装镇定："没有，在想事情，没接。"

"想什么事想得那么入神？"她好奇地凑上去。

他则尴尬地向后退了退："那个，我决定去盛州大学演讲。"

"挺好啊！"她表示赞成，然后随口问了句，"能带人吗？我正好没事干，带我一起去呗？去盛州大学做的讲座，内容肯定会很精彩，我不能错过！一定要好好学习！"

"学习也不在这一次，平时少看几次电影，去旁听我的课，会学到更多。"这话说完，韩轩都觉得自己浑身醋味了，于是赶紧转移话题，"那个，我们两个一起出差不方便。"

又不是没一起出过差，以前可以，现在就不可以了？他一定有不可告人的秘密！

正想着，韩轩的手机铃就响了，来电人的名字又被林嘉月看到。

又是周希彤！难道韩轩要带她一块儿去？

这人到底是谁啊？

11

校长办公室。

戴着老花镜的刘校长正神情专注地看着新一期的校刊，伸手端茶杯喝水，发现杯里就只剩茶叶了，欲起身接水时，办公室的房门被人敲响。

敲门声落下，林嘉月的声音响起："校长，在吗？"

刘校长先放了杯子，给她开门。姜是老的辣，一见她笑得那个样子，他就知道她来找自己的目的了。

刘校长像对自己的外孙女一样宠爱地问道："怎么想起来我办公室啦？"

"您火眼金睛，自学成才的行为学专家，真不知道我来找您有什么事吗？"林嘉月也从他的笑意里获取了信息。

"越来越伶牙俐齿，说不过你！"他拿回杯子要继续接水。

林嘉月有眼力劲儿地抢过来，像小丫鬟一样接好水双手奉上："您就帮帮我呗！给李队说说情，快点让我恢复工作吧，我忙惯了，这一闲下来，浑身上下不舒服！"

"闲吗？韩轩不是要去盛州大学做讲座，你不跟他一起去？"

"人家盛州大学又没邀请我去。"敷衍了一句后，林嘉月偷瞄一眼喝茶的刘校长，韩轩来政大任教是他邀请的，也许他对韩轩的了解更多一些，比如他在洛州有什么朋友。

"对了，校长，跟你打听个人呀。"

"谁？"

"叫周希彤，女的。"

"这个名字，确实耳熟……"刘校长凝眉细思，"学校里的老师？"

林嘉月可以确定，她不是学校里的老师或学生。"不是，您再想想。"

"周……哦，想起来了！我女婿师哥的闺女！几年前我好像还见过一次，长得挺漂亮的。"

"李队的师哥？"

"嗯，周铮。"

周希彤竟是周铮的女儿！

三年前，林嘉月的考核结果出来，她没能如愿当上警察。心情低落，她拒绝了卢楠为她准备的安慰大餐，一个人骑着自行车漫无目的地在市里瞎转。

父亲林琛被冤入狱的那一天，她就暗下决心，要成为一名警察，为此一直在努力，但最后的结果还是令人失落沮丧。

一下子，她前方的路变得一片迷茫，失去方向。

华灯初上，几乎绕了半个洛州的她不知不觉来到了市公安局。

院内灯火通明，人们紧张忙碌。

警察这个职业，不分昼夜，辛苦又危险，可她就是向往，因为她想惩治那些恶意伤害别人的坏人，拯救、保护那些蒙冤入狱的好人。

望着院里发呆，林嘉月不知身后有车停下。

"哎，姑娘，有事儿吗？"开车的年轻警察探头出来，冲林嘉月招呼。

回头，怔怔地看了那车几秒，她摇头，赶紧将自行车推到了一边，给他们让路。

车子从她眼前缓缓驶过，车后座上一位年龄与她妈妈相差无几的中年男人冲她露出友善的笑容。

而她，依然木木的，忘记了该怎么笑。

待车子进入院子，林嘉月没有离开，她不想回家，也没有力气再蹬着自行车瞎逛，她像个乞丐一样蹲坐到马路边，两眼发直地看着路上来来往往的行人和车辆。

"有什么不开心的事儿？"

她的肩膀被人用水瓶点了一下，转头仰望，那人正是刚才那个对自己笑的中年男人。

在她眼里看到防备神色，男人笑了："不用怕，在公安局门口，我哪敢欺负小孩子。"

坏人到了这里，进去容易出去难，他能进出自由，八成是个便衣警察。林嘉月放松了一些，她还是不想说话。

男人在她身边坐下，将那瓶水放到林嘉月的脚边："刚买的，你渴了，你就先喝。"

看一眼地上的水，林嘉月还是没说话。

"我自我介绍一下啊，我叫周铮，上了一天的班，还没吃晚饭，有点累又有点饿。你呢？这一天，骑行呢？"他打量她身边的那辆自行车上的泥和灰。

林嘉月侧头来来回回打量这个不遗余力搭话的大叔，终于开口："你是警察吗？"

"姑娘，你需要报警吗？"周铮逗她。

"不需要……"有些时候，人的心里话是不想跟相熟的人讲的，与陌生人说会更好开口，"你是不是以为我要举报犯罪嫌疑人什么的？"

见她话匣子打开，周铮放心地笑了："不是吗？"

"不是，我也不知道怎么就到这里了……可能是因为没考上警察吧。"

周铮惊喜地挑了下眉："原来你想做警察？"

"嗯。刑警。"

"还是刑警？了不起的想法。那为什么没考上？"

“体能不太行。其实我已经很努力了……”林嘉月强忍着，但一提伤心事，她还是红了眼眶。

“一个女孩子为什么会想做刑警？”

有一丝犹豫，但她还是说了：“和我爸有关。他在我小时候被他的朋友和上级联合诬陷亏空公款，进了监狱，他本来身体就不好，再加上被信任的朋友和同事诬陷，心中委屈郁闷，一年多的时间，他人就垮掉了，走了……没能等到真相大白，亲眼看着那两个诬陷他的坏人被法官宣判……”她不是当年无助恐慌的小孩子，她不再哭着找爸爸，现在提起她的父亲，她可以做到不流泪，只是胸口仍然隐隐作痛。

外表无法体现一个人是否强大，大多数人是会崩溃在黎明前的黑暗中的，而眼前这个纤瘦的姑娘，她是经历了暴风骤雨还屹立枝头的柳叶。

“所以你想做警察，帮助被谎言陷害的好人，惩治用谎言犯罪的坏人？”

“对！”林嘉月眼中闪烁着坚定的光泽。

周铮欣慰地笑了，给她支招：“知道政大吗？他们的司法学院有个测谎中心，你更适合去那里。当然，如果你足够出色，警队会邀请你来做测谎顾问的。”

“测谎中心技术员还可以被邀请到警队做顾问？”杏眼睁圆，她仿佛看到了希望，“我就是政大的学生！”

“那你去试试看吧。”话音才落，周铮的手机铃响了。

林嘉月见他接电话时的表情严肃，知道一定是工作上的事。她有眼力劲儿地起身，等他讲完电话，闷闷不乐一天的脸露出会心的笑：“谢谢警察叔叔，我会努力的，您快去忙吧！希望不久的将来，我们可以在这里见面！"她伸手指向市公安局。

周铮笑着点头，鼓励她："加油。"

"周希彤……周铮警官的女儿……看来我还和周铮警官挺有缘分的。只可惜他已经……唉……"唉声叹气着出了办公楼，正要掏手机看时间，却不知身后是谁，突然拍了她一下，手一抖就把手机抖了出去。

手机落地的地方正好有块棱角锋利的小石头，这一下，屏幕上开了一朵花。

"我去，你得赔啊！"捡起手机抬头，林嘉月看清了罪魁祸首的真面目。又好气又好笑，说："原来你是这么幼稚的胡老师！"

胡向北一脸歉意："我真没想到会这样，我赔啊，给你换个新手机！"

仔细检查了一下，林嘉月摇头："就是外屏坏了，换啥新手机，好像我在碰瓷一样。不用你赔啦，我自己找个地方换就行了。"

"听说换屏是暴利行业，你认识熟人？"

"不认识啊。"

"那就跟我走吧，我朋友开了一家手机维修的小店，绝对出厂价。"

本着能省则省的原则，林嘉月不再客气："那就去你朋友店里换吧！"

测谎中心办公楼，韩轩的办公室。

伫立窗前的人眼睛真是好，隔着那么老远，也看得到结伴离去的那两个人是谁。

敲门声和推门声几乎一同响起，小张探头挤进来，望着不知为何略显慌张，假装自己只是在窗前找东西的韩轩，问道："韩老师，我们今天不想吃食堂，点外卖，你需要叫点什么吗？"

"跟你一样吧。"还没找到"东西"的韩轩，在窗台的盆景里继续扒拉着。

小张好奇："韩老师，你到底想找啥？"

韩轩怔了一下，强装淡定："蚯蚓。"

12

手机维修店离学校不远，店面不大，但干净整洁。

店铺老板虽然留了胡楂，但看起来也就二十多岁。虽然他是胡向北的朋友，两个人的交流却并不多，但他们给林嘉月的感觉，并不是生疏，而是因为太过熟悉所以无需过多言语。

更换手机外屏需要大约一个小时的时间，林嘉月觉得店铺老板是胡向北的朋友，应该安全可靠，再说自己手机里面也没什么不可见人的照片，于是在把手机交给老板后，她跟胡向北去了隔壁的快餐店，边吃边等。

点好餐准备吃的时候，林嘉月突然一惊，把胡向北吓了一跳。

"怎么了？"

"我刚才一见你朋友，就觉得眼熟，好像在哪里见过，现在终于想起来了！"她有些激动。

胡向北问："在哪儿见过？"

"宿舍附近，他是不是住在那边？"

他点头："对，他住那边。你们算半个邻居，一会儿付钱时我叫他再给你打个对折。"

"看来你们两个关系真的很好啊，你的话这么有分量！"林嘉月看那个老板和胡向北年纪相仿，猜测道，"你们两个是发小吗？"

胡向北眉眼间透出一种得意，简单地应了一声："嗯。"

这一股得意引起了林嘉月的好奇，发小就发小，有什么好得意的？

她开玩笑说："难道胡老师正在等我夸你的颜值比你发小的高？"

"为什么这么说？"

"你刚才一脸得意啊！"

胡向北伸手摸了下自己的脸，惊讶又好笑地问："真的吗？"

"当然！我现在跟着韩老师学得也有一副好眼力了。"

做出浮夸的崇拜表情，胡向北指指自己的脸："能看出我想表达什么吗？"

"对我的崇拜犹如黄河之水，滔滔不绝！"

更加浮夸，他说："哇，果然好厉害！"

被他逗乐，林嘉月笑得两眼都眯成了一条缝。

远在测谎中心的韩轩好像感觉到了什么，外卖到了也没胃口，手机拿在手里翻来覆去，终于喉头一滚，拨通了她的电话。

"对不起，您拨打的用户暂时无法接听。"

无法接听？是她主动拒绝了吗？

韩轩蒙了，自己的电话为什么会被拒接？

被他眼睛直勾勾盯着的外卖表示，它们也不知道呢！

又拨过去，这一次竟是："对不起，您拨打的用户已关机。"

韩轩看不到自己脸上的表情，现在的他简直就是表情包里的那一张问号脸。

不知道有人因为电话打不通而黑脸的林嘉月，正和胡向北有说有笑，两人从师生篮球赛聊到尴尬的情侣装，又从尴尬的情侣装聊到了学校贴吧的后起之秀韩老师。

上回那三个女生因为多看了韩轩一眼，就瞬间成粉，现在整天在学校贴吧里发韩轩的各种资料。

"是吗？"她习惯性地伸手从衣兜里掏手机，抓个空这才想起来手机在修理店放着。

"给。"胡向北将自己的手机借给她。

进入学校贴吧，还真被与韩轩有关的帖子刷了屏。

"我早就发现韩老师长得帅了！你们竟然才发现！"

"韩老师身上的学生气最致命，有没有！"

"好羡慕林学姐，能成为韩老师的助理！"

怎么形容自己现在的心情好呢？喜忧参半？林嘉月将手机还给胡向北后，闷头吃饭。

自己为什么要喜忧参半？韩轩被人喜欢，和她有什么关系？

自问她不是一个占有欲很强的人，但为什么在韩轩的问题上，她却一次一次地小心眼儿，难道自己……喜欢上他了？

如何判断自己是否喜欢一个人呢？

按照惯例，困惑的林嘉月又上网求助了。

这次的问题简单，很快她就收到了N条回复。

一颗包治百病的板蓝根："开心难过会不会第一个想到的就是他？他和别的异性聊得很开心，自己会不会吃醋？"

大人参："跟他靠得很近时，会不会尴尬紧张，甚至脸红？"

你问我我问神："看你是不是不想离开他啊！"

小白兔爱吃肉："忍不忍心拒绝他的各种请求？"

……

大多数的症状，她都没有中啊！

"林嘉月。"韩轩一开办公室的门，竟然发现她已经回来了，立刻点名叫她进来。

冥思苦想突然被打断，林嘉月吓了一跳，赶紧将笔记本电脑合上，她起身结巴着问："什……什么事啊？"

邻桌的小张多嘴："韩老师的蚯蚓找不着了，是不是你偷吃的？"

一头雾水，林嘉月推了他一下："我又不是鸟，吃蚯蚓干吗？"

"咳。"韩轩努力板着脸，不想被人发现自己现在有多尴尬。

进办公室后，林嘉月还在想刚才的那些回复，她现在跟他单独在一间办公室，也算离得近了，她没觉得紧张啊，脸更没有发热！

看来她是庸人自扰了吧，自己根本就不喜欢他啊。

她脸上的微表情像走马灯一样地换，韩轩都被她丰富的内心戏晃了眼。她在想什么？

松了口气的林嘉月露出一口大白牙："你找我有什么事？"

韩轩面瘫脸道："我想了下，自己一个人去盛州确实不方便，正好你没什么事做，跟我一起去吧。"

"嗯？用得着我了？"她为了巩固心中那个"不喜欢他"的答案，故意拒绝，"可我现在不想去了啊。"

"为什么？"他立刻追问。

林嘉月耸肩，云淡风轻道："孤男寡女一起出差，影响多不好！"

"又不是没一起出过差。"

"……反正，这次就是不想去呗。"

"我眼睛不方便。"从没想到过，喜欢独行的他有朝一日会卖可怜，请求别人跟自己一起出差！这话夺口而出后，韩轩恨不得找个地缝钻进去。

林嘉月也显然没有想到，他还会卖可怜！她素来吃软不吃硬，而且她真的担心他一个人出差不方便……

瞟一眼他那写着可怜、害羞、尴尬、懊悔……表情要多复杂有多复杂的脸，林嘉月终究还是心软，都没两回合就答应了："什么时候走？"

抑制住自己想笑的冲动，韩轩继续面瘫脸："明天上午十点的车。”

翌日，建筑大学。

更新了凶手侧写的陆俊再次造访，正好遇上了之前被自己误认为是嫌疑人的赵可。

心宽体胖，赵可没记恨他，还友好地跟他打招呼，搞得陆俊倒尴尬起来。

“小胖子，这么快就回来了，不在家照顾你生病的长辈啊？”他用没心没肺来掩饰自己的尴尬。

“我就是回去献个血，家里人多，还都比我会照顾人。我还不如快点回来，兼职赚钱，我现在这份家教的报酬可比市场价高50%，不能丢！”

“高价？看来你教得很好？”

赵可实在，实话实说：“我一般吧，是何峰教得好，在家教圈子里小有名气，所以福山小区那家的家长本来是出高价找上他的！不过他没做几天，就因为有事，介绍我去代替他了。”

何峰，完美犯罪研究协会的成员，富二代。陆俊之前见过他，对他的印象只有阳光开朗四个字，不符合当时的侧写，但现在就未必了。福山小区，突然放弃家教，这绝对不会是巧合！

“富二代做家教，当然长久不了，人家又不缺钱，难道真是单纯为了传播知识？”

赵可不赞同陆俊的说法，解释说：“何峰跟完美犯罪研究协会的那些富二代不一样，他挺自力更生的，除了做家教，自己还运营了一个悬疑小说的自媒体，好像也有不错的收益了。他是真的喜欢悬疑，要不是耳根子软，才不会加入完美犯罪研究协会社团。他人真的挺好，虽然对人时冷时热。"

双重人格的基本特征是，虽然是同一个体但具有两种或更多完全不同的人格，但在某一时间，只有其中之一表现出来。每种人格都是完整的，有自己的记忆、行为、偏好，可以与单一的病前人格完全对立。

对人时冷时热，有可能是两种人格的关系。

关于模仿杀人案凶手的最新侧写：

男性，二十岁左右，身体轻盈，长相普通，最近常出入福山小区，悬疑推理爱好者，资深网虫或图书馆常客，双重人格障碍患者，病前人格和善阳光，另一个人格阴暗、狡诈、谨慎，具备反侦查能力。

13

阴雨绵绵，迟来的鱼肚白在天边泛起，一片荒野泥泞中，长约一米七的人形物体越发清晰。

"呃！"趴在地上，脸被泥水埋没，何峰险些溺水窒息，他抬起头大口大口地喘息，乌黑的泥水顺着脸颊流进他的嘴里。

最近已经是第三次了，他一觉醒来躺在一个人烟稀少的陌生地方，身边放着简单的行李和他自己都不知道为什么会有的那么多的钱。

他知道自己有梦游症，可不知道梦里的自己到底做了些什么。未知令他恐惧，令他慌张，沾满泥浆的手从身上翻出手机，他想定位一下自己的位置，可手机的指纹解锁和密码解锁却都失效……

"不可能，不可能……"他把手上的泥浆在身上擦干净，重新再试，却还是解不开锁。

离奇如恐怖电影，何峰恐惧地向薄雾迷茫的四周呼救，可除了回音，没有任何人的回应。

远处低沉的雷声翻滚，他的脑袋像是被谁按下了开关，突然胀痛起来，越来越重。他抱着头蹲坐在地。又像被谁关掉了开关，闹腾的他突然停下，数秒的静坐后，他冷静地起身，清了清身上的泥水，然后拎起自己的背包，消失在水雾之中……

陆俊锁定何峰为嫌疑人时，何峰已经消失不见了。

何峰不住宿舍，一个人在学校附近租房，王子兵赶去的时候，房门根本没锁，家里摆设整齐，除了没有现金和银行卡，其他重要财物都在。

"何峰的同学说他最近没有什么异常，但丽华小区的一个保安说，他最近遇见过何峰三次，晚出早归，身上有土，好像是在外面跟人打架了，要不就是喝醉睡在马路上了。"同事给王子兵说明情况，几人一起去了小区物业，调出了何峰晚出早归的这几次录像。

何峰每一次出去，都是在晚上十二点到次日凌晨一点这段时间，视频中的他拎着背包，从姿势上看，包并不重，可能只装了钱和简单的几件衣服。早上回来时，何峰的身影略显疲惫，身上有明显的灰尘，有人跟他打招呼，他会微笑回应，但回得心不在焉，好像心事重重的样子。

"晚上出去的应该是何峰的第二人格，早上回来的才是何峰。我前两天把建筑大学三个悬疑社团的所有成员都查了一遍，他们每个人都没有看过心理医生的档案。也就是说，何峰可能不知道自己有双重人格障碍。"陆俊分析。

"那他醒来发现自己并不在家中，他为什么不报警求助？"

"可能他觉得自己有别的病症吧，比如梦游症。"

大力在外面打完电话，探头进来冲王子兵招呼："王哥，联系上何峰的父母了！"

何峰父母是做餐饮生意的，他们的连锁餐厅在洛州开了八家，两人都是那种凡事亲力亲为的工作狂，所以很少能挤出时间和孩子沟通交流。他们口中的何峰从小就乖巧懂事，小学一年级就开始住校的他，从来没跟同学闹过矛盾。

不相信自己儿子闯了大祸的何母再三询问："警察同志，你们是不是搞错了？"

毕竟还未掌握确凿证据，只是靠心理画像推断出何峰是凶手，王子兵不好回答这个问题，侧眼看向陆俊。

陆俊简单粗暴，直接转移了话题："阿姨，我想问一下，何峰小时候有没有受过什么刺激？"

何母拧眉，想了一会儿，略带愧疚道："两岁后……他基本是跟着我婆婆过，我真的不太清楚……"

"那可以联系一下何峰的奶奶吗？"

何父接话："我妈前几年就过世了。不过我听我妈之前说过，大概小峰五岁的时候，被以前的老邻居吓到过。那邻居是做生肉买卖的，人有点不讲究，经常在院子的死胡同里宰牲口，场面血腥，有次小峰正好看了个正着，回来后吓得好几天夜里都不消停。"

"我怎么不知道？"何母诧异。

"我妈当时怕你怪她没看好孩子，就没叫我告诉你。"

"她就是带不好孩子，三岁的时候给小峰烫伤了胳膊，留下那么大一片疤痕！"何母抱怨。

何父不耐烦："老太太也不是故意的，何况人都没了，你就别没完没了了！"

陆俊打断夫妻两人的对话，问道："他当时怎么个不消停法？"

"好像是半夜突然醒来，开门要出去。"何父为难，"十几年前的事儿了，我真记不起来了，反正当时我妈说像是梦游。"

梦游症？王子兵瞬间对陆俊刮目相看，看来这个整天就知道自恋的家伙，也不是个百分百的绣花枕头啊。

与何峰父母谈过之后，陆俊分析："单是亲眼看见宰杀牲口不足以催生何峰那么残忍的第二人格，病前人格会成长，第二人格也会，而他手臂上的大片伤疤和自幼远离父母生活，都可能是促使他第二人格越发残忍的诱因。所以，在他小学、初中、高中住校的这段时间，他的第二人格不可能没有出现过。他绝对有一段不为父母所知的成长经历。"

王子兵听罢他的分析问："那你现在准备去找何峰的小学、初中、高中老师？"

"对。"

虽对他有所改观，但王子兵还是存有异议："咱现在能不能先想办法把他找到，分析病变原因，稍后再去？他这么危险，在外面就是个祸害啊！"

"我知道啊，你们快去抓啊。"陆俊真心赞同。

"我也想去抓啊，可也不能像个没头苍蝇一样到处找吧，你再给点线索啊！分析分析他可能会逃到哪里！"

"哟，"陆俊又没正经了，斜着眼来回打量身边的王子兵，"你不是不信我这一套吗？"

王子兵靠强壮身体碾压陆俊的骄傲，一胳膊肘子将他顶了个趔趄："少废话，赶紧分析，难道这么快就江郎才尽，给不了线索了？"

"你才江郎才尽！"畏于蛮力，陆俊向后退几步和王子兵拉开距离。"何峰的第二人格具反侦查能力，又小心谨慎，肯定不会去车站和机场。"

"这点线索用你给啊？"王子兵不满。

陆俊更不满："所以我才说要多了解一下何峰啊！你又不给我时间！"

王子兵懒得再跟他争论："成，你慢慢了解！我还是去交通指挥中心吧！天眼比你的人脑靠谱。"

"啧啧啧，王警官，你这是典型的卸磨杀驴啊！"

才出门的王子兵倒退回来，无比赞同地点头："对，卸磨杀你。"

"哟……要不是看你壮，我就跟你单挑！"陆俊一个人嘀咕。

陆俊准备一个人去找何峰小学、初中、高中的班主任了解情况，可坐进车里一启动，他才发现自己忘了给车加油。

十米开外，请了两小时事假外出的江雪怡开车回来了。

"哎，江大法医，找你帮个忙行吗？"

车里的江雪怡装作没听到，目不斜视，自顾自停车。

"挺好的一个姑娘，这么早就耳背。"叹着气下车，他疯狂地挡住江雪怡的车。

噌的一下，江雪怡的火气就上来了，一双美眸突突突地放冷箭，她放下车窗，对拦车的陆俊下命令："一秒钟，闪开，不然我就撞过去。"

陆俊张开手成大字，耍赖地一动不动。"先听我说下帮我忙的报酬！"他将手机里她的丑照翻出，"完事后，我删掉，怎么样？"

江雪怡真想送他俩字——呵呵。之前他已经把她的丑照发上了微博，现在删掉能补救什么？

"只是一个小忙，我车忘加油了，你送我去个地方。"

"不帮。"毅然决然地拒绝，江雪怡背靠车座，双手环胸，冷颜相对。

能屈能伸的陆俊无耻地卖起萌来，他双手捧脸，薄唇微嘟，"江大法医，你怎么可以这么狠心拒绝市公安局第一帅的诚心请求呢？这样吧，你开条件，怎么样才肯帮我？"

江雪怡突然来了兴趣，一直没有得到报仇机会的她思忖片刻，脸上的表情明媚些许。"好啊，条件我开。"说着，她拿出手机，对准他，"会跳舞吗？"

"你想录我跳舞？"陆俊警惕道。

"准确地说，是跳艳舞。"

"……玩这么大？"

收起手机，江雪怡冷脸："不跳就算了，起开，我要停车。"

"得，我跳！"

陆俊认栽，谁叫自己有求于人？

14

果然，经过与何峰所有的班主任交谈后，陆俊确定了自己的猜测。

这三位老师对何峰的印象都很深刻，学习成绩好，早熟，为人大度包容。

校园霸凌每个学校都有，只是事件程度有大有小，大到最近媒体经常报道的群殴事件，小到对同学的缺陷恶言恶语冷嘲热讽。

何峰因为胳膊上的伤疤，在小学、初中、高中三段时期都曾被同学嘲笑过，而老师们说何峰有着这个年龄段少有的大度包容，他从没记恨过那些嘲笑过自己的同学，甚至连一次状都没告过。

何峰也许能忍，但他的第二人格，能吗？

接下来，陆俊的怀疑又被证明。

他问三位老师，还记不记得那些曾经对何峰特别恶劣的同学。

因为时间太久，小学班主任已经忘记，但初中和高中的班主任还记得。

初中班主任回忆说："有个叫李威的，问题学生，只要是比他老实的学生，他都欺负，对何峰格外不好，初三上学期他逃课去网吧，意外从二楼坠落，当时他们家因为这个意外还跟学校掰扯了很久，要学校赔偿巨款，反正闹得很不愉快，事情了结后，他家长就给他转了学。"

至于意外是怎么发生的，他已经记不起来了。

距离何峰高中毕业才不到四年，他的高中班主任的记忆最为清晰。她和前两个班主任一样，都很喜欢何峰这个成绩好又乖巧的好学生，当年的她才从大学毕业，年轻，为人义气，看何峰总被班里的刘成欺负，还主动找双方家长来校见面沟通。

"当时是刘成的妈妈来的，何峰这边因为父母太忙，是年迈的奶奶来的。他奶奶和他一样，脾气都太好了，一句指责刘成的话都没有，反倒让刘成的妈妈把我说了一顿，说我偏向成绩好的学生……"

"那刘成后来还有没有再找何峰的麻烦？"

"没有。"

"为什么？"

"那次之后没几天，刘成出了车祸，肇事司机逃逸，要不是何峰发现了他，他真的凶多吉少了。刘成感恩，就再也不找何峰的麻烦了。"

陆俊觉得，这两件事绝不是巧合。小学班主任遗忘的，肯定也有类似的事件。

眼看天都要黑了，抱胸走在陆俊身后的江雪恰已经饿得连踩高跟鞋的力气都没了，心气儿不顺，她秋后算账，用目光在前面那人的背后戳出俩窟窿："这叫送你去一个地方？小学、初中、高中，你数学是体育老师教的？"

陆俊停下，他转头看向找茬的江雪怡："何峰的小学、初中、高中，都是他上学的地方。"

毫不吝啬地抛对白眼儿，江雪怡开了车门坐进去，在陆俊还没开门前，落下了车门的锁。江大公主不想再伺候无赖了。

"哎！你开门啊！"陆俊死死抠着车门把手，一试再试，"再送我回去啊！这儿离市公安局太远了……"

启动车子，江雪怡将副驾驶那边的车窗降下了三厘米的缝隙。"确实远，但关我什么事儿？我答应的是送你来，可没答应送你回。"

抠字眼儿的买卖，好像谁不会干似的！

一脚油门，江雪怡头也不回地潇洒离去。

望着那就要消失在夜色中的跑车，陆俊懊悔不已，真不该找她帮忙！

洛州近郊近几年建了几处别墅区，因为周边配套设施还没跟上，别墅区可以说是被村庄包围在内的粽子。这种情况下，大多数业主都是存房等后期开发全面后，倒手卖出去或者自己再进来住，所以在周边村子里催生出好多专门给人看房子的看房人。

看房人的平均年龄是五十岁，鲜有年轻人，除非是身体有残障，不方便外出打工的。但是却有一个年轻女孩也在做这个工作，她的名字叫杨美。看房不用住在里面，三天一趟挨家转转，看看有没有水管坏的、被撬门的就可以。

今夜，夜风凉爽，拂面还带着一抹湿润。

以往杨美每次去看房都是赶着晚饭时间回来，今天晚点不说，打电话也没人接，父亲老杨担心，饭也没吃便出门找人。

白日里一排排的别墅洋气气派，可一到晚上，人烟稀少的地方就变得阴森恐怖。一座座不开灯的别墅就像一个个装饰好看的黑窟窿。

"小美？"老杨在别墅外拿着手电冲黑窟窿来回晃荡，透过硕大的落地窗，勉强可以看到一点室内的情况。

杨美负责的别墅不少，有八栋，好在比较集中，老杨找起来不算费劲，十来分钟就转到了第七栋。就只剩下这两栋，要是还找不到孩子，怎么办？他开始胡思乱想，心越来越慌，气越喘越急。

"小美！"手电照进第七栋别墅，老杨在房子里看到了一个黑漆漆的人影，身材比例有点奇怪，身高只有一米二左右，可肩膀和脑袋的比例却和一米五多的人差不多。

"是人吗？看错了？是人的话，怎么可能不开灯……"自言自语着，老杨爬上别墅的铁艺门，探了半个身子进去，往屋里照，这下屋里的人影清晰了不少，老杨却吓得差点儿一头从门上栽下来……

杨美背对落地窗跪在一片血泊之中，她的胳膊和小腿不见了……

才分开不到两小时，陆俊便又和江雪怡在三排五栋别墅门口见面了。

已经换好工作服的江雪怡昂首挺胸地从他面前经过，漂亮的凤眼瞥见他因为着急赶来，唇上还带着没擦干净的炸酱，冷哼一声："才吃过饭就不要进去了，免得破坏现场，影响我们工作。"

陆俊猜到自己可能没擦干净嘴，赶紧伸手抹两下，不服气道："你不也吃了没多久？"凑上前一点，他鼻子灵得闻出了牛排和红酒的味道。"牛排……你自己才要注意，别破坏现……"

模仿杀人案又出一起，王子兵头疼得都要炸了，见陆俊还有工夫跟江雪怡抬杠，气得一把将他给拉到了一边："一下午了，你摸索出什么了！线索呢？"

"干什么这么凶，你着急我不着急啊？"陆俊边回嘴，边掏手机，"何峰初中老师说他有文学天赋，作文获过奖，但何峰是学理科的，我猜有文学天赋的可能是他第二人格，所以我查了那篇获奖作文，是篇小小说，写的是马戏团里的一只狼在城市里受够了折磨，最后逃回丛林，在丛林里建立自己家庭的故事……而且我也看了他现在运营的悬疑公众号，里面有几篇他自己写的悬疑小说，小说里的凶手就是在杀人后躲进了丛林。"

拧眉，王子兵转头看向看起来距离这边并不远的茂密山林，若不是有天上的星月，它早已隐匿在暗夜中。

"没错，我认为何峰就躲在这片山林里。"

盛州。

学校老师对韩轩都是久仰大名，争相敬酒，韩轩盛情难却，便喝了第一杯，接着，第二杯第三杯便一个一个碰上来。

他不是一杯就倒的人，但酒量也不好，六杯酒便是极限，好在大家都没劝酒，所以韩轩这顿饭吃完的时候，不至于被林嘉月架着出来。

不过，林嘉月觉得他距离被架着也差不多了。

走在后面，她抿着嘴打量前面那个努力想走直线的人，扑哧一声笑出来："行了，走歪一点就歪一点呗，又没人笑话你。"

前面的人顿住，动作慢得就像视频里的慢放，回头说："不行，我是……直男。"

今晚已经被他的冷笑话冷死了！

人的醉态千奇百怪，林嘉月是万万没想到，韩轩醉了不唱歌不骂人，就喜欢讲冷笑话！她就纳闷儿了，他的冷笑话素材是从哪里来的？

走快两步追上他，林嘉月和他并肩而行："韩轩，你说实话，你平时一个人在办公室里是不是光看冷笑话了？存了这么多，是不是很早就想讲给大家听了，却一直没有勇气？现在趁着喝醉了，就一口气都讲出来？"

韩轩侧眼扫她，慢吞吞地答："看过……"

"还看什么了？"

"新闻……"

见他这么乖，问什么答什么，林嘉月不禁恶作剧："喜欢新闻女主播吗？"

"无感……"

"切，还无感！说实话，你这样的人，会喜欢上别的人吗？"她睁大眼睛盯着他俊俏的侧脸。

韩轩没有转头看她，那深邃漂亮的眼睛直直地望向前方，声音很轻地应了一声："会。"

只是，那一秒，靠近他们的车道正好有车鸣了一声喇叭，掩过了他的回答。

第五章 血色网游

1

清晨的阳光被酒店厚实的窗帘挡在了室外，昏暗的房间中，双人大床上的韩轩侧卧，如婴儿一般酣睡，托酒精的福，这是他回国后睡得最沉的一觉。如果今天没有讲座的话，他也许会睡到中午才醒。

昨晚设置好的闹铃不停振动。

"嗡——嗡——嗡——嗡——"

终于，难得想要赖床的人被叫了起来。

双眼像被灌了胶水，韩轩赤着上身从床上坐起，然后就像武侠小说里面被点了穴的人一样，一动不能动了。

自己定的闹钟可以被关掉，别人的叫早服务可拦不住。

手机又响了，他这才努力睁开了一只眼，瞄了一下来电显示。

林嘉月。

莫名的心情明朗，房间门口的试衣镜映出了他嘴角无意扬起的弧度。

"嗯？"刚睡醒的他鼻音浓重。

电话那头，林嘉月慢吞吞地催促道："快起床啊，你今天做讲座，没醉得忘掉吧？"

"没有，已经起来了。"

"那下来吃早饭吧，我在最靠近自助餐台的那张桌子。"挂断电话，林嘉月放下手机，将自己之前拿好的食物进行划分，油炸类的都摆到了自己对面，清淡的全放在了自己面前。

韩轩收拾好下楼，整个人精神奕奕神清气爽，可到了餐桌跟前，他就笑不出来了。

"这都是给我吃的？"不可置信地望着面前的油条、煎鸡蛋、香肠、烤豆，他光看就觉得很饱了。

见他嫌弃，林嘉月一副"狗咬吕洞宾，不识好人心"的模样解释说："特意给你准备的好吗？"她将刚才在手机上收到的信息展示给他，怕他看不清楚，还一字一顿地念出来，"研究称，治疗宿醉最好的办法就是吃油炸早餐。基尔大学的心理学教授理查德·斯蒂芬斯说，纯英式的碳水化合物将有助恢复耗空的血糖。"

眼中有光一闪，某人不用吃东西，血糖就上升了，心里有点甜："特意查的？"

"对啊，我又没你懂得多！不查的话，就只能学韩剧，给你弄碗泡菜汤了。"

"也可以。"韩轩心里太甜，没忍住，笑了出来。

林嘉月不知道他心情为什么这么好，开玩笑说："怎么？还没缓过劲儿来，还傻乐？昨晚你没完没了地讲冷笑话，想要冻死谁似的！"

他有点儿断片儿，想不起来了。"有吗？"

"有啊。"看他的一脸蒙，林嘉月突然恶作剧道："你还说了一些你不为人知的秘密，哼哼。"话罢，她得意地阴笑两声。

为什么要这么得意？韩轩分析她现在的表情。难道……他昨天酒醉的时候……向她告白了？

正常情况下，如果关系比较近的朋友或同事向自己告白，而当事人也喜欢对方，那现在应该表现得羞涩，反之，当事人不喜欢对方，那现在就应该变得非常尴尬。林嘉月现在这种状态……莫非是压根儿就不信他的告白，以为他是在说醉话？

林嘉月打量着对面的行为学专家，身子向后一倾，靠到椅背上，手里握着插了一块水果的叉子漫不经心地摇啊摇。"你现在是不是很忐忑？"

韩轩这次竟然成了她的研究对象，而且还被说中了。不知接下来到底会发生什么，他紧张地握紧了手里的刀叉。

捕捉到他的这个小动作，林嘉月更加得意，指向他的手，半眯眼睛："你紧张了。"

韩轩现在真的是心惊肉跳，万一他真的醉酒告白，而她不相信还拿来开玩笑，他到时应该做出怎样的反应？

"咳，我们快吃饭吧，讲座不要迟到。"思量了一下，他觉得转移话题似乎是最能拿来应急的方法。

"对抗和逃避时，人可能会发出干咳、假装清喉咙的行为。你现在肯定是在逃避，话题转移得这么生硬！"将叉子上的水果塞进嘴里，她吃着东西含糊地问："韩轩，你这么怕我说出你不为人知的秘密？你就没看出来，我是故意逗你玩的？因为讲座，你紧张了？"

知道真相的人，默默地放下了手里的餐具。这个早餐，真的是没法吃下去了，比坐过山车还要惊心动魄！

至于为什么没看出这是她的恶作剧，也许是被个人情感蒙住了眼睛……

韩轩在盛州大学的讲座很成功，他的思路清晰，讲解全面，一点儿也不像是无讲稿的讲座。

坐在观众席最后一排的林嘉月托着腮，自言自语："看着一点儿都不紧张啊，早上那是怎么了？呆头呆脑的。"

"你说韩老师吗？"

林嘉月所在的最后一排只有她自己，突然冒出个男人的声音，吓得她一激灵。

转头，在她身后不知道什么时候站了个男人，他看起来也就四十岁左右，星目剑眉，长得一脸正气。

"对啊，怎么了？"她拧着身子问他。

男人转到了林嘉月的身边，在她旁边的座位坐下，还像个认真好学的学生一样，从自己包里掏出一支笔和一个笔记本。

林嘉月在他的笔记本上看到了眼熟的图案，像见亲人一样，她从警惕变为惊喜："你是警察啊？"

男人笑着点头："对。"

"难怪特意跑来听韩轩的讲座，韩轩真招你们喜欢。"

听林嘉月一口一个韩轩，又联想她刚才的那句感叹，男人猜测道："你认识韩老师？"

"嗯，同事，一起来的。"她略显得意。

"呀！"男人万分惊喜，然后害羞地问："我前面半个小时没听到，等讲座结束后，你能帮我跟韩老师要一下他的讲稿吗？"

"他没有讲稿。不过，学校应该有录像。你先听着，等结束了，我带你过去问问！"

"太谢谢你了！"

时长两小时的讲座结束后，林嘉月带人去找韩轩。

敲开休息室的门，里面只有韩轩一个人。

见他疑惑地看向自己身后的那人，林嘉月连忙介绍："这位是盛州榕荫派出所的赵耀老师，因为工作来晚了，头半个小时的讲座没能听到，觉得很可惜。学校是不是有录像，你能帮他拷贝一份吗？"

"可以。"韩轩开口，还是以往那种冷淡模样，加上声音略显疲态，回答简洁，给人一种他很不耐烦的错觉。

林嘉月怕赵耀误会，特意解释说："韩老师平时就是这么不热情，没有不耐烦，习惯就好了。"

赵耀是不拘小节的老爷们儿，自然没在意，他笑容满面地应道："当然不会，当然不会。今天真是谢谢你了，小林。还有韩老师，给你添麻烦了。这样吧，我请你们吃个饭吧！我刚下夜班，今天正好有空！"

赵耀的普通话带着盛州方言的腔调，这种口音韩轩再熟悉不过，他爸和他奶奶都是这个口音，一家人就他和他妈的普通话标准。面对这熟悉的口音，他有些不忍心拒绝。

林嘉月被他看了一眼，明白了他的意思。

他为难，她就不为难吗？看赵警官那期盼的眼神儿！而且她刚才和赵耀聊了一会儿，看得出他是真的很崇拜韩轩，跟王子兵不分上下。

"要不，就一块儿吃呗？反正我们明天下午才回洛州。"她回看他。

韩轩的目光在她脸上打了个转儿，又在赵耀脸上打了个转儿，最后头微微一点："好。"

一听韩轩答应了，赵耀激动得立马就要给餐馆打电话订位子："我知道一家餐馆，本地特色菜做得特别地道！"他看了眼手上的腕表，已经十一点半了，不知道现在还能不能订上位子。

"赵警官，"韩轩抱歉地打断他，"我们改在晚上吧，中午我有事。"

"也好，韩老师您先忙。"

赵耀跟林嘉月交换了手机号码后，先行离开。

林嘉月存完手机号码，抬头问韩轩："你有什么事？"

韩轩摇头："没事，就是觉得不应该耽误别人休息。"

林嘉月明白他的用心，开玩笑道："你真心疼你的大叔粉丝！世界好偶像！"

赵耀订的那家餐馆在盛州最有名的酒吧街芙蓉路的隔壁，两条街挨着，白天时景色一样，到了夜晚可就天差地别。

芙蓉路在天一擦黑的时候，五彩霓虹灯便亮起来，白日静止的各种雕像瞬间就被灯光照活，一个个像是有了生命一般。

最受年轻人欢迎的某酒吧内，五光十色的灯光交替着，桌上的年轻人被映得五彩斑斓，像是游戏里的仙妖鬼怪。

"哈！好多怪！砍它砍它！老子砍死它们！"

突然，欢乐祥和的酒吧里有一桌年轻人嚷了起来，接着，其中一个男人大叫着掀翻桌子，桌上的酒瓶摔向地面，碎得四分五裂。

喊叫的男人弯身拾起一块又长又锋利的酒瓶碎片，着了魔一样，转身就朝隔壁桌的几个客人扑去。

同桌的朋友吓坏了，赶紧上前拉他，可男人浑身怪力，根本拉不住，朋友的胳膊和手还被男人手里的碎玻璃划伤，最后不得不松开手。

"老子装备逆天！看谁拦得住我！哈哈哈哈！"疯了一样的男人说着别人听不懂的浑话，狞笑着又重新冲向了其他桌没来得及躲闪的客人。

2

夜风习习，赵耀骑着古老的大二八自行车穿行在灯红酒绿的芙蓉路，做警察的直觉让他觉得前方十米的那家酒吧门口不是因为生意好才聚集了那么多人。

他们有的神情焦急地在打电话，有的却说说笑笑玩着手机，两种极端表现令赵耀不好判断酒吧里到底发生了什么事。

骑到那家酒吧门口，赵耀下车，便衣的他拍了一个年轻女孩的肩："姑娘，里面怎么了？"

惶恐的女孩儿正要开口，却被身旁另一个时髦男生抢了话，男生一点也不紧张，甚至还有点兴奋，他手里的手机正开着时下年轻人喜欢的直播软件："里面有个男的疯了，拿着个玻璃碴子乱挥乱砍，好像还挟持了一个女的！"话音未落，赵耀丢下自己的大二八自行车就要往里冲，男生伸手拉他说："大叔，保安不让进啊！要能进去，我早进去直播了！"

赵耀将他的手推开，根本来不及解释自己的身份，就冲进了酒吧。

里面的保安果然要拦他，但他已经掏出了自己的警员证。

见状，保安激动得像见了救星一样："你来得太快了！我们才刚报警，你就到了！"

现在不是赵耀的工作时间，他没接到报警电话，这一切只是巧合。

不跟保安废话，赵耀让他带自己去找那个发疯的男人。

因为前几分钟的骚动，酒吧吧台的高脚椅很多都已经东倒西歪，地上随处可见玻璃碴和散乱的酒水零食，简直一片狼藉。

发疯的男人已经藏身到酒吧吧台后面，所以一进去的时候，赵耀连他的影子都没看到，只听得到吧台后有女孩恐惧的抽泣声。

距离吧台七八米远的地方有四个酒吧工作人员和几个年轻客人，年轻客人有男有女，一半是被挟持女孩的朋友，一半是发疯男人的朋友。

一个身穿西装看样子应该是值班经理的男人眉头紧蹙朝赵耀身后的保安走来："这谁啊？"

保安说："警察。"

"就……就一个？"

"嗯，我也纳闷儿呢……"

许是听见了外面的动静，吧台后的疯男人再次发出诡异恐怖的怪叫，他从一米多高的吧台后露出上半身。

赵耀做了这么多年警察，见过的疯子、醉汉、嗑药者数不胜数，单单一眼就看得出这个男人到底是哪一种。

"你们酒吧有人卖药？"他质问酒吧经理。

酒吧经理十分冤枉："没有！绝对没有！我们酒吧除了有外围女混进来过，别的乌七八糟的人还真没有混进来过的！"

酒吧经理言辞真诚，不像在说谎。那他吃的药是谁给的？

"大Boss！哈哈哈，刷大Boss了！"疯男人的注意力被才进门的赵耀吸引了，他狞笑着挥舞手中的碎玻璃，自己的手已经被扎得鲜血直流，可他好像完全感觉不到疼。

"你在说我吗？"稍稍向吧台靠近，赵耀指了指自己。

疯男人异常亢奋地摇头晃脑："对，对！就是你！我要极品装备！你给我爆一件极品装备！"

赵耀冷静地答应："可以，你先把那个女孩放走，剩下的事，我们两个来解决。"

"不行！她是我的红药！"

对游戏用语一知半解，赵耀听得一头雾水，但为了救人，他只能硬着头皮和他瞎扯："来，我们两个单挑，不要带帮手。"

他调整自己的角度，试图朝吧台后面看去，想确认女孩的安危，谁知那嗑了药的疯子特别机警，不光挡住了他的视线，还出其不意地扑了上来，锋利的玻璃碴差一点割伤赵耀的脸。

虽已年近四十，但每天都有锻炼的赵耀力量并不比二十多岁的青年差，只不过这男子精神亢奋有股怪力，下手不是一般的重，好几次都差点伤了赵耀。但终归姜还是老的辣，赵耀看准时机，一脚将他踹倒在地。

疯男人疼得缩成了一团，哼哼唧唧起来。

在两人打斗时，吧台后面的女孩竟然没有趁机逃走，这让赵耀十分担心，所以他在疯子倒地的一瞬，立刻跑向了吧台后面，幸运的是，吧台后的画面并不血腥，女孩只是被绑住了，无法挣脱逃走。

就在赵耀弯身给女孩解绳子时，缩在地上的疯子又重新站了起来，他嘴里念叨着"红药是我的"，然后饿虎一样扑向女孩。

赵耀去挡，两个人又纠缠在一起，双双摔倒。

吧台外的几个人看不到他们了，只能听见女孩恐惧的呜咽和疯子语无伦次的嚎叫。

七点了。

韩轩看眼腕表，请示性地问林嘉月："现在能打电话了吗？"

赵耀约的晚餐时间是六点半，林嘉月和韩轩准时到达餐馆，但他自己却一直没有出现，六点四十五分的时候，韩轩叫林嘉月给赵耀打个电话问问，是不是有事情来不了了。林嘉月大大咧咧，认为就迟到十五分钟，可能是堵车，专门打电话去问，显得他们好像很小气似的，几分钟都等不起，所以拒绝给赵耀打电话。

现在，又十五分钟过去了，林嘉月也觉得不是堵车那么简单的事了。

在手机通讯录里找到赵耀的手机号，她拨了过去。

"嘟……嘟……嘟……"忙音响了好久，就在她想要放弃的时候，电话终于打通了。

"喂，您哪位？"电话那边的男人声音有些沙哑，明显不是赵耀本人。

林嘉月拧眉，她害怕是发生了什么不好的事情，于是小心翼翼地问："您好，这应该是赵耀警官的手机吧？"

电话那头的人应声："对，我是赵耀的同事。"他的语气透着一丝担忧和沉重。

林嘉月心里咯噔一下："赵耀呢？是这样的，他今天上午去盛州大学听讲座，我们认识的，约了晚上一起吃个饭……"

赵耀的同事似乎知道这件事："是韩老师？"

"对，是我们。"

确认了他们的身份，赵耀的同事这才将赵耀现在的情况告诉了林嘉月。

挂断电话后，她转脸望向以询问目光看着自己的韩轩，眉头深皱："赵警官来不了了，他正在市中心医院抢救……"

韩轩的眉宇间也拧起一座小丘，起身："去趟医院。"

韩轩和林嘉月赶到市中心医院时，赵耀的手术还没做完，手术室外的长椅上，坐着三个人，身穿警服的应该就是那个跟林嘉月通话的警察，另外两个是一对母子，应该是赵耀的妻儿。

女人年纪和赵耀相仿，瘦瘦的，脸上满是担心，红红的双眼已经没了眼泪，眼角残存着干后的泪痕。靠在她身边的男孩不大，看起来只有七八岁的样子，他没有哭，小小的双手紧紧握着母亲的手，像是在鼓励安慰母亲。

赵耀的同事看到他们，起身迎来，带他们去了距离手术室远一些的地方。

"到底发生了什么？"林嘉月问。

"老赵应该是去赴约的路上，经过了那家酒吧，里面有个嗑了药的疯子挟持了一个女孩儿，老赵为了救那女孩儿，被疯子用玻璃刺伤，送来医院的路上突然昏迷了，大夫说伤到内脏了，引起大出血……"

听完事情的来龙去脉，林嘉月沉默了，韩轩在她脸上看到了一抹自责的神情。

他迟疑一下后，左手在她的肩上轻拍了一下，以示抚慰。

林嘉月会意地望了他一眼，但心里还是后悔，如果一开始就拒绝了赵耀的邀请，那现在他就不会有生命危险。

现实中没有后悔药，更不可能时光倒流，但人可以主动去做些什么，来弥补心中的愧疚和遗憾。

"我们有什么可以帮你们的吗？"韩轩开口。

赵耀的同事明白他们的好意，但他也知道韩轩就是来做讲座的，可能明天就要回去了，所以他不想耽误他们的行程，婉言拒绝。

"但她不做点什么，心里会很不舒服。"

两个男人一同看向林嘉月。

林嘉月圆溜溜的眼睛里满是诚意："要不我今晚帮忙照顾赵警官的妻子和孩子吧。"

赵耀的同事将林嘉月的恳愿转达给了赵耀的妻子，瘦弱的女人转头看向林嘉月，眼里闪烁着感激的目光。

"那就麻烦两位了。我今晚留在医院，孩子明天要上学，麻烦你们送他回家吧……"

"好，明早我送他去上学！"林嘉月主动请缨。

赵耀的儿子名叫赵之晨，今年七岁，读小学一年级，个头虽然不高，但却是十足的小男子汉。

打车送赵之晨回家的路上，一直不吭声的他在十字路口等红灯的时候，突然开口，他一双有神的眼睛望向左手边的林嘉月。"姐姐，我想去我爸爸上班的地方。"

林嘉月一怔："为什么啊？"

"我要去拿一个东西。"

"什么东西？"

赵之晨不想说，垂下头："秘密。"

林嘉月不勉强他，赶紧告诉司机地址。

到达目的地后，林嘉月和韩轩跟在赵之晨的身后进了榕荫派出所。

因为今晚的事，榕荫派出所里异常喧闹，三人进来的时候，正好遇上被带回来录口供的那些目击者。

七个人，迎面而来。

林嘉月的目光只锁定在赵之晨的身上，跟着他上楼去了，而韩轩却停住，将迎面来的七个人挨个扫了一眼。

其中，一个相貌平平的年轻男人引起了韩轩的注意，与另外六个人不同，他的脸上没有一丝沉重和悲伤，反而有着令人不解的痛快神情。

待林嘉月和赵之晨从楼上下来，韩轩叫住林嘉月说："把明天回程的车票退掉吧。"

3

翌日一早，林嘉月去送赵之晨上学，韩轩一个人又来到榕荫派出所，他将自己的来意说明后，所里领导答应了他提出的调查酒吧挟持案的要求。

调取昨晚案发时酒吧的监控录像。由于酒吧灯光昏暗，录像画面并不清晰，而且当事人范军那一桌的位置比较偏，他正好处在监控死角中，韩轩无法从录像中看到他从正常到发疯的全过程。

酒吧确实不存在有人贩卖禁药的现象，而昨晚同桌其他三人的化验报告显示，三人并未服用任何药物，也就是说，药可能是范军自己吃的，或者他在不知情的情况下被人下了药。

范军目前的情况还不稳定，无法从他的口中得到可信的信息。

范军和他的三个朋友都是有前科的人，四人早早辍学，曾不止一次因为打架斗殴被拘留教育。四人都无正式工作，范军目前在一家网吧做网管，于海家里有点儿小买卖，算不上富二代，但衣食无忧，剩余两人游手好闲，跟着于海蹭吃蹭喝。

"暂停一下。"韩轩示意，然后放大了监控录像停止后的画面。

在范军挟持了那名女孩后，酒吧照明灯全开，环境明亮，画面变得非常清晰，而韩轩留意到的是，在赵耀出现时的那一秒，在场的于海见到他后，脸上出现了得意喜悦的微表情。这和他昨晚在于海脸上看到的痛快神情如出一辙。

盛州实验小学门口。

林嘉月看着赵之晨和其他小朋友一起走进校门，他小小的背影透着小小年纪不该有的心事重重，这种违和令她想起了曾经的自己。

赵耀的手术成功了，但还没有脱离危险期，在这期间，谁也不知道命运会如何选择。

她太懂得失去亲人的痛苦了，特别是在幼年期，那种痛苦会影响一个孩子的一生，当然，也有好的方面。但不管是好是坏，她都不希望赵之晨经历这种痛苦。

走进学校的赵之晨放慢了脚步，他的手探进自己校服的上衣口袋中，昨晚在爸爸办公桌里拿回来的幸运球被他紧攥在手里，那是他和爸爸的秘密，连妈妈都不知道有这么一颗幸运球，到底要不要交给送自己来上学的那个姐姐？

他最想亲手送去给爸爸，可他现在要上学，他答应过爸爸，不能轻易请假旷课，可是他真的很想现在就把这颗幸运球送到爸爸的身边……

林嘉月不知道他怎么停住了，伫立在校门口的她拧眉等待。

终于，赵之晨决定了，他转身冲校外的林嘉月跑来，从口袋中掏出幸运球，交到了林嘉月的手上："姐姐，你可以把幸运球送到我爸爸手里吗？"

林嘉月低头看着手中那颗曾经是一个零食包装壳，后来被美化了一下的塑料球，似懂非懂地点了点头："姐姐一定帮你交给你爸。"

小家伙终于露出了淡淡的笑容，他道过谢后嘱咐她："最好不要让我妈妈看到哦……"

"好！"

再次目送赵之晨进入校园，林嘉月带着他交付的重任，打车去了市中心医院。

世界上有多少父亲和孩子的小秘密能逃过母亲眼睛呢？他们沾沾自喜以为是小秘密，其实当妈的早就知道了。

当赵耀的妻子看到林嘉月手里的那颗幸运球时，她憔悴的脸上露出了浅浅的笑意："晨晨给你的吗？"

林嘉月被身后传来的声音吓了一跳，赶快藏起幸运球，做贼心虚地答道："啊？什……什么啊？"

"那个零食的包装壳。"她被林嘉月的反应逗乐，无奈地笑了。

"这个……你知道啊……"没再藏，林嘉月怀着对赵之晨的歉疚，将幸运球拿了出来。

"嗯。因为我不让孩子吃零食，所以他爸常常偷买给他，这个是晨晨最喜欢吃的。赵耀给他买了以后，作为答谢，他用包装壳给他爸做了这个幸运球。"

"你知道得这么清楚啊，晨晨还以为你不知道……那个，我答应了他，不让你看到这个，那你以后就继续装不知道，可以吗？"

赵耀的妻子点头，然后望向病床上的丈夫，愁容又爬上脸颊，她幽幽道："只要他能醒过来，怎么样都好……"

"会的！"林嘉月安慰她，转身将那颗幸运球放到了赵耀的床头。

林嘉月赶来派出所时，韩轩已经看完全部的监控录像，在于海之后，没有再能引起他注意的线索。

"怎么样？"两人在走廊里撞面，林嘉月对他寄予厚望。

回望她迫切的双眼，韩轩回应："范军的朋友于海有些奇怪，视频中他看到赵耀在酒吧出现时，似乎心情很好。"

"警察来了，他感到安全，所以心情变好？"才做出的推测，下一秒就被她自己推翻，林嘉月诧异，"不对啊，昨天赵耀穿的是便装，于海怎么知道他是警察？难道他们认识？"

韩轩点头，将早上了解的情况转达给她："范军和于海还有其他两人，是榕荫区小有名气的混混，因为打架斗殴，已经被赵耀处理过不止一次了。"

眉头蹙起，思维发散的她已经在心中做出了一个大胆的猜测："那这会不会是于海和范军设计的一个局？想要报复赵耀？"

"也不是没有可能。"韩轩觉得，真相大白前，一切的猜测都不应该被否定，"但关于于海的异常情绪，我认为和赵耀有关的概率不是很大。"

"那你觉得他兴奋的点到底是什么？"

"可能和范军有关。"

走廊南头的两人讨论着，走廊北头，赵耀的同事正在找他们。

"韩老师，林老师，范军清醒了！"

已经被带进审讯室的范军头发凌乱，嘴上一层青色胡楂，黑眼圈浓重，此时的房间里只有他一个人，他紧张惶恐，如坐针毡。

当韩轩一个人推门而入时，他的眼神变得迫切，他倾身离开座椅，但受座椅控制，他并不能直身站起，只能半弯着腰，仰望着面无表情的韩轩，一连问了两遍："赵警官没事吧？没事吧？"

韩轩冷冷地看他一眼："你记得自己对他做了什么？"

"我不知道……我什么都不记得了……我是听其他警官说的……"越讲越害怕，范军两眼泛红，有泪水在眼眶里打转，"你们一定要相信我，我不是故意的！我从没想过要报复赵警官！"

看来赵耀同事和林嘉月想到一块儿了。

不过他现在可以确定，范军没有说谎，他真的没有想过要报复赵耀。

将话题从赵耀身上转移到范军自己身上，韩轩问他："昨晚的事，你还记得哪些？从头到尾讲一遍。"

坐回椅子上，范军让自己平静，努力回忆昨晚的情况："我昨天下午五点多的时候约了于海、王宏、朱健去酒吧喝酒，到酒吧时，那里的客人还不太多，我们四个算是那家酒吧的常客，知道哪个角落的Wi-Fi信号强，所以每次来都挑那边的位置。我们四个男人经常在一起玩，也没什么可聊的，所以大多数时间，我们四个就是聚在一块儿边喝酒边玩手机。中途我去了一趟洗手间，回来后继续，但好像没多长时间，我就开始精神恍惚，我当时以为自己有点儿醉了，没当回事儿，谁知道……"范军懊悔不已，羞愧地垂头，捂住自己的脸，片刻后，手缝中传出了一声痛苦的呜咽，"我真没想到会发生那种事……我对不住赵警官……"

"为什么对嗑药的事只字不提？"

猛然将头从手掌间抬起，范军似乎才想起这件事，他急于表明自己的清白，举双手发誓道："我没嗑药！我昨天真的没嗑药！"

虽然这个举动很夸张很江湖，但韩轩并没有在他身上发现说谎的迹象。"昨天约他们喝酒有什么原因？单纯是聚会？"

"不是……是我心情不好，想找兄弟出来聚聚，热闹热闹。"

"为什么心情不好？"

"我女朋友的父母不喜欢我，反对我们两个在一起。"

"原因？"

范军沉默数秒，羞愧地开口："嫌我因为打架有过前科，还有网瘾，为了打游戏，不去找正式工作，整天缩在网吧鬼混，他们不想让自己的女儿跟我这种人过一辈子……"

4

"那你想过改变自己吗？"韩轩问。

范军自嘲地笑了笑："现在改来得及吗？有人会信我能改好？"

"你都不相信自己，别人当然不会相信你。"韩轩轻描淡写地略过，继续问，"昨晚一起喝酒的几个人中，你和谁最近发生过不愉快的事？"

"这是……什么意思？你们怀疑是我兄弟给我下了药？"他惊讶地看着韩轩，仿佛在看一个不同世界来的奇葩，"怎么可能？他们都是我的好哥们儿！给我下药，让我惹出事儿来，他们有什么好处？"

"所以才会问，你最近和谁发生过不愉快？"从之前的监控来看，外人下药的概率几乎为零。

"没有！"范军语气变得恶劣，显然，他的好兄弟被人怀疑令他气愤不已，"我跟他们在一块儿玩了那么多年，一次脸都没红过！特别是于海，我们俩认识得有二十年了，关系比铁都铁！"

尽管范军不认为自己是被朋友下了药，但韩轩还是坚持自己的看法，而且范军越是信任于海，韩轩就越是怀疑于海。

于海所住小区在盛州属高档住宅，小区内的园林景观设计得不错，百米远的楼间距，楼栋之间造了一个近五十平方米大的池塘，时值初夏，荷花含苞欲放。

林嘉月一进小区就感叹道："看来于海家挺有钱啊。"

韩轩环视小区内环境，赞同地点了下头。

于海家的经济条件确实不错，父母各经营一家小超市，一家三口每人名下都有一套房，于海这套是他十八岁生日时，父母送给他的成人礼物。

韩轩和林嘉月来找于海前，已经跟他通了电话，所以当他在可视门铃电话里看到他们时，并没有表现出惊讶。

得到许可后进门，两人乘电梯上楼，抵达目标楼层，电梯门打开时，于海已经一手抄着裤兜站在电梯门外迎接他们了。

"你好！"韩轩礼貌地主动问好，目光感兴趣地在他裤兜上扫了一眼。

于海也礼貌地回了一句，然后请两人进屋。

林嘉月前脚刚迈进门，下一秒便被一声狗叫吓了一跳。

"古琦，不要叫。"他回头冲一只被关在阳台上的黄色中华田园犬说道，接着那只狗便安静地趴在了地上，很是听话。

韩轩打量了一番阳台上的黄狗，又环视一圈于海的房子："你一个人住？"

于海点头，请两人在沙发上坐下："你们需要向我了解一些什么情况？"

从走廊到屋里，他手抄裤兜，没有引起林嘉月的注意，但现在开始交谈，而且他已经坐下，手却还是放在裤兜里，这种行为就显得有些奇怪了。

昨天韩轩在讲座中提起过，如果一个人在与其他人交谈时，手抄口袋，这就代表他与谈话人有距离感，或者这个人怯场，有戒备心，躲避，再或者这个人有优越心，无视，不在意。

以目前的情况来看，于海应该是属于有戒备心。

"这是你父母超市的库存数据册吗？"韩轩不着急接他的话，有意闲聊地指了指他玻璃茶几第二层上放着的那本看起来破旧如江湖失传武功秘籍的记事本。

"对。"于海很谨慎，所有与自己有关的问题，他都用点头或者简单的几个字来回答，好像生怕自己多说话会带来什么麻烦一样。

"你准备接手父母手上的生意了？"

"嗯。"

"家里人逼你的？"

"不是，我爸身体不如从前了。"

韩轩了解地点了下头，停顿几秒后，再次发问："你跟范军是从什么时候认识的？"

林嘉月一直在观察于海，在韩轩不说话的那几秒钟里，于海的表情一直比较僵硬，但当韩轩开始问与范军有关的问题时，他似乎偷偷地松了一口气。

"我和范军是小学同学，认识快二十年了。"

"一直关系很好？"

"对，小学和初中一直在一块儿玩，高中他没上，我妈送我上的私立高中，住校，算是分开了三年，但平时有通电话，假期也一块儿玩，高中毕业后，我们基本上就一直在一起混了。"他回忆以前的时光时，表情放松温和，看起来他们的过去是很愉快的。

"没上高中的这三年，范军在做什么？"

"就是跟着一帮人混网吧玩游戏吧，他初中的时候就有了网瘾……对了，我高一的时候，他因为痴迷网络被家里送去了县城一个戒网瘾的学校，待了几个月，他家觉得花费高没成效，就把他接回来，放任他玩了。"

"除了有网瘾，那你知不知道他有毒瘾？"

"怎么可能？"于海对韩轩的问题表露出一丝鄙夷，"他没有毒瘾。"

"可是昨天晚上，他确实吃了不该吃的东西。"

"是吗？我不知道啊！"惊讶的微表情在脸上保留的时间有些长，于海又突然想起什么，"其实我一直想说，范军家有个亲戚得过精神病，范军是不是遗传了这方面的基因，精神也有点问题，再加上以前被电击治疗过……网上不是有新闻说，电疗戒

334

网瘾把好好的人都给折磨疯了吗？"

"范军家没有精神病史，你说的那个人与范家没有血缘关系，警方已经调查过了。"

闻言，于海眉头微微蹙起，露出紧张神色。

韩轩全看在眼里，于海很可能是给范军下药的那个人。

近一分钟的安静。韩轩开口，尝试引导："为什么？"

于海抬头看向他的眼睛，毫不畏惧也毫无亏欠，明知故问道："什么为什么？"

"给范军下药的原因。"

他冷笑一声，不承认："你怀疑我给范军下药？有证据吗？"

证据，让谎言现身的利器。可是警方现在还没有找到。

似乎是感觉到客厅里的气氛不妙，被于海关在阳台上的那只狗又叫了起来。

"古琦，不要叫。"于海起身走向阳台，随手从置物架上拿下了一个蒙奇奇的女版玩偶丢给它。

古琦叼住那个玩偶，乖乖趴下，自娱自乐起来。

对玩偶了解甚少，韩轩未觉异常，但于海的这一行为却引起了林嘉月的注意。

通常蒙奇奇玩偶都是一对出现的，一个男孩一个女孩，价格也不便宜，是普通狗狗玩具的两三倍。于海家除了这只女版蒙奇奇，再没有别的玩偶，也没有狗狗玩具，所以这不是他自己买的，应该是别人送的。不送一对的原因……那人可能跟于海是情侣，一人一只，只是于海好像对它很不在乎，那八成就是前女友送的了。

安抚过古琦，于海转身望向韩轩和林嘉月，相比距他们近时的状态，此时的他轻松了些许，但手依然抄着口袋："我不知道为什么你们会怀疑我，我跟范军认识这么久，关系一直是最好的，我不会害他。但如果你们还是不信，认为我有嫌疑，那好，你们拿出证据！"

从于海家出来，林嘉月气得腮都鼓了起来。"脸皮真厚！还好兄弟！好兄弟会在这个节骨眼上爆人家家里可能有精神病史吗？分明就是在黑范军。"

韩轩按下一层的电梯按钮，不赞同地说道："不是在黑他，于海好像是在为范军开脱，如果范军被认为是精神病患者，那这件事的处理就会不一样了。"

"不是吧，你现在不怀疑于海了？"林嘉月诧异他态度的巨变。

韩轩解释："怀疑，于海确实是最有下药嫌疑的人，从刚才见到我们开始，他就一直手抄口袋十分紧张，但他对范军确实没有敌意。"

"没敌意，那下药做什么？"

"这个目前只有于海自己心里最清楚。"

"撬他的嘴多难，死不承认啊。"林嘉月信手拈来地模仿起于海的嚣张，"如果你们还是不信，认为我有嫌疑，那好，你们拿出证据……好像我们真的找不到证据似的！"尾音才落，她突然想起了北县阴婚的那个案子，她听说，赵春蓄意谋杀的证据不足，被释放了。

狭小的电梯间让两个人靠得很近，韩轩可以轻易感觉到林嘉月心情的转变，前一秒还斗志昂扬，现在竟然有些萎靡。

"怎么了？"他关切道。

抬眼，她语气里透着一丝忧虑："万一我们运气不好，真找不到证据呢？就跟当初的赵春一样。"

"坏人自有天收。"韩轩逗她。

林嘉月撇嘴："你信这话？"

他当然不信。

电梯到达一层，门开。

韩轩的绅士手挡在电梯门边，示意林嘉月先走。

林嘉月才出电梯，身边的人便心平气和地说："耐心，一定有办法。"

前面的门外是阳光明媚，身后的韩轩仿佛坚实后盾，一瞬间，林嘉月的心就静了下来，情绪上的毛糙被抚平。

"于海和赵春不一样，他不是无赖。他担心父亲的身体，已经开始收心，准备接手家里的生意，他一个单身男人把家收拾得比较干净，就算养狗，家里也没有太大的味道，而且狗对他不是畏惧，是尊敬，这些都说明他有积极的一面。只要我们能找出他下药的动机，那很轻松地就可以将他挡在自己面前的防御墙推倒。"

因为林嘉月的驻足，身后的韩轩已经走到她的前面。

林嘉月静静地望着他，他与阳光融合在一起，耀眼，温暖，充满能量。

原来她在他身上可以学到的，不止专业知识，还有沉稳的心态。

一楼厅堂内，连成片的不锈钢信箱像一面巨大的镜子，余光中，林嘉月看到了那上面映出的自己。

完完全全一个迷妹啊！崇拜的目光都要闪烁起来了！

5

韩轩的耐心……高调得吓人。

海洋百利超市对面的快餐店内，林嘉月和韩轩面对面坐在落地窗前的位子上。

实在忍不住，林嘉月问他："你的耐心非得在人家脸前面耐吗？这么显眼的位置，于海早就发现我们了，你看，他朝这边看了！"说着，她挡住自己的脸，冲韩轩使眼色。

"嗯。"韩轩应声，扭头朝仅隔了一条三米宽小路的于海招了下手。

"还招手……你这不是耐心潜伏等机会，分明就是高调主动来挑衅！"

他收回目光，略显无辜地说："我什么时候说耐心就是潜伏等机会了？"

确实没说，都是她自己以为的！林嘉月脑补的潜伏彻底泡汤了："那你说的耐心就是光明正大地接近他，了解他？"

韩轩向她投以正解的眼神，掏出皮夹问她："喝水吗？"

"不喝，但是想吃雪糕。"靠窗的位置明亮归明亮，就是有点儿热。见他明了地起身准备去对面的超市买，林嘉月连忙制止他："你知道我想吃什么样的吗？"

"上次的那种不行吗？"

摇头。"女人是善变的！"

"那这次要什么样的？"

"没想好。还是我去吧，我自己挑，反正你只喝水，对吧？"

韩轩点头，然后没有一丝迟疑地将自己的钱包递了上去。

林嘉月一怔，眉毛一挑，逗他："韩老师给女人钱的动作很熟练啊。"

韩轩冤枉。他的钱包除了这样给过他妈，别的女人都没享受过这待遇。

"虽然给女人钱花的男人很帅，但花自己钱的女人更帅！"林嘉月将他的钱包推回去，拿出自己的，然后带着一丝小骄傲出门去了对面。

望着落地窗外的那个人影，韩轩的唇角微扬，他越来越喜欢跟她在一起的感觉，轻松、自然、忘忧，也越来越想一直和她这么在一起。

穿过狭窄的街道，林嘉月在于海的注视下走进他家的店，然后像不认识他一样，一副单纯顾客的模样向他询问："矿泉水在哪边？"

于海脸色不好看，戒备地伸手指了指东南方。

她微微一笑道谢，步伐轻盈地走去货架间。在琳琅满目的商品中挑选时，她听到超市又来了两位顾客，男的。

"海哥。"一个嗓音沙哑，像个老烟枪。

"海哥啊，杨蓉蓉来找你了吗？"一个声音聒噪，像只知了。

于海回答他的声音则有些避讳，像是不想让里面的林嘉月听到：“没有。”

“估计是不敢，知道你和军哥最好，怕你骂她。”“知了”一腔怨气继续道，“她还好意思来找我们，军哥是谁害的啊？还不都是因为她！要不是她们家那么多事儿，军哥能烦心去喝酒，闹出这么一个大麻烦吗？海哥，你说……”

林嘉月竖着耳朵听，但“知了”的话到了这里就断了，明显是被人使了眼色，不能再说下去。

果真，她拿着矿泉水转身的时候，发现了两个年轻男人正探头在走廊尽头看她。

林嘉月倒没害怕，笑了笑，问他们：“你们就是范军的朋友王宏、朱健吧？”

两人语气不善：“你干什么的？”

“协助警方查案的。”她现在是被停职状态，但韩轩没有，协助警方顾问约等于直接协助警方。

“查案就查案，来海哥这儿干什么？”

“买水呗。”她晃晃手里的瓶子，然后走向堵着过道的两个人，“麻烦让让，我要结账去。”

于海并没有看向她，而是双眼直直地盯向超市门外。

林嘉月也探头朝门外望，韩轩不知什么时候跟过来的，正一个人冷冷地矗立在超市门口，跟于海玩着四目相对的游戏。

余光瞥到林嘉月的身影，韩轩这才转移了视线，开口问道：“买好了吗？”

林嘉月摇头：“没呢，光给你买了水了。”说着，小碎步跑到冰柜前，迅速扫了一遍里面所有的雪糕，挑了一只巧克力的。

结完账，林嘉月在出门前将收银台前的三个男人挨个瞥了一眼,刚才自己一个人和他们相处时,她都没有觉得害怕,现在门外有人撑腰,她更不会害怕了。

午后阳光被梧桐树的枝叶筛成光点,投在两个人的身上。

林嘉月斜眼看了一眼开瓶喝水的人,想问又莫名其妙地害羞,于是换了种打趣的口吻:"韩老师,光天化日的,你还怕有人敢欺负女生吗?"

韩轩也不好意思承认自己是在看到王宏和朱健来了后,害怕林嘉月有麻烦赶紧跟了出去的,于是也用开玩笑的语气说:"是害怕你欺负别人。"

林嘉月黑脸:"我又不是女魔头!"

"那是我太渴了,着急喝水。"他又换个理由,反正就是不说担心她。

"切!"不知怎么的,心头有一点小失落。她撇嘴,不再说话,吃起雪糕。

市中心医院。

林嘉月和韩轩一起来看赵耀,好消息是赵耀脱离了危险期,但什么时候才能醒来,还不能确定。

"晨晨,你妈妈呢?"林嘉月问守着赵耀做作业的赵之晨。

他放下手里的铅笔,指向病房外说:"刚才有个姐姐来看爸爸,妈妈带她出去说话了。"

"这样啊。那你吃饭了吗?"

"还没有,妈妈说等我写完作业,就给我泡泡面吃。"

赵耀离不开人,妻子又不放心孩子自己出去买饭,所以准备了很多方便面在病房里。

林嘉月心疼地摸摸赵之晨的脑袋："光吃方便面多没劲儿，你写完作业，姐姐和叔叔带你去外面吃吧！"

韩轩对自己的这个称呼似乎不太满意："我是叔叔？我们好像同岁。"

林嘉月睨他："你稳重。"

"那你也要叫我叔叔？"他唇角扬起一抹恶作剧的微笑。

"……"套没下好，自己叫人给占了便宜，林嘉月觉得自己该多吃核桃补补脑了。

两人在病房里看着赵之晨做作业，大概一刻钟过去后，赵之晨把作业本往韩轩的面前一摆："叔叔，你帮我检查下作业吧。"

林嘉月问："这么快就写完了？"

"嗯。"

"可你妈妈还没回来……这样吧，"林嘉月转脸对韩轩说，"韩叔叔帮忙检查下作业，我出去找下晨晨的妈妈。"

医院后院，林嘉月在一处花坛边找到了赵之晨的妈妈和那个赵之晨口中的姐姐。

女孩的年纪应该和林嘉月差不多大，长直发，圆脸，五官没有多精致，整体看起来很舒服，有种甜美的感觉。

林嘉月距离她们不近，听不清她们在说什么，只有那么一两句勉强可以听到。

"我男朋友……"

"原谅他吧！"

然而仅凭这两句，林嘉月就可以确定她的身份了，她是范军的女朋友杨蓉蓉。

赵耀的妻子比较理智，她没法拿着面前这个无辜的女孩出气，但心里始终是有怨恨的。冷着一张脸，她告诫女孩："不要再来了，我丈夫没有醒来前，我不想见到任何一个和范军有关系的人。"

　　扒掉杨蓉蓉握住她胳膊的手，赵耀的妻子转身离开。

　　留杨蓉蓉一个人无力地蹲在花坛边，将头埋在膝盖上低声抽泣。

　　林嘉月没随赵耀的妻子一起离开，因为她在杨蓉蓉的背包上发现了一个眼熟的玩偶。

　　蒙奇奇男版的挂饰。

　　情侣之间送礼物，有些女孩喜欢将男版留给自己，女版送给男生，就好像玩偶是彼此，可以互相陪伴。

　　难道于海家的那个女版蒙奇奇是杨蓉蓉送的？

　　杨蓉蓉找了王宏和朱健帮忙，却没有去找于海，难道她不是怕于海骂自己，而是因为开不了口？

　　踱步到杨蓉蓉的面前，林嘉月从口袋里掏出一小包纸巾递了上去："可以谈谈吗？"

　　梨花带雨的人抬头，疑惑地望向她。

　　正如林嘉月猜测，杨蓉蓉和于海确实有范军毫不知情的秘密往事。

　　"我是在同一时间认识范军和于海的，当时我确实觉得于海要更帅一些，所以对他有了好感，我私下常常给他发消息打电话，但他似乎对我没有感觉，爱搭不理的。我想引起他的注意，所以就利用了范军。我就开始总缠着范军，就好像我不喜欢于

343

海，转而喜欢范军了……我知道我那个时候利用范军不对，所以后来当我发现自己真的喜欢上范军的时候，我就特别害怕，怕于海会把我追过他的事情说出来……"

"你当时追于海，范军不知道？"

杨蓉蓉尴尬地点头："我谁都没有告诉过。"

"于海也没告诉过范军？他们两个那么铁。"

"我在追于海的时候，他确实没有把这件事告诉过别人，可能是他觉得我条件不怎么样，也没什么可以炫耀的吧。"她说这话的时候没有自卑，可见她已经放下了以前对于海的感情，将它完全当成了一个与自己无关的笑话。"我跟范军在一起后，他也没有说，那是因为我求过他。范军很在乎他们兄弟之间的情谊，如果他知道我追过于海，不管于海对我有没有意思，他都会放弃我，因为他想要的那种兄弟感情是特别纯粹的，不容一粒沙子……何况……"杨蓉蓉顿了一下，"何况于海后来又私下向我表白了。"

林嘉月没想到这段三角恋还挺曲折，她好奇地问："那你脚踏两只船了吗？"

她的话有些直白，但杨蓉蓉没有介意，她摇摇头继续："我那时候对于海已经没有任何感觉了。因为外表一时动心产生的感情，怎么可能会有心灵相通产生的感情长久？"

林嘉月赞同地点了下头，中文系毕业生说话就是不一样，出口成章。这么想想，她爱上一个可能只会"出口成脏"的混混，还真是应了那句——"爱情不分年龄与国籍，更可超越学历的差距"。

"说实话，于海当时对我表白的时候，我真的没感觉到他是真心喜欢我，他很可能也是自尊心受挫，想要证明自己吧……不过好在他也很珍惜自己和范军的兄弟感情，所以他答应我，不会让范军知道我曾经追过他的事情。"说到这儿，杨蓉蓉担心又纳闷地问："林小姐，这些事……难道和范军这次出事有关系？"

林嘉月用官方回答安抚她："了解的情况越多，对准确判断案情越有帮助。谢谢你能坦诚地告诉我这些。"

杨蓉蓉垂眸，支支吾吾，有话想说又不好意思。

林嘉月大致也猜到她想说什么了，而且她想的正巧和自己现在想的一样。"你想见范军，目前是不太可能，但我可以帮你捎一段音频给他。"

6

病房外，林嘉月将打包的两菜一汤递给赵之晨："我们不进去打搅你爸了，你爸没醒来前，你要照顾好你妈妈哦，看着她好好吃饭。"

经过这几次的接触，赵之晨已经对林嘉月产生了好感，圆溜溜的眼睛眨巴眨巴，很是不舍："姐姐，你不留下再和我玩一会儿了？"

"不玩了，姐姐还有事儿呢。"她疼爱地摸了下赵之晨的小脑瓜，"快进去吧。"

赵之晨点头，小小的身子转了一半儿后又重新转了回来："对了，姐姐，你也是警察吗？"

微怔，林嘉月笑了，坦然道："不是，曾经想当警察，但是没考上。所以很羡慕你爸呢！"

　　赵之晨一脸自豪："我的同学也都羡慕我，他们觉得我爸爸很帅！"

　　"嗯，很帅也很伟大！"

　　待赵之晨得意地离开，一直站在林嘉月身边默默无声的韩轩开口问道："你想当警察？"

　　林嘉月从没有跟他讲过，突然被问起，有点害羞，以憨笑掩饰尴尬："对啊，以前很想当警察，但是没有考上。"

　　"为什么想做警察？"他想了解她的所有。

　　但她却有意隐瞒，并不想说。林嘉月开玩笑地敷衍道："因为帅呗！"

　　她的意图，他看得一清二楚，内心因她的隐瞒而泛起一丝失落。看来自己在她眼里，还不是完全值得信任的人。

　　专注于岔开话题，林嘉月忽略了某人的小失落，她有些兴奋地将自己见到杨蓉蓉的事情告诉韩轩："吃饭之前，我不是给你发消息说有事等几分钟吗，其实我当时遇到了杨蓉蓉，刚才在晨晨面前，不好说。"

　　"来看赵耀的是杨蓉蓉？"

　　"嗯。我发现她也有蒙奇奇，觉得事情不可能这么巧，所以就过去和她聊了聊。"

　　韩轩一头雾水："什么是蒙奇奇？"

　　林嘉月无奈："就是在于海家时，于海丢给他们家古琦玩的那个玩偶！"

　　他虚心受教地点头。

她继续科普："这种玩偶，有男版和女版，就跟情侣装似的，情侣喜欢买来，一人一个。"

她这一提情侣装，韩轩的记忆立刻被唤醒，想起了师生篮球赛时，她和胡向北穿情侣装的事。好在韩轩是个冰山脸，不然林嘉月现在肯定很轻松就能发现，韩老师他莫名其妙地黑脸了。

"于是我就怀疑于海和杨蓉蓉之间有什么秘密，结果证实，我的怀疑还真是对的！"林嘉月眉飞色舞，露出一脸小得意，"杨蓉蓉以前追过于海，但是于海对她没感觉，于是杨蓉蓉就接近范军，想利用范军来刺激刺激于海，看于海吃不吃醋。果然，这么一刺激，于海向杨蓉蓉告白了，但是杨蓉蓉已经真的喜欢上了范军……于是，杨蓉蓉求于海，不要把自己曾经追他的事情告诉范军，于海答应了。"说起三角恋，林嘉月自己都觉得绕，她担心韩轩没听懂，特意问："清楚了吗？"

韩轩点头："所以你认为是于海对范军的'夺人所爱'怀恨在心，所以报复他，给他下药？"

"对。"她一副"我们越来越默契"的得意模样，挑了挑眉毛，"他和范军那么好应该知道范军嗑药后会有什么症状，他想让范军闯祸进局子。然后，我有个计划……我们明天把于海叫来所里审，先从环境上给他点压力，然后从杨蓉蓉和他的关系上介入，关键时刻我再放出杨蓉蓉给我的那段音频……"

"什么音频？"

"嗯……我答应帮杨蓉蓉给范军带一段语音信息，内容没什么，就是小情侣之间的海誓山盟。"

她的计划不是不可行，但问题是，韩轩真的没有在与于海的接触中，发现他对范军的敌意。"你觉得杨蓉蓉的话可信吗？"

林嘉月知道他的担心，撇嘴："为了不丢你的脸，我也要睁大眼睛看清楚啊，放心吧，她说的都是实话！"

"那就按你说的办。"韩轩瞟一眼她嫌弃的表情，语气中带着一丝自己未察觉的宠溺。

榕荫派出所审讯室。

因为今天见面的地点算是韩轩和林嘉月的主场，所以于海之前的气焰熄了一半，现在他表现得十分拘谨，脚尖冲门口，分分钟想要离开的样子。

计划是林嘉月想的，所以韩轩让她担任了今天的主审。反正盛州天高皇帝远，李队也管不到这儿。

停职期间做主审，林嘉月找到了叛逆少女的感觉，有点小激动。进门前，她在门外偷偷深呼吸了好几次，但也不及身边人传递给她的沉稳气场管用。

"于海，你认识杨蓉蓉吧？"审问正式开始。

于海抬眸看她一眼，面目表情地回答："范军的女朋友，我和她不熟。"

"不熟？据我所知，杨蓉蓉以前曾经追求过你，你没有接受她，但在她和范军恋爱后，你却私下向她表白了。"

"我不记得了。"他不否认也不承认，但林嘉月和韩轩都知道他说的是假话。

在说这句话的时候，他的眼球转向左边，并维持了一阵子，这个行为说明他在回忆曾经听到的声音，也就是当时他跟杨蓉蓉的对话。

"好，你说忘记了就忘记了吧。那你来解释一下，你家的那个蒙奇奇，是怎么来的？”

于海万万没有想到，林嘉月会记住他家的那个蒙奇奇。显然有些慌，他沉默片刻，决定继续用“装失忆”这一招应对。

“忘记了。”

一听这话，林嘉月的火气噌的一下就蹿了上来：“你才二十多岁，记忆就这么差了，说得过去吗？”

他不作声，雷打不动的样子。

“行，你不说是吧，那我说，你听着！你家的那个蒙奇奇玩偶是杨蓉蓉以前送给你的，但后来她和范军在一起了，你很伤心，开始讨厌那个玩偶，所以你随手就将它丢给自己的宠物狗撕咬。”

“哼。”于海不怒反笑。

看来她的这个推断是错的，玩偶并不是杨蓉蓉送给于海的。蹙眉，林嘉月重新推断：“不是的话，那这个玩偶就是你在范军家偷的？”

他的笑容一僵。

林嘉月知道自己这次说对了。

“一个二十多岁的成年男人去偷别人的玩偶，你是有多嫉妒范军？当然，你还可以继续装失忆，或者否认，但这个问题要确认很简单，范军就在隔壁，只要叫他来一问，家里是不是丢了杨蓉蓉送的一个玩偶就可以了。”

于海闻言，整个人紧绷起来，他在害怕。

“……对，我承认，我以前喜欢过杨蓉蓉，也因为一时脑热拿了她送给范军的情侣玩偶，这能说明什么？”

“你给范军下药的动机。”

"我因为得不到杨蓉蓉，嫉妒范军，下药害他？"他的脸上露出鄙夷，"我没有那么蠢，为了一个女人去伤害自己的兄弟！"

还不承认！林嘉月将桌上的手机拿起，她要放她的大招了！亲耳听着自己深爱的女人对别的男人深情表白，她就不信炸不出于海的原形！

音频被播放出来，杨蓉蓉激动得有些发颤的声音在安静的审讯室里响起："军，我是蓉蓉……我想你……事情弄成这个样，都怪我，是我太任性了，我明知父母不同意我们在一起，还故意带你回家，让你被我爸妈骂得那么惨……对不起，但你放心，我不会离开的，我认准你了，这辈子我就要跟你在一起，所以，不管这件事情的结果会怎么样，我都会等你！此生，我非你不嫁！"

于海听着手机录音的时候，林嘉月和韩轩的目光一刻未离他的脸。音频的前端，也就是杨蓉蓉的自责，于海听得十分平静，甚至露出了赞同的微表情，但到后半段，杨蓉蓉深情表白范军，于海的怒意立刻就像火山喷发一样涌了出来。

"于海，"音频播放完毕，林嘉月冷笑道，"能解释一下吗，你在音频后半段克制不住的那股怒意？如果你还不承认，我们不介意麻烦一下，去调取刚才的录像。"她侧身指了一下背后的摄像机。

强忍怒意，于海紧抿双唇一字不说，就那么定定地盯着林嘉月看。

被这个比驴还倔的人看到炸毛，林嘉月是真的再也忍不住了，纤细的手掌愤怒地拍向桌面，整张桌子都震颤了。"你简直就是混蛋！你知不知道，赵耀到现在还没有醒！他会昏迷完全都是因为你，你那肤浅鄙陋的嫉妒心！自私毫无社会责任感的报复手段！你给范军下药的时候，就没有想到，他可能会因为嗑药发疯伤害到别人？你知道关心你自己父亲的健康，那你知道赵耀也有个儿子吗？他的儿子今年才上一年级！"

面对林嘉月的暴怒，观察室中赵耀的同事们先是一慌，但很快便因她的那番话而感到无比痛快。

他们是警察，在工作中，要遵守他们职业上的条条框框，即便是面对伤害了自己同事的犯人，他们也不能动用私刑，语言上也不能过激。

但林嘉月不是警察，她可以把心里想说的都统统说出来。

"于海，如果赵耀真的再也醒不过来……"她深吸一口气，努力恢复平静状态，而后一字一顿掷地有声，"你的良心能安宁吗？"

林嘉月最后的字音落地后，审讯室中再无声响，连隔壁的观察室中也是鸦雀无声。

片刻后，韩轩起身，他的椅子与地面摩擦，打破寂静。

"出来一下。"他唇角微扬，对林嘉月说道。

7

门外。

"干什么？你怕我打他啊？"林嘉月倔强地仰面望着他。

韩轩被逗乐，轻笑一声："有事需要你做。"

"正问话呢，什么事儿这么重要？"

"把范军带过来，不用太近，"转头看了下走廊，他伸手指指五米远的那个窗子，"在那儿就可以。"

"到底做什么？"她好奇。

韩轩偏要吊着她的胃口："一会儿再告诉你。"

按照韩轩的吩咐，林嘉月将范军带到了指定的地点。因为自责后悔，这两天的范军一口饭都没吃下，整个人瘦了一圈，胡楂密密麻麻的，头发也乱七八糟的，如果说先前他是生机盎然的初夏，那现在的他就是万物凋零的深秋，萧条至极。

返回审讯室的韩轩掐算好时间，对脸色阴沉、沉默不语的于海说："好了，你走吧。"

一抹惊讶在他眼中闪过，他愣了一下，然后缓慢起身。

韩轩在于海之前开门，他转头看到走廊那边的范军后，转身看向正从审讯室中出来的于海，角度不错，可以清楚地看到于海的双眼。

于海还不知道外面有什么在等他，心事重重地走出审讯室的门。当他听到那一声再熟悉不过的"阿海"时，他整个人都僵住了。

于海没有想到，今天能在这里见到这个令他想念万分的人。

隔着五米远的距离，范军手上戴着一副晃眼的冰凉手铐，人瘦了一圈，看起来疲惫不堪……令于海心疼。

克制不住地红了眼眶，于海有意躲闪韩轩的目光。

为时已晚，韩轩已经看到了自己想要确定的，那种超脱了国籍、年龄、学历……甚至性别的爱。

于海不曾嫉妒范军，他嫉妒的是杨蓉蓉。

她抢走了他最爱的男人。

"对不起，我想起来还有一个问题没有问，现在请你重新返回审讯室。"韩轩绕过于海，将审讯室的门推开。

垂下头，于海没有回应范军的那一句呼唤，沉默地回到了审讯室中。

韩轩在他的对面坐下，徐徐开口，问了一句："之前有一部很有名的电影，叫《断臂山》，你看过吗？"

于海毫无反应，一动不动，像野兽口中一只放弃挣扎的羚羊。他深埋心中的秘密已经被韩轩挖了出来，他的继续反抗失去了意义。

韩轩不着急，后背倚着椅背，静静地等待着于海的坦白。

观察室，林嘉月送回范军后推门而入。

赵耀的同事正一脸不可思议地望着硕大玻璃后的两个男人。

林嘉月感觉自己错过了重要内容，心急火燎地问他们："怎么了？怎么了？"

其中一人脸都不转，全神贯注地盯着于海，伸手做了一个嘘声的动作。

有这么紧张吗？跟看无尿点的电视剧似的！

她也不再说话，静观隔壁的审讯。

审讯室中大概寂静了有一分多钟，终于，于海抬起了头，泪水已经在他的脸上画出了两条长长的泪痕。

于海也不知道自己是从什么时候起爱上范军的，起初他以为自己只是对好友的那种霸占，认为他们是从小学就认识的铁哥们儿，这一辈子范军都应该跟自己最好，可是，从杨蓉蓉转身去接近范军开始，他才清楚地意识到，自己对范军不止是哥们儿情谊，他想要的，是范军陪他一辈子……

在明白了自己对范军的感情后，他计划表白杨蓉蓉，将她从范军身边拉走，然后随便交往几天，就把她给甩了，可谁知道，杨蓉蓉对范军已情谊深重，拉不走了。于海当时想把杨蓉蓉追过自己的事情告诉范军，想来想去，最后还是决定不说了，他怕范军会因为一个女人跟自己生了隔阂。他对杨蓉蓉的情史做了调查，这个女人交往过不少男朋友，但交往时间都很短暂，最长的也只有五个多月，所以他觉得两人学历差距那么大，肯定不会长久。

只是感情这种事儿，谁能说得准？他们两个还真就王八看绿豆对眼儿了，一交往就是一年。在杨蓉蓉和范军交往期间，于海也偷偷使了不少绊子，比如那一个被他从范军家偷来的玩偶，他当时就是想让杨蓉蓉误会范军对她送的东西不珍惜，促使两人吵架，但没想到，两个人吵得凶，和好也快。

一晃，范军已经和杨蓉蓉到了谈婚论嫁的阶段，当听范军说，他向杨蓉蓉求婚，杨蓉蓉答应了的时候，于海心如刀割，他简直不能想象，他们结婚后，自己还要怎么活。

幸好，杨蓉蓉的家人极力反对这门婚事，他们认为范军从任何一个方面都配不上杨蓉蓉。于海曾经劝过范军放弃这段感情，可范军做不到，范军想要改变自己，向杨蓉蓉的父母证明，自己可以为了爱改变。但恒心不足，范军根本戒不掉网瘾，更因为学历和自身素质找不到像样的工作。他每天活在压力下，又无法化压力为动力，无比矛盾痛苦。

于海不嫌弃这样的范军，他看范军痛苦地责备自己时，真的很想一把抱住他，告诉他，自己有多爱他，爱最原始的他，不需要改变。

而杨蓉蓉看着范军痛苦，处于热恋中的她认为这是家人带给他的，所以任性地带范军回家，要家人将户口本拿出来，说要跟范军登记结婚。杨家当然不同意，他们驱赶范军出门，说了很多难听的话，大意自然就是癞蛤蟆想吃天鹅肉，杨母气急，甚至还动手打了范军。

当天，范军心里堵得要死，就找了好哥们儿出来喝酒散心。他把自己在杨家的遭遇说了出来，王宏和朱健替他不值，于海却心生一计。

他觉得，在这个节骨眼儿上，范军只要再惹出一件大事儿，那杨家会更加讨厌他，他和杨蓉蓉的婚事就可以直接宣布死亡了。于是他去酒吧前准备好了药丸，在酒吧喝酒时挑了一个监控死角，他先把药放进了自己的半杯酒里，然后当桌上的酒都喝光，范军再去叫酒时，于海将自己的那杯推给了范军。

接下来发生的，全部都在于海的意料之中，直到他得知赵耀昏迷的消息……

于海意识到，事情闹大了，范军被他给毁了！于是他开始绞尽脑汁想办法给范军开脱，思来想去，最后决定用精神异常的理由来帮范军减轻罪行，但结果不尽人意。

"都怪我……是我太自私，是我亲手把他毁了……我真的没想到事情会变成这样，我没想到要把谁害得那么惨……真的！"于海痛哭流涕，却为时已晚。

韩轩和林嘉月从派出所出来时已是黄昏，天上迤逦着几块白丝条般的云彩，涂上一层晚霞，宛如鲜艳夺目的彩缎，装饰着灰蓝色的天空。

两人打车去市中心医院，林嘉月已经迫不及待要把案子的详细案情讲给赵耀听了。

"哎，韩老师，你是怎么看出于海喜欢范军的？"

坐在车上闭目养神的人慢条斯理，用了好久的时间才吐出两个字："瞳孔。"

林嘉月撇嘴："又是瞳孔啊，难怪我看不出来。我这资质，这辈子也就看看别人的微表情吧。"

韩轩闻言，故意逗她："不看生理参数线了？"

"切！"挖苦她以前固执！林嘉月立刻以牙还牙，说，"人不都是会变的吗？你不也从以前的孤傲变成现在这幅德行了吗？那天喝醉了还非要走直线，说因为自己是直男！哼哼！"为了糗他，林嘉月冷笑的时候格外大声，还特意邀请司机来做评委，"师傅，这笑话冷不冷？"

司机也是捧场："冷！今年夏天我都不用开空调了，就指着这个笑话纳凉啦！"

韩轩无语。

医院病房。

林嘉月才将案情给沉睡中的赵耀讲罢，风风火火的赵之晨就背着书包兴高采烈地冲了进来。

"我的画被老师夸奖了！爸爸，妈妈，姐姐，叔叔，你们看，我画得好不好？"他将一直握在手心里的纸卷在赵耀的病床上铺开，绘声绘色地给四个大人讲解，"这个穿着超人衣服的是

356

爸爸，这个长头发超人是姐姐，这个不爱笑的超人是叔叔，最漂亮的超人是妈妈！这个最小的小超人是我！我们都像超人一样，正义，勇敢，善良！"

林嘉月看着简单线条组成的自己，心里并没有多少喜悦，毕竟实在太丑了！但她还是装得很是惊喜，不想打击孩子的绘画兴趣："晨晨真是太棒啦！"自己昧着良心不行，她还要拉韩轩下水。

收到她使的眼色，韩轩看一眼符合小学一年级水平的童真作品，淡淡地说了一句："你这是抄袭《超人总动员》的海报吗？"

嘿，她使眼色就是叫他说这个的啊？还是当着人家孩子亲爸亲妈的面儿！

用屁股挤走韩轩，林嘉月安慰赵之晨说："别听这个叔叔瞎说，他没艺术细胞，不会欣赏！"

韩轩不服："我的油画在高中时获过奖。"

"那是外国评审好糊弄！"

"评审都是专业级大师。"

"……那就是你爸妈给评审送礼了！"

赵耀的妻子看着两人斗嘴，脸上露出了一丝轻松和感激的笑意："林小姐，韩先生，谢谢你们。"

8

高铁窗外，无垠的麦田，绿波荡漾。

车厢里，正是晚餐时间，各式美食的香气弥漫在空气之中。

两人在上车前已经吃过晚饭，虽然不饿，但因为条件反射，林嘉月闻着别人桌上飘来的香味还是忍不住地咽口水。

想摆脱这种尴尬，她找韩轩聊天转移自己的注意力。

怕他扭头看自己的时候会因为窗外飞驰的夜色而眩晕，她伸手拉下车窗上的窗帘，这才安心搭话："韩轩，你教教我呗，怎么看别人的瞳孔？"

在别人眼中一直在睡觉的人伸手撩起自己的黑色眼罩，眉头微蹙："怎么教？"

"嘶，我向你请教呢，你怎么反过来问我？"

"这一点我只教过理论，没有实践教学过。"

"那反正现在也没什么事儿可做，你就实践教学一回吧。"她双手食指在他们之间一摆一动，指了下他又指了下自己，提议说："两个人近距离对看，是不是观察起来最方便？"

韩轩点头："当然。"意会了她的意思，他顿了顿说，"你是想拿我做实验对象？"

不知道他为什么突然流露出了一丝丝的紧张，林嘉月挑眉，开玩笑道："怕我看到你的眼屎吗？那你现在赶紧擦擦不就好了！"说着，她也擦了擦自己的眼角。

韩轩默然。冷静下来，他觉得自己有点做贼心虚，对初学者来说，观察瞳孔的变化比观察表情的变化难度稍大，林嘉月应该没那么容易看出自己喜欢她的……反过来，他倒是可以借此机会，在她眼里寻找一下她对自己是否有好感的线索。

认为这场实践教学对自己百利而无一害后，韩轩的紧张退去，换上了一脸的"乐于传教，为人师表"的轻松大方。

他微侧身子，面朝正在做眼部热身——眼保健操的林嘉月，一本正经地开口："可以了，我会尽力去改变瞳孔大小，你观察吧。"

把揉眼睛的双手撤下，她一副斗志昂扬跃跃欲试的模样："来吧！"

四目相对，在教学的严肃气氛下，林嘉月克制了自己因为有些小尴尬而想笑出来的冲动。

墨黑与深褐色最完美的结合。这是他的眼睛给她的第一印象。

有别以往，现在他的眼睛，不像最初时那样，如天边的星，孤傲寒冷，更不像犯人看到的，如吃人的洞，深邃神秘……她突然不知道该怎么形容他现在的眼睛了，眸子中像是有水在流动，说清澈却叫人看不透，眼光温暖，像是一双无形的手，捧起她的脸颊，脸颊可以清楚地感受到来自他手的温度……

脸颊越来越热，林嘉月的注意力无法再专注于一点，她愈发紧张，慌张地吞咽，喉咙一滚。

她自己看不到的双瞳，正因为害羞和紧张而微微扩张。

她对自己有感觉？捕捉到这一丝变化的韩轩想从她眼里再多寻找些线索，谁知她却突然垂下了头，就好像故意不再叫他看一样。

手机振动得也是时候，林嘉月有了突然低下头的理由："哎，来电话了！"

屏幕显示的是赵耀的号码。

"喂，嫂子吗？"她以为是赵耀的妻子，可下一秒，惊喜突袭，令她起了一身的鸡皮疙瘩。

"是我。"赵耀虚弱沙哑的声音从电话那头传来。

"赵警官，你醒了！"一扫刚才的害羞，林嘉月激动得差点从座位上跳起来。

韩轩闻声，也忘掉了刚才的实践教学，目光凝聚到她的手机上。

"嗯，刚醒，才喝了一口水，就被我老婆催着给你打电话了。"

"嫂子真守信用啊！"

"我也守信用啊，如果你们能在盛州再多待几天，我一定会把那顿没有吃成的饭请了的！"

"这好办啊！等下回我们再来盛州，你再请也不迟！"畏首畏尾地偷瞟一眼身边的人，她问赵耀，"那个，你要不要和韩老师说话啊，我把手机给他。"

"好。"

连忙将手机递给韩轩，林嘉月借口去接水从自己的位子上逃开了。

逃到车厢连接处，她伸手捂上自己的胸口："刚才……因为韩轩心跳加速了？不会不会……是因为紧张才变快的吧！"

留在座位上的韩轩跟赵耀通完话后，将林嘉月的手机放回她的座位上。

她刚才的离开带着一种怎么都遮蔽不了的慌张，是因为他吧……

"嗡——嗡——"座位上的手机突然又震动起来。

垂眸，韩轩睨了一眼来电显示。

上面赫然写着三个刺眼的大字——胡向北。

拧眉看着一直震起来没完的手机，韩轩内心矛盾，既想帮她接，又不想帮她接。

前座乘客有一位大姐，她以为自己后座那个戴眼罩的小伙子还在睡觉，于是好心地转回头来欲提醒他，结果一瞧，明明睁着眼呢！

"你电话响了，不接啊？"

"不是我的。"

"你女朋友的，你也得接啊，一直响，万一是急事呢。"

"她也不是我女朋友。"他顿了一下开口，用与陌生人说话时，万年不变的冷淡口吻回应。

谁知林嘉月偏在这个时候返回了，还把这句冷冰冰的话听得一清二楚。

为什么心里有点失落？她也没在期待什么吧！

林嘉月和韩轩不在这几天，洛州一直阴雨绵绵，雨下得人心情都开始低落起来。

陆俊的推测被山林中的一处简陋生活点证实，何峰确实就藏在这片林子中，只是现在的他，不知又转移到了什么地方。

聚集的雨水在警用雨衣的帽檐儿上形成了一个水洼，水洼越来越重，超出了帽檐儿的承重能力，顺着压低的那一边流淌而下，分流的一路积水顺着王子兵的领口流进他的怀中，湿了里面的衣裳。

不光是他，所有在搜捕的警察都是如此的狼狈，就连把自己裹得最严实的陆俊，也没能摆脱这一命运。

"这雨没完了，下了这么多天，还不停！老天爷到底是哪边的，帮谁呢！"

被他拉扯的雨衣领口变大，王子兵前胸的衣裳全都湿透，不禁回头不耐烦地赶人："甭抱怨了，我们没叫你跟着来，你赶紧回去吧！省得给我们添麻烦了。"

"那怎么行？我还要在你们迷茫的时候指导你们呢！虽然你们四肢发达，但……"嘴碎又嘴欠，陆俊不知道被哪位同事给了一拳，"嘶，看吧，给我一拳，好证明自己四肢发达是吧！"

"谁给的？回头我请他吃饭啊！"王子兵为这种背后出黑拳的行为点赞。

搜山是个体力活，纵使大家都是训练有素的青壮年，但连续十几个小时的搜索还是令人精疲力竭。

天色彻底黑透，好在雨逐渐变小，似乎很快就会放晴。

王子兵看了眼手上的腕表，已经晚上七点半了。"大家停下吧，吃点东西，休息一下。"

自觉担任起食物管理员的陆俊将身上的背包脱下，挨个发放食物，转完一圈，要给王子兵发的时候，他发现王子兵正一步步朝着林子深处走去。

"他干什么去了？"陆俊问大力。

"没说，可能是去小解吧。"

"手电也不开，这么滑，也不怕摔毁容！不过，他这种长相，毁容就等于整容了！"

王子兵不开手电的原因，只有他自己知道。

他不想暴露。

就在陆俊给大家分发食物的时候，王子兵在前面的一个土坡后发现了一束一闪而过的亮光。

是手电的光，他确定。

深知自己已经暴露，何峰的第二人格变得狂躁兴奋。

他认为警方的追捕等同于儿时玩的捉迷藏，他们追得越紧，他越觉得有趣刺激。

刚才的手电光是他故意暴露的，他就是要告诉警方，他就在这儿，距离他们很近的地方。

你们来抓我啊！

阴天没有月光，又不用手电，王子兵的能见度只有三米左右，当他追着那束晃动的光走了有近百米远后，那道跳跃的光消失了。

一个变态杀人犯的危险程度，他十分清楚。打起十二分精神，王子兵掏出了匕首。

"吧嗒。"

黑暗中，有石子落地的声音。

"吧嗒。"

是有人故意投掷的。

"吧嗒。"

"吧嗒。"

"吧嗒。"

声音由远而近。

"吧嗒。"

第六颗石子落地，然后翻滚到了王子兵的脚边。

何峰近了，也许就在方圆十米的范围内。

紧张的王子兵握紧手中的匕首，弦绷到最紧，时刻准备着与变态杀人犯一较高低。

突然，前方两点的方向投射出刺眼的光亮。

条件反射，王子兵伸手遮挡强光，就在这时，五点方向冲出来一个戴着夜视眼镜的瘦弱男人，他正是何峰。

　　他迅速地用一条潮湿的毛巾勒上了王子兵的脖子，用尽所有力气，要置王子兵于死地。

　　被他紧紧勒住脖子，王子兵无法喊话，好在他有匕首，冷静快捷地反手刺了何峰腰侧一刀。

　　脖子上的毛巾变松，王子兵趁机逃脱，大口地呼吸，与此同时一脚将衣裳被血染红的何峰踹倒。

　　就在王子兵欲扑上前将他擒住时，那个被何峰放置在不远处照明的手电却突然熄灭了。

　　眼睛在光线突然改变后，需要一两秒的时间来适应。当王子兵能再次看清楚方圆三米内的事物时，受伤的何峰已经消失在黑暗里。

9

　　阴冷潮湿，在弥漫着小动物尸体腐臭的洞穴中，受伤的何峰将自己缩成一团，犹如睡着的一条孤狼。

　　他藏身的这个洞穴像个葫芦，口窄肚子大，而且洞口杂草丛生，隐蔽效果很好，在这种没有星月的夜晚着实令人难以发现。

　　腰侧的伤口还断断续续地向外冒血，因为失血过多，他的身体抗寒能力越来越弱，手脚像泡在井水中一样凉。

　　现在这种情况，他出去被警察抓到被判刑是个死，留下放弃治疗也是个死，在两种选择下，何峰选择后者。

他是粉丝心中完美犯罪的代言人，他要死也要腐烂在一个警察找不到的地方。

视线开始模糊，他觉得自己可能快要昏迷，在不省人事前，他想再看一眼自己的辉煌。

何峰的辉煌便是他所运营的悬疑公众号，他的每一篇文章下都有许多粉丝留言表示崇拜，他们说何峰心思缜密，如果他犯罪，那一定会是世界上最完美的犯罪。

起初，何峰只当这些褒奖仅仅是褒奖，可后来，他渐渐地感觉到，这是他们的暗示，他们在暗示他去制造一场完美的犯罪。

这是暗示妄想症最明显的特征，把其他人对自己的某些评论当成暗示。

他瑟缩着从口袋里拿出自己的手机，开了机。

公众号的评论需要作者审核通过后才能显示在文章下，有些没有被通过的和没有来得及通过的，都堆积在他的管理后台。

昨天，后台有一条留言和其他那些催更的留言不同，它写道："我是吴军的儿子，我要和你见面。放心，我肯定是要帮你的。我的电话是……"

帮他？

吴军的儿子？

何峰之前收集了吴军的很多信息，知道他在消失前未婚无子。

一定是恶作剧……

呼吸开始变得困难，手开始颤抖。死亡永远都带着恐怖的色彩，即便是穷凶极恶的人，也会害怕死亡。

何峰想活下去的本能开始动摇他的思想，万一……吴军真的有儿子……

那个人太神秘，太传奇，谁也说不准不是吗？

犹豫数秒后，他拨通了评论留下的那个手机号码。

三声忙音。

电话接通了，那头的男人声音低沉，不带任何感情色彩："需要我帮忙了？"

"有信号了！他给人打电话了！"

一直在监控手机信号的警察激动地从椅子上跳起来，可设备还没有根据信号定位到何峰的位置，那个信号便又消失。

"这混蛋，能给谁打电话？他家？"同事气愤又疑惑。

"我现在就找运营商查号！"

何峰的手机最后拨出的那串号码归一个名叫王洋的男高中生所有。

连夜赶到这个名叫王洋的学生家中，王子兵一见一头雾水的孩子，便知这一趟可能是白跑了。

王洋从实招来："我手机昨天丢了，它很旧了，我想着正好能买部新的，就没再找，而且手机卡里也就十来块钱的话费，那卡我也就不要了，重新办了一张。"说着，他掏出自己的新手机，展示给王子兵看。

陆俊看到这新款手机，戏谑道："是丢了，还是为买新手机把旧的扔了？"

王洋脸上一红，小声嘀咕："那手机连QQ都上不了……"

幸好这个时间他父母还没回来，家里只有一看就很宠爱他的奶奶在场。

"那你扔在哪儿了？"

"和同学去网吧，离开的时候丢在桌上没拿。"

能让未成年人随便进出的网吧想必也不是什么正经网吧，里面的人鱼龙混杂，这条线索注定是竹篮打水一场空了。

败兴离开，陆俊一直若有所思磨磨叽叽地走在后面，王子兵大步流星，到了陆俊的车跟前，等他开车门，却总不见人来。

王子兵不耐烦，回头催他："你能不能赶紧的？"

陆俊继续慢条斯理，给肌肤按摩似的摸着自己的右腮，开口道："你老是这么急，你干脆改名叫'王老吉'算了！"

王子兵白他一眼，"行。你那么自恋自大，我把名字让给你，'王子病'！"

"王子病怎么了，有病也是王子！还是一个聪明的王子！"陆俊得意地挑眉，"我刚才在想，王洋的手机昨天才丢的，也就是说，那个捡到手机的人也就是这一天内将这个号码告知他们。那么问题来了，那人是怎么告诉何峰的？"

"怎么告知的？"王子兵凝重的粗眉皱起，一副嫌弃他卖关子的模样。

陆俊更得意，走到他身边，气人地拍拍他的肩，要求道："夸我。"

王子兵被他气得眼睛瞪成了铜铃，直接撸起袖子，摆出了要揍人的架势。

屈于这种最实际的威胁，陆俊赶紧把自己的推测说了出来："你应该不知道，那个公众号的评论是需要运营者在后台审核的，审核通过就显示，不通过或者未审核的都不在文章下面显示，所以我怀疑那个人是通过评论和何峰联系上的。"

陆俊虽然爱开玩笑，但这个推测却是一本正经，而且很有道理。

"开门！"催他上车，王子兵载他一起回局里找技术组同事破解何峰悬疑公众号的账号密码去了。

功夫不负有心人，快到凌晨一点的时候，技术组的同事将何峰的账号密码破解了。

登录这个公众号的后台，他们在未公开的评论中找到了那条来自"吴军儿子"的救助评论。

在场所有人都惊讶失色。

"不可能，吴军当年三十岁，未婚，哪儿来的儿子？"

"就算是失踪之后生的，那他这个儿子也就九岁多啊！"

"难不成是私生子？"

陆俊不赞成，摇头道："吴军六岁时生父意外死亡，生母左倩带其改嫁，而她再婚后三年便又跟人私奔，把吴军留给了继父叶安抚养，这样的家庭背景足以令他对结婚生子产生负面认识，有私生子一说不太可能。他被称为'继父杀手'，而所有受害者都有家暴罪行，一个受到继父悉心照料的人怎么可能会对继父这个特殊的人群产生杀心？……上学的时候，我给叶安这个人做过剖析，他应该是个Gay，还是一个伪君子Gay。他有体面的工作，头婚却找了一个跟自己门不当户不对还带着一个儿子的二婚女人。一下子，妻子有了，儿子有了，他在外人眼里有了一个完整的家，永远都不会被人怀疑是Gay。他给左倩良好的物质生活，心情好的时候也可以在精神层面满足她，但他做不到给她性，所以左倩抛弃了良好的物质生活，成了邻居嘴里的荡妇，跟别的男人私奔了。当然，左倩也不是什么好女人。"

陆俊侃侃而谈的时候，技术室的门被加班的江雪怡推开，她悄悄地进来，倚在门口，抱着双手面无表情地听他演讲。

"左倩和别的男人私奔，这件事令有头有脸的叶安很没面子，估计左倩还偷了叶安不少钱，人财两空的怒气，叶安这个外人眼中的好好先生真能憋住，自己消化？如果是这样，那绝对不会有专杀继父的吴军了。叶安没有对吴军进行强烈的打骂，毕竟这样会被邻居发现，毁了他的好名声。所以，他用的都是无声阴毒的手段，不打不骂，照样可以摧毁一个人的正常人格。吴军每次行凶都会将房间里的空调打开，调至十六度……"讲着讲着，陆俊察觉背后有人在盯着自己看，转身，发现那人正是江法医，便兴致盎然地搭话说，"之前的法医都认为他是想通过降低室内温度来混淆死者的死亡时间，江法医你认为呢？"

大家都朝江雪怡看来，江雪怡仍旧保持着原本的姿势，仪态端庄，淡然开口："确实有可能。"

"唉！"陆俊叹气，一脸看错人的悔意，"我还以为你是一个有自己思想的法医，没想到你也是喜欢随大流的。"

她哼一声："那你这个有自己思想的侧写员，什么看法？"

"寻找快感。叶安以前居住的旧房子没有取暖设备，冬天时，房间里面大概就是十几度，他很可能让吴军冬天脱光了在屋里挨冻，那时候，吴军应该已经起了杀心，但不敢动手。所以在后来作案的时候，他给自己设定了这个温度，用类似的环境来满足自己。"话罢，他挑眉看向江雪怡。

江雪怡用眼角瞥他，泼凉水地感叹了一句："你们学心理的，是不是都神神叨叨的？"

技术室里，紧张热血的气氛被她这句话一扫而空，同事们一个个扑哧扑哧笑了出来。

陆俊依旧自信："不虚心的女人真不可爱！"

"我只需要漂亮就可以，不用可爱。"她反驳。

一直沉默的王子兵想到某种可能性，打断了两人的斗嘴："那会不会是吴军出现了？"

众人沉默，房间里一片寂静。

10

昨晚胡向北给林嘉月打电话是想找她帮个忙，他投资的那间别墅成了血淋淋的案发现场，得知这个消息后，他已不敢奢望投资盈利了，只希望能把存放在里面的一些东西取出来。

林嘉月觉得这种倒霉事都被他遇上了，很同情他，所以一口答应帮他给李队说情的事。

一早来到市公安局，她拎着一套刚做好的热气腾腾的煎饼溜进了李队的办公室。

李队也才来，正在换制服，听到身后的门响，机警地回头，见是林嘉月，更是以"男女授受不亲"的严厉眼神瞪她，还用换下来的外套将自己没系好扣子的制服挡住："怎么不敲门啊？"

"嘿嘿。"一脸谄媚，林嘉月双手送上煎饼。

李队已在外套下将扣子扣好，他睨一眼那套煎饼："不接受你的贿赂，结束停职的事，免谈！"

"什么啊，我才不是来说那件事的！您别小瞧我。"

"那你要说什么？"

林嘉月又嘿嘿一笑："我是想帮我朋友，就是那个第二起模仿杀人案的现场——别墅，那是我朋友投资的不动产，他平时不住，就拿它当个小仓库，里面好像有他挺宝贝的物件，他想拿出来……行不？"

察言观色，见李队完全没有想答应的意思，她又夸大其词道："他那物件好像很珍贵，听着挺值钱的，他拿不着都睡不踏实了。不让他进去拿，我进去拿，王子兵跟着我，这行吗？"

李队终于有丝动摇："什么东西？"

"可能是珠宝之类的吧，放在保险箱了。"

"放保险箱了，那怕什么？"

"可能是被命案吓着了，他是我们学校的一个老师，本本分分没见过这种大风大浪，和李队当然没法比啦！"趁机拍马，林嘉月把桌上的煎饼推到他面前，"您快吃吧，都凉了！"

早上没来得及吃饭，煎饼的香气又直往鼻孔里钻，李队缴械，松了口："一定要在王子兵的陪同下才能进去。"

"得嘞！"眉开眼笑，达到目的的林嘉月还赖着不走，"那个李队呀，既然我们聊得这么愉快，你要不要顺便结束我的停职啊？"

李队才咬一口，差点儿又吐出来："你这是典型的贪心啊。"

"我是年轻人嘛，难免会心野一点啦！"她厚着脸皮卖萌，"今天是个好日子，干脆就一块儿答应了吧！"

李队傲娇，偏不，直接把皮球丢给了韩轩："你去找韩轩吧，让他给你考个试，合格就复职。"

一听这话，林嘉月乐了。找韩轩不就等于直接复职了吗？他肯定不会刁难自己的！

好事成双，她神清气爽地从办公室出来，立刻给胡向北打去电话，讲电话讲得专注，完全没有注意到走廊另一头，有一个欲叫她又不好意思喊话的人。

"你来了，林嘉月呢？"上班的江雪怡被望夫石一样的韩轩挡到路，跟他也不熟，只能以询问林嘉月的去向来代替虚情假意的问候。

这时走廊那头的林嘉月已经下楼，不见人影。

虚无地指了下走廊那头，韩轩回道："出去了。"

"哦。"没话再说，江雪怡抬手示意他让路，但从他身边经过后，她又倒退回来，一脸疑惑："你为什么要骗林嘉月，说自己晕车？"

韩轩觉得跟她解释不清，淡淡地回了一句："不重要。"

大小姐的神经一跳，这人说话怎么这么拽？

带着一丝不爽，江雪怡冷笑着告诫他："不要欺负林嘉月……不然就没有人给我P照片了。"话罢，嗒嗒嗒，她踩着自己的新高跟鞋从他面前走开。

韩轩微怔，有点蒙，也有点冤。

在王子兵寸步不离的监控下，林嘉月从血腥气未消的别墅中将胡向北口中的珍贵物件取了出来，双手奉上，她好奇地问："掂着不重啊，不是珠宝吧？"

胡向北笑她财迷："贵重的物品就知道珠宝啊？"

"哦，还有纸钞！"她一副恍然大悟的模样。

满眼宠溺，他对她五体投地。

在一边观察着两人的王子兵眉头一皱，心说，那眼神怎么怪怪的？难道这人喜欢林嘉月？

趁胡向北回车里放东西，他将林嘉月拉到了一边，神情严肃道："你怎么回事儿啊，吃着碗里看着锅里？"

林嘉月满头雾水："我吃什么看什么了啊？"

"你不是喜欢我们韩老师吗？现在怎么又跟这人眉来眼去的？"

"我去！"她哭笑不得，"我什么时候和胡向北眉来眼去了？笑笑都不行啊？而且，你哪只眼看出来我喜欢韩轩了啊？"

"那你上次在夜总会的时候，那么关心人家韩老师有没有女朋友干吗？"王子兵质问。

林嘉月莫名其妙地结巴："我……我那叫关心战友！唉，不和你瞎白话了，我要看看胡向北，他拿的那个东西到底是什么！"

借口离开，林嘉月冲到胡向北车前。

胡向北望一眼没跟过来的王子兵，问林嘉月："王警官是不是要留下来工作？"

"对啊，你还有事需要他帮忙？"

"没了，"他微笑，感恩道，"就是想感谢他一下，请他中午一起吃个饭。"

"不用了，回头我请他就可以。"她不拘小节地摆手。

胡向北还是过意不去，正好王子兵朝他这边看，他连忙微笑以表谢意。

林嘉月答应了她老妈中午回家吃饭，看眼手机，九点半了："你下午才有课吧？"

"对。"

"那上午没什么事，送我回我妈家吧！"

不远处的王子兵看着两个人有说有笑地上车，怎么看怎么觉得不舒服，就是觉得林嘉月和他偶像韩轩站在一起才顺眼，可能是看习惯了的缘故吧。

胡向北的车子才离开没几分钟，陆俊和江雪怡两人的车就一前一后抵达了现场。

警方巡山发现何峰已被人从山林里救走，雨天路湿，那人留下了很多脚印。

王子兵的疑虑，很快就能被解开了。脚印到底是不是吴军的，法医和鉴定科同事一看就知道了。

江雪怡和鉴定科同事一辆车，他们先从车里出来，经过陆俊车旁时，陆俊的车门就跟卡着点儿开的一样，将他们一行人挡住去路。

"哈啰，女司机。"陆俊摘掉太阳镜，贱兮兮地向江雪怡打招呼。

这行为举止，说不是故意挡路，谁信！

江雪怡翻个白眼儿，不爱搭理他，自言自语："比韩轩讨厌。"

"你也讨厌韩轩？"他跳出车子，关上车门，"看来林嘉月说得没错啊，我们两个确实很像。"

"不。"江雪怡勉强搭理他一下，皮笑肉不笑地看着他，

"韩轩讨厌你，但他不讨厌我。"

陆俊微扬下巴，不服："你怎么知道他不讨厌你？"

"你是承认他讨厌你了？"

"谁稀罕被他一个男人喜欢啊！本王有的是小女生喜欢！"万年招牌自恋状。

斜眼打量他今天的衣着打扮，一身上星期才在时尚杂志上见过的网格西装，她冷笑一声："你是想说，有的是蜘蛛喜欢你吧！我信，所以他们给你拉了一身的网。"

以牙还牙地打量她，同在一本时尚杂志上出现的树叶印花小香风套装，陆俊笑得眼睛都眯成了线："反正我能确定，环卫工大姐看到你会很头疼！"

两个人斗嘴，苦了身后的鉴定科同事，碍于同事情面，他们想笑不能笑，都要憋出内伤了。

进入山林，投入工作，所有人都严肃起来。

冷面不语的江雪怡穿戴好工作装备，和鉴定科同事一起采集现场证据。她对当年吴军所犯的那一系列案件也很感兴趣。她医学世家出身，独爱法医专业，曾对参与侦查连环杀人案的法医持鄙夷态度，她相信天网恢恢，疏而不漏，认为在吴军犯第一起案子时，如果那些法医和鉴定科技术员能仔细彻底地勘查现场，吴军肯定会早早落网，就不会再有第二起案子发生。

不过，长大真正成为一名法医后，她明白了想象和现实的差异。想象中的世界，一切都可以理所当然，而现实中的世界，一切都可以是巧合。罪恶就是可以在没有人看到的地方发生，罪犯留下的证据就是可以被不可控因素摧毁。但就算这样，她还是相信，天网恢恢，疏而不漏。

"那不是吴军的脚印，尺码不一样。从神秘人留下的脚印来看，他的个子没有超过一米八。"江雪怡十分确定道。

"那这个神秘人到底是谁？另外一个心理变态者？对吴军充满崇拜之情认为何峰跟他是同类，所以出手相助？"王子兵猜测。

陆俊拧眉冥思片刻，给出了对神秘人的初步侧写："男，自信冷静干练，有车，独居，身材健壮，社会闲散人员，熟悉地下诊所或者有从事医务工作的经验，了解互联网的发展，熟练使用各种流行App。"

神秘人的模糊人形已经出现在他们的眼前，但距离真相公布于众的道路，似乎还有很远。

11

从相对安静的城郊驶进繁华喧闹的市里，车子的速度逐渐减慢。

以前林嘉月看过一本杂志，上面说，判断两个人之间到底熟不熟，只要看两人在独处时都不说话会不会觉得尴尬就可以。

目光从窗外收回，林嘉月实在觉得有些尴尬，刻意找话题问胡向北："你那宝贝盒子里到底装的啥？"

胡向北表情一僵，有些为难，但犹豫后还是在林嘉月说"不想说也可以"之前开了口："纪念品，小时候我爸给我买的一些小东西，你可以看看。"

他虽没表现出悲伤难过，但她懂："你爸也很早就离开你了吗？"

"嗯。"他淡淡地回应，然后在内后视镜里瞄了眼林嘉月，"也？"

林嘉月被反问，轻叹了一口气："对啊，我爸走得也早，今天下午我和我妈要准备明天给我爸扫墓的东西。"

"能问吗？叔叔的事情……"他表示关心。

她礼貌地轻笑，虽是笑，但那笑容却像一道墙，要拦住所有朝她而来的人。她不想说。

她故意转移话题，伸手按开了车载播放器："来听听你平时都听些什么歌！"

话音才落，播放器中便传出了如丝般顺滑的歌声，并在车里盘旋直上，使人的一切情绪都随之而去……

"《第五元素》里的插曲！"林嘉月认得。

"对，*The Diva Dance*。你喜欢这部电影吗？"

"当时看挺喜欢的，不过时间久了，忘记具体的故事情节了，只记得是科幻电影，有外星人，男主角是个出租车司机。怎么，你准备下午播这部？我下午应该去不了学校，看不到了。"她略惋惜。

"那就等你有时间来的时候放。"路口红灯，胡向北停下车，转脸望向身侧的人，眼睛里有言说不尽的柔光。

还未曾察觉，林嘉月的手机铃便响了。

林妈妈打来的："来了吗？到哪儿了？我忘了买你爸以前喜欢喝的那种酒了，你捎一瓶回来吧。"

"行，半个小时后就到啦！"挂断电话，林嘉月瞄一眼车窗外的街道，"胡老师，拐弯就把我放下来吧，我要去那边的超市买点东西。"

打方向盘在她指定的路边停下，胡向北看着准备下车的她说："我在这里等你吧。"

"别啦，那边就有直通我家的公交车了，我自己买完东西坐车回家就行，你服务这么周到，我也不会给你小费的！"她没心没肺地开玩笑道。

"真抠，想赚个外快都没机会。"他配合她的玩笑，嫌弃地撇嘴。

"没想到你是这样的胡老师！"林嘉月被逗笑，冲他挥手道了别，将车门关严实，转身朝超市走去。

胡向北侧头在车窗里看着她越来越远的身影，唇角露出掩饰不住的温暖笑意。

拎着两大包东西回家，林嘉月还没进门就听到了从她家里传出的卢楠的撒娇声。

"亲姨啊，让我吃一块呗，实在太香了，馋死了！"

"蝉死了，还知了死了呢！不行，嘉月马上就回来了，你再忍会儿。"她妈毅然决然地拒绝。

林嘉月为老妈点赞，腾出一只手开门："妈，干得好！就不给这个蹭吃蹭喝的家伙吃！还亲姨，辈分都弄错了，我和卢叔是兄妹，您是他奶奶才对！"

林妈妈接过林嘉月手里的东西，柔声训她："小时候跟你卢叔称兄道弟那是童言无忌，长大了别没大没小的了！"

林嘉月撇撇嘴，装可怜地哼唧一声："知道了，人家一回家就被你训，我肯定是捡来的。"

"后悔啊，不然我再给你扔回去？"林妈妈挑眉，一副说得出做得到的模样。

"咦，我妈怎么舍得！"林嘉月从后面搂住自己老妈的腰，撒娇的样子跟卢楠如出一辙，简直就像一对双胞胎，都有点贱兮兮的。

卢楠站在一边看戏，见她撒娇，不禁惊悚地喷了两声："真是难得一见啊，还学会撒娇了！"

"撒娇是女人生来就会的技能，还用学吗？"

"关键，你不怎么女人啊！"

"我不女人，那你女人啊？撒娇撒得行云流水！"

"嗯哼，其实人家才是我林姨的亲女儿！"说着，卢楠把胯往旁边一顶，摆了一个S造型，妩媚妖娆。

林妈妈看得一阵恶寒，都要打激灵了："求两位大仙，收了神通吧！赶紧吃饭！"

得令，收了神通的两个人像幼儿园的小朋友一样，排着队在水龙头下洗了手，坐到餐桌上。

终于吃上了垂涎已久的红烧肉，卢楠心满意足地享受着口齿留香的感觉，都忘了自己的嘴除了能吃东西还有说话的功能了。

林妈妈给林嘉月夹菜，说："明天我和你一起去吧，这么多年了，你爸的墓地应该有地方需要修缮了。"

林嘉月摇头："不用，还是我自己去吧，我会留心的，要是有要修的地方，我就给管理中心打电话。"

觉得白吃不对的卢楠又找回了说话的功能："我陪你啊！"

"你前天不是才在朋友圈发了这一周你都是上早班么？你俩就放心吧，我又不是第一次一个人去，你们该在家歇着的歇着，该上班的上班！"

林妈妈突然哀叹一声："这个时候，要是有个女婿该多好啊……"

合着，她妈是在这里等着她呢！

顿悟的林嘉月假装没听到，低头扒饭。

见她不出声，林妈妈就转脸嘱咐卢楠："小楠啊，你没事儿多跑跑她们学校，帮我瞧瞧，有没有人长得不错性格也好的男老师，我对女婿的要求不高，靠谱就行。"

"靠谱就是很高的要求了，亲姨！"卢楠一本正经。

林嘉月差点儿喷饭。

"不过，我还真想起一个人来！"灵光一闪，他放下筷子。

林嘉月以为他要说的是韩轩，但卢楠开口报出来的名字却是胡向北。

"她们学校有个男老师好像对她挺有意思，叫胡向北，长得还行，个子挺高，但我不怎么喜欢。"

林妈妈疑惑："为什么？"

一脸不满，卢楠说："一点儿都不知道讨好我这个大舅哥！"

"只要以后会讨好岳母就行了，为什么要讨好大舅哥？"林妈妈严肃认真道。

林嘉月终于忍不住，鄙视他们俩："别煞有介事的好吗？我和胡向北就是关系还不错的同事。单独相处的时候，不说话还会觉得尴尬。"

"嗯？单独相处？"显然，林妈妈和卢楠都听错了重点。

"唉……"对着两个总想搞事情的人，解释也是徒劳，林嘉月干脆继续低头扒饭。

市公安局的食堂，靠窗位置的韩轩坐得笔直，同是吃饭，与别人不同的是，别人用嘴他用眼。

李队买完午饭，正好看到坐在窗边的韩轩就一个人，便端着餐盘坐到他这桌。

"怎么光看不吃啊，想事情呢？"

韩轩轻笑，这才正式开动。刚才他确实一直在想，不过不是事情，而是人。林嘉月一早从李队办公室离开后到底去做什么了？作为一个不想被她认为是占有欲强又黏人的男人，他一直在克制，不给林嘉月打电话，问她在哪儿。但，似乎问问别人好像还是可以的。

"李队，"韩轩若无其事地开口，"林嘉月复职了吗？"

"没啊。"

"她早上去你办公室没说？"

因为他表现得太自然，李队这个老江湖都没感觉出他是在套自己的话，如实回答说："她是说这事儿了，但主要是为了她朋友的事来的。"

"哦？"韩轩那副"反正没事儿那我们就聊聊闲杂"的表情简直就是没毛病。

"她朋友你应该也认识，学校里的一个老师，姓胡，他挺倒霉，在城郊投资的一栋别墅成了凶案现场，他有东西要进去拿，就找林嘉月帮忙来申请了。"

这么说，林嘉月早上是跟胡向北一起出去的？

一丝不爽在醋王的脸上闪过，对面低头喝汤的李队没能捕捉到。突然，李队想起了周希彤的事，他抬头关切地问："你和希彤见面了是吧？"

韩轩回神，淡然点头。

李队对两个年轻人的关系发展抱有期待，问："相处得怎么样？"

"普通朋友。"直截了当的回答。

"啊？"有些失望，"你们两个就只能是普通朋友吗？"

"对。"韩轩斩钉截铁，直接断了李队撮合两人的念头。

李队遗憾地摇摇头，果真没有再聊这个话题。

就算聊，韩轩的心也早已飞到了林嘉月的事上。他们两个一起去拿东西，也就用一上午的时间，现在还没回局里，难道是回学校了？

下午他来到测谎中心，林嘉月的座位上却连人影都没有，空空如也。

小张见他欲言又止地看着自己，不禁着急地问："韩老师，有什么要我帮你的？别不好意思，说就行！没外人！"

"那个，没事，等林嘉月来了，还是叫她做吧。"韩轩的套话技术已经炉火纯青。

"嘉月今天没来，而且明天也请了假，她没给你说？"

"没有。"韩轩拧眉。

一直误以为两人关系不好的小张解释道："可能是不想说吧。明天是她父亲的忌日，每年这个时候她都要请假去扫墓的。"

韩轩明了地点点头，面无表情地转身进了自己的办公室。

合上门，他若有所思地望着窗台上的那盆盆栽，心中默默问道：林嘉月，你对人的不信任，和你父亲有关吗？

12

扫墓的日子遇上大晴天，人的心情多少会比在雨天来得明朗些许。因为不是清明节，墓园的人很少，除了能遇上一两个工作人员，剩下的就都是鸟和野猫了。

林嘉月蹲在地上将父亲的墓碑打扫干净后，用带来的鲜花矫情地装饰了一番，然后一边从袋子里往外拿父亲喜欢的食物和酒，一边絮絮叨叨地讲起这一年里发生的新鲜事："……之前邻居王姨又要给我妈介绍一个男朋友，说是长得挺帅，老鲜肉一枚，还是个画家，但我妈愣是没答应，她自己不找吧，反倒不知跟谁学的，开始催孩子找对象了。爸，你晚上托个梦啊，跟我妈说说呗，别催我，先给自己找个男朋友！你不能吃醋啊，谁叫你离开得早，不多陪我们几年！"

清风徐来，树叶发出温柔的沙沙声。

"唉，"她轻叹，似责备又无奈，"爸，你真是没运气，当初你要是能遇到韩轩那样的人，你肯定不会被人诬陷的！这人你没听过吧？他是我的新同事，他眼睛很特别，注意力集中的时候有慢放的功能，加上专攻行为学，他简直就是一台行走的测谎仪！我一开始挺不喜欢他的，他给人搜搜的感觉，但后来我发现，他其实就是不喜欢和人接触交往，不过，我们两个现在相处得蛮好的，越来越有默契，一起识破了好多坏人的谎话！当然，主要功劳都是人家的，我就是跟着学习学习。"

她将削好的苹果切了一半留给自己吃，给父亲打招呼说："说得我都渴了，吃一块，你别生气啊。"

不顾形象地咬了一大口，她继续吃着东西含含糊糊地絮叨："说实话，我现在挺崇拜他的，越来越想成为像他一样厉害的人，去揭开坏人用谎话掩饰的真相，还被污蔑的好人清白。怎么样，是不是觉得你闺女有点帅啊？"

半块苹果不够解渴，贪心地瞄一眼上供给她爸的另一块，林嘉月抿了下嘴："反正你也真吃不了，要不还是我吃了吧！"

又有微风吹来，嫩绿青草摇曳得十分无奈。

盛州大学将之前韩轩做讲座时的影像剪辑处理后刻了光盘，做成了纪念品送到洛州政大。

东西是刘校长收的，他留下盛州大学赠予他的那份后，拿着剩下的来到了测谎中心。

小张在门口给饮水机换水，抬眼见到这稀客，打趣道："刘校长来视察啊？"

"对啊，正好逮着你一个没干活的！"他开玩笑地斥责道。

"可不是一个，嘉月都没来！"小张换好水后指了指林嘉月空着的位子，一副誓死要拉个伴儿下水的模样。

"今天是什么日子，我知道，没老糊涂呢，人家嘉月肯定请假了。"

韩轩正巧出来接水，听到了刘校长的这句话。

用余光发现了自己要找的人，刘校长不再和小张闲扯，笑着朝韩轩这边走来，将手里的盒子递上去："盛州大学送来的。"

韩轩道谢接过，请刘校长进了自己办公室。

"听我女婿说，盛州一行，你和林嘉月还帮当地派出所破了个案子？"刘校长落座，问道。

韩轩礼貌浅笑，点了下头。

"热心肠，现在有太多人变得冷漠了，事不关己就高高挂起，你们两个真是我们学校的骄傲，学生的榜样！我老刘真是没看错人。"

对刘校长的称赞，韩轩是一点都没有兴趣，他想听的只有林嘉月父亲的事。

他开口，嗓音清淡得听不出情感："刘校长，你知道林嘉月父亲的事情？"

刘校长微怔，点头："知道啊。你还不知道？"

"嗯。"

刘校长为难："林嘉月应该不喜欢别人在背后说她父亲的事……要不你自己问她吧，你们是关系密切的工作伙伴，互相多了解了解也有助于以后的合作。当然，"他提醒韩轩，"我觉得你也应该把你的事情讲给她听听。"

韩轩没有惊讶，当他告诉李队自己的身份时，就已经想到李队会告诉刘校长了。

"放心，就我和我女婿知道你的事，我们连自己的媳妇都没告诉！"刘校长当初邀请韩轩回国的时候，他知道国内有好多有竞争力的学校也在邀请韩轩回国任教，所以当韩轩接受了自己的邀请时，除了开心，他还有一丝疑惑，为什么会选择洛州政大？后来，他在自己的女婿口中得知了那件十年前发生过的事，一下子，疑问解开。但刘校长很担心："你一定要注意自己的安全！有什么情况第一时间找你们李队！"

"好。"

送走刘校长后，韩轩一个人坐在办公室中沉思许久。

他不排斥将自己的事讲给她听，他只是担心她无法对自己敞开心扉。

从墓园回来，马上就要到宿舍了，林嘉月的手机突然振动起来。市区到墓园的车程有些远，坐在公交车后排，她睡了一路，要不是手机振动，她肯定会坐过站。

"喂，干吗？"才睡醒，她的声音懒懒的。

电话那头，韩轩声音干脆："回来了吗？一起吃饭。"

"嗯？"醒觉了的林嘉月眉头微蹙，"你怎么知道我出去了？"

"听说的。"简单地回答，他将自己预订的餐厅地址告诉她，"过来吧，我有事跟你说。"

"什么事啊，在电话里不能说吗？有点累。"

"当面说比较好。吃完饭我送你回去。"

一听这话，林嘉月乐了："你怎么送啊？不能骑车也不能开车的，难道背着我？"

韩轩果断接话："反正也不是没背过。"

他背过自己？什么时候？挂了电话的林嘉月一脸大大的问号。

韩轩订的餐厅距离职工宿舍不远，林嘉月不用下车，直接多坐两站就能到。

已经过了午餐的高峰时段，餐厅里的客人稀少，前台服务员也有空亲自带林嘉月去韩轩的包间。

林嘉月开门，望向里面等候多时的韩轩，嫌弃地抱怨："到底有什么大事儿？李队叫你考核我？"

韩轩摇头，先叫她坐下，然后将服务员递上的菜单推到她的面前。

林嘉月吃祭拜的食物都吃饱了，又把菜单推了回去："你点吧。"

韩轩也没心思多看菜单，随便点了几道，待服务员出门，包间只剩下他们两个，他欲进入正题，可还没开口，就被林嘉月给抢白了。

像从乡下进城来探亲的一样，她从自己背包里拿出没吃完的水果和点心："你这个时间才来吃饭，饿吧？先垫垫吧。"

她今天是去扫墓，所以包里的肯定是祭拜品，韩轩一时语塞，不知道该接受还是该拒绝。

看出他的顾虑，林嘉月鄙夷地斜他一眼："你不是除了害怕蜘蛛，别的都不怕吗？吃祭品，不敢啊？"

"……"

"老人说了，吃祭品的孩子会变聪明，你不用怕。"说着，她将一盒没开封的点心推到他的面前。

"你确定你爸不会生气？"他一本正经地开玩笑。

林嘉月被逗乐："不会！"

韩轩打开包装，拿起一块中式点心，咬了一口。林嘉月也正笑嘻嘻地望着自己，气氛正好，他自然地开口说道："能讲一讲你和你爸的事吗？"

林嘉月闻言，脸上的笑容僵住了，她有些排斥地低下头，没有答话。

虽早有心理准备，但韩轩见到她这般不快，还是心生失落。顿了一下，他跳过了这个话题："林嘉月，我叫你来，其实是想告诉你，我是洛州人。"

猛然抬头，林嘉月眼里的惊喜大于惊讶。

这让韩轩不解："为什么没有特别惊讶？"

她有些自豪地娓娓道来："因为我之前有猜过，只是那时候我们两个人关系不好，所以没有向你求证。还记得吗，那次王子兵在艺大附近请我们吃饭，你们两个人说起红烧肉，你说五中附近有一家叫好好学习的餐馆，那里的红烧肉更好吃。那家店早在三年前就关门不做了，你当时才从国外回来，所以我猜你曾经在洛州生活过，而且……我之前在你家看到了吴军的档案，所以在查你眼睛的秘密时，一块儿搜了下吴军的那一系列案件，当时有人发帖说，吴军之所以会被发现，是有一个初中生看到了他的脸，如果帖子说的是真的，我想那个初中生可能就是你……只是，那时候我们两个关系还挺尴尬的，我不想被你误会成八卦的女人，就没有问你，后来就忘了问了。那看到吴军模样的初中生，真的是你吗？"

在她紧张又期待的目光中，韩轩点头，冷静镇定地承认："是我。你想听我的故事？"

林嘉月点头如捣蒜。

毫不吝啬，韩轩把十年前发生在自己身上的事情一字不漏地讲给她听。

林嘉月听得认真，就像围坐在幼儿园老师身边听故事的乖巧小朋友。

他在她眼中看到了她想了解他更多的欲望，所以故事讲罢，他也以同样的眼神望向她："你还是不愿意跟我说你和你父亲的事？"

林嘉月默然，先前的抗拒转换为犹豫。她知道，他们等价交换的不是各自的故事，而是完完全全的信任。她曾给周铮说起她爸的事，但她未曾提及自己，而韩轩问的，不只是她爸。她知道，他想了解的是她。

林嘉月望向韩轩，他一如既往地安静、冷静，他深邃温柔的眼里写着明显的不强求，但也能够看出，他对自己有所期待。

"我……"

信任一个人对林嘉月来说很难，但对方是韩轩的话，她想她愿意积极地去尝试。

"我爸是在服刑期间病重去世的，入狱原因是亏空公款，但是被人诬陷的。说谎害他的是和他关系很好的朋友，还有他很信任的上司。那时候我很小，才六岁，我知道我爸没有做那种事，是别人诬陷他，但外人根本不会相信一个黄毛丫头的话。在我爸去世后，那两个王八蛋又做了一些见不得人的事，被人告发，被警察抓起来后，他们承认了当年合伙诬陷我爸的事……这应该算是我童年最大的阴影了，所以，除那些和我生活在一起的家人外，我很难再相信其他人。卢楠虽然和我没血缘关系，但我们两个从小一起长大，不管是像兄妹还是像姐弟，他都已经是我的家人。"有些害羞，她侧头睨韩轩一眼，"至于你，我应该是把你当成真相的使者了，就像希腊神话里的神……"

这话才出口，林嘉月突然觉得自己崇拜之情太过明显，怕韩轩以后会骄傲，她赶紧解释说："我就是打个比方，你别想太多啊！"

韩轩无奈轻笑，没接话，他静静地望着她，眸子里有心疼，有宠溺，有一种"接下来的时光，让我照顾你保护你"的渴望。

蜕变成一对交心搭档，习惯了大大咧咧的林嘉月总觉得有些害羞，但既然已经开始交心了，那就一直交到底吧："当一名行为学专家是为了找到吴军，还是你的理想？"

白皙修长的手指捏着精巧的茶杯送到唇边，韩轩抿口茶，耐心回答："两者都不是，是因为擅长，所以培养成了兴趣。原本我不觉得自己的视力是一种优势，是那位救了我的警察改变了我的想法，他是我的启蒙老师。"

"叫什么啊？他在行为学这方面很厉害吗？不会是李队吧？"

"李队的师兄，姓周。"

听到这个姓，林嘉月身体一震，惊讶地睁圆双眼，嘴巴微张："周铮？"

林嘉月早就在市公安局做顾问，应该听说过周铮这个名字，所以韩轩并没有多大反应："认识？"

"何止！"因为这个巧合，她整个人激动得都要沸腾了，"我当初考警察落榜，就是他指点我，我才去了测谎中心，后来成为市公安局案件顾问的！怎么会这么巧啊，我都起鸡皮疙瘩了！"

确实，有一种命中注定的感觉。他听到了自己心里的声音。

鉴谎

钱来来 / 著

下

天地出版社 | TIANDI PRESS

越是相熟的人，越容易察觉谎言。

第六章　陌生的房间

1

千户小区。

八平方米的地下室里，放一张一米八宽的双人床，一张老旧的写字台，几乎就没有人可以站的地方了。

这间地下室的位置不好，没有透气用的窗子，不开灯的情况下基本什么都看不到，空气中还弥漫着一股潮湿发霉的味道。

室内和外面都很静，唯一能听到的就是角落里那台在工作的台扇发出的簌簌声。

"唔……"伴随着床板吱吱嘎嘎的响声，一个女人满足的呻吟从黑暗中传出。

接着，骤然寂静。片刻后，窸窸窣窣的声响从床头位置传来，床头的那片黑暗被手机屏幕光照亮。女人的脸变得清晰，她不可置信又惊恐万分地环视着四周恶劣的环境，一间简陋的小地下室，她身上几乎一丝不挂……

第一反应告诉她，她被人囚禁了！

接到王子兵的电话后，林嘉月和韩轩一起赶去了千户小区。

远远地看到两人一起从出租车里出来，王子兵不禁觉得赏心悦目，还是习惯林嘉月和他韩老师走在一起的画风。

"不可能，小魏多老实，他不会做这种事的！"围观人群中一位大妈的嗓门极高，所有在场人都能听到她发表的观点。

跟大妈隔着有两个人的年轻姑娘摇头撇嘴，反驳大妈说："阿姨，判断一个人老实的标准是什么？不爱说话就是老实吗？你看电视新闻上那些变态杀手，他们没被逮捕的时候，邻居都觉得他们老实不爱说话呢。"

"怎么扯到变态杀手上了？不是说不是命案吗？"林嘉月走到王子兵跟前问。

"对，是非法囚禁，受害人身上有伤，但还活着。报警说自己被囚禁的女人叫韩丽丽，今年三十五岁，一觉睡醒后发现自己被人囚禁，报警求救，但自己为什么被囚禁，被谁囚禁，怎么被囚禁的，她都不记得了。"

"失忆？"

"不知道。"转身指向距离这边有十几米远的警车，王子兵说，"她还没走，在车里呢。你们先去见见她吧，我觉得这人精神可能有点问题。"

"怎么说？"韩轩问。

王子兵一边带两人过去，一边解释："她的身份证信息上是三十五岁，可她一直坚称自己今年只有三十岁，我一开始以为她身份证信息有误，就问她是不是1981年出生的人，她倒是很确定，说自己就是1981年的。可现在是2016年啊，她一个大学本科毕业生，数学不应该这么烂啊，后来我一问，你知道人家说什么？"

林嘉月好奇："啥？"

"她说，现在不是2011年吗？"

"呃……又成了穿越时空？"

韩轩瞄一眼小说看多了的林嘉月，发表自己的观点："如果精神正常，那我倾向于是记忆出了问题。"

见三人朝这边走来，车里陪韩丽丽的女警将她身侧的那扇车门打开，方便他们谈话。

韩轩打量惊魂未定，唇角和眉眶都有瘀青的女人，尽量让声音听起来友善地开口："你好，韩丽丽。"

才受到刺激的人，短时间内都会对他人露出警惕神情，她防备地看着车外的三个人，没有应声。

"你知道这是哪里吗？"

"洛州。"

"你是本地人？"

"不是。"

"你有家人吗？"

韩丽丽拧眉，露出一丝不耐烦："我有家人。不要再问我这些没意义的问题了，我已经把我老公的联系方式给了你们，请你们快把他找来，可以吗？"

基本的思维逻辑都属正常，他可以用与正常人交流的口吻和她继续谈话了："那你确定你丈夫也认为现在是2011年？"

"我不确定……"时间的问题令她心神不宁、情绪激动，她的面颊泛起躁郁的绯红，"可我确定，我睡觉前看手机日历，上面写的就是2011年6月10号！"

"没有记错？"

她毫不犹豫，答："没有记错！"

在她身上找不出说谎痕迹，更想不出她说这种苍白可笑的谎言有何意义，林嘉月眉头蹙起，确定这个案子没有想象中那么简单。

"好，我们会尽快请你丈夫过来见你的。"韩轩将车门关上，示意可以先带韩丽丽回公安局了。

目送警车缓慢驶离后，两人在王子兵的带领下进到了韩丽丽口中那个被囚禁其中的地下室。

"这间地下室的业主叫魏宁，今年三十八岁，离异，没有子女，一楼101室的房子也是他的，他用来开超市了，刚才进去看过，里面没有床，应该是他平时就住在地下室里。我们接警赶到的时候，魏宁已经不见了，有可能是畏罪潜逃。"

发现囚禁现场少了些什么，林嘉月问王子兵："你们把粘嘴巴的胶带和捆绑绳索带走了吗？"

"没有，不是我们带走了，是现场没有。"他解释。

"没胶带和绳索，那还叫什么囚禁？"

"这当然不是一起非法囚禁案。"韩轩盯着墙角里那台未曾休息的台扇看了好一会儿，伸手指给他们两个瞧，"台扇机身上的这个简单定时装置，表盘有四个刻度，第一个是不定时，第二个是定时半小时，第三个是一小时，第四个是两小时。现在指针马上就要与第三个刻度重合了，也就是说，台扇最开始定时是两小时，韩丽丽一觉醒来发现自己被囚禁，怎么会有心思开风扇，所以，开风扇的人有可能是魏宁。魏宁好像挺关心她的，还怕她热着，更重要的是，这个定时给人一种他去去就回的感觉。"

韩轩话音才落，王子兵的手机就响了。

"王哥，抓到魏宁了！"

"在哪儿？"

"就在小区里啊，他自己回来的……"

2

市公安局。

今天用一双正红色高跟鞋来配雪白大褂的江雪怡冷艳到了极点："给，韩丽丽的验伤报告，她拒绝检验下体，所以暂时只有这些。"

来不及夸她今天有多美，林嘉月翻开报告，自言自语："前两天受的伤……如果是魏宁打的，那她起码被'囚禁'了有两三天了。血液检测没测出迷幻药的成分，嘴巴上也没有胶带的痕迹，手脚上也没有捆绑勒痕，那她在清醒状态下一直没有喊叫，也没有逃走的原因是什么？"

"斯德哥尔摩综合征，她爱上绑匪了。"美人为她答疑解惑。

林嘉月更不解："那为什么今天又报警了？"

"女人嘛，善变，今天不爱了。"

"姐姐，别闹！"

江雪怡耸耸肩，不再逗她："不是说这个韩丽丽脑筋有问题吗？"

"韩轩觉得她很正常。"

"韩轩说什么你都信啊？被他洗脑了？"

她无辜地撇嘴，向江雪怡解释："韩轩不光擅长行为学，对心理学也很有研究的，他认为韩丽丽精神正常，我觉得应该就是正常的了。"

江雪怡翻白眼，放弃拯救这个被韩轩迷惑的小迷妹了。"那如果你们认定她精神正常，接下来就送她去医院做检查吧，五年的记忆消失，脑部一定有病灶。中心医院找江天海教授，嘴甜一点，我爸会帮忙的。"

"哇，这次能请江教授帮忙，好荣幸啊！"林嘉月激动得差点都要跳起来了，亲昵地挽起江雪怡的胳膊，许诺道，"这个案子完结后，我请你去吃大餐！但是，你不能在吃饭的时候给我讲解剖尸体的过程……"

之前林嘉月和江雪怡一起出去吃过饭，但那次在饭桌上听解剖尸体的经历实在令人胃疼，从那以后，为了自己的胃，林嘉月就再也不敢找她一起吃饭了。

"切，你们太矫情了。"江雪怡鄙夷。

林嘉月更正："不是我们矫情，是你太……"

江雪怡瞪她一眼。

她赶紧改口，一脸的阿谀奉承："你太美！美得过分！"

"这还差不多。"

审讯室这边，王子兵已经将喊冤的魏宁带了进去，审讯前的准备都已做好，他出门叫韩轩：

“韩老师，可以了。”

走廊上正在等人的韩轩点头示意却没挪步，转头看到从走廊另一头小跑过来的林嘉月后，他才有了动作，招她到身边："报告怎么写的？"

"韩丽丽身上的伤是新伤，造成的时间应该是两天前，四肢没有捆绑痕迹，血液中没有测出迷幻药的成分。另外，她拒绝检测下体，所以不知道魏宁有没有对她进行性侵。对了对了，"她兴奋地将好消息告诉韩轩，"雪怡说，我们可以带韩丽丽去中心医院找她爸，她爸是国内外知名的神经科专家！"

韩轩了解地点头，问她："李队不是让我对你进行考核吗？"

突然跳转到这个话题，林嘉月一头雾水地回答："对啊。"

"那这个案子你来负责。"

林嘉月惊呆，眼睛睁得溜圆："不是吧？考核归考核，我还没复职……而且我能力那么有限……"

韩轩居高临下地睨她，一字一顿，语气虽是一如既往的云淡风轻，听着却带有一种不容置疑的霸道："就这么决定了。"

话罢，韩轩通知审讯室门口等待两人的王子兵："我带韩丽丽去医院，这边交给林嘉月了。"

第一次在没有测谎仪的辅助下担当大任，紧张在所难免，林嘉月站在审讯室门口来来回回地深呼吸，想要放松自己。一个看起来紧张没有自信的主审，是没有资格去向嫌疑人索要真相的。

"要不还是给你准备上测谎仪？"王子兵建议。

用仪器固然会增加她的自信程度，但到时候她肯定无法专注观察魏宁的行为举止："不用了，再给一分钟时间准备，我可以的。"

韩轩既然放心把这里交给她，那他一定是相信她的能力的，所以她也要相信自己，可以像他一样优秀。

吐了一口长长的气，经过一次次心理暗示的她挺起腰杆，将自己幻想成韩轩，镇定自若地推开了审讯室的房门。

终于有人进来，焦躁不安的魏宁抬头朝来人望去，但见是个年轻女孩儿，瞬间眼中有一抹失落闪过。

捕捉到他的这个表情，林嘉月在落座后，冷静淡定地说道："我的性别和年龄与我们接下来要进行的谈话无关，你不需要为此介怀，更不要因此感觉庆幸。"

魏宁微怔，嘴巴微张两下，话到嘴边又咽了回去。

进入正题，林嘉月像捕猎的豹子一样目不转睛地盯着自己眼前的猎物，发问："你认识韩丽丽吗？"

"……认识。"他迟疑之后回答。

"她报警求助，说自己被囚禁，你对这件事有什么想解释的？"

"她怎么会这么说？我觉得这件事一定是有什么误会，我怎么成了囚禁她？"哭笑不得的魏宁对韩丽丽报警一事保持不愿相信的态度。

林嘉月没有作声，她转头对身后那面偌大的镜子做了个手势，镜子后的王子兵收到信号，调出了韩丽丽当时报警的电话录音。

"喂，我要报警！我被囚禁了！我不知道我在哪儿，这是一间地下室……好，我看一下手机定位……是千户小区！你们快来救我！求求你们，快来救我！"

惊慌颤抖的女声从审讯室墙角上方的音响里传出。

听到这再熟悉不过的声音时，魏宁惊得僵住，仿佛石化了一样。

"怎么解释？"林嘉月问。

"我……我真的没有囚禁她！我和她是男女朋友关系，我为什么要囚禁她？"魏宁情绪急躁，说话都结巴起来。"我和丽丽已经认识两年了，我们是通过聊天软件认识的，一开始我们就是觉得彼此聊得来，很投缘，后来，她和丈夫离婚了，我也是单身，我们俩就越走越近，发展成了男女朋友的关系！"

"韩丽丽没有离婚。"

"是……吗？"魏宁假装惊讶。

林嘉月平静地警告他："我提醒过你，不要心存侥幸，如果你觉得自己被带来公安局是被冤枉的，那就请如实回答我的所有问题。"

被面前这个年轻女孩的气场震慑住，魏宁沉默片刻，乖乖地坦白说："我是知道他们没有离婚……但他们之间是真的没有感情了，我手机里有我和丽丽的聊天记录，你们可以找找，她不止一次向我说起要离婚的事了，只是她老公不同意……三天前，她又向他老公提出离婚，结果被他打了，所以丽丽才可怜无助地连夜跑来洛州找我的！"

"找你商量离婚的事？"

"对……"

"那把她藏在地下室的原因是怕韩丽丽的丈夫找来？"

"嗯，刘杨那种人……我们惹不起，只能躲着藏着。"

"你和韩丽丽的丈夫刘杨见过？"

"见过……之前我和丽丽只是朋友关系的时候，我去他们那边旅游，顺便见个面，但被刘杨误会我勾引他老婆，打了我一顿……如果不是那次被他打了，我也许不会下定决心把丽丽从他身边拯救出来。"说起韩丽丽，魏宁的眼神柔和很多，"丽丽人很好，知恩图报，父母去世得早，她是她姐带大的，她姐还供她上大学，对她有养育之恩，所以自打她姐夫去世，她姐一个人带着孩子生活后，丽丽每个月都偷偷塞钱给她姐。还有一位老师，上学的时候对丽丽很照顾，这位老师终生未嫁没有子女，年老体衰后，丽丽三两天就去这位老师家一趟，风雨无阻……这么好的女人，应该有个像样的男人来疼爱她……"

虽然还是无法从瞳孔的变化来观察一个人是否对另一个人有爱意，但林嘉月还是感觉到了，魏宁是真心爱韩丽丽的。

3

观察室的门被人从外面打开，大力探头进来报告说："王哥，韩丽丽她老公和她姐到了！"

王子兵点头："好，我马上就过去。"话罢，他给林嘉月发去一条手机信息。

收到消息后，林嘉月决定跟王子兵一起去见韩丽丽的老公刘杨和亲姐韩欣。

待客室中，韩丽丽的丈夫刘杨和亲姐韩欣并排坐在三人沙发上，紧张担忧的气氛环绕四周，他们全都默不作声。

门开，见警察返回，两人对韩丽丽现在的状况很是关心，一同起身，异口同声说："丽丽怎么样了？"

"韩丽丽目前由我们同事带去医院做检查了，外伤不重，你们不用这么紧张。"王子兵回答。

"那整个人的精神呢？给我打电话的警察说她好像精神不太好！她说现在是2011年？"刘杨一副不可思议的模样问道。

"是，我们一开始怀疑她是精神出了问题，但后来接触发现她的思维逻辑还是挺正常的，所以目前认为她是记忆出了问题。"

"记忆？"刘杨更加惊讶，将信将疑，"你们的意思是她失忆了？"

站在王子兵身后毫不起眼的林嘉月默默地观察着刘杨的每一个表情，他最开始的"关心"夹杂了太多的紧张，这说明他在乎的并不是韩丽丽的安危，而是另有原因，他之后的表现更是带着一种试探，想从警方口中获取他想要的信息，刚才的"惊讶"与其说是惊讶，不如说是惊喜，他似乎对韩丽丽失忆的状态很满意。

王子兵也察觉到了刘杨语气中的那一丝惊喜，于是以要向他了解一些韩丽丽离家的原因为由，单独将刘杨带去了隔壁的空房。

留下的林嘉月自然要向这起三角恋当事人之外的韩欣调查取证。她礼貌地微笑，请韩欣坐下："听说你和韩丽丽的父母离世早，是你辛苦带大她的，那你们姐妹两个的感情一定很好吧，无话不谈？"

"是……"韩欣仍旧有些紧张，手指不自觉地在自己大腿上轻点着。

为了消除她的紧张，林嘉月特意多透露了一些关于韩丽丽目前的无关紧要的信息："给韩丽丽做检查的是国内外很权威的一位神经科专家。"

"是吗？谢谢你们！"

这一招挺好用的，韩欣的紧张情绪缓解，露出了感激的微笑。

"应该的。"林嘉月回应个笑脸，进入正题："韩丽丽和你无话不谈的话，那你应该知道魏宁吧？"

韩欣点头："知道，他们两个是网友，魏宁之前还去我们那里见过丽丽。"

"你对魏宁的印象怎么样？"

"这个人……"她目光开始闪避，嘴上开始结巴，"他明知道丽丽有老公，还纠缠丽丽，丽丽说要和他断绝来往，他还威胁她，人不怎么样。"

"是吗？"林嘉月不急于指出她在说谎，继续问，"那你的妹夫刘杨呢？你觉得他对你妹妹好吗？"

韩欣不假思索地点头道："好！"

回答得这么干脆，只有两个可能，一是她真心认为刘杨对韩丽丽好，二就是提前做了功课。

"怎么个好法？"

她仍旧不假思索："刘杨在我们当地开汽车修理厂，钱赚得不少，也舍得给丽丽花，又是买车又是买房的，丽丽要什么，他就给买什么！"

"你羡慕吗？"林嘉月的这个问题赶在韩欣话音落地前抛出，给人一种猝不及防的感觉。

韩欣一怔，犹豫了几秒才回答说："我羡慕啥？我自己也有自己的生活。"

"但听你刚才说的，你对幸福的定义好像就是物质生活得到满足。我都有点儿羡慕，你不羡慕？难道，还有别的隐情？韩丽丽身上的外伤是三天前造成的，也就是说，她可能来洛州之前就受伤了，该不会……是刘杨打的吧？"

　　韩欣垂眸不语，喉咙处有吞咽口水的动作。

　　看来，这个亲姐也不过如此。

　　隔壁房间，王子兵问及韩丽丽离家的原因，刘杨的回答方式也是一样的干脆利索："我哪儿知道？我下班一回到家，发现她不在，本以为是去我大姨子家了，可打她电话，她一直拒接，后来还关机了。我觉得这事不太对劲儿，就赶紧给我大姨子打了电话，我大姨子也不知道丽丽这是怎么了，好好的就玩起失踪了！后来我们两个一合计，觉得她是被魏宁给带走了！魏宁这个王八蛋，他一直对丽丽心怀不轨！"

　　"你的意思是魏宁对韩丽丽是单方面的爱慕？"

　　"不是，丽丽之前确实也对他有意思，两个人在网上认识的嘛，那混蛋会说会哄，当时我又因为工作忙顾不上关心她，所以她就……但我和丽丽结婚这么多年了，感情还是很深的，我们都很珍惜这段婚姻，所以沟通过后，丽丽在我和那个混蛋之间还是选了我！丽丽前几天给他打电话说断绝来往的事，当时他要死要活不同意，他还在电话里威胁丽丽，说她要是真分手就别怪他心狠手辣！我和我大姨子当时都听到了！"刘杨激动地说。

　　"这通电话是哪天打的？"

　　刘杨清晰地回答说："五月二十八号，下午三点多。"

　　记这么清楚？王子兵睨他，越来越觉得刘杨这人有猫腻。

"那天正好是我妈的生日，所以记得清楚呗。"很有说服力的说辞。

市中心医院。

检查室的门终于打开，坐在走廊长椅上的韩轩起身上前。

江教授手中拿着韩丽丽的各项检查结果从里面出来，目光从报告单转移到韩轩的脸上，然后又从韩轩的脸上转移回报告单上，一举一动带着与他年龄和声望不符的呆萌。

韩轩自打见他第一眼后，就一直很诧异，他真的是江雪怡的父亲？

"小韩啊，"江教授亲切地称呼他，"这个姑娘头部没有外伤，也没有脑炎，更没有酗酒和一氧化碳中毒的症状，无病史，一切正常啊。"

"那她为什么会丢失了五年的记忆？我测试过，她不是心因性失忆。"

"呃……我们再去做个脑部CT吧。"

"好，麻烦江教授了。"

韩丽丽也从检查室中出来，听到两人又要给她做CT，已经做了一系列检查的她紧张不安起来，恐惧地询问道："我究竟得了什么病？"

和蔼可亲的江教授呵呵一笑："不用怕，你的问题威胁不到生命，乖乖配合医生吧。"话罢招手唤来一名小护士，"你带这个姑娘去做个脑部CT，我一会儿就过去。"

韩轩欲随韩丽丽一起去，却被江教授神秘兮兮地拦住。

韩轩不解地望他，问："江教授有事要说？"

江教授萌萌地点头："你跟雪怡是同事，我想问问你，有没有见过这个人啊？之前雪怡在家看这个视频，笑得别提多开心了，她从来都没有仰天大笑过！我看这个视频背景是市公安局，所以觉得他可能是你们的同事……"说着他从白大褂里面掏出自己的手机，找出一段极其辣眼睛的性感舞蹈视频。

当韩轩看清楚视频中的那个男人时，惊得差点被自己的口水呛到。

"认识？"

"认识……"韩轩不想再看陆俊那辣眼的舞蹈，侧了下身子回答江教授，却没想到，说曹操曹操就到……

陆俊竟然也在医院里！

"就是他！"韩轩伸手，指向走廊那头打扮夸张的陆俊。

陆俊是来看病的，之前跟着王子兵搜山时淋了点雨，他就娇气地感冒了，一直拖着没吃药，结果拖出了肺部炎症。

之所以说他打扮夸张，那是因为娇气的他给自己穿了件厚绒的棒球外套。

察觉有人在盯着自己看，陆俊转头，一眼就抓到了这两个"偷窥者"。

"咦？"生着病，他也不消停地朝韩轩走来，瞄一眼江教授胸前的信息卡后，幸灾乐祸地问韩轩，"你看神经科？怎么了，你神经病了吗？"

韩轩懒得理他，江教授倒对陆俊充满好奇："小伙子，你怎么了？哪里不舒服？"

陆俊瞥了眼这个呆萌的大叔，后退几步与他保持距离："我的神经没病，不用您操心。"

今天也巧了，三个人说这话的时候，旁边的电梯一开，江雪怡从里面走了出来。

陆俊见到她，更来精神了："哟，这么巧，法医也生病啊？"

江雪怡也懒得理他，撇头不想看他，但不看他就要看韩轩，想想，她觉得还是看陆俊好一点，于是又把头转了回来。

见到自己的宝贝女儿，江教授瞬间化身女儿奴："雪怡，你怎么来啦？"

"我不是给您介绍了个病人吗？过来看看，顺便找你一起吃饭。"

"吃饭啊，还不行，我正要过去看你介绍的那个病人做CT呢。"

"那你去吧，我先自己去吃饭，回来给你带着。"

江教授一脸幸福："还是我家雪怡体贴懂事！"夸完自己闺女，他看了眼身旁的韩轩和陆俊，"要不你带着你这两个同事一起去吧！"

韩轩婉拒："我还是跟您一起过去吧。"

"你跟去也是在走廊里等着，还是去吃饭吧。"江教授现在很矛盾，他觉得自己女儿可能是跟陆俊之间有种奇妙的关系，他也希望自己的女儿能找个活泼开朗的男朋友，但他是女儿奴啊，那么宝贝的女儿怎么能那么轻易就被谁给带走？所以，两个人一起吃饭绝对不如三个人一起吃饭安全！

被江教授当作最佳电灯泡的韩轩随江雪怡一起下楼，正要出医院大门时，林嘉月给他打来了电话。

4

"没什么事，就是想问问你那边怎么样了，医生有什么说法。"林嘉月跟在王子兵身后，一边讲电话一边下楼准备去食堂吃饭。

"还没有，有消息我通知你。"

"行。你一直陪着她吗？怎么吃饭啊？要不我过去找你，给你捎点吃的？"

竖着耳朵听人讲电话的王子兵窃喜，回头意味深长地瞄了林嘉月一眼。

林嘉月根本没留意他，继续道："你要吃什么？"

韩轩扫眼走在自己前面的两个人，反问她道："你吃了吗？"

"没呢，正准备去吃。"

"那你来我这边吧，有人请吃饭。"如果他没有理解错的话，江教授的意思是叫江雪怡请陆俊和自己吃饭。

"谁啊？"

"江法医。"

江雪怡一早就猜到电话里面的那人是林嘉月，所以对韩轩拉人进饭局的行为并没有提出抗议，头都没回，潇洒地批准了。

林嘉月挂了电话，准备去找韩轩他们，想叫王子兵也一起去，但王子兵过会儿还有别的事要做，所以去不了。

吃不上，他嘴也不能闲住，调侃说："嘉月啊，怎么听着你跟韩老师说话，像是老夫老妻的感觉呢？"

"干什么，你吃醋吗？吃我醋还是吃你韩老师的醋？"林嘉月伶牙俐齿地反击。

搞得王子兵不得不严正声明："我是直男！"

"是吗？认识这么多年，我都没看出来！"她一副夸张的惊讶表情故意逗他。

"行了行了，你赶紧去找韩老师吧，别在这儿气我了！"王子兵撵人。

林嘉月甩着车钥匙，得意地笑着跑开。

待林嘉月到达餐馆的时候，三个人点的菜已经上桌。

以桌子为分界线，三个人分两拨，江雪怡和陆俊坐一边，韩轩一个人坐一边。

饭桌的气氛不怎么融洽，江雪怡和陆俊的脸上有一种对韩轩明显得不能再明显的不待见，而且他们俩也没有多亲密，椅子离得有六十厘米远，好像坐近一点儿就会要了彼此的命。唯独被别人不待见的韩轩，轻松自在，看起来像真的来吃饭的客人。

最先看到林嘉月的是陆俊："她来了，能吃了吧！"他一下子兴奋起来，不过不是因为她。

江雪怡放下手里的镜子，也看到了林嘉月，玉手轻抬，像皇太后给人赐座一样指了指韩轩旁边的那个座位。

"你们吃就行啊，还特意等我干吗。"林嘉月就座，活跃气氛道，"我又不是什么极负盛名的大人物。"

"有人不让！"对面两个人异口同声，又动作一致地看向她身边的韩轩。

此时的韩轩一脸无辜："我什么时候不让你们先吃了？而且做东的又不是我。"

"那我刚才要动筷子，你不早不晚地咳一声，什么意思？"陆俊质问。

"嗓子有点痒。"

"那我要喝汤的时候，你为什么一直盯着我看？"江雪怡不解。

"我在想你照镜子的时候为什么没有发现自己头发上有一块纸巾碎屑。"

两人无语时，韩轩又悠悠地说了一句："最终你们没吃，还是因为觉得先吃不合适，不然陆侧写员不会在动筷前先打量别人的脸色，江法医也不会在喝汤前欲言又止好几次。"

自己的小动作都被他全数捕捉，两人对韩轩的好感度直降为负数。

"现在我不用看人脸色了吧？"陆俊拿起筷子就要夹菜，却被同盟江雪怡阻拦，"等等，你有病，麻烦你一次性把菜夹到自己碗里，不要污染我们的菜。"

陆俊不爽，看叛徒一样看她："你到底跟不跟我一伙儿啊？"

"呵，"江雪怡冷笑，反问，"我为什么要跟你一伙儿？"

"你不烦他啊？"陆俊指指韩轩。

江雪怡毫不犹豫地回答："烦。但也烦你。"

听着他们的对话，林嘉月哭笑不得地瞥了"讨人嫌"的韩轩一眼。

韩轩满不在乎地回望她，就跟自己不是他们两个口中的那个讨厌鬼一样。

你嫌我我嫌你，你挤对我我挤对你的一顿饭吃罢，最后付账的人换了，韩轩在去洗手间的时候，顺道把账给结了。

陆俊临走前表态："就算你请本王吃了顿饭，本王依然讨厌你！"

江雪怡比他强，因为给江教授点了菜打包带走，她替江教授给韩轩道了声谢，先一步回医院给自己老爸送饭了。

从饭店里出来，天色已呈墨蓝色，繁星闪烁，堪比医院附近商店街的灯火。

回医院的路上，林嘉月汇报工作似的把今天获取的所有信息都讲给韩轩听："刘杨和韩丽丽的婚姻肯定出现了非常严重的问题，我目前怀疑是刘杨家暴。韩欣和韩丽丽的感情确实很好，她很担心妹妹，但我不明白，她为什么会帮刘杨诬陷魏宁，她对刘杨没有畏惧感，应该不是受刘杨胁迫，而是出于自愿的协助……以前的案子，我从头到尾都没有完全相信过任何一个当事人，但是这一次，我越来越相信魏宁，他是被冤枉的。"

"那就证明他无罪。"韩轩的声音很轻，跟初夏的夜风一样，吹过就消失了。

但林嘉月听得清楚，她停住了步子，恍然大悟地望着从自己身边经过的他。

"韩轩……"她开口时，垂在身侧的手紧张地握成了拳，与此同时心也莫名其妙地越跳越快。

韩轩也停住，回头，侧脸在光影塑造下如艺术品一样优雅。

"谢谢你，给我信任和机会，了却心中关于父亲的遗憾。"

经过CT检查，在韩丽丽的右脑确实发现了病灶，确诊为中风。

"应该是开着风扇睡觉造成的，至于失忆是否与中风有关，还不能确定，先治疗中风吧。"江教授建议。

"好。"因为韩丽丽在洛州没有住处，所以韩轩给她办理了住院手续。

换了住院服，一直很少主动跟韩轩讲话的韩丽丽开口问道："我老公来了吗？"

韩轩点头。

"那住院的费用你找他要一下吧，我自己的病应该我自己掏钱治。还有，我什么时候能见我老公？"她一脸的迫切。

睨向一旁的林嘉月，他示意韩丽丽，这个问题应该问她。

"明早吧，我们安排一下。"林嘉月回道。

韩丽丽不解："为什么我见我老公还需要你们安排？我被囚禁，又不是我老公做的！"

"你现在仍旧认为自己是被囚禁的？"见她那副煞有介事的样子，林嘉月恨不得立刻回局里把她和魏宁最近一年的聊天记录拿来给她看。

"不然呢？我根本就不认识那个男人！"提起魏宁，韩丽丽便一脸的疑惑和厌恶。

这忆失得……林嘉月无奈。

和韩轩一同从韩丽丽病房离开后，她感叹道："有句话叫啥来着……不要试图去叫醒一个装睡的人！用在她身上就是，不要试图去询问一个失忆的人！"

因为证据不足，仅凭一个失忆女人的说辞判定不了魏宁犯有非法囚禁罪，所以昨晚魏宁就重获自由了。他担心韩丽丽现在的身体状况，又不知道她在哪家医院，于是只能厚着脸皮蹲到了刘杨和韩欣下榻的快捷酒店门口。

早上，刘杨和韩欣一出酒店，就看到了守候在外的魏宁。

"你在这儿干什么？想怎么样？"见他就来气，要不是韩欣在场，刘杨肯定会叫他吃不了兜着走。

对刘杨有所畏惧的魏宁尝试着挺起腰杆，蓄足了底气："你是不是要去看丽丽？"

"怎么着，你还想跟着一块儿？"刘杨不屑道，"就算我同意，你觉得丽丽会愿意吗？警察说她失忆了，她只记得2011年之前的事，也就是说，她现在连你是哪个山上的猴都不知道！哦，不对，她认识你，而且认定了，你就是囚禁她的死变态！"

"不可能，丽丽见了我，一定会想起来我是谁！"

"行啊，那咱就去试试啊！"刘杨笑得嚣张，伸手在路边拦下一辆出租车，"一块儿走啊！"

魏宁欲上车，却被一直沉默的韩欣拦住并推到一边，谴责他："魏宁！你能不能别再纠缠丽丽了？她现在成这样都是你害的！你能不能离她远点儿，让她以后平平静静地生活？"

"跟这种男人生活，她不会幸福啊！"魏宁说。

三个人的争执引来了一些路人围观，有人已经拿出手机来拍他们，刘杨要面子不想丢人，于是匆忙上车，强行结束这场争执。

没能跟他们挤上一辆车，毫不在意围观群众的魏宁火急火燎拦下另一辆出租车，尾随刘杨和韩欣去了韩丽丽所在的医院。

所以在林嘉月再次来到住院部时，她看到了非常讽刺的一幕。

局里同事给刘杨说了住院费和治疗费的事，刘杨一听那数额，脸都要青了，明明拿不出钱，他却撒谎说："我来洛州的时候太匆忙了，没带那么多现金，也没带卡。"

韩欣倒是带全了，但现金和卡里的钱加起来并不多，不够韩丽丽治病的。

"我有，我交！"一路尾随而来的魏宁出现，二话不说就将自己的钱包掏了出来。

林嘉月故意走上去凑热闹，问那同事说："家人拿不出钱，'嫌疑人'拿钱，上班这么久，没见过吧？"

同事笑而不语，默默带着魏宁离开。

林嘉月冲剩下的两人挑了下眉，似笑非笑道："走吧，我带你们去见老婆和妹妹！"

5

病房门被林嘉月推开，听到动静，背对大门躺着的韩丽丽转过身来，在见到刘杨和韩欣的那一瞬，韩丽丽激动地哭了出来。

林嘉月侧身给两人让路，不做人家家人重聚的绊脚石，站到墙角处默默地观察三人。

韩丽丽哭成泪人，委屈无助，一副再也不要和他们分开的模样。韩欣一直轻拍韩丽丽的背，安抚她，像个哄孩子的母亲。刘杨的一举一动最为怪异，他被韩丽丽拉住拥抱的时候，身子是僵的，似乎拥抱对这对夫妻来说已经是很生分的行为了。而且他的脸上先闪过了一种惊奇的表情，接着就是溢于言表的踏实满足。

"好啦好啦，别哭了，老公来了，没人敢再欺负你了！来，我看看，"他轻轻推开韩丽丽，一口愤愤的语气，"妈的，混蛋魏宁竟敢打你！"

自己也不清楚自己身上的伤到底是怎么弄的，但听老公这么肯定地说，对老公十分信任的韩丽丽便认定了就是魏宁所为。

此时的韩欣心事重重地收回了自己的手，把所有时间都让给这对"恩爱夫妻"，自己退到一边。

林嘉月靠在墙上打量她，有意思了，昨天自愿协助刘杨的她，今天有些纠结了。

似乎也察觉到了韩欣的动摇，刘杨特意向她征求意见："姐，丽丽留在洛州恐怕情绪会一直不稳定，要不我们给她转回咱们那边的医院吧？我找我朋友给她准备最好的病房。"

不待韩欣回应，林嘉月先开口说："案子还没结束，你要找人商量也要找警方。"

刘杨不耐烦，转头看向林嘉月："你们不都把魏宁放了吗？不就等于说他无罪吗？"

"你的意思是，如果我们不干预，你也不会告他？他可是涉嫌'绑架又非法囚禁'了你妻子的人，难道你宽宏大量到这种地步，可以不计较？或者说，你从一开始就知道，是韩丽丽自己来找魏宁的，所谓的'非法囚禁'也根本就不存在？"

刘杨眉毛紧皱，上眼睑扬起下眼皮紧绷，露出了明显的攻击性表情，他微抬的右手提供了更好的证据，证明他脾气有多火暴。

不过，念及有警察也在医院，他克制住了，但那要将人活生生撕碎的眼神还是把林嘉月给吓了一跳。

身子因为紧张，林嘉月僵硬得像块木头，不想在他面前露怯，硬是梗着脖子装出一副老娘不怕的模样，换了个姿势，继续瞪他。

病房就像被人用遥控器设置成了静音模式般，寂静得像一间空房，直到有敲门声响起。

林嘉月扭头，在病房门的小窗外看到了魏宁那张写满担心和期待的脸。

刘杨也看到，不禁低声骂道："这王八蛋还敢跟上来！"

见老公这么气，韩丽丽瞬间明白了来人的身份，随即面露惶恐和厌恶，惊呼："不要让他进来！"

韩丽丽在地下室醒来的时候，魏宁不在，她被警车接到市公安局后，也没和魏宁打过照面，如果不是因为刘杨的咒骂，她可能都不知道门外的男人就是那个"囚禁"了自己的人。而且在她醒后，她就已经失去了五年的记忆，连魏宁是谁都不认识，又怎么会记得他对自己到底做过什么……

既然这样，那她现在表现出的强烈惶恐和厌恶，岂不是有点不合逻辑？难道……这跟韩丽丽拒绝检验下身有关？林嘉月暗忖。

切身感受到韩丽丽的强烈排斥，魏宁有些接受不了，他不愿意相信她把他们之间的那些过往都忘得一干二净，情绪变得激动，他不顾韩欣的阻拦，硬闯进来："丽丽！你为什么不让我进来？你真一点都不记得我了？"

"去你妈的吧！"刘杨刚才没能挥出来的拳头，终于"正大光明"地击打在了魏宁的脸上。

场面瞬间失控，影响了医院的秩序。

赶来的医生帮着警察一起将扭打在一起的刘杨和魏宁拉开，

强行结束了今天的探视，只留下林嘉月一个人陪伴受了惊吓的韩丽丽。

"喝点水吧。"林嘉月将一杯温水放到她的床头柜上。韩丽丽低声道谢，端起抿了两口。

林嘉月在她床边坐下，试探地问："你是刚才才知道那人就是地下室主人的吧？"

韩丽丽对她的询问没有抗拒，点了下头。

"你应该不记得他对你做过什么，那你刚刚的反应会不会有些过分强烈？当然，我不是你，我不明白现在的你对他是什么感觉，但如果我失忆了，在不记得某人到底对我做过什么的情况下，我是不会对他有如此强烈的反应的。你是不是记起什么了？"

垂着的头不愿抬起，韩丽丽的表现告诉林嘉月，她有事情在隐瞒。

"觉得说不出口？"她放柔了语气，一步步地引导，"确实，有很多事，我们是难以启齿的，但就算将它一直藏在心里，我们就能当它没有发生过吗？"

想到韩丽丽和魏宁是网聊认识的，林嘉月揣摩她的思想继续道："心事是越隐瞒越叫人在意的，就像雪球越滚越大，最后便把人给压死。与其等着被压死，还不如找个陌生人谈一谈，心里会舒服一些。这样吧，如果它对案情不是特别重要，我可以答应你，帮你保密。"

韩丽丽沉默，未作回应，过了大约一分钟，她犹豫着将头抬起："其实……"

林嘉月屏住呼吸，静待她敞开心扉。

"只要暂时对我老公保密就可以……我还没想好要怎么告诉他……"韩丽丽异常纠结，语气中愧疚深重，"我报警后，等待救援时检查过自己的身体……我发现我被人强暴了……"

　　"所以你在验伤的时候拒绝检验下体，是不想被刘杨知道你和魏宁发生了性关系？"

　　"对……"韩丽丽为难地再次哭了起来，低低的抽泣声充斥整间病房，"我很爱我老公……我不想瞒骗他，可我还没有想好该怎么告诉他……"

　　看着她这么纠结，林嘉月都跟着一块儿纠结起来："记忆停留在2011年的你确实很爱刘杨，但从你最近一年……也就是2015到2016这一年的聊天记录来看，你已经不再爱他，你疯狂地爱上的是一个叫魏宁的男人。"

　　韩丽丽一副不敢相信的表情，怔在那儿一动不动。

　　"你要求我保密的事，我会替你保密，你不用担心。你专心治疗，希望你能尽快恢复记忆，把真相告诉我们，当然，如果没法儿这么顺利的话，我也会努力找出真相的。到时，我会告诉你，你爱的那个人到底是谁。"

6

　　再约谈魏宁，魏宁干净的脸上挂了彩，颧骨处有瘀青，下嘴唇被牙齿硌破肿了起来，说起话来有点儿不方便。

　　见林嘉月对自己投来可怜的目光，他憨憨一笑，唇角扯动伤口，疼得他倒抽一口气后，眉宇间染上一丝骄傲道："这次我占了上风，刘杨比我伤得重。"

"可你的情况比他糟，身上的非法囚禁嫌疑还没洗清，又和人打架斗殴！幸好这次是刘杨先动手的。"

闻言，魏宁眼中闪烁着欣喜，他捂着受伤的半张脸问："林老师，你相信我是无辜的了？"

林嘉月犹豫数秒，点了下头。在跟谈话人进行谈话的时候，她是不应该表露出一些自己的主观态度的，所以为避免自己在这个案子上带入太多个人感情，她连忙转移话题："你和韩丽丽的聊天记录我已经看了，她没有通知你她要来，对吗？"

"对，她是被刘杨打了后，趁他外出时，偷跑出来的。"

"我们没有查到她购买火车票的记录，她是坐长途大巴来的？"

"对，从她们那儿到我们这儿就四个小时的车程，她到洛州后给我打电话的时间是五月三十号晚上九点多。当时在长途车站外，我一见到她，她就哭了，她脸上身上带着伤，特别叫人心疼……看着她那样，我都能想象出刘杨打她时的画面，他根本不是个男人，不是个人！"

"刘杨经常打韩丽丽吗？"

"光是丽丽告诉我的，就有两次了。除了打，他还经常辱骂她。就在五月二十八号那天，丽丽下午给我打电话的时候被刘杨发现了，在丽丽挂断前，我听到了刘杨骂她的话，污言秽语低俗不堪……"

魏宁叹口气，抬眼看了下对面的林嘉月，可能是觉得跟一个比自己小十几岁的小姑娘掏心掏肺有点害羞，他尴尬地干咳一声，思忖了好一会儿，还是说了："我一个快四十岁的人，我也知道一个大老爷们儿插足别人的婚姻挺不要脸的，所以我从去年就一直隐藏自己对丽丽的感情……去年四月，我和她在网上认识，当时我就对她有好感了，有种一见钟情的感觉，但知道她有老公，所以我一直没敢表白，后来尽管感觉到她对我也有好感，可我还是一直装傻充愣做一个单纯的知己，可感情这种东西，有时候真的控制不住……今年三月份的时候，我一冲动，跑去了她的城市，假装去旅游顺便见了她。那时我们俩也还都是朋友关系，真正互表心意，确定男女朋友关系是在五月初……"他变得更不好意思，脸都涨红了，"当时她说自己受够了没爱的婚姻，想离婚，我实在没忍住，就说出了心里的想法，我想照顾她一辈子……林老师，你别笑话我……"

在快四十岁的魏宁脸上，林嘉月清楚地看到了十几岁的男生情窦初开的神情，她摇摇头，回应说："不会的，每个年龄段的人都有追求爱情的权利。不过，我觉得你应该在韩丽丽正式离婚后再和她在一起。"

这话似乎戳到了魏宁的痛处，他又叹了口气："说实话，真不知道他们两个能不能离成……丽丽以前说过，她一直没离婚就是害怕刘杨找韩欣的麻烦。"

"怎么说？"

"韩欣一个女人带着个快要上大学的儿子，因为没什么文化，一直在刘杨的厂里上班，如果他们离了婚，韩欣肯定会失业。光靠丽丽救济也不太可能，离婚以后，丽丽什么都没有了，只有自己那点工资，租房就得花掉一半。"

"韩欣说刘杨给韩丽丽买了房啊？"

"贷款的，丽丽要房子的话也要还贷款，更惨。不过，现在要是能离的话，她可以和韩欣母子一起来我这儿，虽然我经济条件比较一般，但还是能保证他们基本的温饱的……唉，现在说什么都是空谈，最重要的是丽丽快点儿恢复记忆。"

"她一定会想起你的，你这么在乎她。"

刘杨因为在打架上吃了亏，心里憋气，又闹去市公安局。

王子兵才和同事开完何峰模仿杀人案的会，一出会议室的门就被狗皮膏药一样的刘杨给缠上。

"王警官，你们是人民警察啊！要为人民做主，主持正义啊！魏宁这个王八蛋，怎么放出去不管了？他的嫌疑还没洗清吧！没洗清就要抓起来关着啊！今天他去医院骚扰我老婆，还打了我，你怎么就知道他明天或者今天晚上不会再去？"

林嘉月回局里正好撞见两人，见王子兵一脸疲惫和不耐烦，她索性替他回答："拘留得有原因，不能仅凭你和韩欣的一面之词就认定魏宁有犯罪嫌疑，何况我这里也有一些魏宁与失忆前的韩丽丽关系密切的证据。"

见完魏宁后，林嘉月去了一趟长途车站，查看周边小商店的监控时，找到了一段韩丽丽主动投入魏宁怀中的视频。

医院事件之后，林嘉月已经成了刘杨的眼中钉，顾及现在的场所，他看她的凶狠眼神才收敛了些许，但不论怎样，还是一眼就能看出他眼中的不友善。

"什么证据？"

"我没必要向你交代。"林嘉月不屑和他多说，直接将手里的视频交给了王子兵。

"刘杨，你先回去吧，我们要先看看这个新证据。放心吧，我们不会错怪一个好人，也不会放过一个坏人的。"王子兵话里有话，说罢，便给大力使了个送人的眼色，拉着林嘉月进了办公室。

　　大门一关，林嘉月极其不爽地龇起一口大白牙，像是要咬谁似的："这个刘杨，简直就是暴力分子，在医院的时候他差点儿就要给我一拳！"

　　"那你还不躲着他，万一真被揍了，我们怎么跟你娘交代啊！"王子兵也看出刘杨对林嘉月的不友善了，担心地想想，他劝说林嘉月，"要不这个案子你还是不要管了，剩下的交给我们吧。"

　　"剩下的什么啊？"林嘉月问。

　　王子兵理所当然道："证明魏宁清白，然后撤案啊。"

　　林嘉月不满地摇头，她一跳，坐上王子兵的办公桌说："不能就这么算了，我们还得揭发刘杨的丑陋嘴脸！他绝对有家暴倾向！"

　　"可韩丽丽已经失忆了，谁能证明？我看韩欣是指望不上，要不是她跟韩丽丽一个姓，我还以为她是刘杨的亲姐呢。"

　　"这个韩欣确实叫人寒心。不过，肯定会有办法的！你也说了，我们不会错怪一个好人，也不会放过一个坏人！"

晚上十点多，医院终于安静下来，走廊上的人少了很多，只有消毒水的味道在空气中弥漫。

韩丽丽想着白天林嘉月给她说的那些话，在病床上翻来覆去睡不着，她索性起身，出了病房去透气。

乘电梯下楼，电梯门才开，她便听到大厅里传来的女人哭喊，撕心裂肺。

韩丽丽好奇地快步走去，见到了那个痛苦难过的女人，她一身棉质睡衣，凌乱的头发被汗水和泪水打湿贴在脸颊上，她平躺在担架上，腹部高高隆起像一座山丘，两腿之间血色一片……

那红，如利剑一样刺入韩丽丽的双眼。

女人的老公双眼通红，泪水在眼里打转，他像个乞丐一样对医院的医生乞求着："救救我的老婆和孩子！麻烦你们救救他们！"

男人话音才落，突如其来的耳鸣充斥着韩丽丽的双耳，脑中像被人暴力地塞进什么东西一样，疼痛难忍，她整个人惊叫着缩进了墙角。

"你怎么了？没事吧？"缴费处的路人见状，关心地凑上前来扶她，见她好像什么都听不见，精神异常，赶紧寻来两名小护士。

在护士的搀扶下，韩丽丽回到自己的病房，躺在床上，她瑟缩成一团，双手紧抱那仿佛要裂开的脑袋。

还未下班回家的江教授闻讯赶来，对她进行了一系列的检查，并未发现生理方面的异样："韩丽丽，你是不是想起什么了？"

深皱的眉头舒展不开，坐在床上的她慢吞吞地摇了摇头："我刚才看到一个孕妇……她身上好多血，然后我就突然头痛起来，好像有人把手塞进我脑袋里似的，但我什么都没想起来。"

听完她的叙述，江教授若有所思。

他从韩丽丽的病房里出来，给自己的女儿打去了电话。

今天奔波得有些累，林嘉月洗完澡后不待头发干透就爬上床，迷迷糊糊刚入睡，桌上的手机铃声便将她吵了起来。

"大晚上的，这是谁啊！"她不满地嘟囔着，把手机摸过来一瞧，竟是鲜少打电话给自己的江雪怡，竟然还是可视电话！

点下接通按钮，屏幕上突然呈现出一张乌黑乌黑的大脸。没做好心理准备的林嘉月被吓了一跳，吐槽道："你学会打可视电话就是为了吓唬我啊？"

电话那头，江雪怡因为敷着面膜说话不方便，口齿不清道："我没那么无聊，又不是那个神经病陆俊。"

"咦，你还和陆俊打过可视电话？"

"没打过！我怎么可能跟那种人打电话！能接到本小姐电话的人，都是像我一样才貌双全的人。"

"哇，江大法医在夸我！好开心！"

说话实在不方便，江雪怡干脆将脸上的面膜揭下来，一张水光润滑的漂亮脸蛋重见天日。

林嘉月抓住最佳时机，在她露出素颜一秒钟的时间内拍马屁道："有没有搞错，突然袭击！我差点被你的美貌晃瞎眼！"

江雪怡很吃这一套，唇角满意地上扬，像皇上赏赐大臣一样淡定道："回头给你几盒这个面膜，效果不错。说正事啦，刚才我爸给我打电话说，韩丽丽在医院看到别人早产，受了刺激。"

林嘉月眼睛一亮："她想起什么了？"

"没有。但我爸的意思是，她可能生过孩子或者流过产，建议我们查一下她的就医记录。"

"好，我找王子兵帮我查。她和刘杨没有孩子，我觉得流过产的可能性更大……"说到这儿，林嘉月心中闪过一个猜测，如果韩丽丽曾经怀过孩子，那流产会不会跟刘杨对她实施家暴有关？

第二天一早，林嘉月将韩欣约出来单独见面。

韩欣接到林嘉月的邀约电话时非常抵触，拒绝了好几次。后来听林嘉月说这次见面不聊魏宁，只聊韩丽丽，韩欣这才慎重地答应。

地点约在了旅馆附近的一家早餐店，客流高峰时段已过，店里还算清静。

韩欣赴约而来时，林嘉月正在用包子填饥饿的肚子，许是见到她这么生活化，紧张的韩欣放松了几分。

落座，她担心地向林嘉月询问："是丽丽的病情有什么变化吗？"

咽下嘴里的包子，林嘉月摇头道："算不上，她昨晚看到一个孕妇早产，受了点刺激。"

韩欣不解："这跟她有什么关系？"

林嘉月不慌不忙地反问："韩丽丽以前流过产，你不知道？"

韩欣面露惊色，但不是因为不知道此事，而是惊讶林嘉月为什么会知道此事。

　　林嘉月为她答疑解惑，说："我们调取了她以前的就医记录，发现在2013年12月的时候，她曾经在你们那儿的妇科医院做过刮宫手术，病历上记录她当时妊娠四个月，而且那次流产对她伤害很大，医生说她以后基本无法再怀孕了。"

　　"什么？"韩欣一副不敢相信的模样。

　　林嘉月没再开口，静静地注视着桌子对面的女人，她是真的不知道韩丽丽丧失生育能力的事。

　　韩欣的嘴巴微微张合，自责与悔恨熏红了她的眼睛。

　　自责可以理解为姐姐对妹妹的关心不够，那悔恨呢？

　　"后悔自己没有劝韩丽丽离开刘杨？"

　　闻言，韩欣将放在桌上的双手撤下去，藏到桌下。她抬眼瞄了下林嘉月，语气略显慌张地回答："这和刘杨有什么关系？丽丽那次流产是……自己不小心从楼梯上摔下去的……"

　　谎话！

　　眼前这个女人，真的是魏宁口中那个含辛茹苦将亲妹妹拉扯大的姐姐吗？

　　林嘉月语气中透着寒意，一字一顿告诉面前这个心虚的女人："其实韩丽丽早有离婚的念头，她是为了你，所以一直在忍耐！她怕刘杨会开除你，你和你的孩子会过得艰难！魏宁是最近一年才认识韩丽丽的，就他知道的，刘杨已经打过韩丽丽两次了，你别说你一直和他们生活在同一个城市，却不知道刘杨有家暴倾向！"

　　韩欣不语，紧闭的嘴唇颤抖着，整个人像一把拉到极限的弓。

"韩欣，我不知道你是不是怕日子难过而违背良心，帮着刘杨说话，但我想提醒你，韩丽丽是你的亲妹妹，她很在乎你，你是不是也应该好好地为她着想一下呢？"

　　"我就是在为她着想啊！"弦断了，韩欣终于爆发出来，她的泪水在眼眶中打着转，"我不想她像我一样生活得那么苦！我老公生前赚钱不多，但日子勉强还过得去，他死后，只靠我自己一个人的收入，交了孩子的学费和补习班费用，每月根本就剩不下什么钱，曾经在月中的时候，我的口袋里就一分钱都没有了。所以，我不能让丽丽也变成这个样子！离了婚的男人再找另一半很简单，可离了婚的女人难！就算能找到，条件也不会好啊！刘杨虽然有时候是很冲动，但他可以让丽丽过得富裕，吃喝不愁……"

　　"那你觉得，她想要的就是吃喝不愁的婚姻吗？"

　　韩欣长姐如母的思想，跟现在好多年轻人的父母一样，他们认为只要孩子的物质生活得到保障，那就是得到了幸福，他们不会去关注孩子的精神世界。

　　两人沉默不语时，早餐店的大玻璃窗外，刘杨鬼祟的身影闪过。

　　刚才刘杨在旅馆要找韩欣谈接韩丽丽回家治疗的事，正巧发现她匆匆忙忙离开旅馆，于是他便悄无声息地尾随，结果发现韩欣外出要见的人竟然是林嘉月。在确定韩欣已经背叛自己后，来不及愤怒，刘杨火速赶往了市中心医院。

　　今天没课，韩轩想知道韩丽丽失忆的原因有没有找到，特意来医院找江教授，但结果令他有些失望，原因还未找到。

426

来都来了，他决定还是去韩丽丽的病房看一看她。以前的他绝对不会做出这种"多此一举"的行为，他真的变了，连他自己都觉得自己有人情味了。

"咔嚓。"

韩轩还没走到门边，病房的门就被人从里面打开。

病房里传出韩丽丽有些不情愿的声音："干吗这么急……警察同意了吗？"

"同意了同意了，别磨叽了，快点跟我走就是了！"刘杨不耐烦地说。

"去哪儿？"韩轩正好堵住两人的去路，面无表情地打量换去住院服的韩丽丽和一脸急躁的刘杨。

看着挡路的韩轩，刘杨气急败坏，现在的他神挡杀神佛挡杀佛："我们夫妻两个的事，用你管？你又不是警察！"

"老公，你别这样……"韩丽丽见他暴躁不已，企图劝他，却不想被他蛮横一拉，额头撞到了病房的门框上，疼得五官皱在了一起。

"滚，听到了吗！"毫不关心身后的妻子，刘杨犹如一只向人示威的野狼，满口獠牙，"再不滚，别怪老子不客气！"

韩轩像完全没听到他的话一般，岿然不动。

刘杨真的说到做到，挥手就冲他打去。

不过，在刘杨出拳前，韩轩就已经从他肩部的变化判断出了他接下来的动作——一伸手轻松地扼住他的手腕。因为拳头着实狠，韩轩的右手都被震麻了。

"妈的！"刘杨并没有放弃，咒骂一声，又将另一只拳头挥向韩轩。

结果当然也是被扼制，只是刘杨的力气确实在韩轩之上，他将两手用力一甩，挣脱束缚，然后野蛮地将韩轩向后推去。

韩轩重心不稳，跟跄倒地。

打红了眼的刘杨飞扑而上，将他压在身下，结结实实地在韩轩右眼眶上落下一拳。

"刘杨！你疯了吗！"韩丽丽上前拉扯，死命地抱住刘杨的胳膊，韩轩这才免受重拳的第二次伤害。

去了一趟厕所的大力回来见到这般情景，气得冲上前一脚将刘杨从韩轩身上踹开。

"韩老师，你没事吧？！"

韩轩从地上坐起，尝试着睁开被打的右眼。但眼前而模糊一片，什么也看不清楚。

8

跟韩欣一起来到医院，林嘉月看到王子兵、江雪怡竟然都在，不禁好奇："干吗呢？一进病房我还以为到了局里。"

"呃……"王子兵和大力一见她，立马面有愧色，两人一前一后排着队，认错道，"对不起，嘉月……"

"怎么了？"她一头雾水，拉住要撤的王子兵，"什么意思啊，你们对不起我什么啦？"

"那个……叫江法医给你说吧！"话罢，他赶紧溜出病房。

"到底怎么啦？"林嘉月更纳闷，转脸看向一旁照镜子的江雪怡。

江雪怡百忙中抽空抬眼瞄她，云淡风轻地说："他们没帮你照顾好韩轩……"

"韩轩出事儿了？"林嘉月声音陡然提高，眉头深皱，心急如焚，"出什么事了啊？你别再照镜子了好不好？！"

江雪怡依旧不紧不慢，语气中带着一丝小鄙夷："瞧把你紧张的，不是什么大事儿，他挨揍了！"

一听是被打，她立马就猜到了罪魁祸首是谁，望向病床上一声不吭的韩丽丽，见她也是一脸的愧疚，林嘉月便知自己的猜测没错。"刘杨人呢？"

"怎么，你还要还回来啊？"江雪怡收起自己的小镜子，走到林嘉月身边，轻轻拍下她的肩，"我留下看着她们两姐妹，你去隔壁看你的韩轩吧！"

什么叫她的韩轩？

林嘉月也来不及纠正她了，直接转身出门跑去找受了伤的韩轩。

刘杨身材那么魁梧，修车工出身，臂力惊人，也不知道韩轩伤得严重不严重……最重要的是他的眼睛，万一伤到了，可怎么办？！

越怕什么就越来什么……

韩轩安静地躺在病床上，右眼上覆盖着一个水蓝色的冰袋。

听到有人进门，他微睁左眼，比以往狭窄的视野中出现了林嘉月愤怒又担忧的脸。

"严重不严重啊？你怎么这么蠢，不是动态视力超强的吗，还挡不住刘杨那王八蛋的拳头？"她走到床前，小心翼翼揭开眼睛上面的冰袋，见到了那曾经深邃漂亮现在青紫肿胀的右眼。

"医生怎么说的？"不知道是不是被传染了，她也觉得眼睛有种胀胀的痛，心脏也跟着来劲，像被针扎到一样疼。

被揍确实是件令人恼火的事，但见某人这么心疼自己，韩轩竟然心情明朗起来，也不觉得眼睛疼了。

"还好，眼球伤得不重，力度主要都打在了眉骨上。"当时被压制住，他的手来不及遮挡，所以为了保护自己的眼睛和太阳穴，他将脸的角度微调，用眉骨承受重创，不过视力还是受了影响，但消肿之后视力应该就会恢复了。

"那能看清东西吗？"

"右眼现在看不清。"

"以后能？"

"嗯，以后能。"他柔声安慰，好像受伤的是她。

心里依旧不是滋味，不过她提着的一口气现在可以先松了，继续数落他："你都把案子交给我来处理了，你说你不在学校里老老实实待着，跑到这里来干什么？吓死了！万一，我是说万一啊，右眼瞎掉怎么办？"

韩轩淡然开口："还有左眼。"

"你……"林嘉月被气得语塞，要不是看在他受伤的分上，真想再给他一拳！

两人独处的小病房，都不说话时静得能听到各自的心跳。

韩轩默数自己一分钟一百二十次有余的心跳，嘴角动了好几下，终于还是决定开口问出来："你是担心我的眼，还是担心……"

门外响起的敲门声拦下了韩轩的最后一个字。

"韩轩,你没事吧?"门被推开,一脸担忧的周希彤现身病房外。见到林嘉月也在,她略显尴尬,但还是主动开口问了好。

林嘉月捕捉到了她脸上那一闪而过的尴尬,误以为是人家不想有第三个人在场,于是不怎么情愿地朝门口走去,一副"你们聊,没关系"的假大度,对周希彤说:"我先去办事啦。"

许是说完觉得憋屈,她又鬼使神差地转脸对病床上的韩轩说了句:"有什么事你给我打电话。"

洞察人心的韩老师怎么会不知道她现在的心情,抿嘴忍笑,轻点了下头。

林嘉月的这句话也在周希彤的心里炸开了花。难道他们在一起了?如果真的在一起了,那她就不能再追着韩轩不放了,可是,真的心有不甘,她十年前就认识他,他称她爸为启蒙老师,他们两个明明是有缘的……

"我在李叔那儿听说你受伤了,过来看看。"周希彤将两袋沉甸甸的水果放在桌上,楚楚可怜地望着他脸上的冰袋。

"谢谢,没什么事。"客气的道谢将两人之间的距离拉得更远后,韩轩便没别的话可说。

周希彤心头微酸,强颜欢笑:"那就好。需要住院治疗吗?我最近几天有时间,可以过来照顾你。"

"不住院,我躺在这里冰敷一会儿,下午就可以回家了。"

"这样啊……"她难堪地垂下头,两颊像着了火一样。

此时,回到隔壁病房的林嘉月,心思却还留在韩轩那里。

韩欣见她若有所思,不知该不该打搅她。

江雪怡完全不避讳:"行了,你回来,我就去找我爸啦!"

"哦,好!"林嘉月将注意力收回,发现韩欣有话要跟自己说，"怎么了？"

"我把刘杨近几年对丽丽不好的事告诉丽丽了。"韩欣心情矛盾，又愧疚又轻松。

"那你呢，有什么想法吗？"林嘉月看向病床上愁眉不展的人。

"现在我唯一能相信的就是我姐，只是我自己记不得，始终觉得情感上有些空洞苍白，我对刘杨恨不起来，对魏宁也爱不起来……我现在很着急，但无奈无助……"

韩丽丽对自己心情的描述，林嘉月无法感同身受，失忆这种情况她可能这一辈子都不会遇到，这么想想，能记住自己喜欢的人和事，也是一种令人欢愉的小幸福。

"所以，我想归零，把自己和他们的关系归零。"韩丽丽沉思片刻后说道。

林嘉月挑眉："你要跟刘杨离婚，也要跟魏宁分手？"

"对。"韩丽丽坚定地点了点头。

"可是，"韩欣担心地说，"刘杨不会答应的，他来洛州前亲口跟我说，绝不会和你离婚……"

"他还爱我？"韩丽丽问出这个问题时，自己的脸上已经有了答案，那是无法相信的表情。

如果不爱她，那刘杨为什么要用尽损招想尽办法带她回家呢？

市公安局审讯室。

林嘉月和王子兵并坐一排，冷冷地凝视着对面那个一脸不服气的刘杨。

因为污蔑魏宁非法囚禁韩丽丽的也有韩欣，顾及韩欣是韩丽丽的亲姐，魏宁决定不追究两个人对自己的污蔑，所以刘杨身上的罪过减少了一条。

"殴打他人，实施家暴导致妻子流产，你很骄傲吗？还有脸在这里仰着个脑袋？"王子兵恶狠狠地瞪他。

刘杨却一副死猪不怕开水烫的样子冷哼："又不是没打过人！我清楚得很，你们顶多也就拘留我五天到十天，再罚个几百块钱，至于家暴，我老婆现在失忆了，你们怎么取证？听别人说？我可以告他们诽谤我！"

"是吗？但你这话已经表示你承认自己曾对韩丽丽实施家暴了。"说着，林嘉月拿出手机，将录下的韩丽丽要求离婚的视频播放给他看。

"不可能！这是你们逼她说的！"刘杨的情绪一下子就激动起来，像引线极短的爆竹，瞬间爆炸，"我不同意离婚！"

"不需要你同意，家庭暴力是法定离婚理由之一，而且受害妇女还可以要求家庭暴力实施者承担损害赔偿的民事责任，只不过你命好，韩丽丽因为失忆记不起你对她造成的伤害，以及念在你给了韩欣一份工作，也算对她有恩，所以放弃追究赔偿的权利。"林嘉月越来越好奇，拧眉质问刘杨："你不想离婚的原因是什么？"

刘杨闭口不答，一副要跟全世界对抗的模样。

这时，审讯室外有人敲门。大力推门探头进来，给王子兵使个眼色，叫他出来。

王子兵担心林嘉月一个人面对刘杨，再出了韩老师那样的意外，于是叫林嘉月代替自己出去。他已经对不住林嘉月，没把韩老师保护好了，不能再对不住韩老师，保护不好林嘉月了。

林嘉月出门，问大力："怎么啦？"

大力将手中的文件递给她："刚才韩欣打电话给我们说，有律师通知韩丽丽遗产继承的事，这个是我们联系那个律师后，他传真过来的遗产公证书。"

"遗产？谁的？"

"韩丽丽的一个大学老师，叫郑云。"

"哦，想起来了！"魏宁之前说过，韩丽丽有位老师终生未嫁，没有子女，年老体衰后，韩丽丽三两天就去老师家一趟，照顾她的生活。

掂着手中这份沉甸甸的文件，她不禁感叹，这也算好人有好报了。"咝——"突然灵光一闪，林嘉月想到了什么。

大力不明就里，关心道："嘉月，你牙疼啊？"

"你才牙疼。"她斜他一眼，转身返回审讯室。

她将手里的文件摆在刘杨可以清晰看清上面文字的地方，什么也不说，守株待兔，等待着他对遗产公证书的反应。

见他眼睛一亮，惊讶中带着喜色，林嘉月的猜测得以证实："你是一直在等这个吧？"

刘杨的心情由阴转晴，邪肆地笑道："看来已经办好了。行，离婚，我同意，婚后财产平分！"

"别高兴得太早，"一桶凉水泼下，林嘉月翻开这份公证书，找出在门外翻看时看到的那行字，指给刘杨看，"郑云在遗嘱中清楚地表明，她的所有遗产归韩丽丽一个人所有，也就是说，郑云的所有遗产都属于韩丽丽的个人财产，不属于夫妻共同财产。你，一分钱也拿不走！"

434

"不可能……"嚣张的笑容凝固，刘杨的美梦破碎。

看着他失落绝望的模样，林嘉月真想给已故的郑云老师一个大大的拥抱！这份遗嘱真是大快人心，把她想给韩轩出的那口恶气都给出了！

只是，这几十万在他一个修车厂老板看来，不算很多，他至于沮丧成这样吗？

难道……这笔钱对刘杨来说非常重要？

9

"厉害了我的妹儿！"王子兵对林嘉月流露出看韩轩时特有的崇拜，"越来越有我韩老师的风范了！"

"这就叫名师出高徒！"林嘉月得意扬扬。

经过对刘杨修车厂的调查，他们得知工厂的运营资金已全部被刘杨和他的狐朋狗友挥霍一空，如果一个月内再补不上新资金，刘杨必破产无疑。

"你说，这是不是才叫作老天有眼？"

"那当然！"王子兵点头如捣蒜，"刘杨自己不务正业把修理厂搞得快黄了，还想借着韩丽丽失忆拖延离婚时间，分人家的一份财产，结果机关算尽，到头来还是竹篮打水一场空！钱分不到，现在就只能等着厂子完蛋了！"

"痛快。"说罢，林嘉月迫不及待地拎起自己的双肩包，准备去找韩轩，让他给自己的这次考试点个评。

"干吗去？你不跟李队显摆显摆，叫他正式恢复你的职务啊？"

已经冲到门口的人回头一笑："李队那里，你帮我显摆吧，我要去韩轩那里显摆啦！"

夕阳满怀羞涩地亲吻着街道，整条街都被染成金黄色。韩轩和周希彤的影子被拉得老长，如两道永不相交的平行线。

他戴着江教授送的遮丑独眼眼罩，一路无话，周希彤觉得尴尬但也不想离开，像个小尾巴一样跟随在他身侧后方，好几次欲言又止，想和他说说话，但又怕他嫌她烦。

经过一所小学时，有两个顽皮的学生打打闹闹，不小心撞到周希彤的身上。她是精心打扮了才来看韩轩的，穿了一双平时不太会穿的五厘米高跟凉鞋，驾驭能力有限，险些把脚崴了，幸好韩轩及时出手将她扶住。

"没事吧？"他语气清淡，连关心的味道都听不出来。

"没关系的！"她逞强着露出向日葵般的微笑，其实脚腕被凉鞋带子勒了一下还挺疼的。

马路对面，一个正百无聊赖发着传单的墨镜男发现了他们，伸手将鼻梁上的墨镜往下滑了滑，在没有镜片阻挡的视野中看清了两人中男人的身份，又出于本能地看了几眼身材纤细长相甜美的女人，然后从口袋里掏出手机打了个电话。

林嘉月才钻进破旧老坐骑里，正要给韩轩打电话，手机却先来了卢楠的电话。

"喂，怎么了？"她一边启动车子，一边拖着唱腔讲话。

电话那头，卢楠八卦兮兮的，像拍到明星密会情人的狗仔一样："你猜我看到什么了？"

"外星人？僵尸？还是长着驴耳朵的皇帝？"

"说正事儿呢，贫什么！我看到韩老师了！"

眉峰一挑，林嘉月问："你去医院了？"

"没有，我在大街上发传单呢！快暑假了，老板叫教练们也出来帮着发少年兴趣班的传单，发着发着，我就看到了韩老师和……"卢楠也拖长声音，卖关子，"一个貌美如花的漂亮姑娘！"

一听这话，林嘉月不自觉皱起眉头。

漂亮姑娘？周希彤？我去，这都几个小时了，她一直在医院陪着韩轩？她不用工作吗？

"哎，嘉月，那个姑娘是不是韩老师的女朋友啊？"

"我怎么知道！"她心气不顺。

"你整天和韩老师在一起，孤男寡女，一点火花也没擦出来？没有的话，那肯定就是人家有女朋友了。"卢楠略感遗憾，又多看了几眼渐渐走远的周希彤。

"是就是呗……"她酸溜溜地哼声。

卢楠光顾着看美女，压根儿没听到她这话，回神，他问："哎，你今天忙吗？不忙的话回咱妈家啊，包饺子吃呀？"

"吃吃吃，就知道吃！我算明白你为什么做健身教练了，就是为了多吃不胖！"

"哎呀，被你看透了！所以，就成全我呗，你不回家，咱妈不会劳师动众包饺子的！可我真的好想吃，我都想了好几天了！"

"你叫外卖不行啊？"

"外卖怎么能和妈妈的味道相比！"

"别整天妈啊妈的，那是我妈不是你妈！"林嘉月算是把心里的无名小火都出到了卢楠的身上。想想韩轩现有佳人相陪，也没闲工夫听自己说韩丽丽这个案子的最终结果，于是她干脆答应了出气包卢楠的请求："六点准时开饭，来的时候给我买盒哈根达斯！"

"成，没问题！"有好吃的饺子，别说给林嘉月当出气包了，当箭靶子，卢楠也没二话。

"好了，我到家了，你也回家吧。"

小区门口，韩轩停下脚步，转身看向执意要送他回来的周希彤。

仰面望着冷脸的他，周希彤面上带笑心里憋闷，她也不敢奢望他会笑脸以对，可总是这般冷漠，仿佛在跟一个毫无关系的陌生人讲话，她真的很受打击。

所以，她要放弃了吗？韩轩默默地观察着周希彤的表情，心中暗忖。

结果，令他失望了，周希彤收起失落情绪，露出元气满满的笑容："好，我回家啦！你要好好吃晚饭，不要怕麻烦就一切从简哦！"

"好。"话罢，望着转身离去的周希彤，韩轩真想把全世界有关女人心理的书籍都找来研读一遍。

王子兵和同事们一起吃过晚饭后，想着林嘉月应该也已经跟韩轩汇报完非法囚禁案的侦破过程了，作为首席迷弟，他给韩轩打了个慰问电话过去。

接到他电话的时候，韩轩才进家门，拖鞋都没换完。

"韩老师，眼睛好点了吗？"

"好多了，你们的案子怎么样了？刘杨为什么要急着带走韩丽丽？"换好拖鞋，他走进厨房倒了杯水。

"哎，嘉月不是找你去了吗？她没说？"

喝水的人停住，眉头微蹙："她没来。"

"也没打电话？"

"嗯。"

"那可能是有什么急事儿去办了吧。要不我给她打个电话问问。"

"还是我来打吧。"

那头儿林嘉月正帮她妈擀饺子皮呢，手机铃响了，她把擀面杖一放，沾着面粉的手从沙发上拿过手机，见来电显示是韩轩，故意发愣不按接听。

林妈妈被吵得不耐烦地催她："推销电话就直接挂掉啊，别让它响起来没完，吵死了。"

憋着口气，林嘉月就是不想立刻接，她跟她妈争论说："这个铃声还吵啊，你又不是没听过卢楠的手机铃！"

"谁跟你谈手机铃的类型了，挂不挂？你不挂我给你挂了啊。"

见她妈伸手过来，林嘉月赶紧一把捞起手机，一本正经道："工作电话，不能挂！"

"那你不赶紧接？"

"就算是工作电话，也要缓一缓，好叫有些人知道，我也是很忙的！"

听不懂她在说什么，林妈妈撇撇嘴，索性不管了，专心包起水饺。出自她手的水饺，一颗颗白白胖胖，阅兵式列队一样整齐地摆放在盖帘儿上，看着就叫人口水直流。

"工作电话"避嫌，林嘉月躲到阳台上接听，清清嗓子："喂？"

电话终于接通，靠坐在梳理台上的韩轩开口问她："你不是要来给我汇报案情吗？人呢？"

她皱眉："你怎么知道，王子兵找你了？"

"对。"

"看来，关心你的人有很多很多呀……"

隔着电话就闻到了那股酸味儿，韩轩的唇角不禁微微扬起，难得自恋地夸了自己一句："我是挺讨人喜欢的。"

"我去，你是陆俊附身了吧！"

"我说的是事实。"

"切！"她伸手勾弄着阳台上老妈种的绿萝，看到被玻璃映出的自己，竟然像个正在跟男朋友煲电话粥的矫情姑娘，吓得她赶紧把手抽了回来。

"什么时候过来汇报案情？"

"今天不去了，明天吧，我回我妈家吃饭了。"

韩轩的肚子应景地一响："我还没吃。"

他这什么意思，也想来她家吃吗？除了卢楠，她认识的别的男人从没来过她妈家，如果他真的从天而降，那她妈一定会多想啊！

"我们吃的是家常便饭，不适合你！"

"为什么？"

"因为你受伤了，得大补啊！以形补形，你现在需要吃……羊眼牛眼鱼眼！"

听她这么一说，他好像不饿了。

听到女儿在阳台上嘀咕什么羊眼牛眼鱼眼，林妈妈以为她又想点外卖，扯开了嗓子喊道："嘉月，你干什么呢？别点那些乱七八糟的，眼珠那么吓人，谁吃啊！"

林嘉月捂住手机，朝客厅喊回去："没乱点什么！专心包你的饺子啦！"

尽管她用手捂住了手机，可韩轩还是听到了她们母女的对话，感觉可爱，笑意再次爬上他的唇角。

喜欢一个人，原来不只会觉得她可爱，还会觉得她身边的一切都那么的可爱。这就是所谓的爱屋及乌吧。

10

凌晨，一场不大不小的雨给炎炎夏日降了降温，这么好的天气，林嘉月决定徒步去学校。

一进校门，有风吹来，林荫道两边的法国梧桐慵懒地晃了晃枝丫，还未蒸发的水珠顺势从叶片上滴落而下，有一滴不偏不倚正好掉在了她的脖颈里。

"给。"

还没伸手去擦，林嘉月的身后就有人递上了一张纸巾。

她惊喜地转头看着那人，接过纸巾抹了一下脖子，问："胡老师今天怎么没开车啊？"

"天气好，运动运动。你不也是吗？"说着，他伸手示意她将用过的纸巾交给自己，然后在经过垃圾箱时轻投而入。

两个人的亲密和默契在外人眼中绝对是一对相恋多年的情侣。

距两人十来米远的后方，带着周希彤送的太阳镜的韩轩面如死灰地跟在后面。他自然没有跟踪别人的癖好，可谁知就是这么巧，他一进校门就看到了这两个人。

"韩老师早！"有出门买早饭回来的学生看到他，自来熟地凑上来搭话："韩老师，您今天很酷呀！"

"谢谢。"

"韩老师，有个问题想问您，您看啊……"这位好学的学生伸手指向前面的林嘉月和胡向北，继续道，"学校贴吧里都说胡老师和林学姐是一对儿，可两个人从没回应过，据我观察，他们两个互动并不频繁不像是情侣，但之前的师生篮球赛他们两个又穿了情侣装，搞得我们这些围观群众一头雾水！以您专业的眼光来看，他们两个到底是不是男女朋友的关系啊？"

韩轩脸色变得更难看，闭口不答。

因为有太阳镜的掩护，好学又好事的学生看不清韩轩此时的面色，以为他不说话是在默默观察，很久还是没等到他说话，这才催问道："您看出来什么了吗？"

"嗯。"他冷淡应声，在这名学生满是期待的目光中回答道，"你们的作业不够多。"

"……韩老师，您还挺有幽默感的！"终于听出了他的不耐烦，好事学生给自己找个台阶匆忙撤离。

耳根清净后，韩轩还真认真地把前面的两个人打量了一遍，虽然只能用一只眼睛来看，但并不妨碍他明察秋毫。

美国社会心理学家霍尔将人际距离分为四种，其中个人距离即个人与朋友或同事间接触的空间距离，为44到120厘米；亲密距离即家人、夫妻、恋人之间的距离，为0到44厘米。

韩轩目测，前面这两人之间的距离在45厘米左右，不精确的数据令人窝火，可他又不能找把量尺冲上前去测量。

不知身后正有人纠结他们之间的距离，林嘉月瞄见胡向北手腕上的手表，看着喜欢，询问他："新买的吗？"

"对，"抬手伸向她那边，方便她看得清楚，胡向北说，"这个款式也有女士的，你喜欢的话，我回办公室后帮你找女款的图片。"

她大咧咧地一笑，说："不用啦，你这种高富帅买的牌子，我一穷人可买不起。"

胡向北也无奈地笑起来："我怎么成高富帅啦？"

"你有别墅啊！"

"贷款的，投资它的时候，觉得它应该能给我带来点收益回报，但现在看来是不可能了。"

也是，发生过凶案的别墅，谁还敢买啊？林嘉月觉得胡向北可怜，又不知道该怎么安慰，想起自己包里有昨天从她妈家偷拿的巧克力糖，反手掏出递上："先别想了，以后的事谁能说得准，吃块糖吧！"

接过那暖心的巧克力糖，胡向北笑话她："你这是在哄小孩子啊。"

"哎！你还不知足？不吃拿回来啊！"她假小气地伸手。

胡向北还真给她还回来了："不闹了，我是真的不吃巧克力。"

他不吃，有人可是很想将她包里的所有巧克力都据为己有呢！

测谎中心。

林嘉月才落座没几秒，黑着张脸的韩轩便从门外进来。

小张见他今天的造型风格大变，不禁冲他开玩笑道："韩老师，今天是有什么约会吗？这么酷！"

林嘉月闻声回头，一眼就认出了他脸上那个周希彤送的太阳镜。

"切……戴墨镜就是酷？"

听出她语气不善，小张赶紧冲她使"见好就收"的眼色。

许是还在纠结巧克力糖的问题，韩轩并没看透她出言不逊的原因。他一向不在乎别人对自己外表的褒贬，但今天听到她这话，怎么都想和她讨论一下，在她眼里，哪个男人才算酷。

"林嘉月，进来汇报案情。"放下这么一句听不出任何情感的冰冷言语，他将办公室的门不轻不重地关上。

"嘉月，你看你，又惹韩老师生气！"小张苦口婆心，"以前的不愉快过去就过去了，你要有同事爱！同事爱！"

"张哥……看来我以后应该叫你张姐了！"嫌他啰唆，林嘉月放好包起身准备去汇报案情。

办公室的门被敲响，韩轩连忙坐回座位，摆出一副师道尊严的模样。

被应允进门，林嘉月见他还戴着那副太阳眼镜，根本就没有

444

汇报案情的心思。"能不能摘下来？我又不是没见过你乌眼青的样儿！"

沉默代替回答，他毫无伸手摘取墨镜的意思。

不摘？好！眼不见心不烦！

索性，林嘉月不看他了，漫不经心地摆弄起他桌上的沙漏摆件，边玩边汇报。

"韩丽丽属于晚婚，三十岁才和刘杨登记结婚，婚后前两年，两人感情不错，生活甜蜜，但好景不长，第三年开始，刘杨就暴露出自己的家暴倾向，虽然动手打了韩丽丽一次，但事后道歉态度诚恳，韩丽丽心软原谅了他，再加上姐夫重病，刘杨也帮了不少忙，两人重归于好。下半年，韩丽丽的姐夫去世，姐姐韩欣自己带着孩子生活，异常艰辛，韩丽丽求刘杨给姐姐在修车厂里安排了一个工作。生活恢复平静没多久，韩丽丽发现自己怀了孕，但刘杨却不喜欢小孩，两个人因为孩子的事，一度关系紧张，与此同时刘杨认识了一群狐朋狗友，喜欢上了赌博，输钱多了，他就拿韩丽丽出气，下手越来越狠，直接导致两人的孩子流产，因为韩丽丽体质不太好，那次流产致使她丧失了生育能力。从那时起，韩丽丽死了心，她想和刘杨离婚，但又怕刘杨报复，开除韩欣，所以最终选择了忍耐。没有感情还时不时遭受家暴的婚姻，她越发承受不住，不想跟亲人朋友倾诉，于是她开始网聊，认识了魏宁。魏宁从一开始就喜欢她心疼她，但毕竟知道她没有离婚，所以一直没敢表白，而韩丽丽也早对魏宁有了好感，直到事发前一周，两个人捅破窗户纸，确认了男女朋友关系。韩丽丽想和魏宁一起生活，于是鼓起勇气向刘杨提出离婚。刘杨因为长期迷恋赌博，把修理厂的运营资金挥霍一空，工厂面临破产危机。他知道韩丽丽这几年一直在照顾一位叫郑云的无子无女的老师，这位老师去世后将自己所有财产都赠予了韩丽丽，而且手续马上就要办完了，刘杨觊觎这笔钱，拒绝与韩丽丽离婚。韩丽丽在来洛州前，曾再次提出离婚要求，但遭到了刘杨的暴打。绝望又害怕，她从家中偷跑到洛州来，投奔魏宁。两人从网络走到现实，难免……"之前她答应韩丽丽，替她保密她和魏宁发生关系的事，但现在已经水落石出，讲出来也不会给谁带来麻烦，于是她继续道："难免干柴烈火……咳……"

只是，她好歹是个小姑娘，聊起这种事还是会觉得有点不好意思，干咳，她抬眼偷瞄对面的人一眼。

韩轩听得专注，没有留意她的小动作。

林嘉月见人家这般淡定，自己也不再尴尬："事发当日，两人在地下室里发生了关系，之后魏宁有事要出去一趟，他没吵醒韩丽丽，又怕她在地下室觉得闷热，就在离开前打开了台扇。可能是韩丽丽本身体虚，又才激烈运动过，被风扇吹得中了风，一觉醒来，她就失去了五年的记忆，误会自己被人囚禁了。刘杨得知韩丽丽失忆，觉得自己获得郑云那笔遗产有望，假扮起顶了绿帽子的可怜老公，还说服了糊涂的韩欣，让她帮助自己演戏。韩欣的思想比较狭隘，她认为物质生活得到满足就是幸福的人生，她自己过得贫苦，所以希望妹妹一直'幸福'，听信了刘杨那些以后会对韩丽丽好的假话，一起将矛头指向魏宁。但后来在医院见到魏宁为妹妹支付所有医药费，她开始动摇，再后来，她知道韩丽丽因家暴流产丧失生育能力的事，终于悔悟，不愿再与刘杨为伍。刘杨发现我和韩欣接触，担心韩欣会对韩丽丽说些以前的事，妨碍他拿到那笔钱，所以着急赶去医院想要带韩丽丽离开，然后正好被你遇到了。"

发现她抬眼看自己,眼睛里满是嫌弃,韩轩恍然大悟,他抬手将周希彤送的太阳镜摘下,露出青紫的右眼圈。

见他将眼镜放进抽屉,林嘉月心情莫名明朗,语气也生动起来:"刘杨被送回市公安局后,正好郑云老师的遗产手续走完,律师通知韩丽丽,韩欣把这事儿告诉了我们。刘杨知道遗产手续走完后,那叫一个兴高采烈,他以为那份遗产是他和韩丽丽的婚后财产,离婚可以分得一半,但郑云老师的遗书上写得很清楚,财产只赠予韩丽丽一人,属于韩丽丽的个人财产,所以刘杨一分钱都分不到!他的修理厂没有这笔钱,基本可以宣布破产了!"再次说起此事,林嘉月还是觉得异常爽快,眉飞色舞的,好像刚才没有黑过脸一样。

"怎么样,韩老师?你给我的这份答卷多少……"话未说完,她口袋里的手机响了起来。

来电是个陌生号码,屏幕上又没提示是垃圾电话。疑惑地接通,林嘉月问:"你好,哪位?"

电话里的声音听起来很是心急:"林老师,我是魏宁,你现在有时间吗?"

"有,怎么了?"

"丽丽想办转院手续,回她们家那边治疗……我想请你帮我留住她……"

林嘉月也不知道自己有没有这个能力,但看魏宁一片痴情,她决定尝试一下。"好,我现在就去医院。"

"怎么了?"韩轩问。

起身欲离,林嘉月解释:"韩丽丽想回家治疗,魏宁想托我劝她留下。"

明了，他也起身："我和你一起去。"

两人一起从办公室里出来，外面的小张见到摘了太阳镜的韩轩，大惊失色。我的天啊，嘉月越来越过分了，打嘴仗不过瘾，竟然动起手来了！

11

医院病房外，魏宁坐在走廊的长椅上眉头深皱，见到林嘉月来后，像见了救星一样连忙起身冲上去："林老师，麻烦你了！"

"我尽力，但韩丽丽之前说过，她记不起对你的感觉，所以你最好也调整一下心态。"林嘉月进入病房前，先给魏宁打了一针预防针。

他听了这话，脸上有明显的失落，但还是无奈地点了点头："我会的……"

病房内，已经办好转院手续的韩丽丽正在跟韩欣收拾行李，见林嘉月和韩轩来了，她放下手里的活，毫不惊讶地开口："你是来帮魏宁说服我的吧。"

"嗯。既然你已经在办离婚手续了，很快就恢复单身了，为什么不给自己和魏宁一点时间，多接触一下。我想你应该看过你们两个人以前的聊天记录了吧。"

"对，我之前好像是真的很喜欢他，但现在的我记不起那种感觉……而且，和刘杨的这段婚姻也让现在的我对爱情心存怀疑，我觉得这个时候的我，不适合跟魏宁重新培养感情。谢谢你，我知道你想我们能有个好的结果，我也会努力的，回家后，等我安排好自己的生活，我会联系魏宁的。只要他不着急找女朋友，我会重新跟他从网友做起。"

既然韩丽丽心中已有自己的决定，而且思路清晰，那林嘉月也不便再多说什么。

"好，如果你们还会在一起，到时候把好消息告诉我。祝你早日康复。"

"谢谢你，"跟林嘉月道过谢，韩丽丽转脸看向她身边的韩轩，再次道歉，"韩老师，真的很对不住，让您因为我们的事受伤了。"

房里所有人都把视线聚焦在韩轩的乌眼青上，韩轩竟然觉得有点不好意思，后悔把那个太阳镜收在办公室的抽屉里了。

捕捉到这前所未见的羞涩，林嘉月在离开医院后，直接拉他进了附近的购物商厦。"看你这么可怜，总被别人围观，给你买个太阳镜吧！"她说得好像多无奈一样。

其实韩轩早就看透了她的小心思，不拆穿，自己闷在心里甜。跟着她从一家专柜转到另一家专柜，他顶着售货小姐的好奇目光，在她的摆弄下一副眼镜接着一副眼镜地换，就像五岁小女孩的芭比娃娃。

终于挑到一副自己相得中又能买得起的太阳镜，林嘉月一副大款的模样对韩轩说："戴着吧，别摘了！"

售货小姐见多了男人霸气，还是头回见到女生这样，不禁调侃道："先生真是好幸运，有一位对你这么好的女朋友！"

韩轩笑而不语。

林嘉月尴尬得连看他都不敢，赶紧否认两人的关系，一不小心还结巴了："谁是他……他女朋友了啊？我们是同事！在哪儿结账啊？你快带我过去！"

韩轩望着那慌张离开的身影，又想起在盛州返回洛州的火车上，四目相对时，林嘉月眼中一闪而过的好像是爱慕的光。

"你好，"他将另外一个售货小姐叫过来，伸手指向那款和自己所戴太阳镜是情侣款的女士太阳镜，"我要了。"

情侣T恤衫的历史，今天就要被情侣太阳镜给刷新了。

在另一处结账窗口将钱付了，韩轩装作什么都没买过，返回原地等待林嘉月。

许是还在纠结刚才的尴尬，林嘉月回来的时候变得废话特别多："那个结账窗口的人真多！看来这个商场每天的营业额不低啊，我还以为现在的人都在网上买东西，不到实体店里来买了呢！那个……到饭点了吧，我们去吃饭吧。"

忍笑，韩轩简单回答："好。"

他越是话少，她就越是心虚，害怕他又想起刚才销售小姐说的话。

"哦，对了！"冥思苦想的林嘉月终于又想起了新的话题，"你还没有给我的试卷打分呢！"

两人站在商厦前的广场上，夏日凉风从两人之间的缝隙穿过。这时的韩轩才留意到，她和自己之间的距离小于44厘米，是亲密的距离。

"林嘉月……"他的声音比以往任何一次都轻柔。

"嗯？"她仰头望着他，看不到他的眼睛，只能在她买的太阳镜中看到自己的脸，心怀期待的脸。

他抬手，力气不大不小地揉揉她的头发，在她看不到的镜片后面，满眼宠溺："很好，满分。"

四个字，逐一撞上她的心脏。扑通，扑通，她的心跳陡然加速。一瞬间，仰面的人眼中又闪过他之前见到的那抹熟悉的光亮。

"林嘉月，"不再给她机会躲闪，韩轩发问，刚才的柔声变得霸道，"你是不是喜欢我？"

林嘉月愣住，连怎么呼吸都要忘记了。从小到大就上高中的时候暗恋过班里一个男生，他不知道，她也什么都没做，只是单纯放在心里喜欢了一下。像现在这种被问及"喜欢"的情况，还是她人生第一次。

"你……干吗突然开玩笑……"

韩轩久等，就等来了她这句话，自然是不肯接受："你的瞳孔扩大了，我看得非常清楚。"

"你看错了吧……"她红着脸，梗着脖子不肯承认，感觉他好像还在盯着自己的眼睛看，脑袋一热，她幼稚地伸出双手，捂住了自己的双眼，"别，别看了！"

被她这副幼稚却可爱的样子惹得心痒，韩轩倾身，在她一无所知的情况下，轻吻了她的唇角。

嘴唇上蜻蜓点水落下的……那是什么？？？

她不可置信地将手拿开，眼前出现了他放大的面容。

韩轩刚才竟然亲了自己？觉得嘴唇火辣辣的，林嘉月又结巴了："你……你这是什么意思？"

某人故意逗她："进行非语言交流。"

"非语言交流？"

韩轩一本正经地点头，"传道授业解惑"地给她解释起什么叫非语言交流："非语言交流是指用非语言行为或用身体语言进行的交流，它是传递信息的一种方式。非语言交流能真正反映一个人的思想、感觉和意图。调查显示，百分之六十到百分之六十五的人际交流属于非语言交流，而做爱时，双方的交流几乎百分百地属于非语言交流。"

"……"林嘉月真是开眼了，竟然有人耍流氓能耍得这么学术派。

"那你……刚才那个交流到底想表达什么？"

他浅笑，目光落回在她暖暖的唇上："你很棒！"

林嘉月的脸都红炸了，他现在看着她嘴唇说她棒，到底是考核成绩很棒，还是那一吻很棒？

无话可说的她，余光里有公交车停靠在前面的车站，再待下去，她觉得不止脸要炸了，她整个人可能都会炸。

"那个，我突然想起一件事，我要先走了。"

丢下话，她拿出百米冲刺的速度，逃离他的面前，跳上那辆连几路车都没看清的公交。

目送车子离开，心情好到爆的韩轩低头看向从口袋中拿出的礼物，略感惋惜，要是这个也送出去了，那就完美了。

躺在宿舍的小床上，林嘉月翻来覆去，覆去翻来。

她捂着涨红的脸自言自语："他亲我还问我是不是喜欢他，什么逻辑！喜欢他就应该被他为所欲为地亲吗？真是日久见人心！韩轩竟是这么一个放荡的男人！亏我之前还相信他的人品！

大家都是同事，抬头不见低头见。他这样做了，我以后见到他该怎么办？他光问我，我喜不喜欢他，他又没说自己是不是喜欢我！"

好像找到了令自己气愤的点，翻身从床上坐起，林嘉月纠结地拿过手机，气势汹汹，想要给韩轩打电话，质问他是不是喜欢自己。

但真要拨过去的时候，她又软下来，把手收了回来，不能免俗地矫情起来："凭什么我先打？"

两个人可以不通电话，但上班就不可避免地要碰面了。下午，林嘉月心怀忐忑来到测谎中心。

韩轩有课，才刚离开，两人正好没见着。

"嘉月，"小张划着转椅朝她的工位靠来，语重心长，"做哥哥的必须要教育教育你了。"

林嘉月面露疑色，挑眉问："怎么了？"

伸手指指她办公桌左上角的一个礼盒，他说："你看。"

小张不提醒，她还真没注意到自己桌上有份礼物。

"怎么啦？是男学弟送的？我发誓，我绝对没有引诱母校小学弟！"林嘉月竖起三根手指发誓。

"别贫！不是什么小学弟送的！是人家韩老师送的！你看你，把人家打成那样，人家还反过来先送礼物给你求和，合适吗？人家韩老师孤零零一人在这儿生活，寂寞孤独冷，眼看自己要过生日了，还挨你一顿打，还买礼物哄你！真是看不下去了！我要是个妹子，我就去拥抱可怜的韩老师了！"

"等等，等等！"林嘉月不让他再说下去，质问他，"谁说我打韩轩了？"

小张一指韩轩办公室："那上午，人家韩老师进办公室前还好好的，不一会儿跟你一起出来，就变成了乌眼青。"

林嘉月被他的想象力打败，无奈解释道："哥，韩轩的眼睛是在办案的时候，被一个当事人打的！不是我！你还是不要关注我和韩轩的交情问题了，留着你的想象力多想点撩妹的招式，赶紧给我找个嫂子吧！"说罢，林嘉月拿起韩轩送的那份礼物，躲出测谎中心。

在操场上找了个没人的地方，林嘉月的小心脏又因为韩轩扑通扑通乱跳起来，也不知道他送给自己的是什么……

林嘉月期待地将白色纸盒拆开，看到了上午才见过的太阳镜品牌的Logo，心一惊，不是吧，把她送的太阳镜又退回来了？

退个鬼啊！被强吻后生气的又不是他！

面子挂不住，她没好气地打开眼镜盒……

万万没想到，里面竟是那款男士太阳镜的情侣款！

矜持遭遇危机，忍了又忍，林嘉月还是控制不住地笑开了，甜得像一朵绵软的棉花糖。

把太阳镜往眼睛上一罩，她抬头望向晴空中的太阳，不刺眼，很温暖！

操场旁的教学楼，身姿挺拔的男人伫立窗前，面带笑意，俯视着操场上那个开心的女孩。

教室后排，几个女生为男人的笑容骚动起来。

"快看！完全就是一幅优美的油画！"

"帅！血槽已空！"

"是吧是吧，还是我们胡老师的颜值最高！"

空荡无窗的房间里，白炽灯亮得晃眼。

被刺眼灯光唤醒，嗅着浓重的消毒水味，简易病床上的人欠了欠身子。

输液吊瓶里的药已经见底，模糊视野中，一个身穿白大褂的人将他手上的针头拔下，然后轻挑起盖在他身上的布单，看了眼红肿的刀口。

"明天要接着打。"

话音落，一阵脚步声，然后白炽灯被人关掉，房间一片黑暗。锁门声之后，房间里除了他自己的呼吸声，再也没有别的动静。何峰不记得自己已经在这里待了多少天，他也忘了救他的那个男人长什么样，更不知道刚才那个穿白大褂的人到底是不是医生，他只确定，自己还活着。

市公安局。

病愈的陆俊出现，不像以前那么讨厌他的王子兵凑上前问："休病假的这几天，你有没有想到什么线索？"

陆俊拿眼斜他，得意地挑眉："是不是现在没有本王，你都不会办案了？是不是本王在你心里的位置已经超越那个讨厌的韩轩了？"

为求线索，王子兵昧着良心点头，说："对对对！地球没了你都转不了了！线索呢，有没有？"

好话说尽，谁知陆俊两手一摊："没有。"

"没有你在这儿晃荡什么！起开！"王子兵一把将他从面前推开，端着水杯走向饮水机接水。

遭到如此无情的对待，陆俊强烈指责他："无情无耻无理取闹！"

王子兵扭头睨他："你才无情无耻无理取闹！"

门外江雪怡经过，正好目睹两个大男人像琼瑶剧主角一样互相指责，画风清奇得令她一阵恶寒，离开前不禁说了声："神经病也会传染。"

"哎，神经生病不怕呀！我和老王可以一起去挂你爸的号！"见她转身离开，陆俊追上，从屋里探头到走廊，冲着江雪怡的背影喊道。

江雪怡不想回头看他那贱兮兮的模样，将手背到背后，做了一个极其不和谐的手势。

也探头出来的王子兵见到，不禁感慨："我们冷艳高雅的江法医是有多烦你啊，竟然都做这种手势了！"

"烦我吗？我觉得我和她关系挺好的啊！"

▌第七章 一尸两命▐

1

洛州妇幼医院。

一楼大厅，带孩子来看病的小夫妻用玩具和柔声逗哄着自己的宝贝儿；带老婆来做产检的老公像小宫女一样搀扶着身怀六甲的"皇后娘娘"；大病初愈的孩子无视身后家长的训斥在人堆儿里穿来穿去，一切都如以往一样平静有序。

五楼手术室外，纯白色墙壁上的红色信号灯熄灭，手术结束了。走廊长椅上，一对忧心急躁的父子立刻站起，围向手术室大门。

主治医生从里面出来，见到这一对等候的父子，摘掉口罩，语气冰冷地通知道："我们已经尽力了，但病人仍旧没有抢救过……"话未说完，他便被这对父子中看起来二十岁出头的儿子一拳打倒在地。

"你是故意的！故意害死我妈的！"

近五十岁的父亲因为这个噩耗脚下无力，踉跄退到长椅旁，顺着墙面滑坐在地，嗷的一声哭了出来。

"你还我妈的命！"年轻男子的情绪失控，直接跳到医生的身上，一拳接着一拳狠狠击打他的头部。

医生双臂护着自己的头，但还是吃了年轻男子好几拳。

其他医护人员闻声从手术室中冲出，上前阻拦拉扯打人的年轻男子，而后保安赶来，控制住打人者，护送被拯救出的医生离开是非地。

院方人员要报警时，男子那悲痛欲绝的父亲却先一步拨通了报警电话："我要报案，洛州妇幼医院的谢齐友为报仇杀害了我妻子！"

听到他这话，所有医护人员都惊住了，这人是不是疯掉了？仇杀？

政大操场上，还在爱不释手地摆弄着情侣款太阳镜的林嘉月接到王子兵的电话。

"什么事儿啊？"她用脸和肩膀夹住手机，继续用双手摆弄快被她玩坏了的眼镜。

"洛州妇幼医院有人报案，说他妻子被医生故意杀害了。现在的医患关系这么紧张，上面对这个案子看得挺重，所以李队叫你请韩老师一起，跟我一块儿过去。"

一听是正事儿，林嘉月收了心，把太阳镜放回盒里，一手拿回手机，不可思议地问："医生在医院杀人？"

"报案的时候是这么说的，还说是仇杀。如果不是死者家属无理取闹，那应该是医生和死者家有私交。我现在要下楼了，是我去政大接你们，还是你们来局里和我会合？"

林嘉月看看表："韩轩还有二十分钟才下课！要不你先去吧，等韩轩下了课，我带他直接去医院找你。"

"行。在注意安全的前提下尽快啊。"

"好。"挂了电话，她起身拍拍屁股上的灰尘，朝韩轩上课的教学楼走去。

她一边上楼，一边思索，待会儿见到他该怎么表现？

回忆起那个蜻蜓点水的吻，她条件反射地摸了一下嘴唇，羞涩的表情在脸上绽开，才少女怀春几秒，她便一摇头变回严肃的模样，自言自语："办正事儿，不能胡思乱想的！一会儿还是当什么事都没发生过吧！"

她低头，看向手里的眼镜盒，拐了个弯儿，厚着脸皮先敲开了胡向北的多媒体教室大门。

大屏幕上放着电影，胡向北没有在讲课，现在是学生们自由赏析的时间。

林嘉月的出现在学生中引起了一阵小骚动。她抱歉地冲胡向北笑笑，招手叫他出来。

"不是来蹭电影的？"胡向北没有介怀，开玩笑问。

"不是，一会儿要去工作了。我是想把这个先放在你这儿，回头处理完工作，我再来找你拿。"她伸手奉上太阳镜盒子。

胡向北爽快地答应，替她收了起来。

"谢啦！"

"不要太客气。"

送走林嘉月，他前脚关上教室门，后脚就听下面有些学生起哄道："胡老师，那是林师姐送给你的礼物吗？"

胡向北略显无奈，只是笑笑，没有回应。

还不知道自己又要被幻想小能手的学弟学妹写进帖子里，林嘉月扒着韩轩教室的后门，从小窗子里偷窥他给学生上课，不光看还吐槽："在政大，戴着墨镜教课，你也算蝎子屎——独（毒）一份了啊！"

吐槽归吐槽，但看到那情侣款的太阳镜，她脸上还是不禁漾起一丝甜蜜。

终于下课，韩轩从教室里出来，看到她时并没有露出惊讶神色，因为他早就发现了这个偷窥者。

不给他先开口的机会，装出一脸淡定的林嘉月晃晃手里的车钥匙："走吧，王子兵叫我们去妇幼医院。"

从政大到医院，需要半个小时的路程，两个人待在一辆空间狭小的轿车里，不说话气氛会显得尴尬，但说话，话题又不好选择，所以林嘉月还是觉得不说话更好。

"你……"

当韩轩开口才说出一个字时，她立刻很法西斯地把人家打断了："别说话，开车呢，我得集中注意力！"

由于缺乏感情经验，她的表现让韩轩有些忧心疑虑。

她在生他的气？因为那个突然的吻？还是看起来高调的情侣太阳镜？

但上车前的她，面部丝毫没有生气迹象啊……

看来，他在人类行为学方面还是有很大的一块短板，太不了解一个女人对待追求者的方式方法了。

噤声思索了一路，韩轩在到达目的地后，第一件事就是下车仔仔细细打量一遍林嘉月。确定她绝对没生气后，他又开始重新揣摩，难道她是不好意思？

王子兵约莫着两个人快来了，从医院里出来迎他们，还真碰巧，一出门就看到了他俩。"嘉月，韩老师！"

戴好太阳镜的韩轩冲他点头示意，王子兵的注意力立刻就被那帅气的眼镜吸引："真好看，韩老师，在哪儿买的太阳镜啊？"

"咳，"不自在的林嘉月抢先回话，"叫我们来是谈眼镜的啊？这个案子到底是怎么回事儿？"

现在又不开车了，他还不能说话吗？难得任性，韩轩在王子兵开口回话前，云淡风轻地吐出五个字："林嘉月送的。"

"咦？"王子兵坏笑着挖苦林嘉月说，"怎么回事儿啊，咱俩认识的时间比你和韩老师认识的时间长，怎么不见你送我个眼镜啊？"

林嘉月先是瞪一眼韩轩，后又白一眼王子兵，摩拳擦掌道："想要？先叫我把你打成熊猫眼啊！"

"得，我还是不受这罪了！"玩笑开罢，王子兵在前面带路，引两人进医院。"死者叫王广晴，今年四十五岁，今天中午吃饭时，她忽然觉得腹部疼痛，然后下体出血，丈夫以为她是要早产，赶紧和大儿子一起送她到医院。初步检查后，发现王广晴腹痛出血并不是要早产，而是流产，且腹中胎儿已死，于是主治医生谢齐友立刻给她安排了引产手术。可惜手术中，王广晴大出血，最终因抢救无效死亡。但死者丈夫谭永安认为，妻子并不是因为抢救无效而死，是谢齐友故意在手术中动了手脚，导致妻子死亡。"

"故意动手脚害死病人，原因呢？"林嘉月不解。

王子兵继续道："这个就要从一年前，谢齐友的女儿出车祸身亡的事情说起了。当时王广晴还是一名初中老师，谢齐友的女儿谢礼就是她班里的学生。谢礼学习成绩不太好，但小姑娘人长得挺漂亮，十四五岁正是对爱情充满好奇的年纪，所以小姑娘在学校里谈了一个男朋友。两人在学校里拉手正好被王广晴给看到，就此，她在班里对谢礼进行了严肃批评，还叫班里的其他学生不要跟她交往。被同学孤立后，谢礼的性格变得内向，不爱说话，经常独来独往，还产生了厌学心理，有一次逃学外出，她发生了车祸，当场死亡。痛失爱女后，谢齐友和妻子得知女儿厌学的原因是被老师训斥，而且老师竟让别的学生孤立自己的女儿，谢齐友夫妻俩认为害死女儿的真正凶手应该是王广晴，于是去学校找她讨说法，而王广晴拒绝承认谢礼是因自己言辞刻薄才产生厌学心理，逃学外出发生车祸身亡的。"

走到电梯门口，王子兵按了下电梯按钮，"当时这事闹得挺大，还上过报纸。后来王广晴的丈夫谭永安替妻子向谢齐友夫妇道了歉，还对他们进行了精神赔偿，而且王广晴也主动辞掉了教师的工作，再加上警方和学校的调解，事情总算平息。不过，毕竟是丧女之痛，谢齐友这辈子都不可能把这事忘了，所以，在听说病人是王广晴的时候，他拒绝了接诊，为此，谭永安父子俩跟他在医院走廊里发生了争执，后来，谢齐友还是接诊了。

"本来两家之间就有这个大恩怨，王广晴被送到医院后，丈夫和孩子又跟谢齐友发生了争执，现在的情况对谢齐友确实不太有利啊。"

三人坐电梯去了监控室，监控室里的保安已经把谭永安、谭彬和谢齐友发生争执，以及手术结束后谢齐友被谭彬袭击的两段监控视频调了出来。

第一段视频，谭家父子的情绪，焦躁大于气愤，而且还因为有求于谢齐友，两人并未对谢齐友大打出手，只是在情绪激动的时候，推搡了他两下。

第二段视频，谢齐友从手术室内出来，在告知父子两人王广晴因抢救无效死亡后，谭彬立刻暴怒，冲上去对他进行殴打，狰狞的脸上满是仇恨，仿佛真的是谢齐友将他母亲给害死的。而无法接受这个事实的谭永安，瘫坐在地，痛苦不已地抱头哭泣，绝望的样子令人心生怜悯。

"一下子失去两个亲人，搁谁谁都接受不了。"望着屏幕上的谭永安和谭彬，林嘉月同情地叹了一声，而后她伸手倒带，定格在谢齐友摘掉口罩的那一秒，发问："谢医生的表情，是不是太冷漠了？"

2

"医务工作者见惯了生死，难免会对这种事有些麻木，更何况，死者和他之间还有这辈子都忘不掉的怨仇。"

旁边的保安听到王子兵这话，有些不满，他拍着自己的胸脯向他们保证："谢医生的人品非常好，他绝对不会因为和病人曾经有过瓜葛，而做出违背医德的事！在操作王广晴的手术前，谢医生已经连续操作了两台手术，本来就该下班回家休息了，要不是因为当时另外两个医生都在给别的病人做手术，实在找不到能来接诊的医生，谢医生也不会留下来，就更不会被人污蔑！"

见小保安一脸诚恳，并非刻意维护谢齐友，林嘉月心说，看来这个谢齐友在院内的口碑还不错啊，连三竿子打不上关系的保安都能这么有底气地为他作证。不过，谢齐友之前已经连续操作了两台手术，那王广晴的手术出意外，会不会是因为他太过疲劳，在手术过程中造成了失误？

"谢齐友现在在哪儿？"韩轩开口。显然他和林嘉月想到了一块儿。

"在上面的医生休息室。"说罢，王子兵带两人前往。

休息室里。

今年刚满四十岁的谢齐友，一袭白袍，坐在靠窗的沙发里沉默不语，见到来人，他欠了欠身子站起。身材高瘦，肤色有点黑，加上有过痛失爱女的经历，整个人看上去比同龄人更沧桑一些。

韩轩落座后开门见山："谢医生，听说你在操作王广晴的手术前已经连续做了两台手术？"

都是明白人，谢齐友知道他话中的意思："我曾经连续在手术台上工作了二十个小时，今天的前两台手术时间加起来也不过五个小时，完全在我的承压范围内，我对王广晴实施的引产手术绝对不存在因疲劳而失误的可能性。"

因嘴角受伤，他一下子说了这么多话，伤口被扯动，疼痛感令他微微蹙眉。稍作停顿，他继续讲道："王广晴被送来医院的时候，出血的情况已经很严重了，她今年四十五岁，是典型的高龄产妇，怀孕和生产的危险性本来就比较高，所以最后这种结果也没什么好意外的。"

"这个解释听起来有几分推卸责任的意思。而且，最后一句显得太过冷漠了，不是吗？"

谢齐友无奈地冷笑一声："我是表现得很冷漠，试问在场的你们，如果害死你至亲至爱的人死了，你们会为她感到惋惜吗？"

"这么说你承认自己对王广晴心存恨意了？"

"当然！我恨她！在我心里，她永远都是害死谢礼的凶手！我永远不会原谅她！作为一个老师，她用最恶毒的语言攻击孩子，还教唆班里其他学生一起孤立她……你们知道吗，在调取的车祸视频里，我的孩子可怜得像是孤魂野鬼一般在街上漫无目的地晃荡？那精神恍惚的样子，看得我心都要碎了！"冷静的谢齐友说到自己已故的女儿，情绪激动，双眼通红。

每个人都会有令自己在午夜梦回时，被惊出一身冷汗的记忆画面。对于韩轩，雨夜被吴军跟踪却无法逃跑的绝望便是；对于林嘉月，眼看父亲被抓却无法阻拦的无助便是；对于谢齐友，目睹失魂落魄的女儿被车撞飞却无法拯救她的内疚便是。

韩轩了解他的痛苦，但就是越了解，才越倾向他有报复杀人的动机。

"既然你这么恨她，一开始也拒绝了接诊，但为什么后来又决定接诊了？"

"因为我是医生，职业操守不容许我拒绝救治病人，即便她是害死我女儿的罪人。在决定接诊的那一刻，我此生第一次对我的职业产生了强烈的厌恶。王广晴把我女儿推向死亡，可我还要用自己半生所学，去拯救她和她孩子的命！我愧对'父亲'这两个字！"

"但凡事都有两面性，你也可以利用职业之便来报仇，不是吗？"

沉重的呼吸声，谢齐友抬头凝视对面的韩轩："我听说过韩老师的威名，所以我不会在你面前自作聪明，掩饰自己的真情实感。我承认，我是想过那样做。"

他承认得干脆利落，令在旁的林嘉月和王子兵为之惊讶，面面相觑。

手术刀可以救人，也可以杀人，像谎言一样。

"但当我检查发现她肚子里的胎儿已经死亡后，我打消了这个邪恶的念头。当然，不是同情心令我打消念头的，是快感，一丝大仇得报的快感。四十五岁的高龄产妇，为保这个二胎肯定用尽心力，可最终，孩子还是没有了！"讲这段话时，谢齐友的脸上并未露出痛快的神色，被人看到的，只有矛盾纠结。

在医德与感情的碰撞中，找不到出路的他，已经千疮百孔遍体鳞伤。

"你坦白这些，就不怕加重自己蓄意谋杀的嫌疑？"林嘉月忍不住了，开口问道。

谢齐友摇头，信誓旦旦地回答："我是有丑陋的一面，但在王广晴的抢救工作上，我竭尽全力，绝没做一丁点违背医德的小动作，问心无愧！"微顿，他继续道，"他们家与其把矛头直指向我，不如先搞清楚，胎儿是怎么死的。王广晴最后一次孕检是在五月二十号，她的孕检数据一直都很正常，这也是我为什么说她为保这个二胎用尽心力的原因。但做引产前的检查时，她的血液化验结果里有几项数据出现了异常。"

"你怀疑她的流产不是意外？"

"对。胎儿死亡的时间不同，超声检查显像不同。王广晴的胎儿当时皮下液体积聚造成头皮水肿和全身水肿，起码已经死了48小时以上。她对孩子这么上心，怎么会察觉不到异常？还是说，她察觉到了，但有人不让她到医院就诊？"

"韩老师，你觉得谢齐友的话可信吗？"王子兵询问韩轩对此事的看法。

"不管真假，先找江法医对王广晴的血液进行一个成分分析。"

"你怀疑她被人下了药？"林嘉月问。

韩轩点头："对。"

已是日落时分，从林嘉月的角度看去，红彤彤的夕阳映在韩轩的镜片上，让他看上去像极了动画片里会用眼睛放射激光的超能少年，很有喜感。

林嘉月忍俊不禁，别头偷笑，但还是被镜片后的墨眸抓个正着："怎么了？"

"没事儿。"她咧嘴一笑，转身走向车子。

王子兵也掏出车钥匙，准备上自己的警车："我现在就去安排血液成分分析的事。韩老师，我先走了啊！"

"好。"目送王子兵离开，韩轩转身坐进他和林嘉月的老旧黑轿车里，把太阳镜换成眼罩。

"现在我们要去做什么？找王广晴的家人？"林嘉月候命。

他答说："送我回家。等血液分析结果出来后，再去见王广晴的家人。"

接下来又是两人独处的时间，林嘉月启动车子前先跟他约法三章："还是老规矩，不要说话，别影响我开车！"

韩轩浅笑，明知故问："是怕我……的话让你分散注意力？"

这大喘气，吓死她了。还以为他要说，是怕他提她被亲的事儿呢！她心虚地干咳一声："对，最近本来就注意力不好集中！"

"因为谁？"他麻溜地接话，连零点一秒间隙都没留，好像早就在等这一刻似的。

她这是被他给调戏了？他韩轩竟然还会调戏女生？说好的万年冰块人设呢，怎么被人打了以后就变撩妹高手了？看来这个人真的需要好好观察一段时间啊！谁知道他是不是一只披着羊皮的狼啊！

林嘉月启动车子，警告道："再多说话，就把你从车上踢下去！"

还未到交通拥堵的时段，一路顺畅，林嘉月将韩轩送回他的住处。

车停后，韩轩摘掉眼罩，戴回太阳镜，坐在车上不下去。看眼腕表，他说："到晚饭时间了。"

"干吗？你要请吃饭吗？"林嘉月斜眼用傲娇的小眼神打量他。

"可以，你想吃什么？"

林嘉月还在为他突飞猛涨的撩妹技术莫名其妙地生闷气，摸着自己咕噜直叫的肚子，考虑要不要宰他一顿，顺便拷问他为什么会一下子变成撩妹高手。这时，副驾驶门外出现了一个相当面

468

熟的大熟人。

咚咚。落了一半的车窗玻璃被敲两下。

"韩轩，你回来了？"周希彤手里拎着一个保温桶，原本甜美的形象又贴上了一个贤惠的标签，"我帮你煲了枸杞桑葚粥，养肝明目的。"

听到"明目"两个字，林嘉月心里一酸，看来除她之外，还有别的女人也知道他眼睛的秘密。再一细想，她心里就更不是滋味了，周铮十年前就知道韩轩的眼睛异于常人，那周希彤应该也早在她之前就知道了吧！

"咳！"林嘉月阴阳怪气地催韩轩下车，"韩老师，你快下车去吃晚饭吧，要不一会儿就该凉了！"

被轰下车，韩轩一脸的无奈。

关窗，掉头，一脚油门，毫不留恋，林嘉月潇洒离开，留给某人一串汽车尾气。

周希彤看出林嘉月对自己的不满，所以在林嘉月离开之后，她也一时沉默不知该说什么。

韩轩垂头看眼她手里的保温桶："谢谢你，但我不喜欢吃粥。有时间的话，你可以多为自己做点什么，至于我，不劳费心。"

想到他可能不会接受自己的心意了，但没想到他这次把话说得这么明确。周希彤抬头，在他脸上看到那副不是自己送的眼镜，这一次是不得不死心了。作为朋友，她或许还可以走近他的生活，但作为追求者……

"好。我听你的，"红红的眼眶内，泪水打转，她强忍住，微笑着将保温桶塞到他怀中，"但这个已经煮了，你就当药喝了吧。桶不用还我了，你想扔就扔掉。我回家啦，再见。"

转身，她的泪水夺眶而出。

落寞回家，周希彤一路上都沉浸在失恋的悲伤之中，完全没有察觉自己被人跟踪了。

3

带着王广晴的血液分析报告，江雪怡敲响王子兵他们办公室的大门。

今天她的穿着有别以往，白衬衫牛仔裤，简简单单清清爽爽，看着跟政大的美女学生似的。

比嘴甜的时刻到了，以林嘉月为首："雪怡，你真是穿什么都好看！"

王子兵接话："那是，我们江法医既可优雅又可邻家，名副其实的百变女王！"

大力也不甘示弱："怡姐，你看着比我十九岁的表妹都显小！"

"你们真虚伪。就没人敢说句实话？"陆俊一脸的严肃，认真打量江雪怡，"这种传说中的内扎腰，可不是谁都能驾驭的，难道你就没发现今天的腿比平时短了十公分？"

她可是称赞的吸铁石，走到哪里都被人称赞，这应该是最理所当然的事，所以，江雪怡并未因前几人的夸奖而开心。但听到有异样的声音，她还是不能坐视不理的。

江雪怡冷眼回看他，嘲讽地哼笑一声："你还是关心关心自己吧，每天的腿都只有十公分！"

"开玩笑！"陆俊将长腿往外一伸，做了一个性感舞娘从下而上摸腿的动作，"要不要比一比？我可是肚脐眼以下全是腿的长腿欧巴！"

"呵呵！原来你少了一些正常男人都有的器官啊。"

大家当然知道江雪怡指的是什么。扑哧一声，在场的除了韩轩以外，都爆笑出声。

陆俊不恼，用厚脸皮来接招："你又没见过，你怎么知道少没少？"

江雪怡是法医，又不是一般的小姑娘，听了这话自然不会害羞脸红，要是会害羞脸红，她一开始也不会提这茬。

她不疾不徐，慢条斯理地说："好啊，约个时间，你躺我验尸台上，我来看看，你到底少没少。"

"谁怕谁啊？"

"你有病啊，验尸台也去躺！呸呸呸，不吉利！"林嘉月像他妈一样责备地瞪他，然后转话题到正事儿上，伸手指指江雪怡手里的报告单，"血液分析结果出来了？验出什么来了？"

将报告单递上，江雪怡说："米非司酮片的成分，这种药一般用于终止早孕，是处方药，但大一点的药店都能买到。怀孕早期一般指第一周到十二周期间，六个月处于中期，不适合用药物流产，再加上王广晴年纪偏大，就发生了这么严重的意外。"

"人家无非就是想要个二胎，招谁惹谁了啊。"不知情的大力感叹。

王子兵撇嘴："以她的性格，可能还真招惹了不少人。"

一直未参与谄媚和斗嘴的韩轩起身："可以去王广晴家了。"

一前一后，两辆车驶进死者王广晴居住的帝豪别院。

一下车，林嘉月和王子兵这俩没见过世面的土包子，就被小区内的小型高尔夫球场震惊了。

"这比关梦琪家住的那个小区还豪华啊！难怪叫帝豪！"

"我还是第一次见到真的高尔夫球场呢……"如果不是来办正事儿，林嘉月真想飞奔进去打两杆开开洋荤。

韩轩站在两人身后，对他们的大惊小怪表示无奈，淡淡开口："案子结束后，我带你去打。"

"真的？"王子兵欣喜若狂，好像没有听到韩轩说的是"你"不是"你们"。

"别，那多破费，你要是真想请，就请我们两个喝粥呗！"某人小肚鸡肠。

韩轩哭笑不得。

王子兵则一头雾水："喝粥是什么梗……"没来得及等到答案，他的注意力被一个熟悉身影吸引。"那就是谭永安，告之传媒的CEO，包揽了洛州所有公交车和地铁上的广告。"

顺着他手指的方向看去，距离他们三十米远的地方，一个身穿Polo衫的中年男人正在跟人说话，不像争吵，但态度并不友善，一副没耐心的样子。因为被楼身挡住，看不到和他交谈的那个人的长相，从纤细的手臂来看，应该是个女孩。

许是感觉到了有六只眼睛正在盯着自己，谭永安朝韩轩他们这边看来，认出其中有一个是警察后，他匆忙赶走那女孩，快步朝他们走来。

距离缩短，谭永安的憔悴面容很明显，黑眼圈很重。妻子离世，儿子又被派出所暂拘，他自然心中有事，通宵未眠。

"谭先生刚才在那儿和谁说话呢？"王子兵问。

谭永安苦着脸，好像鼻子不舒服，伸手揉揉鼻头。男人说谎的经典动作。

"推销保险的。那个，王警官，您来找我，是找到了谢齐友害我妻子的证据了吗？那我儿子现在可以放出来了吗？"

"我们来，是找你了解点儿情况的。"

"什么情况？"谭永安疑惑地拧眉。

他和王子兵对话的时候，韩轩一直在望着北方，如等待猎物的豹子，直到一位二十多岁身材纤细的年轻女子出现。仅是侧脸，就可以确定她长得眉清目秀。

记住她的容貌后，他扭回头，冷冷地看着谭永安问："刚才为什么说谎？"

惊慌，谭永安的声音明显降低了分贝，极不自信地回答："我没说谎啊……"

"刚才跟你说话的不是推销保险的人。"

气氛实在尴尬，可能怕影响了自己在警察心中的可信度，谭永安连忙实话实说："刚才那个是我的下属，最近公司要裁人，名单上有她，她是来找我求情的，可我现在哪有心思管她的事。"

这一次，他的脸上没有露出说谎痕迹。

有邻居朝这边走来，谭永安碍于面子，请三人到他家里继续谈话。

这么高档的小区，洋房的内部装修自然也是高端大气上档次。

随谭永安一同进门，林嘉月和王子兵再次被震撼。

洋房的装修属于纯正意大利风格，银丝金箔的镶嵌，桃花心木的装饰，贝壳、莨苕叶、涡卷形、狮子等高浮雕，古典高贵。

"房子这么大，只有你们三口人住吗？"进屋落座，林嘉月发问。

"不是，小彬有自己的房子，不跟我们住在一起。家里本来还有个保姆阿姨，但前些日子辞退了。"谭永安一边给三人倒水，一边回答。

"为什么？这几个月，你们应该是最需要人的时候吧。"

他犹豫，不太想说的样子，但思忖片刻，还是说了："广晴虽然对我和小彬非常好，知冷知热，但对外人……是有些刻薄的……因为知道自己年纪大怀了二胎挺危险，所以她凡事都很小心，特别是在饮食上。可前些天，保姆阿姨偏做了不适合她吃的东西，所以两个人闹得挺不愉快，没几天，她就把阿姨给辞退了。"

"保姆做了什么给她吃？"

"蟹肉粥。螃蟹性寒凉，有活血祛瘀功效，所以对孕妇不利，有可能会导致滑胎。"

"你懂得挺多的。"

他眼眶泛红，和谢齐友谈及谢礼时一样。"也是为了保孩子平安，这几个月又重新复习的。"

"既然保姆犯了这么大的错误，为什么不当天就把她辞退？"

474

"她比以前请的那些保姆本分，从没偷拿过我们家的东西，平时做事情也挺用心的，只是这次犯了马虎。而且广晴也没有喝那个粥，母子两个都平安无事，我就替阿姨说了几句好话，缓和了一下两个人之间的气氛，但没几天，广晴还是把她辞掉了。我们怀上这个孩子不容易，所以她太在意，行为上就有些偏激不近人情，其实我当时想着，等孩子生下来后，再把阿姨请回来的，可……"谭永安哽咽，说不下去了。

王广晴的性格不好，他却一直这么包容，疼爱，可见两人夫妻感情很好。而且为保孩子安全健康，谭永安这么一个日理万机的媒体大亨，还亲自学习孕妇饮食的注意事项，可见他和王广晴一样，都对这个未能出生的孩子重视有加。

"王广晴和保姆发生争执的那天是几号？辞退保姆又是几号？"

整理状态，他回答："争执那天好像是五月二十九号，辞退是五月三十一号。"

时间上有可疑。

"在这段时间内，王广晴有什么异常吗？"

谭永安有些疑惑："你们为什么这么问？难道你们已经查到了什么？"

"请你先回答我的问题。"林嘉月严肃道。

谭永安拧眉回忆："这段时间里，她没什么异常，胃口不错，因为孩子变乖了，她晚上的睡眠也好了……"

"孩子变乖是什么意思？"

"老二挺爱动的，在四个月时胎动就有些频繁了，五个月后更是闲不住，广晴经常在夜里因为他突然醒来。但那几天，她感觉胎动次数变少了，当时她还开玩笑说，孩子知道妈妈最近心气不顺，不敢再惹妈妈了。"

"你们这么重视这个孩子，胎动发生变化，就没去医院检查？"

"没有，因为以前怀小彬的时候，小彬曾有两天没胎动过，当时我们被吓坏了，去医院检查后，医生说是正常的，所以这次，我们就没有去检查……"

"保姆家住哪儿？"接收到王子兵眼神传来的讯号，林嘉月问。

4

"和平里72号……你们告诉我，是不是查到了什么？"他又重复道。

经过王子兵允许，林嘉月把王广晴流产的真相告诉了谭永安："法医在王广晴的血液中发现了米非司酮片的成分。"

谭永安诧异不解："米非司酮片是什么？"

他是真的没听说过这种药物。

"终止早孕的一种流产药物。我们怀疑是有人故意下药，想让你妻子失去这个孩子。"

惊讶转为愤怒，他眼中的恨意遮都遮不住："是她！一定是她！"

"谁？"韩轩挑眉。

"李敏！她在广晴出事前一天来看过她，还送了燕窝……广晴当时正馋燕窝，就都给吃了！"

　　"李敏就是刚才跟你谈话的那个女孩儿？"

　　"你怎么知道？"谭永安不可置信地看着韩轩。

　　韩轩不回答这个问题，直接问："你们是什么关系？"

　　"上下级关系。"他心虚地回答。

　　"你已经说过了。"这不是他要的答案。

　　"是……"谭永安露出惭愧神情，羞于开口，一直犹豫着不说。

　　林嘉月性子急："情人关系？"

　　谭永安强烈否认："不是，我这辈子只爱广晴一个，我们互为初恋！"

　　韩轩对他和王广晴的爱情故事毫无兴趣，提醒他："你不说的话，我可以直接到你公司去找她问。只不过这样，可能会对你的声誉造成一定影响。"

　　事到如今，也没什么可隐瞒的了。谭永安深呼一口浊气，脸涨得通红："她曾经答应我，给我们做代孕妈妈……"

　　代孕是指将受精卵子植入代孕妈妈的子宫，由孕母替他人完成"十月怀胎一朝分娩"的过程。虽然代孕违法，但仍有一些人为了钱去触犯法律。

　　"她今年最多二十四岁吧？"

　　"对……二十四岁，大学刚毕业两年，在我公司里做了一年半的文案策划。她挺有文采，但做人野心大却不踏实，整天想着走捷径获得成功。八个月前吧，策划总监离职自己去创业了，这个位置一直空缺。当时我和广晴一直在努力要二胎，但她一直没有怀，我担心是因为她年纪的问题……要孩子都这么费劲，更别说怀孕生产了。于是我就萌发了一个想法，找个代孕妈妈……我知道，这是违法的……"

谭永安惭愧垂头，继续道："然后，就在这个时间点上，李敏开始约我，她很明确地表示，只要我能提拔她做策划总监，她愿意为我做任何事。我是不可能背叛广晴的，但我……提出了，让她做我们的代孕妈妈的要求，只要她成功帮我们生下老二，我就升她为策划总监，任期三年，怀孕的这十个月，她可以家居办公，挂代理总监职务。"

"竟然是要一个职务？"林嘉月觉得不可思议，插话问，"策划总监年薪多少？"

"我们公司，年薪三十万。"

她之前看到过有关代孕妈妈的新闻，上面说的那些代孕妈妈的酬劳才十几万。

"三年九十万，是黑市价格的七八倍了。你为什么要找她，她有什么过人之处？"

"没什么特别的，只是觉得放心，还算知根知底，而且她是不可能把这件事说出去的。"

"也是，谁会到处宣扬，我的总监职务是靠子宫换来的？"耿直如她，林嘉月觉得自己说的没毛病，但韩轩和王子兵却都朝她瞟来一眼。

王子兵的眼神含义是，女生说话还是含蓄点好。而韩轩则是，就喜欢你的直率！

"那不用她做代孕妈妈的原因呢，王广晴又怀上了？"她不理会身边的两个男人，继续往下问。

"对，在李敏怀孕一个月后，广晴发现自己怀孕了……"

"然后你们让李敏把孩子打掉了？"

谭永安更没脸说下去，默默点了点头。

"那承诺的策划总监呢？"

"公司一个董事的儿子回国，接任了这个职务。"

一个月属于早孕，又不是光彩的事，李敏肯定不会大大方方去妇产医院做流产手术，药物人流的概率很大，那她一定知道米非司酮片这种药。而且吃了这种哑巴亏，她也肯定不会善罢甘休。

李敏的嫌疑确实不小。

三人互使眼色，准备起身走人。

见他们要离开，谭永安着急开口："警察同志，我儿子什么时候能放出来？"

"我刚才听派出所的同事说，你儿子已经离开了，谢齐友没追究。哦，对了，"王子兵提醒他说，"以后医疗事故鉴定结果出来，要是证明谢齐友是无辜的，你最好郑重地给人道个歉，还有医院方面。"

"如果是我误会了，我一定会向他们道歉，承担一切后果的……"

午饭过后，三人分成两组，韩轩自己去找谭永安认为嫌疑最大的李敏，剩下两人则去见时间和动机上都存在嫌疑的保姆徐翠。

画风与帝豪别院截然相反的一片老旧平房里，林嘉月和王子兵找到了今年六十五岁，但看起来只有五十五岁的保姆徐翠。

正准备做晚饭的徐翠手里拿着把菜刀，林嘉月看着紧张：
"那个，阿姨，能不能先把刀放下？"

如她所愿，徐翠把刀放下。

"是这样的，阿姨。你认识王广晴吧，她死了，我们需要找
你了解点情况。"

王子兵说明来意，徐翠脸上未见惊色，可见她已经知道王广
晴离世的消息。

"你知道她已经死了？"林嘉月疑惑。

"对啊，"徐翠非常冷静，语气中没有一丝难过和同情，
"我儿子和儿媳妇就在妇幼医院附近开水果店，他们都听说了，
还惊动了警察。"

"那你在他们家已经工作了好几年，时间久了就没产生点儿
感情？你对她的死也不觉得惋惜吗？"林嘉月又问。

"生死有命。我这人信命。"她一副历尽沧桑的模样回道。

"是吗？真不是因为你们之前发生过争执，她把你辞退
了？"

徐翠不悦："你这话什么意思？她人没了，和我们发生过争
执有什么关系？她是在医院因为流产大出血死的吧！"

"她之所以去医院，是被人喂服了流产药物。"林嘉月一字
一顿，相当有气势。

也不知道是被林嘉月的气势，还是被王广晴被人下药的事镇
住，徐翠怔在原地，像被孙悟空施了定身术一样，好一阵子才缓
过来，惶恐地解释："我没有给王广晴下药啊！六个月的孩子，
那都有人形了，我怎么可能做那种缺德事儿！我是当过妈的人，
我知道王广晴在乎孩子，所以那天争吵后，我真没往心里去！后

来她辞退我时，我是很不高兴，因为我需要工作赚钱啊！你看，我们家条件这么简陋，光靠儿子儿媳妇赚的钱，哪能给双胞胎孙子存出将来买房娶媳妇的钱来啊？而且，她辞我当天，小谭偷偷跟我说了，他说会在王广晴生产完后，再把我找回去工作的！合着我就是放几个月的假，并不是失业，我为什么要恨王广晴啊？"

林嘉月低头，发现徐翠那碎花六分裤露出的半截小腿上，有一片涂了药膏的红肿，像是烫伤。"在王广晴家弄的？"

徐翠也低头看了眼自己的小腿，笑得尴尬："不是，这是我前天去西街买早饭时，被别人的热粥烫的……"她眼睛确实在看西边，但比画的手却指向了东边。

眼神方向和手指方向不同，她在说谎。

"也是蟹肉粥吗？"林嘉月意味深长地笑道。

见自己的谎话没能蒙混过关，徐翠沉默片刻，终究还是说了实话："对，是在她家弄的。那天她说想吃粥，我就给她做了一锅蟹肉粥，可她非说吃螃蟹会流产，就大发雷霆，将一整锅粥打翻在地，粥正好泼在了我腿上，幸好温度没那么高了，不然，我的肉就该熟了！"

"所以，你还是很讨厌她的，对吧？"

"她这种人，除了小谭和小彬，有几个愿意真心对她好的？你们应该也知道吧，她曾经害死过自己的学生！从那时候起，我就真的很烦她，她这种尖酸刻薄的人，也不知道是怎么当上老师的！幸好她不是我双胞胎孙子的老师！"

"那除了蟹肉粥这件事外，她还对你做过什么？"

见两人还未消除对自己的怀疑，徐翠有些着急："我真的没

481

给王广晴下药啊！因为蟹肉粥发生争执后，她就一直把我当成透明人，连看都不看我一眼，更别说吃我给她做的东西、喝我给她倒的水了！"

拧眉，林嘉月问："那她都是自己做？"

"没有，小彬不是和朋友开了一个创意餐厅吗，她每天都叫小彬给她送饭。"

"她儿子亲自送？"

"不是，是他店里的店员。"

林嘉月看一眼王子兵，两人确定了下一站该去哪里。

告之传媒。

前台姑娘在韩轩的注视下翻查考勤记录："李敏今天没有来，也没请假，你要不打她手机试试？"

正说着，电梯门开，李敏心事重重地从里面走出来。

"李敏，来得正好，这里有位帅哥找你！"

在前台的招呼下，李敏这才抬头发现陌生的韩轩。

"你是？"她疑惑。

韩轩朝她走近，没做自我介绍，只是淡淡地说了句："关于王广晴，我有事想问你。"

李敏怔住，眼中闪烁着慌张，不自觉伸手拉住韩轩的衣袖，匆忙拉他进入电梯旁的楼梯间。

前台姑娘在她的这个动作上嗅到了八卦的味道。

迟到又有帅哥来找，还神神秘秘的！难道李敏昨晚和人家……？哎呀，真幸运！竟然遇到了一个这么养眼的！

一脸羡慕，她将电脑上的考勤记录关掉，重新打开刚才没看完的《腹黑总裁爱上我》。

楼梯间内，李敏的慌张化为愤怒："你到底是谁？"

"如果你觉得这里谈话不合适，我们可以约到公安局。"

明白了他的身份，李敏压下火气，眉头依然蹙着："为什么要找我？"

"王广晴因服用流产药物导致胎儿死亡，被送去医院后抢救无效死亡。"

"流产药物？所以……"她不敢置信地仰望韩轩，"你们怀疑是我给她下药？"

"谭永安告诉了我们，你们先前的交易内容，而且还说你前几天给王广晴送过燕窝。"

一听是谭永安说的，李敏那张纯情的脸立刻因为愤恨变得扭曲。"他竟然把这件事说了！当初是他要求事情不许外泄的！这个说话不算话的混蛋！"她脸涨得通红，对之前的事感到后悔，"如果不是当初贪慕虚荣，想要以最快的速度站上最好的位置，在同学中炫耀……我才不会答应给他们代孕，惹出这么一笔糊涂账，得不偿失……他现在不仅要辞退我，还诬陷我害王广晴！"

"所以你今天早上找他，是为了工作的事？"

"对，表面是公司人员精简，其实就是他不想让我在这里待下去！我前几天就知道裁员名单了，所以我才带了燕窝去看王广晴，想请她帮我说说好话。燕窝我是在一家有名的工坊买的，没有开过封！如果她发现开过封，那她肯定不会喝！"

"那她当时答应帮你了吗？"

李敏点头："她答应试试。"

以王广晴的为人，真会答应得这么痛快？

韩轩问："你说了什么，她才答应试试的？"

"我……"李敏微顿，垂头，一副羞愧模样，"帮她打听一个女孩的……妇科病例……"

"谁？"

"她儿子谭彬的女朋友，欧念娜。"

"为什么找你？"

"我姐姐是那家妇科医院的医生……"后面那句"我当时就是找我姐姐做的手术"，她碍于韩轩是个男人，还是个帅男人，没好意思说出来。

两人的谈话结束，楼梯间变回最初的安静，直到楼上突然响起"哒哒哒"的高跟鞋声响。

5

三人在市公安局食堂会合，两组都有新的线索。

林嘉月因为一直在说话，夹着的芹菜一直没机会入口，终于筷子一松，菜掉回了餐盘。

"徐翠说王广晴在和她争吵之后，就不吃经她手的东西了。她当时的反应没有异常，应该没有撒谎。而且，王广晴的这种行为也是符合逻辑的，她那么在乎肚子里的第二胎，先不说螃蟹粥吃了到底会不会导致流产，光徐翠的'粗心马虎'，就够她加倍防范了！拒绝吃经徐翠手的食物后，她开始在自己儿子的餐厅里叫外卖，送外卖的是店里的服务生，如果药是通过食物被王广晴吃下的，那这个服务生可能有嫌疑。我和王子兵准备下午去谭彬的餐厅见见这个人。"

王子兵附和点头，然后问对桌的韩轩："韩老师，你在李敏那里问到什么了？"

韩轩不慌不忙，放下手里的筷子："李敏送燕窝给王广晴是想她帮自己给谭永安说情，让他不要辞退自己。"

"谭永安没能给人策划总监的职务，现在还想辞退她？太不厚道了！虽然李敏不值得同情，可怎么都还是觉得她有点可怜，竹篮打水。如果这事儿发生在我身上，我一定闹个鱼死网破！"林嘉月愤愤不平。

韩轩却唇角微扬，漾着浅浅的笑意："这事不会发生在你身上。"

被他那突如其来的带着信任和宠溺的眼神看得脸颊微烫，林嘉月干咳一声什么都没说，不好意思地低头扒饭。

王子兵懵了，他怔在桌前，心说，刚才不还严肃地谈工作吗，为什么现在突然冒起了一片粉红泡泡？这两人越来越反常，难道真的日久生情了？可为什么感觉先动情的是我们韩老师？

感觉气氛因自己而变得尴尬，林嘉月边扒饭边把话题领回正道："王广晴没答应？"

"答应了。"又恢复到以往冷静淡定的工作状态，韩轩继续道，"交换条件是，让李敏帮她查一个叫欧念娜的女孩的妇科病例。"

"她是谁？怎么了？"

"谭彬的女朋友，因为药物人流得了妇科病。"因为大家都在吃饭，他没把病情说得太详细。

林嘉月疑惑地放下筷子，蹙眉道："药物人流？那她一定知道米非司酮片是什么了。不过，王广晴为什么要查她的病例？"

"有求于人，李敏当时没敢多问。"

"那韩老师你下午要去找欧念娜吗？"有眼色的王子兵为了促成两人的好事，主动提出了重新分组的要求，"下午我自己去谭彬的餐厅，嘉月跟你一起去找她吧。"

"我下午有课，去不了。"

林嘉月说："我们不用专门去找欧念娜啊，反正下午要去谭彬的餐厅，到时候叫欧念娜过去一趟就好了，最好也叫上谭彬，有什么问题的话，可以当场对质。"

MR.T创意餐厅。

去的路上，林嘉月在手机上搜了这家餐厅，在洛州算是小有名气，但因为是中国胃，她从没留意过这家提供创意印度餐的餐厅。

雪白的二层小楼，屋外有葡萄架，屋内是竹藤家具和怀旧吊扇，环境文雅清新，一点也不像是提供创意印度菜的地方。招牌菜有两道，一道是绿色花椒鸡肉串配香草泡沫；另一道是改良的印度街头小吃脆饼，酸奶抹在油炸后的面团上再配上草本泡沫和罗望子果酱。

网上的照片虽然精美好看，可林嘉月提不起食欲，还是四川藤椒鸡和西安肉夹馍更有吸引力。

两人到达后，发现欧念娜并没准时出现，王子兵打电话催促，她却一直不接。

林嘉月起疑："做贼心虚，不敢来了？"

"我叫大力去她工作的地方和家里找找。"

在王子兵给大力打电话的时候，所有曾送餐给王广晴的服务生都聚集到了二楼。一男一女，看起来都才二十出头。

飞机头的男孩叫李平，一米八的大个儿，星目剑眉，很传统的帅哥脸。短发女孩儿叫梁莹，鼻梁很挺，第二眼美女，很有个性。

站在包间门口，林嘉月问他们："你们老板呢？"

"老板在休息室睡觉。从派出所回来后，他就一直把自己关在休息室里，没回过家，也没睡过觉，现在是真熬不住了，才睡着……"飞机头男孩叹气，"老板很孝顺，和王阿姨的感情非常好……失去母亲的痛苦一定给他造成了特别巨大的伤害，太可怜了！"

林嘉月对这种痛深有体会，没让王子兵去叫谭彬："先跟他们了解情况吧。"

飞机头男孩积极主动："我先来。"

应允，两人带他进入包间。

"哥，姐，我给王阿姨送过七八次饭，每次送饭，她都会塞给我一百块钱，说什么麻烦我了……特别客气。"

"只给你，还是都有？"

"都有。以前王阿姨来店里看老板的时候，还会给我们带点零食水果什么的。"

王广晴这不也有对外人态度和善的时候吗？林嘉月很惊讶，但细想，她这是在帮自己儿子收买人心吧。

"所以你们都挺喜欢王广晴？"

"我是挺喜欢她的。亲切！大方！"飞机头顿了下，不知道当说不当说地看着林嘉月和王子兵，"别人……我就不知道了。"

"你的意思是，外面的妹子对王广晴有不满？"

"去年王阿姨不是工作上出了点儿事吗？当时我听到她在背地里说王阿姨的坏话，说王阿姨不配当老师什么的。"

"那最近这段时间，她和王广晴有发生过什么特别的事吗？"

"好像有，不然也不会只让她送一次，就不让送了！"

换短发女孩进屋，她表现得也挺轻松，没有因为对面坐着的有警察就紧张不安。

林嘉月开门见山："你只送了一次餐就被换掉，原因是什么？"

梁莹似乎早就猜到这个问题了，哭笑不得："把问题往我身上引，看来我不接受他的告白就对了，心眼儿这么小，和他这种人在一起多没意思！我是只给王广晴送了一次餐就被换掉了，那是因为我没要她给的钱。这家餐厅是谭彬和他朋友合开的，听说有餐饮集团想投资开分店，另外几人同意，但谭彬不同意，他们因为这事闹得有点不愉快，像是要散伙，所以现在是需要擦亮眼站好队的时候。我比较看好开分店，这样我们老员工也许会有晋升领班的机会，只此一家店的话，当老板的可能会赚得多点，但我们估计就只能当一辈子服务员了。"

这起案子遇到两个有上进心的女孩，前后一对比，林嘉月对冷静踏实的梁莹生出几分好感。

"我不愿与她们家为伍，王广晴就自然不会再用我。"

"那关于李平和王广晴的关系，你有什么要说的？"

梁莹摇头，一副懒得提他的表情："没什么好说。关于谭彬的女朋友，我倒是能提供点儿信息。"

林嘉月有所期待："说吧。"

梁莹回忆道："五月二十九号中午，我去送饭的时候，在王广晴家小区门口看到她了，当时她很生气的样子。"

"好的，了解了。"王子兵送梁莹出屋，门开，正好见到在外面等待的谭彬。

因为失去母亲，谭彬整天以泪洗面，又是敏感肌肤，他的眼睛和脸颊因为泪水变得红肿，整张脸都是浮肿的。

测谎中心，韩轩的办公室内。

他正准备起身去给学生上课时，桌上的笔记本电脑发出了一声新邮件的提示音。

通过邮件与他联系的人很少，所以在声音响起后，他的第一反应就是——消失很久的吴军又来消息了。

急忙坐回电脑前，他点开那封新邮件。

果然如他所料。

发件人：老朋友

时间：2016年6月4日（星期六） 15：02

收件人：韩轩

邮件内容：等待辛苦吗？我可是等了你十年，所以你要耐心，不久，我们两个的游戏就会开始了。马上就是你的生日，作为老朋友，我准备了一份生日礼物，到时候会再通知你去哪里接收。记得，耐心。

沉默地望着电脑屏幕，此刻的韩轩，在回国后第一次对吴军产生了恐惧。

他怕那份生日礼物，怕它会跟自己在乎的人有关。

他后悔，他应该克制住，不去招惹林嘉月的。

6

林嘉月记得在北县那桩阴婚引发的血案中，失去爱妻的夏聪患上了急性应激障碍，在被审讯时呆若木鸡，长时间毫无动作，缄默不语。而如今的谭彬，跟夏聪当时的反应相差不大，同是失去至爱亲人，所以她怀疑他也患上了急性应激障碍。

于是她先问了两个简单的问题，结果谭彬的回答虽然像因为网络不好而延迟的消息，但口齿和思路都是清晰的。

看来并不是急性应激障碍，林嘉月松口气，进入正题："谭彬，你知道欧念娜在五月二十九日去找过你的母亲吗？"

"知道……"许是皮肤过敏的关系，他的表情看起来有些木讷。

"那知道她们谈了什么吗？"

"她想让我妈劝我，别跟她分手。"

"交往三年，为什么突然要分手？"

"不爱了。"一副完全不想提她的模样。

"可前段时间，她才做了药物人流，孩子是你的吧？"

"不知道。"谭彬摇头，没有过多的表情。林嘉月也在他那张浮肿的脸上看不出什么情绪。

就在这时，门外传来一阵骚动。

林嘉月和王子兵互看一眼，王子兵起身要再去开门时，门把被人从外面拧动，欧念娜推门而入。

"不好意思，我来晚了。"她的目光从林嘉月和王子兵的脸上划过，最终落到她男朋友的脸上，眼里满是愧疚。

一直面如死灰的谭彬一见到欧念娜，情绪骤然爆发，拍案而起，全身上下都是遮不住的痛恨与厌恶。

"如果不是你，我妈不可能出事！"撕心裂肺的哭腔中带着浓重的悔意，谭彬指着欧念娜的手指颤抖不已。

欧念娜惊慌失措，向后倒退两步，嘴巴张张合合，不知道该说些什么。

见谭彬冲向前想对欧念娜动手，王子兵赶紧将失控的他从包间里拉出。

只剩下两个女人，紧张的气氛逐渐缓和。

"坐吧。"林嘉月示意。

余惊未消的欧念娜点了下头，乖乖坐下，未施粉黛的她看起来有些憔悴落魄。

"你进门看到谭彬为什么会觉得愧疚？难道真的像他所说，王广晴出事跟你有关？"

出乎林嘉月的意料，欧念娜没有立即否认，愧疚仍未从她脸上消失，她不自信地开口："也许有……"

"什么意思？"

"就是……我前几天去看望她的时候，我俩闹了点不愉快。"她顿一下，观察似的看了眼林嘉月。

"所以呢？"

"会不会是因为她当时太生气，所以动了胎气导致流产，被送进医院？"

她是真傻白甜，还是在装傻白甜？

林嘉月冷脸道："王广晴流产的原因不是因为情绪激动，而是吃了流产的药。另外，谭彬刚才说，你找王广晴就是为了让她劝自己儿子不和你分手。"

"我……"欧念娜被拆穿，一时语塞。

根据目前所了解到的情况，林嘉月尝试推测："你除了谭彬是不是还有别的男朋友？"

她委屈不解地问："这话是什么意思？"

"前段时间，你不是怀孕了吗？"

"那是谭彬的孩子啊！"明白林嘉月的意思后，欧念娜更加委屈，愤怒被点燃，"我对他是一心一意的！倒是他，跟我提分手，不知道是不是在外面有了别的女人！"

谭彬脸部的过敏，影响了功底尚浅的林嘉月利用微表情来鉴别真假话，但欧念娜的愤怒很真实，她不像是在说谎。

"谭彬的餐厅越做越好，家庭条件也好，可我只是一个普通得不能再普通的女人，而且我还比他大三岁！交往三年，他从没提过订婚的事，我能不怕吗？所以当我发现自己怀孕的时候，我就想用这个孩子把他套住……我说我要把孩子生下来，但他不同意，他用分手来逼我流产，为了挽留他，我才被迫吃了药。可是，他还是要跟我分手……他说他怕我，说我占有欲太强……"

"那你去找王广晴，王广晴是怎么回应的？"

"除了羞辱，还能怎么回应？"眼泪在眼眶中打转，欧念娜又想起了那天王广晴说的那些话，感觉自己的自尊又被人用脚碾了一遍。

当天，欧念娜大包小包地登门，拎着用自己一个月薪水买的各种补品，可王广晴还是连正眼都没看她一眼。当她说起自己为了挽留谭彬，将他们的孩子打掉的事情时，王广晴更是尖酸刻薄地冷笑说："你的意思是，我儿子让你打的胎？真有意思，你自己没有主心骨吗？干吗什么事都听别人的？再说了，打掉孩子对你也好啊，未婚怀孕，传出去不丢人吗？"

话说到这个份上，欧念娜的心已经凉了一半，但她还是不想放弃这三年的感情。谭彬是个妈宝男，任性起来有时候令人发指，可她愿意包容他。所以她仍然继续请求，希望王广晴能答应帮自己："阿姨，我是真的爱谭彬，我这一辈子都会像你爱叔叔那样爱他！"

"请你不要拿自己跟我相提并论，我可没有做出过婚前发生关系，还怀了孕的事，更没有在别人要甩我的时候，死缠烂打。"

凉了一半的心，终于被这句话伤透。她只是在感情最浓的时候，忠于感情，又不是犯了什么滔天大罪！

欧念娜的家庭条件虽然没有谭彬好，可她也是父母手心里的宝，是被悉心呵护着长大的，什么时候受过这等委屈与羞辱。"那您儿子呢，同样没有结婚，不也做了您认为可耻的事？难道，您觉得我是凭空怀孕的？"

王广晴一听这话，脸瞬间就黑了："你知道你自己在说什么吗？到底知不知道羞耻二字怎么写啊！"

"那您呢？您一定会写，您以前可是老师啊！教我吧！"

教师这个职业早就成了王广晴的黑历史，在这个家里是不能提及的事，而现在欧念娜却提起了，两个女人之间的争吵一发不可收拾。

王广晴早就听说了欧念娜药物流产后患病的事，所以之前她找了李敏去调查。"反正我告诉你，小彬跟你分手，我绝不会阻拦！你这种女人，他离你越远越好！就算有一天他头脑不清醒，又上了你的套，我也会拦着的，不让他再跟你交往！你还是早点把自己的妇科病看好，然后重新找一个对你的过去一无所知的傻瓜吧！"

没想到她竟知道自己得病的事，欧念娜的面子挂不住了，像被人扇了几个耳光一样，更叫她歇斯底里的是王广晴看她的眼神——嫌弃鄙夷至极。

"所以，你产生了报复的念头？"林嘉月问。

"对！"跟谢齐友一样，她直言不讳。

"怎么报复呢？让她拥有和你一样的遭遇？流产，得病？"

"没有，我只是打了她一个耳光……"安抚好谭彬的王子兵返回，欧念娜打住，见林嘉月示意她继续说，这才继续道，"她对我说的那些尖酸刻薄的话，像无数个耳光打在我脸上，我那样做也不过就是以牙还牙……让她流产？我会被她告死的！况且，我手里根本就没有终止妊娠的药！"

"你之前买的药没有剩余？"

"没有，而且之前的药也不是我买的。"

林嘉月、王子兵交换眼神："那是谁买的？"

欧念娜哀伤地叹息："谭彬找他朋友要的。"

还没把座位坐热的王子兵像弹簧一样弹起，林嘉月也疑心重重地皱起眉头，他们从一开始就没敢往这上面想。尽管社会上有很多大孩儿不满意二胎而对弟弟妹妹态度恶劣的新闻，但谭彬不管在医院监控录像中，还是外人的口碑中，都是一副孝子形象，他心疼爱护自己的妈妈，所以令人在潜意识中把他当成了不会置母亲于危险之中的鲁莽之人，而忽略了他对父母再要二胎的成见。

欧念娜察觉，不可思议道："难道你们开始怀疑谭彬了？"

王子兵夺门而出，林嘉月也跟了上去，只是刚才的休息室中，已经没有了谭彬的身影。

两人冲下楼，刚才谈过话的飞机头李平凑上前："哥，姐，怎么了？"

"谭彬呢？"王子兵质问。

李平伸手指向门外："老板走了啊，刚走！"

谭彬没有开车，外面是洛州最繁华的大街之一，人只要混进人群，就很难再找到踪影。

败兴而归，王子兵让林嘉月先回家，自己去查道路监控。

才下午四点，已经习惯忙碌的林嘉月觉得回了家也没什么可做的，索性开车回政大。

此时的韩轩早已下课，收拾了东西准备回家。

两人在测谎中心楼下撞了个正脸，林嘉月迫不及待上前，给他汇报案子的进展，却发现韩轩仿佛变了一个人。他见到自己，眼睛里没有之前的暖意和笑意，一下子仿佛回到了两人才认识的时候。

"你怎么了？"林嘉月试探。

深邃眼眸淡淡地一瞥，他冷冷地说："没什么。我要回家了。"

"我送你？"她拦住他。

495

韩轩后退半步，绕开她："不需要。你忙吧。"

望着他大步离去的身影，林嘉月疑惑地直咂嘴。小跑跟上，她歪着头仰视某人的侧脸："韩轩，你不会也跟那个何峰一样吧，双重人格？"

韩轩不回应，继续往前。

嘿！他是真有毛病了啊！一会儿热一会儿冷！她不再跟着他，一脸不爽地目送他滚蛋。

再转身时，发现胡向北站在自己身后，林嘉月被吓了一跳。

"你和韩老师闹矛盾了？"胡向北笑意盈盈，从口袋里掏出先前林嘉月托他保管的东西，"物归原主了。"

"我差点儿把这事儿给忘了！谢啦！"因为刚才韩轩的态度，所以看到他送的眼镜时，林嘉月没了先前的欣喜，现在的脸上全是疑惑。

7

"没闹矛盾，"林嘉月一副没放在心上的样子，开玩笑道，"是他吃错药了。"

胡向北无奈一笑，没说什么。

林嘉月想起他的别墅，关心道："你的那个房子现在怎么样了？"

"已经都清理干净了，但毕竟发生过命案，一进去还是觉得……"他轻打个寒战，"你懂的。"

"胡老师，你还怕鬼？"她开玩笑问。

胡向北笑说："对啊，小时候听了太多鬼故事。"

"不看恐怖片吗，《午夜凶铃》《咒怨》《鬼娃娃花子》？"

"我小时候没有机会看。"随口一答，他又补充说，"那时候家里管得很严，电视根本碰不着。"

"所以有事儿没事儿就学习，然后长大成了一位优秀的老师？"林嘉月之前无意中看到过胡向北的个人资料，上学时候成绩非常好，获奖情况用两张A4纸都写不完。"不过，胡老师，你大学专业不是化学么，为什么不去做化学老师？"

胡向北伸手摸摸自己头顶浓密的头发，一本正经地说："担心自己会变'地中海'，我有很多继续从事化学类工作的学长都惨遭毒手了。"

"是吗？其实我还挺想见见你'地中海'的样子呢。"

"林嘉月小姐，做人要厚道。"

林嘉月大大咧咧一笑，接受批评："好，我厚道，哈哈哈！"

根据道路监控，王子兵找到了谭彬的下落。

从餐厅离开后，他抄小路去了隔壁大道，然后打车去了一家较为偏僻的小旅馆，就再也没出来。

王子兵带人前往谭彬下榻的那家旅馆，旅馆前台服务员一听是警察抓人，立刻积极配合，拿着门卡带路上楼。

当房门被打开时，厚实的窗帘严严实实地遮挡着窗户，没光透进来，整个房间黑漆漆的，床上的被子蓬松凌乱，看不出有没有人躺在床上。浴室里同样乌漆麻黑，只有清脆的水滴声。

大力开灯，检查了浴室："王哥，里面没人！"

王子兵使个眼色，大力立刻小心翼翼地凑近蓬乱的双人床，一手攥住被子一角，用力一掀。

被埋没的谭彬终于暴露出来，他的身上没有血迹，一动不动，像假人模特一样躺在床上。

服务员以为他死了，吓得倒抽一口气。与此同时，两三个塑料药瓶从被子里滑出掉到地上。

王子兵连忙上前试探谭彬的呼吸和脉搏，极其微弱，如果他们再晚来一会儿，那现在躺在床上的应该就是死人了。

火速将谭彬送往就近医院后，警方通知了谭彬的父亲谭永安。

电话里，警方没有说谭彬服药自尽的事，所以一听儿子住进医院，谭永安第一反应是出了什么意外，急死忙活赶来医院。当他看到病房外站岗的警察和病房内手被铐在病床上的儿子时，人愣了，满脸疑惑，拉住一旁的王子兵问："为什么？怎么了？"

虽然谭彬还未亲口承认，但目前已经可以确定，给王广晴喂食流产药物的就是他。

听完警方的怀疑，谭永安完全无法接受，他情绪激动地摇晃着脑袋，嘴唇颤抖："不会的，小彬在这个世界上最依赖的就是他妈，他怎么会害自己的妈妈？"

"可我们的同事已经联系了给谭彬提供流产药物的那个人，他说谭彬一共问他要过两次，第一次是在四月底，第二次是在五月二十九号晚上。据我们了解，第一次，谭彬是要来给他女朋友欧念娜用的，第二次……应该就是给王广晴的……"王子兵都有些不忍往下说了。

正常人都知道，给一个怀孕六个月的高龄孕妇服流产药，这种行为是极度危险的，很可能会一尸两命。且不说谭彬的思维逻辑正常不正常，单说他是王广晴的儿子，抬头不见低头见，光听谭永安的念叨也会知道高龄孕妇在生产上是存在一定危险的。那么，谭彬在知情的情况下，还给王广晴喂食流产药，那王广晴的死就不能称之为意外，而是被谋杀。

当然，假设谭彬一时冲动，忽略了这一点，那这件事仍然是一场令人痛心的人伦惨剧。原本好好的一个家，因为大孩儿的一时冲动，变得残破不堪支离破碎。谭彬的一生都会活在愧疚之中，而谭永安也会懊悔一辈子。

"一定是你们搞错了！小彬很爱他妈妈！小彬很爱他妈妈！"谭永安一遍一遍地强调，但说到最后，他却无力地瘫坐在地，泪流满面，"为什么……为什么会变成这样……"

在医院安排的休息室里，谭永安哭得泣不成声。

"一直以来，我和广晴都非常溺爱小彬，从小，只要他想要的，我们不管费多大劲，都会满足他，但我们也知道，小彬的资质一般。就拿开餐厅的事情来说，点子是他朋友出的，技术也是人家掌握的，他只是在我这里拿了钱去投资……所以我和广晴一直很担心，我们怕自己百年之后，他一个人留在世上无依无靠……"

再要二胎，就是想日后两个孩子能够互相照应，不会觉得孤独。去年广晴离职了，二孩政策也已放开，于是，广晴就跟我提出了要二胎的想法。"

"那你们跟谭彬商量过这件事吗？"

他痛心疾首，摇头道："我们怕他会反对，所以一直瞒着……当时他和朋友们筹办餐厅，我给他报了一个管理学习班，四个月的课程，他一直在外地。他回洛州的时候，广晴已经怀孕五个月了。"

"那得知这个消息，谭彬当时的反应如何？"

"当然是生气……不过我和广晴一直在开导他，他也明白我们的苦心，逐渐接受了自己将有一个弟弟或者妹妹的现实。"

一个被溺爱了二十多年，独占父母二十多年的大孩儿，真的那么容易就接受这个现实吗？

"哗啦——"

浴缸里的水过满溢了出来，正在整理案件详情的林嘉月噌地站起，六步的路程让她跑出了百米冲刺的感觉。关上进水阀门，转身要回去给案件详情收个尾时，她发现地面上爬过一只蟑螂。

宿舍楼比她大十来岁，像这样的老式楼房，出现个蟑螂再正常不过。

林嘉月熟练地围追堵截，一脚将它踩死，"抛尸"后，为防后患，她开始清洁"案发现场"。好一顿收拾，汗流浃背，正好水也烧热了，她直接把澡洗完，才包着头发浑身舒爽地从洗手间出来。

她的试衣镜正对洗手间的门，站在门口的位置，林嘉月可以从镜子里看到自己的电脑桌。

此时此刻，她笔记本电脑的屏幕中，有一个进度条在动，98%……99%……100%。

见到这惊悚的一幕，林嘉月怔住，不寒而栗。

她的电脑被人入侵了！

第一反应，林嘉月立刻在手机上将网银的支付密码改掉。余惊未消，她细思极恐，如果不是为了钱而入侵呢？

她的电脑里大都是影视剧和游戏，唯一重要的文档就是那些所破案件的记录备份。

为免打草惊蛇，林嘉月返回洗手间，紧绷的身体靠在门上，她眉头深皱。若真的是有人想要看案件的记录备份，那这个人的目的是什么？又是什么人想要看？尽管只是电脑被入侵，可她总觉得这个家多了一双陌生的眼睛。

其实，人比鬼更可怕。

想到上次在北县，自己被"女鬼"的声音吓去了韩轩的房间睡觉，林嘉月再次给他打去了电话，顺便想问问，他今天到底是抽了哪门子的风。

看着手机的来电显示，韩轩的手僵在半空。

书房灯火通明，他面前的电脑屏幕上重复播放着有吴军出现的老录像，模糊，还有些失真。

手机铃带着林嘉月特有的倔强，好像他不接就会一直响下去似的。

凝视她名字的深邃墨瞳收紧，纠结之后，他还是接通电话。

"喂，韩轩，你是不是故意这么长时间才接的？"一上来，林嘉月就兴师问罪。

韩轩则延续下午时的冷漠，跳过这个问题："找我有什么事？"

原本因为电脑入侵的恐惧被这气不打一处来的愤怒代替，她阴阳怪气道："怎么了，你很忙吗？该不会是晚上又有人给你送粥，所以你在忙着喝粥吧？"

"没事的话，我就挂了。"韩轩清清淡淡地回道。

"你……"林嘉月气结，听他那头安静得好像真的要挂电话，她慌张开口，"别挂！我电脑被人入侵了！"

　　皱眉。他下午才刚收到那封邮件，她晚上就被人入侵了电脑。如果是吴军干的，那他的目的是什么？监控林嘉月，伺机下手？

　　数秒的静默让林嘉月焦躁不安："你在听吗？"

　　"林嘉月。"韩轩开口。

　　他只是叫了她的名字而已，她心里便生出了一股浓重的安全感。她现在是有多信任他，依赖他？

　　脸颊发烫，她轻轻应声："嗯。"

　　"来我家一趟。"

　　"干什么？"她不解，"就是电脑入侵，又不是我家里被人入侵……"

　　"过来。"不容拒绝的霸道。

　　林嘉月第一回变得软软糯糯小鸟依人："哦……"

　　六月合欢花开，夜风袭来，带着它特有的香气，有点儿像一车未成熟还不太甜的香瓜不小心翻了车，碎了一地。

　　韩轩家小区门口，林嘉月批发了一大袋雪糕，在夏天，没有什么比吃雪糕更令人幸福的事了。

　　门铃被按响，韩轩在可视门铃里看到她别别扭扭的模样，这才完完全全地安心下来。

8

从电梯里出来，林嘉月见到韩轩的家门已经敞开，可门口并没有好客的迎宾主人。

什么人啊？叫我来，自己都不出来迎接一下。

她撇嘴，拎着满满一袋雪糕象征性地敲了下门，也不等人应许，直接进屋。

"给，放冰箱吧。"

看着那满满一袋雪糕，韩轩无语，指了指厨房的方向，让她自己去放。

"来你家，跟来到自助餐厅一样。"林嘉月从袋子里拿出一支雪糕，一边吐槽一边走去厨房。

一打开韩轩的冰箱，空空如也，令人震惊。

"你家怎么什么都没有？你是小龙女吗，在家的时候只吃蜂蜜？"从厨房出来，林嘉月发现韩轩已经不在客厅。听到书房有窸窸窣窣的声音，她闻声而去。

书房里，韩轩正将收拾好的资料一件一件地装进纸箱。

林嘉月一脸疑惑："你要搬家？叫我来帮你？"

韩轩停住，转头望向门口的她——妆容不重不淡恰到好处，一般女孩没有的英气的眉毛轻轻皱着，甚是可爱。要不是畏于吴军的预告，他真的想走到她跟前，给她一个温柔的拥抱。

但现在，他还是只能冷冰冰地像下命令一样说："现在开始，住到我家。"

"啊？"林嘉月惊讶过后，心里泛起一丝甜意。不是突然对她冷淡了吗，怎么还这么关心她？不过，住到他家来，是不是太夸张了？

"那个，你要是担心我自己一个人住宿舍，那我就先回我妈家住，上班是远点儿，不过我早起一个小时就可以了。"

"不行。"韩轩毫不犹豫，否决了她的建议。

"为什么不行？"见他严重反常，林嘉月更不解。

这时，她的手机收到了一条银行发来的短信。

她庆幸地舒口气，将手机递向韩轩："是盗号偷钱的！幸好我在发现的时候，立马就改掉了网银密码！"

仍不相信事情就是如此简单，看过短信的韩轩将手机归还林嘉月，以冰箱里的雪糕为由："你买了多少雪糕？"

"二十支。"晃晃手里已经吃到一半的这支，她说，"冰箱里还剩十九支。"

"那就住到把十九支都吃完。"

她是喜欢吃雪糕，但一口气吃光十九支这种疯狂的事，她还做不出来，毕竟健康比嘴瘾重要。"一天三支的话，我要在这里住一周啊。韩轩，你这算不算变相的非法囚禁？"

韩轩睨她一眼，不再搭话。

又来了！他再这样，干脆直接变成块冰把她冻死算了！

收拾好资料，韩轩抱着箱子从她身边经过，哪知她拦路女土匪一样胳膊一伸挡住他的去路。

"韩轩，你今天到底是怎么了？"

韩轩避之不答，转移话题的功力日益增强，将手里的纸箱塞进她的怀里："你帮我把这个送到隔壁。"

"你还真搬家啊？"被成功转移注意力，林嘉月抱着箱子，跟在他身后说："你就让我住一礼拜，值当吗？"

韩轩头也不回，进入自己的卧室："不然呢？"

她想也没想直接开口："一块儿住呗，你家住两个人又不是住不开！"

黑脸。

林嘉月把黑脸当成不愿，不屑地一哼："还不放心我？我可不是会突然亲人的人！"

韩轩脸变得更黑，低头不语，收拾自己的衣物。

"妈……妈……"

洗完胃后，昏睡数小时的谭彬做了一个很长很长的梦，梦里，王广晴一直陪在他的身边，给他做饭，哄他睡觉，送他上学，带他去公园，在外人口中，不管她是多么的尖酸刻薄，但在面对自己的时候，她总是那么温柔善良，从不愿对他说一句责备的话。

大力发现他像是要醒了，赶紧把王子兵给叫了过来。

时间正巧，王子兵进屋，谭彬睁眼。

被泪水湿了的眼睛更加红肿，他如活死人一般躺在病床上面一动不动。从没想过，不能死竟会成为他此生最大的遗憾。

"醒了，就起来说说吧，为什么要自杀？"王子兵拉来一把椅子坐到床边，尝试着撬开他的嘴。

谭彬视他如空气，双眼直勾勾地盯着天花板，灵魂出窍似的，一言不发。

"怎么，刚才做梦梦到王广晴了？在梦里，你妈妈给你说了什么？"

谭彬继续发愣。

王子兵不恼，换个坐姿，继续问："那你给你妈妈说了什么？恳求她的原谅了吗？"

终于，谭彬的眼珠动了，他看了王子兵一眼，但依然什么都没说。

"行，不说啊，没关系，我等着。"他回头嘱咐大力，"买几罐咖啡去，今晚咱们熬夜。顺便问问，谭永安需不需要，要的话也给买一罐，算我请的。"

"好咧，王哥。"大力转身出病房，在门外跟谭永安撞了个对脸。

门虚掩着，病房内的谭彬可以很清楚地听到门外的声音。

"警官，是不是小彬醒了？"谭永安躲去医院外的这段时间里，不知道抽了多少包烟，浑身烟味，嗓子也沙哑了。

大力点头："醒了。"

他情绪激动起来，声音提升几度："那我能进去看看他吗？"

"还不行。再等等吧。"

"求求你们，通融一下，让我看看他吧……"

许是从未听到过社会顶层的父亲乞求别人，谭彬才平稳下来的呼吸再次变得急促，眼圈泛红。

见状，王子兵起身，直接把门打开："大力，让他们父子两个见见吧。"

谭永安被放进病房，谭彬却用被单将自己的头蒙了起来。

王子兵退到一边，安静地看着这对父子。

谭永安已经泪流满面："小彬……你……"欲言又止，只剩叹息。

他能怪儿子什么？祸根是他们夫妻两人早前就种下的。如果当初他们没有自以为是，先斩后奏，现在也不会出现这种局面。

谭永安夫妇想尽办法去满足、溺爱谭彬，认为他永远都是长不大的孩子，所以在决定很多重要的事情上，他们都没有征求他的意见，考虑他的感受。

大约一分钟的寂静后，条纹被单下，谭彬的身体开始颤抖。触摸到儿子的颤抖，谭永安再也忍不住，放声哭了出来。将自己藏起的谭彬听到父亲的哭声，也号啕起来。本应该是一个在四个月后，欢天喜地迎接新生命的家庭，现在却只能用泪水来宣泄苦痛、愧疚与悔恨。

时机已经成熟，王子兵给大力使个颜色，大力上前将一把眼泪一把鼻涕的谭永安请离。

病房里只剩谭彬和王子兵了，被单下的哭声渐弱，十几秒后，一脸泪水的谭彬露出脸来。

王子兵帮他调整了病床的角度，他半坐起身，愧疚殷红的双眼不敢看王子兵。

"说说吧。"王子兵坐回椅子上。

目光一直盯着被单上的条纹，谭彬抽泣着开口："是我……给我妈吃了流产的药……"

"为什么？谭永安说你在他们的开导下已经接受了这个二胎的现实。"

"是……我之前也以为自己能接受，可是……一想到我现在所拥有的一切，将来都会被分走一半，我的心就特别不甘……其实我并没有因为是独生子女而觉得孤单，我有我的朋友，有想做的事，有想去的地方，生活很充实。"

"那你跟他们说过吗？"

"我回来的时候，已经来不及了，说和不说都没意义了。"

"到底是因为什么，你决定给她喂食流产药的？"

谭彬双手抓紧被单，沉默许久后，他才有勇气阐述事情的来龙去脉："五月二十九号，欧念娜去找我妈，她想让我妈劝我，不和她分手，她还说了她打胎的事……具体她们之间到底发生了什么争执，我也不清楚，反正那天下午我回家去看我妈的时候，她的脸色很差，对我也特别不好……"

"怎么不好了？"

"骂我了……她从来都没骂过我……"谭彬的语气中仍透着一丝委屈，"虽然是因为我和欧念娜的事骂我，但当时，我就是觉得，她是因为有了第二个孩子，对我才狠心起来的……所以我就……我真的只是想让那个孩子消失，没想过让我妈……"他说不下去，再次失声痛哭。

"可王广晴是高龄孕妇，怀孕和生产对她来说都是危险的挑战，你就没想到这点？"

"没……当时我真的鬼迷了心窍……我对不起我妈，我对不起我爸……我不配做他们的儿子……"

凌晨两点，天气预报里没有预及的一场大雨倾盆而下，洛州近几日的燥热和污垢都被雨水冲刷而去。

清晨雨停，雨后的天空湛蓝透明，天东边还架起了一道轻柔的彩虹，几条镶着金边的白云在天空中飘浮，空气纯洁清爽，散发着泥土与青草的香气。

第二次在韩轩家里醒来，林嘉月望着熟悉的天花板发愣，回想起第一次在他家醒来时的事。

"啊——"一夜好眠，她在床上伸个懒腰，摸起床头柜上的手机。

有一条来自王子兵的语音消息："嘉月，找到谭彬了，也已经招了，你和韩老师挺累的，好好休息吧，今天不用来局里了。"

"都没帮上什么忙，累什么啊……我一会儿问问韩轩，他要是不用去学校，我们两个还是过去一趟吧。"回了语音消息，她起床洗漱。

韩轩家里没有食材，她的三脚猫厨艺也施展不上，于是下楼买了两份早餐回来，敲响隔壁韩轩新住所的房门。

可里面一点动静都没有。

林嘉月狐疑，这才早上八点，他干吗去了？

比她早起一个小时的韩轩，此时此刻正在政大职工宿舍的楼下。因为是老楼，宿舍没有传达室，什么人都可以自由出入，这样的环境很难保证她的安全。

韩轩拧眉，看来暂住需要改成常住了。

手机铃突然响起，又是林嘉月的来电。

这次接电话的速度有提升，林嘉月表示满意："喂，你已经出门了？"

"对。"

"怎么走这么早？韩轩，你是不是在躲我啊？你还一直没说呢，你突然……"她的话还没有说完，电话那头的人便将她打断。

"有电话打进来，先挂了。"话罢，一秒都没耽搁，韩轩就把电话挂断了。

林嘉月提气要骂人，被骂的人却已经撤了。硬生生把话咽回肚子，她愣是把自己撑出了一个饱嗝。

9

陌生号码是座机电话，韩轩接通，电话那头是个年轻的小伙子。

"您好，是韩老师吗？我是南区派出所的民警，广宁路未来大厦这里有个年轻女子轻生，我们正在现场，她说想要见您。"

"她叫什么？"

"李敏。"

了解情况后，韩轩镇定地答应道："我这就过去。"

正是早高峰，交通拥堵，他赶到现场的时候，李敏已经又在顶楼站了半个多小时，体力有些不支，一个打晃，差点从十层高的大厦上掉下来。

围观群众里三层外三层，随着李敏的晃动发出一声声惊呼。

"跳不跳啊？要跳赶紧跳！等着上班呢！"人群中突然有人冲上面的李敏喊。

李敏应该是听到了，她冲下面看了一眼，幸好没有因为那人的话而情绪激动。

"什么素质？别在这儿丢人了！上你的班去！"有大爷看不过去，回了那男人一句。

男人许是觉得没面子，耍横瞪一眼大爷："关你什么事儿？滚蛋！"

　　"唉，这小伙子，你怎么说话的，小时候你老师没教过你，要尊老啊？"

　　"就是，别在这儿丢人了，赶紧走吧！真没素质！"

　　"大爷，别和这种人一般见识啊！"

　　旁边几个年轻人一起站出来替大爷打抱不平，这才灭了那男人的嚣张气焰。在众人的斥责声中，男人灰溜溜地踩着自行车离开了。

　　楼下的骚动分散了李敏的注意力，派出所民警欲借机上前救援，可才接近，便被李敏发现。为了她的安全，他们只好又撤了回来。

　　韩轩已经登上顶楼，在给他打电话的民警小秦的带领下，绕过一片建筑垃圾，出现在李敏的面前。

　　一见到韩轩，李敏的情绪激动起来，哭腔浓重，她冲韩轩喊道："我现在成了同学和同事的笑柄了！"

　　她这话说得满是怨念，仿佛害她成为笑柄的人就是韩轩。

　　"怎么回事？"韩轩云淡风轻地开口。

　　她的手紧抓护栏，身体紧张僵硬，明明就很怕自己会掉下去，根本就不是存心想跳楼轻生。

　　"他们都知道了……我和谭永安、王广晴之间的事！"

　　"然后呢？"

　　"这肯定不是谭永安说的！这事传出去对他和他的公司都有很大的负面影响！"

　　"那你认为是我说出去的？"

"对！"李敏抿唇，她对自己这话并无自信，确切地说，她知道事情不可能是韩轩说出去的。

韩轩不拆穿，靠近她，完全顺着她安排的剧情发展，问道："那你想到了什么补救的办法？"

她暗自松口气，眼里闪过一丝喜色："你帮我澄清，谭永安和王广晴确实找过我做代孕妈妈，但我拒绝了！"

"这是要我说谎吗？"

"一个谎言可以救一条性命，不是吗？"

韩轩做思考状，放缓靠近她的速度，一口赞同的语气："确实。我可以考虑。"

"真的？"她的目的快要达成，笑意越来越明显。

"对。"已经走到了她的身边，韩轩伸手，"进来吧。"

正要伸手给韩轩，李敏突然又变卦收回了手："不行，你现在就答应我……"

韩轩无奈，点头，并未接话。

李敏彻底安心，这才将手伸向韩轩，许是太过高兴疏忽了，她在外沿的脚一下踩空，整个人瞬间失去重心，看得楼下围观群众再次惊呼连连。

"救我——"顷刻间，李敏的泪水飙出眼眶，那一脸的惊恐证实了她有多不想死。

关键时刻韩轩拉住了李敏的左胳膊，尽管自己的胳膊被围栏上的铁丝划破，但他的手并没有因为疼痛而放松。

在其他民警的协助下，韩轩将垂在楼边的李敏救了上来。双脚踩到实地上后，她像一摊软泥一样跌坐在地，大哭出声。

民警小秦关心韩轩的伤口，着急送他去打破伤风。

韩轩却不慌，一手按住流血的伤口，他走到李敏跟前，毫无说教之意，仅用两人可以听到的音量，冷冷地提示一句："没什么比活着更重要，不是吗？"

李敏抬头，愧疚地望着他，泪水更加汹涌。

林嘉月的自尊心开始较劲，被挂电话后，她便决定不再主动给韩轩打电话，除非他先给自己打。

来到测谎中心，经过韩轩办公室时，她斜着眼睛往里瞄，对面方主任走过来，她都没看到。

"嘉月，你眼睛怎么了？"方主任关心道。

"啊……沙子进眼里了！"她赶紧伸手假装揉眼。

"别用手，叫别人帮你吹吹。"

她咧嘴傻笑，把手放下，一脸惊喜："哎，已经好了！"

"那行，快准备下，一会儿我们大家开个会。"

"开会？那个，韩轩还没来，需要等他吗？"

方主任摇头："不等韩老师了，他去医院要晚会儿再来。"

去医院？

林嘉月追问："他怎么了？"

小张替方主任给她解答："韩老师在救一个轻生女的时候，把胳膊弄伤了。"话罢，他又一副恨铁不成钢的模样教育林嘉月："说你多少次了，多关心关心韩老师！"

林嘉月接受了小张的教育，把自己早上的决定抛到了脑后。

会开完后，她发现韩轩已经坐到了办公室里，于是拿着早上那份给他买的，现在已经凉透的早饭溜进去。

"早上吃饭了吗？我多买了一份儿。"踮着脚看他被笔记本电脑挡住的胳膊，林嘉月说，"听说你胳膊受伤了，哪条啊？"

韩轩抬眼，面无表情道："在忙。"

意思就是，请她把自己当客给送了？

"您忙！"热脸贴上冷屁股，林嘉月憋气，恶狠狠啃了一口煎饼果子，吃着走人。

"把门关上。"

才出门的她又倒回来，哐的一声帮他把门关上。

被那声响吓了一跳，小张哀叹："冤家啊，冤家！"

办公室里，韩轩又收到一份新邮件。

这次并非吴军发来的，而是他昨晚所托的技术中心。说好听了叫技术中心，说白一点，就是黑客团队。

邮件反馈，入侵林嘉月电脑的人技术不在他们之下，要找出他的话非常困难，但他们发现，这个人很可能就是之前给韩轩发电子邮件的那个老朋友。

果然，不只是盗号那么简单。

六月毕业季，已经高中毕业七年的林嘉月收到了同学聚会的通知，也不知道是谁想的主题，叫"七年之痒"……卢楠也收到了通知，下班后来找林嘉月，两人商量到底去不去。

"这次是全班的聚会，那么多前女友，见面还挺尴尬的。"忧愁过后，他又一脸的好奇，"不过，还挺想看看，她们现在变没变样。"

林嘉月白他，鄙夷道："还想来一个旧情复燃？人家那些妹子，以前是年少无知才会喜欢你，现在长大了，谁还会对你念念不忘啊！"

"其实就算她们对我念念不忘，我也已经心有所属了！"一米八多的高个儿突然娇羞地挽住林嘉月的胳膊，"嘉月啊，我得相思病了呢！"

林嘉月压根儿就没专心听他的话，注意力都被前面的一家男装店给吸引了。

虽然还在生韩轩的气，但想到他生日就快到了，她还是不由自主地朝那家店走去。

之前送的眼镜，人家回礼了，自然不能算成生日礼物。

"哎？干吗去啊，听没听见我的话啊？"卢楠不满地跟在她身后，也进了男装店。

一个塑料袋都要网购的懒人，今天竟然有兴致逛服装店了！还是男装店！有情况！

"哟，这是要给我买衣服？可我不喜欢衬衫啊，要不你还是给我买双跑鞋吧？"卢楠耍贱套话。

林嘉月白他一眼："还给你买跑车呢！"

"嘿，不是给我买啊！那是……给胡老师买呢，还是给韩老师买呢？"

她嫌他话多，瞪他一眼，然后选了一件入眼的白衬衫塞给他："养你终于有用了，试衣服去。"

"那我养你还没找到用处呢，亏大了！"卢楠斗着嘴，乖乖钻进了试衣间。

没多久，他便在里面反馈道："衣服有点紧啊！"

外面的林嘉月问："紧多少？"

"扣子能扣上，但大幅度运动的话，会绷开吧。"

了解，她转身看向店员："就要刚才那个尺码，麻烦你帮我

515

拿一件新的。"

听到这话，卢楠窃喜："知道了，你买给韩老师的！"

韩轩比卢楠要清瘦一点，这尺码穿在他身上应该正好。

为忘掉失恋的痛，周希彤天天往瑜伽馆里跑，今天上完课已是晚上九点。

夜色渐浓，马路上的车少了，偶有凉风，还挺惬意。

瑜伽馆距离公寓不远，周希彤平时都是步行往返。

耳机里，温柔女声轻吟浅唱，为她缓解了不少的孤单与烦躁。

一对小情侣已经在周希彤身后走了十几分钟了，两个人怎么都觉得，他们和周希彤中间的那个黑衣男人有些奇怪，于是加快脚步，两人超越黑衣男人，走到周希彤的身侧。

女孩轻拍她的肩膀一下，见她摘掉耳机后，小声提醒她说："你看后面那个男人，你认识吗？"

周希彤还没了解情况，有点蒙，转身回头，身后并没有女孩所说的黑衣男人。

女孩也发现那人已经躲开，这才恢复到正常说话的音量："刚才有个穿黑衣服的男人，好像是在跟踪你，我和我男朋友观察他好一阵子了！你还是别听歌了，注意安全吧！"

被她这么一说，周希彤后背都有些发凉了。她连连道谢，送走那对小情侣，将自己的耳机收起，一路小心翼翼。

距离公寓不远有一家水饺店，偌大的玻璃像镜子一样，周希彤余光一瞥，寒毛竖立。在玻璃窗上，她看到了黑衣男人此时此刻就尾随在她的身后。

他戴着黑色鸭舌帽，帽檐压得很低，看不到脸。

周希彤慌乱地加快脚步，没有留意脚下，被一块凸起变形的花砖绊倒，双膝都磕破了皮。有好心路人上来扶她，许是怕被她发现，跟踪她的黑衣男人再次躲了起来。

10

"说，你们俩什么时候好上的？"从男装店里出来，卢楠眯眼问林嘉月，"别不承认，我可是身经百战的情圣！"

林嘉月专业泼冷水，旧事重提："那你怎么还在那个网络女主播的身上栽跟头了？"

"人有失手马有失蹄嘛！你快说，你和韩老师的事儿！我得拿着这事儿去跟咱妈换饭吃呢！"

"呸，你别说啊！根本就没那么……"拉屎放屁的事情都能跟卢楠说，这感情问题，她还真有点不好意思说。

可他偏偏要打破砂锅问到底："没确定关系呢？就是单纯搞暧昧？没想到啊！韩老师还会这一套！"

"不是……反正以后有了结果，我会第一个告诉你的！行了吧！你赶紧去点餐，这顿晚饭再不吃就变宵夜了！"林嘉月不耐烦，开始哄人。

已是晚上九点，繁华路段的餐厅却还热闹异常。

狗皮膏药一样的卢楠终于离开，林嘉月有了独处的时间，瞟一眼桌上放着的那件生日礼物，她做了好一番思想斗争后，别别扭扭地给韩轩打去了电话，可没想到，接通后，手机那头传来的竟是一个有点熟悉的女声。

"林嘉月吗？"在她怔住的时候，那头的女孩开口。

"对。"林嘉月顿了下，应声。

"我是周希彤。"因为太过害怕，她在被路人扶起来后，给韩轩打了电话，然后被他接到家中，这才逐渐平静。

"已经听出来了。"强装淡定，林嘉月问，"韩轩呢？"

"他去帮我买药了……"

眉头不自知地越皱越紧，林嘉月终于忍不住，说了句能把人牙齿酸倒的话："哦，没想到韩老师还挺会照顾人呢！其实我找他也没什么事儿，你们先忙吧！"

"那个……"周希彤听出她的不快，连忙解释，"先不要挂！我知道我说这些话有些多余，但我还是希望你不要误会。我是喜欢韩轩，但韩轩不喜欢我，因为他和我爸有些渊源，所以他之前没有态度强硬地拒绝我，不过，他曾经很明确地告诉了我，他喜欢的人……是你。"

事情发生得有点儿突然，林嘉月有点儿蒙。这算什么？间接表白？

可韩轩真喜欢自己的话，为什么又突然对自己这么冷淡，拒她于千里之外？

作为一个恋爱零经验的新手，林嘉月觉得自己真快被韩轩搞疯了。

"今天我来找韩轩，是因为我被人跟踪了，我不敢回公寓，我怕发生不好的事……"

看在周希彤主动澄清，又是周铮女儿的分上，林嘉月暂且不

518

再当她是情敌，关心道："为什么会有人跟踪你？你最近得罪过什么人吗？"

"没有……我最近很少跟别人来往。"

林嘉月电话还没打完，卢楠已经端着满满一盘子油炸食品回来了。他落座，好事地问："谁啊？"

"那你先留在那儿吧，安全第一。"

挂了电话，林嘉月这才回他："周希彤，就是你上次看到的，和韩轩在一块儿的那个美女。"

"啊？她怎么了？你为什么要说安全第一？"卢楠异常关心。

"被人跟踪，受伤了。哎，你为什么这么着急，你又不认识人家？"

"怎么不认识啊！她就是害我得相思病的人啊！"卢楠跟她谈及感情问题倒是一点儿都不害羞，"我对她一见钟情了！嘉月，快，咱别吃了，去照顾她吧！"

林嘉月伸去拿薯条的手被他无情地拨开，斜眼白他，嫌他多事："人家用不着你照顾，有韩轩在呢。"

"怎么又是韩老师啊？"卢楠突然开窍，紧张兮兮道，"周希彤是不是也喜欢韩老师？"

林嘉月没反驳，默认。

原以为卢楠会因此受打击，可没想到，他却腰杆挺直，一副正义使者的模样说："那我就更得追她啊！为了你和韩老师，我得给你清扫爱情道路上的所有绊脚石！这才是真正的男闺蜜！"

被他这歪理逗得哭笑不得，林嘉月真的一根薯条都没吃到，就被卢楠拉上街打车了。

周希彤被人跟踪，会不会也跟吴军所说的"生日礼物"有关？周希彤是周铮的女儿，周铮当年又是专门负责侦查他所制造的系列杀人案的警察，如果有关系，那所谓的"生日礼物"到底会有多少？一个高智商变态杀手的内心，真的很难猜透。

　　见韩轩上药上得心不在焉，周希彤更不好意思："还是我自己来吧。"

　　抬眸，他将手里的药水递给她。

　　"刚才……"周希彤愧疚开口，"林嘉月给你打电话了，我看一直响，就帮你接听了。不过，我解释得很清楚，她应该不会误会。"

　　"你解释了什么？"韩轩坐到沙发的另一头，问。

　　"我承认了自己喜欢你，但你拒绝我了，"尴尬又羞涩地笑笑，"还有，你喜欢的只有她。"

　　听到这最后的一句，韩轩整个人都不好了。

　　敲门声响起，说曹操曹操就到了。

　　门外，卢楠已经忘了自己是来干什么的了，正在为了林嘉月为什么会有小区磁卡而跳脚。

　　"这到底怎么回事儿啊？你说，你和韩老师到底到了什么地步了？连钥匙都有了？这要是被咱妈知道……"瞥一眼韩轩家的门牌号，他顿住，若有所思，"我记得，之前来的时候，不是这一户吧！好像是那户！"

　　这要是被他知道，她住到了韩轩家里，那可就真等于她老妈知道了！为了免生事端，林嘉月撒谎说："你记错了！上次就是这一户！"

　　"是吗？"

"我骗你干什么！"她脸不红心不跳地说。

"那磁卡的事，怎么解释？"

"我跟他是搭档啊，我平时来接他，有磁卡多方便！工作需要，工作需要！你别跟我妈乱说！"

卢楠将信将疑："真的？"

"真的！"她点头如捣蒜，见终于混过去，偷偷松了口气。

与此同时，门被打开。韩轩与林嘉月四目相对，立即尴尬地转移了视线。接下来，就是卢楠的专场了。

他坐在周希彤旁边，一脸能点亮黑夜的灿烂笑容，自我介绍道："我是林嘉月她哥们儿，卢楠。我之前见过你，但你没看到我，不过没关系，现在我们两个就算认识了！"

周希彤还挺有礼貌，勉强挤了一个笑脸。

"听说你被人跟踪了？"

"嗯……"

"那你需不需要保镖啊？我可以二十四小时待命哦。"卢楠又开始毛遂自荐了。

站在一旁看他这样，林嘉月突然觉得特没面子，都说物以类聚人以群分，卢楠表现得这么轻浮这么花痴，自己会不会也被人误会是这样的人？

偷瞄韩轩，见他发现了自己手里拎着的男装，手不由往身后藏。"卢楠的。"好在卢楠的心已经全都飞到了周希彤的身上，没有听到她这话。

"真的不用觉得不好意思，有什么事给我打电话就行！"许是周希彤碍于面子，没好拒绝，他这才成功要到了人家的手机号。"这都九点半了，今晚……"卢楠嘚啵嘚，嘚啵嘚，还嘚啵到了正经事上。

确实，今晚的住宿问题是个大事儿！韩轩不会又要把自己才租的这套房子也让出来吧！

大家的目光都投到了韩轩的身上，等待着他的发言。

"住我这儿吧，我去酒店。"

周希彤的母亲在周铮去世后，一直从这件事里走不出来，她搬离了洛州，去了临市的姐姐家生活，而周希彤则因为自己的教育事业，没有离开。所以现在发生这种事，韩轩也只能牺牲自己的住所了。

"别啊，她和我住……"想起自己刚才给卢楠撒的谎，林嘉月顿了下，觉得这话应该不会露馅，这才把剩下几个字说完，"在一块儿吧。"

"不了，除了你们，我还有其他的朋友啊。"虽然已经决定放弃韩轩，可那种喜欢的感觉还没有淡去。林嘉月是他喜欢的人，跟她住在一起，周希彤觉得会很别扭。

卢楠见她生了去意，便又毛遂自荐："你朋友住哪儿？我送你过去吧！"

走是必须要走，但一个人离开，既害怕又可怜，周希彤索性接受了他的好意："嗯，谢谢你。"

像自己已经追到了周希彤似的，卢楠兴高采烈地冲林嘉月偷偷比画了一个胜利的手势，光顾着做护花使者，他把林嘉月也该回家的事给忘了。

送走卢楠和周希彤，走廊里就只剩林嘉月和韩轩。一梯两户，就他们两个人，都不说话，安静得只能听到电梯运作的声音。

"你的胳膊……"林嘉月先开口。

"休息吧。"韩轩却打断她，然后转身要回屋。

"韩轩！"她叫住他。他们两个之间的这种令人恼火的诡异情况，是时候终止了。

"你喜欢我？"

卢楠和周希彤乘坐的电梯应该是已经到底了，走廊里没了电梯运作的声音，只有林嘉月剧烈有力的心跳声。

他侧身看向她，橙色灯光也没有将他冷清的侧脸映暖："骗周希彤的。"

"那太阳镜呢，什么意思？"

"礼尚往来。"

林嘉月冷笑，心灰意冷："明白了。是我自作多情了！你们留过洋的，开放得很，打个招呼都能亲！不打搅你休息了！回屋吧！"

韩轩没再解释，看似无情地关上房门。

第八章　不贞的惩罚

1

"哎，希彤，送你来的那个帅哥，还在楼下没走呢！"周希彤的好友将她拉到窗帘后，一起从窗帘缝里往下看，"他一定是想追你！"

周希彤也感觉到了，可是，卢楠根本就不是她喜欢的类型。她将窗帘拉严，拉好友从窗户前离开。

楼下卢楠看到她们从窗口消失，这才不舍地走掉。

"我说希彤啊，世上帅哥千千万，你可不要在一棵树上吊死！虽说那个韩老师算是你爸的徒弟，可武侠小说里不都写了，大师兄不会爱上小师妹，他们只会喜欢女魔头！"

"别乱说，根本就没女魔头。她人也挺好的。"

"不是吧，头一次见夸情敌的！"

周希彤不想再说这些事，岔开话题问："最近一次支教是什么时候？我不想待在洛州了，最近发生的事情太多，还是和孩子们在一块儿最简单最快乐。"

"行，你想去，还不是什么时候都可以！明天，我们就出发。"

被关在见不到阳光的房间里，人必定会对白天黑夜失去概念。何峰一觉醒来，满眼漆黑，空气中的消毒水味道令他误以为自己是在医院里面，他虚弱地从床上爬下，在黑暗中摸索着。

吧嗒一声，他找到了电灯开关，整个房间亮了起来。

陌生，简陋，这里并不是医院，只有一扇铁门的房间，如同囚禁犯人的监狱。

基础人格在他沉睡的时候恢复，第二人格被替换。

全然不知这段时间内发生了什么，他不安地捶打铁门，呼喊求救，但房间外似乎是荒芜一片，根本没有人应他。

手机！他的手机！

翻遍全身，并没在身上找到手机的何峰看着自己已经消炎愈合的伤口愣住了，一动不动，甚至忘记了呼吸。

这个时候，门外传来脚步声，由远而近。

是救他的人，还是要害他的人？何峰紧缩到墙角，大气不敢喘一口地等待着。

终于，门被打开……

刚才在走廊的对话一直在林嘉月的耳边不停回放，自尊自信都受了挫，心里很不是滋味，她怎么可能再在他家安心地住下去？不想搞得像用离开来引人注意似的，悄无声息，她拎着自己的简单行李，不告而别。

第二天是周六，不用去测谎中心，市公安局也没通知，韩轩自己闷在屋里看资料，注意力却一直无法集中。林嘉月在对面做什么？为什么一点动静都没有？合上笔记本电脑，他起身想去客厅，可走到书房门口，他又停住了，昨晚她气愤失望的模样在脑中清晰呈现。

　　现如今，他们两人的感情，已经成了一盘因为一步错而变得步步无奈步步错的棋局。伫立在书房门前好一阵，最后，韩轩还是不能自已地走去了玄关。

　　通过猫眼儿，他看着对面那扇暗红色的防盗门发呆，一直看个没完，好像能把林嘉月看出来一样。

　　此时窝在职工宿舍的林嘉月，正躺在自己的小床上看着美剧，她喜欢美剧里的爱情，简单直白，双方不用猜来猜去。

　　同样因为精力无法集中，一集剧她看了二十分钟才真正看进去，只不过入戏没一会儿，手机设置的闹铃就响了。

　　今天中午十一点，他们高中同学聚会。

　　应邀得不太情愿，她自然没心思打扮自己，头发简单一拢，化了个淡妆便出门，直到抵达聚会餐厅，要给卢楠打电话问他什么时候到时，她才发现，自己出门的时候，竟把手机落在了床上。

　　卢楠也正急着找林嘉月呢，他上午给周希彤发信息，问人家晚上有没有时间出来一起吃个饭，结果被告知，人家今天就和朋友一起去支教了。

　　如果周希彤说她跟朋友一起去旅行了，那卢楠现在一定不会这么疯狂。

　　身在机场，他一遍一遍给林嘉月打着电话。怎么不接呢？难道是在办案？于是，他尝试给韩轩打电话过去。

趴在门上从猫眼儿里往外看的韩轩接通："喂？"

"韩老师，我是卢楠，嘉月跟你在一起吗？"

韩轩又往猫眼儿外看了一眼："没有。"

"啊？没在办案？"自言自语，卢楠疑惑，"那就奇了怪了，怎么给她打电话都不接？"

眼看就要登机，他没时间找林嘉月了，于是将此重任托付给韩轩："韩老师，我这就要上飞机了，麻烦你帮我找找她啊！她要是没在家，可能就是去参加同学聚会了，你帮我给她说一声，我跟周希彤去支教了，但我给我爸说的是，我去出差了！所以，帮我嘱咐她，千万别说漏嘴！"

信息量有点大，韩轩来不及多问，只要了一个同学聚会的地点。

久等卢楠不来，林嘉月跟相熟的同学借了电话催他，可此时的卢楠已经手机关机在天上飞了。

"卢楠这个不靠谱的，竟然关机了……"

"是不是不敢来了？毕竟这里有那么多的前女友！"同学开玩笑。

"哪能？他脸皮厚着呢！"林嘉月跟同学正说笑时，餐厅二楼出现了一个熟悉的身影。

纯白衬衫配深灰牛仔裤，干净整洁，有熟男的干练也有少男的青涩，还透着一股淡淡的禁欲。韩轩的出现，吸引了在场所有女同学的注意。

"这是我们班的？怎么一点印象都没有？"

"难道是某个男生整容了？"

"或者，是谁的男朋友？"

大家正议论着，只见韩轩已径直朝着林嘉月走去。

不过，半路杀出个程咬金，林嘉月的一个男同学先一步跟林嘉月说上了话。

"林嘉月，还认识我吗？"男生有一米七八左右，长相中上，发型很潮，脖子上戴了一条小拇指粗的金项链。

"葛维。"上学的时候，经常找她的麻烦，她怎么可能不认识他？

葛维甚是热情，眉开眼笑地拿出手机："之前我跟卢楠要过你电话，他一直藏着掖着不给我，说什么你工作特殊，不方便泄露信息。我要你电话，那哪能叫泄露信息，你说是吧？"

林嘉月眯眼笑笑，本不想给他，可看到他身后的韩轩，她便意气用事把号码报给了他。

韩轩安静地打量着葛维，一边打量一边等待他离开，可谁知他像个话痨似的，拉着林嘉月聊起来没完没了。耐心耗尽，他终于冷脸插话："林嘉月，跟我出去下。"

"哎哟，没想到！竟然是林嘉月的男朋友！"

"她运气真好啊，找到一个又帅又有气质的男朋友！"

"你们这群外貌协会！光有颜值有什么用，万一是个穷光蛋呢！"葛维也误会了林嘉月和韩轩的关系，一脸不悦，没好气地对身后的那些花痴女生说了一句。

这话声音不大不小，正好叫韩轩听了个清楚。

韩轩驻足，回头睨他一眼："我的收入还可以，多养一个人不成问题，不过，并不是每个女人都喜欢被别人养着。"话罢，他意味深长地再次打量葛维的张扬打扮。

不想成为这次聚会的焦点，林嘉月配合地跟韩轩去了餐厅二楼的露天阳台。

"你怎么知道我在这儿？找我有什么事？"她面无表情，好像跟他一点都不熟。

"卢楠打你电话没人接，所以又打给我。你手机落在职工宿舍了，昨晚回去的还是今天早上？"

他知道自己的手机落在哪里，说明他已经去过职工宿舍，为了找到自己，匆忙辗转两地，还那么在意她到底什么时候回职工宿舍的……韩轩，你的这种担心，真的超出了同事间应有的距离！

"我回自己家，还得跟你汇报？真搞笑！"

预料到她在面对自己的时候，会像一只刺猬，韩轩没再说什么。

餐厅里，不知道是谁驾到，引起了同学们的惊呼。林嘉月的好奇心被勾起，转头往里瞧了一眼，什么都没瞧到，急着进去一探究竟，她赶人说："卢楠有事不来了是吧？我知道了，你走吧。谢谢你当飞鸽来传信！"话罢，她便转身返回。

韩轩收到她的逐客令，却半点要离开的意思都没有。他跟在她后面一起返回餐厅，用犀利眼神跟葛维打了个招呼，好像警告他不要再多想。

引起同学惊呼的是当年的班花袁丽雅和班草李正，两人牵手而来，无名指上戴着同一款式的婚戒。

李正当年在学校里可是叱咤风云的人物，学习好，体育好，长得帅，迷倒了万千少女，林嘉月也不例外。

那是林嘉月的初恋，虽然都没敢告白过。

奇异的眼神，暗含少女的羞涩。不由自主的双手，下意识整理起自己的仪容。

韩轩捕捉到林嘉月的变化，立刻明了，她曾经喜欢过这位看起来确实不错的男人，斯文儒雅，比刚才那个金链子要顺眼很多。

"哎哟，李正帅气不减当年啊！"发福的班长恭维完李正，然后很自来熟地看向林嘉月和韩轩，活跃气氛道，"今天要是搞个帅哥选秀，不知道是李正夺冠，还是林嘉月的男朋友夺冠啊？"

林嘉月尴尬地转头，瞪向韩轩，小声说："你怎么还没走？留下被人误会有意思啊？"

韩轩只笑不语。确实有意思。

见他还能笑得出来，林嘉月都要抓狂了。能不能不要反复无常？能不能有点儿冷战的样子？

2

"我们两个上学的时候真没在一起，真正开始熟络是在我公司开业之后，当时我很需要一个助理，正好丽雅在找工作，我当时就想，找外人不如找熟人啊，大家都是同学，一起长大的，知根知底多放心。所以就叫丽雅来我公司上班了，这朝夕相处的，处着处着就日久生情了啊……"在同学的逼问下，李正说起了他和袁丽雅恋爱结婚的故事。

但同学们的关注点全都聚集在了他自己开公司的事上："哟，混得不错啊，自己开公司了！李老板，做哪一行的啊？"

"互联网。"

"不错啊！效益怎么样？你会不会成为未来的网络巨头啊？"

李正摆摆手，看似谦虚地说："别拿我开玩笑了，才起步而已。一开始要稳扎稳打，所以我们公司不是什么项目都接，重质不重量，目前也就只跟CL公司达成了战略合作。"

"CL公司可是国内首屈一指的互联网公司啊！厉害了，我的正哥！"

李正很享受同学们的羡慕目光，继续"谦虚"："厉害什么啊，B轮融资才八千多万而已……"

刚才他说起跟CL公司有合作的时候，身边的袁丽雅眉头轻微蹙起，很快便舒展开来。这次他说融资八千万，她原本在举杯的手在空中顿了一下，脸上更是有尴尬神情一闪而过。

都留意到袁丽雅的两个人不约而同地看向彼此，无奈一笑。李正的牛吹大了，连他媳妇儿都听不下去了。

林嘉月一个急刹车，脸上的笑僵住，她为什么要对着韩轩笑啊？想罢，她负气地把头扭向一边，却不知葛维什么时候凑到了她的身边，这一转头把她吓了一跳。

葛维在李正吹牛的时候也没闲着，一直在观察林嘉月和韩轩，怎么看，他都觉得两个人不是情侣关系，就算是，也是在冷战中的情侣。感觉自己还是有机会的，他便端着酒凑了上来。

"来，林嘉月，咱们两个喝一个吧，以前我老惹你生气，借此机会给你赔个罪。"

"不用了，我又不记仇。"林嘉月婉拒他，却奈何语速没有他的手速快，她面前的空酒杯已经被倒上了白酒。

葛维的这一举动引来了其他同学的瞩目和两种不同的声音。"白酒啊？还是给女生喝果汁吧！""白酒才刺激啊，一会儿我们大家再干一次杯，都喝白的，怎么样？"

"不怎么样！什么年代了啊，聚个会还带劝酒的！"

"跟年代有什么关系？大家七年没聚过，好不容易聚一次，开心开心嘛！"

分歧越来越大的时候，林嘉月面前有一条胳膊伸过来，将她的那杯白酒拿走。

韩轩淡淡地说了一句："我替她喝。"然后仰头干掉。

葛维一脸不快："你又不是我同学。"说着伸手又拿了一个空杯给林嘉月倒上。

结果还是被韩轩拿走喝了。

"嘿，有意思吗？"葛维也倔，又倒。

韩轩不说话，再喝。

林嘉月是了解韩轩酒量的，这三杯下去，他又要开始讲冷笑话了，而且葛维上学的时候脾气就不怎么好，万一两个人发生什么冲突……不想惹出麻烦扫了大家的兴致，她连忙拉着韩轩从聚会的餐厅离开。

从餐厅出来，林嘉月便没再理他，自己走在前面，韩轩则在她后面跟着。

旁边有个带狗狗出来逛街的妹子，她家的小狗也是这么乖巧地跟在主人的身后。

一下子连喝三杯，韩轩已经感觉微醺了，不知是酒精作祟还是她怄气的背影很好笑，他唇角微扬，在后面偷偷笑着。

听卢楠说她的手机打不通时，他真的吓出了一身冷汗。自从中考前的那个雨夜之后，他还从没如此恐惧过。

后背被人盯得发烫，走在前面的林嘉月突然驻足，转头看向身后的韩轩："你跟着我做什么？你家应该往相反的方向走！"

"我不回家。"他笑着。

在这么毒辣的太阳底下还能笑成这样，看来真是醉了！始终还是心软，她走向路边，给他拦下一辆出租车："回家。"

"一起。"酒劲是真的上来了，兴奋令他把克制自己的事给忘了，笑得像朵花儿一样。

一起个屁啊！欲崩溃时，她已被上车的韩轩一把拉进车里。

"韩轩，你是有病吧！"林嘉月终于爆发，竟委屈得眼眶泛了红，"你昨晚才说了我是自作多情，今天就又做令我误会的事！你是在耍我玩儿？"

出租车司机八卦地在内后视镜里看他们一眼，满怀期待地等待着下文。

可韩轩就是不着急，他望着车外被阳光照得滚烫的柏油马路，若有所思地沉默着。

阳光毒辣，可以杀死一切阴暗的邪祟。

一直等不到他开口，林嘉月不耐烦，麻烦司机说："前面拐弯儿，我要下车。"

她已做好下车的准备时，手被另一只手覆盖住："怕你有危险。"

"什么危险？电脑被入侵的事不是已经被证明，只是有人想盗取账号密码偷钱吗？"

"没有那么简单。"不胜酒力的人，上下眼皮已经迫不及待要拥抱了。

广场路一家连锁酒店里，年近四十岁的保洁哼着小曲儿，悠哉地推着清扫车停在9012号房的门口。

嘀一声，她用房卡打开客房门。但令她疑惑的是，取电槽里竟还插着一张房卡。

客人的钟点房已经到时间了，难道还没走？

她好奇地探头望向大床，下一秒，就被眼前呈现出的画面吓得后背一凉，惊叫出声。

雪白色的被褥上，一具衣不蔽体的女尸，头发凌乱面目狰狞地望着天花板……

接到报案后，王子兵立刻带同事赶往现场。根据现场发现的个人证件，警方确定死者名叫金郁玫，是洛州某报社的一名记者。

"身体还有温度，肌肉轻微僵硬，刚死不久，死亡时间应该在中午一点到两点之间。窒息而死，作案工具就是这个。"江雪怡把手里的枕头翻了个面儿，将它的反面展示给王子兵看。

白色枕头套上印有模糊的五官，乍看上去就像一张苍白的脸，有些恐怖。

"化妆品质量一般，容易脱妆。看来做记者的，薪水不算高啊。"将枕头放到一边，江雪怡继续，"死者颈部和胸口有少量吻痕，阴道内残留有安全套的润滑剂，生前与人发生过性关系。

现场没有反抗痕迹，她应该是自愿的。"

大力分析道："入住时间是中午十二点，死亡时间在中午一点到两点之间……看来她是才发生完关系没多久就被害了，所以和她开房的人是关键啊！凶手要真是那人，他应该是冲动杀人吧，完全没考虑到这种连锁酒店里是有监控摄像头的啊。"

原本以为这起杀人案的侦破难度不高，只要一看监控就能找到不少重要线索，幸运的话还可能直接发现真凶，可没想到的是，这家分店的监控录像竟然是只拍不录。

"监控设备什么时候坏的？"王子兵质问值班保安。

瘦瘦小小看起来像个初中生的保安为难，斜眼看向旁边的值班经理。

值班经理戴着一副金丝框眼镜，文质彬彬，见王子兵把目光转到自己身上，他抿起唇，压力山大，明明知道答案却不敢说的样子。

"有话就说，别磨叽！"王子兵严词厉色。

他这才尴尬笑笑，顿了下，小声说道："新店长上任后，大概有三个月的时间了……其实也不是坏了，是……他吩咐只拍不录的。"

"原因？"

"这个……"值班经理有所畏惧，也为难起来。

一旁的大力猜测："是因为你们酒店经常有人来开房吧？"

这话里的开房可不是小情侣小夫妻来酒店找新鲜找刺激，而是一些见不得光的违法行为。

"都出这么大的事儿了，你也别藏着掖着了，把你知道的都说出来吧！"

胆小的值班经理抬眼看看他们，将两人带去自己的办公室，进门后把门关严实，这才开口："警察同志，是这样的……我们公司有很多家酒店，这个你们应该都知道，这店多了，业绩竞争就激烈，每个店都想让营业额名列前茅。我们这家分店的地理位置不太好，所以要提高营业额是一件比较困难的事，前任店长试过很多办法，但都没有能取得特别好的效果，这新店长来了以后，另辟蹊径，没想到营业额还真的上去了……"

"以给卖淫嫖娼行为提供无后顾之忧的安全场所来提升营业额，营业额上去了，良心呢，过得去吗？"

面对大力的质问，值班经理哑口无言。

王子兵给该片区的派出所打了个电话，将此店包容卖淫嫖娼行为的事交由他们处理。

毕竟自己是知情不报，为争取宽大处理，值班经理赶紧将功补过，主动提供信息："警察同志，知道我们这里安全的都是一些常客，金小姐和她男朋友就是。其实一开始，我也把金小姐误会成了失足女，毕竟一个二十几岁的漂亮女孩子，没必要找个五十来岁的中老年男人做男朋友啊。可后来，我好几次都遇到他们两个一起离开，这才想明白，金小姐不是失足女，她应该是被那个老男人给包养了。"

"今天和她开房的，也是他？"王子兵问。

"对。"

"你知道他叫什么吗？"

值班经理摇头："不知道，但我记得他的长相，挺朴实的，穿衣风格像个普通大爷，一点也不像有钱有势的体面人。"

"带他去酒店外的商店转转，借别人的监控录像看看，有没有拍到那个和金郁玟一起来开房的男人。"王子兵吩咐大力带值班经理离开，又回到金郁玟被害现场。

"王哥，"鉴定科同事有了新发现，"我们发现了四种不一样的鞋印，其中两个已经可以确定为死者和保洁员的，另外两个里，也许就有一个是凶手留下的。"

"嗯，继续找，线索越多越好。"

十几分钟后，大力带着值班经理返回，两人收获不小，不仅找到了那个老男人的清晰录像，还找了另外一个与金郁玟有关的男人。

大力将手机里的照片展示给王子兵，介绍说："这是刚才下楼，前台服务员传给我的，照片里的这个年轻男人中午来找过死者，因为看他侧脸长得像某个明星，所以前台服务员偷拍了一张他的照片。有意思的是，隔壁超市外的监控录像中，那个老男人才走了不到二十分钟，这个年轻的就找了过来。看来，情杀的可能性应该比较大。"

出租车在韩轩所住的小区门口缓慢停下。林嘉月按计价器付了车费后，伸手拍了拍还在睡的韩轩："到了，醒醒。"

他却纹丝不动。最近晚上总看资料看到凌晨两点多，本身就缺觉，刚才又一口气喝了三杯白酒，所以他才睡得这么熟。

林嘉月无奈，干脆自己先下车，然后绕到韩轩那一侧的车门，使了全身的力气把他从车里往外拉。

司机看她那么吃力，不帮忙也不催促，边看戏边调侃："你们现在的年轻人谈恋爱啊，就是喜欢拖拖拉拉的，跟演电视剧似的！互相喜欢就赶紧在一起嘛，你好我好大家好啊！"平时也算伶牙俐齿了，可这会儿林嘉月却不知该回什么好。被她蛮力拉疼，韩轩人醒酒未醒，接话道："您的建议，可以采纳。"

见他醒了，林嘉月立马撒手："赶紧出来！"

醉酒的韩轩变得爱笑，眼睛微微弯着，像半圆的弦月："遵命。"

午后的小区静悄悄的，没有玩闹的孩子，也没有谈话的大人。阳光被树叶筛碎，斑驳一地。

两人并肩走过小巧却精美的喷泉池，林嘉月驻足："你到底是怕我有什么危险？"

真的是不想再见到她昨晚的那种伤心表情了，韩轩凝视她渴望知道真相的双眼，缓缓开口："怕吴军会找上你。"

"吴军？！"林嘉月恍然大悟。

"对，我又收到了他的邮件，他说要送我份礼物。我怕这是不好的预告，所以……"

她将他打断，不可思议还带着一丝愤怒地质问："难道你觉得我是那种，因为怕危险就不做你女朋友的人吗？我现在通知你，我林嘉月就要做你的女朋友！才不管什么邮件不邮件的！你怕我有危险，那就时时刻刻都和我绑在一块儿！"

韩轩先是一怔，之后莞尔一笑："也好。"

3

卢楠的追爱大作战正进行得如火如荼，为进偏远小山村，有生以来第一次坐上了拖拉机的他，在蜿蜒的公路上，被拖拉机发出的突突声吵得快哭了。也正因这种遭遇，他对周希彤的好感越来越浓。

以往和他交往过的女生，除了那个网络女主播，都是那种找个稳定工作混工资，没事儿看看电视剧做做美甲的那种，虽然人品都不错，但跟周希彤一比，就显得稍稍肤浅了些。

真是没想到啊，她看起来柔柔弱弱的，竟是怀有大爱，热衷支教的女青年！

正花痴着，卢楠的手机铃响了，打电话来的是林嘉月的妈妈。

"你这是在哪儿啊？"电话一接通，林妈妈就听到了那头的拖拉机声。

"外地啊，亲姨！找我啥事儿？"

林妈妈一边修剪阳台上的花草，一边调侃："寻思着找你来帮我安装橱子呢，我在网上订的五斗橱到了，人家快递不管安装。"

"不着急吧？那等我回去给您装！"

"不着急。你去外地是出差了？"

林妈妈于他，就是年长二十来岁的林嘉月，所以也能无话不谈。

"不是啊，我是来追女神的！但我跟我爸说的是出差，您别说漏嘴！"

"行，我什么时候给你说漏嘴过啊！不过，你又有女朋友了，什么时候帮扶一下我们嘉月啊，上次给你说的事，你是不是忘了？"

"亲姨，嘉月不用咱们操心了，人家现在已经有韩老师了！"

林妈妈激动地把剪刀一放，喜上眉梢，专心讲起电话："是和她一起工作的那个叫韩轩的？"

"对！就是他！"

第二天一早，韩轩和林嘉月都收到了王子兵通知开会的消息。

两人各自在家中收拾好行头，不约而同开门出屋。

和自己喜欢的人住对门儿是一种什么感觉？就是他们这种，一开门便能见到彼此的微妙感觉。

昨天下午，林嘉月呐喊出她就是要做他女朋友的话后，韩轩便拉她回了职工宿舍，把她所有的行李都搬了过来。

"那个，早……"

又是不约而同，两人脸上都露出羞涩而甜蜜的笑。

林嘉月的手机铃突然响起，将他们含情脉脉、此时无声胜有声的对视打断。林嘉月看眼来电显示，紧张地干咳起来。不知来电的是谁，韩轩示意她快接，于是林嘉月带着一种青春期早恋少女的忐忑接通了她老妈的电话。

"喂，妈啊。"

听到这声称呼，韩轩的唇角微扬。

电话里的林妈妈淡定如常，好像什么都没从卢楠那儿听说一样，问道："你今天有什么活动吗？"

"一会儿要去局里开会。怎么了？"

"哦哦哦，有正事儿啊！那没事儿啦，我就是问问，寻思着你要是有空，我们一块儿出去逛个街。"

"你在家闷得慌了啊？我看看吧，能挤出时间的话，我给你打电话。"

"好，好。你快去忙吧！"林妈妈抿嘴偷笑，挂断电话后，迅速换好衣服，还给自己化了一个比较正式的妆。

没办法，第一次去见闺女的男朋友，她可不能给闺女丢面子！

"经调查，案发当天，和死者金郁玟在9012号房见面的有两个男人，一个叫张东，一个叫蔡勇。"王子兵在会议桌上摆出几张照片，介绍说，"张东今年五十一岁，系洛州某民营银行的副行长，是个不显山不露水的低调人物。蔡勇，今年二十七岁，跟死者是大学同学，也是一个小区的邻居。"

有几个对娱乐八卦比较熟悉的年轻警察，看到蔡勇的照片后小声嘀咕："这人长得有点儿像那个当红小鲜肉啊！"

听他们一说，林嘉月也觉得有几分相似。"死者该不会跟以前那个练习生刘晶晶一样吧，抛弃年轻帅气的男朋友，给有钱有势的大叔做小三。"

"说对一半儿，金郁玟确实跟张东关系不一般，但蔡勇不是她的男朋友。我们在金郁玟的手机里找到了蔡勇和金郁玟的聊天记录，这位小帅哥很专情，追了金郁玟七年。"

"七年都没成功，他不会是由爱生恨，跟踪金郁玟，发现她和张东开房后，起了杀心吧？"

"从金郁玟的通话记录来看，蔡勇跟踪两人的可能性很小，是金郁玟在昨天中午十二点三十五分主动给蔡勇打的电话，然后下午一点左右，蔡勇来到酒店找她。法医对金郁玟的尸体进行初步检验后，确定了她是被枕头闷在脸上窒息而死，且死前跟人发生过性行为，身体上除了有少量吻痕，没有其他外伤，可以排除强暴的可能性。"

两个男人都去找过她，到底是谁跟她发生了性关系？

一个是情夫，一个是备胎。如果是张东，那两个人鱼水之欢后，为什么不一块儿离开？如果是蔡勇，那张东就可以摆脱嫌疑了，要是张东杀的人，那蔡勇就没机会跟金郁玟发生关系了。而且他发现金郁玟出事后，应该也会马上报警的，除非……是他在和她发生关系后，把她给杀了。可是，七年备胎终于上位，高兴都来不及呢，为什么还要杀女神？

最令林嘉月费解的还是，金郁玟送走张东后，为什么又把蔡勇给叫来……

"我们已经通知了以上两个嫌疑人，蔡勇一会儿就来局里。至于张东，这种有点社会地位的人难请，我们得亲自上门去会会，就麻烦韩老师和嘉月过去一趟了。"王子兵说。

林嘉月点头："没问题。"

案件分析会才结束，局里就来人了。不过不是蔡勇，而是比他积极的林妈妈。

林妈妈从没来过市公安局，局里的人只觉得她长得有点面熟，并不知道她和林嘉月的关系。"阿姨，您有什么需要找我们帮忙的？"

"同志你好，"怕惊动了林嘉月，她会因为害羞而阻拦自己见韩老师，所以林妈妈直接跳过自己闺女，"我找韩轩，韩老师。"

"韩老师啊，您是他什么人？"

"他阿姨。你能帮我把他叫过来吗？"以防万一，林妈妈又嘱咐了一句，"我有事要和他单独说，所以只叫他一个人出来就行。"

好心的同志痛快答应："行，我去帮您叫。"

正好案件分析会结束，韩轩一出门，就莫名其妙地收到了阿姨来看他的通知。

跟在他身后的林嘉月突然紧张，好像要见家长似的："你阿姨来了？"

韩轩茫然，他母亲确实有个姐姐，但并不生活在洛州。

见他这副模样，她更好奇这位阿姨了："我和你一块儿过去？"

可来通知韩轩的同事却阻拦她说："那阿姨说了，有事要单独跟韩老师说。"

林嘉月耸肩，后退："好吧。"

"你准备下，我回来后，就去见张东。"

会上明确分工，韩轩和林嘉月负责对张东进行调查，王子兵负责跟蔡勇谈话，大力则被安排去找金郁玟周遭的人了解情况。

韩轩跟同事一起下楼，在办公楼一层见到了那个谎称是自己阿姨的中年女人。

林嘉月长得还是比较随林妈妈的，特别是眉眼，机智有神。这相似的眉眼和身体上表现出的那种抑制不住的激动，已让韩轩猜到了她的身份。

"您好，阿姨。"他微笑着上前问好，没有紧张，非常大方。

"你这是……知道我是谁了吧？"见他没向她提问，林妈妈惊喜地打量着面前的这个小伙儿，心说，嘉月挑人的眼光比我好啊，找了一个这么精明的男朋友，这以后肯定不用担心她被别人欺负！

林嘉月的直率也是遗传了她老妈，所以林妈妈开门见山问道："听说你跟我们嘉月谈恋爱了？"

韩轩也已经猜到她来找自己的目的，笑而不语。

"你这笑是……什么意思？"

"妈？！"林嘉月本想老老实实去做调查张东的准备，但实在耐不住好奇，她还是偷偷摸摸跟着下楼来，没别的意思，她就是想看看韩轩家人长什么样儿。可谁知道，她看到的竟然是自己老妈那张熟悉得不能再熟悉的脸！

林妈妈被抓包，尴尬地大笑："还是被发现了啊！"

林嘉月脸红成了一个番茄，匆忙从楼梯上跑下来，也尴尬得看都不敢看韩轩一眼，压低了声音问她："你怎么来了啊？"

"看看你的男朋友呗，等你自己带回去给我看，要等到什么时候啊？"

母女两人说起悄悄话，韩轩配合地退到一边，嘴角的笑意越来越浓。

"卢楠给你说的是吧？行，这嘴！"说着，林嘉月报复地掏出手机，直接给卢楠他老爸打去电话，"喂，卢叔啊，卢楠不是去出差了！他是请假去外地追姑娘了！"

卢楠他爸一听，立马就火了："这个小兔崽子，整天不干正事儿！嘉月啊，干得好，以后他再在外面胡作非为，你都告诉我啊！"

"必须的！"挂了电话，大仇得报的林嘉月将老妈又推远了一米，"你……这么着急干什么啊？多尴尬啊！"

听她没否认，林妈妈的笑容更加灿烂了。自从她爸过世后，她就很难跟外人建立信任，还以为她找对象的事情会成为大难题呢，没想到在这个韩老师身上迎刃而解了。

林妈妈偏头，视线绕过林嘉月，又把韩轩打量一遍，一边打量一边还满意地说："真的不错，有里有面儿！比你上学时暗恋的那个李正还……"

"妈！"林嘉月真想伸手把她妈的嘴捂住。

"对对对，不该当着现任谈前任……我激动过头了，我理智！"

4

"暗恋算什么前任啊？"她要抓狂了，"你别在这儿给我添乱了！你不怕这一任真的会变成前任啊？"

三人之间的距离一点也不远，韩轩回避并不代表听不到她们的对话。于是在林嘉月送走自己老妈后，他故意靠近她，以一口介意的语气感叹："原来你暗恋过那个喜欢吹嘘的人。"

才消下去的绯红又在林嘉月脸上重现，对他的奚落又羞又恼，她梗着脖子质问："难道你以前没暗恋过别人？"

韩轩确实有过暗恋的人，确切地说，应该是年少时的崇拜。

"而且上学那会儿，他不是这样的……"林嘉月为自己当年的看人眼光辩解。

"嗯？你替他说话，就不怕现任变前任了？"韩轩戏谑。

林嘉月抬眼，在他脸上看到一丝捉弄的坏笑，又想起之前被他撩得小鹿乱撞的事，于是新账旧账一起算："韩轩，你说实话，你是不是个情场老手？"

韩轩一脸无辜，不解地挑眉："为什么这么说？"

"因为我发现你很会撩！"

被她生气的模样逗笑，他不慌不忙解释说："因为面对的是你，所以无师自通啊。"

林嘉月又被这突如其来的情话撩到，心里一甜，抑制不住地勾起了唇角。

才找到周希彤支教学校所在的村子，连她人都没见着的卢楠接到了他爸的咆哮电话。

"爸，真的，我这次是非常非常认真的！"

"你终于承认以前不是认真的了？"

差点儿中了他爸的圈套，卢楠解释说："以前也是认真的，只是没有计划得特别长远！这次，我在拖拉机上计划得非常长远！真的！没准儿，小周老师就是你以后的儿媳妇了！你想想，喝儿媳妇敬的茶，会是什么感觉！"

"少给我画饼！人家看不看得上你还不一定呢！我给你说，你现在就给我滚回来上班！"

"啊？喂？爸，你说什么？这边山区信号不好！喂？"解释不通的时候，有礼貌地挂电话是最好的选择。

才关机，卢楠便在几个迎面而来的姑娘中发现了周希彤的身影。简单衬衣牛仔裤，匡威帆布鞋，这里的她没有在市区里那么甜美，却多了一种随遇而安的淡然。

痴痴地望着与朋友说说笑笑的她，卢楠自言自语："幸好韩老师没见过这样的周希彤，不然嘉月可就没戏了！"

整了下衣裳，卢楠朝周希彤走去："嘿，周老师！这么巧啊！"

见到他出现在这儿，周希彤满眼惊讶与困惑："你怎么在这儿？"

她身边的好友起哄说："当然不会是巧合啦！又不是拍电视剧！"

卢楠摆手，睁眼说瞎话："真是巧合！我来旅游的！"

周希彤又不是傻白甜，才不会相信他这鬼话："你来这儿旅游？忆苦思甜？"

"是啊，现在不是流行农家乐吗？住在山里能叫人冷静，有助于好好思考人生！"

卢楠笑得阳光灿烂，周希彤的脸渐渐阴了下来，她对他原本不喜欢也不讨厌，但现在，她有点反感他的油嘴滑舌了。

"是吗？那我祝你农家乐之旅愉快，早点儿思考出完美人生。"说罢，她便要拉着好友离开。

卢楠见势不妙，赶紧上前敬礼认错，态度诚恳，要不是因为走着不方便，他没准儿还会九十度鞠躬："我错了我错了，我不是来农家乐的，我就是来追你的！"

一听这直率的坦白，周希彤唰地红了脸。

身边的好友再次起哄："哟，帅哥，你这是为爱走天涯的节奏啊！"

周希彤不满地瞥她一眼，决定先把这个损友支开："你先去学校，我一会儿就过去。"

"行——我听你的，我走！"临走前，她还冲卢楠偷做了一个加油的手势。

追女神的准备工作之一，就是先跟女神的好朋友搞好关系。卢楠冲她挥挥手："拜拜，美女！等我功成名就，一定请你吃饭！"

只剩他们两个人，周希彤不用再担心自己的拒绝会令卢楠没面子，直接开门见山："我觉得我们两个不合适，你还是不要在我这里浪费时间了。"

卢楠丝毫不气馁，聊天的重点根本不放在被拒绝上。他笑得没心没肺："哪里不合适啊？我改！我这人就是有这么个优点，知错就改！"

周希彤扭头不和他对视，装出一副冷漠的模样："哪儿都不合适。"

"性别呢？也不合适？"他很是惊讶，像发现了周希彤的某个不为人知的秘密一样。

周希彤也是被他气蒙了，竟然解释起来："性别没问题，我不是那个意思！"

被她逗乐，卢楠坏笑："我当然知道！逗你玩的！"

是啊，他是林嘉月的好朋友，应该从林嘉月那里听说过自己喜欢韩轩的事吧。

想想自己那次失败的追求，周希彤苦笑，然后抬头问他："你是为了帮你朋友，才来追我的吗？"

卢楠知道她想到哪儿去了，既然她不喜欢他油嘴滑舌，那他就一五一十地回答："我追你，是打着帮嘉月扫除恋爱道路上的绊脚石的旗号，但是——在我不知道你是她情敌之前，我已经对你一见钟情了！不管你信不信啊，反正我现在说的都是实话！"

他的语气痞痞的，有点"就喜欢你了爱咋咋的"的赖皮。周希彤不想当真，可这话坦诚得不得不叫她当真。

"可我现在已经不是林嘉月的情敌了，而且我们真的不合适。"

她的眸子清清亮亮，跟不谙世事的孩童一样纯真，神奇得能叫人忘却烦恼，卢楠觉得自己就像陷入沼泽的羚羊，挣不挣扎都越陷越深。

"天底下有多少情侣夫妻是天生一对儿的啊？况且，我也没指望你马上就答应做我女朋友啊。"他潇洒帅气地拍拍自己的胸口，换个话题，"你先说吧，我这资质，适不适合在你们支教的小学里做个体育老师？"

她要是说适合，他是不是要留下？周希彤为难，不知该怎么开口。

"不会吧，你觉得山区小学的孩子不需要德智体全面发展？"

"当然需要！"她中了他的激将法。

卢楠洋洋得意，使个眼色，示意她带自己一起去学校："我是体校毕业的，又做了三年多高级私教，带着小朋友跑跑跳跳，绝对够资格！"

见他已经下定决心留下，周希彤没有拒绝。

因为她觉得卢楠不像是能吃苦的人，也许三天后，他就会受不了这儿没有网游、没有酒吧的生活了。

茶室里点了檀香，一进门，林嘉月嗅到这股味连打了两个喷嚏。韩轩怜爱地睨她，伸手在她头上轻揉两下，像安抚幼儿的父亲。

只是，这大庭广众之下……

"咳……"单了二十五年的资深单身汪害羞起来，虽然心理上已经接受了韩轩是她男朋友的现实，可身体上还是很羞涩的呢。

这家谈话的茶室是张东选的，可他们到达后却没有见到张东本人。

"您好！两位，需要点些什么？"

林嘉月在服务员递上来的饮品单上瞄了一眼，最便宜的一杯茶价格也要三位数。"张东穿着低调，可这舌尖上的消费不太低调啊。"

服务员听到张东的名字，笑着搭上话："你们说的这个张东，是张行长吧？"

"你认识？"林嘉月饶有兴致。

"当然，张行长是我们这里的常客，他最喜欢的是顶级武夷大红袍。鲜滑回甘，有桂花香，还养胃。两位要不要也尝尝？"

林嘉月瞟眼价格，狡黠一笑："太便宜，还是算了。来两杯免费的白开水吧！"

"小姐，您真幽默。"服务员态度还不错，没有嫌贫爱富鄙视他们，礼貌地笑着退下。

林嘉月见韩轩朝门外看，她也跟着望过去。

"马路对面的那辆灰色轿车有什么好看的？"

"车不好看。"

"还有车比我们的老黑难看？"

韩轩笑她的不厚道："那是刘校长的一番心意。"

"嗯……也不知道啥时候心意才能升升级！我感觉老黑马上就要报废了……"

两杯凉白开上桌，韩轩瞟眼门外，提醒林嘉月："灰色轿车里的人出来了。"

姗姗来迟的张东，推开茶室大门，闲庭信步走到两人跟前。

"不好意思，迟到了。"四人的卡座，他在两人对面落座，左腿一翘，右手臂伸展到旁边的空椅子上，这种动作的含义很好理解，他很自信也很舒适。

公共场所是中性领域，对约谈者和被约谈者都无利害关系，不过这间茶室是张东选的，又是他常来的茶室，所以就算不能说这里会给他带来家的安全感，但也八九不离十。

目前来看，主导权是掌握在张东手里的，但韩轩并不在意，因为他有太多可以夺回主导权的方法。

"没关系。"韩轩轻轻一笑，伸手拿过自己面前的水杯喝口水，然后无厘头地跟林嘉月说起了这杯水的味道："有点甜。"

林嘉月的段位低，不知道他葫芦里到底卖的是什么药，但她知道他这么做一定有他自己的道理。她也抿了一口水，演技自然地配合道："确实，味道跟家里的凉白开不一样，像深山老林里没有被污染过的清凉甘泉。"

他们的对话听得张东一头雾水，眉头收拢，他一言不发，察言观色。

"夏天适合野营，下周可以考虑一下，你有想去的地方吗？"

"就周末两天，不能走太远，去城郊的湿地公园吧。"

"可以。"韩轩起身，抱歉地看向张东，"我先去打个电话，您稍等。"

张东皮笑肉不笑地点头，按兵不动。

留下的林嘉月也不理他，客套地笑笑后，便低头玩起手机。

"韩老师，你葫芦里到底卖的是什么药啊？"她给韩轩发去消息。

很快，韩轩就给她回复了："拿回主导权的小游戏。"

"那你打算什么时候回来？"

"十分钟，或者他换了坐姿之后。"

林嘉月的余光中，对面的张东已经不再像刚才那样轻松自在了，他给她一种在极力控制自己身体的感觉。

五分钟过去后，他搭在空椅子上的手臂收了回来，被迫等待别人的人落入了任人摆布的角色，熟悉的茶室也不能再给他提供安全感了。

外出"打电话"的韩轩返回，谈话正式开始。

"张东，请问你跟死者金郁玫是什么关系？"

不知是还未适应金郁玫名字前的"死者"两字，还是进入正题太快，张东怔了一下，眉头微蹙回答说："笔友。"

听到这画风清奇的答案，林嘉月差点儿把刚才喝下去的水喷出来："笔友见面，需要到广场路的连锁酒店开房？"

一副问心无愧的模样，他早有准备地从自己皮包里掏出一大沓信封，把它们往桌上一放："我们两个真的是笔友！这只是我们所有信件中的冰山一角，其他的，如果你们需要，我会叫我的司机送去你们单位。"

林嘉月睨他一眼，伸手将桌上的信件拿到手里，十几封信中，有几封一看就有些年头了，纸都微微泛黄了。

"别避重就轻，笔友见面经常约在酒店客房，这该怎么解释？难道餐厅人多，会影响你们的交流？"

见他哑口，林嘉月继续问："昨天中午，你们在广场路连锁酒店的9012号房，做了什么？"

张东抬眼看看他们，并没露出羞于启齿的表情，但他眼神闪烁，证明在说谎："做采访。"

韩轩轻笑，开口提醒他说："如果这里不能让你真诚地和我们进行交流，那我们不介意换个地点再谈。"

明白他话中的意思，张东默然。他不想被请去公安局，更不想他们去自己的工作单位和家里。

5

"我和她是男女朋友关系，但前段时间我向她提出了分手，她昨天叫我去酒店，是想挽回这段感情。"张东承认了。

"从头到尾说说吧，你们两个的事。"

他沉沉地呼了一口气，说："在来银行工作前，我在一家杂志社做主编，那时郁玟还在上大学，是我们杂志的忠实读者，在一次征文活动中，她给我投了稿，她在那篇文章里书写了一个孤儿的成长经历，我很欣赏她的文采，就给她写了封信，后来我才知道那个孤儿的经历就是她的亲身经历，许是由怜生爱，从那时候起，我们俩就开始频繁的书信交流。我跟我太太并不是因为相爱才走到一起的，她是我的家人但永远成不了爱人，但郁玟不一样，她给了我一直想要的爱情，而我亦给了她一直渴望的安稳生活。你们不要误会，我说的安稳生活并不是物质生活。我们相差二十四岁，可真的是因为真爱才走到一起的。"

刚才林嘉月在那沓信封里看到了一封2015年的信，备感疑惑，她打断他："你们一直都在坚持写信交流？"

"对。"张东点头。

"为什么？"

"因为我妻子会偷看我的手机，但她不会偷看我的书信。她觉得这种年代，还会用写信的方式传递信息的人都是老年人。而且，我和郁玟认为书信传情的方式很独特。"

意思就是，书信既能掩护他们的婚外情，又能给他们增添情趣……不知道张东的妻子知道这个真相后，会怎么处理那些承载了丈夫和别人的爱情的信件。

"既然是真爱，那你为什么要分手？"

"她从二十岁开始就跟我在一起，已经七年了，我不想再耽误她的青春。"

林嘉月讽刺地笑说："你还真替她着想呢，'女朋友'长大了，是时候找个好男人结婚生子了！"

张东无言以对。

"继续吧，刚打断你，真不好意思。"

"昨天她把我约去酒店后，和我一起回忆起我们这七年的点点滴滴，她说她没有结婚生子的打算，更不奢求成为我名正言顺的妻子，只要这辈子都能做我书信里的颜如玉就好。可我不能答应，我真的不想再耽误她，所以我执意分手，谁知她竟像换了一个人似的，毫无理智，脱了浴袍主动投怀送抱！当时她那个样子毫无文雅可言，实在不堪入目！我无法接受，所以把她推开后，愤然离开。"

"离开后做了什么？"

"回家了。到家的时候应该是中午一点十分左右，我妻子可以作证。"

蔡勇看起来比张东有情有义，一进公安局，眼泪就止不住地往下流，只是不知道是不是鳄鱼的眼泪。

"坐。"王子兵指指自己对面的椅子。

蔡勇抹着眼泪落座，老实地等待着王子兵的提问。

"昨天中午，金郁玫为什么打电话叫你去酒店？"

"她在电话里说是心情不好，我问她怎么了，她不说，就叫我去酒店找她。"

"那你到酒店后呢，看到了什么？"

蔡勇懵懵懂懂："看到她啊，裹着浴袍，脸色很不好看。"

"确定？"

"当然……"他似乎明白了王子兵这么问的意思，眉头深皱，"警官，你们是不是怀疑张东？"

"你知道张东在你之前去过酒店？"

"嗯……一开始我也不知道，是听她说的……"

蔡勇说到这儿，心情沮丧，估计当时说这事儿的时候，他跟金郁玫闹得不太愉快。

"她怎么说的？"

"她说她是因为张东要跟她分手，心情不好，所以才找我出来的……唉，我追了她七年，她第一次约我，竟然是因为自己被甩了……"

王子兵好奇："你到底喜欢金郁玫什么，能坚持追求她七年？"

蔡勇毫不思索地说："有气质！有才华！对感情还专一！"

"也不是对你专一啊。"

"我知道。但她跟张东是不可能有结果的！我都查了，张东有个女儿，他从小就培养女儿写作，他女儿呢，也挺争气的，现在成了一位作家，好像还挺出名。张东这个女儿奴很爱他女儿，所以他不会做令女儿失望和蒙羞的事。就是因为确定了这一点，我才敢把时间都投注到郁玫的身上，我觉得我能成为她的男人。当天听说他们两个要分手，我别提有多高兴了，而且她还主动和我发生关系……我真以为自己多年媳妇就要熬成婆了！"

他对自己心情的描述令王子兵觉得，他是一个有点独特的男人。

"你在酒店跟她发生了关系？"

"对，我也觉得不可思议……不过事后我想，她很可能是因为太生张东的气，所以想'出轨'报复发泄一下。"

听到"出轨"俩字，王子兵的三观被他给强行刷新。"你到底把自己摆在一个什么位置？金郁玫的备胎，还是金郁玫和张东的男小三？"

蔡勇突然有些扭捏，身体微微缩起，带着诡异的羞涩和兴奋回答说："两者的结合体。"

他可不是一般的独特！被虐成这样，还甘之如饴，完全就是个受虐狂。他喜欢的应该不是金郁玫的气质和文采，而是被她"虐待"时所产生的快感。

"那你是什么时间从酒店离开的？"

蔡勇回忆道："好像不到一点半。"

一点十分来，不到一点半就走了，十几分钟的时间，两个人发生了关系？会不会太来也匆匆去也匆匆了？

王子兵提醒他："有没有记错时间？"

蔡勇脸涨得通红，很没面子地垂下头："没有……这，就是我生气离开的原因！我们两个做完后，我还以为我终于转正成了男朋友了，可她却说我想太多！……她说我那方面不行……"

像个怨念深重的幽灵一样，蔡勇小声嘀咕："虽然我喜欢她对我爱搭不理，冷嘲热讽，可这种事……"

别的男人被这么羞辱后，可能会冲动杀人，但蔡勇……

王子兵觉得还真不好说，毕竟他在说喜欢金郁玫对自己冷嘲热讽时，眼里闪着的是兴奋。

"太没面子！我当时有点生气，所以穿好衣服走人了！"

回市公安局后，韩轩和林嘉月看了王子兵和蔡勇的谈话录像。

看到蔡勇一脸羞涩和兴奋的表情时，林嘉月不禁打了个寒战："真受不了，做个正常一点的人有那么难吗？"

"这也算不上不正常，萝卜青菜各有所爱，人家在感情方面就喜欢虐恋，咱们理解不了，人家可是玩得带劲着呢！"王子兵要给林嘉月开拓眼界，回忆起自己之前办过的一起命案，"我才当警察半年多的时候，办过一个案子，当时的那个犯罪现场，我到现在还记得非常清楚！”

林嘉月被他勾起好奇心，睁大了眼睛问："怎么？特别血腥？"

"不是，"他摇摇头，"是开眼！那现场布置得跟情侣主题酒店一样，到处是那种粉色的纱，死者被捆绑在一米八的大床上，身上什么都没穿，就戴着个眼罩……"

说到眼罩，两个人条件反射，一起看向韩轩。

韩轩无语。已经知道王子兵在讲的是什么场景，他厉声打断："行了。"

王子兵收住，可林嘉月不干。

"哪有讲一半儿就行了的？你继续！"

被她催着，王子兵两头为难，直接省略大段描述，直奔主题："就是死者在跟人玩的时候，被害了。"

他说这话时，韩轩已经把林嘉月的耳朵给捂住。

眼看王子兵嘴巴动了动，她什么都没听见，那个被害人就死了。林嘉月要跟韩轩理论，却发现王子兵正意味深长地看着他们俩人笑。

"嘉月，韩老师，你们两个的举止越来越……"

林嘉月不好意思起来，直接把韩轩拉到身前做挡箭牌。

韩轩则一脸淡定，语气中透着一股被迫的无奈："林嘉月说要做我女朋友，我也不好不答应。"

"哟！这是真的在一起啦！"王子兵大喜，"恭喜恭喜啊，嘉月，你得请客吃饭！"

林嘉月来不及跟韩轩算"到底谁先追谁"的账，探头出来据理力争："不不不，是你需要一个对我们表示祝福的机会！你请！”

“不不不，是你需要一个向我们的祝福表示感谢的机会！”

夹在两个耍贫嘴的人中间，韩轩伸手将他们分开：“案子结束后，我请，行了吧？”

“好！”两人异口同声，林嘉月比王子兵还要开心。

韩轩觉得，自己可能找了一个假女朋友。

言归正传。张东和蔡勇这两个人中，韩轩对蔡勇的感觉要好过张东。

“蔡勇虽然能够证明张东离开后，金郁玟还活着，但和张东谈话时，他总给我一种奇怪的感觉。”

林嘉月拧眉：“不真诚？”

“不是。除了约见是为了采访外，他没再说谎。”

“那是为什么奇怪？”

“每次回答问题，都太过流利，有备而来。”

林嘉月回忆了一下，也觉得有这种感觉。

三人正在考虑给张东施压进行二次谈话的时候，大力的电话打来：“王哥，又出现了一个嫌疑人。”

“谁？”

“张黎，张东的女儿。我刚从金郁玟邻居家出来，邻居说在金郁玟出事前两天，张黎来找过她，两人还发生了争执，为什么吵架，邻居没听清楚，说反正是张黎走的时候，摔门了，声音很大。”

“那你再去趟广场路那家连锁酒店，查一下隔壁超市外的监控，事发当天张黎有没有出现过。”

6

大力带着张黎事发当天在酒店附近出现的监控录像回到市公安局。

录像中的张黎打扮时髦，头发染的是时下流行的青木亚麻灰，这个颜色配上长卷发，非常惊艳。

"印象中，女作家都是黑头发黑镜框，没想到还有这么潮的吧！"

"这你就不懂了，网文界有好多颜值高会打扮的女作家呢！"林嘉月说。

大力拿出手机，搜出张黎的大作："她可不是网文大神，是写纯文学的！"

"那反差是有点大，我印象中的纯文学作者都是比较内敛低调的。"

听着两人的议论，沉思的韩轩终于开口："如果作品不是张黎写的呢？"

"你的意思是，作品可能是金郁玫写的？"林嘉月惊讶。

"对比一下就知道了。"

几人找来金郁玫的采访稿和QQ空间的几篇日志，与张黎的新书和旧作进行对比，果然文风相似，连一些习惯用语都是一模一样的。

"如果张黎的书真是金郁玫写的，那两人发生争执的原因会是什么？新作署名问题？还是张黎知道了金郁玫和她爸爸的婚外情？"林嘉月自问自答，"署名问题的概率比较小，张黎都出版了这么多本书了，要翻脸两个人早就翻脸了。而金郁玫能成为她的枪手，其中也少不了张东的'功劳'，兴许就是在她爸介绍她认识金郁玫后，她发现了他们两个的关系不一般。"

韩轩赞同："张黎知道张东和金郁玫婚外情的可能性极大。而且，张东那有备而来的谈话，也可能跟张黎有关。"

"那把他们父女两个一块儿叫来审审？"王子兵建议。

"嗯，可以同步谈话。"

下午两点，王子兵和林嘉月一人一间审讯室。

彻彻底底的主场，林嘉月很有待客之道地冲张东微笑："你好，又见面了。"

张东脸色铁青，情绪比上午激动很多，整个人很浮躁。面对林嘉月的微笑，他毫无反应，就是静静地坐着，目光在她和摄像机上来回打量。

王子兵那屋，青木亚麻灰长卷发的张黎抱着胳膊靠在椅背上，不紧张，很无聊。

"张黎，昨天中午你去过广场路吗？"王子兵问她。

张黎带着点傲慢，懒得说话，只点了点头。

"去做什么了？"

"看我爸到底会不会跟金郁玫那个狐狸精分手！"提起金郁玫的名字，张黎的脸上满是鄙夷。

"你什么时候知道你爸和金郁玫有婚外情的？"

"她帮我……"脱口而出的她顿住，一阵尴尬后，她问王子兵："你们只管和金郁玫被害有关的事对吧？"

"难道你做了违法乱纪的事？"

"找枪手算违法乱纪？这是你情我愿的事！"事已至此，张黎索性不再多想，有什么说什么，"金郁玟是我的枪手，我爸给我找的，当时他们两个都装作互不认识，我还以为她真的是花钱雇来的，可在她帮我写第三本书的时候，我发现，他们两个是认识的，而且还是老相识！"

"怎么发现的？"

"我看了我爸和她的来往书信，"说到这事，张黎恼怒不已，仿佛自己是被人当猴耍的傻子，"我爸一直把信放在家里的书房，我和我妈竟然从没想起来看看！真是心疼我妈，这么多年来，她还一直觉得自己嫁了一个好老公！"

"所以你爸和金郁玟分手，是你要求的？"

"当然！难道我要帮他们瞒着我妈？"

"你爸对你言听计从？"

"算是。虽然他做了对不起我妈的事，但他对我还是尽心尽力无微不至的。要不是他一直对我这种培养，我也成不了作家。"

王子兵被她的用词逗笑："帮你找枪手写书出书，也叫培养？"

一听这话，张黎不乐意了："你们只管金郁玟被害的事就可以了吧？我找不找枪手，你们管不着。"

"嗯。"王子兵接受批评，点点头，然后提醒说，"金郁玟现在死了，你的枪手该换人了。"

张黎一脸的不在乎："换就换呗。"

监控室里的韩轩，将目光从王子兵房间的屏幕上转到林嘉月房间的屏幕上。

张东在下午的谈话过程中，一直存有抵触情绪，还总心神不

562

宁，十分纠结。

"你是不是有话要说？"林嘉月引导，"说吧，虽然是在我们局里谈话，但你依然可以畅所欲言。"

张东沉默，思想斗争作罢，开口说道："我跟金郁玫分手的原因，其实是她想用我吃回扣的事逼我离婚……"

主动爆出自己受贿？林嘉月饶有兴致道："你知不知道，你这盆脏水泼的不是金郁玫，而是你自己。副行长马上就转正了，这时候自爆，你不仅升不了官发不了财，还把自己推到了最大嫌疑人的位置，你是想要自首，还是想要隐瞒点儿什么？"

凝视屏幕的韩轩听到这儿，唇角微扬。他们想的一样。

张东再次沉默，慌乱和后悔在他脸上比翼齐飞。

这时林嘉月的耳机中传出韩轩的声音，他狡猾地建议："诈他一下，说张黎已经承认了。"

收到指令，她敲一下桌子，把张东的注意力集中过来："好了，没事了。我同事说，你女儿张黎已经招了。"

一点儿惊讶都没有，他眼里只有绝望，整个人像一栋摇摇欲坠的旧楼，爆破声后，轰然倒塌。

林嘉月明白了，张东一直以为是张黎把金郁玫杀了，他从头到尾都想掩护自己的女儿。

"小黎……"张东软瘫无力地靠在桌上，双手支撑着额头，鼻音浓重地唤出女儿的名字。

"你得知金郁玫被害的消息后，就开始怀疑张黎了是吗？"

"对……我昨天去酒店见金郁玫的时候，小黎跟我一起去的，她一直在外面等我。"

"金郁玫知道吗？"

"知道……她在酒店房间里看到了。所以她才要挟我说，如果我和她分手，她就把小黎所有书都是她代笔的事情说出去……"

"那用吃回扣这件事逼你离婚，是你捏造的？"

"是……"

"那你到底有没有吃回扣？"

张东不语，垂头默认。

林嘉月哂笑："情妇果然是捕捉受贿高管的神器啊。不过，话说回来，你为什么会觉得是张黎杀了金郁玫？"

"那天我从酒店出来，我说已经跟金郁玫说清楚了，可她不相信，她说自己要再去找金郁玫对质，我说不用了，拉她跟我一起走，可她不干……我知道拧不过她，只好听她的话，一个人先走了……当天晚上，她从外面回家后，人很奇怪，一句话都不跟我和她妈说，饭都没吃就把自己锁在了房里，我们敲门她不开，还很暴躁……第二天一早，我听你们说金郁玫死了……联想当时她的反应，所以我才怀疑是她做了傻事……"

"只是这点巧合就让你怀疑自己的亲生女儿吗？"

他难以启齿，犹豫了好一阵才说道："小黎曾经伤过人……她上高中的时候……因为从小我和她妈都很娇惯她，什么事都依她，所以她很讨厌跟她唱反调的人。当时就为了班里的一点小事，有个学生言辞犀利地反对她，结果就被她从楼梯上推了下去，幸好那个学生没受重伤，也没人能证明她是故意推人……事情私了后，我就给她转了学。"

连着两起案子都涉及父母对子女的溺爱，林嘉月对他们这种不负责的父母真是气愤满满："知道为什么有很多人反对城镇养

564

狗吗？不是因为狗本身有问题，而是养它的主人有问题！不牵引，不捡屎，乱叫也不制止。"

这话糙理不糙的比喻，令张东脸色泛青，却无法反驳。

王子兵那边。

"换枪手的话，文风不一致，很容易被人发现吧。"

张黎并不担心："我爸已经帮我在国外找好进修学校了，我去学习回来，再出新书，就算风格变了，也有说得过去的理由，这些不用你们担心。"

跟她谈了这么久，王子兵是一点作家的文雅都没从她身上感觉到，她完全就是一个被爸爸包装成作家的傲慢小公主。

"好，我们不操心。昨天你监督你爸和金郁玟分手，你到过9012号房？"

"没有，我爸出来之后，他说已经和金郁玟说清楚了，但我不相信。本来我是想进去求证的，不过突然有急事，我就离开了。"

"什么急事？"

"我个人的私事，还要跟你们说吗？"张黎不爽。

"张东说她昨晚回家时有异常。"韩轩在耳机中给王子兵提供线索。

收到后，王子兵向张黎解释："你爸说你昨晚回家后有异常，所以我们还是要弄清楚的，万一是你杀人之后，心里慌张才表现出的异常呢？"

且不说张黎的书自己有没有参与创作，单凭张东在文学方面对她培养已久，她对文字的感觉应该也是比较灵敏的，所以听到这话，她不可思议又怒不可遏："你的意思是，我爸怀疑是我杀了金郁玟？我去！他竟然为了那个狐狸精，怀疑我？"

不理会她的牢骚，王子兵问："到底是什么急事？"

她撇撇嘴，不情愿地回答："去捉奸了，我男朋友劈腿，被我闺蜜看到了。我被她叫去了现场。出这种事，我回家能有兴致跟他们谈天说地吗？真是讽刺死了，我爸找小三，我男朋友也找！我和我妈怎么这么惨！"

张黎把"捉奸"过程说得非常详细，大力也及时跟涉及的几个人电话取证了，她没有说谎，从昨天中午到晚上，她确实忙得不可开交。

7

张黎的嫌疑基本可以排除了，她没有作案时间，而且在9012号房发现的鞋印中，也没有她的。

张东的妻子确实证明了张东在昨天中午一点十分左右回到家，然后就没再出去过，他也没有作案时间。

现在唯一有作案时间的就是蔡勇，而且他也没有人证和物证能证明自己离开后，金郁玟还活着。不过，从杀人动机上分析，他这种被虐狂不太可能因为金郁玟的几句冷嘲热讽就失去理智。

案子一时陷入僵局。

"当当！"江雪怡出现得很及时，她晃晃手里的文件，像给小羊们投喂饲料的放羊女，"有新线索了。"

今天的她，一身红白条纹套装裙配灰色尖头高跟鞋，漂亮又性感，自然又收获了无数马屁精的赞美。只是专门唱反调的陆俊不在，没人斗嘴，有点可惜。

"上午，我在金郁玟的头发中，发现了一小块看起来像蔬菜残渣的东西，经提取化验，那确实是菠菜。"

"吃饭吃到头发上？她看起来不像那么邋遢的人啊。"

"确实不是她自己吃饭弄上去的，应该是她被人吐了口水。从菠菜残渣和其周围的头发上，我们提取到了第五个人的DNA。"

"第五个人？"林嘉月讶异，"但现场只有四个人的鞋印，会不会是她在去酒店前，被人吐过口水？"

王子兵否定了这个猜测："金郁玟被发现的时候，头发是湿的，她到酒店后洗过澡。"

"正是因为头发当时湿着，我才没有找到这个线索。通常情况下，被人往头部吐口水，活人应该都会躲闪或者伸手阻挡吧？"

林嘉月满脸嫌弃："当然！多恶心啊！又不是电视剧里演的丐帮帮主上任仪式！"

"所以，口水是在金郁玟死后被吐上去的，他在侮辱她。"

金郁玟到底做了什么令这人不齿的事？他又是怎么做到没留下脚印的？

据之前的调查，金郁玟为人和善，情商比较高，做事不会赶尽杀绝，不是容易跟人结仇的性格。但她从事的职业是民生记者，大部分报道都是些负面新闻，这就容易招惹是非了。

"三个月前吧，郁玟改了署名。在那之前，她用真名署名时，被人找上门好多次。"报社副主编推推鼻梁上的眼镜，边说边继续在档案室找三个月前的那些报纸。

林嘉月帮着她一起找。"改名之后，就没再被骚扰过了？"

"这倒不一定，但百分之九十应该是安全的，毕竟查不到真名的信息了嘛。"终于找到三个月前的报纸，副主编问他们，"需要三个月之前，再往前多久的？"

把这绕口令似的问题丢给韩轩，林嘉月伸手戳了下站在窗外往楼下看的人。

此时的韩轩正目不转睛地盯着楼下的一个女人，衣着时尚性感，染黄的长直发下是一张没有心情化妆的脸。她似乎遇到了什么麻烦，心事重重，在传达室门口停留了几秒后，背影异常慌张地离开，没有留意脚下，还被台阶绊了个跟跄。

"我先出去一趟，等下再说。"韩轩匆匆离开。

林嘉月不放心，把手里的报纸一放，也跟了出去。"你又不能跑……说吧，看到谁了？我去追。"

"一个黄色长直发的女人。"

"好咧！"她知道目标，立刻撒丫子往楼下跑去。

档案室在三楼，林嘉月跑下去的时候，韩轩看到的那个黄色长直发的女人早已经消失在报社外的大街上。

"找不着了……"林嘉月气喘吁吁地向他汇报，"那个女的怎么了？"

"她是来找人的。"韩轩怀疑，她要找的就是金郁玫。

果然，在传达室一问，保安的回答就是金郁玫。

"你之前见过她吗？"

保安摇头："没有。不过，应该不是金记者的朋友吧，竟然不知道她出事了。听那人口音不是咱们洛州的，我猜是个受欺负的外来打工妹，想找金记者曝光什么黑作坊的吧！"

韩轩并不这么认为，那人肯定不是来给金郁玫提供新闻线索的，不然在知道她遇害后，怎么会变得那么慌张。

陆俊最近被借去分局帮忙破一起变态跟踪狂的案子，好几天没来市公安局了，今天终于把那个变态找到了，他想回来跟大伙炫耀炫耀，可来得偏偏不是时候，大家都去食堂吃饭了，办公室里一个人都没有。

溜达到江雪怡的门外，见她正在里面一个人吃着牛排喝着红酒，找茬的劲头又上来，他推门而入。

"啧啧啧！"他指指验尸台上蒙着白布的尸体，又指指江雪怡餐刀下的五分熟牛排和那如血一般的红酒，"这你都吃得下，佩服佩服！请问，如此彪悍是不是你没有男朋友的原因啊？"

他这算是哪壶不开提哪壶。

听闻林嘉月谈恋爱了，江雪怡这个从不会羡慕别人的单身汪竟然感觉空虚寂寞冷了。空窗已经五年，她已经忘了恋爱应该怎么谈。

察觉江雪怡脸上的不悦，陆俊更来劲了："我戳到你痛处了？难道你因为这个被甩过？"

这厮真是没完了……

默默放下手里的餐刀，江雪怡移驾验尸台，戴上自己的白手套，从一盘解剖工具中挑出一把闪着寒光的解剖刀，转身，对他露出空前绝后的微笑："让我看看，你身上的哪块肉跟黑胡椒最配？"

眼见刀子就要朝自己飞来，陆俊立马认怂："别啊，我就长得好看而已，肉不好吃的！"

江雪怡并不打算放过他，一步一步靠过去。

陆俊连连后退，左躲右闪："我错了，我错了还不行吗？"

"不接受口头道歉。"

"那你想怎么样？"他双手抱在胸前，警惕地看着她，"不要妄想霸占我的美色啊！"

江雪怡翻个白眼儿，把手里的解剖刀放下，从衣兜里拿出免洗消毒液搓了搓手，要求道："跳个舞吧，就你上次跳的那个！"

"你看上瘾了？"

她作势又要去拿刀："跳不跳？"

好汉不吃眼前亏，好男不和女斗，陆俊整了整自己的衣领，准备开跳。

"噗——"

被陆俊一个性感动作戳中笑点，江雪怡扑哧笑出声来。

还是头一次见她这么笑，陆俊还挺有成就感，兴致来了，一边跳还一边唱起来……

"受不了了，别再跳了！"再跳下去，她就要笑岔气了，实在有损她市公安局第一美人的形象。

本来就没吃晚饭，刚刚又卖力地跳了个舞，再看桌上那五分熟的牛排和红酒，陆俊竟然不觉得恐怖了。

"你一个人吃两份啊，会胖的！"

他这话的目的就是司马昭之心，路人皆知。

江雪怡冷笑："不劳你费心，我天生吃不胖。"

"真的吗？"厚脸皮凑过去，陆俊在另外一份牛排上方，故意透风撒气地问："真的吃不胖吗？"

零星可见的口水洋洋洒洒落下，江雪怡直接嫌弃地把自己剩下的半份都给了他。

"陆俊，如果你说自己是世界第一厚脸皮，我绝对不会反驳。"

他已经操刀开吃："请在厚脸皮后面加上帅哥俩字！"

傍晚时多云，今夜没有月亮，夜晚像黑丝绒衣服一样裹着路旁的树木，树枝上叶子茂密，望上去就如丰满的羽毛，在静止的温暖空气中一动不动。

"肯定是巧合，不要自己吓自己了！我听酒店的员工说，她好像是被自己男朋友给杀了的，和之前那事儿没关系！再说了，秦梦，今天约你出去的是老朋友啊，他是什么人，你不比谁都清楚？"对着镜子补妆的丁彤开导自己的室友秦梦，"倒是我要小心，今晚这个是新客户。不过，我可没你胆子小！"

见她拎起包包要走，秦梦还是不放心，伸手拉住丁彤的手，"还是别去了……"

"不去，怎么赚钱？"丁彤拿掉她的手，轻轻拍了拍她染着黄发的脑袋，然后踩着八厘米的高跟鞋哒哒哒离开。

简陋的出租房里只剩自己，秦梦坐在沙发上纠结很久，最终还是迫于无奈化了妆，去赴老朋友的约会。

广场路的酒店在金郁玟出事后停业了，所以他们今天约在一家从未去过的酒店。

对新酒店的位置不太熟悉，路痴秦梦在路上耽搁了不少时间，手机铃响起的时候，她以为是老朋友的催促，可一看是丁彤的电话，而电话那头竟是一个自称护士的女人。

"你是这部手机主人的朋友吗？我是中心医院的护士。"

身子一僵，秦梦心跳如雷："我是……我朋友怎么了？"

"重伤昏迷，刚被人送到医院抢救，你方便的话，马上过来一趟吧！"

8

凌晨两点，外面的走廊寂静无声，陆俊被尿意憋醒，从桌上爬起，睡眼惺忪地环视四周。

想起来了，他刚才在跟江雪怡喝红酒！边喝边聊，醉意朦胧就直接趴在这里睡了。不过，她人呢？

揉揉眼，视野清亮起来，陆俊发现另外那个验尸台上多了一具盖着白色布单的"尸体"。

要是有新尸到来，他应该早就被江雪怡扔出办公室了。

毫无畏惧，他轻手轻脚走向那具"尸体"，伸手将遮住她一半脸的白布揭开。果然是江雪怡……

陆俊哭笑不得，她真是什么都不忌讳啊！

想把白布重新盖回，他的手却在空中停住，居高临下地打量起她那张五官精致的脸庞，他不得不承认，她长得确实漂亮，特别是石榴花一样鲜艳的嘴唇……

不知道是不是喝了酒，他竟然看着她的唇，萌生出想一亲芳泽的念头……

他都不知道，自己竟然还有这一面，一直以来，他都以为自己是性冷淡啊……慌了神，将白布一扔，陆俊匆匆离开，逃跑一般。

他才走没多久，江雪怡就被手机铃给吵了起来。

"中心医院有个被袭击的女孩，刚刚经抢救无效死亡了，据送她到医院抢救的工人师傅说，发现她的时候，她的脸上被人吐了口水……"

"好，我这就过去。"挂断王子兵的电话，江雪怡立刻赶往医院。

病房里，脸上染着血迹和污垢的年轻女子，头发凌乱地躺在病床上一动不动，遮盖她身子的被单也已被染成红色。

"身中九刀，内脏多处破损，手术做了好几个小时，但还是没能救过来。"

了解了基本情况，江雪怡开始工作。

病房外的走廊里，秦梦的脸被白炽灯映得苍白，从头到尾她一句话都没说，只是低着头哭，妆都哭没了。

一开始王子兵以为她一个姑娘是因为害怕，但现在看来，她应该是知道些什么。

"大力，先带她回局里。"

"短期内两起案子，被害人都被吐了口水，这肯定不是巧合……难道咱们洛州又出现了丧心病狂的连环杀手？"

一早来局里，林嘉月听到几个同事正在跟大力议论着什么，好奇地凑上去，她问："什么连环杀手，你们在说那个吴军？"

573

大力摇头："不是，昨天晚上，又有一个年轻姑娘被害了，和金郁玟一样，也被凶手吐了口水羞辱……DNA对比结果还没出来，要真是同一个人干的，作案频率这么高，怕是还会有第三个受害者出现。"

"怕什么啊？不是有我呢吗？"陆俊嘬着饮料朝他们走来，终于梦想成真地向他们炫耀道，"昨天我刚破了一个变态跟踪狂的案子，这个变态只选没有摄像头的街道跟踪女性，被跟踪者也没见过他的样子，但本王就是那么轻而易举地把他给揪出来了！"

变态跟踪狂？林嘉月问："他有没有在优加瑜伽馆附近跟踪过一个女的？"

"有啊，难道是你吗？不可能啊，他说自己只跟美女啊？"

不待林嘉月出手，旁边的大力先开了口："陆侧写员，你说话小心一点啊，我们嘉月现在是名花有主的人了，小心韩老师让你吃不了兜着走！"

这也就是韩轩不在场，林嘉月才故作娇羞："哎呀，别老提，就跟我们多喜欢显摆一样！"

"切，我要是想找女朋友，有的是姑娘踊跃报名！我是不想给其中某一个拉仇恨，才洁身自爱、孑然一身的。"

"这么说，你还是个体贴的人呢！"

"可不是吗，每天午夜梦回时分，我都在思考这么一个问题，那就是……世上为什么会有我这么优秀的男人！"这话说完，陆俊一转脸，便看到了刚出现在门口的江雪怡，得意表情立刻变得异常精彩。

林嘉月捕捉到他那难以言说的害羞，正纳闷呢，江雪怡眤了

574

陆俊一眼，冷笑戏谑："昨晚怎么没见到你思考这么深奥的问题呢？"

昨晚？两个人在一起？这里面有事儿啊！

林嘉月还来不及八卦，江雪怡便又严肃开口："经对比，两组DNA一致，所以杀害金郁玟的凶手和致丁彤死亡的，是同一人。"

与此同时，韩轩在隔壁谈话室中认出了染了黄发的秦梦。

"你认识金郁玟？"

秦梦和王子兵同时惊讶地看向他。

"韩老师，你认识她？"

韩轩点头："在报社的时候见到过，我们追下去的时候，她已经离开了。"

"既认识金郁玟，又跟丁彤是室友，而两人都遇害了……秦梦，你真的什么都不知道？"

"我……"秦梦紧咬下唇，整个人像越拉越满的弓弦，最后终于突破极限，弦断弓折，恐惧的眼泪崩然而下，在"被拘留"与"被害"之间，她选择保命，"我知道……凶手是谁……"

秦梦和丁彤是老乡，两人一起来洛州打工，在成为以卖淫为生的失足女前，她们是一家KTV里的服务员。从事服务行业总会遇上几个刺头客人，但两人运气不好，工作的半年中，麻烦不断，而且工资又低，于是她们动起了歪脑筋。

上个月五号，两人第一次收到了令人作呕的神秘快递，上面没有贴快递单，只有一个小小的瓦楞纸箱，打开后，里面放着几团包了精液的纸巾。两人以为是有邻居知道了她们是做皮肉买卖的，故意恶心她们，所以并没有在意，毕竟她们从不往家里带客人，每次有活儿，都会到外面的酒店，一般都是在广场路那家，因为她们听说里面的监控是坏的，相对安全些。

可谁知，有了第一次，很快就有了第二次、第三次、第四次……第N次，什么粘了精液的超短裙、内裤、袜子，甚至还有面包……她们忍无可忍，但又不能在楼里明骂，毕竟自己从事的行业见不得光。商量后，两人决定匿名找报社记者把这件事报道出来，给那个送恶心快递的人一个警告。可万万没想到，她们找的这个记者，也就是金郁玫，也收到了和她们同样的快递。

"金记者本来想联合我们两个一起去报警的，可是我们不敢去，怕警察知道我们……"她惭愧地垂下头。

金郁玫三个月前的新闻稿和近三个月的新闻稿，韩轩都看了，但并没有秦梦所说的这篇稿。"那篇新闻稿没上报？"

"对，她说社里没给版面排。"

"那快递呢，还持续送上门？"

"没有，说起来也怪了，我们联系金记者后，那人就没再送那些恶心的东西。"

"那她们被害前的几天呢？"

"也没有，但我总是觉得有人在跟踪我……"余惊未消，秦梦坦白，"在我知道金记者被害后，我一直以为下一个死的会是我，但没想到……"恐惧又难过的眼泪再次抑制不住地流下来。

"金郁玫和丁彤的相同点有两个，都是广场路酒店的常客，又都收到过神秘快递。而丁彤和秦梦的相同点就多了一个，常客、快递、失足女。秦梦说感觉自己被人跟踪了，以为金郁玫之后死的会是自己，也就是说，她也可能是犯罪嫌疑人的目标。把这几点揉捏在一起，我们可以得出的推测就是……金郁玟很可能也被当成了失足女。"

"绿河杀手啊……"林嘉月惊叹。

"可别又是一个模仿杀人犯，何峰都还没抓到呢……"大力头疼。

"是啊，也不知道那个自称是吴军之子的神秘人到底是谁……吴军的生死就是个迷了，何峰再落不了网……真的是……"

又有同事叹息，案件分析会的气氛变得压抑。

"大家专心点，一个案子一个案子来，"王子兵鼓舞士气道，"我们要坚信，邪终究不能胜正，他们谁都跑不了！"

在他们说话的时候，陆俊也不知是想表现给谁看，已经靠谱地把杀害金郁玟和丁彤的凶手侧写做了出来。

"咳，"他清清嗓子郑重宣布，"凶手对失足女有强烈厌恶感，通常这种情况下，可能是他自身有阴影，家庭中某个女性曾从事过这个职业，令他蒙羞；或者他因为身体隐疾或财力孱弱曾受失足女羞辱；也可能是他对女性的认知非常的偏激。总之，这个男人的精神状况跟正常人有所差别，但表面上看并不明显。年纪应该在十八到二十三岁之间，教育程度不高，为人清高，性格偏冷，不太爱说话或不善言辞，不主动招惹女人所以异性缘差，给人容易害羞的感觉。他对酒店非常熟悉，不是常客就是员工，员工的可能性在百分之七十左右。"

韩轩补充："五月中下旬有段时间未在酒店出现，或者非常忙。"

陆俊斜他一眼，眼里没有不满。看来他对韩轩的补充，保持认可的态度。

9

　　根据调查，基本符合侧写的只有一个人，就是跟王子兵有过一面之缘的保安赵兴。

　　赵兴今年十九岁，老家在距离洛州很远的览岗山区，一岁半时母亲去世，由父亲抚养长大，十岁时父亲患重病失去劳动能力。为了照顾父亲，赵兴辍学在家，直到十八岁父亲去世，他才从小山沟里走出来。

　　王子兵带人找到赵兴的出租屋时，他并未在里面，不过重要财物都在，他应该没有走远。

　　泛潮的餐桌一半色深一半色浅，上面平摊着一张记录了好几条招聘信息的白纸。

　　"这是准备换地方继续作案啊！"大力伸手在纸上指出，"王哥，这一条标注了今天的日期和时间，九点面试，那应该快回来了。这家旅馆离他家不远，也就半个小时的路。"

　　"嗯，我留在屋里，大力去楼下，胡子楼上等，不给他留逃跑机会。"

　　不知警方已经查到自己身上，赵兴面试回来，手里拎着早午饭凉皮和庆祝新工作的两瓶扎啤。

　　没有察觉到任何不对，毫无警惕的他开门进屋，警方迅速收网，他被按倒在地，像一只连挣扎力气都没有的弱鸡。

审讯室里，赵兴看起来腼腆无害，连看一眼林嘉月和韩轩的勇气都没有，一直垂着眼看自己手腕上的红绳。

他的DNA检测结果已经出来了，与先前的两组吻合，否认已经没有意义，但他还是嘴硬，不承认自己杀了人。

林嘉月用手叩响桌面，引起他的注意。"赵兴，你为什么要杀金郁玫和丁彤？"

赵兴蔫不拉唧地开口："我没杀人。"

虽然是谎言，他的表情却坦诚自然，像在陈述事实一样。

"当然，因为在你心里，你根本就没有把她们当作人来看待。"

听到韩轩的这句话，赵兴唇角快而轻地勾了一下。

林嘉月并未捕捉到这一微小动作，但韩轩看得一清二楚。

"你对她们的厌恶，是源于自己的经历，还是你内心认为的那种正义？"

"经历？"赵兴终于抬眼，他的眼里充斥着无限的反感，之前的腼腆无害瞬间荡然无存，他咬牙切齿，就像要撕碎仇人的野兽，"我怎么可能会去碰那么恶心的东西！"

韩轩冷笑："恶心？你给金郁玫、丁彤、秦梦送的快递不恶心？"

"呵，当然！史上最恶心的就是她们这种倭黑猩猩！"

观察室中，大力问王子兵："王哥，什么是倭黑猩猩？"

王子兵皱眉："我也不知道……"

又到陆俊表现的时候了，他最近喜欢上了清嗓子："咳，倭黑猩猩是高度混交的动物，它们比其他灵长类动物更加频繁地忙于交配，从异性到同性都有。"

抱手靠在一旁的江雪怡斜眼瞥他："没少看动物世界啊。"

"我不是电视儿童，我是博览群书有才有貌的……"

不等他把话说完，王子兵伸手将他嘴巴捂住："听审讯——"

"丁彤或许跟很多不同的男人开过房，但金郁玟还不到那种程度，不是吗？"

"有区别吗？都是出来卖的，只不过她的客人比较固定罢了！"

果然，他把金郁玟也误会成了失足女。

林嘉月向赵兴公布："金郁玟是一名记者，并不是你认为的特殊行业从业者。"

"我知道啊！"赵兴露出扭曲的愉悦笑容。

她不解地皱眉："那你为什么还要杀她？"

"我没杀她。"他还不承认。

"好，不承认就不承认，"林嘉月笑笑，"只要我们有了充足的物证，不管你承认不承认，我们都能将你绳之以法！"

"证据？你们之前说的DNA对比结果吗？我可以说是我自己的口水被人偷了啊！"

他"纯真烂漫"，想象力爆表。

有句带有偏见的俗话叫"穷山恶水出刁民"。林嘉月面对这样的赵兴，脑袋里出现的就是这句话。

韩轩跟她坐得很近，感觉到了她身上散发出来的怒气。桌子下，他伸手在她的膝盖处轻轻拍了拍，让她保持冷静。

"除此之外，你们的其他证据呢，有吗？凶器？凶器上的指纹？脚印？"赵兴很是得意。

观察室里的陆俊不解地歪头皱眉，他问王子兵："赵兴家里或者手机里有很多悬疑探案小说吗？"

王子兵摇头："没有，他业余时间是一点儿书都不看，爱好是做手工活儿，在他家里有木头和雕刻刀。"

眉头皱得更深，陆俊自言自语："不看悬疑探案类的小说，小学都没毕业，而且在信息闭塞的小山沟里生活十八年，那他是怎么知道这些的？"

耳濡目染吗？

陆俊又问："那他有什么走得很近的朋友吗？"

"有个老乡，是个叫刘芸的女孩儿，可能因为两人是一起从老家出来打工的，比较熟，所以赵兴和她的关系很近。"

"那就查查她对这方面感不感兴趣。"

"行。"雷厉风行，王子兵出屋，五分钟后返回，一脸的惊讶，"还真叫你说中了，刘芸在市图书馆有一张借书证，大部分借的都是悬疑类小说。"

一旁的大力脑洞大开："他俩该不会是'雌雄双煞'吧？"

"已经叫人去找刘芸了，是不是，一会儿就知道了。"话罢，王子兵把这个情况通过蓝牙耳机传达给韩轩和林嘉月。

两人互看一眼，沉住气。

感觉审问频率变慢，赵兴的眉宇间露出一丝疑惑。

林嘉月故意闲扯："是不是希望我们多问你几个问题？"

赵兴不语，将投放在她脸上的目光转移回自己手上的红绳。

这种红绳，林嘉月上高中那会儿有阵儿挺流行的，但都是有男女朋友的同学才会戴。

所以她猜测，他手上的红绳难道也是某个女人送的？除刘芸外，他好像也没什么异性朋友吧。

"赵兴，要不咱们换个别的话题？"

她不按常理出牌突然开口，韩轩的眉峰微挑，但又很快平静，静静地等待着。

"你给金郁玟她们的那些东西里的精液，是你自己的吗？"林嘉月完全没有感到不好意思，开口问道。

不光赵兴和韩轩听了虎躯一震，观察室里，除了百毒不侵的江大法医，别的人全都被这问题惊得目瞪口呆。

"嘉月这是彪悍呢，还是彪悍呢……男朋友就在跟前，而且才交往，也不觉得不好意思么……"

"论彪悍，谁能有江大法医彪悍，躺在验尸台上睡觉……"陆俊感叹。

江雪怡一副平淡无奇的模样，转头看向王子兵他们："很稀奇吗？"

他们摇头："不知看到过多少次了！"

合着就他第一回见？陆俊不屑地撇嘴。

林嘉月见赵兴脸色难看："不是你的？"她顿了下，惊讶道，"难不成这次是你偷别人的？"

他一声不吭，像什么都听不到一样。

"其实是你的吧？你只是不好意思承认。不过不用急着不好意思，因为更叫人不好意思的问题还在后面——我很好奇，你是通过自慰呢还是……"

"闭嘴！恶心的女人！"赵兴被林嘉月激怒。

而林嘉月毫无惧意："在你眼里，所有的女人都恶心？刘芸也是吗？"

一怔，他微张的嘴唇颤抖起来。

"你手上的红绳，是刘芸送你的？"

又沉默，但赵兴的身体语言已经承认。

"你们两个是恋爱关系？"

"不是，我和她只是老乡、同事！"他情绪变得激动，似乎不想林嘉月再继续问关于刘芸的问题。

"只是老乡和同事？那为什么她要送你红绳手链？你也不到本命年吧？而且这个东西有定情的含义。假设你不喜欢刘芸，那就是刘芸单恋你喽？"顿了下，她继续道，"刘芸在酒店里做保洁，对吧？我有一个大胆的猜测，会不会是她因为太爱你了，所以包庇你，帮你消除了你在9012号房的脚印？"

紧张愈演愈烈，赵兴的呼吸急促，胸口起伏强烈："不是！和她无关！"

"哦……"得意的笑容出现在了林嘉月脸上，"这话的意思就是，脚印不是她清理的，是你自己清理的？也就是说，你已经承认自己就是杀害金郁玫的凶手了？"

赵兴被绕得头脑混乱，他开始坐立不安。

10

在得知赵兴被捕后，刘芸消失了，电话关机，她的合租室友也不知道她去了哪儿。

挂断电话后，王子兵黑着脸通知审讯室中的韩轩和林嘉月："刘芸跑了。"

林嘉月征求意见般地看向韩轩，问他要不要把这个消息告诉赵兴。应允地眨了下眼，韩轩让林嘉月按照自己的意思来。

得到支持后，林嘉月郑重其事地通知赵兴："刘芸抛弃你，跑了，看来她也不是多爱你嘛。"

听到这个消息，赵兴岿然不动，但他眼里，整个世界在崩塌。

"你说，她为什么要抛弃你？你们是从一个村子里出来打工的老乡，她还送你红绳，分明就是对你有意思，可偏偏在这个时候消失……是觉得认识你丢人，还是如我刚才所说，她也参与了谋杀，怕你坚持不住，把她给供出来？"

在听到林嘉月说"参与了谋杀"时，赵兴的眼皮沉了一下。

之前提及包庇，赵兴并没有这种反应，难道刘芸真的参与了谋杀？林嘉月利诱他："如果她真的参与了，那你可一定要把她所做的事说出来！想想，当你受到法律制裁的时候，她却在外面逍遥自在，没准儿还另结新欢，依偎在新男友的怀中，给他编新的红绳手链……多不公平啊，是吧？"

"别说了……"赵兴的脑袋微微颤抖着，低沉开口，不像喝止，更像祈求。

林嘉月改变策略，答应他的祈求，宽容地给他时间："好，你好好考虑，我们等你。"

在她话音落地后，审讯室安静得只剩下呼吸声，韩轩和林嘉月交换眼神，两人一同起身出了屋。

门外，林嘉月小声问韩轩说："你说他现在的脑袋里，会不会跟走马灯一样，播放着他和刘芸一起从小山村里出来，一起混迹大城市的点点滴滴？"

"去观察室就知道了。"温柔的眼神在她面上拂过，她现在的乖巧表情令他不禁疑惑，刚才那个彪悍的女人，真的也是她？宠溺一笑，他拉住她的手，深陷她多变的魅丽，他已经无药可医，自甘堕落了。

正要进观察室的大门时，韩轩的余光中出现了一个非常熟悉，还曾暗恋多年的人。

"学姐。"他主动开口，叫住了走廊那头的年轻女子。

还因牵手而心里冒蜜，脸上泛红的林嘉月也朝那边望去。

身材高挑，留着黑短发的干练女子，惊讶地看向他们这边："是韩轩吧？"

林嘉月仰头看韩轩，他正笑得亲切，而且还有点儿羞涩。

什么情况？

林嘉月不爽，心中暗忖，他要是敢突然甩掉她的手，那今天她就跟他没完！

幸好韩轩没有那么做贼心虚，他帮林嘉月将观察室的门推开，示意她先进去，嘱咐说："我很快就过来。"

太好奇赵兴独处时的反应，两者选一，她在短发女子和赵兴之间选择了后者，乖乖进屋。

留下来的韩轩走向钟子悠，礼貌问好："好久不见。"

钟子悠点头，回忆了一下时间，估算道："有十年了吧。"

"嗯。"

"什么时候回国的？"

"四月份。"知道她接下来肯定会问他回来的原因，所以韩轩先一步问她："学姐，你来这是……"

钟子悠解释："不是来报警的，是我们公司应邀参加了网络安全通报机制建设会，我是代表。"

审讯室里。

林嘉月进门后被王子兵他们问："韩老师呢？"

她带着一点儿酸味儿，回答说："遇到了一个老熟人。"

陆俊嘴贱："不是老情人？不过你放心，在这里遇到的，很可能是快被关起来的，对你构不成威胁。"

白他一眼，她指指玻璃那头的赵兴："有正事，不闲聊！"

独自待在审讯室中，赵兴双手交握放在桌上，他肤色偏白，所以衬得手腕上的红绳更加鲜艳，红得就像手腕被割伤露出的血肉。

他面色凝重，一动不动，除了胸膛的起起伏伏能证明他是一个活人，其他的都如雕像一样死寂。

他在思考，思考刘芸以前对自己所说的那些话，到底是不是真话……

她说自己是正人君子，她喜欢自己，她会像他的母亲对他的父亲那样对他……为了他，心甘情愿付出生命……可现在，她却消失了，在他最孤独无助的时候消失了……

为什么世上就再也没有像他母亲那样圣洁美好的女人？为什么她们会放纵自己、谎话连篇？母亲是女人中的异类，还是她们是女人中的败类？

女人到底应该是什么样子？

罢了罢了，是什么样子又和他有什么关系？

他讨厌女人，讨厌所有的女人！

韩轩从外面进来时，审讯室里的赵兴正疯了一样去咬手上的红绳，因为情绪激动，他将自己的手误伤，从一排排的牙印中渗出了触目惊心的殷红鲜血。

警方冲入审讯室，及时将他的过激行为制止。

赵兴被按在桌上，脸因挤压变形，表情扭曲，嘴里的牙齿带着血，像一只疯狂的吸血鬼……

"嫌疑犯被警察逼疯，是犯人罪有应得还是警察暴力执法？"

一夜之间，赵兴的案子上了微博热门，引来无数网友热议，洛州市公安局一下被推上了风口浪尖。

配合警方办案这么久，林嘉月还是第一次给他们惹麻烦，这一惹还是一个大麻烦……

"昨天就不该送赵兴去精神病院，该找江法医的老爸来给他诊断！"大力这话正好被才来局里的江雪怡听到。

江雪怡伸了根食指点点他的肩，等他回头，更正道："你们最美法医……不对，世上最美的江法医的父亲，他是神经科专家不是精神科专家。不过，发生什么了？赵兴在精神病院自尽了吗？需要验尸吗？"说起尸体，江雪怡那双漂亮的大眼睛都放光了。

"哪儿啊，赵兴活得好好的！是不知道什么人在网上瞎写，说是我们暴力执法才把他给逼疯的！"

"什么网？"

"微博啊！还上了热门！"

江雪怡掏出手机递向他："在哪里找热门……帮我找找。"

从天而降的一只手接过她的手机："哟，连微博都没学会怎么用呢啊！看来你还真是个智能手机白痴！江大法医，你是不是很怀念使用大哥大的时代？"

瞥都不瞥他一眼，江雪怡伸手："还我手机。"

陆俊不给，在手机触摸屏上点了几下后才还回去："这就是那条热门微博，不用谢。"

"呵呵！"冷冷地睨他，她拿着手机离开。

大力调侃："陆侧写员，怎么感觉你跟蔡勇有点像啊？"

陆俊挑眉，分析说："像吗？金郁玟是因为不喜欢他才虐他，江法医是因为喜欢我，才故意表现得不愿理我！你想想，上学时候，喜欢你的女孩儿是不是有这种'明明喜欢你却装作不在意'的类型？"话音才落，他一脸同情，"哦，对了，以你的长相，应该没被人喜欢过！"

这边闹得欢腾，林嘉月那边却愁得吃不下饭。

一条微博编辑了好长时间，写了删，删了写，还是不满意，她又全部删除掉。

韩轩睨她，不动声色地夹了包子到她碗里："吃饭，吃完才有力气跟网友互怼。"

她抬脸，装得没心没肺，死鸭子嘴硬："我才不会上网跟那些观点偏激的网友争论呢……"

"当然，你没那么幼稚。"他笑着将她手边的手机拿远。

林嘉月知道他在笑话自己，索性不再假淡定："对啊，我就是幼稚得想去跟他们吵架！有本事冲我来！不要动不动就把矛头指向警察！这些人，就光看到混在警察队伍里的害群之马了，对那些尽职尽责用生命在保护他们的好警察视而不见！"

"但当他们遇到危险苦难的时候，还是会想到求助警方。"

韩轩宽慰她，"你不用担心，警方会澄清赵兴精神崩溃的原因，也不用介怀，王子兵他们不会怪你，何况赵兴会变成这样，本来就跟你没有关系。"

"那我现在能做点什么？"林嘉月需要他的建议。

"陪我吃饭，说话。"韩轩轻笑，又给她夹了一个包子。

一副没有兴趣的样子，林嘉月消灭了第一个包子，但突然想起什么，她眼睛睁大，炯炯有神："韩轩，你那个学姐——"

拿着筷子的手在空中一僵，韩轩还是头一次露出不知从何说起的小慌张："嗯……"

"这表情，不只是学姐吧？前女友？你喜欢比你大的？"林嘉月连珠炮似的发问。

韩轩被逗笑，解释说："是学姐，不是前女友，只是以前很欣赏她。另外，我对年龄没有特别的要求。"

"欣赏，还是暗恋？"她微眯眼睛，像危险的母狮。

他狡诈地把她拉下水："应该比你对那位同学的感觉淡一些。"

她羞愤地警告："不要再说李正了，人家都结婚了！你学姐呢？手上可没戴戒指。"

"那我戴就可以了。"韩轩一本正经地开玩笑。

林嘉月白他一眼："做梦吧！才给你买了生日礼物，哪还有钱再买戒指？"

"生日礼物？"

一不留神说漏嘴，她万般后悔。

韩轩问："是那天那件'卢楠买的衣服'？"

被他猜到，惊喜全无，林嘉月不爽地反问："怎么，不喜欢啊？"

他眼神宠溺地伸手轻捏了一下她白皙的脸颊："喜欢，不过，不是我最想要的。"

被他凝视得害羞起来，林嘉月干咳两下，声音变得软软糯糯："想要什么啊？"

"很简单……你一直待在我身边。"他回答。

林嘉月嫌肉麻地撇撇嘴，心里却甜得都要长蛀牙了。

是这一生都待在他的身边，还是只是在抓获吴军之前？

不过，不管是哪一种，她都知道，他在乎她。

览岗山区。慌张赶回家的刘芸，一进门就被等在家中的览岗警方抓获。收到这个好消息，陆俊却想不通地眉头深皱："一个悬疑犯罪小说爱好者，会蠢到往家里逃跑？"

王子兵转述览岗警方的话："她不是逃跑，而是回家置办后事……"

"赵兴的？"

"嗯，还有她的。"

陆俊眉头皱得更深，惊讶道："意思是，她想先自尽了等他？"

王子兵点头。

"骗谁呢啊！"陆俊冷哼。

身材娇小，面相柔弱。这是所有人对刘芸的第一印象，特别是那一双水汪汪的眼睛，好像随时都能哭出来一样，像极了琼瑶剧里的小可怜女主。

"嘉月，进去吧。"王子兵冲林嘉月使个邀请的眼色。

他们确实没怪她，可她自己还在因为微博的事而自责。林嘉月犹豫不决，原地不动。

见她这般模样，王子兵调侃道："不就是网上的几句谣言吗？怎么，你还怕了？不是吧，我认识的林嘉月可是胆大包天啊！"

大力点头，夸张地跟着附和："可不是！从出生到现在，就没怕过谁！"

陆俊也凑热闹："长这么丑，照镜子都不怕，还怕别的？"

"你的嘴……真想切下来，裱框放进博物馆展览！"林嘉月被惹得翻起白眼儿。

说笑完，她转身看了眼身后的韩轩，一双明眸渴求他给一颗安心丸。

如她所愿，韩轩当着所有熟人放了一招最擅长的摸头杀，眼里的温柔宠溺像一吨狗粮倾泻进市公安局，埋得大家鬼哭狼嚎。

王子兵："你竟然是这样的韩老师！"

大力："好虐，欺负我们没有女朋友！"

陆俊："呕，丑人爱作怪！"

江雪怡什么也没说，默默地拿出了解剖刀。

林嘉月被他们的羡慕嫉妒恨逗乐，心中压力消退，整装待发。

　　与此同时，留在精神病院的市公安局同事给王子兵打来电话，是好消息，赵兴的精神状况稳定些了，神志也恢复清醒了。

　　去医院的事，韩轩主动请缨，林嘉月和王子兵留下审问刘芸。

　　审讯室中，林嘉月还未坐定，刘芸已经先开口发问，神情急切："赵兴他怎么样了？你们真对他用过刑？"

　　王子兵冷淡回应："我们依法办案，不会乱用私刑。"

　　"那他是怎么疯的？"

　　林嘉月还是有点畏首畏尾，不敢轻易说话。王子兵停住，给她个眼神，示意她开口，她这才说道："据调查，赵兴的母亲张玲患有精神病，赵兴很可能是遗传了母亲这方面的疾病。审问当天，我说到你弃他而去，他的情绪就变得极端失控。"

　　刘芸闻言怔住，脸上渐渐露出悔意和愧疚。

　　林嘉月和王子兵交换眼神。

　　为什么会是这般表情？难道刘芸真的是回老家给自己和赵兴置办后事的？

　　"刘芸，你说自己回家是为自己和赵兴置办后事，为什么？难道你真的参与杀害金郁玫和丁彤了？"

　　面对林嘉月的质问，刘芸回答得异常坚定："对。我都参与了。在酒店杀金郁玫的时候，是我用清理车送他进出房间，我做清理被人发现的话，很好解释。"

　　"可为什么现场没有你的鞋印？"

"我平时做清理的时候会戴鞋套。"

但发现金郁玟尸体的那个保洁员并未戴。

"是公司要求的？"

"不是。"刘芸没有一点羞愧，坦白说："因为我会在非打扫时间去客房偷东西。"

"就从没被发现过？"

"有一次，我说自己做清洁走错房间了。而且我偷的都不是值钱东西，所以就算有人发现东西少了，也不会往被偷上想，他们会以为自己出门忘了带，或者在外面的时候丢失了。"

林嘉月："具体说一下，都是什么不值钱的东西。"

"药、手绢、食品、钥匙链等等。"

"这些对你来说有用吗？"

"没有。"她回答得干脆。

"那你为什么要偷？"

"觉得刺激。"

看来刘芸是个不折不扣的偷盗癖患者。

回归正题，林嘉月问："用清理车送赵兴进出9012号房，是谁的主意？"

"我的。他是保安，自己戴鞋套进客房，万一被人看到，不好解释。"

不得不说，刘芸是一个心思缜密的人，也可能和喜欢看悬疑犯罪小说有关。

"除此之外呢，在杀害金郁玟的案子中，你还参与了什么？"

有种迫不及待的感觉，刘芸告诉两人："其实赵兴当时想放弃，是我叫他要坚持的！"

"就是说，杀死金郁玫是你指使的？"林嘉月觉得她在说谎。

"对，我让他杀的！"

"为什么？"

"一开始赵兴想杀她，是误把她当成了妓女，躲到9012的衣橱后，他听到了金郁玫和那个'常客'的对话，才知道她不是妓女。他只讨厌那些肮脏的妓女，所以他发消息给我说不想杀她了。可我想，她不是妓女却是小三，破坏别人家庭幸福，更不是什么好东西！"

没有愤怒，更没有鄙夷和痛恨的神情，刘芸对小三的成见根本就没有到"非杀不可"的地步。金郁玫与失足女接触的时候都没带有偏见，跟一个酒店保洁更不可能产生矛盾。唯一能解释刘芸说这番话的目的就是，她想让自己与赵兴同罪。

从一开始，她应该就认为赵兴杀人会被判死刑，所以她赶回老家去置办后事，计划自己先走一步，在她被警察带走后，她怕两人无法同生共死，所以把自己说成教唆杀人犯，希望能跟他获得同样的罪行。

刘芸和赵兴的受教育程度都不高，一个小学毕业，一个小学肄业。受教育程度低和成长在信息闭塞、人文思想落后的生活环境，应该是他们思想极端的重要成因。

这么想来，林嘉月觉得，周希彤正在做的事，真的非常伟大。

"卢楠，你再不来上班，就别他妈回来了！辞职，滚蛋！你的那些会员老找不着你，都他妈找我来退会员卡了！这个损失，你给我承担啊？"

手机里的经理大声咆哮着，这边儿卢楠把手机拿得老远，死命呐喊："喂？喂？经理！这边信号真的不好！我不和你说啦，回聊啊！"

挂了电话，他一转身，差点儿把身后不知什么时候跟来的周希彤撞倒。

"周老师，你这是什么毛病，偷听别人讲电话？"没正形儿地一笑，他痞痞地发誓，"真不是女孩儿给我打的！放心吧，我很专一的！"

周希彤本来有话跟他说的，但现在被他这话给堵得又气又羞。原本以为他在这小山沟里坚持不了几天，可现在看来，他是真的要住到她离开才罢休。

见她不说话，卢楠这会儿收敛了些，问道："周老师找我有什么事儿？"

"卢楠……"

她还没说完，又被他给打断："我都叫你周老师了，你该叫我卢老师，现在可是在学校里呢。"

石头和泥巴堆积成的围墙，凹凸不平还扬灰的狭小操场，一排酸奶盒大小的平房教室，这种风格的简陋建筑，在繁华的城市里只可能叫作待拆除的违规建筑。

周希彤被他强烈要求，无奈地叫了他一声："卢老师……你回去工作吧，你们经理已经生气了。"

卢楠装傻，笑得春光灿烂："你这是在关心我的事业吗？那什么时候你才可以关心一下我的感情生活呢？"

周希彤沉下脸，反过来提醒他："现在是在学校里。"

有懵懂的小孩子从两人身边走过，天真无邪地笑着向他们问好："老师好！"

"乖，小花裤！"卢楠见一个孩子就给一个孩子取外号，什么小花裤、小黑鞋、小蓝帽……各种小字辈。孩子们也不反感，反而跟他这个爱闹的老师一点儿距离感都没有，喜欢得紧。

"嘿嘿！"小花裤咧嘴露出一排小白牙，笑着跑开了。

周希彤看着离开的孩子，内心矛盾，她要是真的把卢楠赶走了，孩子们应该会难过吧。

孩子性格的形成，家庭是重要因素，父母起关键作用。但这群孩子很特殊，他们的父母在外打工，一年只能跟他们团聚一两次。这种情况下，老师就要担起"父母"的重任。

然而，好老师有两种，一种可以带给学生们知识，一种可以把孩子的性格培养得阳光健康。显然，卢楠就是后面这种。

"卢老师，平心而论，你和孩子们相处得确实非常融洽，但我还是希望你能回洛州把自己的工作处理好，我不希望你因为……"她顿了下，差点说成不希望他因为自己丢掉工作，"因为孩子们把原本的生活打乱，我想他们也不希望成为你的负担。"

"工作没了可以再找啊，但有的人，错过了就不一定可以再遇见了。你说是吧，周老师？"卢楠深情款款地看着她。

周希彤被他看得害羞，扭头去看凹凸不平的操场。操场上有卢楠这两天亲手做起来的迷你版篮球架，球筐是用废铁丝缠的，上面还系着一圈红布条，鲜艳充满活力，像他给人的那种感觉。

见她又开始不说话，卢楠伸手在她眼前摆摆，把她的视线牵引回来：“你真希望我走啊？”

　　希望还是不希望？周希彤自己也不知道答案。

　　他是林嘉月的好朋友，被他追求，总是觉得怪怪的，但这几天相处下来，她确实对他讨厌不起来。

　　“我替你给孩子们请三天假，你回洛州把该处理好的事情都处理好，然后慎重考虑下自己要不要加入我们志愿者团队，也征求下家人的意见，如果你真的下定决心了……欢迎你回来。”

　　辞职简单，半天就能办完手续，自己思考的环节更是可以直接跳过。他这几天已经想了不知道多少回了，人活着，总要做些有意义有价值的事儿！至于……征求家人意见，他觉得被老爷子打个两天半，应该也就差不多了……

　　卢楠伸出小拇指，幼稚地要跟人家拉钩：“三天假期，一言为定！”

　　周希彤犹豫，最后还是伸出手，快速地跟他拉了一下：“一言为定。”

　　病房外看守的警察将房门关上，韩轩走到赵兴的床边，自上而下看着他，说道：“你的母亲张玲生前患有精神疾病……”

　　闻言，被捆在病床上的赵兴愤怒地打断韩轩：“少胡说！别提我妈的名字，你们不配！”

　　“我是尊敬你母亲的。”韩轩先表明自己的态度，以防他情绪变激动，而后试图打探，“你似乎非常崇敬你母亲，她是怎样的人？”

　　其实韩轩对张玲已经有了一些了解，在觉岗警方的描述中，她是一个精神时好时坏的精神病患者，病发的时候坠崖而亡，听不出哪儿有值得被崇敬的地方。

"我为什么要跟你说？"赵兴不配合。

韩轩在床边的椅子上坐下，不疾不徐："感觉她是一个不寻常的人，不然你刚才怎么会表现出信徒对神的那种崇尚和敬仰？"

赵兴冷笑，像看不起凡人的天神之子一样高傲地说："当然，我妈是这个世界上最圣洁的女人！"

"你母亲在你一岁多的时候就去世了，难道你能记得一岁之前的事？还是说有关你母亲的事，你是从你爸口中听来的？"

"是又怎么样？我爸又不会骗我！"

"哦？那你说说你爸的版本，我看跟我听说的是否一致。"

12

赵兴口中的张玲是一个贤良淑德，心里只有丈夫和儿子的好女人。丈夫工作累了，她会双手奉上一碗亲手熬煮的热粥给他解乏；孩子病了，她会日夜不休、寸步不离地守在孩子跟前。她不爱慕虚荣，她洁身自好，毫无污点。为了家，死而无怨。

而韩轩所了解的张玲，精神时好时坏，没人敢娶，而正好赵兴父亲赵强是个游手好闲的无赖，没人敢嫁，于是在媒人撮合下，两人凑合着过上了日子。令人意外的是，两人感情还算融洽。赵兴出生后，夫妻两人的关系更加和谐，张玲的精神状况有所好转，赵强也开始努力赚钱养家。只是赵兴一岁时生了场重病，差点把命丢了，张玲为此担心过度，旧病复发，还越来越严重，赵强为给她治病，出于无奈借了高利贷，结果却因还不上，被人堵上家门要债，张玲被吓坏，仓皇跑进山里，再被人找到时，她已经坠崖身亡。

考虑到赵兴现在的状态，韩轩没将这些告诉他，只是问了一句："除了你父亲，你没在别人口中听说过关于你母亲的事？"

"没有。不上学后，我和我爸就住进了山里，那片地方很少有人过去。"说着，他的眼皮垂下，哀怨之情溢于言表。

"刘芸除外？"

赵兴一怔，没否认也没承认。

"刘芸也听你父亲说过你母亲的事情吧？"

"是又怎样？"

"她也对你母亲崇尚敬仰，立志成为她那样的女人，想和你组建家庭，像你父母一样，过着你父亲编造的那种幸福生活。你生命中两个最重要的女性都'贤良淑德、洁身自好'，所以你认为所有女人都应该如此。但走出山村后，你发现，事实并非这样。"韩轩冷静地分析。

"对！她们市侩、淫荡、贪婪！每天上班，我在监控屏幕中，都能看到这些女人毫无羞耻感地穿着长风衣在走廊里敲客房的门，风衣里她们一件衣服都没穿，下贱！你知道吗，如果那些房客对她们满意，就会直接拉她们进房间！就像在菜市场上买肉一样，看好了就称！如果不满意，她们就会换自己的同伴过去！这种行为比跟别人交换牙刷还要恶心！她们这种垃圾的存在，简直就是对我妈的一种侮辱！"

"可你不是已经知道金郁玟的真实身份了吗？"

"对，知道的时候，我确实放弃了杀她的念头，但她竟然在那个姓张的男人离开后，马上就打电话找了另一个男人！她和那些妓女一样卑贱下流！所以那个男人离开后，我从衣橱里出来，用枕头把她给闷死了！"

"杀害丁彤呢，也是你早就计划好的？"韩轩问。

"不是。金郁玟的死，我以为能起到警示作用，可她们那些无耻的妓女，一点儿都没要改邪归正的意思，所以我就继续杀！我本来是要先杀她的那个室友的，但谁知道是她自己先出来了！她出来的时候在跟人打电话，说另一个害怕不敢做，我听到这话才改变了目标。"说罢，赵兴顿了顿，欲言又止。

这么配合地交代，想必他有事相求。韩轩睨他："你想知道刘芸的下落？"

既期待又怕受伤害，赵兴小心翼翼地眨了下眼。

"在览岗老家找到她的。"

赵兴不解地歪着脑袋想了好一阵，在韩轩走到病房门口时，他突然激动得泪下："她没抛弃我！她回老家了！她一定是去给我们准备坟地了！像我爸我妈一样，埋在一起！我应该一早就想到的！我们前些天才一块儿回去给二老上了坟！"

张玲和赵强的结合是美好的，但赵强对张玲的过度美化却影响了他们儿子的人生。

"你在说谎。"林嘉月冷静地将刘芸的谎言拆穿，"你没有指示赵兴杀金郁玟。"

"我有！"她扒着桌子倾身上来，急于领罪。

"你这么说只不过就是想加重自己的罪行。不过，只增加一

600

项教唆，你觉得你就可以由从犯变成主犯了吗？太天真了。"

"反正都是犯法，要判刑，我要求重判不可以吗？警察的职责就是抓住犯人，我都认罪了，你们还非要分这么清楚吗？"刘芸情急，哭腔都冒了出来。

王子兵更正说："警察的职责不光是找到凶手，更重要的是还原真相。"

"我说的就是真相！"死鸭子嘴硬，她是咬定自己是教唆犯了。

此时韩轩的电话打进来，他通知林嘉月，赵兴已经全招了。

林嘉月将这个消息转告刘芸，多说了一句："赵兴知道你是回览岗后，猜到了你回去的目的，他原谅你了。"

一听这话，刘芸眼中又重生出希望的光，一脸欣慰。

林嘉月不解："既然你这么在乎他，那为什么还要眼看着他走上这条不归路？"

唇角微微上扬，刘芸用理所应当的语气回答："就是因为在乎他，爱他，才要对他想做的所有事都支持！"

又一个爱得毫无理智的傻瓜。

爱是人的本能，聪明的人可以去爱，愚昧的人也可以去爱，只是前者的爱不仅可以给彼此带来愉悦，还可以帮助彼此成为更好的人；而后者，如尾生抱柱，爱得单纯盲目，将感情看得比生命更重，最后害人害己。

结案之后，洛州警方在官方微博澄清了有关暴力执法逼疯嫌疑犯的谣言，虽然大部分网友都在知道真相后给警方快速破案点了赞，但还是有个别网友仍对"暴力执法"四个字紧咬不放。

"唉，我们又不是钱包里的票子，肯定做不到人人说好啊！别再看微博了，韩老师之前可是说结案了请吃饭的！"王子兵挨个按下他们手里的手机，带头朝韩轩和林嘉月这边瞧，眉飞色舞的。

林嘉月随流，也扭头看向身边的人。

韩轩没有忘记自己的承诺，刚才已经在广场路的一家川菜馆订了包间。"我和林嘉月先去饭店，你们整理完手上的工作过来就是。"

"必须的！"一群人异口同声。

陆俊提要求说："点几个不辣的菜啊，我不吃辣。"

林嘉月斜他一眼："就你事儿多！"

"美的人要护肤，你们丑的人不懂。不然你问问江大法医，她是不是也不吃辣？"

江雪怡也斜他，唱反调："我今天特别想吃辣。"

被打脸，陆俊故意找茬："你本来就在美和丑的临界点，长颗痘你就是丑女了！"

他身体朝江雪怡微倾，最近又特别喜欢跟人家搭讪，得到人家回应后，脸上还有一种不太明显的喜色。林嘉月眯着眼睛默默观察陆俊好一阵，从局里离开后，她问韩轩："你觉得陆俊……"

她的话都没说完，就得到了韩轩意见一致的回应："他喜欢上江雪怡了。"

"是吧？我也觉得他对雪怡有点儿意思。那你看雪怡对他有没有意思，我们要不要撮合他们一下？他们两个谈恋爱的话，应该会挺热闹的。"

韩轩挑眉，语气中带着一丝不满："你觉得跟我在一起很闷？"

知道他是在逗自己，林嘉月表情夸张，嫌弃说："当然，都没法一起骑单车！"

他不语，从她身边走开。就在林嘉月好奇他去做什么时，他从一辆车后推了一辆年代感比他们黑轿车还要久远的自行车回来。

"你坐在车座上掌把，我坐后座蹬车。"

林嘉月小时候跟卢楠这样骑过，不过当时是她在后下大力，没办法，谁让她剪刀石头布总是输。

现在终于能坐在前面享清福了，所以她迫不及待地上车。才坐稳，她纤细的腰间就缠上了一双修长有力的胳膊。

"还没出市公安局大门呢！叫人看见多不好！"林嘉月不好意思，想要下车。

可身后那双手却毫无放松的意思："在被人看见前，快走！"

这话怎么这么像偷车？

两人协作，可因为是第一次骑一辆车，缺点儿默契，只往前行驶了三米不到就差点儿翻车。

"得了，别再给人把车子摔坏了！"林嘉月放弃尝试，回头说，"我带你吧！"

韩轩双眼微弯饱含笑意，胳膊依然牢固地圈着她的腰："好啊。"

越看他的笑越有一种狡猾狐狸的感觉："你其实从一开始就是想我载你的吧？"

保持笑容，韩轩不语。

从市公安局去广场路一路下坡，累是不累，就是又被韩轩给套路了，林嘉月觉得有些亏。腰不能白搂，一会儿得多吃他一碗饭！

女生骑车载着男生，这一路，两人承载了无数路人的目光，经过广场路那家还在停业中的酒店时，林嘉月放慢了速度。

酒店装修好看又温馨，给人正规干净的感觉，还是全国连锁酒店，大品牌，可里面藏的却不是灰尘这种容易清理的污垢。

人思想上的肮脏，何时才能被清除干净？

第九章 影子杀手

1

一群年轻人吃个饭，包厢里热闹得不像话，大力建议给他们食堂外的第一次聚餐拍张照，大家欣然接受。

陆俊难得勤快自告奋勇，用自己的手机给大家拍，拍完后，大家才明白这个心机男的用心——方便自己P图，还只给自己P图！

在场的除了江雪怡，都是糙汉子，包括林嘉月，她才不在乎自己的照片好看还是难看，反正再丑也丑不过身份证上的那张。

江雪怡和陆俊中间隔着韩轩和林嘉月，韩轩照完相后就离开去结账了，所以就只剩下林嘉月。

"嘉月，把他手机抢过来。"江雪怡下令。

然而有心撮合两人的林嘉月，第一次忤逆了江美人的意思。她伸手拍拍还带着韩轩体温的椅子，故意羞涩地说："你自己过来抢吧，人家有韩老师了，不能再跟别的男人打打闹闹了呢！"

"呸！"江雪怡翻白眼儿。

"呸！"陆俊也跟着凑热闹。

被左右夹击，林嘉月向后缩缩身子，心里那个苦！好心竟然没好报，干脆就让这俩臭美蛋儿单身一辈子算了！

韩轩在前台结完账，正准备返回包厢时，他接到了钟子悠的来电。

"韩轩，你方便来我住的地方一趟吗？"电话里，除了她抱歉的声音，隐约还能听到一个男人的讲话声。

声音听起来不大且模糊，应该是隔了墙或门。韩轩听不清他到底在说什么，但可以确定的是，钟子悠现在有麻烦。

"好，"他答应得非常干脆，"你把地址发到我手机上。"

"嗯，我现在就发。"听到他能马上过来，钟子悠的语气轻松很多。

韩轩返回包厢，林嘉月正被抢到陆俊手机的江雪怡逼着P照片。

林嘉月觉得，其实在这张合影中，江雪怡照得不知比她好看多少倍，根本就没有修的必要，所以一见韩轩进屋，她立刻向他投去了求助的目光。准确接收她的信号，韩轩将她叫出包厢。包厢外的走廊，橙黄色灯光像小时候喝的热果汁，又暖又甜。"你想给我说什么，是不是急事儿？"他解救她的时候，她察觉到了他眼神的变化。出门时带着股悠闲，回来就生出了一抹急迫。

"嗯，"韩轩坦白，"学姐找我去她家。"

林嘉月一怔，不爽地拧眉："就是在局里遇见的那个学姐啊？行啊，才走一个周希彤，又来一个学姐……看来韩老师的异性缘还是很不错的嘛！"

韩轩被她逗得无奈轻笑，轻揉了揉她头顶细软的发，反击说："彼此彼此。"

　　"彼此什么啊？我身边的这些异性，可都把我当兄弟呢！"

　　"胡老师也是吗？"

　　"哎？"一听这话，林嘉月眉开眼笑，坏坏地说，"韩轩，你一直在偷吃胡向北的醋？"

　　韩轩不否认也不承认，只是提醒她说："你的那件T恤可以扔了。"

　　就是想逗他，她一口舍不得的语气："扔了多可惜啊！那可是我当年参加联谊会获得的大奖啊！"

　　"那就剪了做抹布，我正好也需要一块。"他提出一举两得的建议。

　　"真会过日子！"林嘉月说笑着，什么也没想，毫无顾忌地伸手戳了下对面韩轩的腹肌。她已经完全进入了恋爱状态，身体语言的表达越来越自然。

　　这样的她，真的可爱得令人心痒。

　　韩轩倾身在她额头印了一吻："让陆俊送你回家，哪里都别去，我很快就回家找你。"

　　在他意料外，林嘉月踮脚在他脸颊回了一吻，弯弯笑眼里满是爱意："知道了！你快去快回！还有，告诉你学姐，你有女朋友！"

　　忍住想还她一吻的冲动，韩轩笑着点头离开饭店。

　　钟子悠和韩轩是同上一所初中的校友，但韩轩入学时，钟子悠正好毕业。

两人之所以熟悉，是因为钟家和韩轩的奶奶住对门儿，韩轩又是在奶奶家长大的，所以他跟钟子悠也可以勉强算是青梅竹马。

　　钟子悠是个数学天才，屡获奥数比赛大奖，她的比赛成绩没有被人超越过，除了她自己。但想超越她的人还是存在的，韩轩就是其中的一个，只不过初中三年，他的梦想没有实现，他的成绩每次都比钟子悠的纪录少几分，尽管是几分之差，但失败就是失败。

　　这种失败让韩轩对钟子悠渐生崇拜，青春期的崇拜是很容易演变成喜欢的。喜欢在不同人身上呈现的形态不同，有的明显强烈，有的隐晦低调，韩轩属于后者，没有野心，把这种欣赏默默藏在心里就够了。何况上高中后的钟子悠，很快就有了一个与她并不相配的男朋友。

　　十几岁的女孩，有多少会在乎男朋友的学习成绩、家世背景、未来前途？叛逆有个性，长得还挺帅，足矣。

　　韩轩赶到钟子悠家时，门外的那个还没走，他背对着韩轩在抽烟，听到背后有动静，他回头瞟了一眼，将手里的烟头扔到地上，用脚踩灭。

　　罗健，并不陌生。

　　他就是钟子悠高中时的那个男朋友，也是让韩轩说出这辈子最夸张最狗血谎言的人。

　　罗健盯着韩轩打量，眉宇微皱，一副明明认识却想不起名字的苦恼样。两三秒后，云开月明，他终于张嘴笑道："呦，韩轩！"

　　多年不改的痞笑，是当年他让青春期女生为之疯狂的招牌，现如今，流里流气令人反感。

"这么多年没见，还是这么严肃，你家里人没教过你怎么笑？还是生来就面瘫啊？"

面对他不友好的调侃，韩轩一脸冷漠。

"不是听说你出国了吗，什么时候回来的？这一回来就跟钟子悠勾搭上了？"

韩轩视他如空气。

见他还是不理自己，罗健冷笑，转头继续拍门："钟子悠，你的小狼狗回来了，还不给他开门吗？别因为我耽误你们再续前缘啊！"

听到韩轩来了，钟子悠这才敢从里面把门打开："罗健，你够了，你再不走，我真的就要报警了……"

"小狼狗来了，你的底气也足了是吧？"罗健完全不信她敢报警，毫不收敛，"报吧，报吧！我看最后丢脸的人是谁！"

钟子悠好不容易提起的勇气消退下去，脸上只剩下难堪和懦弱。

韩轩打量他们，知道钟子悠是有什么把柄落到了罗健的手中，不想她为难，也只好打消报警的念头。

钟子悠家的门半开着，罗健跟她对视的空当瞟了一眼屋里的茶几，茶几上放着钟子悠的普拉达真皮树纹手拿包。

了解了他来纠缠钟子悠的目的，韩轩掏出自己的钱包，从里面拿出几百块。"可以走了吗？"

罗健眼睛一亮，毫不犹豫把钱抓到手里一数，明明满足却假装不满地扯旧账："这点儿钱，打发要饭的呢？说起我这只脚会跛，功勋章也有你的一半儿啊！当年要不是你给我爸打小报告，我也不会被我爸送去那什么军事化学校，在那儿被人打坏腿！"

不想听他继续废话，于是韩轩又给了他几百块："走人。"

这回，罗健满意地收起钱，大度地说："看你认错态度还行，过去的事我就不跟你计较了。"话罢，他一瘸一拐走向电梯间。

本来叫十年未见的韩轩来自己家帮忙，钟子悠就已经很过意不去了，现在竟还叫他破了财，钟子悠心里更觉抱歉。

请韩轩进屋后，她赶紧从自己的钱包里拿出所有的现金，"这里一共七百，你先拿着吧，剩下的，我过几天发了薪水就给你。前几天刚交了房租，所以手头的钱不多。"她补充解释。

韩轩看她的生活环境，并不是需要人接济的那种，但发薪前，她手里还是需要有些现金的。"你等发薪水后一起给吧。"

"也好。"她没有拒绝。

"学姐，你是不是被罗健抓到了什么把柄？"韩轩直截了当。

钟子悠身子一僵，不自觉地伸手摸了摸锁骨下方的胸口，笑得干涩："你怎么会这么问？我能有什么把柄被他抓到？"

尴尬却坚决。

从她的反应上，韩轩已经猜了个八九不离十。成年人之间的事，他不宜刨根问底。

因为说谎而心虚，钟子悠快速转换话题："他说他的脚是因为我们才变成这样，你不要在意……和你无关的。"

韩轩点头，云淡风轻地说："确实无关，因为根本就没跛。"

"没跛？"钟子悠惊讶。

"他走向电梯的时候，左脚跛，等电梯的时候，身体重心也是放在左脚上。如果左脚真的有问题，他不会这么做。"

微怔，钟子悠自嘲："我竟然没有发现，太蠢了。"

看到韩轩面前的茶几上空空如也，她这才发现自己怠慢了客人，于是立刻拿起水果刀给他削苹果，却因慌张划破了自己的手指。

韩轩知道她需要一小段时间来安定自己的心情，所以从她手里接过刀子和苹果："我自己来，你去处理伤口吧。"

"嗯。我是越大越笨了。"钟子悠苦笑，脸上藏着一丝后悔莫及，起身回了自己房间。

韩轩在她回屋后，凝视了她的房门好一阵子。之所以会有那种神情，应该是相信罗健的谎言后，她为自己的轻信付出了很多吧。

这是回洛州后第二次见钟子悠，不知为什么，韩轩总觉得钟子悠变了，年少时的她活泼爱笑，现在的她虽然也爱笑，但笑容里总有一丝苦涩，像是被生活压得无法喘息的无奈。

可记忆中，她家的经济条件不错，而且她如今的薪资也不菲，若是真的有生活压力，应该也不会花那么多钱买一只名牌钱包了。

目光从桌上的钱包挪开，韩轩不再多想，毕竟已经有女朋友的他，不适合再为别的女人花费心思。

贴着创可贴回来，钟子悠客气地向他道谢："今天谢谢你能过来。"

"没关系。不过罗健应该不是第一次过来'借钱'了吧？"韩轩照顾她的面子，把'勒索'说成了'借钱'，"再有下次，我建议你还是报警比较好。"

"好。"钟子悠口是心非地垂下眼，默默地抠起自己的手指。

不想她这么尴尬，韩轩也迅速转移话题："看来学姐你已经知道了我之前骗你的事。"

钟子悠抬头，笑容里带着感激，不知道是感激他现在的温柔体贴，还是当初的用心良苦。

"嗯，很早之前我就知道了。还得再说一次谢谢你。"

罗健的父亲开了一家玉器店，在韩轩初三上学期的时候，他的店里因为失窃登过报纸，同一时段，罗健买了一辆当时价值不菲的摩托车，可他从来不把车骑回家，所以韩轩推测，是罗健偷了家里的玉器，卖了钱给自己买摩托车。于是，韩轩给罗健的父亲发了一条匿名短信，告诉了他罗健购买摩托车的事。结果，罗健的父亲一查，还真是自己儿子做的好事，于是大发雷霆，将罗健转去了外地一所专门整改叛逆少年的军事化私立学校。

其实，如果钟子悠没因为罗健而成绩下滑，跟家里闹不愉快，韩轩也不会这么多事地给罗健父亲发这条匿名短信。

罗健被他爸发配后，手机打不通，人也见不到，钟子悠为此失魂落魄了好一阵子，为了让她能快些振作，韩轩自己出钱买了一份礼物，却说成是罗健让他帮忙转送的。他还伪造了一条罗健的口信，说希望他们再见面时，能在同一所大学里。

回忆起这个漏洞百出的谎话，钟子悠不禁失笑："罗健是体育生，文化课成绩差得离谱，专业成绩也不怎么好，根本就考不上大学，而且他也不止一次说过不想上大学，怎么可能会让你捎那样的口信。"

面对曾经年少愚蠢的自己，韩轩不觉尴尬，十分坦然。毕竟谁的青春没犯过傻？想到这儿，他突然特别想听听林嘉月青春期时做过的那些傻事。

2

"韩轩这是拿我当司机呢吧，我凭什么要送你回家？我又不是你的女朋友……呸，我又不是你的男朋友！"陆俊及时矫正自己的口误。

林嘉月嫌弃地瞥他："你想当我男朋友我还不稀罕呢！"

"你那不是不稀罕，你那是有自知之明，不敢奢望！"

站在旁边听着两人的斗嘴，特别是陆俊那不要脸的自捧，江雪怡冷笑一声。

终于等到机会，陆俊赶紧把枪口转向江雪怡："怎么，你又嫉妒我的美？"

江雪怡懒得理他，打开后座车门，坐进去之前问林嘉月，"你不着急回家的话，就先送我回家。"

林嘉月点头："行，我不着急。"说着也坐进车里。

最终还是被迫成为两个人的司机，陆俊启动车子，一边倒车一边打听："才九点，你着急回家做什么？"

"当然是睡美容觉，明天我有重要的事。"

"相亲？"

江雪怡低头整理着自己的水蓝色条纹长裙，没吭声，等于默认。

林嘉月表现出的惊讶比陆俊还重："雪怡，你明天真要去相亲？"

江雪怡略显无奈："我爸的好朋友介绍的人，我得给他面子。"

林嘉月瞥眼驾驶座上的陆俊，他明明很想多问，但因不好意思开不了口。

真是没想到，他还有不好意思的时候。既然他难得羞涩，那她就发扬一下助人为乐的精神，帮他问一下吧！

林嘉月深度挖掘："那人长得怎么样？有陆俊帅吗？"

江雪怡抬眼在内后视镜里看眼陆俊，客观回应："没见到照片不知道，但精神一定比他正常。"

扑哧一笑，林嘉月补刀："这世界上，比他不正常的人好像还没出生。"

"哎，你们忘了自己是在谁的车上了吗？"陆司机厉声提醒。

照顾好司机的情绪是安全到达目的地的重要条件。于是林嘉月赶紧站好队，问江雪怡："你们明天在哪里见？什么时候见？"

陆俊一声不吭，看着好像没在听，可耳朵竖得比兔子都长。

"明天中午，市公安局附近的那家西餐厅。你问这么清楚，是想去围观？"

"行吗？我真有兴趣去围观！想看那人饭还没吃完，就被你讲的验尸故事吓跑的样子！"

"哼！"江雪怡笑她太天真，"不好意思了，你会失望，因为对方也是一名法医。"

惊讶到干咳，陆俊忍不住了，说："你们两个法医在一起，以后的日子就是聊着尸体吃饭，聊着尸体睡觉？"

听他这么一说，江雪怡觉得这种相处模式还挺有趣。"这样的话也不错，突然对明天的相亲有些期待了。"

林嘉月不厚道地偷笑，估计现在陆俊的肠子都要悔青了吧，干吗多这一嘴！

把江雪怡送到家后，车里只剩林嘉月和陆俊两人，林嘉月终于可以畅所欲言。

"陆俊，你是不是喜欢上雪怡了？"

车子还没开，陆俊白她一眼，傲娇不肯承认："你要提前下车？"

"当然不要，我家又不住这儿！不过，你也不要否认了，我和韩轩已经看出来啦。"

陆俊冷笑，对两人充满鄙夷："呵呵！你们两个人在一起，也是够烦人的，聊着别人隐私吃饭，聊着别人隐私睡觉！"

林嘉月抓住他的话柄："你的意思是，喜欢雪怡是你的隐私了？你承认暗恋人家了啊！"

被说中的陆俊炸毛："暗恋？开玩笑！从来都是别人暗恋我！"

"你才烦！整天自恋！你再这么没羞没臊下去，我就不管你俩的事了啊！"

陆俊眉峰一挑，语气变了，连声音都带着一点点的萌态："林嘉月，你想撮合我和江雪怡？"

"对啊，多有意思！你们俩在一起后，就是聊着谁最美吃饭，聊着谁最美睡觉！争论不出结果，没准儿还会动手！以后每次来局里，我和韩轩就有好戏看了啊。"她说笑逗他。

他倒也不在乎她的"心怀不轨"，想想脱单后的日子，陆俊笑得有些得意。

林嘉月捕捉到他花痴的笑："终于承认了吧！明天中午要是没事，我就带你去西餐厅围观？"

她的建议也是他正在想的事，于是两人一拍即合，达成共识。

得了便宜还卖乖，陆俊在内后视镜里瞥她："你这么好事儿，韩轩知道吗？"

林嘉月嚣张得意，放肆大笑："知不知道，他都喜欢！"

陆俊做呕吐状："林嘉月，原来你才是世界上脸皮最厚的那个人！"

小区门口，陆俊送下林嘉月就忙着倒车，没有注意到站在门内等候的韩轩。林嘉月给他指挥倒车，也没发现他，目送车子离开后，她这才察觉有人一直在暗中观察自己。

说是不怕吴军打击报复，可毕竟他是一个杀人不眨眼的魔鬼，林嘉月还是会有所畏惧。距离韩轩的生日越来越近，看来她必须把擒拿格斗的复习提上日程了。

见她的背影变得僵直，脖子像忘记了怎么扭转一样。韩轩知道她已经察觉，变得紧张警惕，于是开口轻轻唤了一声她的名字。

"林嘉月。"

听到是韩轩的声音，林嘉月这才松口气，笑容满满地转身，不想让他担心自责。她故作轻松道："原来是你啊！我还以为是暗恋我的小男生追到这里了！你刚回来？"

"没，回来半小时了。"他朝她走去，接过她的背包。

从钟子悠家回来时，他看了林嘉月的朋友圈，知道她还没回家，所以回到家后没有上楼，一直在小区门口等她。

"回来这么久了？"打开手机看眼时间，林嘉月做个减法。"合着你才跟你学姐见了半个小时的面？"

"二十分钟。"

林嘉月唏嘘："看来关系也不是很亲密啊，叙旧才只用了这么点时间。"

"难道你想我在那儿彻夜长谈？"韩轩逗她。

她假大方地回答："行啊，你好意思的话，我没意见！"

"真的吗？"韩轩轻声哼笑，带着性感的鼻音，斜她一眼，"可我怕回来晚了，有人会把冰箱里的雪糕都吃光。"

"小心眼儿！"林嘉月甜蜜地控诉。

电梯间的门开，两人一副"夫妻双双把家还"的幸福模样走了进去。

第二天，韩轩有课，林嘉月一个人去了市公安局，到的时候是中午十二点，陆俊已经准备好和她一同前去围观江雪怡相亲，可当事人此时却一点也不着急，正从容不迫地整理着自己的验尸工具。

"雪怡，再不走就要迟到了！"

睨这两个比自己着急的家伙一眼，她淡淡地说了一句："皇上不急太监急。"

林嘉月被套上这句倒无所谓，可陆俊不乐意了："我健全着呢！"

"欲盖弥彰。"话音才落，手机铃便响了。

林嘉月以为是她相亲对象打来的，可见她接听时的脸色不对，猜测是工作电话。

果然，江雪怡接完这通电话，立刻又给别人打去电话："不好意思，今天的见面取消吧，有案子。"

待她挂断，林嘉月和陆俊收起玩心，同问："什么案子？"

江雪怡没见现场不能确定，只能传话说："疑似模仿杀人。"

陆俊拧眉，质疑中带有些许期待："何峰又现身了？"

这起疑似模仿杀人的案子与先前两起存在很多不同点，虽然死者都是单身女性，但犯罪现场的气温正常，并未开空调，而且从凶手对尸体的破坏程度上来看，轻于前面两起，死者只失去了左臂，右臂和双腿只有割伤，伤口深见白骨，最残忍的是，左臂是在死者生前砍下的。

"如果是何峰做的，那会不会是他在作案的时候被人发现了，匆忙逃走所以才留下一个未完成的犯罪现场？"陆俊猜测着，转头瞟一眼那满地的血迹，眉头皱起，胃里直翻腾。

"或者他因为伤口未痊愈，身体不便，不能完成模仿……"王子兵补充。

已经对死者进行了初步检验，戴着染了血的白手套，江雪怡插到两人中间，两人畏惧她手上的血，各向两边闪了闪。

"为什么你们都这么肯定是何峰做的？"江雪怡左看一眼陆俊，右看一眼王子兵，"死者并非窒息而死，死因是失血过多。

如果何峰是在切割尸体的时候被发现，那当时他应该已经完成了扼杀死者的步骤。又如果是因为他的行为被伤口牵制，那在死者还未被扼杀的情况下，他应该很难将死者左臂砍断，除非死者当时昏迷。但我检查了她的头部，没有钝器伤，生前她也没喝过酒，至于有没有服药，那要回局里才能知道。"

蜷缩在血泊中的女尸，可怜得像一只在冬天街道上流浪的小狗。江雪怡望着她出神，精致的眉眼充满疑惑，这是她第一次遇到这么奇怪的尸体，从头到脚都充斥着不合理。

林嘉月是和陆俊、江雪怡一起来的，到死者楼下时，她先放两人下车，然后自己去停车。现在停好车，她匆匆忙忙赶上来，进门就被迎面而来的浓重血腥气推了个趔趄。这次的气味实在太大，比以往的任何一次都重，所以她很有自知之明地刹住脚，不再往发现尸体的浴室里走。林嘉月环视死者的家，干净整洁，生活气却不重。

生活气是一种很抽象的东西，但可以从房间里的物品上感觉出来。一个热爱生活，愿意在生活上花费心思的人，家里不会干净到令人感觉空旷的地步。

她转头看向光秃秃的五斗橱，发现橱子背后的墙上有一道比墙色要浅的长痕，宽近四十厘米，距桌面大概有五十厘米高。这里应该曾经放着一副装饰画或者照片。如果装饰画或照片还在，客厅的视觉感会增色不少，可为什么要收起来呢？

3

林嘉月在外面没等多久，陆俊就从浴室里出来了。因为在里面待的时间有点儿长，他的身上已被染上了血腥味。

"什么情况？真的是何峰做的？"自己不敢进去，林嘉月只能从别人口中打听情况。

陆俊皱着眉摇头："不能确定，疑点很多。浴室下水道正好有点儿堵，血都没流走，在里面累积成了一个黏稠的血池，你不进去，很明智。"

两人说话的时候大力从外面进来，望一眼没找到王子兵，他问林嘉月和陆俊："王哥呢？钟子悠家附近的监控我都查了，没一个拍到疑似何峰的可疑人物。"

听到死者的名字，林嘉月愕然，姓钟的人不算多，重名的机会当然更少。回神，她向大力确认："死者是短发吗？年龄在二十八九岁？"

大力和陆俊一同看向她，惊讶："你认识？"

竟然真的是她！林嘉月一阵心慌："我算不上认识，但韩轩认识。"

王子兵正好在浴室里出来，闻言亦是惊讶："韩老师认识死者？"

跟在他身后出来的江雪怡秀眉微挑，对钟子悠尸体的兴趣更加浓厚。

大力问："那要不要通知韩老师一声？"

曾经崇拜的学姐被害，还有可能与模仿杀人案有关……韩轩知道的话，一定会又气又难过……

林嘉月面色凝重，犹豫着没有回复。

"哎？"突然想起什么，大力拧眉，"我好像在监控视频里看到了一个跟韩老师身形相似的人。"

这话就像一颗引线燃尽的炸弹，在几个人中轰然爆裂。

江雪怡问："几点在这里出现过？"

"能确定的是晚上，大概九点多吧。"

"钟子悠的死亡时间是昨晚九点到十点之间……"

江雪怡的话还没说完，林嘉月立刻就急了，她还是第一次跟他们瞪眼："难道你们怀疑韩轩？他昨晚结完账后确实是去找钟子悠了，他给我说了！他又不傻，要是想杀人，干吗还告诉我啊？再说了，动机呢？"

几人被她那护内不讲理的模样逗得想笑，可因为现在的场合实在不适合说笑，于是王子兵作为代表提醒她说："我们不是怀疑韩老师啊，是想看看韩老师来的时候，有没有发现什么可疑的人……嘉月，你反应也太强烈了……"

林嘉月语塞，脸上红一阵白一阵，嘴巴张张合合好几下，她道歉："是我太激动了，对不起……"

"行啦，还道歉？我们还会跟你计较这个？不过啊，"王子兵好奇，"死者钟子悠和韩老师是什么关系？韩老师不是才回国不久吗？感觉他又不太擅长交朋友……"

陆俊嘴欠："都有女朋友了，还不擅长交朋友？人家是不擅长跟同性交朋友！"

"你不说话，没人当你是哑巴！"林嘉月斜他一眼，不想欺骗他们，又不想泄露韩轩的秘密，只好略带歉意地说道："这个你们还是问韩轩吧。"

假如她交代他们曾是初中校友，就等于说韩轩以前在洛州生活过，那他离开洛州的原因也就会被问起……

关于身份要不要被公开，林嘉月尊重韩轩的意见。

当韩轩得知钟子悠被害的消息时，他就知道自己的身份没法再隐瞒下去，当然，也没有必要再隐瞒下去。他们是一个战壕里的战友，拥有相同的观念和同样的梦想，值得信任。

"我和钟子悠是初中校友，邻居。初三之前，我一直生活在洛州。"

听到他毫不犹豫地向他们坦白自己的过去，林嘉月很是欣慰。他已经融入了这个小集体，不再拒他们于千里之外。之前的他太孤独，他需要三两好友说说闹闹。

"我说呢，以前吃饭的时候你怎么知道一个叫'好好学习'的快餐店，"王子兵恍然大悟后又疑惑不解，"可是你为什么要一直瞒着我们？"

沉默的韩轩抬眼看了看一旁的林嘉月，见她正以鼓励的眼神看着自己，这才更自然地回答："我不希望有太多人知道我在洛州生活过。"

陆俊开玩笑："你在这儿有仇人？"

与玩笑的表情截然相反，韩轩严肃回应："应该是宿敌。"

比其他几个人心思更细密，一直没说话的江雪怡在心里算出了韩轩离开洛州的年份，联想他坐车总戴眼罩的怪异举动，和自己以前听说过的那件事，她终于开口："难道你说的宿敌就是继父杀手吴军？"

被她这么一说，王子兵也想起了之前听前辈提起过的一个初中生。真没想到，当年向警方提供吴军画像的人，竟然就是他的偶像韩老师！

"确实是他。"韩轩承认。

"那你这次回来，也是因为吴军？"

目前最急最重要的是侦破钟子悠被害案。"抓到杀钟子悠的凶手后，我再给你们说我的事吧。"韩轩希望他们可以理解。

回到正题，王子兵说："此案算作模仿杀人案的话疑点太多，而且现场和周围都没有找到何峰出没的证据，所以我们怀疑是模仿'模仿杀人案'，也就是说真正的凶手可能是想嫁祸给何峰。韩老师，你昨天从钟子悠家离开的时候，有没有发现什么可疑人物？"

韩轩回忆："没有。但我到她家的时候，她的前男友罗健正在门外纠缠。两人现在没有感情瓜葛，但关系并不限于简单的前男友和前女友。钟子悠应该是有把柄被他抓到，还不止一次地被他敲诈勒索。"

"她昨天找你过去是想让你帮她赶走罗健？"

"对。"

"那她跟你说没说，她和罗健之间到底发生了什么事？"

"没有，但我揣测，应该是成年人之间的事。"

韩轩这么说，大家立刻就都明白了。

待几个人离开后，办公室里就只剩下林嘉月和韩轩两人。

面对钟子悠的死，韩轩并没有表现出太多的悲伤，但她知道，他心里一定非常憋闷。纵使他接触了那么多的命案，对于生死也已经有了一种豁达，但毕竟这一次被害的是他的朋友，而且两人昨晚才见过面……

"你还好吧？"林嘉月小心翼翼地开口。

韩轩没说话，只是无奈地扯了下唇角，回她一个"不用太担心我"的安慰笑容。

她不是擅长劝慰别人的人，所以想了半天她只能想到这么一句："韩轩，你想哭的话，就哭出来吧。"

一听这话，韩轩不但哭不出来，反而还觉得有些好笑："你是想看我哭吗？"

林嘉月摇头："当然不想，我只是不知道该怎么劝你。"

她小心翼翼的样子着实可爱，韩轩伸手将她的手包在自己的掌心里，反过来开导她："我没事。你什么都不用说，只要待在这儿就够了。"

她乖巧地点头："好，寸步不离。"

接到警方电话的时候，罗健刚从一家藏匿在住宅小区里的棋牌室中出来，奋战一夜，运气还不错，昨晚从韩轩那儿得来的那些钱已经翻了一倍。

警察找到自己，起先他还以为是赌博的事被警察知道了，所以这一路上他一直在想一些乱七八糟的借口，等到了市公安局，得知自己被叫来的原因，他这才暗暗地松了口气。

"对呀，我昨天是去找过她，但我在她的小狼狗去了后就离开了！"

小狼狗？他竟然敢这么说韩轩！林嘉月黑脸，警告他："好好说话！"

罗健不以为意，嬉皮笑脸："那就是她的小狼狗啊！两人相差三岁，女大三抱金砖，那小狼狗应该想着自己要抱金砖了，可谁承想，钟子悠竟出了这种事！"

韩轩说得很对，罗健就是一个彻头彻尾的无赖、渣男。

见他对女性谈话者的态度有些轻蔑，王子兵厉声道："罗健，你昨天晚上为什么去找钟子悠？"

面对板着一张脸的王子兵，罗健果然有所收敛："我去借钱啊。"

"是借钱还是勒索？"

罗健不傻，知道他们应该是已经和韩轩谈过了，一副委屈不服的口吻说："小狼狗说勒索就是勒索啊？他那是污蔑我！你们不知道吧，说起来我们三个还挺有缘的，他和钟子悠是邻居，他上初中的时候就开始暗恋钟子悠，而我是钟子悠的正牌男友，还是钟子悠先追的我！所以他从小就嫉妒我！当年为了破坏我和钟子悠，让我们俩分手，他找我爸去打过小报告，让我爸送我到外地上学，这样他就好趁机而入。不过，钟子悠当时并没答应他，后来他就出了国，现在回来，想必是为了完成以前没有完成的愿望，再找钟子悠发展发展吧！可谁知发现我和钟子悠还有联系，于是他就又吃醋，各种编排我。"

即使好朋友对韩轩抱有质疑，林嘉月都要瞪眼，更何况是面前这个满嘴跑火车的无赖。如果不是在工作，她真想拍桌而起，指着他的鼻子告诉他，韩轩是她林嘉月的男朋友，而且相当优秀，根本用不着嫉妒他这种混混！

林嘉月强忍火气，将几张纸推到罗健的面前："不是勒索，是借钱？罗健，你以为钟子悠的手机凭空消失了吗？借钱有这样借的？"

那几张纸上是从钟子悠手机中导出的微信聊天记录。

"借我一千块钱，不借的话，我就把你的照片上传到各大网站，让你也体验一把一夜爆红的感觉！"后面带着一个坏笑的表情。

"怎么样，未来网红，什么时候打钱过来？"

"其实我也不想这样对你，要不我们复合了吧，照片我会全部删掉，然后我搬去你那里住，你薪水这么高，就养着我，我呢，保证每晚都把你喂得饱饱的！"又是一个阴邪的笑脸。

林嘉月叩响桌子，以示强调："罗健，什么照片？别跟我说是一寸证件照！"

面对铁证，罗健面露尴尬，但很快就一脸无所谓的模样说道："嗨，能是什么照片？就是你情我愿男欢女爱的时候留下的纪念呗！"

"你情我愿？你骗鬼呢？"

"真的啊！我征求她的同意了！当时大家都喝嗨了，自然就很放得开啊。说起这个，那晚她要不是遇上了我，早就被别人给'捡尸'了！'捡尸'你们知道的吧，那后果可比遇上我要严重一万倍啊！"

4

捡尸，又叫捡醉虾、捡死鱼。指男人在酒吧门口直接带走醉酒的陌生女子。

一周前，罗健和朋友去酒吧消遣，正好遇到了一个人喝闷酒的钟子悠。她也不知道是喝了多少，离开酒吧的时候晃晃悠悠，出门一个跟头就栽到了地上。

外面有几个等候多时的男人，一看就是结伴来这里的"捡尸"人，当时罗健觉得自己和钟子悠总归是老情人，见死不救的话有点儿说不过去，所以就在几个男人围上钟子悠前，凑上去把她摇醒。

迷迷糊糊中，钟子悠也想不起眼前这个人的名字，但看着很面熟，于是让罗健把自己送回了家。

酒后易乱性，罗健本来就不是什么君子，于是两人在钟子悠的家中发生了性关系。见钟子悠家里有那么多名牌，占尽便宜的罗健便又心生邪念，在她意识不清的时候，拍下她的裸照，想用照片从她手里要点钱来花。为了增加勒索的成功概率，他还编了一个跛脚的谎话，试图获取钟子悠的同情，并令她感到愧疚。

"昨晚你在离开钟子悠家后，去了哪儿？有什么人可以给你作证？"

罗健犹豫，说实话就暴露自己赌博，不说实话就可能会被怀疑杀人，衡量利害，他还是选择前者，不过回答还是需要加工一下："去我朋友家玩牌了啊！我好几个朋友都可以作证！我们玩得很小啊，你们别误会！"

此地无银三百两。林嘉月记仇地记下这个线索，回头叫大力他们去查查，要是赌博金额大，一定要他吃不了兜着走！

"哎？警察同志，你们只怀疑我，都不怀疑韩轩吗？他可是在我之后离开的！"罗健强调。

王子兵冷笑："谢谢你提醒啊。"然后将手里的纸笔放到他面前，"你牌友的电话，全都写下来。"

等罗健交上"作业"，林嘉月送出去给大力取证。

他的牌友一共三个人，两男一女，都是夜猫子，大白天电话接通的时候，一个个都睡得迷迷糊糊，不过等他们醒了觉，口径还是相当一致。昨晚九点到今天早上九点，罗健确实一直都在跟他们一起打牌，而且运气相当好，连赢很多局。

"嘉月，"大力反馈说，"金额不大，只够拘个几天的。不过提供打牌场所的人，问题不小，已经通知辖区派出所了。"

两人说着话时，江雪怡面色凝重地向他们走来，手里还拿着一份文件。

林嘉月猜是有了重大进展，一脸期待："雪怡，有什么新线索了？"

江雪怡的眼神有点儿担忧："钟子悠右臂和双腿上的割伤是水果刀造成的……我们在上面提取到了韩轩的指纹。"

"有指纹也不能说明他有嫌疑吧，他真的完全没有杀人动机啊。"林嘉月对韩轩的信任坚定不移。

"但……恐怕我们要走正规程序，对韩老师进行审讯了。"大力说。

坐在被审问的位置，韩轩还是人生第一次。

换了视角，他这才发现，审讯室的那面镜子是有多洁净，可以清晰映出他的每一个微小表情。

林嘉月原本以为自己要避嫌，不能参与对韩轩的审讯，但因为韩轩身份特殊的关系，这场审讯需要用到测谎仪。警方比以往更加严格谨慎，因为韩轩是自己人，他们不能被外人说三道四，不能再在网上出现类似"暴力执法"的谣言微博。

在王子兵的陪同下，林嘉月给韩轩安装好测谎仪。

"韩老师，能解释一下，钟子悠家的水果刀上为什么会有你的指纹吗？"王子兵问。

韩轩坐得端正，不疾不徐解释说："在进入她家后，她削苹果招待我，不小心伤了手指，所以我自己接过苹果和刀，让她去处理伤口了。"

钟子悠的手上确实贴了一个创可贴，而且屏幕上他的生理参数波动微小，身体上也没有表现出任何说谎迹象。

"你能详细地说一下，从你到钟子悠家后到你离开她家，你们两个都做了什么说了什么吗？"

"可以。"韩轩镇定自若，"接到她的电话后，我赶去她家，在门口见到罗健。知道我来了，钟子悠开门，她赶罗健走，罗健不肯走。他谎称自己跛脚，而且原因与我以前揭发他的事情有关，向我们勒索钱财，因为看出钟子悠对他有所忌惮，我没有报警，最后用钱先把他打发走。进屋后，钟子悠向我道谢，我试图询问她和罗健之间到底发生了什么事，她非常尴尬不想说，从她的肢体语言上猜出原因，我也没有再问。她岔开话题，削苹果招待我，把手弄伤，我接过刀和苹果，等她处理好伤口回来，我们说起十年前的旧事，她再次向我道谢。"

稳定的生理参数线就像微风拂过的湖面，微波荡漾，波光粼粼。

王子兵问："十年前的旧事是什么？她为什么要向你道谢？"

"当时钟子悠和罗健是男女朋友关系，因为这段关系，钟子悠的学习成绩下降很多，还为此和家人闹得很不愉快。她的数学天分非常高，令人望尘莫及，如果就这样堕落下去实在可惜，所以我给罗健的父亲发了匿名短信，揭发罗健盗窃自己家玉器店的事，之后罗健就被他爸送去了外地上学，两人断了联系。考虑到钟子悠的心情，我送了她一份礼物，说是罗健给她的分手礼物。”

这么用心良苦。林嘉月听到这儿，不知是该吃醋还是该偷笑，自己男朋友上初中时，竟已如此细心体贴。

“除此之外，还聊了什么？”

“彼此的现状，她说她现在发展得很好，是公司里的项目总监，我说我已经有了女朋友，交往很顺利。”说这话的时候，他严肃认真，并没有看林嘉月一眼，可她却已经甜得要笑出来了：他真按照自己的嘱咐去做了。

“你离开钟子悠家的时候，是几点几分？”

“九点二十。”

“之后去哪儿了？”

“回家。”

“到家的时间？”

“十点左右。”

“钟子悠家距离你家只有十几分钟左右的车程，你为什么花了四十分钟？”

“我没有坐车，是步行回家。”

“有人可以作证吗？”

“如果沿途有道路监控，应该拍到我了。”

“为什么要选择步行回家？”

“我女朋友的朋友圈显示她还没回家，所以我不急。”

实话实说的坏处就是容易暴露没有计划公开的大秘密。

观察室中，陆俊被酸得直咬牙："这哪是什么审讯，明明就是变相的秀恩爱啊！"

对韩轩的审讯到此结束，王子兵临出门的时候小声调侃林嘉月："不问不知道，一问吓一跳啊！"

"别瞎激动，只是住对门儿！"

王子兵将信将疑："趁着仪器还没拆下来，我再多问一个问题！真是对门儿吗，韩老师？"

审讯过程中一直没跟林嘉月有眼神接触的韩轩，此时抬眼看向她，眼里隐含笑意，回答王子兵："对。"

也趁着仪器没有拆下来，林嘉月在王子兵离开后，审问韩轩："我数学不好，你介不介意？"

"介意。"他故意逗她。

屏幕上的生理参数起起伏伏，是热恋情侣的心跳。

验尸台前，江雪怡全神贯注地按压着钟子悠尸体的腹部，有人闯进自己的领地她都没有察觉。

"哎——"看到不完整的赤裸女尸，陆俊立刻伸手捂住自己的双眼。

被打搅的江雪怡黑下脸来，可一转身竟看到他一副"非礼勿视"的呆傻模样，她的脸色又恢复了红润光泽："没想到，你还挺君子。"

"你没想到的多着呢！"陆俊催促，"盖上布。"

江雪怡哼笑，伸手用白布遮盖住女尸的隐私部位。"好了。"

陆俊从手指缝里瞄一眼验尸台，确认已经可以正大光明地环视四周，这才放下手。"你刚才在摸什么呢？"

江雪怡对他勾了勾食指："过来。"

陆俊听话地凑上去，安静地等她给自己揭秘。

"我刚发现，钟子悠患有游走性血栓性静脉炎。"见他一脸懵懂，江雪怡科普道："血栓性静脉炎可分浅层和深层静脉炎两类，而浅静脉血栓形成的游走性表浅静脉血栓往往是恶性肿瘤的征象，所以我刚刚才在摸她的腹部，看里面有没有肿块。"

"但死者没有重病就医记录啊。"

"没记录不代表没病吧。"江雪怡没忍住，毒舌他，"你不也没有精神病院的就医记录吗？"

陆俊翻白眼儿，不跟她计较："那你摸到了吗？"

"尸僵不好摸，直接提取组织化验算了。"江雪怡摘掉手上的手套，走到水池边洗手，问陆俊："你过来找我干什么？"

他就是路过这里而已，然后就鬼使神差地开门进来了，要来做什么，他自己也不知道。细思极恐，陆俊在心里嘀咕，难道他就这么喜欢她吗？

"没事儿……我就是不想看林嘉月和韩轩秀恩爱，所以躲来你这里。"他编个听起来最真实的谎话。

江雪怡还真信了："看来我以后要在门外挂副牌子了。"

"欢迎陆俊大驾光临？"他挑眉，得意要贫。

江雪怡却敲了敲装器具的不锈钢盘子，冷冷笑道："看来我还要腾出一个空盘子来，以备拍你的不时之需。"

卢楠从偏远山区回到热闹的洛州，飞机落地后第一件事就是给林嘉月打去求助电话。

"我卖你一回，你卖我一回，咱俩一比一扯平，旧账一笔勾销哈！你快来帮帮我！我要是一个人回家，还不得被我爸的藤条给抽死啊！"把行李箱扔进出租车的后备箱，卢楠坐上车，继续动员林嘉月，"你要是来了，我爸多少会卖你个面子是不？起码能缩短一下战斗时间，抽我个三五分钟就完事儿，你要是不来，那你再想见我就得去医院了，还得给我买慰问水果、花篮什么的，多伤钱！"

电话这头，林嘉月翻个白眼儿："你把我想得太大方仁义了，我才不会给你买水果和花篮。"

"嘉月啊，你真这么狠心吗？万一我爸这次因为气急一时失手酿成惨剧……"

"嗯，那样的话，我会给你买一束小白菊的！"

"无情无耻！"卢楠哭诉。

玩笑归玩笑，林嘉月最后还是答应了卢楠的邀请，陪他一块儿回家。两人在小时候常来的小卖部门口会合，林嘉月打量着几天不见的卢楠，感觉他变了，好像成熟内敛了一丢丢。

"偏远山区的生活看来还不错啊，你都没饿瘦！"

卢楠自豪："就凭哥的身手，抓只野兔补充蛋白质还不是小事儿一桩？"

"那你还是别再去支教了，你所到之处，野兔还不得成为濒危动物？就跟《甲方乙方》里的尤老板似的！"

"少贫，说正经事儿。一会儿见了我爸，你就把支教老师这群人夸得头戴光环，像救世主一样！"卢楠给林嘉月安排任务。

林嘉月不再开玩笑，认真起来："你是真的决定辞职去支教了？"

卢楠毫不犹豫地点点头。

"可你不上班，用什么来还房贷？啃老？"林嘉月问。

卢楠已经想好答案："我先把摩托车卖了啊。"

"那也不是长法儿吧，"她理解地说，"我不反对你支教，但你的这个决定还是不够理智。你有心，可以资助贫困山区的孩子们，不一定非要亲自去参与他们的成长。毕竟你自己都还没成长完呢！"

有个伙伴一起长大的好处就在于，遇事有人能商量，他的意见中肯又不会有代沟。

"而且，让你决定去支教的原因，有一部分也跟周希彤有关吧？"林嘉月说到了重点上。

"嗯。"卢楠干脆地承认，反复回想林嘉月的话，确实挺有道理的。

依靠热情，支教几年也可以，可要想长久地坚持，他还没有这个条件……难道他真的要像那些他所鄙视的啃老族一样，让父母给自己偿还房贷？

林嘉月口气沧桑，拍了拍他的肩膀："年轻人，做事要三思啊。"

"林大娘说得对。"卢楠决定还是再多考虑考虑。

改变了路线，两人暂时先不回卢楠家，拐进经常光顾的麻辣烫小店。这些天，除了自己的事，卢楠还关心另外一件大事，那就是……

"你怎么样啊？恋爱小白，都跟韩老师去哪儿约过会了？"

约会……林嘉月僵住。

她和韩轩确定关系后，两人好像还没正正式式地约会过呢……

见她愁眉不展，卢楠八卦："怎么，才刚在一起，就闹矛盾了？"

林嘉月摇头："没，是他遇到了没法开心的事儿。"

"什么事儿？"

"他的一个朋友遇害了。"林嘉月叹息。

卢楠撇嘴："叫什么啊？男的女的？"

嫌弃地瞥他，她说："钟子悠，你认识吗？瞎打听！"

"哎，这个名字我还真的听说过！"

巧了，卢楠真的认识。

5

钟子悠是卢楠俱乐部的会员，她之前跟同事一起在那里办了卡，但只去了几次后就没再去过。

卢楠之所以对她印象深刻，是因为她在办卡的时候，明明就是一副嫌贵的样子，但还是当着同事的面很痛快地刷了卡。

"这个女人虚荣又爱攀比，怎么会是韩老师的朋友？"

林嘉月敷衍："很久以前的朋友。"

正好麻辣烫上桌，卢楠肚子饿就忘了刨根问底。

"等会儿再吃。"她按住他动筷子的手，"关于钟子悠，你还有什么线索？"

手被按住，他的嘴可还是自由的，头差点儿就要埋进碗里，卢楠用嘴叼了一颗鱼丸，津津有味地嚼着，含糊道："搞得就跟我是你线人似的。线索啊……这算吗？曾经有个身穿制服的年轻男人去俱乐部找过她。"

林嘉月追问："什么制服？"

"说不上，跟中介似的，但又不像中介，来找她签合同的。"

"工作上的事吧？"

卢楠一口咬定："绝对不是工作上的事儿，那人各种指导她签约，一看她就是头一次签那种合同。我估计是买什么东西了，那人挺殷勤的。"

她猜测："难道是买保险？"

"十有八九。"他赞同。

林嘉月拧眉，如果那人真是卖保险的……那钟子悠的死会不会跟保险有关？受益人为获取高额赔偿金杀害被保险人的先例并不是没有。所以，钟子悠真的买了保险的话，那给她买保险的人和保险单上的受益人，就是这个案子的关键了。

她收手给王子兵打电话，卢楠终于能自由自在地进食。

保险公司。

在王子兵和林嘉月说明来意后，钟子悠的保险经理配合地将钟子悠所购买的那本意外险合约原件交给了他们，上面的签约日期是半个月前，而且保险是她自己买的，受益人写的是她的亲生父母。

父母为了赔偿金而杀害亲生女儿，可能性实在太小，林嘉月之前的假设无法成立，但另一种令人毛骨悚然的新猜想又在她的脑海中成形。

钟子悠自杀骗保……她伪造他杀现场，想获取巨额保险赔偿金给自己的父母！可原因呢？她拥有令人羡慕的高管职务和不菲的薪水，父母也都很健康，无不良嗜好，看起来完全没有急需大量钱财的地方。

"这份保险是你们推销给她的，还是她主动联系你们购买的？"林嘉月问。

保险经理如实回答："她主动联系我的。"

"买保险的时候，她的反应如何？"

"挺痛快的一个美女，基本上没多问什么就直接签了。"

也就是说，钟子悠是早就做好了购买意外保险的准备。

从保险公司离开，林嘉月和王子兵又去了钟子悠的父母家。

出了这么大的事，钟子悠父母家里竟然一个亲戚都没有，只有两位可怜的老人虚弱无力地躺在床上。一个一根接一根地抽烟，一个伤心欲绝，泪流不止。

钟子悠的母亲情绪波动太大，考虑到她的身体情况，王子兵将钟子悠的父亲单独叫了出来。

"我们理解您现在的心情，但还是需要向您了解些情况，希望您能理解。"

钟子悠的父亲点头，将手里的烟掐灭。王子兵留意到，他抽的是一条售价过千元的红河·道。

"最近钟子悠有什么反常的地方吗？"

"没有。"

林嘉月在一旁看着，担心他因为伤心过度一时想不起来，所以详细地提醒："比如跟你们的沟通变少之类的。"

钟子悠的父亲并不觉得这是反常："换了新公司，她工作变忙了，和我们沟通的时间自然就少了。"

但林嘉月还是认为其中另有隐情："意思就是说，她最近一段时间变得内向不爱说话了？"

"不是，她和新同事还是挺热络的。"

"你们不住在一起，您是怎么知道的？"

熄掉一支，钟子悠的父亲又点燃一支新烟："她原来周末都会来我们这儿住，但后来总有同事约她逛街，所以周末她越来越少回来，大部分时间都跟同事们一起玩儿了。这里距离市中心有点儿远，她觉得路上太浪费时间。"

王子兵问："听说您家之前并不住这儿？"

钟子悠的父亲点点头："之前我们住在市中心，因为我几年前生意出了问题，家道中落，就把市中心那套房卖了，搬到了这边儿。子悠没换工作前一直住在家里，后来因为换了公司，上班实在太远，她才在公司附近租了一套单身公寓。"

"房租一个月多少？"

"好像是三千左右。"

"那您和阿姨现在有经济收入吗？"

"没有，我们以前一直做生意，没上过班，现在的生活花销都靠子悠。"说着，他长长地叹了一口气，木讷迷茫。

苍白的烟雾在他的面前翻滚上升，越变越淡最终化为虚无。

钟子悠是他们家的经济支柱，她的月薪税后有一万五左右，去掉租房的三千，还剩下一万二。从她家里的那些衣物饰品化妆品来看，她每个月的花销大概有三四千，再去掉这部分，剩下的八千多仍比大多数工薪阶层的收入高，但剩下的八千多块是要供给父母花费的，不然他父亲也不会有底气去买红河·道这种高档香烟。所以钟子悠应该是个月光族，存不下什么钱。

月光确实是一种经济压力，可钟子悠家这种情况，只要稍微收敛，就可以轻松摆脱月光，所以经济高压应该不会成为她自杀骗保的直接动机。

"我们是不是怀疑错了方向？那种自杀难度太大了，自断左臂……怎么下得去手……"坐进车里，王子兵边系安全带边发表看法。

林嘉月也无法想象钟子悠是如何做到的，她光是想想，就已经觉得左胳膊在疼了。

才启动车子，她的手机响了。

江雪怡打来的，她在电话那头清楚地通知林嘉月道："我们对钟子悠进行了几项组织化验，发现她患有中晚期胰腺癌。胰腺癌是恶性程度很高，诊断和治疗都很困难的消化道恶性肿瘤，约90%起源于腺管上皮的导管腺癌。其发病率和死亡率近年来明显上升。5年生存率小于1%，是预后最差的恶性肿瘤之一。胰腺癌早期的确诊率不高，治愈率很低。"

恶性肿瘤……林嘉月怔了一下，问道："雪怡，钟子悠自杀的可能性大吗？"

"有这种可能性。只是为什么要选择这种方式？把自己弄成这样，这样所承受的痛苦比其他的自杀方式要多得多。"

"因为她前不久隐瞒病情，买了一份高赔偿的意外险。她把自己的死伪装成他杀，是想给自己父母留一笔能养老的赔偿金……"

侦查方向确定为钟子悠自杀骗保后，警方对钟子悠展开了全面的调查。

　　钟子悠去年十一月入职现在的公司，到目前为止做了大大小小加起来十多个项目，是公司里出了名的工作狂。但她却并不想把自己逼得这么紧，她曾在网上发过好多条仅自己可见的微博。

　　2015年10月20日：今天和爸妈出去，遇到了二叔，他对我们冷嘲热讽……其实我也不知道这到底该怪谁，二叔之所以如此，也全是因为当初我爸生意鼎盛时太过骄傲，瞧不起人家，把人家得罪了……如果家人和睦，我现在应该也不用这么辛苦，为了让他们看上去像以前一样体面风光，身兼两职。真的很累……

　　2015年10月27日：有人给我爸和我妈介绍工作，一个仓库保管，一个照顾小孩，薪资在同行里算不错的，可他们一口拒绝了！理由是……他们以前是做老板的人，不会做这些粗活……真是"不是一家人不进一家门"！呵呵！

　　2015年11月15日：没想到这么快就接到了HR的电话！终于不用再打两份工了！粗略计算，税后能有一万五，够他们挥霍了！

　　2016年2月6日：他们什么时候可以学会节俭？置办个年货，把我信用卡刷爆了！别的父母总说自己的孩子是前世冤家，这辈子来要债……而我家，正好反着。

　　2016年2月15日：又要开始上班了，加油，还信用卡……

　　2016年3月3日：有时候真的想要逃……一个人去荒岛上生活，不用应酬交际，不用怕被人瞧不起而买那么多华而不实的东西，更不用为满足他们的虚荣心而忙得心力交瘁！

2016年3月10日：这算是一种解脱吗？

这天是她去做体检的日子。

据钟子悠的同事说，三月下旬，她开始变得不爱热闹，每次大家聚餐，她都借口太忙不参加。但有同事曾在酒吧看到过她，一个人借酒消愁，当时以为她是因为工作压力大，所以没有多想。

2016年4月1日：今天是哥哥逝世13周年……被工作家庭死亡三座山压着，我真的想像哥哥一样，纵身跃下，断了一切烦恼……可是，我死了，他们怎么办？就算对他们有抱怨，但他们仍是生我养我的父母啊……

2016年4月22日：我有了一个可怕又卑鄙的想法……

2016年5月8日：谢谢你们，只是我的不开心，不是用运动就能消除的……

2016年5月19日：我已经决定了。希望我死之后，他们不会太伤心，好好生活。如果有来生，我们还做家人，只是请不要再让我这么累……

林嘉月之前疑惑的那张照片也被警方找到，它就放在钟子悠的床下。

那是一张十几年前的全家福，照片里的一家三口笑得明媚，母亲优雅高贵，父亲骄傲自信，钟子悠青春靓丽。

相比被害，钟子悠被证实为自杀，更令人感到难过和遗憾。

站在办公室的窗边，韩轩遥望窗外，竟然才发现在这里能看到奶奶以前居住的小区。曾经的记忆被勾起，街道边，梧桐下，一群大大小小的孩子欢声笑语有打有闹，有些他已经记不起名字，但那一张张无忧无虑的笑脸他却记忆犹新。他们都曾不想长大，想要没心没肺地生活，可是，世界上有一条路是不能拒绝的，那就是成长的路。

办公室大门的窗子外，林嘉月偷偷往里瞧，他看起来非常低落，令她心疼。

手机铃声突然响起，她急忙从办公室门外闪开，幸好身手利落，不然就被发现了。

"妈，干吗啊？"

林妈妈听她语气中似有埋怨，反问："你做什么亏心事儿呢？接我电话还带情绪！"

林嘉月解释："没干什么，就是吓了一跳。"

"真的？我可告诉你，不要给我惹出什么本可以避免，但因为一时不小心，没有避免的大事儿。"

林嘉月一头雾水，没听明白："什么意思啊？"

林妈妈见她悟性这么低，只能直接上实例教育她："昨天你王阿姨来家里给我送婚帖了……"

林嘉月一听婚帖俩字，条件反射以为她老妈心急逼婚，赶紧装傻充愣："王阿姨这是要跟原配补办婚礼，还是悄无声息地又找了一个新老伴儿？"

"去，别胡说。是你王阿姨的女儿要结婚，还是奉子成婚！她跟我诉了一下午的苦，说要不是因为孩子都有了，她才不会叫自己女儿嫁给这个准女婿。"

这下林嘉月再不明白，她的脑子可就是有坑了。羞愤抗议，她对电话那头的老妈说："我们大白天的都上班儿呢！你别乱想成不成？"

"哦哦，都在上班儿啊。学校里还是市公安局？"林妈妈窃喜。

知道自己老妈是想套话，林嘉月机警道："现在在学校，但一会儿就要去市公安局了，所以，不管你要来给我送什么，都放弃这个想法！"

被识破的林妈妈哈哈大笑："好啦，不去就是了。不过我包了很多粽子，你今晚不带韩老师回来吃吗？"

"端午节都过完了，你又包那么多粽子干吗？"

"没吃够啊。"

"你喜欢吃，人家不喜欢吃，你要不等明年元宵节的时候，再邀请人家，人家喜欢吃元宵！干活啦，挂了吧！"

林嘉月才挂电话，左耳边就有人开口问道："你怎么知道我喜欢吃元宵？"

她尴尬地睁着溜圆的眼睛问："你什么时候开门的？"

"听到你手机铃响之后。"他脸上露出浅浅的笑意。相处这么久，他怎么会听不出她的手机铃，"你刚才在门外是有事儿要找我？"

林嘉月确实有事，后天就是他的生日了，鉴于两人还没有正式地约会过，所以林嘉月想把两个人的第一次约会和他的生日合二为一，省时间省钱不说，还有纪念意义。只不过，见他心情低落，她还是打消了这个念头。

她笑容僵硬地敷衍，编了个小谎："没事，就是想问，大家都去吃午饭了，你什么时候去？"

越是相熟的人，越容易察觉谎言的存在。

"没关系，按照你的计划来。"韩轩的回答对不上她刚才的问题，却对得上她心里的问题。

还是没能瞒过他，林嘉月小心翼翼地问："会不会显得我很不懂事？你明明没有心情。"

"心情可以转换。何况这是你第一次为我庆祝生日，很期待。"他是真的期待，温柔的眼神可以说明一切。

被他看得有点害羞，林嘉月表决心："还是别太期待了，我也没什么经验……不过我会尽全力让你拥有一个难忘的生日！"

"你的尽全力就是在超市买一堆菜回家，做一顿家常便饭给韩老师吃？"卢楠被林嘉月拉着出来一起采买，第一次真正对她的情商产生了质疑。

林嘉月将一朵硕大的西蓝花放进购物车，反驳道："亲自下厨，难道还不算尽全力？我妈都已经快一年没吃过我做的饭了！"

"你和咱妈是母女，你和韩老师是情侣！不要混为一谈！嘉月啊，你知道谈恋爱需要什么气氛吗？"

林嘉月不满他小瞧自己，斜眼白他："当然是浪漫！"

"对啊！难道你要用这个浪漫？"卢楠从购物车里捡出她才

放进去的西蓝花。

"那用什么？玫瑰花吗？"

"那是男人的套路！"卢楠嫌弃，然后勾勾手指，示意她靠近，"女人的套路就是……"

林嘉月谦虚，洗耳恭听："什么？"

"性感睡衣……啊！疼，疼！别掐了！"因为被她掐了肋骨上的肉，他疼得眼睛鼻子皱成一团，"我错了，不逗你了！但你起码得开个红酒香槟什么的吧？"

林嘉月松手："我们又不吃西餐，喝什么红酒香槟！"

"那来杯扎啤，最好再烤个串儿？"

"闭上你的嘴吧，把车给我推好就行！"

"No problem！"车没推几秒，卢楠的手机就响了一声，他收到了一条微信消息。

现在方便视频吗？——来自周希彤。

卢楠像点了火的烟花一样，瞬间灿烂，他拉选菜的林嘉月过来："哎哎哎，你看！周希彤给我发的消息！你说，她是不是这几天不见我，想我了？"

韩轩和卢楠是完全不一样的两个类型，而且周希彤才认识卢楠几天啊，假如真的这么快就移了情，那林嘉月还真不放心卢楠跟周希彤在一起了呢。

"她想不想你，我不知道，但我想继续买菜！不用你推车了，聊你的微信吧。"将小推车掌控权夺回，林嘉月推车冲向生鲜区，融入了精挑细选的大妈队伍。

慢悠悠跟在林嘉月身后，卢楠回复周希彤："方便啊，要视频？"

"嗯，我发视频请求给你。"

他赶紧整理仪容仪表，接受邀请前，还半蹲下来，拿装了活虾的玻璃缸当镜子照了照。可谁承想，视频通话接通后，屏幕那头出现的竟然是小花裤、小黑鞋、小蓝帽他们。

谁要看他们啊！可当听到孩子们说想他的时候，他的心却像晒了太阳的冰激凌一样，要化了。

"你们一群小男孩儿想我算怎么回事儿？留着以后想自己媳妇儿吧！"他没正形地调侃。

屏幕外传来周希彤责备的声音："卢老师！"

卢楠立刻收敛，卖萌装可爱："哎呀，老师也想你们了！"他伸手在冷藏柜上拿起一盒酸奶，展示给那些孩子，"想不想喝啊？我下午给你们快递几箱！"

孩子们问："卢老师，你不能自己带来吗？"

说到这么伤感的话题，卢楠对着手机，给看得见的孩子们和看不见的周希彤说："卢老师有自己的工作，短时间内可能没办法再去看你们了，不过我保证，你们山上的野果树结果的时候，我一定会再去，你们不是说果子很甜吗？我得去尝尝，看你们到底有没有吹牛！"

周希彤没有因为卢楠做出这样的决定，而觉得他是一个信口雌黄的人，他的决定是理智的，她很理解。

孩子们不信他会再来时，周希彤开口，语气中充满对卢楠的信任："卢老师说会来就一定会来。要上课了，我们给卢老师说再见吧！"

"卢老师再见！"

孩子们乖巧地离开，卢楠这才在屏幕上看到了一日不见如隔三秋的周希彤，她的信任让他有些感动。

"周老师，我会信守承诺，不过我希望，我去的时候，你还在。"

周希彤微笑，眉眼里带着一丝俏皮："这个得看缘分。"

她以后会不会喜欢上他，她自己也不知道，但不可否认，她对他的好感又加了一分。

杭椒牛柳、手撕包菜、芝麻多春鱼、土豆烧牛肉、西蓝花炒虾仁，还有一个芙蓉鸡蛋汤。

所有菜都上齐，林嘉月成就感爆棚，她掏出手机拍照，正要条件反射地发微信朋友圈时，手又收住了。发出去被韩轩看到，就不惊喜了！之前的衬衫已经破功，她要对这几个菜严加保密！

"都准备好了，可以回家吃饭了！"

收到林嘉月的这条信息，韩轩唇角扬起，幸福甜蜜的笑容里却隐约透着一丝不安。

吴军的"生日礼物"还没消息……如果不是卢楠陪着林嘉月一起去超市，他一定不会让她离开自己半步。

就在韩轩起身准备收拾东西回家的时候，电脑中新邮件的提示音响起。

他，没理由会"爽约"。

冷静地点开那封邮件，韩轩只在里面看到了一个陌生地址。

发件人：老朋友

时间：2016年6月13日（星期一）15：25

收件人：韩轩

邮件内容：老城区经纬路356号鑫日仓库。

7

"已经在路上了，别急行不行？不是我说你，你就快当爹了，能不能让嫂子省点儿心？都三十多了，出门还能忘带钥匙！长得没我帅，也没我聪明……你说你是我亲哥，谁信呢？"

"我不是你亲哥，把车还回来啊！"

一听这话，陆俊认尿："我亲爱的哥，等我，我马上就到！"

十字路口，他停车等红灯。今天路上的车并不算多，所以视野里没有障碍物，他可以清楚看到马路对面的政大。临近晚饭时间，校门口有成群结队出来觅食的大学生。

在一群学生身后，陆俊看到了正在路边打车的韩轩。

"哟，这么巧。"

绿灯亮，陆俊开过十字路口，在韩轩面前把车停下："怎么就你自己，林司机……"

他的话都没说完，韩轩便不客气地开了车门坐进去。

这个时间不好打车，他却要争分夺秒，所以只能搭陆俊的车。

他不拿自己当外人，惹来陆俊吐槽："韩老师，帮你送过女朋友了，这次该送你本尊了是吧？真拿我当司机啊？"

韩轩没有时间跟他斗嘴，报出地址："老城区经纬路356号鑫日仓库。"

听到这个目的地，陆俊纳闷："这个时间，你去那种鸟不拉屎的地方做什么？"

既然已经在同一辆车上，那陆俊就有知情的权利。

"我回国是因为收到了吴军发送的邮件，他曾说要在我过生日的时候送我一份礼物，这个地址是他刚刚发给我的。"

陆俊蹙眉，严肃起来，不再耍贫。

车子驶动，在前面那个路口拐上绕城大桥。

傍晚的天空，蔚蓝到橙红的渐变色。远离了市中心的嘈杂，头顶的天空中有几只归巢的倦鸟飞过，韩轩和陆俊抬头，却被脚下突然蹿出的野猫吓到，野猫的尾巴蹭了下韩轩的裤脚，然后仓惶钻进了旁边的杂草丛里。

"吱嘎——"生锈的铁门发出令人毛骨悚然的声音，如果天再暗一些，势必会激起一身的鸡皮疙瘩。

仓库虽然废弃，但并不空旷，里面放置了很多破破烂烂的垃圾。

"一起找啊，别分开。"陆俊才说罢，立刻又解释，"我不是怕，我是担心这里有埋伏！"

"嗯。"韩轩无心拆穿他，敷衍应声。

此刻的他仿佛回到了十年前的那个雨夜，只不过，如今只有紧张，没了恐惧。

"哎……"陆俊在一块旧床垫后发现了什么，他猛拍韩轩的胳膊，指给他看，"那儿！"

一只形状看起来有点像人脚的肉色物体暴露在韩轩的视野

中。

"你的礼物不会是个人吧？"陆俊一阵恶寒，脑袋里出现了各种惨不忍睹的血腥画面。

韩轩默不作声，眉宇紧蹙，转身朝那疑似人脚的地方一步步走去。紧随其后，陆俊像个老妈子一样，一遍又一遍地提示："你小心点儿，有埋伏怎么办……要不我们还是先出去，等王子兵他们来了，再进来吧！"

他絮絮叨叨的时候，韩轩已经接近了目标，视野变大，他将那个可疑物体看得一清二楚。不过是虚惊一场，那并非真人的脚，而是一只高档充气娃娃的脚。

"不是尸体……"松口气，韩轩开口，可下一秒抬眼，就在他正前方，距离十米不到的地方，一个失去了四肢面无血色的男人，正冷冷地注视着他。

陆俊听他说不是尸体后，彻底卸下心防，可谁想跑上来，看到的却还是一具尸体！惊得他不禁爆粗："我去，这还不叫尸体？"

惊魂未定，眼尖的侧写师陆俊打量苍白得像用涂料粉刷过的尸体，看着眼熟："是何峰！"

何峰的尸体已经被处理过，没有半点血迹，而且福尔马林的味道很重。与他手脚一起捆绑在身后的，还有一个包装精美的礼品盒，彩带上面别了一张小小的庆祝卡片。

从旁边的垃圾堆里找出一个看起来还算干净的塑料袋，陆俊套到手上，小心地将精美的礼品盒从何峰背后取下，在韩轩的默许下，将礼物拆开，是一副国际知名品牌的太阳镜，价格是林嘉月送给他那副的几十倍。

再看卡片，字体俊逸，跟资料中吴军的字迹一模一样。

"原来这就是你的秘密。"

吴军知道了……韩轩并未太过慌张，恢复镇定。

陆俊不解："你的秘密？你有什么秘密？"

"视力。"他坦白。

"什么意思？"

"十年前，我之所以能在擦肩而过时看清楚吴军的脸，是因为我生来就有比正常人强很多倍的动态视力。"

"就是说，你的眼睛能慢放？"陆俊不可思议地看着他的眼睛。那是一双看起来和正常人没有区别的眼睛。"……原来你是开挂了！难怪别人那些一闪而过的微表情，你都能轻松地捕捉到！看来你是生来就注定要做这一行的啊。"

仓库外有警笛声传来，王子兵他们已经赶到。

韩轩和陆俊出去迎他们，可此时的仓库大门却怎么都打不开，门的铁锈上有新的划痕，看来是在他们来之前，已经被人动过了手脚。

陆俊不禁又重复道："有埋伏，肯定的！"

不知道该说他是神算子还是乌鸦嘴，话音才落，仓库门上的窗户便脱落，朝两人砸下。

关键时刻，陆俊倒是挺仗义，一把将韩轩推向安全之处，自己想再躲避坠落物时，已经来不及了。哀号一声，他的左肩被窗框狠狠击中，幸好窗框上已经没了玻璃，不然他的颈动脉很有可能会被划伤。

门外的人听到陆俊的号叫，紧张又不敢轻举妄动。

"陆俊？"

韩轩帮陆俊检查过伤势后，回应门外的王子兵："被砸了，没大碍。"

"什么叫没大碍？我脸都划伤了！"被砸后，陆俊的第一反应竟是先掏出手机，用前置摄像头当镜子……

"轻微擦伤，不会落疤的。你还是最帅的。"看在他关键时刻舍己救人的分上，韩轩怀抱感激之情说了句昧良心的话哄他。

陆俊疼得龇牙咧嘴："你承认了啊？"

顺他心意，韩轩点头。

仓库大门被撬开后，陆俊哎哟哎哟地被同事搀扶出去，发现门外江雪怡也在，这才不再哼唧，一副铁骨铮铮的模样。

江雪怡向他走来，不动声色地瞅了眼他肩上的伤，从白大褂里掏出把剪子。

"干什么啊？给我处理伤口，还是补刀？"他贫嘴道。

江雪怡冷哼："看来你的伤是真没什么大碍。"转身欲走。

"哎！"陆俊叫住她，"肩膀上的其实还真无所谓，你帮我看看脸上的吧！"

颧骨上的擦伤对别人来说才是无所谓的，但对于他们这种爱脸如命的人来说，那肯定是最重要的。

"等着。"江雪怡又从口袋里拿出药水和消毒棉，在给他擦药前先清理了下伤口上的灰尘。

两个人凑得很近，脸与脸的距离大概二十厘米。

她肌肤晶莹剔透，吹弹可破，发间的香气像仙女的催眠歌声。

见色起意是最直接的爱情起源。

"江法医，"陆俊鬼使神差地开口，"你还去相亲吗？"

给他处理好伤口，江雪怡抬眼瞟他："关你什么事？"

他笑得满眼桃花："我也想体验体验相亲，一起啊？"

这个"一起"的意思，她在他的眼神中明白了。心跳突然空格一拍。空窗多年，她再也做不到处变不惊。

演技尴尬，江雪怡假装没有听到他刚才的话，将药水和消毒棉放回口袋，冷冷道别："我去干活了。"

会议室的大屏幕上，多张尸体照片排列，前面大部分照片是吴军十年前作案的旧照，那时候的摄影器材相较现在的像素偏低，但不影响查看。后面几张是何峰被害的尸体照片。

王子兵切换这些照片："经法医鉴定，杀害何峰的凶手作案手法几乎与当年的吴军一致，而且韩老师收到的那张贺卡经字迹鉴定后，可以确定，就是出自吴军之手。他还活着，而且又出现了。"

"真的不可能是另外一个模仿者吗？毕竟救走何峰的人，鞋印与吴军不符。"有人问。

"十年在逃，吴军的狡猾程度不是一般罪犯可以相比的。他心思缜密，又具备很强的反侦查能力，而且鞋印大小的假象只要换一双鞋就可以制造出来，何况两者鞋印的差距并不大。所以不管是鞋印还是自称'吴军的儿子'的留言，都可能是吴军故意制造的烟幕弹，试图混淆警方视听。"

陆俊赞同："如果是另外一个模仿者，他冒险救走何峰后为什么还要再杀他？目前据我们所知，除了何峰所制造的两次模仿案件，再无其他。也就是说，这个'模仿者'从未作案，所以救出何峰后，他们会惺惺相惜，日后联合作案。但如果是吴军本人，情况就截然相反，何峰的作案目标是柔弱无辜的女性，而吴军选择的目标是蛮横无理实施家暴的继父，因此，吴军瞧不起胆小卑鄙的何峰，认为他不配做自己的模仿者，所以宣判何峰死刑，就像他认为十年前那些孩子的继父应该被处死一样。至于给他治疗伤口，原因也很简单，痊愈后的何峰才符合他作案目标的标准。"

分析下来，还是吴军本人再次出现的可能性最大。十年时间，警方一直没能找到他的行踪，这一次，他们绝对不会再让他逃脱。

李队下令："即日成立专案小组，韩轩、陆俊、江雪怡进组，王子兵担任小组组长，其他各组人马随时听从调配与支援。"

第十章 终极对决

1

生日晚宴白做，第一次约会泡汤，这都不是林嘉月心情低落的原因，令她感到郁闷的是，自己没有被算进专案小组的成员中。平时忙得团团转，现在她却成了无用武之地的闲人，被他们留在测谎中心里。

不过，她确实也没有什么特别的作用。陆俊擅长犯罪心理，江雪怡是法医中的精英，王子兵的身手可以以一敌十，行为学方面韩轩独当一面。

午饭后出来散步，骄阳似火，林嘉月也只能躲在多媒体教室楼下的树荫中发呆。她想给他们打电话，但又害怕干扰他们的工作。

"在做什么？"胡向北的声音从她身后传来。

林嘉月回头，见到温和绅士的笑脸，被他感染，也笑道："发呆啊。"

"不忙了？"

"嗯。"

"那一会儿来我这里看电影吗？这可能是我在政大播放的最后几部电影了。"他故作轻松地说道。

惊讶地睁圆眼睛，林嘉月问："你要离职了吗？"

胡向北笑着点头："对，这学期结束后，我想换一份工作。"

"去做什么？"

"还没想好。"

"没想好就要离开吗？感觉你不是那种会'来一场说走就走的旅行'的人啊。"

对她印象中的自己感到有趣，胡向北问："那你觉得我是什么样的人？"

认真思考，林嘉月回答："成熟稳重，做事情深思熟虑。"

"评价很高嘛。不过，再成熟的人，也会想要体验不一样的人生。"

她赞同："这倒是，生活需要新鲜感。有时候我也想换一份工作，体验不同的人生，但是想来想去，适合我的工作好像并不是太多。"

他羡慕地说："那是因为你找到了自己最喜欢做的事。"

"被你这么一说，好像是这么回事呢！"心中有些小骄傲，林嘉月的笑容明媚。

偶有微风，茂密的树叶被吹动，摇晃出空隙，阳光趁机而入，穿过枝丫晒到他们的身上，星星点点，温温热热。

"那你呢，你最喜欢做什么？"她问他。

"我最喜欢做的事是……"胡向北作思考状，让她等待好几秒后，却突然无厘头地开口说："维护世界和平！"

知道他在开玩笑，林嘉月鄙视他："不想说就算了，还以为你已经把我当成能聊人生聊梦想的好朋友了呢！"

胡向北认错态度良好："我不闹了。我们就是好朋友啊。我们这么默契，经历也相似。"

知道他说的相似经历是失去父亲，林嘉月苦笑起来："如果可以，真希望我们没有这种相似的经历。"

胡向北开口安慰，意味深长地说："人活一世，总会有与人分别的时候，不要太纠结太难过，时间会把不愉快越推越远，越冲越浅。"顿了一会儿，他又说道，"我不该聊这个话题。走，现在就跟我去教室吧。"

林嘉月起身，开玩笑地提出要求："那今天的电影我来挑。"

胡向北像宠爱妹妹的大哥哥一样，有求必应："好，让着你。"

"不不不，是我大方，给你一个赎罪的机会！"她俏皮道。

专案小组虽然成立了，但想要寻找吴军的下落依然很难。邮件IP的线索韩轩早就查了，死胡同一条。

"在逃十年，他就那么谨慎，一次都没被人看到过？竟然从没有人向警方举报过？这厮莫非遇上了什么大神上仙，学会了传说中的隐身术？"陆俊脑洞开得很大。

"吴军当年是轰动全国的连环杀手，照片被贴满大街小巷，所以不可能会没有人认出来。而他却从没被举报过，只能用那些认出他的人都被他杀害了来解释。"韩轩将从失踪人口系统上抄下的记录递给他们，"根据这一猜想，我调查了洛州市周边省市县的失踪人口记录，吴军在逃的前半年，金县、青荣县、古月县当年的失踪人口数据有异常波动，分别集中在某一到两个月内，而这些县正好同在洛州市的西北方，能够连成一条线。"

"就是说，这可能是吴军的逃跑路线？"

"有可能。"韩轩点头，"但失踪人口的线索到此就断了。假设吴军没有再杀人，那原因是什么？"

"没有被人认出？"王子兵疑惑，"可才只有半年的时间，人们应该不会这么快就忘记这种特大案件吧。"

韩轩点头："对。如果他最后是逃去了一个信息相对封闭的地域，在那儿隐姓埋名生活十年，这说得过去。但他回到了洛州，虽然不知道他是什么时候回来的，但连环凶杀案是在洛州发生的，当年令所有洛州人人心惶惶，就算是过了十年，那也一定会有人认得他。"

"可还是一直没人举报过啊。"

"所以，"韩轩继续，将自己的猜测道出，"他可能已经整容了。"

陆俊的哥哥就是整容医生，所以陆俊在他那里听说过一些关于整容医生的事。

"不是没可能，整容行业目前发展比较混乱，很多整容医生为了赚钱，会瞒着医院偷偷出去接活儿。遇上谨慎负责的医生，能给客人做个漂亮脸蛋，还能为客人省不少钱；但遇上不讲究的，手术部位感染是常有的事儿。毕竟外面的环境比不上医院的无菌室。当然，最倒霉的还是遇上只有三脚猫功夫却要装专家的那种，一个不小心，就是命案现场。如果吴军真是整了容，那他应该挺幸运，遇上了个为了钱没有下限却技术优良的医生。"

"那你能根据现在的线索，给出一份心理侧写吗？"王子兵问。

"噔噔噔噔！"一脸骄傲自豪，陆俊把已经拟好的侧写展示出来，"做好了，再加上韩轩刚才的这一条就可以。男，中年，独居，高智商，经济条件好，从事医疗行业可能性大，外表或老相或少相，总之面部与同龄人一定不同，性格方面成熟稳重，从容不迫，心理素质极强。"

上一堂课结束的时候，胡向北明明说今天会给大家放恐怖片，但一上课，恐怖片一下改成了浪漫爱情喜剧片。

有同学不禁调侃："胡老师，你这也算是见人下菜吗？哦，不对，是见人下片儿！林学姐来了，你就改主意了啊？"

以前被误会，林嘉月懒得解释，一笑而过，可现在，她是有男朋友的人了，所以还是澄清一下比较好。

"各位好好看电影吧，不用再猜测我和胡老师的关系了，我和胡老师只是朋友。你们要是有谁觊觎他的美色，那就准备一下，下学期开始追求他吧。学姐为你们加油啊！"

女生们不解："为什么要等下学期？"

"问你们胡老师呗。"林嘉月将烫手山芋丢回胡向北的手里。

"胡老师，为什么啊？"女生们在这方面的求知欲总是高于男生。

胡向北无奈地笑答："下学期我将不再任教。"

这个消息对她们来说，真的既开心又难过，开心是因为不用再怕师生恋的舆论，难过是因为从此学校里少了一道养眼的风景线。

以防她们问题太多，胡向北按下电影播放键后就离开了。

他前脚才走，讲台上的手机就响了起来。

林嘉月不想妨碍学生们看电影，起身上讲台将那通电话挂断。可一分钟都没到，电话又来了。怕对方是真的有急事找胡向北，林嘉月再次起身，拿着他的手机出了教室。

"喂，你好。"

电话那头是一位声音很甜的女生："你好。"

林嘉月正担心这人是胡向北的女朋友，自己会令她误会什么时，甜美女生自我介绍："我是陈氏整容医院的护士。"

"哈？推销产品？"

"不是呀。"

"那是不是打错了？"

"没有的呀，这就是胡向北先生的电话呀。"

"哦——是没有错呀！"林嘉月坏笑，学起人家甜妹子嗲嗲的说话方式，"可他现在不在，你们有什么事吗？我可以帮你们转告呢。"

不介意她学自己说话，小护士笑着说："是这样的，胡向北先生预约了明天来我们医院注射肉毒杆菌，我们是想确认一下，他大概什么时候过来。"

肉毒杆菌？林嘉月惊呆了！没想到胡向北比陆俊和江雪怡还爱美，竟然都要注射这种东西了……难道他说要换一种职业是要出道演电影？

意识到自己忘记带手机，胡向北匆忙返回。走廊上，林嘉月正拿着自己的手机，站在教室门口。他的脸色瞬间阴郁下来，而后又迅速回复往常的和善，像从来没有不悦过一样。

"怎么了？"他走上去。

林嘉月将他的手机递上，以防屋里的学生们听到，她小声说："刚才整容医院给你来电话了。"

"嗯。"胡向北寡言，脸色有点不自然。

以为他是因为尴尬才会有这种反应，林嘉月替他着想，故意岔开话题："电影挺好看的，我先回教室继续看啦！"

他勾了勾唇，尽量让自己的笑容看起来跟以前一样。

"好。"

高强度的会议令专案小组的四个人都忘了吃午饭，到了下午五点多，陆俊实在饿得受不了嚷着要吃饭的时候，其他人才想到人要吃饭这回事。当然，还是有人"有情饮水饱"。出了会议室，韩轩做的第一件事就是给林嘉月打电话。

此时的林嘉月已经在收拾东西准备下班了，接到他的电话，还以为他今晚会回家，脸上露出期待："你今天会回来吗？"

韩轩遗憾开口："可能还要在局里过夜，今天晚上，你还是回你妈妈家住吧。"

难掩失落，林嘉月关心道："那你吃饭了吗？"

"还没，正准备去吃。"

"食堂的饭没我做的好吃，昨晚要是什么都没发生，你就能尝到世间美味了！"一日不见如隔三秋，这一通电话打得林嘉月真想马上就去局里见他，"要不，你别吃食堂了，我做好饭给你送过去吧？"

韩轩是能再忍几个小时才吃饭，但他不放心林嘉月在晚上一个人出来。"明天中午吧。"

"好！"林嘉月笑得灿烂，眼睛都眯成了两条弧线，激动得像是异地恋情侣终于能见面了似的。

2

一个谨慎的人，是丝毫不允许有对自己不利的因素存在的。所以，即便是从一开始就令他莫名其妙产生好感的林嘉月，他也不能特赦，何况，她还有一个特殊的身份，就是韩轩的女朋友。

中午还艳阳高照，可现在刚到傍晚，太阳便消失无踪。洛州北边应该有下雨的地方，林嘉月在回她妈妈家的路上，感觉到阵阵凉风从北边吹来。

昨天吃粽子吃得发腻，今天晚上她为了摆脱老妈的粽子喂养，亲自去市场上买了瓜果蔬菜鸡鸭鱼肉，决定自己来做主厨。当然，她的主要目的还是为了明天中午能给韩轩做一顿丰盛午餐，来弥补生日晚宴的遗憾。

这个小区是林嘉月住了二十多年的地方，熟悉到可以闭着眼睛来去自如，不需要花费太多注意力在路上，她又一心想着明天的食谱，所以林嘉月一点儿都没察觉到自己已被人跟踪了。

已经过了下班的高峰期，现在正是一家人坐在餐桌前共进晚餐的时间，小区的街道上路人稀少，这一条细长小巷，除了路边满满当当停着的车，只有走在前面拎着大包小包的林嘉月，和悄无声息跟在后面的胡向北。

这不是他第一次杀女人，十年前刚从洛州逃出的时候，他曾在金县杀过两个认出他的女人。

杀人的意义被他定义为两种：一种是审判，一种是毁灭。前者，他是以正义的名义去惩戒；后者，他是以自私的无奈求自保。

时机已到，匕首的冷光闪烁，他缩短了自己与她之间的距离。

可此时，摩托车声突然由远而近。"突突突突——"林嘉月一听便知这是卢楠的车声，回头去找，果然见到他那辆差点被卖了的拉风摩托出现在巷口。

计划被打乱，胡向北装作归家的小区居民，镇定地拐进了左手边的一个院子里。

林嘉月没看清楚刚才拐进院的人长什么样，只是觉得身形跟胡向北有些相似，不过他的上衣是藏蓝色Polo衫，而胡向北今天穿的是水蓝色衬衫。

"哎，嘉月！"并不知道自己无意中救了林嘉月，卢楠停车，兴奋地跟她说道，"我今天办了一件大事儿！我在俱乐部拉到了一个特大赞助！"

"哪个煤老板答应帮你还房贷了？条件是什么？需要卖身吗？"林嘉月没正经地开玩笑。

"别闹，真是大事儿！煤老板答应出资资助山区学生了，而且，我们那个经理也觉得资助山区学生挺有噱头，准备做个促销活动，办卡八折，每办一张卡，俱乐部就给山区学生购买一本书。"

"你们经理这算打着公益旗号敛财吗？"她鄙夷。

卢楠毫不在乎："管他呢，最后把书一本不少地给我运过去就行！哎，你说，周希彤会不会又对我高看一眼？"

为哄他开心，林嘉月连连点头："何止！得两眼！"

卢楠得意，开始他的套路："那是不是得庆祝？走！去你家吃饭！"

"就知道你除了蹭饭没别的事儿！"

"吃饭不积极，思想有问题！"

"干嘛嘛不行，吃嘛嘛不剩！"

两人吵吵闹闹，跟小时候一样，斗着嘴消失在巷口。

等外面没有了他们的声音，胡向北这才从院子里出来，望着空无一人的巷口，他面色凝重，眼里有阴云翻滚。

他不喜欢计划被改变，但夜长梦多……

所以，他的游戏要提前启动了。

吃完晚饭回到办公室，韩轩发现自己的邮箱里静静地躺着一封来自"老朋友"的新邮件。

发件人：老朋友

时间：2016年6月14日（星期二）19：35

收件人：韩轩

邮件内容：游戏正式开始。给你三天的时间，如果你找不出我，那么从第四天起，每天都会有一个人因你的无能而死。直到第八天，死的人就会是你。

见韩轩全神贯注一言不发地看着电脑，王子兵和陆俊一起凑上来，从头到尾阅过这封邮件后，两人异口同声："这个变态！"

江雪怡也凑上来，抱臂站在两人的身后，疑惑道："为什么是第八天？难道他已经选好了其余四个目标？"

陆俊又嘴欠，伸手掰扯着手指数到："王子兵，你，我，林嘉月。正好四个。"

这种事还有主动对号入座的！王子兵和江雪怡一起白他，衷心祝福："希望你是NO.1。"

"哎，你俩太不厚道了！"陆俊幽怨。

第二天，林嘉月利用午休时间来给韩轩送午饭。一进门，通宵没睡的四个人姿态各异地趴在桌上熟睡。

知道他们辛苦，而她能帮上忙的地方却不多。林嘉月不忍心叫醒几人，悄悄将保温饭盒放到他们各自身边。因为一起吃过饭，她记得他们的口味，所以每一份饭盒里的菜都不同，都是他们喜欢的口味。

大力来办公室送资料，见到林嘉月也在，正要开口打招呼，却见她做贼似的蹑手蹑脚出屋，压低了声音说："不要打搅他们休息！"

大力了解地点点头，受她传染，也像做贼一样小心翼翼起来，他将资料递给林嘉月："这是王哥上午叫我找的资料。你帮我放进去吧。"

"好。"林嘉月接过，又蹑手蹑脚一个来回，将资料轻放到桌上，全程一丁点儿声音都没发出，鞋底就跟长了猫狗的肉垫一样。

她拉着大力离开，说话音量终于恢复正常："有什么进展吗？"

"嗯，昨天晚上，韩老师又收到了一封邮件，吴军说给他们三天时间，要是找不出自己，从第四天起，每天杀一个人，直到第八天……"大力犹豫。

林嘉月追问："第八天怎么样？"

"第八天他就要杀韩老师。"

林嘉月沉默，心突然慌得忘了怎么正常跳动，一重一轻地跳，令她有种快要窒息的感觉。她已经完全体会到了，韩轩担心她出危险时的那种焦虑和不安。

……

一觉睡醒饭就摆在眼前，田螺姑娘来过了？有可口饭菜吃，但依然无法堵住陆俊的嘴："这才是实实在在的狗粮啊，突然有点儿羡慕嫉妒恨了。"

这话说罢，他朝洗完脸素着颜回来的江雪怡望去。

对自己的素颜再有自信，她也受不住某人激光一样的目光，于是尴尬演技又上线，江雪怡继续假装什么都没有听到。

若是她毒舌，陆俊还能像弹力球一样受力弹得更高，可她偏偏装作听不见，那他就完全没得玩儿了，想开口都不知道接着该说什么，最后只能乖乖闭嘴吃起饭来。

林嘉月的手艺确实不错，心也细，做了他们各自爱吃的菜肴，只是在现在这种高压状态中，谁还能有细细品味的闲情逸致？

从市公安局回到测谎中心，面带愁云的林嘉月进门就被小张拉住八卦："怎么，知道胡老师提出辞职了？"

林嘉月收起愁容："知道啊，下学期不任教了。"

"不是啊，今天就提出离职了。"

她不解地歪起脑袋："这么快，为什么？"

小张说："好像是家里出了点急事儿。"

急事可以先请假回去处理，不用直接辞职吧。总觉得事情不会是这么简单，出于关心，林嘉月亲自去找胡向北了。

"胡老师。"林嘉月敲开胡向北所在办公室的大门，其他老师也都在，为不打搅他人，她冲正在收拾东西的胡向北招手，示意他出来。

见她来找自己，胡向北脸上并没流露出欢迎的喜色。

林嘉月看出来他没有招待自己的心情，有点儿后悔过来，但来都来了，她就继续没眼力见儿下去吧。

"你今天就要离职吗？"

胡向北的眼神回暖，像往常一样，笑着说："听人说了啊？"

她点头，关心道："家里出了什么事？"

"没什么，你不必担心。"

她不喜欢别人勉强自己，自然也不会勉强别人。胡向北不说，那她就不再刨根问底。只是，怎么看都不觉得他家里像是出了事的，他的脸上可是一点儿担忧神情也没有。

林嘉月暗忖，难道是因为注射了肉毒杆菌？所以他的面部僵硬，不容易看出真情实感？

"那，你东西多吗？要不我帮你搬上车吧。"

"好。"接受了林嘉月的好意，胡向北从办公室里抱出一只较轻的纸箱给她，自己则抱着另一只较重的，与她一同下楼取车。

她在前，他在后。胡向北的目光紧紧锁在林嘉月的身上，如果眼神真的可以杀人，林嘉月现在早已没了呼吸。

"你开一下后备箱，我的这个高度适合，可以放进去。"她停到他的后备箱前，轻轻拍了拍盖子。

胡向北答应着，却温吞地打开车门，他在拖延时间，回忆自己后备箱中的物品。昨天跟踪她时穿过的那套衣服，他已经包进了黑色塑料袋中。确认安全后，他这才把后备箱盖子打开。

林嘉月弯身将自己怀里的箱子放进去，新纸箱的棱角比较尖，其中一角将后备箱中的一只黑色塑料袋划出大拇指指甲盖大小的破洞，里面装着的是布料，藏蓝的颜色看起来非常眼熟。

看着她半个身子倾进后备箱，他忍着想要将其全部推进去的欲望，转开脸。午后的校园虽阳光毒辣，但仍有三三两两的学生不断从这边经过。

"好啦！"若无其事地关上后备箱，林嘉月问："手续需要过几天才能办好吧？到时你回来，给我打电话啊。"

胡向北眼波平静地转回头，微笑道谢："好，谢谢你。"

"那，再见啦。"她挥挥手，笑得亲切。

"再见。"道别，他转过身去。

看到他侧身的那一瞬间，林嘉月整个人怔住。

昨天小区里的那个身形与胡向北相似的人，就是他！

他为什么会去那儿？而且当时她就走在前面不远的地方，难道他真没看见自己？还是说，他看到了却没有打招呼……

短短两天，认识三年多的胡向北竟变得神秘诡异，令人难以看透……

因为她碍着了自己倒车，胡向北从车窗里探头出来："嘉月，让一下。"

"哦！我真没眼力见儿！"林嘉月的演技比江雪怡的高超太多，傻白甜演得出神入化，不光闪身，还帮他指挥起倒车来。

等胡向北的车驶出校园，她脸上的笑容方才消失，疑色渐浓。

车子驶离政大几条街后，胡向北在路边停靠下来。

他拨通通讯快捷一号键，冷冷开口："都准备好了吗？"

3

思来想去，林嘉月还是决定调查一下胡向北。

再来市公安局，韩轩他们这次没在补觉，可林嘉月还是绕过他们，直接去找了大力。

系统上调取出的胡向北的资料，照片没有更新为近照，用的应该还是高中时代的照片，所以和现在的样子相比，看起来很稚嫩。两个时代的他长相有别，但出入不大，属于越长越精致的那种。当然，也可能是因为他做了微整形。

滑着鼠标的手停住，林嘉月发现胡向北的户口上竟然只有他自己。

"大力，你能帮我查一下他的父母吗？"

大力坐回电脑前，在系统里调出胡向北父母的资料。

原来胡向北父亲过世后，母亲改嫁，把自己的户口也迁走了。母亲这么无情，应该就是胡向北从来都不提她的原因吧。

返回胡向北的资料页面，林嘉月一个字一个字地查看，上面所写的教育经验、工作经验，都跟她之前在学校里看过的档案一致，着实找不出什么怪异的地方。难道真的是她想多了？

关掉系统，林嘉月的脑袋上被人从后面轻轻地搭上了一只手。她仰头往后瞧，那只温热手掌的主人映入眼帘。

"为什么不过去找我？"韩轩眼里有见到她的惊喜。

"怕打搅你们。"林嘉月弯唇笑起。

她乖巧时候的样子，跟呆萌的小狗有几分相似。疲惫因她减半，韩轩拉她起来："不会，跟我过去吧。"

路上，林嘉月担忧地开口："我听大力说了新邮件的内容……你会没事的，对吧？"

睨她微蹙的眉头，韩轩宽慰："当然。一直躲在局里的话，他绝对没有办法接近我。"

她知道他是在说笑，他想自己不那么紧张。配合地跳过这个话题，林嘉月问："他既然都已经逃了，而且连那么贵的太阳镜都能买得起，那为什么不就此隐姓埋名生活下去，偏要再次向你提出挑衅？"

"这个原因我也没有想明白，也许我是唯一一个在他手下逃生的人，是他人生中最大的失误……他的想法，我们暂时还没有摸透。"

现阶段，将目标锁定是最重要的事，所以重担基本都在陆俊的肩上。

670

林嘉月跟韩轩进屋，此时的陆俊正在修改第三版侧写。按照前两版找人，结果都是竹篮打水一场空，这让他颜面丢尽，而且还是在江雪怡眼皮底下丢脸，实在恼火。

可他就是想不出问题到底出在哪儿！陆俊对着本子，烦躁得竟连形象都不顾，头发抓得蓬乱。抬眼看到林嘉月，他打量她空空的手问："你不是来送狗粮的吗？"

看在他这么鞠躬尽瘁就差死而后已的分上，林嘉月的那句"这么爱吃狗粮，怎么还没长出尾巴？"被硬生生咽了回去，正经八百地问："你的新侧写出炉了吗？"

他仰天长啸："没有……我遇到了这辈子最大的瓶颈……"

林嘉月捡起被他扔在桌上的凌乱纸张，有的上面只写了一个字就被从本子上撕了下来，有的则写了好几行。她找了张字数看着最多的来瞧，当目光扫过"外表或老相或少相，总之面部与同龄人一定不同"这句话时，她疑惑道："什么意思？"

"你韩老师怀疑吴军整了容。"

林嘉月怔住，顷刻间，她脑中闪现出胡向北的名字。除此之外，高智商，经济条件好，性格成熟稳重也跟他的形象重合。"既然整了容，那他会不会直接在年纪上也做了手脚？不是单纯地看起来不符合真实年龄，而是真的换了年龄！"

"洗白成了一个我们想不到的身份？"

林嘉月点头："胡向北，政大的选修课老师，他突然离职，而且之前我帮他接了一个整容医院的电话，他们提醒他去打肉毒杆菌……还有，我怀疑他前天跟踪过我，就是在我接听了整容医院那个电话之后……"

他们之中，只有韩轩知道有这么一个人存在。两人上课的教室在一栋楼上，但一直以来，韩轩都没有机会跟他面对面遇见，是没有缘分，还是他有意在躲避？四十多岁，身材保持良好的话，加上注射肉毒杆菌，整体看上去应该能做到与二十多岁的年轻人毫无差别。

今天已经是第三天，时间紧迫，他们现在真的是宁可抓错也绝不放过了。

王子兵起身行动："我现在就带人去找他！"

审讯室的灯光一如往昔，除了人心，一切如旧。

如果没有怀疑吴军整了容，那在外面的大街上见到年轻俊朗的胡向北，有谁会猜想他今年可能已经四十多岁了？

"协助调查十年前的连环杀人案？为什么要找我？我是三年前才来洛州工作的。"胡向北镇定自若地坐在椅子上，微笑着望向对面的韩轩和王子兵。

这是韩轩第一次见到他的正脸。

他的脸和吴军的脸完全不一样，从脸型到五官毫无相似之处，简直就是两个人。

被韩轩凝视，胡向北丝毫不慌张，温文尔雅，友好地开口："没想到，我和韩老师的第一次面对面交谈竟是在这种地方。"

韩轩也微微一笑："为什么想不到？一切皆有可能，不是吗？"

"有道理。"他赞同地点头。

韩轩进入正题："你说你是三年前来洛州的，那你之前一直生活在古月县？"

"不是，大学是在潼川市念的，毕业后，我留在潼川工作了几年，也是从事教育行业。大学之前，确实是一直生活在古月县。"胡向北边回忆边说，并不是信口雌黄。

"那你对洛州十年前发生的连环杀人案知道多少？"韩轩又问。

羞愧一笑，他答："如果不是你今天问起，我都不知道十年前洛州还发生过这种案件。我一直觉得洛州是一个安全祥和的城市。"

"所以你从来没听说过吴军这个名字？"

"他是？"胡向北语气中透着疑惑。

韩轩很愿意帮他解惑，开口介绍："吴军，连环凶杀案的凶手，又被人称为'继父杀手'，不对，应该是……"他补充，"令所有继父闻之丧胆的'继父杀手'。"

韩轩视线定格在他的脸上，静静地等待，像草原上伏击猎物的猛兽。

"是吗？我确实没听说过，看来我好像帮不上你们的忙了。"微笑的同时，胡向北不自知地挺了下胸膛，下巴微扬。

"不认识，那为什么会感到骄傲？正常人听到吴军是这种人，应该会感觉恐惧厌恶才对吧？"韩轩不再笑脸相陪。

胡向北摆出一副无辜的模样："我有骄傲吗？你是不是看错了？"

无视他的狡辩，韩轩质问："林嘉月知道你注射肉毒杆菌后，你是不是跟踪过她？跟踪她的目的是什么？担心她会暴露你的秘密？所以你想杀人灭口？"

他一怔，又委屈地开口："怎么会呢？我和林嘉月是朋友。"

一张注射过肉毒杆菌的脸，肌肉麻痹僵硬，想要以微表情来判断他有没有说谎，难度增加，不过好在他的肢体语言不受影响。

捕捉到他刚才的冻结反应，韩轩不介意花时间给他科普："一百万年前，原始人类横跨非洲大草原，那时候，他们面临着很多猎食者的威胁，这些动物跑得比他们快，力气比他们大，但他们最终生存了下来，是大脑的边缘系统起了作用，它们为人类远足找到了弥补力量不足的方法。边缘系统使用的第一种防御战术就是冻结反应。移动会引起注意，一旦感到威胁时，立刻保持静止状态，这是边缘系统为人类提供的最有效的救命方法。你在被问到有没有跟踪林嘉月，是否想要杀害林嘉月的时候，很好地向我们展示了这种反应。"

胡向北不语，保持温和情绪，一副受教了的谦逊模样。

可恶的嘴脸。如果那晚不是卢楠正好出现，韩轩真的不敢想象在林嘉月的身上会发生什么……

"我现在好像懂了，"恍然大悟，狡猾的狐狸哭笑不得，"你们是不是怀疑我是那个凶手？这个玩笑未免开大了吧？十年前，我只有十八岁，正在备战高考，怎么会来洛州杀人？"

韩轩冷笑："十年前你才十八岁，今年你不过才二十八岁，有必要注射肉毒杆菌除皱吗？当然，除非你的真实年龄和吴军一样，今年四十四岁。"

"韩老师，就因为我注射肉毒杆菌除皱，你就怀疑我？"胡向北难以置信，底气十足地强调，"我是一名大学老师，警方系统上，我的档案清清楚楚，我是一个安分守己的合法公民啊。"

"那，既然你标榜自己是合法公民，配合我们做一下DNA对比如何？"

激将法没有成功，胡向北婉拒。

"就算我是合法公民，但也不用答应你们这种不合理的要求吧？"

这个时候，审讯室外有人敲门。大力探头进来，脸色不怎么好看，像是遇上了麻烦事。

王子兵立刻起身出去："怎么了？"

"胡向北的律师来了。"

西装革履的男人就站在距离他们不远的地方，他对警方来说并不陌生，甚至整个洛州都知道他的大名，但作为一个知名律师，他的口碑并不怎么样，不是他的专业技能有问题，而是他的委托人尽是人渣，迷奸郑玉燕的付利就在其中。

男人看向王子兵："你好，王警官，咱们又见面了。"

海面般宽广的绿茵地，挥杆，一颗乳白的高尔夫球飞射出去。

噼噼啪啪的掌声响起，有人恭维："付总的球技越来越厉害了，这是要朝着两杆进洞去啊？"

"两杆进洞？以付总的雄风，一杆进几个洞都不成问题！"

低俗的黄色玩笑将在场所有男人逗得大笑，球童姑娘只能尴尬地别过头去。

付利瞥见，假正经地斥责他们："有女士在场呢！你们注意点儿！"

姑娘略带感激地冲他礼貌微笑，却发现这个道貌岸然的人渣正盯着自己胸部来回打量，眼神中透着令人作呕的赤裸欲望。

675

"那个，付总……"察觉到付利现在正在看什么，他的助理很伤脑筋，提醒地拉了拉他的衣角。

保释在外，他要小心小心再小心。这样的日子真叫人恶心！

"行了，知道了。"付利不耐烦，不舍地又在人家姑娘身上多看了几眼，才终于收回目光。

这一会儿是老实了，可欲望这种东西，你越是压制，它就越反弹……

"叮。"付利的手机收到一条新短信。

"高颜值美女提供各种服务，绝对能令你享受到前所未有的愉悦，点击链接查看照片，包你满意。"

毫不犹豫，色鬼点开短信中的链接。

里面的美女照片确实叫人眼前一亮，付利被那一张张姣好的面容弄得心里直痒，恨不得现在就开车回市区，找个安全的没人知晓的地方，体验一把所谓的"前所未有的愉悦"。

4

"你们怀疑胡先生是十年前连环凶杀案的凶手吴军？开什么玩笑？吴军今年应该四十多岁了，而胡先生才二十八岁，你们警方的系统里又不是没有他的档案。你们现在什么证据都没有，凭空怀疑一个遵纪守法的良好市民，还要逼迫他做DNA化验？难道就不怕再上一次微博热门？"胡向北的律师咄咄逼人。

而胡向北本人正面带微笑地坐在一旁，还像个好好先生似的，开口劝自己的律师："李律师不要着急，有话好好说，我们要相信警方不会像不懂事的小孩子一样无理取闹。"

他好声好气，却把王子兵他们气得七窍生烟。

胡向北的档案毫无瑕疵，堪称完美，在这种情况下，警方也确实是凭空怀疑。

但时间一分一秒在流逝，第四天正一步步向他们逼近，如果不能尽快找到强有力的证据，那时间一到，胡向北就可以大摇大摆地从这里出去，然后开始他的罪恶游戏。

两拨人分居审讯室和观察室。审讯室中，胡向北和他的律师各忙各的，偶有交谈，都是无关紧要的对话。观察室中，专案小组的成员如热锅上的蚂蚁。

王子兵一遍一遍地给古月县公安局和潼川市公安局打电话，希望他们能在那边找到有关胡向北的可疑之处。

"王哥，我打听到一个消息，不知道对你们有没有用。胡向北十七八岁的时候在县医院做过阑尾炎手术，你们看看，他身上有没有疤啊？"

接到古月县同事的电话，王子兵立刻叫着江雪怡一起去了隔壁。

原本两人以为他还会拒绝配合，但没想到，待他们说明来意，他竟主动配合地撩起了自己的上衣。

四厘米长的手术疤痕呈现在江雪怡面前，从形状和位置上来看，确实是阑尾炎手术的疤痕，从颜色上看，也确实是有些年头了。

气氛变得更加尴尬，王子兵和江雪怡的脸色有些难堪。

而胡向北却大度开口："没关系。你们要是想到什么其他需要我配合的，只要不触及我的底线，我都会配合。"

在观察室里看他继续扮演好好先生，陆俊鄙夷冷哼，看看手机上的时间。"现在已经晚上十点半了，距离第四天还有一个多小时。"他推了一下一直沉默的韩轩，"协助调查也就只能留他24小时，如果我们真拿不出有力证据，明天中午他就和这个四眼田鸡混蛋律师一块儿滚了，到时候外面就有人要死了！你不急啊？"

韩轩不语，目光一直锁在胡向北的脸上。

审讯室中的胡向北好像能感觉到有人在看自己，抬头，他朝镜子后的观察室望过来，"对视"几秒之后，他的唇角露出了令人恼火的自信笑容。

凌晨一点，付利从高尔夫度假酒店的地下酒吧回到自己的房间，耳根清净了，却觉得更加寂寞了。白天在手机上看的那些美女在脑海里转个不停，色鬼的欲火直攻下路，但奈何这里位置偏远，要是现在叫美女过来，那他得一个多小时后才能享受到。

他急不可耐，从床上翻身起来，决定先去酒店外找个小姐来解解馋。开车来的时候，付利看到酒店前两条街上有几家洗头房，店面装潢得严实，每块玻璃上都贴了厚厚的磨砂贴纸，生怕别人看到里面藏了些什么。他就是从这种店做起来的，所以里面到底都有些什么，没人比他更清楚。

郊区的气温本来就低于市区，到了夜里，温差更大。凉爽的风吹起，令人感觉惬意。

没有助理碍手碍脚，想着一会儿能放开了玩儿，付利的脸上堆满淫笑，完全没有察觉自己已经被人盯上……

第二天清晨。

天才泛起鱼肚白，一家早餐摊儿的老板蹬着三轮车经过每天都路过的一个死胡同。

余光瞄见里面有个人，还以为是常来自己摊儿上吃饭的哥们儿，转脸想要打招呼，却在定睛之后差点儿从三轮车上掉下来。

"王哥，有人在城郊高尔夫度假酒店附近发现了一具男尸，凶手作案手法跟吴军极其相似，微博上已经炸开锅了……"

闻言，王子兵他们几个都拿出手机，本地热门榜前十，有三条都是跟男尸有关的。

洛州城郊惊现无手无脚男尸。

高尔夫度假酒店附近发生命案。

继父杀手复活，又一男子遇害！

"胡向北还没放出去，外面的人是谁杀的？难道他真不是吴军？"大力指指审讯室中靠在椅子上闭目养神的人。

他是吴军，绝对是。

从回到洛州开始，韩轩就一直反复观看吴军的视频资料，他有一段作为牙科医院代表参加某公益活动的录像，虽然像素有限，看不到他的表情，但他的动作却非常清晰。

一个人的容貌可以改变，但习惯动作，想改就没那么简单了。

十几个小时目不转睛的观察，韩轩一共在胡向北身上发现了三个与吴军相同的习惯动作。

"他们都会在从椅子上站起来的时候整理衣裳，在打哈欠的时候头低下往右歪，在挠痒或揉眼睛的时候只用小拇指，这些相同的习惯动作绝对不是巧合。"

"那外面杀人的是谁？"陆俊诧异，"难道他还真有个儿子？"

再见到韩轩和王子兵，胡向北朝他们礼貌问好后，垂头看了眼自己的腕表："早上六点半，距离我可以回家还有六个小时，对吧？那个，刚才外面好像很忙乱，这么早，警察就有案子要办了吗？"他眉眼间的得意，用虚伪的友好根本无法遮挡。

王子兵被他的挑衅激怒，一掌拍在桌上："说，外面的那个人是谁？"

胡向北一头雾水，避重就轻："外面的人？李律师吗？他去洗脸了，一会儿就回来。"

"少给我装！在外面帮你杀人的到底是谁？"

"原来是有人死了。"很是惋惜，胡向北叹气。

他们剩下的时间越来越少，目前仍没有证据可以证明面前这个胡向北不是真正的胡向北。一旦协助调查满二十四小时，他们就不得不放他离开，那么接下来，他们就只能被他牵着鼻子走。

孤注一掷，韩轩作出决定，他突然朝胡向北的脸挥了一拳。

见状，一旁的王子兵蒙了，上前制止的时候，韩轩的第二拳已经落下。

李律师进门看到这一幕，扑身上来阻拦韩轩："你疯了吗？我们一定会告你的！"

观察室里的林嘉月、陆俊、江雪怡急忙出屋赶去隔壁，此时，韩轩已经被王子兵和赶来的其他同事拉出审讯室。

林嘉月担忧又不解地望向韩轩，而韩轩却向她使了个眼色，示意她看自己被控制住的手。白皙修长的手指被染成了刺眼的红色。

是血，胡向北的血！

秒懂他要表达的意思，林嘉月迅速从口袋里拿出纸巾，在那殷红的血上一抹。

争分夺秒，三人将胡向北的血液样本送去化验。

等待结果的时候，陆俊回味起韩轩的那几拳："真是没想到，韩轩看着不声不响的，关键时刻竟这么果断！有点儿意思！"

林嘉月瞪他，一脸忧心："就算证明了胡向北就是吴军，那韩轩还是会被处分吧？"

见她这么担心，陆俊有所收敛："确实是违纪。不过，他毕竟和王子兵他们不一样，所以处理结果应该也没他们严重。韩轩之所以没和咱们商量，不就是怕连累大家吗？不过，只要鉴定结果能证明胡向北就是吴军，你家韩轩一定会没事的！"

这话要是王子兵说，林嘉月兴许就宽心了，可这是陆俊说的，总有一种狗嘴里吐不出象牙，一定会有大事发生的感觉。

看眼手机，现在已经是中午十一点半，还有一个小时，胡向北就能理直气壮地从局里离开了。林嘉月急得在走廊里转来转去，好几次都想直接闯进化验室，问问他们到底还需要多长时间才能出结果。

"林嘉月，别转了行吗？眼晕。"

陆俊抱怨的话音才落，那道紧闭的白色大门就被人从里面推开，江雪怡拿着化验结果从里面出来。

两人迅速围上，异口同声："怎么样？"

她长长地舒了一口气，笑着宣布："就是他！"

"Yes！"陆俊伸手就要拥抱江雪怡，但被她嫌弃地推开。

林嘉月接过江雪怡手里的化验报告，激动得现在就想打电话告诉韩轩，在逃十年，曾经令整个洛州人心惶惶的连环杀手吴军，终于落网了！

中午一点，正是阳光毒辣的时候，堆满各种科技杂志的房间里拉着窗帘，昏昏暗暗。

犹豫的年轻人站在窗前，再一次按下了拨号快捷键。

尽管父亲不允许他主动打电话，但他还是要违背父亲的意思。

他担心父亲……

因为这一次情况实在特殊，韩轩强取血液样本的事经过上级决定，暂时不做处理，还给了韩轩一个将功补过的机会。终于，林嘉月又能跟他一起做审讯了。

当脸有瘀青的吴军戴着手铐被押进审讯室时，他见里面坐着的两个人分别是韩轩和林嘉月，进门前毫无表情的脸上又露出了浅浅的笑容。

这是林嘉月在他被带来市公安局后，第一次和他面对面。

"三天前我们还在树荫下聊天。"吴军望着林嘉月，回忆道。

"以后是不会再有机会了。"林嘉月冷冷回应，起身将测谎仪装到他的身上。

有趣地看着身上的这些线头，吴军调侃："韩老师在这里，还需要测谎仪吗？"

两人都没有理他，正式开始对他的审讯。两个方向，问出他帮手的下落或问出他计划中的其余三个目标。

后者相对简单，因为已经在死者付利的身份上找到了线索，划定了比较明确的范围，那就是韩轩所办案子涉及的那些品行恶劣却没得到应有惩罚的人。

林嘉月已经整理出名单。"赵春、吴艳、刘杨、罗健，谁是你们的下一个目标？"

阴婚案中赵春无赖至极，将自己邪恶的想法推脱到已经死无对证的母亲身上；儿童失踪案中的吴艳恶毒冷血，翻脸不认人，差点儿逼死自己的大儿媳；"囚禁"案中的刘杨蛮横暴力，实施家暴令自己的孩子死在妻子腹中；骗保案中的罗健卑鄙下流，酒后乱性拍裸照勒索钱财。

听过这些人名，吴军轻笑，他向林嘉月和韩轩提问："为什么不问我的帮手是谁了？我可以告诉你们的。"

他会主动交代？林嘉月转脸看眼韩轩。韩轩不动声色，静待他接下来要说的话。

"他是我的儿子。"吴军的生理参数未出现任何异常，嘴角挂着自信的笑容。

林嘉月质疑："亲生儿子？"

"当然不是，干儿子。"

他主动交代的原因当然不是想争取宽大处理，他是在挑衅。因为他有百分之百的把握，他们猜不出自己的干儿子是谁。其实，就连他自己回想当时的情形，也是难以置信，他会认自己做父亲，还陪伴了自己这么多年。

观察室中，王子兵吩咐大力："去查一下，吴军以'胡向北'的身份生活的这些年，有哪些男人跟他走得比较近。"

683

5

北县的房子卖了些钱，赵春把欠的债还上后，自己还剩了点儿。回洛州后不想再做保安，他觉得放债时间自由又有钱赚，就开始跟着别人一块儿放债收债。

一觉睡到下午才醒，他想起今天有笔钱到期，这才慢吞吞地从床上下来，把昨晚没吃完的酱牛肉和老白干彻底消灭，他穿好衣服准备出门收债。

走到门口，手机响了一下，是一条看起来像系统号码发来的短信。知道智能手机可以直接上网查彩票中奖号码后，他就把手机更新换代了，5.5英寸大屏智能机，不玩游戏用起来也挺快的。

"借贷五万，日息五块，零担保零抵押，成功率高，批款快，点此进入申请。"后面又是一串链接。

"日息才五块？"赵春自作聪明地在心里算了笔账，他在这里贷了钱，然后借给别人，一天能赚二十块钱的差价，一个月就是六百，这不是白捡的吗？

没多想，他立刻点了短信中的链接，只不过网页一直没有刷出来。

"他奶奶的，什么玩意儿！骗子！"没能白捡到钱，他立刻翻了脸，将短信删除。

有了目标范围，警方自然不会坐以待毙，以防万一，他们给每一个有可能成为下一受害者的目标人物都安排了保护他们的警察。

但换了工作、住所、手机号码的赵春，负责保护他的警察一直联系不上他。还在四处打探赵春消息的时候，已经有人惊魂未定地报了警。

　　晚上九点，王子兵和江雪怡赶到发现赵春尸体的地方，是一大片还没开始动工的荒地。

　　东外环，正在开发的新城区，四周很多建筑工地，发现赵春的就是在这边干活的工人。

　　"之前我们几个在这边看到过野兔，今天干完活吃完饭想过来转转，抓两只玩玩儿，谁知道就发现了这个……"

　　王子兵了解情况的时候，江雪怡已经对赵春的尸体进行了初步检验。见她已经从尸体跟前离开，他把剩下的事交给其他同事，朝她走来。

　　"怎么样？"

　　"被害不超过三小时，可以确定杀死他的凶手和杀死付利的是同一人，但很明显，这一次的创口粗糙了很多，而且现在还是第四天，第二个目标竟然提前被害，看来吴军的帮手知道他没能从局里出来，现在的情绪非常急躁，已经完全不按照他们先前制定的规则来了。"

　　王子兵赞同。

　　大力的电话打过来，他已经调查完所有跟胡向北关系亲近的男性了。"和他来往比较密切的人，大都存在利益关系，房产投资顾问和金融理财顾问居多，但他们今天都有人证，没有作案时间。而且技术部已经破解了他的手机密码，电话簿里也没发现什么可疑电话，除了同事和各种顾问，就是一些生活中常用的电话，什么快递的、外卖的、手机修理店的。但在他关机的时候，一家手机修理店的人给他打过三个电话。"

王子兵警觉，眉头拧起："什么时间？"

"中午一点多的时候。"

如果胡向北没有被证实真实身份是吴军，那他从市公安局离开的时间就是今天中午十二点半左右，电话的时间和他可能被放走的时间这么相近，还连打三通？有什么事这么急？

"大力，你带人去那家手机修理店。"

"好咧！"

挂了电话，大力立刻带人去了开在政大附近的那家手机维修店。

店里只有一个看起来十七八岁的男孩儿，他正在屋里收拾东西，准备关店。见有人进屋，他抬头，不怎么热情地问："充话费还是修手机啊？"

"调查。"大力亮出自己的警官证。

男孩儿识相，态度好了些，询问道："你们要调查什么啊？"

"这店是你的？"

"不是，店是我师父的，我在这儿跟他学修理。"

"你师父叫什么？人呢？"大力环视只有一间卧室大小的店面，一眼看了个清楚。

"他叫武斌。今天没来啊。"男孩如实作答。

"那你知道他去哪儿了吗？"

"不知道，我师父不怎么爱说话，我也没那么八卦。"

"看看，"大力掏出吴军整容后的照片给男孩子看，"认识这个人吗？"

男孩儿点头："之前来过几次。"

"那他现在有什么东西在你们店里维修吗？"

"没有。"

"那你师父和他很熟吗？"

男孩儿仔细地想想："好像是。不过照片里的这个人，对我师父挺冷淡，但我师父对他挺恭敬的感觉。"

找局里的同事调查武斌这个人的资料后，大力的下巴差点儿被惊掉。

武斌，吴军制造的连环凶杀案中，第五位受害者陈群伟的继子。

收到这个消息，韩轩也是颇为惊讶。

"吴军，你很有自信不会被我们找到的干儿子，我们已经找到了。"

吴军并未慌张，他不相信韩轩所说的话："诈我？"

韩轩无奈地笑笑："不信？武斌，今年二十七岁，遗腹子，母亲刘园顶着强压生下他，一个人拉扯他到七岁，因为要上小学开支加大，这才在别人的介绍下，嫁给了货车司机陈群伟。陈群伟的脾气不好，一不顺心就拿这母子俩出气。三人一起生活的第二年，陈群伟与刘园争吵，推搡中，碰洒了刚烧好的一壶开水，刘园脸部被严重烫伤，毁容后，刘园心情抑郁，因为没有得到妥善治疗，最终她选择了自杀。在舆论压力下，陈群伟继续抚养武斌，但拳脚相加的频率越来越高。你们的遭遇真的很相似，所以你才会收他做了干儿子？"

吴军面无表情，静静地听着。

"我很好奇，你是用什么办法说服他放弃正常的人生，和你同流合污的？"韩轩虚心请教。

"根本不需要说服，是他自己要求的。你们信吗？"哼笑，吴军仍不为武斌被查出而感到紧张，"其实陈群伟不是我杀的，但他确实是我的目标，只不过，我到的时候，他已经死了，我只是帮忙把他的尸体处理了一下。"

"你是说，陈群伟是武斌杀的？"

"对。就是他亲手掐死了陈群伟。真是令人羡慕……"回忆起自己十七岁的那个晚上，吴军语气中流露出一丝遗憾，"那天叶安喝醉了，他躺在床上，像一只快要病死的野猫，只要我动动手指就可以将他掐死。可我犹豫了很久，等我终于下定决心的时候，他竟然已经心脏病发，死了……如果我能果断一些，那他就能死在我的手里了！相比武斌，我真是没用！所以，我相信，他以后一定会成为比我更优秀的人。"

"所以你替他担了这条人命，以此要挟他与你为伍？"林嘉月开口质问。

吴军笑她对自己太不了解："我们不是好朋友吗？你认为我会是这种强迫别人的人？是他，在那天先对我说了谢谢，我们两个才有了这样一段奇妙的缘分！不过，你们没有可能见到我们同框了。给韩轩发第一封邮件的时候，我就给他交代得很清楚，如果有意外，不要管我，现在杀不了韩轩也没关系，来日方长，他可以像我一样，换一个身份，等待十年！"

"但很显然，武斌没有按照你之前说的去做。不然，他也不会在中午一点多的时候，给你连打三通电话，把自己暴露。他已经忘掉了你制定的规则，付利死了之后赵春也死了，今天连续死了两个人，现在的他就像与父亲失散后情绪狂躁的幼兽，正在胡乱撕咬，难道你不担心自己的孩子？"

"担心？看你们的样子，我需要担心吗？他不过就是稍有失控，你们就被吓成了这样，"吴军欣慰大笑，"我说了，他以后会比我更优秀，会让你们更畏惧！"

罗健的勒索罪成立，但金额并未超出三千，最后只被判处了管制三个月。

被他爸和社区监管人看着，好几天都不能出去打牌，他已经快被憋疯了，想翻阳台出去的时候，正好被来换同事班的王子兵看到。

"干什么去？"王子兵在楼下喝止。

被抓正着，罗健不爽，又翻回窗户内。

闻声进屋，罗父看到自己这个不争气的儿子要跑，破口大骂："小王八羔子！要不是我们罗家只有你这一根独苗，你死外面我都不管！"

他爸从他十几岁的时候就这么说，可每一次他出事儿，他爸还是什么都管着。听惯了以后，他权当是老爷子跟他逗闷子。

"那你们两口子再生一个不就行了！反正你一直也不想把家产留给我。"罗健吊儿郎当地回嘴。

"说的什么屁话！"

"对，我说的是屁话，你在这里听了，也不嫌味儿。麻烦，在外面给我关上门！"

罗父被他气得脸都红了："我告诉你，你要是真死了，老子我一滴眼泪也不掉！"

"切，警察就是小题大做，搞得真跟有人要杀我似的！我不出去了，行了吧？我躺床上玩手机！"往后一仰，罗健挺尸一般在床上玩起了斗地主。

正玩着，他手机收到一条短信。

"地下赌场牌王的自白书，点击链接免费领取阅读。"

要不是因为有"牌王"两个字，他才不会破天荒地领取阅读，但点开链接，里面除了周润发的明星采访，什么都没有。

"小编脑残！骗点击！"罗健鄙夷咒骂，继续玩自己的斗地主。

大概过了有半个小时，他就嫌见不到真钱没意思了。

翻身下床从窗户里往下看，王子兵这回没在下面，于是罗健动作麻利，从阳台窗户翻了出去。

此时的王子兵正在跟下楼送宵夜的罗母道谢，而跟他一起蹲守的同事正好回身从后座上找东西，就这么一眨眼，罗健成功从家里逃了出来。

隔着罗健家三栋楼远的街边停车位，一辆SUV中，年轻男人紧盯手中的平板电脑，屏幕显示的是一副比例尺1比20的电子地图，上面还有一个缓慢移动，距离他越来越近的小红点。

完全不知道自己距离危险越来越近，罗健正忙着跟自己的牌友联系。

王子兵跟罗母道过谢，拎着她自制的宵夜返回车里时，二楼阳台上传来罗父的喊声："罗健跑出去了！"

他们家阳台后面的街道没有岔路口，刚才王子兵在西边说话，所以罗健只可能是往东边跑了，时间不长，他应该也没走多远。

来不及放宵夜，王子兵拎着就往东跑。

"你快把局组起来，我马上就到！"罗健低头讲电话，没发现前面的车上下来一个身穿黑色T恤衫的男人，直到那男人一把将他朝自己车里推去。

现在是晚上十二点多，小区外的街道上已经没了路人。

"你干什么的？"罗健惊慌挣扎，但高中之后就没怎么锻炼的他，力气不敌武斌，眼看就要被塞进车里时，王子兵和同事找了过来。

见势不好，武斌撒腿就逃，但王子兵一个飞扑，直接将他压倒在地，两人扭打起来。

武斌身上有刀，他使出浑身解数，将自己的手摆脱王子兵的钳制，然后拔出锋利的刀子朝王子兵挥去。王子兵及时后退，但不幸的是，左臂还是被锋利的刀刃划了一道很深的伤口，鲜血直流。

抓住时机，武斌逃走，王子兵带伤去追，伤口处的血却越流越汹涌。

"王哥，我追！你别去了！"同事拦下他，离开前冲傻站在一边的罗健大吼："打120啊！"

罗健一怔，赶紧从地上捡起手机，拨打了急救电话。

6

甩掉追上来的警察后，武斌像无头苍蝇四处乱撞，险些在十字路口被一辆大货车撞到。

"傻冒！没长眼啊？要死去他妈没人的地方喝药！别在这儿连累别人！"大货车司机怒火冲天，开了窗子破口大骂。

受惊的武斌怔在路边，被骂得回了神后，渐渐恢复冷静。陌生的岔路口，没有了吴军，他完全不知道接下来该往哪儿走。十七岁杀死继父，是吴军替自己扛下了这条命，武斌知道，这个世界上，只有他们两个是一路人。他结束了自己的悲惨命运，而吴军给了自己重生的机会。没有他的成全指引，自己现在就是一个因为坐过牢而走到哪儿都会被瞧不起的人。

现在，他暴露了，被警察盯上，但他并不担心自己的死活，因为他在意的只有吴军交给自己的任务。

他要报恩……

虽然计划已经被自己的冲动打乱，但只要能杀了韩轩，吴军就一定会满意……

王子兵包扎着胳膊从医院返回局里，听说最终还是没能抓到武斌，纱布下的伤口疼得更加厉害。

林嘉月光看他衣服上的血，就知道伤口有多深了，很是心疼："你还是回去休息吧，缝了十几针，可不是什么小事！"

"不用，我皮糙肉厚！倒是你和韩老师，这些天也没好好休息过，还是你俩回家休息休息吧。"

王子兵一个人在洛州生活，回家以后也没谁照顾。林嘉月索性建议："要不我们三个一起走吧，你在韩轩家睡。"

"可以。"韩轩点头同意。

可王子兵却有点儿不好意思："韩老师……"

韩轩不满挑眉："难道你想在林嘉月那边睡？"

"哪敢！"他咧嘴露出一排大白牙。

嘴上说着不累，但一上车，王子兵就打起了呼，那呼声震耳欲聋似惊雷。

驾驶座上的林嘉月哭笑不得，小声对韩轩说："要不一会儿你在我这边睡吧。"

韩轩转头看眼后座上的"雷震子"，开玩笑说："看来，叫王子兵来是对的。"

白他一眼，林嘉月解释："切，叫你来是让你睡沙发！"

"我也没认为是睡别的地方。"他回嘴。

突然，林嘉月有种恍如隔世的感觉，不禁唏嘘："感觉已经好久没跟你斗过嘴了。"

韩轩也有同感。

他们的愿望都很简单，就是希望案子能够早日画上句点，那样，他们就可以像别的情侣一样专心谈恋爱了。

清晨六点，沙发上的韩轩突然醒来。深邃眸子中，满是慌张愤恨。

他做了一个噩梦。

梦里，林嘉月被吴军劫持，他想去追，却无法奔跑，他像被钉在地上的铜像，只能一动不动看着她越走越远……

他坐起，在沙发上一动不动沉了好一会儿，心平静下来后，去洗手间洗漱。经过敞着门的卧室时，他的脚步停了下来。

大床上，林嘉月侧身而卧，睡得香甜。长而密的睫毛跟着呼吸上下扇动，像是能撩起风来的羽毛扇子。

她已经成了他最大的脆弱，但望着这个最大的脆弱时，他的嘴角却只能上扬，幸福满足地笑出来。

不想这么早就吵醒她，韩轩轻手轻脚拿起钥匙下楼去买他们三个人的早饭。

天已大亮，但小区外街道上的行人却没几个。

韩轩一个人走着，没多久，他便感觉身后有人跟了上来，就像十年前一样。

他屏气凝神，继续向前走，改变了原本的路线，在前面的支路右拐，靠墙躲了起来。他的眼睛确实不允许他快速移动，但如今的他却不是十年前的他。

当跟随者从路口冒出时，韩轩迅速出手，将他擒住。

"啊！干什么啊？吓死了！"

一个身穿高中校服的男生惊叫，像看神经病一样看着韩轩："你还不放手！抢劫？"

是他太过紧张了。韩轩在岔口张望，除了这个男生，再没有其他人。

"对不起。"韩轩向高中生道歉。

高中生自认倒霉，整了整校服离开。

目送他走后，韩轩也松了口气。

上午学校里有课，所以三人吃过早饭后分道扬镳，林嘉月和王子兵一起去了市公安局，韩轩自己去了政大。

这堂课排到了中午放学前，所以一下课，学生们便都赶着去食堂打饭，教室里很快就只剩下韩轩一个人。正在讲台上整理着学生交上来的作业，一个黑影出现在教室的门口。

抬头看过去，此人正是他早上以为会出现的那个人。

"武斌。"他冷静地叫出他的名字。

武斌不应，阴沉着一张脸进入教室，然后用脚踢上大门，反过右手拧上门锁。

"不怕吗？我是来杀你的。"武斌开口，声音沙哑。

他向前逼近，韩轩便后退。

韩轩打量着他，在他右手内手腕上看到了一块厚实的老茧。"邮件都是你替吴军发的吧？"

他没有回答，脸上却写着答案。

着实感觉惋惜，韩轩说："如果你没有与吴军为伍，也许你会成为很了不起的人。"

武斌嘲讽地笑起来，掏出昨晚伤了王子兵的刀子。"能被我义父当成对手的人，竟然是一个在死之前，企图用挑拨离间手段来争取生存可能性的胆小鬼。"

韩轩已经退到了窗子跟前，再无退路。

武斌眉宇紧皱，上眼睑扬起，他的攻击表情越来越明显，突然，他右肩抬高……

韩轩迅速拿起右手边的一把椅子，及时挡住了他刺向自己的刀。武斌用另一只手来抢他的椅子，为拉开两人之间的距离，韩轩在椅子下的空当朝武斌的膝盖狠狠踹了一脚。

武斌踉跄向后，机会来了，韩轩抢起椅子朝着他砸了过去。

这场不需要逃跑的战役，他有很大把握可以胜利。

被椅子砸破了头，额头伤口涌出的血染红了武斌的眼睛，他被激怒了，低吼着向韩轩发起第二次攻击。韩轩躲闪，两人从教室的前面移向教室的中间。

上课时有学生将窗子打开，临走的时候忘了关上。正好窗子下方是一个没有人会去的狭窄胡同。

于是韩轩把他引来窗前，扭打时将他拿着刀的手拉到窗外，在窗棱上用力碰撞，大概有二十多下，武斌的刀从失去知觉的手里脱落，掉到楼下。

没有了刀，韩轩的胜算变得更大。但武斌敢来人多的学校，那就是抱定了与韩轩同归于尽的决心。

自己趴上窗台，武斌欲推韩轩下楼，但拉扯之间，他重心前倾，整个人朝窗外栽了出去。

才挣脱的韩轩回头，见势不好，迅速伸手想要拉他，但已来不及……

砰的一声，武斌坠地。

多媒体教学楼楼层不高，但武斌侧身坠地，肋骨多处骨折插入腹腔，造成多个器官受损，极其危险。

得知武斌正在抢救的消息，吴军的骄傲荡然无存，他再也笑不出来了。

"如果我配合，你们能不能让我去见见他？"沉默很久，他开口说出的话令所有人疑惑。

吴军，一个谨慎狡诈、杀人如麻的连环杀人犯，此时的哀求，是出自对武斌真正的关心，还是计划逃跑的阴谋？

王子兵向上级请示，得到了只能允许视频的批准。当他告诉吴军时，吴军并没有因为被拒绝亲自去医院而失落，他眼睛里有知足的神色。

从十年前的案子说起，吴军平静交代："十七岁的时候，叶安死了。二十六岁我第一次杀人，这八年中，没有人再对我实施暴力，但我对叶安的恨挥之不去，没能亲手杀了他的遗憾，每一天都在累积叠加，我需要发泄。就像你们推断的，我在给第一个被害者的继子看牙时，发现了他们的关系和孩子身上的瘀痕，于是我记下了他们的住址，在观察了他们一段时间后，终于动手……"

这一次的成功，令吴军在心理上找到了快感，但他心中的恨意和遗憾并未全部清除，所以在前两年的时间里，他一共作案四起，第三年一起。第四年的时候，他的事业顺风顺水，成为洛州小有名气的年轻牙医，这一年可以算是他人生中最顺利最愉快的一年，他甚至都要把不堪的回忆忘得一干二净了。但第五年，事业上出了一点小问题，吴军又想起了叶安咒骂自己愚蠢无能的那些恶毒言语，恨意重燃，他又想通过杀人来发泄自己心里的不快，结果认识了武斌。接下来的三年，他成了武斌的义父，供他吃穿上学，他们那时候的交流不多，所以没人知道他们的关系。最后一起连环凶杀案，也就是韩轩作为目击者的这一起，吴军完全是因为多年没有作案，手痒了，所以为了杀人而杀人。

"那在逃的十年里，你又杀了多少人？"

吴军准确地回答："一共二十七人，金县十三人，青县十人，古月县四人。大部分是因为他们认出了我，被我灭口埋到了山上。胡向北是我挑选的被害者，他的情况适合我借用他的身份。"

"胡向北的母亲还健在，她就没发现你是冒牌的？"

冷笑，提到胡向北这个人，吴军脸上露出明显的鄙夷："他母亲改嫁之后，从没回来看过胡向北，如果她是一个称职的母亲，那胡向北也不会被我选中，丢了性命。"

"那这一次的杀人游戏呢？说说。"

"没什么可说的……成王败寇，我损失太过惨重。"吴军的担忧神色又浮上面庞。他是真的关心武斌。

"那，你非杀我不可的原因呢？你已经洗白了身份，过上了大多数人都羡慕的平静优渥的生活，如果你没有给我发邮件，也许你一辈子都可以逍遥法外。"韩轩质问他。

他的瞳孔缩小，透着恨意："十年之前，我人生最大的遗憾是没有亲手杀死叶安，但现在，我人生最大的遗憾是……只能以胡向北一个外人的身份出现在我母亲的葬礼上！你们一直以为，我母亲跟胡向北他妈一样对孩子不负责任，其实你们错了！当年是我鼓励她跟人私奔的，她没有必要为了我，放弃更好的生活！"

闻言，所有人愕然。

那时候的吴军才九岁……

韩轩想象不出，早熟的他是怎么对母亲说出"离开，不要管我"这句话，又是怎么在说这句话前做出这种决定的。

一直以来，所有人都在纠结一个问题，那就是遭遇不幸后罔顾法律夺人性命的凶手应不应该被同情。

这个世界本就不公，有的人天生富贵一生无忧，而有的人注定坎坷一生颠簸。但不管命运的初始设定如何，接下来的剧情还是需要自己思考自己创作，所以，一个人最后活成了什么样子，不是命运来决定，而是他自己。

心存善念，人生的路就永远不会被走成一条死路。

审讯到这里，守在医院的大力给王子兵打来电话。

武斌最终因抢救无效死亡。

王子兵接完电话从外面回来，敏感的吴军紧绷起身体，向他询问："是不是关于武斌的消息？"

"视频没有必要了。"王子兵嗓音低沉地通知他，"武斌因抢救无效死亡。"

比韩轩的拳头还要强劲，这个消息直接将吴军的灵魂打碎。他双肩塌下，丧子之痛令他一下子憔悴，老回到四十多岁，甚至更多。

他不知道一对正常的父子应该怎么相处，所以一直很少跟武斌谈话，鲜有的几次谈话，也是毫无实事的闲谈，但武斌每一次都会很认真地听，像是很怕因为时间流逝而忘记他的话一样。他们没有血缘关系，却在最特殊的时期相依为命。

吴军深深地吸了一口气，努力平静自己的心情。他抬眼看向韩轩，眼里的恨意加倍。

王子兵拍桌，警告他不要对韩轩如此放肆："事情会发展到这种地步，你才是罪魁祸首！你没资格去怪别人！"

7

至此，十年前的连环凶杀案终于告破。

警方将吴军带出审讯室，直接押送看守所。

韩轩没有跟着一同从审讯室里出去，转身对着偌大的镜子，他凝视镜中的自己。吴军这十年具体是如何度过的，他想象不出，但他自己这十年，此时此刻正像走马灯一样在脑中旋转着……

正陷入自己的回忆时，韩轩听到审讯室外传来一阵骚动，接着是王子兵焦急的呵斥。

"放开林嘉月！"

吴军出门时看到门外的林嘉月，这是他目前唯一能想到也能触及的报复工具，于是他突然挣脱警方的控制，将林嘉月挟持到身边。

韩轩急忙跑出审讯室，单单就这么几步，他的眼睛和大脑就已经产生了不适，造成了轻微的眩晕感。

"退后！"吴军紧勒林嘉月纤细的脖颈，仿佛再用一点力，那脆弱的脖子就会被扭断。

他此时后背贴墙，林嘉月挡在他面前，警方无从下手，只得按照他说的去做。

"你想干什么？"韩轩声音低沉，像只发怒的雄狮。

"先给我手铐钥匙。"

大力看看领导的眼色，见他同意，便立刻将手铐钥匙拿出来。

吴军让林嘉月伸手接过，给自己把手铐解开。

"剩下的，我还没想好。到底是用她换你韩轩的遗憾终生划算，还是换我一条逃走的生路划算？"他边说，边带林嘉月擦着墙边往楼下走。

警方不敢轻举妄动，只好随着他缓慢移动。

吴军的胳膊更用力地勒住林嘉月的脖子，威胁道："不要动，就在窗户前站着。"

林嘉月的脸憋得通红，话也说不了，仿佛自己的脖子就要被扭断了，那感觉真是生不如死。

"吴军，你松开些，现在还没到楼下，你的筹码要是有个三长两短，你就只能死在这里。"看到她那么痛苦，韩轩不可能不担心不心疼，但他必须冷静克制。他的担心和心疼越是明显，林嘉月就可能越危险。

吴军的胳膊松了一点，林嘉月终于能顺畅地呼吸一口空气。

林嘉月不挣扎不说话，悄悄地养精蓄锐，等吴军下了楼，去了市公安局大院儿，也许她不用大家操心，就能自救了。

一步一挪，她跟吴军下到一楼。窗台上正好有把剪刀，吴军拿过来，带她一起又退到院子。

"你想好了吗？"林嘉月开口问他，"选什么？"

还像询问好朋友一样，吴军问："你说呢，嘉月？"

"如果是我，我会要一辆车，把人质带上一起离开，到了他们找不到的地方后，再把人质杀了。"

吴军欣赏她的冷静和实在："这就是你的魅力。"

她不在意他对自己的欣赏，催促道："你快选。挨太近，很热。"

二楼窗户内。

大力建议："现在找狙击手应该来得及！"

"被他发现，怕嘉月会变得更危险！"王子兵担心。

"那怎么办好……韩老师，你说句话。"

韩轩冷脸，紧盯院子里的两个人："等着。"

终于，吴军向他们提出了要求："给我辆车。"

领导同意，王子兵立刻将车钥匙丢了下去。

钥匙坠地后翻滚，最终停下的地方距离吴军和林嘉月三米

701

来远。

林嘉月瞄一眼钥匙，问："你捡还是我捡？"

吴军谨慎："一起。"

林嘉月同意，提示他："行，但你的剪子注意点。"

两人一起走到钥匙前，在吴军的指挥下，他们一起慢慢蹲下。吴军不放心林嘉月去捡，所以自己伸手。

看准时机，林嘉月挣脱，向左上方翻滚出去，避开了吴军右手里的剪子。

二楼上的警方见势追下去，要拯救林嘉月。

韩轩不能跑，而且就算跑下去，时间上也未必来得及。

果然，吴军已经握着剪刀朝林嘉月扑去。

移动中的目标，对于别人来说是有难度的，但他……

一声枪鸣。

吴军蜷缩倒地……

汉字博大精深，"秋后算账"这一词自古就有。

林嘉月堵在市公安局门口，双手叉腰质问韩轩："你刚才要是打着我怎么办？"

温柔地摸摸她的头，韩轩说笑："我怎么会瞄准你？这又不是丘比特的箭。"

陆俊故意路过："又随地秀恩爱，有没有公德心？"话才说罢，他看到江雪怡朝这边走来，突然建议，"我们四个来个Double Date怎么样？"

江雪怡冷哼，翻个白眼儿离开。

林嘉月跟风，也翻白眼儿："我们的第一次约会，为什么带你？走！韩轩，我们回家！"

杭椒牛柳、手撕包菜、芝麻多春鱼、土豆烧牛肉、西蓝花炒虾仁、芙蓉鸡蛋汤。

还是上次的菜单，林嘉月系着围裙在厨房里忙来忙去。

站在厨房门口，韩轩望着她忙碌的背影，突然踏进厨房从后面搂住她的腰。

"你昨天说，我们好像很久没怎么了？"

林嘉月忙着做饭，毫无察觉某人又要开撩："斗嘴啊！"

韩轩抱有异议："你确定？"

"对啊！"

"真的不是……亲？"

把他扣在自己腰上的手揭开，林嘉月炒菜铲伺候："承认吧！"

他微弯脊梁，倾身朝她吻来："那就来吧。"

只不过，还没亲下去，他的手机铃就响了。

越洋电话，韩轩妈妈打来的。

才知道儿子已经瞒着自己回国，她着急地声音都高了几度："韩轩！马上回来！"

韩轩不紧不慢："现在不方便回去了，这边有我的女朋友。不如你们回国吧！"

林嘉月一听这话，紧张得都咽起了口水。待他接完电话，她追问："怎么说？"

韩轩打量她这副紧张的小模样，一字一顿回答："明天的航班。"

"来看我？"她心跳如雷。

　　"嗯。"

　　"太突然了……"

　　韩轩也算旧账："你妈妈也是很突然过来看我的啊。"

　　几公里外，正在家里吃粽子的林妈妈挠挠有些发痒的耳朵，自言自语："突然这么痒，是谁在说我？"